세상의 끝, 마음의 나라

세상의 끝, 마음의 나라

박영주 지음

차
례

시간을
거슬러

그랜드 캐년
세상의 끝, 우수아이아

1. 그랜드 캐년
__ 존재의 의미

세상의 끝을 향해

꿈을 꾸었다. 매일 밤 반복되는 악몽이었다. 어딘지 모르는 깊은 숲 속, 누군가의 비명 소리가 들렸다. 소리를 따라 달려가 보니 토끼가 흑곰에게 잡아먹히고 있었다. 흑곰은 사정없이 토끼를 삼켰고, 토끼는 날카로운 이빨 사이로 귀를 뻗어 살려 달라고 외쳤다. 흑곰이 토끼의 귀를 잘근잘근 물어뜯었다. 악! 토끼의 비명 소리가 숲 속에 메아리쳤다. 그때였다. 누군가 손을 뻗어 토끼의 귀를 잡아당겼다. 하얗고 가느다란 손가락. 긴 머리칼에 가려 얼굴은 보이지 않았지만 틀림없는 소녀였다. 그러나 하얀 손이 토끼를 채 꺼내기도 전에 흑곰이 소녀를 밀쳤다. 소녀는 뒤로 나뒹굴었다. 토끼가 외쳤다.

"살려줘! 살려줘, 제발!"

몸을 추스르고 일어난 소녀가 다시 흑곰에게 돌진했다. 흑곰의 이빨 사이로 손을 집어넣어 토끼의 귀를 붙잡으려 애썼다. 그러나 토끼의 귀는 흑곰에게 물어뜯겨 잡아당기기엔 턱없이 짧았다. 소녀는 기를 쓰고 흑곰의 입을 비집고 들어가 토끼의 귀를 간신히 붙잡았다.

"짧아. 너무 짧아!"

그때였다. 흑곰이 소녀의 목덜미를 움켜쥐더니 한 손으로 번쩍 들어 허공에 던져 버렸다. 소녀는 허공을 붕 날아 숲 한가운데 위치한 호수에 풍덩 빠졌다.

"안 돼!"

흑곰의 입속에 갇힌 토끼가 울부짖었다. 소녀가 빠진 호수 위로 잔잔한 물결만이 원을 그리며 퍼졌다. 꿀꺽. 흑곰이 혀로 입가를 쓰윽 닦았다. 흑곰에게 잡아먹힌 토끼의 자취도 완전히 사라졌다. 그때였다. 누군가 읊조리듯 말했다.

"나 좀 꺼내 줘."

나는 숨을 죽이고 귀를 기울였다.

"듣고 있니? 나 좀 꺼내 줘."

나도 모르게 주변을 둘러보았다. 아무도 없었다. 그 순간 다시 목소리가 말을 건넸다.

"다 보고 있었잖아. 곰 안에 갇혔어. 도와줘."

"누, 누구야?"

"나야, 나. 당장 여기로 와 줘."

나는 잠시 숨을 멈췄다가 조심스레 입을 뗐다.

"거기가 어딘데?"

"마음의 나라."

"마음의 나라? 거기가 어디야?"

그 순간 흑곰이 나를 향해 고개를 돌렸다. 흑곰과 눈이 마주치는 순간 잠시 정적이 흘렀다. 나도 모르게 침을 꿀꺽 삼켰다. 흑곰이 날카로운 이빨을 드러내며 침을 흘리더니 나를 향해 돌진했다. 숨이 턱 막혔다.

"아니야. 안 돼, 안 돼……."

나도 모르게 한 걸음 두 걸음 뒷걸음질 치다 돌멩이에 걸려 넘어졌다.

"어? 어! 안 돼!"

순식간에 흑곰이 나를 덮쳤다.

“아악!”

나는 이불을 박차고 벌떡 일어났다. 침대 맞은편 가지런히 놓인 배낭이 눈에 들어왔다. 아, 꿈이었구나. 나는 헐떡이는 가슴을 쓸며 안도의 한숨을 내쉬었다. 책상 위에 놓인 시계를 보니 새벽 4시였다. 숙소를 떠나기 전까지 두 시간 남짓 남았다. 더는 잠이 올 것 같지 않아 침대에서 일어나 의자에 앉았다. 잠들기 전까지 살펴보던 세계지도가 책상 위에 널브러져 있었다.

“마음의 나라… 어딜까?”

나는 작게 중얼거리며 세계지도를 찬찬히 훑었다. 열흘 전 떠나온 대한민국이 눈에 들어왔다. 그 옆으로 크게 중국이 보이고, 그 위에 러시아가 지나갔다. 아프리카를 지나 대서양을 건너 지금 이곳, 미국이 보였다. 천천히 손가락이 지도를 타고 바닥까지 내려갔다. 남미 대륙의 가장 끝자락. 지구 반대편 세상의 끝, 우수아이아(Ushuaia). 나는 한동안 우수아이아를 바라보았다.

나는 우수아이아로 향하는 여정을 시작하기 전에 미국의 그랜드 캐년(Grand Canyon)을 찾았다. 그랜드 캐년에서 남미의 우수아이아로 향하는 여행 경로를 짠 뒤 페루로 날아갈 계획이었다. 페루에서부터 남미 대륙의 끝을 향해 내려가, 해가 바뀐 2015년 1월 20일에 세상의 끝, 우수아이아에 도착하는 것이 목표였다. 1월 20일, 나는 거짓말처럼 세상의 끝에 있을 것이고, 그곳에서 나를 괴롭혔던 청춘의 꿈과 사랑, 열정의 기억을 모두 버릴 것이다.

본격적인 여행에 앞서 그랜드 캐년에 온 것은, '죽기 전에 가 봐야 할 곳 1위'라는 이름 때문이었다. 지난 삼 년간 죽을 맛이었기에, 도저히 견디지 못하고 그 기억들을 버리러 떠나왔기에, 세상의 끝에 향하기 전에 꼭 들러야 할 것 같았다. 여행이 시작되기 전 그랜드 캐년에서 일말의 위로를 구할 수 있다면, 세상의 끝까지 가는 동안 마주할 수많은 풍경 속에서도 위로받을 수 있으리라. 억겁의 세월을 살아 낸 그랜드 캐년의 마음을 조금이나마 헤아릴 수 있다면, 복잡하게 엉킨 나의 시간도 이해할 수 있으리라. 그리하여 무사히 긴 여행을 마치고 돌아갈 수 있으리라.

나는 라스베이거스(Las Vegas) 공항에 내리자마자 인근 여행사를 통해 육십 대 초반의 가이드 아저씨와 오프로드 자동차를 한 대 구했다. 3박 4일 동안 약 3,000킬로미터를 달리며 미국 서부 네바다 주와 애리조나 주, 유타 주에 걸쳐져 있는 다양한 캐년을 둘러볼 예정이었다. 『고양이달』을 쓸 때 그랜드 캐년을 땅속에 넣고 주인공 소녀가 그 세계를 다스리는 설정을 만들었는데, 이렇게 실제로 보게 될 줄은 상상도 못했다. 다큐멘터리에서 봤던 느낌과 얼마나 다를까 설레는 마음으로 잠들었다가 악몽이 다시 찾아오는 바람에 기분을 망쳤다. 아니야, 괜찮아. 여긴 한국이 아니야. 그랜드 캐년이라고. 출발하면 기분이 나아질 거야! 나 자신을

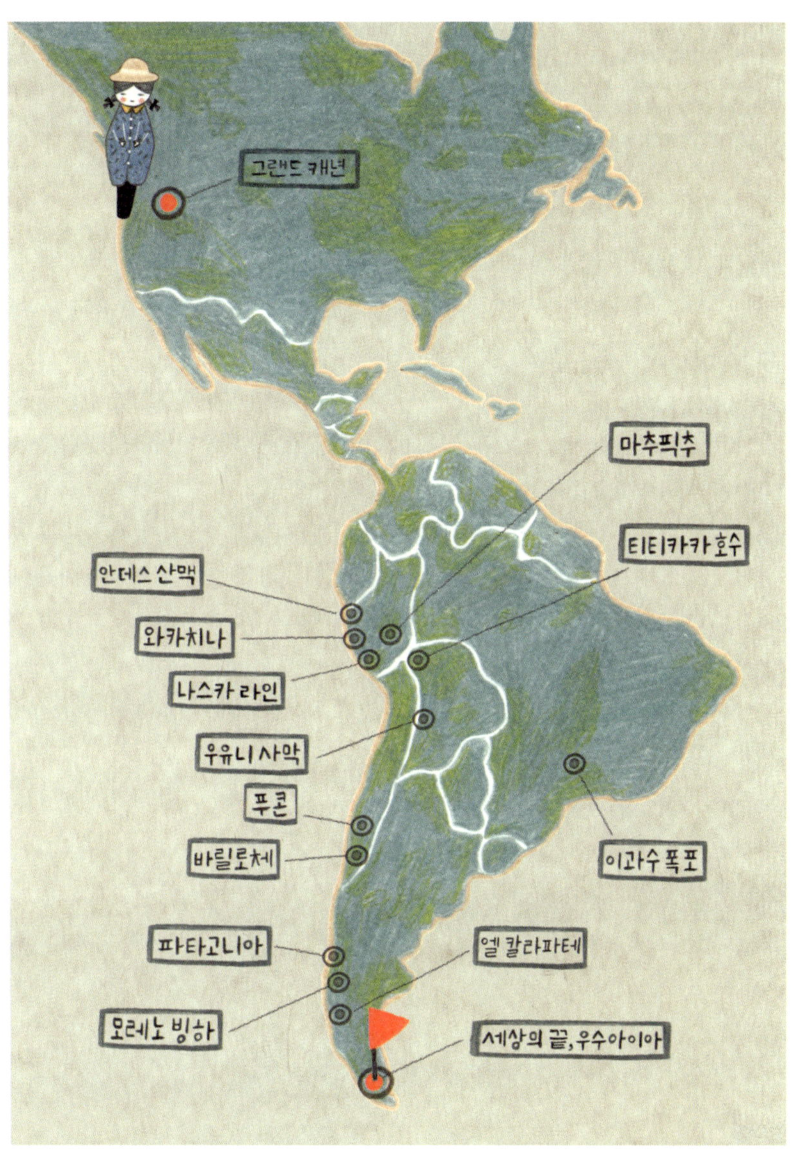

그랜드 캐년
마추픽추
티티카카 호수
안데스 산맥
와카치나
나스카 라인
우유니 사막
푸콘
바릴로체
이과수 폭포
파타고니아
엘 칼라파테
모레노 빙하
세상의 끝, 우수아이아

타이르며 로비로 나가니 먼저 나와 있던 아저씨가 활기찬 목소리로 아침 인사를 건넸다.

"잘 잤어요?"

"안녕히 주무셨어요?"

"그럼요. 오늘 하루 힘차게 달려 봅시다!"

아저씨가 먼저 숙소 밖으로 나갔다. 나도 뒤따라 나가 짐을 트렁크에 싣고 조수석에 앉았다. 아직 해가 뜨기 전이라 주변이 캄캄했다. 아저씨와 나는 해가 뜰 때까지 말없이 앞만 보고 달렸다.

가이드 아저씨는 호탕하고 점잖은 분이었다. 긴 여행을 함께할 가이드이자 동료로 어딘지 모르게 듬직한 분위기를 풍겼다. 처음 만났을 때도 정식으로 소개를 한다거나 나의 소개를 청하는 일 없이 바로 여행길에 올랐다. 함께 있다 보면 자연스럽게 알게 될 거라 여긴 건지, 아니면 이름, 나이, 직업과 같은 소개가 의미가 없다고 여긴 건지 그 속은 모르겠으나, 어느 쪽이든 나에 대해 말하지 않아도 되어 좋았다. 말수가 적은 분이어서 옆자리에 앉아서 차창 밖으로 펼쳐지는 협곡의 풍경을 차분히 감상할 수 있었다. 그러다가 숨 막히는 절경에 감탄사가 절로 나올 때면 서로 눈을 마주치고 미소를 주고받았다. 나에겐 최고의 여행 동반자인 셈이었다.

해가 뜨고 주변이 환해지자 풍경이 서서히 눈에 들어왔다. 자이언 캐년(Zion Canyon)으로 향하는 길, 아직 캐년과 만나지도 않았는데, 벌써 풍경에 압도되어 말을 잇지 못했다. 탁 트인 초원 너머 다채로운 지층 무늬가 새겨진 바위산과 기암괴석이 파란 하늘에 수놓인 하얀 구름과 어우러지며 마음을 흔들었다. 좋다, 좋구나. 나도 모르게 읊조렸다. 떠나기 전만 해도 사방이 꽉 막힌 좁은 방에 갇혀 주구장창 과거의 기억과 씨름하느라 힘겨웠는데, 탁 트인 대자연의 풍경에 가슴 벅찬 날도 오는구나. 그때 아저씨가 조용히 물었다.

"아가씨는 왜 여기에 왔어요?"

“네?”

갑작스런 질문에 대답하지 못하고 우물쭈물하자 아저씨가 몇 마디 덧붙였다.

“하고 싶은 말이 많은데 억지로 꾹꾹 누르고 있는 사람 같아서…….”

“아니에요. 꾹꾹 누르긴요. 그냥 놀러 온 거에요.”

나는 애써 밝은 목소리로 대답했다. 그리고 차창 밖으로 고개를 돌렸다. 파란 하늘 아래로 크고 작은 바위산이 계속 이어졌다. 내 안에 웅크려 있던 이십 대 청춘이 너른 자연 속에 기지개를 펴며 흘러나왔다.

아저씨께 대답한 대로 삼십 대에 들어선 나의 일상은 그야말로 평온했다. 하지만 작년까지만 해도 혼이 쏙 빠질 정도로 정신이 없었다. 스물다섯, 내 작품을 쓰겠다고 첫 직장을 나와 벤처기업을 만들고, 국내 출판 시장에서는 생소한 장르인

'어른을 위한 동화', 고양이달을 만들고, 그와 관련된 프로젝트를 해 나가는 동안 많은 일들이 있었다. 아침에는 창작하고, 오후에는 사업 계획서를 쓰고, 저녁에는 팀원들 혹은 파트너들과 회의하고, 주말에는 자본을 끌어 모으기 위해 경쟁 프레젠테이션을 하러 다니느라 바빴다. 하루걸러 계약서를 작성하고 파트너와 계약 조항을 하나하나 조율하면서 프로젝트를 힘겹게 끌어갔다. 죽어라 배우면 바로 실전에 적용해야 했기에 단 하루도 치열하지 않은 날이 없었다. 잠을 청하면 밤새 악몽이 괴롭혔고, 나도 모르게 앓다가 잠에서 깨면 온몸이 흠뻑 젖어 있었다. 처음에는 좋아서 시작한 일이었는데 나중에는 언제쯤 끝날지 앞이 캄캄했고, 그렇게 죽어라 해도 손에 잡히는 결과물이 없어 김빠진 콜라처럼 축 처진 어깨를 억지로 펴고 달린 것도 여러 날이었다. 그러나 내 나이 스물아홉, 이십 대 내가 벌인 일들은 모두 거짓말처럼 매듭지어졌고, 나는 완전히 해방되었다.

서른이 된 나는 그때처럼 의욕만으로 일을 벌이지도 않고, 무리라고 생각되는 일에는 선뜻 나서지도 않았다. 내가 할 수 있는 일들을 골라 적당히 할 수 있는 만큼만 했다. 작년만 해도 엄두도 못 냈던 운동을 꾸준히 했고, 하루의 일과가 끝난 뒤에는 아파트 안에 조성된 정원을 산책하거나 가까운 공원을 돌면서 휴식을 취했다. 기타도 배우고, 한 달에 한 번 캠핑도 다니면서 자연과 어울렸다. 고양이달은 기대했던 만큼 성과를 내지는 못했지만, 사람들에게 자신만의 고양이달을 쓸 수 있도록 열심히 가르치며 보람을 찾았다. 다음 작품도 틈틈이 시간을 내어 구상했다. 그토록 원하는 작품을 완성했고, 원하는 일을 하면서 원하는 삶을 살고 있으니 이보다 더 행복할 수는 없었다. 그런데 왜 이토록 불행한 걸까. 왜 텅 빈 마음 한구석은 무엇으로도 채워지지 않는 걸까. 왜 아직도 밤마다 끔찍한 악몽에서 깨어나 모두 잠든 새벽에 홀로 지난 시간을 더듬는 걸까. 대체 무엇이 잘못된 걸까.

이곳은 한국으로부터 멀리 떨어져 있는 미국 서부의 한 협곡이었고, 우리는 계속해서 달렸다. 가이드 아저씨는 더 이상 묻지 않고, 그저 차창 밖의 풍경만 길게

늘려 주었다. 나는 풍경 도화지에 그때그때 생각나는 청춘의 한 조각을 그리기도 하고, 쓰기도 하고, 지우기도 하고, 하소연하기도 하면서 그곳을 지나갔다.

존재의 의미

차는 계속 달리고 달렸다. 그러다 갑자기 정상은 편평하지만 주위는 깎아지른 듯한 탁자 모양의 암석 구릉들이 사방에 펼쳐졌다. 그 풍경에 눈길을 빼앗긴 나를 보며 가이드 아저씨가 입을 열었다. 원래는 평범한 고원이었는데, 빗물과 하천이 흘러들어 가면서 지층을 깎아 내려 홀로 우뚝 솟은 모습이 되었단다. 규모가 큰 암석 구릉을 메사(Mesa), 작은 구릉을 뷰트(Butte)라고 부른다고.

나는 뷰트와 메사의 정상을 보며, 저 멀리 떨어져 있는 뷰트와 뷰트 사이, 메사와 메사 사이에 깎여 나간 부분을 생각했다. 세월이 더 흐르면 메사가 깎여 나가 뷰트가 될 것이고, 언젠가는 뷰트의 정상도 뾰족하게 깎여 나가겠지. 원래는 고원

이었다는데 어떻게 저렇게 흔적도 없이 도려내졌을까. 뷰트와 메사는 주변이 온통 비바람에 깎여 나가는데 어떻게 살아남았을까. 깎여 나간 존재와 살아남은 존재, 어느 쪽을 위해 슬퍼해야 하는 걸까. 나는 청춘의 폭풍우 속에서 살아남아 손에 쥔 것들을 기뻐해야 하는 걸까, 깎여 나간 나의 인연과 꿈을 슬퍼해야 하는 걸까. 아니면 잃었든 지켰든, 결과에 상관없이 흘러간 그 시간을 애도해야 하는 걸까. 나는 무엇을 지켰고, 무엇을 잃은 걸까.

졸업 후 사회에 뛰어든 나는 고민이 깊었다. 원하는 일을 해야 할까, 할 수 있는 일을 해야 할까. 나보다 먼저 직장생활을 시작한 선배들이 언젠가 회사를 나가 진정으로 원하는 작업을 할 것이라는 말을 들을 때마다 생각했다. 그 언제가 언제일까. 함께 꿈을 꾸었던 동기는 고작 스물둘에 스스로 목숨을 끊었다. 그 다음 해 아들의 전역을 손꼽아 기다리던 작은 엄마는 사촌 오빠가 전역한 지 며칠 되지 않아 스스로 목숨을 끊었다. 그 기막힌 시간을 겪고 난 뒤 나는 언제 끝날지 모르는 짧은 생에서 이왕이면 내가 가장 원하는 일을 하고 싶었다.

나는 내가 정말 원하는 꿈에 도전하면서, 그 꿈을 응원했던 한 사람을 사랑하면서 그때까지 한 번도 느껴 보지 못한 삶의 기쁨을 느꼈다. 그러나 행복했던 시간도 잠시, 꿈과 사랑이 처절하게 무너지는 광경을 지켜봐야 했다. 살면서 그만큼 온 마음과 정성을 다했던 적은 없었는데, 그런 실패는 처음이었다. 나는 중심을 잃고 흔들렸고, 애정이 깊었던 만큼 상처가 깊었다. 나는 오랜 시간 조용히 앓았다. 시간이 흘러 누군가는 새로운 꿈을 찾아, 또 누군가는 사랑을 찾아 각자의 길을 갔다. 그러나 애석하게도 나는 좌절한 내 꿈과 사랑을 온전히 보내지 못한 채 여전히 애정하고 있었다.

문득 나 자신에게 화가 났다. 모두 사라지고 없는데, 여전히 애정한다는 게 말이 되는가! 과거는 지나갔고, 아무리 애정했다 한들 다 끝난 이야기 아니던가! 그러자 과거의 기억이 타이르듯 속삭였다. 실패는 유감이지만 그래도 뜨겁게 사랑했고, 지금 이렇게 살아 있다는 사실만으로도 의미가 되지 않느냐고. 나는 고개를 저었다. 모르겠다. 어떻게 결과와 상관없이 사랑했다는 사실만으로, 그리고 지금 살아 있다는 것만으로도 다행이라고 여길 수 있는 건지. 살아 있는 것만이 최선이라면, 꿈 많았던 내 동기가 스스로 삶을 포기한 선택은 어떻게 설명할 것이며, 아들과 행복한 시간을 꿈꾸었던 작은 엄마가 그런 시간을 코앞에 두고 삶을 등진 것은 어떻게 설명할 것인가. 그저 살아 버티는 것만이 최선이라면 그렇게 죽은 사람들의 삶은 의미가 없단 말인가. 삶에서 사랑이 최고의 가치라고 누가 말했단 말인가. 실패한 사랑도 의미가 있다고 실패한 그 누가 말할 수 있는가, 성공한 그 누가 말할 수 있겠는가. 질문이 꼬리에 꼬리를 물어 머릿속이 복잡해졌다.

그러다가 잠시 들른 고고학 박물관에서 나무 화석을 보았다. 바다가 땅이 되어 지층에 묻힌 바다 생물 화석도 보았다. 이들은 나를 더 깊은 상념으로 이끌었다. 나무가 화석이 되는 시간, 바다가 땅이 되는 시간. 그 억겁의 시간을 고스란히 살아 낸 존재들. 길고 긴 세월의 증거 앞에서 나는 조용히 내 안의 시간과 존재에 시선을 돌렸다. 십 년이든, 십억 년이든 우리는 한 세계 속에서 시간의 흐름을 따라 나아가고 있었고, 그래서 지금 여기 존재하고 있었다. 그 순간 나도 모르게 마음이 울컥했다. 다들 살아 내고 있구나. 너는 나보다 거대하지만, 나와 하나도 다를 바 없이 깎이면서도 견뎌 냈구나. 나는 한동안 화석을 말없이 바라보았다.

차는 브라이스 캐넌(Bryce Canyon)을 향해 달리기 시작했다. 휘황찬란한 자연도 계속 보다 보니 익숙하고 편안하게 느껴졌다. 점심을 먹은 데다 따뜻한 햇살까지 온몸을 감싸자 몸이 나른해졌다. 나도 모르게 스르르 눈이 감겼다. 얼마 지나지 않아 꿈속에서 토끼가 다시 나를 찾았다. 흑곰은 혹독했던 청춘의 계절처럼 토끼를 잔인하게 집어삼켰고, 토끼는 속수무책으로 당했다. 토끼의 처절한 비명이 이어졌다.

"살려줘! 살려줘!"

나는 귀를 틀어막고 토끼와 흑곰으로부터 도망쳤다. 그 시간들은 다 지나갔다고! 나는 살아남았고, 더 이상 나를 괴롭히는 꿈도 세상도 없다고! 다 끝났다고!

그러나 아무리 멀리 도망쳐도 다시 같은 자리로 돌아올 뿐이었다. 토끼는 결국 흑곰에게 완전히 먹혔고, 토끼가 남긴 말만 허공에 맴돌았다.

"마음의 나라로 와 줘."

나도 모르게 주변을 둘러보았다. 아무도 없었다. 대체 나한테 왜 그러는 거야?

"제발……."

"못 가! 안 가! 왜 가, 내가!"

고래고래 소리치자 흑곰이 내게 고개를 돌렸다. 눈이 마주치는 순간 가슴이 덜컥 내려앉았다. 이건 꿈이야. 너는 가짜야. 너는 나를 잡아먹을 수 없어. 나는 흑곰의 눈을 뚫어지게 쳐다보며 주문을 걸었다. 흑곰이 날카로운 이빨을 드러내며 두 발을 딛고 서서 포효했다. 그리고 곧장 내게 돌진했다. 나는 주먹을 꼭 쥐고 두 눈을 질끈 감았다. 너는 가짜야, 너는 가짜야. 크게 심호흡을 하고 눈을 번쩍 떴다. 흑곰의 입이 내 머리통을 삼키기 직전이었다.

"으아악!"

나는 비명 소리와 함께 몸을 벌떡 일으켰다. 흑곰은 온데간데없이 차창 밖으로 브라이스 캐년이 보였다. 가이드 아저씨가 걱정스런 눈빛을 보냈다.

"괜찮아요? 무슨 꿈을 꾸었기에……."

나는 숨을 헐떡이며 가슴을 쓸었다. 온몸이 땀으로 흥건했다. 아저씨가 건네준 손수건으로 땀을 닦으며 크게 심호흡을 했다. 시곗바늘이 오후 2시를 가리켰다. 이제는 시도 때도 없이 악몽이 찾아오는구나. 그 순간 핸드폰이 울렸다. 뜻밖의 그의 문자에 미간이 찌푸려졌다. 헤어진 지가 언젠데, 너는 왜 아직도 내 안부가 궁금한 거니. 나도 모르게 화가 치밀어 신경질적으로 차 문을 열고 나갔다. 브라이스 캐년에 눈이 내리고 있었다. 그와 헤어지던 삼 년 전 그날이 떠올랐다. '겨울의 끝날', 그날도 지금처럼 눈보라가 매섭게 휘몰아쳤고 그는 눈보다 더 차가웠다. 잠깐 생각하는 것만으로도 숨이 턱 막혔다. 나는 브라이스 캐년을 향해 빠르게 걸어갔다.

브라이스 캐년은 수백 수천 개의 후드들이 모여 장관을 이루고 있었다. 길고 좁다랗게 살아 버티는 저 존재도 지금까지 견뎌 온 그 시간만큼 시간이 더 흐르면 자취를 감출 것이다. 지금 이 순간, 아무도 찾는 이 없는 이곳에서 홀로 세상과 이별하며 존재가 사라지는 광경을 바라보았다. 그 모습이 추운 겨울, 방 안에서 홀로 침잠하던 나와 다르지 않아 브라이스 캐년의 홀로 있음이, 그 고독이 나의 것처럼 마음에 와 닿았다. 생명을 가진 모든 것들은 아무리 단단한 마음을 가졌다한들 세월을 이기지 못하고 사라졌을 텐데, 모두 떠난 빈자리에 홀로 남아 긴 변화의 시간을 묵묵히 견딘 브라이스 캐년의 마음은 어떨까. 브라이스 캐년을 조용히 바라보다 보니 악몽과 그의 문자에 울컥 치밀었던 감정이 조금씩 가라앉는 듯했다.

그래, 시간이 해결해 줄 거야. 살아남은 브라이스 캐년의 후드(hoodoos)들이 앞으로도 계속 깎여 나갈 운명인 것처럼, 누가 사라지고 누가 살아남았든, 얼마나 살아서 버텼든 간에, 결국 존재하는 모든 것은 세월의 흐름 속에서 완전히 소멸하고 말 것이다. 마찬가지로 나의 삼 년의 방황도, 무겁게 짊어진 내 응어리도 언젠가는 다 사라지고 말 것이다. 생각에 잠긴 사이 사방에 눈이 내렸다. 황토색의 깎여 나간 돌벽을 어루만지듯 하얀 눈이 브라이스 캐년 위에 사뿐히 내려앉았다. 내 머리 위에도, 손 위에도, 가슴 위에도 쌓였다. 그렇게 쌓이는 눈 속에서 나는 브라이스 캐년을, 브라이스 캐년은 나를 하염없이 지켜보았다.

지식은 사람을 자만하게 하니, 지혜를 구해야

차는 멈추지 않고 너른 초원을, 협곡을 가로질렀다. 아저씨는 여전히 말이 없었고, 나 역시 이런저런 생각에 잠겨 시간 가는 줄 몰랐다. 미국의 겨울은 해가 짧았다. 오후 4시면 해가 지기 시작하여 금세 어두워졌다. 거기다 오늘은 갑자기 눈보라까지 치기 시작해 시야를 가렸다. 오르막길과 내리막길이 계속되자 아저씨는 차의 속도를 늦추었다. 궂은 날씨가 걱정이라며 몇 마디 건네더니 자신의 이야기를 털어놓았다.

"나는 IMF 때 사업이 크게 망해서, 여기로 건너왔어요. 한국에서 달리 할 수 있는 게 없었거든요."

나는 뜻밖의 고백에 귀를 기울였다.

"내 버킷리스트 중에 하나가 그랜드 캐년 가이드였어요. 그래서 작년, 재작년에 친구들을 데리고 여행하면서 경험을 쌓았죠. 여기 캐년 코스는 여러 번 왔어요. 겨울에는 처음이지만⋯⋯. 그래서 이런 눈보라는 당황스럽네요."

"저는 이번이 처음이자 마지막이라고 생각하고 온 건데, 몇 번씩 오신다니까 부럽네요."

"부럽긴요. 젊은 게 부럽지⋯⋯. 한국에서 무슨 일 해요?"

아저씨의 질문에 나도 모르게 말문이 막혔다. 나는 어느 순간부터 하는 일을 감추기 시작했다. 내가 그 일을 잘하고 있다는 자신이 없어서였다. 나는 주저하다가 그냥 말해 버렸다.

"창작을 하고 있어요. 제 작품도 쓰고, 다른 사람들이 자기 작품을 쓸 수 있게 가르치는 일도 해요."

"멋진 일을 하고 있네."

아저씨가 의외라는 듯 나를 보며 목소리를 높였다. 나는 고개를 저으며 입을 뗐다.

"전혀 멋지지 않아요. 잘 못하거든요. 간당간당 버티는 수준이에요."

아저씨는 미소를 지으며 다시 앞을 보았다. 내리막길이 이어지자 차가 미끄러질까 봐 긴장한 표정이 역력했다. 나는 마음속으로 말했다. 정말로 간당간당 버티고 있어서 그래요. 고양이달을 쓴 건 나 자신을 위해서 한 일이었지만, 남이 작품을 쓸 수 있게 가르치는 일은 남을 위해야 하는 일이었어요. 그게 참 어렵더라고요.

그랬다. 나에겐 그게 너무나도 어려웠다. 내 삶이 어떻다, 어떠해야 한다고 말하는 것은 아무럼 상관없지만, 내 삶의 경험을 훨씬 넘어서는 타인에게 당신의 삶이 이랬어야 하지 않느냐고 묻고, 듣고, 사유의 방향을 안내하는 것은, 그렇게 그들의 삶을 다시 쓰게 하는 것은 내게 너무 버거운 일이었다. 내 삶의 방향도 제대로 잡지 못하는 내가 감히 남의 삶을 위한 방향을 안내할 수 있는지, 그런 지혜가 있는지 의문이 들었다. 그런 의문이 계속될수록 그 일이 정녕 나를 행복하게 하는지 확신할 수 없었다. 질문은 다시 원점으로 돌아왔다. 나를 위한 일이었던 고양이달도 나를 불행하게 만들고, 남을 위한 교육도 나를 행복하게 하지 못하는데, 이 일을 정녕 좋아서 하는 일이라고 말할 수 있는가. 나는 왜 그 시절의 무모한 열정과 치기에 인생을 걸었던 걸까. 그렇게 후회하는 내가 시시때때로 틈을 엿보다가 나를 사정없이 공격했고, 무너뜨렸다. 나는 정말이지 도망치고 싶었다. 그런 나를 떨쳐 버리고 싶었다. 아저씨는 잠시 생각하더니 천천히 입을 뗐다.

"아가씨가 하는 일은 지혜를 필요로 하는 일이네. 지식은 사람을 자만하게 하니, 꼭 지혜를 터득했으면 해요."

"맞아요. 지혜가 필요해요. 그렇지만 지혜는 지식처럼 공부한다고 해서 얻어지는 게 아니잖아요. 연륜이 쌓여야 얻을 수 있는 건데, 제가 하는 일은 그게 없으면 힘들어요. 그래서 이 일을 계속해야 할지 고민하고 있어요."

"나는 그렇게 생각하지 않는데? 나이가 중요한 게 아니잖아요. 아이든, 어른이든 모두 한 점을 향해 가고 있다고 봐요. 나만의 방식으로 어떻게 터득할 것인지가 관건이지, 언제가 될지 그건 아무도 모르는 거예요. 노인이라고 꼭 지혜로운 것도 아니고, 아이라고 꼭 철부지가 아닌 것처럼……. 어쩌면 이 여행에서 아가씨가 필요로 하는 지혜를 구할 수 있을지도 몰라요. 질문을 해야만 대답을 구할 수 있는 것처럼……. 아가씨는 이미 질문을 던졌잖아요."

나는 조용히 고개를 끄덕였다. 아저씨는 의기소침한 내가 마음에 걸렸는지 아저씨의 어머님 이야기를 들려줬다. 초등학교도 나오지 못했지만, 가방 끈이 긴 사람들조차 어머니를 찾아 고민을 털어놓고 조언을 구했다고 한다. 옆에서 보면 딱히 이렇다 할 해결책을 내놓는 것도 아니었는데, 그렇게 너나 할 것 없이 어머님만 찾은 걸 보면 말하지 않고도 헤아리는 지혜를 터득한 것 같다고. 배우지 못한 데서 온 겸손과 따뜻한 마음이 상대의 입을 열게 했고, 어머님은 듣는 귀를 통해 결국 그러한 지점에 이르게 된 것 같다고…….

"아가씨도 그런 마음과 귀가 필요해요. 그렇죠?"

"네."

짧은 대답을 내뱉는 순간 나는 하마터면 울 뻔했다. 아저씨는 아저씨의 어머님을 닮은 걸까. 구구절절 설명하지 않았는데도 내 마음을 이렇게 헤아려 주다니……. 나보다 인생을 두 배 더 살아 낸 선배가 마음으로 걱정하며 조심스럽게 건네는 말의 온도가 그대로 전해졌다. 차 안의 분위기와 달리 창밖의 눈보라는 점점 더 거세지고 있었다. 와이퍼가 아무리 호들갑을 떨며 몸을 휘저어도 쌓이는 눈을 당해 내지 못했다. 시야가 완전히 눈에 파묻히자 아저씨는 허리를 더 곧게 세우고, 온 신경을 운전에 집중했다. 눈보라가 사정없이 시야를 때리다가 갑자기 우박으로 바뀌었고, 그러다 폭우로 변했다. 나는 마른 침을 연거푸 삼켰고, 아저씨의 미간에는 주름이 움푹 팼다. 차 안은 침묵이 감돌았고, 우리는 밤에 꼼짝없이 갇힌 채 조심스레 나아갈 뿐이었다.

세계와 세계 그 사이, 건널 수 없는 강

그날 저녁, 우리는 눈 속에서 약 300킬로미터를 달렸다. 서울에서 부산까지 쉬지 않고 한 번에 달린 셈이었다. 여행 초반부터 계속 강행군을 하다 보니 어느 순간 나도 모르게 정신을 놓고 말았다. 희미하게 눈을 뜰 때마다 눈이 오거나, 비가 내리거나, 바람이 거세게 부는 단편적인 장면들이 지나갔다. 그러나 얼마 지나지 않아 눈꺼풀이 완전히 내려앉았다. 그렇게 몇 시간을 잠들어 있었던 걸까. 서서히 정신을 차릴 때쯤 아저씨의 목소리가 들렸다.

"어? 어! 어!"

나는 아저씨의 시선을 따라 차창 밖을 응시했다. 눈도, 비도 그친 상황이라 아까보다 시야가 또렷했다. 자동차 헤드라이트가 캄캄한 시골길을 비추자 오른쪽에 움직이는 형체가 눈에 들어왔다.

"어? 저게 뭐지?"

나는 눈을 크게 뜨고 몸을 앞으로 기울였다. 차가 가까이 갈수록 그 형체의 모습이 드러났다. 토끼였다. 토끼가 귀에서 피를 흘리며 도로변에서 손을 흔들고 있었다. 아저씨가 차를 급히 세우고는 밖으로 뛰쳐나갔다. 차창을 사이에 두고 나는 토끼와 눈이 마주쳤다. 나도 모르게 숨이 탁 막혔다. 말도 안 돼! 어떻게, 이런 일이 있을 수 있단 말인가! 나는 넋이 나간 채로 차에서 내렸다. 아저씨가 토끼를 부축하자 토끼가 아저씨의 몸에 기대어 쓰러졌다. 나는 가까이 다가가 눈을 크게 뜨고 토끼를 살폈다. 하얀 털의 자그마한 체구와 생김새, 내가 아는 토끼가 틀림없었다. 한쪽 귀에서 피를 흘리는 모습까지 똑같았다. 아저씨가 토끼에게 물었다.

"어떻게 된 거니?"

토끼가 힘겹게 입을 뗐다.

"곰이……."

"뭐라고?"

아저씨가 토끼의 입에 귀를 가까이 가져다 댔다. 나도 마찬가지로 귀를 바짝 가져다 댔다.

"고, 곰이 귀를……."

토끼는 더 말을 잇지 못한 채 정신을 잃었다. 나는 망치로 머리를 한 대 얻어맞은 듯했다. 자신을 꺼내 달라던 그 목소리와 같았다. 더 이상 의심의 여지가 없었다. 아저씨는 토끼를 차 안에 눕혔다. 나는 토끼의 머리를 무릎에 얹고 걸치고 있던 카디건을 벗어 상처 입은 귀를 감쌌다. 카디건이 이내 붉은 피로 물들었다. 토끼의 눈이 서서히 감겼다. 아저씨가 뒤돌아보며 말했다.

"조금만 참아."

나는 걱정스런 마음과 당황스런 마음이 뒤섞여 혼란스러웠다. 아저씨는 그 어느 때보다 빠르게 밤을 뚫고 달렸다. 삼십 분가량 지났을까. 캄캄하고 황량한 시골길에 일층짜리 작은 호텔 간판이 보였다. 아저씨는 호텔 입구 쪽으로 방향을 틀었다. 토끼는 정신을 잃은 상태였다. 나는 토끼를 안고 호텔 방에 뛰어 들어가 침대에 눕혔다. 그리고 구급약을 얻어 와 토끼의 귀를 치료했다. 토끼의 귀에 붕대를 감는 모습을 지켜보던 아저씨가 입을 열었다.

"많이 놀랐죠? 이게 대체 무슨 일인지……."

"저보단 아저씨가 운전하시느라 고생하셨는데, 이런 일까지…. 얼마나 놀라셨어요."

"그래도 그때 거길 지나가서 천만다행이지, 아니면 큰 일 날 뻔했네요."

"그러게요."

나는 붕대를 매듭짓고 침대에서 일어났다. 아저씨가 말했다.

"배고프죠? 뭐라도 먹어야죠. 호텔 주인장이 뜨끈한 스프를 준비해 주기로 했어요. 나가서 한 술 뜹시다."

아저씨가 나의 어깨를 살짝 다독이며 먼저 밖으로 나갔다. 나는 잠든 토끼의 모습을 물끄러미 바라보았다. 붕대를 감아 놓은 귀는 다른 귀에 비해 확연히 짧았다. 어쩌다 귀가 저 지경이 되었을까. 나는 크게 한숨을 쉬고 방을 나섰다.

아저씨와 나는 마주 앉아 조용히 스프를 먹었다. 서로의 얼굴에는 지친 기색이 역력했다. 아저씨는 마지막 한 술을 뜨기 직전 숟가락을 든 채로 눈을 감았다. 나는 의자에서 일어났다. 끼이익, 의자 밀리는 소리에 아저씨가 놀라 화들짝 눈을 떴다. 내가 작은 소리로 말했다.

"들어가서 주무세요. 내일 아침에 뵐게요."

아저씨도 따라 일어나더니 희미한 미소를 지으며 말했다.

"아가씨도 잘 자요."

나는 미소로 답하며 방으로 향했다. 과연 잘 잘 수 있을까. 악몽 속에 나왔던 토끼가 한 침대에 누워 있는데 잠이 올까. 도대체 이게 말이 된단 말인가. 어떻게 꿈 속의 네가 여기 있을 수 있는 거야. 여긴 미국이라고! 나는 아직도 어안이 벙벙했다. 그래, 꿈이다. 이건 꿈이야. 대낮에 본 대자연의 풍경도 얼마나 비현실적이었던가! 여기까지 다 꿈인 거다. 얼른 깨자! 나는 입술을 꽉 깨물고 방문을 열었다. 그리고 침대 위 잠든 토끼를 보는 순간 무릎이 풀려 주저앉고 말았다. 토끼가 숨을 쉴 때마다 하얀 배가 살짝 오르락내리락했다. 분명히 살아 있는 존재였다. 꿈이 아닌 실제였다.

"이게 뭐야……."

나도 모르게 눈물이 핑 돌았다. 갑자기 두통이 밀려와 머리가 깨질듯이 아팠다. 모르겠다. 일단 자자. 아침이 밝으면 모든 의문이 풀리겠지. 나는 억지로 몸을 일으켜 침대에 누웠다. 토끼의 얼굴과 붕대로 칭칭 감은 귀가 코앞에 보였다. 나는 등을 돌렸다. 눈을 감자 악몽 속의 토끼가 했던 말이 환청처럼 메아리쳤다.

"나 좀 꺼내 줘, 마음의 나라로 와 줘."

마음의 나라가 여기였어? 가만, 그럼 흑곰도 실제로 존재한다는 거야? 아, 머리 아파. 머리 아파……. 나는 두통에 짓눌려 깊은 잠에 빠져들었다.

다음 날 아침, 잠에서 깼을 때 침대 옆은 텅 비어 있었다. 나는 몸을 반쯤 일으켜 방 안을 둘러보았다. 토끼는 어디 갔지? 로비로 나가자 먼저 준비를 마친 아저씨가 간단한 아침 식사를 하고 있었다.

"혹시 토끼 보셨어요?"

"글쎄, 여기 어디 있을 거예요. 먼저 나와서 과일 먹고 있던데요?"

"과일이요?"

"좀 진정이 됐는지 꽤 밝은 목소리로 인사하더라고요."

아저씨는 시리얼을 마저 먹었다. 호텔 문 밖으로 토끼가 쌓인 눈을 가지고 노는 모습이 보였다. 가까이 다가가자 토끼가 만든 눈사람이 보였다. 아저씨가 물었다.

“아침 먹어야죠.”

나는 고개를 저으며 토끼를 응시했다. 어제 그런 일을 겪고도 어떻게 저렇게 천진난만하게 놀 수 있는지 이해가 되지 않았다. 아저씨가 말했다.

“어서 준비하고 나와요. 그랜드 캐년 보러 가야죠.”

나는 얼떨결에 고개를 끄덕였다. 방으로 가는 길, 토끼의 모습이 눈에 어른거려 나도 모르게 중얼거렸다.

“이상한 토끼야, 정말.”

나는 짐을 대충 챙겨 나와 바로 차에 올라탔다. 토끼가 눈사람과 씨름하다 말고 달려와 뒷좌석에 앉았다. 그러고는 한껏 들뜬 목소리로 외쳤다.

“좋은 아침이요!”

좋은 아침? 어이가 없어 뒤돌아보자 토끼가 말했다.

“고마워. 밤새 보살펴 줘서…….”

토끼가 씨익 웃자 툭 튀어나온 앞니 두 개가 도드라졌다. 나는 창밖으로 고개를 돌리며 무심히 말을 던졌다.

“밤새는 무슨……. 나도 잤어.”

아저씨가 시동을 걸며 토끼에게 따스하게 말을 건넸다.

“좀 괜찮니? 어제는 어떻게 된 거야?”

“곰한테 당했어요. 거울을 보니 귀가 더 잘렸더라고요. 상처야 시간이 지나면 아물겠지만, 곰이 또 쫓아올까 봐 걱정이에요.”

“왜 쫓기고 있는 건데?”

“모르겠어요.”

“그 곰은 왜 네 귀를 잘라 먹는 건데?”

“그것도 모르겠어요. 귀에 기억이 다 있어서, 귀가 잘리니까 저도 영문을 모르겠어요.”

“왜 여기 있는지도 기억이 나질 않니?”

“네. 왜 여기 있는지, 곰이 왜 저를 쫓는지, 하필 귀만 노리는지…….”

토끼가 어두운 표정으로 말끝을 흐리며 고개를 저었다.

“우린 오늘 그랜드 캐년에 갈 거야. 넌 어떻게 할래?”

“저도 그랜드 캐년 보고 싶은데, 함께 가도 될까요?”

토끼의 대답에 아저씨가 특유의 자상한 미소를 지으며 고개를 끄덕였다. 나는 토끼가 미심쩍었지만 일단 내버려 두기로 했다. 아저씨는 묵묵히 협곡의 절경을 뚫고 달렸다. 눈보라와 우박이 언제 사납게 몰아쳤냐는 듯 초원도 나무도 바위도 절벽도 당당하게 제 모습을 드러내고 있었다. 그럼에도 어제의 흔적이 남아 흐린 하늘 아래 뿌연 안개가 때때로 나무를 가리고, 바위를 덮고, 절벽을 숨겼다. 그 풍경을 보며 감상에 잠길 때마다 토끼가 뒤에서 호들갑을 떨었다. 나는 입술을 꼭 깨물고 이어폰을 꺼내 귀에 꽂았다. 토끼의 목소리가 점점 커지자 이어폰의 소리도 덩달아 커졌다. 그렇게 두 소리가 맞붙어 내 귀를 사정없이 울려 대는 동안 어느덧 그랜드 캐년에 입성했다.

차에서 귓가를 때리던 음악과 토끼 목소리는 온데간데없이 사라지고 깊은 침묵이 풍경을 휘감았다. 콜로라도 강(Colorado River)이 콜로라도 고원(Colorado Plateau)을 가로질러 흐르는 곳에 형성된 대협곡이 눈 앞에 있었다. 길이가 무려 447킬로미터로 서울과 부산 사이의 거리가 약 390킬로미터인 것을 감안하면 입이 떡 벌어질 노릇이었다. 너비가 30킬로미터, 깊이는 1,500미터로, 길이뿐만 아니라 전체적인 규모에서도 압도될 수밖에 없었다. 나는 전망대에 서서 한동안 말없이 시야에 들어온 협곡의 벽을 바라보았다. 토끼도 조용히 서서 앞만 응시했다.

깎아지른 듯한 절벽 위로 암갈색, 회갈색, 고동색, 황토색, 진녹색, 상아색 등 다채로운 색상의 지층이 조화를 이루고 있었다. 어느 시절에는 차곡차곡 쌓여 수평으로 이어진 지층을 만들고, 또 어느 시절에는 옆이나 밑에서 오랫동안 힘을 받아 모양이 휘어지기도 하고, 또 어느 혹독한 시절에는 양쪽에서 잡아당기거나 미는

힘에 의해 끊어지기도 하며 살아남은 지층들이 차곡차곡 쌓여 지금 내 앞에 존재
하고 있었다. 기껏해야 백 년을 살기 힘든 인간이, 고작 삼십 년을 살아 낸 내가,
도저히 가늠할 수 없는 이십억 년의 나이테를 맨몸으로 드러낸 그랜드 캐년에게
인사를 건넸다. 그러자 그랜드 캐년이 내게 물었다. 어떻게 이 먼 곳까지 왔느냐
고, 실제로 나를 보니 기분이 어떠하냐고……. 나는 아무 말도 할 수가 없었다. 정
말이지 아무 말도 할 수가 없었다.

　이백 년도 아니고, 이천 년도 아니고, 이억 년도 아니고, 이십억 년은 내가 상상
할 수 있는 세월이 아니었다. 나는 고작 삼 년을 부둥켜안고 끙끙거리는 보잘 것
없는 존재였다. 좁디좁은 내가 무슨 능력으로 감히 그랜드 캐년의 시간을, 언어
를, 풍경을 이해하겠다고 여기까지 온 걸까. 이십억 년, 그 세월과 나 사이에는 또
하나의 콜로라도 강이 존재하여 나는 도저히 그랜드 캐년으로 건너가 그것의 마
음을 보고 듣고 헤아릴 수 없었다. 그랜드 캐년은 멀리 떨어져서 그저 한 폭의 그
림처럼 우뚝 서 있을 뿐 내게 다가와 내 가슴을 치지 못했다. 우리는 같은 공간에

있지만 다른 세계에 속해 있었다.

 헤어진 그도 그랬다. 우린 같은 공간에 있지만 다른 세계에 속해 있었다. 그는 그의 세계에, 나는 나의 세계에…. 나는 나의 세계에 홀로 존재함이 외로웠고, 그 역시 그랬기에 우리의 세계가 만났을 때 우리는 환희에 가득 찼다. 우리는 하나가 되기 위해 서로의 세계를 탐색했고, 때때로 비교라는 것을 했다. 나의 세계와 그의 세계, 나의 마음과 그의 마음을 두고 치열하게 우위를 가려 상대보다 내가 부족하면 노력이라는 것을 했고, 상대가 나보다 부족하면 서운해 울기도, 화를 내며 다그치기도 했다. 그 속에서 때론 희망에 부풀었고, 때론 비관하기도 했다. 관계가 깊어질수록 서로에 대한 기대가 커지면서, 서로의 시간과 언어와 풍경을 이해하는 게 점점 더 어려워졌다. 그리하여 서로를 끝없이 오해했고, 원망했고, 심지어 미워했다. 우리는 점점 지쳐 가기 시작했다. 그리고 결국 우리 사이에 건널 수 없는 강이 존재함을 인정할 수밖에 없었다. 우리의 마음이 온통 애증으로 바뀌어 버렸을 때 우리는 서로의 세계를 떠났다. 이십 대에 겪은 가장 뼈아픈 실패였다.

 주머니에서 핸드폰을 꺼내어 그가 보낸 문자를 다시 보았다.

 '잘 지내니. 일은 잘하고 있고? 여전히 좋지?'

 나는 속으로 대답했다.

 '잘 지내지 못해. 일은 다 정리하고 떠나왔어. 이곳에서조차 여전히 좋지 않아.'

 이번엔 나 스스로 질문을 던졌다.

 '언제까지 좋지 않을 건데? 그러니까 대체 왜 그런 일을 벌인 거야? 왜 나를 힘들게 만드는 그 일을 좋아한 거야? 내가 가장 힘든 시기에 떠난 그였어. 왜 그런 그를 좋아했고, 지금껏 상처를 붙들고 괴로워한 거야?'

 나는 이십억 년의 기억을 가진 그랜드 캐년 앞에서 지난 몇 년 간의 기억을 되짚어 보았다. 청춘의 기억은 한 덩어리로 뭉쳐 있어, 어디서부터 어디까지가 행복이고 불행인지 구분하기 어려웠다. 어디까지가 사랑이고 어디까지가 애증인지, 어디까지가 열정이고 어디까지가 자기 학대인지, 어디까지가 미련이고 어디까지

가 그리움인지 알기 어려웠다. 사랑과 미움과 행복과 불행이 복잡하게 얽혀 '청춘'이라는 이름으로 내 안에 응어리졌고, 그 응어리는 시시때때로 내 가슴을 치고 나를 통째로 흔들었다. 나는 더는 견딜 수 없어, 그 돌덩이 같은 응어리를 뱉어 내려 한다. 시간을 두고 잘근잘근 깨부수어 세상의 끝에 버리고 올 것이다. 마음 속 응어리들이 짐을 빼면 얼마나 텅 빌지, 얼마나 처절히 무너질지 감히 예측할 수 없지만, 나는 더 이상 외롭고 싶지 않았다. 더 이상 불행하고 싶지 않았다. 반드시 내가 나를 구할 것이다. 나는 비로소 세상의 끝, 우수아이아로 향할 마음의 준비가 되었다.

그랜드 캐년과 그, 모두 내게 설렘과 도전을 주었지만 나를 좌절하게 한 존재들. 당신들을 이해하기엔 나는 미약한 존재랍니다. 언젠가 이곳에 다시 오게 된다면, 그래서 감히 당신의 이십 억년으로부터 내가 일말의 위로를 받게 된다면 나는 지난 삼 년보다 더 혹독한 삶의 지층을 쌓았겠죠? 내가 또 다른 누군가를 온전히 이해하려면 나는 지금보다 더 깊고 넓어져야겠지요? 얼마나 더 울어야 할지 상상조차 안 되지만 그럼에도 나는 위로받을 거고, 다시 사랑할 겁니다. 그전에 도저히 이해할 수 없는 아픈 기억부터 버리러 세상의 끝으로 갈 거예요. 잘 있어요, 그랜드 캐년.

나는 조용히 그랜드 캐년과 작별했다. 토끼가 묵묵히 나를 지켜보다가 내가 내려다보자 빙그레 웃어 주었다. 나도 그때만큼은 귀가 잘린 토끼가 가엾게 느껴져 말없이 웃어 주었다. 거대한 그랜드 캐년에 또 하루만큼 시간의 지층이 쌓이고 있었다.

아저씨와의 작별은 첫 만남만큼이나 담백했다. 우리는 함께 여행을 떠나듯 공항으로 향했다. 아저씨가 나에게 물었다.

"이제 어디로 가나요?"

"페루에 가요. 거기서 세상의 끝, 우수아이아까지 내려갈 생각이에요."

"좋은 경험이 되겠네요. 행운을 빌어요."

아저씨가 미소 지으며 대답한 뒤 이번에는 토끼에게 물었다.

"넌 이제 어디로 갈 거니?"

토끼는 조용히 고개를 숙인 채 말이 없었다. 아저씨가 그런 토끼를 걱정하는 말들을 늘어놓았다. 나는 토끼를 물끄러미 바라보았다. 대체 정체가 뭘까. 아저씨만 없으면 대놓고 물었을 텐데, 이도저도 못한 채 생각만 하는 사이 공항에 도착했다. 차에서 짐을 내린 뒤 잠시 고민하다가 뒷좌석으로 다가갔다.

"잠깐 얘기 좀……."

어라? 토끼가 보이지 않았다. 그새 어디로 사라진 거지? 주위를 두리번거리는데, 토끼가 뒤에서 내 옷자락을 붙잡았다.

"나도 데려가 줘."

"뭐라고?"

나는 '너 대체 누구야?'라고 묻고 싶은 마음을 꾹 누르고 차분히 이유를 물었다. 토끼가 대답했다.

"나도 세상의 끝에 가야 해."

"거긴 왜?"

"기억을 찾으러……. 나도 데려가 줘. 부탁이야."

토끼는 간절한 눈빛으로 나를 바라보며 애원했다. 이게 도대체 무슨 일인지 모르겠지만, 이대로 두고 가면 더 찜찜하겠지. 매일 밤 악몽에 등장하는 토끼와 무슨 관계가 있는지, 도대체 왜 내 눈앞에 나타났는지 알아야 했기에 나는 토끼의 부탁을 받아들였다. 그렇게 우리는 언제까지일지 모를 동행을 시작했다. 토끼는 비행기에 타자마자 곯아떨어졌다. 나는 비행기 창 아래 멀어지는 그랜드 캐년을 바라보며 다시 한 번 마음을 굳게 붙잡았다. 두 달 뒤 청춘의 아픈 기억을 모두 버리고, 마음의 응어리를 뱉어 냈기를 간절히 바라면서…….

안데스 산맥
세상의 끝, 우수아이아

2. 안데스 산맥
__ 버리고 싶은 기억, 찾고 싶은 기억

거친 기억의 눈보라

라스베이거스(Las Vegas) 공항에서 비행기를 타고 여덟 시간 반을 날아 마침내 페루의 수도 리마(Lima)에 도착했다. 세상의 끝으로 향하는 긴 여행의 시작은 페루 북부에 있는 우아라스(Huaraz)였다. 우아라스에서, 세상에서 제일 긴 산맥 안데스 산맥(Andes Mountains)를 오르며 세상의 끝까지 갈 각오를 다질 참이었다. 그 후 페루에서 볼리비아, 칠레, 아르헨티나로 계속 내려가며 과거의 기억들을 정리하고, 남미 대륙의 끝이자 세상의 끝, 우수아이아(Ushuaia)에 가서 아픈 기억을 다 버릴 생각이었다. 그러면 새로운 마음으로 삼십 대를 시작할 수 있으리라.

리마에서 우아라스까지 장거리 버스를 타고 이동하는 동안 토끼는 힘들다고 칭얼대더니, 어느 순간 더 이상 칭얼댈 힘도 없는지 내내 잠만 잤다. 그러나 이 여행의 무게를 아는 나는 쉽게 잠을 이룰 수 없었다. 창밖의 풍경이 낮에서 밤으로, 밤에서 낮으로 바뀌는 것을 지켜보며 이 모든 아픔의 시작이었던 2011년 1월부터 2014년 12월 현재까지 사 년의 시간을 되짚었다. 2011년 1월, '고양이달'이라는 작품을 쓰기 위해 아띠봄이라는 벤처기업을 만들지 않았다면'에서 시작되는 시간 여행, 그리고 어김없이 뒤따라 붙는 자책…….

'네가 하고 싶은 일을 하면서 꿈을 이루겠다고 나섰으면 힘든 건 당연히 감수해야 하는 거 아니야? 왜 이제 와서 편한 길을 두고 사서 고생했다고, 그런 선택을 한 널 원망하는 거야? 왜 네가 이룬 것에 대해 후회하고 부끄러워하는 거야?'

늘 그랬듯이 오늘도 마음이 이리저리 뒤집혔다. 부산스런 내면과 달리 창밖으로는 페루의 조용한 일상이 지나갔다. 수도인 리마와는 다르게 개발이 이루어지지 않아 조용하다 못해 황폐하기 그지없었다. 먼지 날리는 흙바닥 위로 다 무너져 가는 낡은 건물들이 띄엄띄엄 서 있고, 반쯤 깨진 창문 사이로 벽지도 장판도 깔리지 않은 공사판 같은 내부가 보였다. 온갖 식기구와 허름한 가구들이 한곳에 뒤엉켜 아수라장을 이루었다. 아이, 어른 할 것 없이 모두 집 앞에 쪼그리고 앉아 버스를 멍하니 구경하고 있었다. 버스가 지나갈 때마다 바퀴에서 뿜어져 나오는 먼지가 그들을 휘감았지만, 생기 없는 그들의 눈은 생계가 무너지는 마당에 그깟 먼지쯤이야 상관없다고 말하는 듯했다. 자포자기한 눈빛, 지금 있는 그곳에서 무슨 희망을 볼 수 있을까, 내게 반문하는 듯했다. 떠나오기 전 내 눈빛도 그들과 같았을까.

'남녀 사이, 안 맞으면 헤어지는 거 당연하고 흔한 일이야. 다들 그렇게 만나고 헤어져. 더군다나 네가 가장 힘들 때 떠난 그야. 헤어진 지 근 삼 년이란 시간이 흘렀는데, 얼마나 대단한 사랑을 했다고 아직도 그 상처에서 벗어나지 못하고 아파하는 거야? 왜 다른 사람을 만나도 그의 그늘을 벗어나지 못하는 거야? 언제까지 그렇게 과거에 발목 잡혀 살 거니……'

그렇게 한없는 자기 연민에 빠졌다가도 이내 내가 나에게 날카롭게 따지고 들면 속수무책이었다. 나 자신도 내 편이 아니라는 생각에 나는 또 고독해졌고, 차근차근 진행되던 시간 여행은 어느새 뒤엉켜 온갖 아픈 기억들이 머릿속을 뒤덮었다. '겨울의 끝날', 차가운 눈보라보다 더 혹독하게 몰아치던 그의 원망 섞인 말들. 아무 말도 못한 채 맨 마음으로 다 맞고 있었던 그 순간. 그때로부터 시간이 많이 흘렀지만 여전히 가슴이 턱 막혀 나도 모르게 눈을 질끈 감았다. 제발 과거의 기억에서 자유로워지고 싶어. 안데스든, 세상의 끝이든, 그냥 먼지 흙바닥이든 상관없으니 다 버리고 편해지고 싶어. 감은 눈 사이로 눈물이 울컥 솟구쳤다. 그 순간 누군가 내 눈가에 손을 가져다 댔다.

"무슨 생각을 했기에……."

눈을 뜨자 토끼가 눈을 동그랗게 뜨고 걱정스레 나를 올려다보고 있었다.

"아무것도 아니야."

나는 재빨리 눈물을 훔치며 창밖으로 시선을 돌렸다.

"아니긴, 표정이 안 좋아."

차창에 나를 바라보는 토끼의 얼굴이 비쳤다. 나는 모른 척하고 계속 창밖만 바라보았다. 토끼가 여전히 시선을 거두지 않자 나는 괜히 짜증을 냈다.

"아니라니까. 잠이나 자."

"다 잤어."

토끼가 조그맣게 대답했다. 나는 신경질 내듯 말했다.

"더 자, 그럼!"

"잠이 안 와."

"잘만 자더니, 왜 더 못 자?"

"네가 울잖아. 혼자서……."

나는 더 이상 말을 잇지 못했다. 울긴 누가 울었다고……. 나는 창가 쪽으로 몸을 더 돌렸다. 차창에 비친 토끼가 계속 나를 바라보며 대답을 기다리고 있었다. 나는 마지못해 입을 열었다.

"안 좋은 기억이 떠올라서 그래."

토끼는 잠시 뜸을 들이더니 작게 한숨을 내쉬며 말했다.

"좋겠다."

"뭐?"

나는 순간 내 귀를 의심했다. 남의 속도 모르고, 좋겠다라니! 토끼를 째려보자 토끼가 손사래를 치며 황급히 말을 덧붙였다.

“그런 게 아니라…. 나는 기억조차 없어서, 그와 왜 헤어진 건지, 지금 왜 여기 혼자 있는 건지 몰라.”

나의 시선이 붕대를 감은 토끼의 귀로 향했다. 토끼가 귀를 만지며 말했다.

“곰이 내 귀를 잘라먹어서 기억을 많이 잃었어. 내 기억은 귀에 다 있거든. 귀가 잘린 만큼 기억이 안 나.”

풀죽은 토끼의 얼굴에 나도 모르게 마음이 누그러졌다. 나는 조심스레 입을 뗐다.

“정말 기억이 안 나? 어릴 때의 기억도?”

토끼가 고개를 저었다.

“다 잃고 몇몇 기억만 남았어. 남은 귀마저 곰한테 먹히면 그 기억들도 다 사라지고 말 거야.”

나는 토끼의 귀에 내 손을 가져다 댔다. 잘린 귀는 멀쩡한 귀보다 손가락 하나만큼 작았다.

“귀가 자라면 기억을 찾을 수 있는 거야?”

토끼를 고개를 끄덕였다.

“어떻게 하면 귀가 자라는데?”

“잃어버린 기억을 찾으면 자랄 거야. 계속 떠올려 봐야지.”

나도 모르게 품하고 웃음이 터졌다. 토끼가 황당한 표정으로 나를 보았다. 이번에는 내가 손사래를 치며 말했다.

“아니, 지금 이 상황이 우스워서…. 너는 기억을 찾고 싶어 하고, 나는 버리고 싶어 하고……. 줄 수만 있다면 내 기억을 통째로 넘기고 싶네.”

“정말 그러면 좋겠다.”

토끼가 맞장구치며 웃었다. 그러고는 자그마한 가방에서 당근을 하나 꺼내 내게 건넸다.

“출출하지?”

“응.”

나는 당근을 받아 입에 물었다. 토끼도 나를 따라 당근을 한 입 베어 물었다. 우아라스로 향하는 버스는 우리의 기억 따윈 안중에도 없다는 듯 앞만 보고 달렸다. 그렇게 깊은 밤을 건너, 새벽 어스름을 지나, 아침이 밝아 오고 있었다.

생애 모든 인연은 밤하늘의 별이 되어

우아라스에 도착한 나는 곧장 여행사에 들러 3박 4일 트레킹에 필요한 장비를 구하고, 트레킹 코스를 짰다. 토끼는 험준한 코스를 보고 잠시 머뭇거렸다. 데리고 가 달라고 해 놓고 차마 못 간다 말하지 못할 것 같아 내가 먼저 물었다.

“산행이 만만치 않을 거야. 해발고도도 높고, 고산증 오면 숨 쉬기도 힘들어. 무리하지 말고 여기서 기다릴래?”

토끼는 다시 한 번 여행사 한쪽 벽면에 크게 붙어 있는 지도를 훑어보더니 결심한 듯 말했다.

“같이 가. 나도 이 정도는 할 수 있어.”

나는 잠시 토끼의 눈을 응시했다. 토끼의 눈빛이 흔들리더니 이내 말을 덧붙였다.

“할 수 있을 거야. 할 수 있지 않을까······.”

토끼는 도망치듯 여행사 문을 열고 나갔다. 나는 자그마한 토끼가 걱정되었지만, 굳이 토끼의 의지를 꺾고 싶지 않았다. 함께 산을 오르는 동안 토끼의 정체도 알고 싶었고, 혼자 외롭게 걷는 것보단 토끼라도 옆에 있으면 낫겠지 싶은 마음도 있었다. 가이드에게 경비를 지불하고 여행사를 나왔다. 그리고 주변 식당에서 가볍게 요기를 한 뒤 숙소에 가서 쉬었다. 앞으로 고된 일정이 기다리고 있으니 무리하고 싶지 않았다.

다음 날 새벽 5시, 가이드가 우리를 데리러 왔다. 차 뒷좌석에는 3박 4일 동안 우리와 함께하며 산행을 도와 줄 인디언 가족이 앉아 있었다. 아빠 어깨에 기대어 잠든 한 꼬마 아이가 눈에 들어왔다. 기특하기도 하지. 나는 그들에게 인사한 뒤 아모와 함께 앞좌석에 앉았다. 우아라스 자체도 고산 지대에 위치해 있었는데, 차를 타고 구불구불 이어지는 산길을 따라 해발고도 3,300미터까지 더 올라갔다. 차창 밖으로 중간 중간 보이는 에메랄드 빛 호수에 시선을 빼앗겨 어느새 아침이 환히 밝은 줄도 몰랐다. 가이드가 도착을 알리며 차에서 먼저 내렸다. 따라서 내리자 태양이 머리 위로 높이 솟아올라 있었다.

남미의 어느 여름날, 뜨거운 태양 아래 우리는 세상에서 가장 긴 산맥 안데스를 만나기 위해 첫발을 내딛었다. 햇볕에 나무들이 푸르게 빛났다. 앞장선 가이드의 뒤를 따라 나무와 풀숲을 지나는데 초반부터 고산증으로 숨이 찼다. 나와 토끼는 이내 비틀대기 시작했다. 그런 상황에서 넓고 광활한 안데스의 푸른 산맥이 눈에 들어올 리 없었다. 계속 바닥만 보고 오르다 보니 여기가 안데스인지, 동네 뒷산인지도 헷갈릴 지경이었다. 일단 몸이 적응할 때까지 참고 가 보자. 나는 두 시간가량 이를 악물고 오르기만 했다. 토끼는 저만치 뒤쳐져 따라오고 있었다.

땀이 온몸을 흥건하게 적시고 숨이 차올라 헉헉거렸다. 목이 바짝바짝 타들어가 더 이상 못 걷겠다 싶을 무렵, 눈 앞에 탁 트인 고원이 펼쳐졌다. 저 멀리 풀을 뜯어 먹는 말들이 보였다. 고원 위로 햇빛이 비추자 초록 잔디가 금빛으로 넘실거렸다. 곳곳에 크고 작은 바위가 널브러져 일광욕을 즐기고 있었다. 한없이 평온한 시간과 공간 속에 드디어 들어왔다. 나는 잠시 바위에 기대어 앉아 목을 축이며 토끼를 기다렸다. 헉헉거리며 올라오던 토끼가 나를 보더니 안간힘을 쓰며 깡충깡충 달려왔다. 나는 토끼에게 물병을 건네며 물었다.

"괜찮아? 괜히 따라왔다고 후회하고 있는 거 아니야?"

토끼는 일단 물을 꿀꺽꿀꺽 들이켠 뒤 발끈했다.

"후회라니, 난 괜찮거든!"

전혀 괜찮지 않아 보이는 토끼의 표정에 나도 모르게 피식 웃었다. 토끼가 잔뜩 구겨진 얼굴을 펴고 물었다.

"여기 대체 얼마나 높은 거야?"

"해발고도 3,800미터 가까이 될 거야."

"엄청 높네. 조금만 쉬었다 가도 될까?"

토끼의 말에 나는 고개를 끄덕였다. 우리는 바위에 나란히 기대어 안데스가 보내 주는 바람을 느꼈다. 바람에 온몸의 땀이 식자 상쾌한 기분이 들었다. 나는 토끼에게 물었다.

"그러고 보니 네 이름도 몰랐네. 이름이 뭐니?"

"아모."

"아모? 무슨 뜻이야?"

"사랑한다는 의미야."

"좋은 이름이네. 이름대로라면 너는 사랑이 많은 존재겠다."

아모가 쑥스러운 듯 웃으며 입을 뗐다.

"사랑이 많은 존재 맞겠지? 기억을 이렇게 잃고도 그에 대한 마음이 아직도 선명히 남은 걸 보면 말이야."

"많이 사랑했나 보구나."

"응. 기억을 많이 잃긴 했지만, 남은 기억 속의 그는 아주 자상한 사람이었어."

"어땠는데?"

"늘 나를 기다려 주었어. 내가 아무리 그를 기다리게 해도, 달려가 안기면 늘 커다란 품에 나를 꼭 안아 주곤 했어. 아무리 고된 하루라도, 힘든 일이 있어도 나는 그 품에만 안기면 괜찮아졌어."

아모는 어느새 그의 품에 안긴 듯 따뜻한 표정을 지었다. 나도 모르게 부럽다는 생각이 들었다. 나의 그는 어떤 사람이었던가. 회사 일로 많이 힘들던 날이었을 것이다. 내 물건을 맡아 준다는 게 그만 그가 가지고 가 버려서 다음 날 다시 온 적이 있었다. 물건이야 다음에 만날 때 받아도 되는 거였다. 나는 그저 그가 말 없이 한 번이라도 안아 주길 바랐다. 당시 힘들었던 내 마음을 조금이라도 헤아려 줬으면 했다. 하지만 그는 차에서 내리지도 않은 채 내게 물건만 건네고 가 버렸다. 그도 회사일로 많이 힘들 때였으니 이해하려 했지만, 서러운 마음은 쉬이 가시지 않았다. 아모가 물었다.

"무슨 생각해?"

"아니, 나랑은 너무 달라서 말이야."

"넌 어땠는데?"

내가 혼자 떠올린 그의 기억을 말해 주자 아모가 안타까운 표정을 짓더니 조심스레 위로의 말을 건넸다.

"많이 외로웠겠네."

나는 고개를 저으며 괜찮다는 듯 말했다.

"다 지난 일인데, 뭐. 내 이름은 영주야. 길 영에, 구슬 주. 오래도록 구슬처럼 맑고 순수하게 살라고 부모님이 지어 주신 이름이야."

"맑고 순수하게…… 좋은 이름이네."

"좋은 이름이긴…… 막상 내 삶은 그렇지 않은 걸. 세상을 살아 보니 순수하게 착해서만 되는 게 아니더라고. 나는 많이 독해졌고, 아주 못되어졌어."

아모가 나를 말없이 응시했다.

"그런 눈으로 보지 마. 난 괜찮으니까… 이제 그만 가자."

나는 먼저 자리를 털고 일어났다. 앞으로 두 시간 가량 더 가면 베이스캠프가 나올 것이다. 몇 걸음 가지 않아 다시 땀이 나기 시작했다. 심하진 않았지만 두통과 메스꺼움이 다시 찾아왔다. 눈 앞에 겹겹이 쌓인 산들과 저 멀리 만년설이 보였다. 과연 저기까지 무사히 살아서 갈 수 있을까. 이번 트레킹도 나와의 지난한 싸움이 되겠구나. 나는 주먹을 꼭 쥐고 너른 고원을 묵묵히 걸어 나갔다. 아모는 10

미터 가량 떨어져 묵묵히 내 뒤를 따라왔다.

　머리 위 태양이 점점 서쪽으로 기울수록 저 멀리 산간 분지에 있는 텐트가 가까워졌다. 나는 마지막 힘을 다해 발길을 재촉했다. 당나귀에 먹을 것과 텐트를 싣고 와 먼저 자리 잡은 인디언들이 내 텐트를 손가락으로 가리켰다. 나는 숨 돌릴 새도 없이 허름한 텐트 안으로 들어가 대자로 뻗었다. 쾨쾨한 냄새가 코를 찔렀지만 아무렴 상관없었다.

　얼마나 지났을까. 인디언 꼬마가 텐트 안으로 머리를 들이밀고 나오라고 손짓했다. 자리에서 일어나려는 순간, 옆에 잠든 아모가 보였다. 나는 아모를 흔들어 깨워 텐트 밖으로 나갔다. 텐트 주변으로 슬슬 어둠이 깔리기 시작했다. 산속의 추위가 엄습하자 괜스레 더 움츠러들었다. 이제 첫날인데, 앞으로 삼 일을 어떻게 버티지……. 이십 대 초반, 세상에서 가장 높은 산맥인 히말라야 산맥의 안나푸르나에 도전했다가 보기 좋게 실패한 경험이 있었다. 그때 멋모르고 올라갔다 몸도 축나고 고생만 하다 내려온 경험이 있어, 이번에도 그렇게 되는 건 아닌지 조바심이 났다. 나는 무거운 마음으로 텐트 옆 천막으로 들어갔다.

　텅 빈 천막 안에는 작은 탁자 하나가 덩그러니 놓여 있었다. 그 위에 놓인 촛불 하나가 캄캄한 천막 안을 비추고 있는 것이 마치 전쟁터 피난처 같았다. 나도 모르게 한숨이 나왔다. 아까 그 인디언 꼬마가 해맑게 웃으며 빵과 수프를 가져다주었다. 나는 식탁에 앉아 김이 모락모락 피어오르는 수프를 멍하니 바라보았다. 몇 번 휘휘 젓다가 한 술 떠서 삼켰다. 그 순간 수프의 따뜻한 온기가 온몸을 휘감았다. 오늘 하루의 피로와 내일의 걱정을 거짓말처럼 달래 주는 듯했다. 『영혼을 위한 닭고기 수프』라는 어느 책 제목이 와 닿는 순간이었다. 아모는 뜨거운지 계속 입으로 후후 불기만 할 뿐 잘 먹지 못했다. 나는 아모와 같이 수프 한 숟가락을 후후 불었다. 그러다 눈이 마주치자 동시에 웃음을 터뜨렸다. 둘 다 초췌한 몰골이 말이 아니었다. 고작 하루 산행했을 뿐인데, 그새 정이 들었는지 왠지 모를 애틋함이 느껴졌다. 우리는 한마디 말도 없이 순식간에 저녁을 해치웠다. 배가 부르자 눈이 풀리고 몸이 나른해졌다. 나는 냅킨으로 입을 닦으며 말했다.

"내일도 일찍 일어나야 하니까 빨리 가서 자자."

먼저 천막의 문을 열고 밖으로 나오는 순간 나도 모르게 그대로 멈춰 서고 말았다.

"와!"

나의 탄성에 뒤따라 나온 아모가 똑같이 멈춰 탄성을 내질렀다. 까만 밤하늘에 주먹만 한 별 수천 개가 우수수 쏟아져 내리고 있었다. 우리는 넋 놓고 하늘을 바라보았다. 살면서 그런 별은 처음 보았다. 그런 밤은 처음이었다. 내내 굳어 있던 얼굴에 저절로 미소가 피었다. 마음이 녹는 건 한순간이었다. 불안했던 마음이 모두 별빛에 파묻혀 아무 생각도 나지 않았다. 아무것도 바라는 게 없었다. 우리는 추위도 잊고 그 자리에 서서 한참 동안 별을 바라보았다. 아모가 정적을 깨고 조용히 입을 뗐다.

"수많은 별들만큼 내게도 수많은 인연이 있었겠지? 내가 기억하지 못하는 것일 뿐……."

아모의 표정이 서글퍼 보였다. 나는 밤하늘의 별을 올려다보았다. 저 별이 내 삶의 인연들이라면, 부디 그의 별만은 나를 비추지 않았으면 싶었다. 그와의 인연을 잘라내고자 안데스까지 도망쳐 왔는데, 그가 별이라면 그래서 여전히 나를 비추고 있다면 그것보다 더 절망적인 것은 없을 터였다. 아모가 다시 입을 열었다.

"별들만큼 눈부셨을 순간을 나는 어떻게 다 잊어 버렸을까."

"네 잘못이 아니잖아. 사고였잖아."

"그와는 대체 왜 떨어지게 된 걸까. 저 별들을 함께 봤으면 참 좋았을 텐데……."

"다시 기억이 날 거야. 귀가 자랄 때까지 기다려 보자."

나는 아모의 어깨를 다독이며 밤하늘의 별을 올려다보았다. 머릿속에 몇몇 사람의 얼굴이 지나갔다. 떠올리는 것만으로도 힘이 되는 인연들이었다. 해가 쨍쨍한

날, 치열하게 삶을 올라야 할 때에는 보이지 않지만, 내 삶에 깜깜한 어둠이 드리워져 한 치 앞도 나아갈 수 없을 때 별들처럼 내 앞에 모습을 드러낸다면 내일을 살아갈 힘이 생길 것 같았다. 우리가 함께했던 시절과 그때 품었던 마음을 떠올리는 것만으로 마음의 추위를 이겨 낼 수 있을 것 같았다. 지금 이곳 베이스캠프를 첩첩이 둘러싼 산들이 나와 아모도 함께 감싸 주듯 말이다. 아모가 가만히 내 팔을 붙잡았다. 나는 아모를 내려다보며 말했다.

"별똥별이 떨어질 때 소원을 빌면 이루어진대. 어서 귀가 자라게 해 달라고 빌어."

아모가 별처럼 초롱초롱한 눈으로 밤하늘의 별을 헤집었다. 나도 조용히 소원을 빌었다. 세상의 끝에 가서 날 괴롭히던 기억을 모두 버리게 해 달라고. 하늘에서 아모와 나의 소원이 비처럼 우수수 떨어져 내렸다. 그 밤, 우리는 안데스의 품에 안겨 오랫동안 밤하늘의 별을 바라보았다.

나는 버리고 싶은데, 너는 찾고 싶다니

안데스의 아침은 조용했다. 침낭에 몸을 푹 파묻고 잤지만 새벽의 추위에 온몸이 움츠러들었다. 억지로 기지개를 펴고 일어나 침낭을 개고 짐을 정리했다. 밖으로 나오자 부지런한 인디언들이 아침 식사를 해 놓고 기다리고 있었다. 아모와 나는 따뜻한 차로 몸을 녹이고 차분히 아침을 먹었다. 밥을 먹고 나오자 인디언 꼬마가 아버지를 돕다가 나를 보며 씽긋 웃었다. "올라!"하고 인사를 건네자 꼬마는 쑥스러운지 작게 "올라!" 외치고는 이내 천막으로 들어갔다. 그리고 다시 천막에서 얼굴만 빼꼼 내밀어 나를 보았다. 스페인어를 할 줄 알면 더 말을 걸어 볼 텐데 못내 아쉬웠다. 아모가 뒤늦게 식사를 마치고 나왔다. 우리는 가이드로부터 오늘 코스에 대한 안내를 듣고 바로 출발했다.

출발할 때만 해도 공기가 차가웠는데 몸을 움직이니 삼십 분도 채 되지 않아 몸에서 열이 나기 시작했다. 그 사이 해가 더 높이 올라와 한낮의 무더위를 예고했다. 잠시 멈춰 외투를 벗어 가방에 묶고 물 한 모금을 마셨다. 오늘도 길고 고된 하루가 될 것 같은 예감이 들었다. 어제 해발 3,300미터에서 출발해서 4,000미터 가까이 올라왔으니 점심 먹기 전까지 약 750미터를 더 오르면 푼타 유니온(Punta Union)에 도착한다. 푼타 유니온은 잉카 제국의 중앙 안데스 교역로 역할을 했던 봉우리로, 이번 3박 4일 트레킹의 하이라이트였다. 안데스의 손꼽히는 비경인 만큼 악명 높은 코스라고 들어서 마음의 준비를 단단히 했다. 다시 발걸음을 옮기자 안데스의 풍경이 파노라마처럼 따라붙었다. 푸른 잔디와 고산 지대의 이름 모를 풀들이 넓은 고원에 쫙 깔려 있었고, 그 뒤로 눈 쌓인 고봉들이 겹겹이 서 있었다. 나는 연신 감탄사를 내뱉으며 카메라 셔터를 눌러 댔다.

"아모, 나 여기서 사진 좀 찍어 줘."

나는 뒤돌아보며 카메라를 내밀었다. 그런데 잘 따라오는 줄 알았던 아모가 보이지 않았다. 괜찮을까. 걱정스러운 마음에 호수 옆 큰 바위에 잠시 엉덩이를 걸쳤다. 안데스를 비추는 작은 호수에 내 모습도 비쳤다.

"벌써부터 꼴이 말이 아니네."

나는 머리와 옷매무새를 가다듬으며 아모를 기다렸다. 조금 지나자 아모가 다리를 질질 끌며 내 옆에 와 앉았다. 나는 가방에서 사과를 꺼내어 먹기 좋게 자른 후 아모에게 건넸다. 아모는 말없이 받아먹으며 숨을 골랐다. 아모의 눈이 빨갛게 충혈되다 못해 노랗게 떠 있었다.

"아모, 괜찮아?"

내 물음에 아모가 말없이 고개를 저었다.

"여기서 내려갈 수도 없는데……."

내 말에 아모는 이미 체념한 듯 고개를 끄덕였다.

"같이 천천히 갈까?"

아모는 말할 힘도 없는지 먼저 가라는 손짓만 했다. 나는 걱정스러운 마음을 뒤

로하고 먼저 자리를 떴다. 굽이굽이 펼쳐진 산길을 걸으며 간간이 함께 흐르던 시냇물과 크고 작은 호수들을 만나 목을 축였다. 맑고 서늘한 물이 목을 타고 흘러내려가 온몸을 휘감자 지친 몸과 마음이 다시 기운을 얻었다. 산을 오르는 내내 이름 모를 야생화와 나무들이 특이한 생김새로 시선을 끌며 고됨을 잊게 해 주었다. 산의 모든 생명이 신선한 감동으로 다가왔다. 그렇게 한참을 걷다가 아모가 걱정되면 바위에 걸터앉아 아모를 기다렸고, 아모의 모습이 보이면 그제야 안심하고 자리에서 일어났다.

푼타 유니온을 200미터 앞두고부터는 말로 다할 수 없을 만큼 고됐다. 한 시간 반을 힘들게 올랐더니, 볼이 시뻘개졌고 온몸이 땀범벅이 되었다. 봉우리가 어찌나 도도한지 끝까지 다 오르기 전에는 어떤 풍경인지 코빼기도 보여 주지 않았다. 저기까지만 가면 기대한 바를 볼 수 있을 거야, 몇 번이나 마음을 다잡고 오르다가도 고산증의 두통과 울렁거림에 무너지고, 또 얼마 안 가 무더위의 목마름에 무너지고, 또 얼마 안 가 온몸을 흔들어 대는 매서운 바람에 무너졌다. 대자연을 쉽게 보았다고 혼이라도 내듯 안데스는 숨이 끝까지 차도록 나를 몰아붙였고, 나는 기진맥진했다. 순간 나도 모르게 눈물이 울컥했다. 왜 여행을 해도 세상의 끝이 아니면 안 되는 거야? 왜 거길 가겠다고 남미에 와서 이 고생을 하는 거야? 앞으로 남은 여정을 이렇게 보내야 한다고 생각하니 눈앞이 아찔했다. 이십 대에 그렇게 힘들고도 정신을 못 차렸지 싶었다.

대학을 졸업하는 순간부터 나는 매번 현실과 이상, 그 두 갈림길에서 선택을 해야 했다. 고집이 셌던 나는 내가 진정으로 원하는 길이 아니면 용납할 수 없었다. 고양이달을 만들기 위해 직장을 포기하고 벤처기업을 세운 것도, 쉽고 빠르게 갈 수 있는 길을 제시하는 멘토와 투자자, 마케터들의 제안을 모두 거절하고 내가 직접 배워 가며 더디게 가는 길을 택한 것도, 모든 게 늘 이상을 좇아 간 나의 선택이었다. 그러나 선택에는 늘 책임이 따랐다. 안데스만큼이나 기가 막힌 풍경의 동화를 만들겠다고 결심하고 집필을 시작한 후 하루하루 지내 온 시간들이, 안데스에서 한 발 한 발 내딛는 발걸음과 다르지 않았다.

산이 이토록 광활하고 정상은 저렇게 높은데, 하찮은 두 다리로 한두 걸음 내딛어서 언제쯤 다다를까 하는 생각, 그럼에도 한 걸음 한 걸음 최선을 다해 걷는 것 말고는 할 수 있는 게 없기에 묵묵히 가는 상황, 혹시라도 뒤처질까 혹은 너무 오랜 시간이 걸릴까 조바심에 서두르게 되는 상황, 한참을 갔건만 주변 시야를 가리는 나무들 때문에 어디쯤 왔는지 알 수 없는 답답함, 같은 뜻을 품고 출발한 동료들과 정상이라는 한 지점을 향해 가고 있지만 결국은 자기와의 싸움이기에 동료들을 연민하고 응원하게 되는 마음, 이만하면 푼타 유니온이 얼굴을 보여 줄 법도 한데 너무 시험한다 싶어 드는 원망, 내가 벤처를 끌고 온 지난 사 년의 축소판 같았다.

내가 선택한 길은 늘 불안하고 피곤한 데다 너무 많은 수고를 요구했다. 하지만 그때로 돌아가도 같은 선택을 할 만한 요소들이 있었다. 내가 원하는 것을 마음껏

하면서 사는 기쁨이 있었고, 내 방식대로 삶을 살아가고 있다는 떳떳함이 있었고, 내가 한 선택을 온전히 책임지고 있다는 주인 의식이 있었다. 확신에 차서 후회 한번 하지 않고 그 길을 갔다면 거짓말이고, 왜 편한 길을 두고 이 가시밭길을 가서 괜한 고생을 할까, 한숨을 푹푹 쉰 적도 있었다. 그러나 그런 후회는 오래가지 않았고, 나는 내가 택한 길을 똑바로 보고 어깨를 편 채 걸을 수 있었다.

그렇게 한참을 가고 또 가는 동안 나는 보았다. 처음 이 길에 들어설 때만해도 불확실했던 이상이, 조금씩 현실로 이루어지는 그 기적을 보았다. 그 벅찬 감동을 어찌 잊으랴. 물론 감동의 순간은 짧았고, 감동이 지속되리라는 보장도 없었다. 그럼에도 괜찮았다. 내가 간 길의 끝에 내가 꿈꾸었던 장밋빛 정원이 아닌 잿빛 그늘이 기다리고 있다 해도, 내가 그 길을 걷는 동안 보고 듣고 느꼈던 삶의 여정은 그 자체로 의미가 있기에, 나는 후회하지 않을 거라고 생각했다. 미래의 내 아이들에게 진정 원하는 길을 가라고, 누구의 방식도 아닌 너만의 방식으로 살아가라고, 그래도 너의 인생은 비틀어지지 않고 네 미래는 무사할 거라고 당당히 말할 수 있을 거라고 믿었다. 그런데 서른이 된 내가 후회라는 것을 하고 있었다. 나중에 자식이 하고 싶은 일을 하겠다고 하면 두 발 벗고 말릴 것 같았다. 현재를 즐기기는커녕 후회와 분노, 미련으로 점철된 삶을 살아간다고 말하고 싶었다. 이십 대를 치열하게 산 대가가 이럴 줄은 상상도 못했다.

과거의 선택들이 우후죽순 밀려와 가슴을 쳤다. 덩달아 경사도 숨 막히게 가팔라졌고, 태양은 더욱 뜨겁게 타올랐다. 고산증도 갈수록 심해져 두통과 어지러움을 넘어 구토가 밀려왔다. 그러자 오기가 발동했다. 그래, 누가 이기나 해 보자. 나는 바닥만 뚫어지게 보며 두 다리에 온 힘을 집중했다. 돌덩이 같은 다리를 한 발 한 발 옮기다가 고개를 드니, 먼저 도착한 사람들이 좁은 봉우리 위에 서서 어서 오라고 손짓하고 있었다. 나는 이를 악물고 천천히 발걸음을 옮겼다. 당장이라도 숨이 넘어갈듯 헉헉대던 그 절정의 순간, 마지막 발을 내딛었다.

"아!"

내가 딛고 선 푼타 유니온 너머로 안데스의 고봉이 끝없이 펼쳐졌다. 하늘은 더없이 높고 푸르렀으며, 뭉게뭉게 피어오른 구름이 바람을 타고 온 하늘을 휘저었다. 봉우리에 쌓인 만년설이 짙푸른 하늘, 하얀 물감을 풀어 놓은 듯한 구름 아래 빛나고 있었다. 산등성이를 타고 내려오면 땅과 만나는 지점에 연두색과 초록색의 풀과 나무로 채워진 너른 고원이 그림을 완성시켰다. 바로 앞에는 사파이어 빛의 호수가 따사로운 햇살을 한껏 머금고 반짝반짝 빛났다. 바위 한쪽에는 '해발 4,750m, Punta Union'이라고 적힌 표지판이 박혀 있었다. 근경에는 호수, 원경에는 산맥이 들어선 그림을 나는 한참 넋 놓고 바라보았다.

나도 모르게 헛웃음이 났다. 내가 안데스 산맥의 깊은 곳에 들어와 있다는 것이, 이 황홀한 풍경 속에 한 점으로 존재하고 있다는 사실이 믿기지 않았다. 이러니까 편한 길만 갈 거라고 해 놓고 또 넘어가지. 세상일의 대부분은 노력한 만큼 보

상을 받지 못한다. 그럼에도 계속해서 노력할 만큼의 보상은 주어진다. 기대한 결과로 보상받지 못한다 해도 다른 식으로라도 보상을 받는다. 내가 그 당근 때문에 번번이 허무맹랑한 이상을 좇고, 그 대가로 모진 채찍을 맞는 게 아닌가. 그래서 이 아름다운 풍경에 마냥 행복해할 수만은 없었다. 양가적인 감정에 배나 채워야겠다 싶어 호수 앞에 앉아 인디언들이 챙겨 준 점심을 꺼냈다. 탁 트인 풍경을 바라보며 샌드위치를 먹고는 곧 대자로 뻗어 곯아 떨어졌다.

시간이 얼마나 지났을까. 눈을 뜨자 아모도 옆에서 대자로 뻗어 자고 있었다. 나는 아모를 흔들어 깨웠다. 아모가 눈을 비비며 일어났다가 눈 앞의 풍경에 다시 한 번 놀라는 표정을 지었다.

"너무 예쁘다."

아모의 말에 나는 고개를 끄덕이며 함께 풍경을 바라보았다. 아모에게 고개를 돌리자 아모의 눈가가 촉촉했다.

"왜 그래? 혹시 그 사람 생각한 거야?"

아모가 고개를 끄덕이며 말했다.

"여기 오니까 잊고 있었던 기억이 떠올라서……."

"어떤 기억인데?"

아모가 잠시 뜸을 들이더니 입을 열었다.

"예전에 단풍을 보러 기차 타고 멀리 갔던 기억이 있어. 그때 발이 편한 신발도 선물 받았지."

"좋았겠다. 그런데 그거 알아? 신발을 선물하면 그거 신고 도망간다는 속설이 있는 거?"

"거짓말."

나는 내가 신고 있는 노란 신발을 가리켰다. 아모의 시선이 노란 신발로 향하자 나는 말을 이었다.

"봄이 오면 이 신발을 신고 함께 산을 오르기로 약속했어. 하지만 봄이 오기 직전 우린 헤어졌지."

"신발, 예쁜데……."

"예쁘지, 그가 꼭 마음에 들어 했으니까……. 신발을 사 주면서 말했어, 평생 신으라고. 그런데 평생은커녕, 그와 헤어지고 내내 신발장에 처박혀 있었지. 이제야 빛을 보네."

그 말에 아모가 안타까운 표정을 지었다. 나는 주섬주섬 가방을 챙겨 일어났다. 정점을 찍었으니 이제 내려갈 차례였다. 지치긴 했지만 내리막길이라 훨씬 수월하리라. 저 멀리 해발 6,112미터의 설산 착크라라후(Chacraraju)가 보였다. 보기만 해도 아찔한 높이에 절로 고개가 숙여졌다. 굽이진 길을 따라 계속 내려가자 광활한 대지가 펼쳐졌다. 올라올 때는 힘들어서 풍경이 눈에 들어오지 않더니 이제는 크고 작은 바위와 무릎까지 올라오는 가느다란 풀무더기까지 다 눈에 들어왔다. 너른 초원에 라마와 알파카가 한가로이 풀을 뜯고 있었다. 라마든 인간이든 대자연의 품에 안긴 형제자매 같았다. 몸은 힘들었지만 그 안락함이 그렇게 반갑고 좋

을 수가 없었다. 저 멀리 베이스캠프가 보였다. 우리를 본 인디언 꼬마가 손을 흔들었다. 나와 아모도 덩달아 손을 흔들었다. 다왔다는 기쁨에 우리는 힘든 것도 잊고 달려갔다. 저녁 식사 전 허기진 배를 채워 줄 따뜻한 차와 쿠키가 우리를 기다리고 있었다.

간단한 간식을 먹고 잠시 텐트에서 쉬었더니 이내 해가 졌다. 우리는 어제처럼 정성스레 차려진 저녁을 먹고 서둘러 나왔다. 밤하늘의 쏟아지는 별, 그 별을 오랫동안 찬찬히 보고 싶었다. 나와 아모는 인디언이 마련해 준 장작에 불을 붙이고 그 앞에 앉아 하늘의 별을 구경했다. 아모가 말했다.

"처음에는 괜히 따라왔나 싶었거든."

나는 별을 보다 말고 아모에게 시선을 돌렸다. 어느 정도 예상한 이야기였기에 웃음이 나왔다.

"그러니까 무작정 따라오는 게 어딨어?"

"그래도 좋았어. 덕분에 기억도 떠올리고……."

"등산했던 기억?"

"응. 조금 전에 또 하나 떠올랐어. 예전에도 이렇게 마주 보고 앉아서 얘기했던 적이 있었어."

"그게 언젠데?"

나는 아모의 말을 기다렸다. 아모는 잠시 기억을 더듬는 듯하더니 말을 이었다.

"내가 헤어지자고 했는데, 바로 달려와서 붙잡았던 거 같아."

"네가 헤어지자고 했다고?"

"응. 그런데 무슨 일로 그랬는지는 기억나진 않고, 그가 붙잡았던 기억만 나."

나도 모르게 한숨이 푹 나왔다. 아모의 말을 듣자 떠올리지 않아도 될 기억이 떠올라 갑자기 가슴이 답답해졌다. 아모가 물었다.

"왜 그래?"

"나도 너처럼 헤어지자고 한 적 있거든. 그런데 그 녀석은 기다렸다는 듯이 바로 그러자고 하더라. 어쩜 이렇게 다르니……."

"좋았던 기억도 있지 않아?"

"좋았던 기억? 어떤 게 좋은 기억이니? 나도 좀 알자. 하나만 말해 줘."

"음…. 예전에 그가 말도 없이 내가 있는 곳으로 와서 놀라게 한 적이 있어. 그 날 엄청 힘들었는데, 그의 갑작스런 등장이 어찌나 기뻤는지 몰라. 이 기억만큼은 곰한테서 지키고 싶은데……."

"곰이 내 기억이나 물어뜯었으면 좋겠다. 언젠가 나도 야근하고, 그 녀석도 야근하던 날이었어. 서로 힘들다 보니 통화도 무미건조하고, 나라도 기쁘게 해 주겠다고 막차 타고 그 녀석 집 앞으로 갔거든. 몰래 숨어 기다리다가 그 녀석이 택시에서 내릴 때 뒤에서 달려가 냅다 안았지. 근데 기뻐하기는커녕 오히려 왜 왔냐고 하더라."

"정말? 정말 그랬어?"

아모는 무슨 말을 해야 할지 몰라 난감해했다. 어느새 불길이 장작을 시커멓게 그을렸다. 나는 그 모습을 보며 말했다.

"속이 까맣게 타들어 갔던 순간이 어디 그 하나겠어? 그래도 뭐, 다 지난 일이니까……."

나는 아무렇지 않은 척 웃으며 말했다. 아모가 안타까운 표정으로 모닥불을 응시하다가 잃어버린 기억 속 그의 이야기를 이어 갔다. 기억은 중간 중간 끊겨 있었지만, 그런대로 하나의 이야기로 이어졌다. 아모가 사랑한 그는 참 자상하고 따뜻한 사람이었다. 그래서 아모가 그토록 잊지 못하고 그리워하는구나. 똑같이 사랑을 했어도 누구는 상대를 회상하며 그리워하고, 누구는 진저리치며 괴로워하고 이렇게 다를 수가 있나. 나는 아모의 이야기를 들을수록 씁쓸한 마음이 들어, 적당히 자리를 지키다가 텐트에 들어와 잠을 청했다. 밤이 깊어갈수록 한기가 뼈 속까지 스몄다. 나는 온몸을 침낭에 파묻은 채 그대로 곯아 떨어졌다.

겨울의 끝, 우리의 끝

사람의 적응력이란 정말 놀랍다. 첫날만 해도 어떻게 3박 4일을 버텨 낼지 앞이 깜깜했는데, 어느새 몸도 마음도 적응했는지 아침에 눈을 뜨자마자 익숙하게 침낭을 정리했다. 아침을 먹고 가벼운 체조로 몸을 푼 뒤 바로 출발했다. 얼마 가지 못해 더울 테니 조금 춥더라도 옷차림을 가볍게 하고 걸었다. 오늘의 첫 목적지는 아르우아꼬차(Arhuaycocha) 호수였다. 안데스의 아침은 어제와 마찬가지로 고요했다. 다만 어제 보았던 바위산과 넓은 고원은 온데간데없이 사라지고 밀림이 불쑥 나타났다. 어수선하게 엉클어진 수풀을 지나는데, 오래 전 말라비틀어진 통나무가 여기저기 흩어져 있는 모습이 보였다. 바닥은 모래와 자갈로 뒤덮였고, 주변은 황량했다. 어제와는 전혀 다른 안데스의 모습에 당황스러웠다. 아모는 다른 기억이 떠오른 건지 아침부터 자꾸 그의 이야기를 꺼냈다.

"몸이 안 좋아. 그가 옆에 있었다면 얼마나 좋을까. 아프면 바로 달려가 약을 사다 줬는데….”

나는 대답 없이 묵묵히 걷기만 했다. 아모는 말을 계속 이었다.

"여긴 너무 황량해. 장미나 매화꽃 같은 화사한 꽃이 있으면 한결 나을 텐데. 아, 장미가 좋겠다. 기분이 울적할 때면 그가 장미를 선물해 주었거든. 아무 날도 아닌데 장미를 받으면 그날이 그렇게 특별할 수 없더라고.”

나는 계속 입을 다물었다. 아모의 이야기를 들을수록 그 녀석의 행동이 생각나 화가 치밀었다. 그는 약은커녕 몸이 아파서 일찍 들어가겠다고 하면, 집 앞까지 왔는데 벌써 가느냐고 오히려 서운해했다. 어느 보통 날의 선물? 직접 짠 목도리를 선물해 주겠다고 해서 내심 기대했는데, 바쁘다고 그냥 사 와서 던져 준 게 바로 그였다. 왜 지키지도 못할 약속을 해서 사람을 실망시키는지, 지금 생각해도 헤어지길 잘했다 싶었다. 아모의 이야기를 들으면 들을수록 더 숨이 막히는 듯했다. 그러고 보니 아모의 귀가 손가락 한 마디만큼 더 자란 듯했다. 귀가 자라서 기억이 되살아나는 건가? 어찌됐든 아모와 떨어져 걷는 게 낫겠다 싶어서 속도를 냈다.

한 시간 가량 오르니 아르우아꼬차 호수로 들어가는 길이 보였다. 돌로 쌓은 탑을 지나 발걸음을 더 내딛자 초록 빛깔의 호수가 펼쳐졌다. 호수 뒤로 바위산을 뒤덮은 빙하가 보였다. 빙하는 산봉우리부터 등줄기를 따라 호수 표면까지 이어져, 물 위에 크고 작은 얼음덩어리가 둥둥 떠다녔다. 그 절경을 보며 사람들은 소원을 빌고, 돌을 쌓았다. 호수 주변을 둘러보는 사이, 언제 도착했는지 아모가 쪼그리고 앉아 호수를 바라보고 있었다. 아모의 자그마한 뒷모습을 보자 일부러 피한 게 미안하게 느껴졌다. 나는 슬그머니 그 옆에 다가가 앉았다. 아모가 조용히 내 눈치를 보았다. 나는 입을 열었다.

"기억을 잃고 슬퍼하는 모습을 봤으니, 기억을 찾았다고 하면 같이 기뻐해 주는 게 당연한 건데 그게 또 그렇지가 않아. 마음이 좀 그래.”

아모는 의외의 고백에 어쩔 줄 몰라 했다.

"나도 너처럼 열심히 사랑했어. 최선을 다했지만, 그의 마음은 나 같지 않았어. 죽어라 노력해도 결과는 이별뿐이었어. 일도 마찬가지야. 난 너처럼 마음 쓴 만큼 보상받지 못해서 너처럼 행복하지 못해. 그래서 너의 이야기가 마냥 즐겁지 않아. 속 좁게 굴어서 미안한데, 난 그래."

"내가 너를 불편하게 했구나. 미안해."

나는 아모의 진심 어린 사과에 마음이 한결 누그러졌다.

"그냥 부러워서 그렇지. 좋겠다, 넌 그런 사람을 사랑했으니……."

나는 자리에서 일어나 크고 작은 돌로 쌓인 석탑 앞에 돌을 하나 올렸다. 그리고 눈을 감고 양손을 모아 소리 내어 빌었다.

"그런 거지 같은 인간의 기억 따윈 다 버리고 행복할 수 있게 해 주세요."

눈을 뜨자 아모가 나를 바라보고 있었다.

"너도 어서 와 빌어, 빨리 기억을 찾아 그를 다시 만날 수 있게 해 달라고……."

아모가 쭈뼛거리자 나는 자리를 비켜 주었다. 뒤에서 아모의 목소리가 작게 들렸다.

"'모모한 토요일', 그 다음의 기억을 찾게 해 주세요."

'모모한 토요일'? 나는 고개를 갸웃하며 발걸음을 내딛었다. 이제 내려가는 길만 남았다. 올라올 때 봤던 황량한 밀림을 지나자 척박한 모래밭길이 펼쳐졌다. 주변의 식물조차 초록을 잃고 회색빛을 띠었다. 딱히 감상할 만한 풍경이 나타나지도 않았다. 그저 걷고 또 걸을 뿐이었다. 그렇게 몇 시간 걷다 보니 슬슬 질리기 시작했다. 어제 고산증과 싸우며 올랐던 두어 시간보다 더 길게 느껴져 죽을 맛이었다. 말라비틀어진 통나무와 동물의 뼈, 배설물들이 여기저기 흩어져 얼굴을 찌푸리게 했다. 나도 모르게 한숨이 푹 나왔다. 그래, 그러려니 받아들이자. 어떤 존재든 다양한 얼굴을 가지고 있는데, 괜히 나 혼자 좋은 면만 기대하고 아니라고 실망했구나 싶었다.

그렇다. 하나에 집착하면 전체를 볼 수 없고, 그러면 대상을 온전히 이해하고 수용할 수 없다. 그럼 사랑할 수도 없게 된다. 더 잘 사랑하기 위해서 전체를 보고 부분을 인정하고 모두 감싸 안아야 하는데, 어째서 나와 그는 그러지 못했을까. 사람도 자연의 일부이니 안데스처럼 여러 면을 가지고 있는 게 당연할 텐데, 우린 왜 서로의 싫은 면을 참아 주지 못했을까. 그에게 처음 끌릴 때만 해도 그는 아주 자상하고 이해심 많은 남자였는데, 알고 보니 그렇지 않았다. 그렇다면 그것조차 그의 일부로 받아들이고 참았어야 했던 걸까. 대체 어디까지 참았어야 했던 걸까. 그에 관해선 온통 나쁜 기억밖에 없는데 좋은 기억은 다 어디로 간 걸까. 있기는 했던 걸까. 그는 총체적으로 어떤 사람이었을까. 생각이 꼬리에 꼬리를 물고 늘어지자 다시 괴로워지기 시작했다. 무엇을 보든 결국 헤어진 그로 귀결되는 생각의 회로가 못마땅했다. 억지로라도 이 흐름을 끊고 싶은 마음에 입술을 질끈 깨물었다. 크게 숨을 들이마시고 걸음을 서두르는데 저 멀리 베이스캠프의 텐트가 하나 둘 보이기 시작했다. 생각을 너무 많이 해서 그런지 몹시 피곤했다. 나는 텐트에 들어가 바로 쓰러져 누웠다.

얼마 후 아모가 저녁을 먹으라며 깨웠다. 나는 고산증과 피로에 찌들어 숟가락을 뜨는 둥 마는 둥 하고 바로 텐트에 들어가 누웠다. 오늘은 안데스의 마지막 밤이었다. 아모가 옆에 와서 눕더니 물었다.

"오늘은 별 안 봐?"

"응. 보고 싶지 않아. 생각하고 싶지 않아."

잠시 정적이 흘렀다. 아모가 다시 조심스럽게 물었다.

"아직도 그 사람 생각으로 기분이 안 좋니?"

"응."

"사랑했던 거 아냐? 좋았을 때도 있었을 거 아냐. 그러니까 만난 거잖아. 잘 생각해 봐."

잘 생각해 보라고? 생각한다고 해서 없던 일이 떠오르겠니? 몸이 힘드니 신경까지 예민해져 나도 모르게 욱했다.

"네가 뭘 안다고! 애초에 좋은 기억 따윈 없다고! 좋은 사람을 만나야 좋은 기억이 남지! 내가 너처럼 기억을 잃은 줄 알아?"

나의 말에 아모가 끙하고 신음을 내뱉었다. 순간 아차 싶었다.

"방금 한 말은 실수였어. 미안해."

나의 말에 아모가 물끄러미 나를 바라보았다. 나는 무슨 말이라도 더 해야 했다.

"그는 늘 나를 몰아세웠어. 내 상황과 입장은 헤아려 주지 않았어. 나는 그에겐 그냥 이기적이고 성격이 나쁜 사람이었어."

"그럴 리가……."

"사실이야. 일이 너무 힘들다고 했더니 내가 엄살 피운다고 느낀 건지 그렇게 힘들면 그냥 하지 말라고 그러더라. 헤어지던 날도 그랬어. '겨울의 끝날', 아직 봄이 오기 전이었지. 눈보라가 몰아치는데 그를 만나러 그의 집 앞으로 갔어. 그는 나를 보자마자 원망의 눈초리를 보내며 내가 못됐다고, 이기적이라고 몰아세웠어. 나는 아무 말도 못한 채 돌아설 수밖에 없었어. 사실 내가 그날 그곳에 간 이유는… 내가 하고 싶었던 말은……."

나는 말을 잇지 못한 채 눈을 감았다. 그날을 회상하는 것만으로도 목이 메고 눈물이 울컥 올라왔다. 그 모습을 보이고 싶지 않아 그냥 자는 척했다.

"영주야, 괜찮아?"

나는 대답하지 않았다.

"자?"

아모는 내 이름을 여러 번 부르더니 대답이 없자 조용해졌다. 나는 머릿속으로 그날 일을 계속해서 곱씹었다. 그날의 아픔이 몰려와 나의 가슴을 사정없이 헤저었다. 나는 두 평짜리 꽉 막힌 텐트에 누워 그 아픔을 어찌 다스릴지 몰라 끙끙 앓았다. 이곳은 안데스 산맥이고, 나는 그가 있는 곳으로부터 아주 멀리 떠나왔는데, 왜 작은 내 방 침대에 누워 괴로워하던 그때와 조금도 달라지지 못한 건지……. 나는 지칠 때까지 아파하다 그대로 잠이 들었다.

꿈에서도 과거는 반복되었다. 다시 '겨울의 끝날'이었다. 창밖으로 눈보라가 사정없이 휘몰아치고 어느 카페에서 그와 내가 마주 앉아 있었다. 그는 나를 사정없이 몰아쳤고, 나는 묵묵히 듣고 있었다. 무슨 말이든 하고 싶었지만, 그의 화난 표정에 어떤 말도 할 수 없었다. 내가 더는 못 견디고 자리에서 일어나자 그가 따라 일어섰다. 우리는 조금 떨어져 걸었다. 곧 다가올 봄을 앞두고 겨울이 그대로 물러서긴 억울한 듯 온갖 눈과 바람을 동원했다. 살을 에는 듯한 바람과 차가운 눈이 그가 퍼부은 독설만큼이나 매서웠다. 나는 꽁꽁 언 몸으로 간신히 한 발 한 발 내딛었다. 마침내 다다른 버스정류장에서 그와 마주 보았다.

"잘 지내. 건강하고……."

나와 눈조차 마주치지 않으려는 그를 애써 포옹했다.

"하지 마, 이런 거."

그가 짜증 섞인 목소리로 매몰차게 나를 밀쳤다. 나는 꾹 참고 그대로 버스에 올라탔다. 창밖으로 잔뜩 인상을 찌푸린 그가 보였다. 나도 모르게 입을 뗐다.

"준아… 준아, 나는… 그러니까 준아……."

나는 꿈속의 내가 뭐라고 하는지 궁금해 온 신경을 집중했다. 그때 내가 무슨 말을 하려고 했더라.

"준아, 있잖아, 나는……."

그때였다. 누군가 우리 텐트를 덮쳤다. 소스라치게 놀라 눈을 뜨자 흑곰이 날카로운 발톱으로 텐트를 갈기갈기 찢고 있었다. 맙소사! 이건 꿈이잖아! 아니, 꿈이 아니잖아! 찢긴 텐트 사이로 칼날 같은 이빨을 드러낸 흑곰의 얼굴이 보였다.

"으악! 사람 살려! 사람 살려!"

내가 비명을 지르자 아모가 눈을 떴다. 흑곰을 본 아모는 기겁하고 내 품에 파고들었다. 나는 아모를 꼭 껴안고 계속해서 소리를 질렀다.

"살려줘! 살려줘!"

텐트 밖에서 웅성웅성하는 소리가 들렸다. 다른 텐트에서 자고 있던 사람들이 우리의 비명 소리를 듣고 깬 듯했다. 흑곰은 순식간에 텐트를 찢어 버리고 내 품에서 아모를 낚아챘다. 내가 아모를 꽉 붙들자 커다란 손으로 나를 번쩍 들어 바닥에 내동댕이쳤다. 윽! 나도 모르게 신음이 절로 나왔다. 어깨부터 팔, 엉덩이까지 통증이 느껴져 꼼짝도 할 수 없었다. 그러나 머릿속엔 온통 아모를 구해야 한다는 생각뿐이었다. 나는 가까스로 몸을 일으키며 외쳤다.

"아모!"

아모에게 시선을 돌리자, 흑곰이 한 손으로 아모의 목을 꽉 쥔 채 아모의 귀를 물어뜯는 모습이 보였다.

"안 돼!"

나는 손바닥만 한 돌멩이를 집어 흑곰의 뒤통수에 던졌다. 흑곰이 뒤를 돌아보았다. 나와 흑곰의 눈이 마주쳤다. 순간 정적이 흘렀다. 1초. 2초. 3초. 그 순간 흑곰이 날카로운 이빨을 드러내더니, 아모를 바닥에 내팽개치고 내게 돌진했다. 내가 무심결에 돌멩이를 하나 더 쥐어 재빨리 던지려는 찰나, 흑곰의 이빨이 코앞까지 와 닿았다. 나는 눈을 질끈 감았다. 손에서 돌멩이가 툭 떨어졌다. 죽었나? 살았나? 왜 아무 느낌이 없지? 나는 천천히 눈을 떴다. 인디언 꼬마가 겁에 질려 아버지의 뒤에 반쯤 몸을 숨긴 모습이 눈에 들어왔다. 한 손에 활을 들고 있던 인디언이 아들의 어깨에 지그시 손을 올렸다. 나는 무릎이 풀려 그 자리에 주저앉고 말았다. 근처에서 자고 있던 사람들이 다가와 물었다.

"괜찮아요? 어디 다친 데 없어요?"

귓가에 웅성웅성 들리던 소리가 점점 작아지더니 아무 소리도 들리지 않았다. 나는 그만 정신을 잃고 말았다.

다시 정신을 차렸을 때 나와 아모는 다른 텐트에 누워 있었다. 나를 빤히 바라보던 인디언은 나와 눈이 마주치자 조용히 텐트 밖으로 나갔다. 아모의 양쪽 귀에는 붕대가 칭칭 감겨 있었다. 아모의 차갑게 굳은 손발을 따뜻하게 매만져 주자 잠시 후 아모가 눈을 떴다.

"곰은?"

"인디언이 쏜 화살에 맞아 쓰러졌는데, 우리를 살피는 동안 사라졌대."

"아……."

아모가 이내 겁에 질린 표정으로 말했다.

"또 나타날 텐데, 무서워."

나는 안타까운 표정으로 아모를 바라보았다. 아모가 손을 뻗어 붕대로 감은 귀를 만졌다. 그러다 통증이 느껴지는지 이내 얼굴을 찌푸렸다. 아모가 말했다.

"어떡해. 그의 얼굴이 기억이 안 나. 어떡해, 어떡하면 좋아."

아모의 눈에 눈물이 그렁그렁 맺히더니 이내 두 뺨을 타고 흘러내렸다. 나는 아모의 눈물을 닦아 주며 위로했다.

"다시 자라날 거야. 산을 오르는 동안에도 자랐잖아."

"'모모한 토요일'조차 제대로 기억이 안 나. 어떡하지, 그를 찾을 수 있는 유일한 단서인데……."

'모모한 토요일'? 낮에 호수의 돌탑 앞에서 아모가 소원을 빌며 했던 말이었다. 나는 아모에게 물었다.

"'모모한 토요일'이 뭔데? 혹시 나한테 했던 이야기야? 들은 이야기는 다 기억하니까 말해 봐."

"어느 토요일이었어. '모' 공원에 나랑 그가 있었고……."

"'모'공원?"

"응. 공원 이름은 기억이 안 나. 어딘지도……."

"그때 '모모' 때문에 크게 싸웠는데, 그가 '모' 공원으로 나를 데리러 왔어. 나랑 화해하려고 아주 멀리까지 몰래 온 거야. 나는 겉으론 화난 척했지만 속으론 정말 기뻤어. 저 멀리 그가 보이고, 내가 달려가 그에게 말을 하는 순간……."

"순간, 그 다음은?"

"기억이 안 나. 곰이 먹었나 봐."

“아…….”

나도 모르게 탄식이 흘러나왔다. 산을 오르는 동안 많은 이야기를 들었는데, 하필 듣지 못한 이야기였다. 아모는 내 반응을 알아채고 풀죽은 목소리로 말을 이었다.

“말 안 했나 보네. 곰이 나타나기 전만 해도 ‘모모한 토요일’을 거의 기억했는데…….”

나는 아모의 어깨를 다독이며 묵묵히 이야기를 들었다.

“‘모모’ 때문에 싸웠고, ‘모’ 공원이었는지, 나는 왜 거기에 혼자 있었던 건지 그것만 기억이 나지 않아 ‘모모한 토요일’로 정했어. 틈이 날 때마다 그 ‘모모’를 하나씩 기억해 내려고 애쓰는 중이었는데…….”

“‘모모한 토요일’이 그렇게 중요하니?”

“응. 그게 그에 관한 마지막 기억이야. 그 기억을 찾아야 왜 우리가 떨어져 있게 되었는지, 어디로 가면 그를 다시 만날 수 있는지 알 수 있을 텐데…….”

“큰일이네. 그런 중요한 기억을 잃게 돼서…….”

“그를 찾는 일이 더 어려워졌어. 이제 어떡하지?”

아모는 머리를 쥐어뜯었다. 나는 그런 아모를 그저 안타깝게 바라보는 것 말고는 할 수 있는 게 아무것도 없었다. 아모가 지푸라기라도 잡는 심정으로 말을 내뱉었다.

“하루 빨리 마음의 나라로 가야겠어.”

“마음의 나라? 아모, 너 지금 마음의 나라라고 했니?”

“응, 마음의 나라.”

그 순간 가슴이 쿵하고 내려앉았다. 나는 애써 침착한 척하며 물었다.

“거기가 어딘데?”

“세상의 끝, 우수아이아(Ushuaia)에 가면 마음의 나라로 향하는 문을 찾을 수 있어.”

"네가 그걸 어떻게 알아? 내 꿈에 나왔던 토끼가 너 맞지? 그럼 이건 꿈인 거야?"

내가 흥분하며 질문을 퍼부어 대자 아모가 당황한 듯 입을 다물었다. 그리고 한숨을 푹 내쉬더니 입을 뗐다.

"차라리 다 꿈이면 좋겠다. 곰에게 귀를 잘린 뒤, 의사를 찾아다니다가 한 인디언 할머니로부터 들은 이야기야. 마음의 나라에는 경계가 없어서, 원하는 만큼 마음이 커질 수도 작아질 수도 있대. 한 번 생긴 마음은 절대로 사라지지 않는 대신 계속해서 변한대. 어떻게 변하든 마음의 나라에서는 모두 허용이 된다고 했어."

"그 말을 믿어?"

"믿어야지, 그럼. 그곳에 가는 게 내 기억을 찾을 수 있는 유일한 방법인데…"

나는 머릿속이 뒤죽박죽이었다. 마음의 나라는 뭐고, 넌 또 누구니. 꿈에 나타났던 토끼가 눈앞에 나타나 함께 여행을 하는 것도 신기한데, 꿈과 똑같은 상황이 벌어지니 도무지 믿어지지 않았다. 매일 밤 꿈속에서 마음의 나라로 오라더니, 이제는 진짜 마음의 나라에 가겠단다. 곰의 습격으로 놀란 가슴이 아직 진정되지 않았는데, 그런 이야기를 들으니 혼란스러웠다.

"너도 같이 가자. 같이 가서 미운 마음, 괴로운 마음을 모두 그곳에 버리고 오는 게 어때?"

거짓말 같은 제안. 그래, 내가 찾는 곳이 바로 그런 곳이었다. 세상의 끝, 우수아이아에 가서 청춘의 아픈 기억을 다 버리려고 했는데, 거기에 가서 입구만 찾으면 마음의 나라로 갈 수 있다고? 그곳에 내 마음을 버릴 수 있다고? 그럼 그 마음이 원하는 만큼 작아질 수 있다고? 아모의 말이 거짓이면 어쩌지? 아니다, 기억을 잃고 저렇게 슬퍼하는 게 거짓일리 없었다. 그를 그토록 찾고 싶어 밤낮으로 그의 이야기만 하는데, 그 사랑을 왜 의심하는가. 나는 결정을 내린 뒤 입을 열었다.

"마음의 나라로 향하는 문은 어디에 있는데?"

나의 말에 아모가 잠시 고민하더니 심각하게 말했다.

“그건 말해 줄 수 없어.”

“왜?”

내가 의아한 듯 묻자 아모가 잠시 내 눈치를 보다가 말을 이었다.

“세상의 끝에 가서 알려 줄게. 나 혼자 가다가 곰과 마주치면 마음의 나라에 가야 한다는 사실조차 잊을 수 있어. 언제 어떤 기억을 잃을지 모르니 너라도 함께해 줘. 부탁이야.”

나는 아모를 보며 조용히 한숨을 내쉬었다. 결국 나를 이용하려고 따라왔던 건가. 아모가 괘씸한 한편, 그렇게까지 하지 않으면 흑곰에게 잡아먹힐지 모르는 아모의 상황이 불쌍하기도 했다. 이래저래 머릿속이 복잡한 데다 긴장이 풀리면서 하품이 나왔다. 일단 눕자. 자고 일어나서 천천히 생각해 보자. 나는 아모 옆에 나란히 누워 조용히 눈을 감았다. 그러나 한번 놀란 마음이 쉽사리 가라앉지 않아 뜬눈으로 밤을 지새워야 했다. 아모 역시 침낭 속에서 내내 뒤척였다.

얼마나 시간이 흘렀을까. 나는 천근만근인 몸을 일으켜 세웠다. 시계를 보니 새벽 5시였다.

“아모, 자니?”

“아니.”

나는 침낭을 걷어 내리고 자리에서 일어났다. 더 누워 있어 봤자 잠이 오지 않을 것 같았다. 마음이 어지러운 상황에서는 차라리 걷는 게 나았다. 삼 일 동안 정성스럽게 우리의 보금자리와 따뜻한 음식을 마련해 준 인디언들을 위해 감사의 의미로 돈을 놓아두고 길을 떠났다. 흑곰이 언제 덮칠지 모르니 일단 안데스를 벗어나야 했다. 그리고 곧장 따뜻한 사막 도시, 와카치나(Huacachina)로 갈 것이다. 마음의 나라는 모르겠다. 더 생각해 보자.

새벽 어스름을 뚫고 부지런히 걷다 보니 어느덧 안데스 산맥과 헤어질 시간이 다가왔다. 지난 사 일간 억겁의 시간, 수많은 비바람과 지각 변동에도 담담하게 자리한 안데스 산맥을 지나왔다. 그 사이 날 괴롭혔던 과거의 후회, 미련과 같은

폭풍우 치던 감정들이 차분하게 가라앉았다. 산봉우리 곳곳에 흩뿌리고 쑤셔댔던 생각들도 한곳으로 모였다. 이제 그만 아픈 기억을 버리고 행복해지자. 나는 마지막으로 안데스 산맥을 지그시 바라보았다. 직접 걷고 오르고 누워 가며 안데스를 겪는 동안, 안데스의 너른 품에 나를 맡기고 생각의 짐을 내려놓을 수 있었다. 고마워, 정말. 마음속으로 안데스에게 작별 인사를 건네는 사이 저 멀리 마을이 보였다. 마침 마을 입구로 버스가 들어오고 있었다. 아모와 나는 잠시 눈짓을 주고받고는 마을을 향해 죽어라 달렸다. 처음 안데스를 오를 때와 다름없는 날씨, 맑고 푸른 하늘 위로 뜨거운 태양이 솟아오르고 있었다.

그 곳에
있었다

와카치나
세상의 끝, 우수아이아

3. 와카치나
__ 크리스마스의 기적

이보다 더 좋을 순 없다

안데스 산맥(Andes Mountains)에서 빠져나온 우리는 우아라스(Huaraz)를 떠나 페루의 대표적인 휴양 도시 와카치나(Huacachina)로 향했다. 야간 버스를 타고 달리다 보니 어느덧 아침을 지나 해가 중천에 떠 있었다. 목적지에 가까워질수록 슬슬 몸에 땀이 나면서 사막 도시에 온 게 실감 났다. 차창 밖을 보니 상점이 줄지어 있었고, 도로에는 차들이 빼곡했다. 거리에는 아이, 어른 할 것 없이 마을 사람들로 북적였다. 지난 사 일 동안, 안데스의 깊은 산속에만 있어서 그런 걸까. 도시에서 나고 자란 도시인이라 어쩔 수 없는 걸까. 익숙한 도시의 풍경이 그렇게 반가울 수가 없었다. 도로에 늘어선 택시 안 기사들이 분주히 부채질하는 모습, 소매와 바짓단이 짧은 옷을 입은 행인들의 모습, 한국과 흡사한 여름 풍경에 마음이 편해졌다. 그때 시선이 저절로 한곳에 꽂혔다. 크리스마스 트리와 산타클로스와 루돌프 동상. 태양이 작열하는 사막에서 맞이하는 크리스마스라니, 너무 낭만적이잖아! 나는 들떠서 아모에게 큰 소리로 말했다.

"여기선 맛있는 거 먹고, 재밌게 놀자."

"좋아! 아주 좋아!"

아모가 손뼉을 치며 대답했다. 버스가 터미널에 멈춰 섰다. 버스에서 내리자 수많은 가이드들이 호객 행위를 했다. 나는 크게 따지는 것 없이 제일 먼저 마주친 가이드의 차에 올라타 그의 여행사로 갔다. 그리고 와카치나의 대표적인 투어인 버기 투어(Buggy Tour)와 샌드보딩(Sandboarding)을 신청했다. 신청서를 작성하고 비용을 지불하자 가이드가 들뜬 목소리로 이걸로 오늘 업무는 끝이라고. 지금부터 밤새 크리스마스 파티를 즐길 계획이라고 외쳤다. 그러고 보니 아직 오후 한 시 밖에 되지 않았는데 어느덧 거리의 상점들은 모두 문을 닫았고, 그새 인적이 뜸해졌다. 나는 가이드에게 물었다.

"다들 일 마치고 파티에 간 건가요?"

가이드가 들뜬 목소리로 대답했다.

"그럼요! 크리스마스인데 소중한 사람들과 시간을 보내야죠. 안 그래요?"

나는 웃으며 고개를 끄덕였다. 그때 사무실 안으로 가이드의 친구들 서너 명이 들어왔다. 나는 빨리 가이드를 친구들의 품으로 보내 주려 메리 크리스마스를 외치고 숙소로 향했다.

숙소 주인이 안내한 방은 작고 깨끗했다. 밀린 빨래가 산더미라 빨래부터 하려는데, 아모가 반대편 침대에 앉아 나를 물끄러미 바라보았다. 긴 이동에 지친 기색이 역력했다.

"아모, 괜찮니?"

"배고파."

아모의 대답이 떨어지기 무섭게 내 배 속에서도 꼬르륵거리는 소리가 났다. 나는 고민할 것도 없이 빨래를 내팽개치고 아모와 밖으로 나갔다. 거리에는 몇몇 여행자들만 어슬렁어슬렁 산책을 하고 있었다. 아모와 나는 마을을 쭉 둘러보았다. 사막의 한가운데 호수를 중심으로 여행자 숙소와 식당이 모여 있었다. 마을은 끝과 끝이 한눈에 다 보일 정도로 아담했다. 호수 주변에는 야자나무들이 멋스럽게 서 있어 휴양 도시에 온 기분을 한껏 느낄 수 있었다.

“아, 좋다!”

나도 모르게 행복한 비명이 계속해서 흘러나왔다. 아모는 배가 고파 아무것도 눈에 들어오지 않는지 앞서 걸으며 식당들을 분주히 살폈다. 그러더니 발걸음을 멈추고 뒤돌아 소리쳤다.

“여기! 영주야, 여기야!”

아모의 환한 웃음, 참으로 오랜만이었다. 흑곰의 습격을 당한 뒤 아모는 부쩍 말이 없었다. 속으로 계속해서 기억의 조각을 맞추고 있었을 터, 나는 도움이 되지 못할망정 방해는 하지 말아야겠다는 생각에 조용히 있었다. 그러면서도 잔뜩 찌푸린 아모의 표정이 마음에 걸려 이러지도 저러지도 못했는데, 식당을 찾은 것만으로도 저렇게 환한 웃음을 짓다니, 정말 다행이었다. 나는 아모의 손을 잡고 식당 안으로 들어갔다. 그리고 자리에 앉자마자 말했다.

“배터지게 먹자!”

“응!”

아모가 씩씩한 목소리로 대답했다. 종업원이 메뉴판을 갖다 주자 우리는 안데스 산맥에서 먹을 수 없었던 온갖 음식들을 다 시켰다. 음식 이름을 말하는 것만으로도 군침이 돌았다. 음식이 나오기 전 맥주 두 잔이 먼저 나왔다. 서리 맺힌 잔에 손을 대자 차가운 기운이 느껴졌다. 나는 큰 소리로 외쳤다.

“안데스 트레킹 완주를 축하하며!”

아모도 한마디 덧붙였다.

“예수님의 탄생을 축하하며!”

우리는 눈빛을 주고받은 뒤 동시에 소리쳤다.

“메리 크리스마스!”

아모와 나의 잔이 짠 부딪치는 순간 주위에 앉아 있던 여행자들이 잔을 들며 함께 메리 크리스마스를 외쳤다. 어디서 왔는지, 이곳에 얼마나 머무는지, 어디로 가는지 아무것도 모르지만 우리는 그 자리에 함께 있었다. 그것만으로도 유대감이 생겨 기분 좋게 건배를 나눌 수 있었다. 곧이어 갓 구운 마르게리따 화덕 피자와 토마토 소스로 만든 해물 스파게티, 도톰한 안심 스테이크, 갖가지 채소와 치킨이 버무려진 샐러드가 나왔다. 아모와 나는 성대한 만찬의 우아함과 여유 따윈 잠시 접어놓고, 허겁지겁 음식을 해치웠다. 후식으로 아이스크림과 와플까지 먹고 나니 만족스러운 미소가 입가에 번졌다. 아모와 나는 의자에 등을 기대고 서로의 얼굴을 바라보았다. 아무 말 하지 않고도 서로의 마음이 느껴졌다. 아모와 내가 이렇게 눈빛만으로 온전히 교감했던 적이 있던가. 안데스 산맥 깊은 곳, 별이 쏟아지는 밤하늘 아래에서, 죽음의 고비를 넘기고 다다른 푼타 유니온에서 바라본 사파이어 빛깔의 호수에서, 추운 새벽에 몸을 딱 붙이고 나란히 누운 두 평 남짓의 텐트에서, 그토록 진심 어린 대화를 나누었어도 불가능했던 그 마음 깊은 곳의 교감 말이다. 아모와 나는 부른 배를 툭툭 두드리며 사막의 오아시스를 넋 놓고 감상했다. 따사롭고 느긋한 오후의 시간이 흘러가고 있었다.

　잠시 후 우리는 야자나무 아래를 어슬렁어슬렁 걸어 숙소로 돌아왔다. 숙소에는 가족과 연인 대신 푹신한 침대가 우리를 기다리고 있었다. 창문을 활짝 열어 놓고 침대에 대자로 누웠다. 아모도 자그마한 몸을 쭉 펴고 누웠다. 침대 옆 창문을 통해 은은한 햇살과 함께 선선한 바람이 불어왔다. 배도 부르고 바람도 선선하니 잠이 솔솔 왔다. 아모는 벌써 곯아떨어졌는지 작게 코를 곯았다. 새삼 모든 것이 꿈만 같았다. 불과 하루 전만 해도 안데스 산맥 깊은 곳에서 낮에는 무더위와 고산증으로, 밤에는 찌든 피로와 추위로 고군분투하고 있었다. 한밤중에는 흑곰의 습격으로 목숨을 잃을 뻔했는데, 지금은 이 여유로운 사막 도시에서 나른한 휴일의 오후를 만끽하고 있다니……. 강행군 뒤에 찾아온 이 여유와 행복이 어찌나 따뜻하고 좋은지 나는 정신이 몽롱한 상태에서 내내 실실거렸다. 크리스마스의 기적! 하늘에서 산타가 루돌프 썰매를 타고 내려와 선물을 한 아름 안겨 주는 게 기적이 아니라, 어제와 다른 오늘이야말로 기적이라는 생각이 들었다. 내 나이 아홉 살에 처음 기적을 경험한 뒤, 이십여 년 만에 겪는 기적이었다.

크리스마스의 기적

내가 크리스마스에 경험한 최초의 기적은 초등학교 2학년 때로 거슬러 올라간다. 어린 시절, 우리 가족은 크리스마스이브에 늘 시내에 나가 쇼핑을 했다. 부모님은 그때마다 언니와 내게 새 옷을 사 주었고, 돌아오는 길에는 통닭집에 들러 양념 통닭을 샀다. 엄마와 언니가 안에서 주문하는 동안 아빠와 나는 통닭집 앞에서 밤하늘의 별을 구경했다. 날이 굉장히 추웠고, 시간은 자정을 향해 가고 있었다. 그 순간 아빠가 한 곳을 가리키며 외쳤다.

"영주야! 저기 봐! 산타클로스 간다! 보여?"

나는 아빠의 손가락을 따라 하늘을 구석구석 훑으며 되물었다.

"어디? 어디?"

"저기! 저기 가잖아! 루돌프 끌고."

하늘을 쭉 훑던 나는 탄성을 내뱉었다.

"우와! 보여, 아빠!"

한쪽으로 열댓 마리의 루돌프가 고동색 나무로 만든 수레를 끌고 있었고, 턱수염이 수북한 산타클로스 할아버지가 고삐를 당기며 밤하늘의 별을 뚫고 신나게 달리고 있었다. 수레 뒤 짐칸에는 크고 작은 선물이 한가득 실려 있었다. 텔레비전이나 길거리 광고에서 본 것과 달리는 산타클로스는 빨간 옷을 입지 않았고, 루돌프도 빨간 코를 하고 있지 않았다. 대신 희뿌연 색의 옷과 모자를 쓰고 아주 약한 빛을 내뿜었다. 아빠와 나는 넋 놓고 그 모습을 바라보았다. 가게 안으로 고개를 돌리자 엄마와 언니는 통닭집 아주머니와 한창 이야기를 나누고 있었다. 엄마를 부르려는 순간 아빠가 손가락을 입에 가져다 대더니 '쉿'했다. 그러고는 우리만의 비밀이라는 듯 고개를 저었다. 나는 고개를 끄덕이며 다시 하늘을 응시했다. 아빠가 먼저 산타클로스와 루돌프를 향해 손을 흔들었다. 나도 따라서 두 팔을 크게 휘저었다. 그 순간 산타클로스와 루돌프가 화답하듯 허공에 별빛 가루를 흩뿌려 주었다.

“와!”

아빠와 나는 동시에 탄성을 질렀다. 밤하늘에 금빛 비단이 쫙 펼쳐지며 빛가루가 스르르 흩날렸다. 참으로 아름다운 풍경이었다. 주위의 상점은 모두 문을 닫았고, 거리에는 아무도 없었다. 그렇게 아빠와 나 둘만의 비밀스러운 시간이 흘러가고 있었다.

잠시 후, 자정을 가리키는 종소리가 땡 울리자 엄마와 언니가 닭을 들고 나왔다. 그 순간 산타클로스와 루돌프가 하늘에서 자취를 감추었다. 어, 어디로 사라졌지? 나는 눈을 비비고 다시 하늘을 바라보았다. 그러나 아무것도 보이지 않았다. 아빠를 바라보자, 아빠가 다시 손가락을 입에 가져다 댔다. 나는 어안이 벙벙한 상태로 고개를 끄덕였다. 그리고 집으로 돌아와 가족과 함께 통닭을 뜯었다. 아빠의 당부대로 입을 꼭 다문 채…….

그날 이후 다시는 산타클로스를 볼 수 없었고, 산타클로스를 봤다는 이야기도 하지 않았다. 단짝 친구에게 한 번 이야기했는데 황당하듯이 나를 쳐다보았고, 서예 학원 선생님께도 용기 내어 이야기했는데 그저 귀엽다는 듯 쳐다보기만 했다. 모두 내가 거짓말을 한다고 생각하는 것 같아 입을 다물었지만, 나는 그날 분명 산타클로스를 보았다. 통닭집과 그 주변의 풍경, 아빠와 내가 손가락을 가리키며 환히 웃는 동안 유유히 루돌프를 끌고 하늘을 가르던 산타의 모습, 모두 생생히 기억했다. 그럼에도 친구와 선생님 다 믿어 주지 않으니 헷갈리기 시작했다. 그때 내가 본 건 환상이었을까? 어린 아이의 때 묻지 않은 순수, 딸에게 기적을 보여 주고 싶었던 아빠의 사랑이 빚어낸 환상의 하모니였던 걸까? 그렇다면 산타와 루돌프를 가리키며 나를 보고 웃었던 아빠의 미소는 어떻게 설명한단 말인가. 그날 우리가 본 걸 말로 확인하는 순간 그 기적이 물거품처럼 사라져 버릴까 봐 아빠와 나는 그 일에 대해 한마디도 하지 않았다. 그렇게 이십여 년 간 묻어 온 비밀을, 딸은 생생히 기억하고 있으나 아빠도 그러한지는 잘 모르겠다. 아무렴 상관없다. 내가 똑똑히 기억하고 있다. 당장 그 풍경을 그대로 재현할 수 있을 만큼 선명히 기억한다. 그리고 시간이 아무리 흘러도 그 기억을 떠올리면 여전히 설렌다.

어른이 되어 가면서 크리스마스는 기적과 점점 거리가 멀어졌다. 가족들과 보냈던 크리스마스이브 = 양념 치킨의 공식은 오래전에 깨졌고, 친구와 연인, 동료 등 다양한 사람들과 다양한 방식으로 시간을 보냈다. 연인에게서 받은 케이크와 꽃다발에 한껏 행복한 웃음을 지으며 단둘이 파티를 한 적도 있었고, 크리스마스 콘서트에 가서 많은 이들과 캐럴을 함께 들은 적도 있었다. 각양각색의 전구로 꾸민 빛 축제를 즐기며 소원 트리에서 소원을 빈 적도 있었고, 평소에는 찾지 않던 교회에 성탄 예배를 드리러 가서 예수님의 탄생을 축하한 적도 있었다. 재작년에는 회사 사람들과 함께 불우한 아동들을 찾아가 한 명 한 명에게 캐럴을 불러 주며 내가 쓴 고양이달과 자그마한 선물, 깜짝 이벤트를 선사하고 왔다. 그렇게 보람찬 크리스마스가 있는가 하면 마음이 꾸리꾸리한 꾸리스마스도 있었다. 그때는 나와 같은 솔로 친구들과 '솔로천국, 커플지옥'을 외치며 쓸쓸한 마음을 달랬다.

매해 찾아오는 크리스마스는 누구와 함께하느냐에 따라 달랐지만, 언제나 마음 한구석이 허전하곤 했다. 크리스마스에는 누구나 기적을 바라니까…… 나 역시 그때만은 몽상가가 되어 새로운 기적을 기대하다 보니, 현실은 한껏 부푼 환상을 뛰어넘을 수 없었다. 어떤 크리스마스가 찾아오든 아홉 살의 그 기억은 뛰어넘을 수 없을 것이다. 산타클로스와 루돌프가 밤하늘의 별을 뚫고 달리던 그 밤은 내가 처음 겪은 크리스마스의 기적이었다. 나는 그것이 다시는 없을 기적임을 알았다. 그럼에도 이십여 년이 지나도록 혹시나 하는 마음을 버릴 수가 없다. 또 한 번의 기적이 찾아와 줄까 하고 말이다.

일 분 일 초 쉬지 않고 내 마음을 울렸던

추운 걸 싫어하는 내가 크리스마스이브, 따뜻한 사막 도시에서 여유를 한껏 만 끽하고 있다. 어쩌면 이것이야말로 그토록 기다리던 기적은 아닐까. 침대에 대자 로 누워 부른 배를 툭툭 두드리며 낮잠을 자는 동안, 나는 아홉 살로 돌아가 밤하 늘을 나는 산타클로스와 루돌프를 만났다. 그 시절의 젊은 부모님과 통닭을 뜯고, 중고등학교 친구들과 식당에서 크리스마스 만찬을 즐기고, 이십 대에는 연인과 낭만적인 크리스마스를 보내기도 했다. 이십여 년에 걸친 길지만 짧은 꿈, 매해 크리스마스만 이어지는 행복한 꿈이었다.

꿈이 끝나 갈 무렵 눈을 떴을 때, 숙소 밖에는 빨간 사륜 버기카가 우리를 기다 리고 있었다. 이십 대를 졸업하고 삼십 대에 맞는 첫 크리스마스이브는 기다리고 기다리던 사막 드라이브였다. 흰 눈 대신 곱게 흩날리는 모래를 맞으며 크리스마 스를 축하하자. 나와 아모는 그대로 침대를 털고 일어나 밖으로 나갔다.

버기카에는 다른 외국인들 몇 명이 먼저 자리를 잡고 있었다. 가볍게 눈인사를 나누고 뒷좌석에 엉덩이를 대자마자 차가 부릉부릉 소리를 내며 곧장 전진했다. 버기카는 사막 투어에 알맞게 사방이 다 뚫려 있어 넓게 펼쳐진 사막 전경이 한 눈에 들어왔다. 황토색 모래가 곳곳에 완만한 경사의 산을 이루고 있었다. 바람이 불 때마다 모래가 바람결에 흩어지는 모습이 장관이었다. 그 진풍경을 넋 놓고 감 상하는데 갑자기 버기카가 공중에 붕 떴다.

"꺄악!"

비명 소리와 함께 차가 곧장 모래에 처박혔다. 내 몸이 아모 쪽으로 기울어졌다. 바로 앉기도 전에 버기카는 또 다른 모래 언덕을 향해 질주했다. 급히 방향을 틀 며 지그재그로 달리는 통에 몸을 지탱하기 힘들었다. 나와 아모의 입에서 연신 비 명이 터져 나왔다. 가이드는 비명 따윈 안중에도 없이 더욱 거칠게 사막을 질주했 다. 큰 모래 언덕을 타고 올라가 그대로 공중으로 점프하기도 하고, 급회전을 하 여 모래 깊이 처박히기도 했다. 어떻게 빠져나갈까 걱정할 새도 없이 이내 모래에서 빠져나와 급경사를 그대로 내리달렸다. 숨이 턱 막혀 비명도 제대로 나오지 않았다.

"아……."

순식간에 경사를 내려오자 나도 모르게 안도의 한숨이 터져 나왔다. 손바닥이 땀으로 흥건했다.

"아모, 재밌지 않아?"

내가 말을 걸자 아모가 내 쪽으로 얼굴을 돌렸다. 안 그래도 새하얀 얼굴이 더 하얗게 질려 있었다. 나도 모르게 웃음이 났다. 어떤 때는 말괄량이 같은데 또 어떤 때 보면 겁 많은 아이 같단 말이야.

버기카가 슬슬 속도를 줄이더니 정차했다. 어느새 우리는 샌드 보딩을 즐길 높은 언덕 위에 올라와 있었다. 사람들은 다 같이 차에서 내려 손가락 두께의 나무

보드를 받아들었다. 나와 아모도 나무 보드를 들고 언덕 가장자리에 섰다. 언덕 아래를 내려다보자 나도 모르게 다리가 후들거렸다. 100미터는 족히 넘을 듯한 높이. 덜컥 겁이 났지만 아모가 주저하는 모습을 보이자 나라도 용기 있게 나서야 될 것 같았다. 나는 태연한 척 물었다.

"할 수 있겠어?"

아모가 대답 대신 겁에 질린 눈빛으로 나를 봤다. 나는 보란 듯이 보드를 바닥에 깐 뒤 가슴을 대고 엎드렸다. 아모가 마지못해 나를 따라 엎드렸다. 나는 고개를 옆으로 돌려 말했다.

"눈 딱 감고 해 보자!"

아모가 아랫입술을 질끈 깨물고 고개를 끄덕였다. 자그마한 체구로 자기 덩치 두 배만 한 보드 위에 넙죽 엎드린 모습이 귀여워 나도 모르게 웃음이 나왔다. 가이드가 준비됐냐고 물었다. 나와 아모는 동시에 소리쳤다.

"Yeah!"

그 순간 가이드가 뒤에서 보드를 밀었다. 순식간에 보드가 언덕을 타고 미끄러져 내려갔다.

"으악!"

"악! 살려줘! 엄마! 엄마!"

내 목소리인지 아모의 목소리인지 분간이 가지 않을 정도로 우리는 죽어라 소리를 질러댔다. 비명 소리가 텅 빈 사막에 쩌렁쩌렁 울렸다. 그 모습을 지켜보던 사람들이 폭소를 터뜨렸다. 나와 아모는 사막의 모래 바람을 가르며 쭉 미끄러지다가 순식간에 바닥에 다다랐다. 처음의 두려운 눈빛은 온데간데없이 아모가 큰 소리로 외쳤다.

"재밌다! 이거 정말 최고야!"

나도 고개를 끄덕이며 엄지를 치켜세웠다. 우리는 샌드 보딩에 완전히 매료되었다. 무거운 나무 보드를 짊어지고 다시 그 경사를 걸어 올라가야 하는 수고에도

우리는 원 없이 샌드 보딩을 즐겼다.

"간다! 야호!"

"메리 크리스마스!"

"엄마야!"

언덕을 내려갈 때마다 외치는 말도 그때그때 달랐다. 보드에 몸을 맡기고 보드라운 모래 언덕을 가로질러 내려오는 동안 나도 이 뜨거운 사막의 일부가 된 것 같았다. 차갑게 굳은 마음과 복잡한 생각들이 모래와 함께 바람에 다 흩어졌다. 언덕을 내려와 바닥에 다다르자 나도 모르게 얼굴에 편안한 미소가 번졌다. 함께 내려온 아모가 모래 바닥에 팔다리를 대자로 뻗고 눈을 감았다. 나는 그 옆에 엉덩이를 붙이고 앉았다. 피부에 닿는 고운 모래의 촉감이 기분 좋았다. 손으로 흙을 비벼 보기도 하고, 바람결에 흩뿌려 보기도, 내 발과 아모의 발을 모래로 덮어 보기도 했다. 놀이터에서 모래 장난을 즐기던 어린 시절로 돌아간 듯 즐거웠다. 오늘처럼 근심, 걱정 모두 내려놓고 아이처럼 천진난만하게 놀았던 적이 언제였던가. 지금처럼 시간 가는 줄 모르고 빠져들었던 재미난 놀이는 뭐였더라. 굳이 어린 시절까지 거슬러 올라가지 않아도 찾을 수 있는 내 청춘의 한 시절. 나는 그 시절의 기억을 더듬어 올라갔다.

내 청춘의 놀이는 '표현'에 맞춰져 있었다. 사색하고 공상하는 것을 좋아했던 나는 뭐든 보고 듣고 느끼는 감정과 생각들을 표현하는 것을 좋아했다. 그게 글이든 그림이든 영상이든 공연이든 상관없었다. 대학에서 영상과 공연을 전공하면서 나는 내 감정과 생각을 스토리로 만들어 표현하는 법을 배웠다. 영상과 공연은 여러 사람이서 함께 만들어야 했기에, 나는 늘 사람을 만나러 바쁘게 뛰어다녀야 했다. 회의실에서 동기들과 내가 쓴 대본에 대해 치열하게 논의하고, 캐스팅과 장소 헌팅을 하러 운동화가 닳도록 돌아다니고, 몇 날 며칠 이어지는 밤샘 촬영 속에서 파김치가 될 때까지 "레디, 액션!"을 외쳤다. 촬영이 끝나면 편집실에 틀어박혀 씻지도 않고 쪽잠을 자 가며 편집했다. 제작비도 벌어야 했기 때문에 나머지 시간에는 아르바이트를 했다. 밤 12시가 다 되어 집에 가는 길, 버스에서 내리면 몸이 천근만근이었다. 당장에라도 아스팔트 바닥에 몸을 누이고 자고 싶은 심정이었다. 그러면서도 그게 싫지 않았다. 아니, 오히려 좋았다. 누구 하나 시킨 이 없지만, 내가 자처한 고생이었다.

왜 그랬을까. 청춘이니까? 젊음의 에너지가 넘쳐나서? 글쎄, 잘 모르겠다. 그땐 그 시절이 청춘인지도 몰랐고, 열정이니 뭐니 거창하게 다른 이유를 가져다 붙일 거 없이 너무 하고 싶고, 잘하고 싶어서 그랬다. 잘 못해도 계속 노력해서 잘하고 싶었다. 그것만큼 나를 매료시킨 놀이는 없었다. 살아가는 동안에도 쭉 없을 것 같았다. 나는 나만의 소박한 작품을 만드는 꿈을 꾸었고, 그 꿈을 이루기 위해 도전하고 깨지고 일어서는 과정을 겪었다. 그때마다 어마어마한 시간과 비용, 에너지가 들어갔다. 그 과정을 모두 기록으로 남겼고, 그걸 바탕으로 다음 작품을 만들었다. 대부분의 소재는 소녀의 성장담, 그러니까 나의 성장담이었다. 그게 좋았다. 내 삶이 곧 나의 작품으로 만들어지고, 그 작품을 잘 만들기 위해 노력하는 모습이 또다시 나의 삶으로 써지는 게 좋았다. 너무 좋아서, 그 어떤 수고도 상관없었다.

그 시절 내가 좋아했던 또 한 가지. 스물두 살에 만난 한 아이가 있었다. 나는 그 아이를 참 많이 좋아했다. 그 아이의 마음은 내가 만나지 못했던 마음이었다. 그 아이는 내가 어디에 있던 내게 달려와 주었다. 워크숍이 끝나고 막차 타고 오는 나를 매일 마중 나왔다. 내가 아르바이트를 할 때에도 마찬가지였다. 아르바이트 하는 곳의 한쪽 벽면이 유리창이었는데, 늘 끝날 때면 유리창 너머로 서 있는 그 아이의 모습이 보였다. 그 아이와 눈을 맞추고, 그 아이의 환한 웃음을 보면 고된 하루의 피로가 싹 가시는 느낌이었다.

한번은 막차를 타고 집에 가다가 지하철을 잘못 타 돌아가야 했던 적이 있었다. 그때 그 아이에게 전화가 왔고, 나는 상황을 이야기한 뒤 급히 지하철을 갈아탔다. 간신히 원점으로 돌아왔지만 집까지 갈 차가 없어 망연자실한 그때, 계단으로 그 아이가 허겁지겁 뛰어올라왔다. 맨발에 삼색 슬리퍼를 질질 끌고 추리닝 바람으로……. 나는 갑작스런 그 아이의 등장에 눈이 휘둥그레졌다. 그 아이는 나를 발견하고 내 앞에 와서 숨을 헐떡였다. 한 손에는 과자와 맥주가 담긴 봉지가 들려 있었다. 나는 그 아이에게 물었다.

"어떻게 왔어?"

"지하철 타고."

"이제 집에 가는 차 없어. 왜 그랬어!"

"네가 무서울까 봐."

"내가 애야? 차 끊겼다고 벌벌 떨게?"

나의 말에 우리 둘 다 웃음이 터졌다. 집 앞 가게에 갔다가 내 전화를 받고 그대로 전철역으로 달려가, 막 들어오는 차를 타고 왔단다. 급히 오느라 돈을 챙길 겨를도 없어, 주머니 탈탈 털었더니 지폐 몇 장과 동전 몇 개가 다였다. 부모님께 연락을 드리기에도 늦은 시간이었다. 자정이 넘은 여름밤, 우리는 마음을 비우고 손을 맞잡은 채 걸었다. 도란도란 얘기도 하고, 봉지에 든 과자를 까먹기도 하고, 걷다가 다리가 아프면 길가의 벤치에 앉아 맥주로 목을 축이기도 하면서 계속 밤을 걸었다. 내가 힘들어 하면 그 아이는 등을 내 주었고, 나는 넓은 등에 잠시 기대어 쉬면서 그 밤을 걸었다. 거리의 차들과 노란 가로등과 하천의 푸른 풀 내음과 매미 우는 소리가 그 밤의 풍경을 채웠다. 마치 밤에 떠난 피크닉처럼 내게는 따뜻하고 소중한 시간이었다.

우리의 동화 같은 시간들, 사 년의 기억. 같은 동네에 살아서 1년 365일 중 360일 이상을 만났고, 우리는 해마다 수많은 추억을 만들었다. 매 계절마다 바뀌는 나무와 풀의 색을 구경하며 손잡고 걸었던 안양천, 그 아이가 처음 택배 아르바이트를 하고 번 돈을 들고 밤 11시에 찾아와 사 준 고기, 성과급을 받았다며 선물해 준 플랫슈즈를 신고 토끼처럼 총총 뛰어다녔던 안양지하상가, 그 아이가 운전면허를 따자마자 바로 출발한 전국 일주 여행, 내 생일이 되는 날 밤 12시 꽃을 들고 찾아왔다가 열이 펄펄 끓는 나를 안고 흘렸던 그 아이의 눈물. 내가 몸이든, 마음이든 아파하면 함께 아파했던 사람. 내가 울면 함께 울어 주었던 사람. 그 아이가 가진 마음은 일 분 일 초 쉬지 않고 내 마음을 울렸다. 나는 그 아이의 마음이 세상에 있을 수 없는 마음이라고 여겼다. 그래서 어쩌다가 순수하고 착한 그 아이의 마음을 이용하려는 사람들을 볼 때면 화가 났다.

"제발 좀 못되게 굴어! 사람들이 다 너 같지 않단 말이야. 누가 알아준다고 그래."

나는 어차피 통하지도 않을 말을 주문처럼 했고, 그때마다 그 아이의 대답은 한결같았다.

"난 그냥 내가 손해 보는 게 편해. 아니, 손해라고 생각하지 않아. 알아주길 바란 적도 없어. 내가 좋아서 그러는 거야."

그 아이의 말에 나는 더 이상 할 말이 없었다. 그 아이는 정말로 그런 사람이어서, 내가 계속 그러지 말라고 하는 건 다른 사람이 되라는 것과 같았다. 그럼에도 그런 그 아이의 모습을 지켜보는 게 속상했다. 자기가 손해를 보든, 마음을 다치든 괜찮다며 상대의 실수를 눈감아 주는 사람. 다른 사람이 알아주지 않는다 해도 내가 알아주고, 지켜 주고 싶었다. 유리 같이 투명한 마음이 혹여 깨질까 봐, 내가 강해져서 이기적인 사람들로부터 그 아이를 지켜 주고 싶었다.

그러나 인생에는 피할 수 없이 직면하게 되는 성장의 단계가 있었다. 어른이 되기 위해서 우리가 각자 겪어야 할 일들이 있었고, 나는 그 아이가 이미 내가 겪은 일을 뒤늦게 겪으며 힘들어 하는 모습을 볼 때마다 가슴이 아팠다. 방법은 하나뿐, 더 강해지는 것뿐이었다. 세월이 그 아이를 어른으로 만들기 위해 힘든 시간을 주면, 내가 강해져서 그 시간조차 끌어안아 주겠다고 다짐했다. 그 예쁜 마음이 다치지 않게 지켜 주리라. 그런 각오로 열심히 공부도 하고, 영화도 만들고, 시나리오도 쓰고, 다큐멘터리도 찍었다. 내가 그 아이의 연인이라는 사실에 그 아이가 든든해했으면 했다. 자랑스러워했으면 했다. 그땐 어려서 세상이 두렵고, 앞으로 닥칠 미래가 때때로 불안했지만, 적어도 그 아이만은 내가 있어서 아무것도 겁나지 않았으면 했다.

영화와 다큐멘터리, 공연 연출까지 끊이지 않는 워크숍으로 늘 잠이 부족했고, 몸이 부서질 것 같이 바쁘고 정신없었던 일상. 친한 동기에게 배신당하고 친구와 가족의 자살을 겪으며 상처 받을 일이 많았지만, 그 아이의 마음과 그 아이를 좋아했던 나의 마음은 내가 팍팍해지지 않게, 순조롭지만은 않은 나의 청춘에 낭만이 깃들게 해 주었다.

그러나 변하는 세계 속에서 우리는 무력했다. 한동네에 살면서 하루도 빠짐없이 늘 붙어 다녔던 우리는 처음으로 오랜 시간 떨어져 있게 되었고, 우리의 의지와 상관없이 달라진 환경에서 나와 그 아이는 할 수 있는 게 없었다. 처음에는 죽을 것 같이 힘들더니 감정은 계절을 따라 자연스럽게 흘러갔다. 나는 그 아이 없이 홀로 서는 연습을 했다. 그 아이의 자리는 점점 다른 것들로 채워졌다. 그리고 봄에서 여름으로 넘어갈 무렵, 나는 그 아이를 향한 마음이 다 자랐다는 것을 깨달았다. 더 받고 싶은 마음이 없었고, 더 줄 마음이 없었다. 나는 우리의 인연이 소진되는 것을 느꼈다.

어느 여름날 새벽, 그 아이와 나는 함께 서해 대교로 야간 드라이브를 떠나며 차 안에서 사 년의 시간을 돌아보았다. 그 아이가 떨리는 목소리로 말했다.

"지금의 나, 네가 다 만들었어. 너 덕분에 내가 더 나은 사람이 되었어. 지금 내 모습이 나는 꽤 마음에 들어. 고마워, 영주야."

하마터면 왈칵 눈물을 쏟을 뻔했다. 나도 그랬다. 그 아이를 만나 더 나은 내가 되었다. 세상 그 어느 누구를 만났다한들 네가 준 사랑보다 더 따뜻할 수 있었겠니. 나는 그 아이의 손등에 내 손을 가만히 올리며 말했다.

"네 마음이 너무 예뻐서 늘 지켜 주고 싶었어. 그래서 강해지려 노력하다 보니 이제 나 자신을 지킬 수 있게 됐어. 이젠 너도 강해졌으면 좋겠어. 나를 지켜 주었듯이 너 자신을 아끼고 지켜 줘. 내가 바라는 건 그것뿐이야. 약속할 수 있지?"

그 아이는 고개를 끄덕였다. 나는 눈물을 삼키며 나지막한 목소리로 말했다.

"고마워. 내 앞에 나타나 줘서, 나 사랑해 줘서. 내 인생에서 가장 행복했던 순간이었어."

그 아이는 묵묵히 나의 고백을 들었다. 그때 우리가 용기 내어 꺼내 놓은 진심은 사 년을 한결같았던 서로에게 주는 마지막 선물이었다. 되돌아오는 길, 우리가 함께 들었던 음악들을 다시 들었다. 머릿속으로 함께했던 순간들이 쭉 펼쳐졌다. 그리고 앞으로 펼쳐질 순간들, 그 미래 속에 더 이상 그 아이는 없었다. 남은 청춘 역시 녹록하지 않을 테고, 이제 더 이상 서로에게 기대어 갈 순 없지만 그런대로 잘 살아 낼 거라고, 서로가 아니어도 스스로 제 몫의 삶을 살아 낼 힘을 서로를 지키는 동안 키웠으니 괜찮을 거라고, 그렇게 마음을 다잡았다. 언제나 그랬듯 그 아이는 나를 집 앞까지 데려다 주었다. 나 역시 익숙한 포옹과 함께 익숙한 미소를 지으며 돌아섰다. 그게 우리의 마지막이었다.

영원할 줄 알았던 마음이 변했다. 그런 변화는 처음 겪어 본지라 당황스러웠다. 왜 헤어졌냐고 묻는 말에, 한마디도 할 수가 없었다. 그 아이가 싫은 게 아닌데, 우리 사이에는 헤어질 만한 어떤 일도 없었는데, 여전히 좋아하는데 왜 헤어지는지 나도 몰랐다. 어떻게 사람의 마음이 변할 수 있는지, 그렇게 좋아했으면서 어떻게 마음이 멈출 수가 있는지 도저히 믿을 수 없었다. 사 년 동안 최선을 다해 그 아이를 좋아했기 때문에 아쉬움이나 후회는 없었다. 그저 허망할 뿐이었다.

어느덧 시간이 흘러 내 나이가 벌써 서른이니 벌써 사 년도 더 된 일이었다. 그때의 허망함은 시간이 흐른 뒤에야 비로소 이해가 되었고, 그 아이와 함께한 시절의 의미 역시 시간이 지난 뒤에야 내 안에 온전히 스며들었다. 모든 것이 세월을 따라 흘러가리니, 남미에 오기 전 상처로 얼룩진 사 년의 기억 또한 그 아이처럼 흘러가게 될까. 회상에 잠긴 동안 어느덧 사막의 지평선 너머로 해가 저물고 있었다. 누런 모래가 붉은 태양빛을 밝아 황금빛으로 물들었다. 아모가 말했다.

"또 하루가 가네."

"응. 또 하루가 가네."

또 하루가 간다. 그렇게 하루하루가 쌓여 우리의 시절을 채운다. 아모와 내가 함께한 이 여행은 훗날 인생에서 어떤 의미로 기억될까. 기억을 잃은 데다 정체 또한 불분명한 이 토끼와의 하루가, 일주일이 향하는 관계의 종착지는 어디일까. 아모가 가만히 나에게 몸을 기댔다. 나는 한 팔로 아모의 작은 어깨를 감쌌다. 해가 지자 사막에 푸른 어둠이 깔리기 시작했다.

가장 좋아하는 것이어야

숙소에 돌아와 씻고 저녁을 먹었다. 그리고 숙소 앞 나무에 걸린 해먹에 누워 선선한 밤바람을 맞았다. 아모도 바로 옆 나무 해먹에 누워 몸을 이리저리 흔들었다. 밤하늘에 별들이 하나둘 고개를 내밀더니 반짝반짝 빛났다. 나와 아모는 잠시 말없이 그 순간을 느꼈다. 감성적인 분위기 속에서 아모는 어김없이 잃어버린 기억 속 그의 이야기를 꺼냈다.

"내가 기억을 못할 뿐 헤어진 거면 어쩌지? 울고 싶어도 기억이 나야 울든 말든 할 텐데."

"헤어지면 꼭 울어야 한다고 생각해?"

내 말에 아모가 내게 고개를 돌렸다.

"응? 당연한 거 아냐? 사랑하는 사람과 헤어졌는데……."

나는 조용히 생각에 잠겼다. 아모의 말대로 사랑했다면 헤어지고 우는 것이 당

연한 건가. 나는 그 아이와 헤어지고 단 한 번을 울지 않았다. 그럼 내 사랑은 사랑이 아니었다는 말인가. 나는 고개를 절레절레했다. 그리고 아모를 향해 고개를 돌렸다.

"아모, 꼭 우는 게 다가 아닐 수 있어. 다르게 울 수도 있어."

"그게 무슨 말이야?"

"나는 그 아이와 헤어진 뒤 밥도 먹지 않고, 잠도 자지 않고 틈만 나면 글을 썼어. 그 아이를 생각하고, 그 아이를 만나러 가던 그 익숙함으로 쓰고 또 썼어."

"그 아이? 헤어진 그를 만나기 전 사람 이야기야?"

"응. 아까 사막에서 문득 생각나더라고. 그 아이랑 헤어지고 미친 사람처럼 쓰기만 했는데, 그때 나는 그렇게 울었던 것 같아."

나의 말에 아모가 조용히 귀를 기울였다. 나는 아모를 데리고 다시 돌아갔다. 그 아이가 나의 세계에서 사라진 그 시점으로……

헤어지고 나서 나는 그 아이와 나의 이야기를 한 편의 동화로 써 내려갔다. 그 아이와 매일 동화 속에서 다시 만났다. 그 아이를 좋아했던 마음과 그 아이를 이해하고 받아들이려고 했던 노력, 그 아이와 함께했던 추억이 고양이달이라는 동화를 채웠다. 그렇게 그 시절을 곱씹으며 그 인연의 의미를 되새겼다. 헤어진 뒤 하루가 지나고 일주일이 지나고 보름이 지나고 한 달이 지났지만, 동화 속에서 매일 만나다 보니 현실의 그 아이가 사무치게 그립거나 궁금하지는 않았다. 다만 마음이 추운 날에는 동화를 쓰는 대신 하늘을 봤다. 같은 동네에 살고 있으니까, 그 아이도 지금 내가 보는 하늘을 보고 있겠지. 같은 하늘 아래 있다는 것만으로도 위로가 되었다.

헤어진 뒤에도 그 아이를 좋아했던 마음은 사라지지 않아 오랫동안 나를 지켜 주었다. 진로 문제로 고민할 때에도 선택의 기준이 되었다. 졸업한 뒤 실제로 방송국에서 일해 보니 내가 생각했던 것과는 달랐다. 그곳에서도 내가 할 수 있는 역할이 분명히 있겠지만, 내가 가장 잘할 수 있는 일은 아니라는 생각, 내 재능과 열정이 온전히 쓰일 수 있는 일은 아니라는 생각이 들었다. 돌이켜보면 그 아이를 좋아했던 마음은 어떤 어려운 과제도 해낼 수 있는 힘을 주었고, 나는 그 아이와 함께 보낸 순간들을 작품으로 만들기 위해 어떤 노력이든 했다. 그 결과 원했던 바를 손에 쥘 수 있었고, 성취감이 가슴을 꽉 채웠다. 그러니까 적당히 좋아해서는 안 된다, 가장 좋아하는 것이야 한다. 다른 것을 생각할 수 없는 오직 하나여야 한다. 그런 내게 방송국 프로듀서는 가장 좋아하는 단 한 가지는 아니었다. 나는 방송국을 나가 내가 가장 좋아하는 일을 할지, 그대로 남아 돈을 벌면서 다른 방법을 찾아볼지 선택을 해야 했다.

선택의 기로에서 나는 그 아이와의 이별을 떠올렸다. 그 아이를 그토록 사랑했어도 그 마음에는 유통기한이 있었고, 우리의 시절은 끝이 났다. 영원할 것 같았지만 영원하지 않았다. 나는 인생에서 시간과 기회가 그리 무한하지 않다는 것을 알았다. 같은 이치로 내가 좋아하는 일에 도전하고 노력할 수 있는 시간과 기회도 무한하지 않을 것이다. 열정도 영원하리라는 보장이 없다. 그러니까 지금, 당장 시작해야 한다. 나는 결국 방송국을 나왔다. 그리고 내가 좋아하는 일을 원하는 방향대로 할 수 있는 회사가 없다면 어떻게 해야 할까 생각했다. 내 이십 대 초중반이 그랬듯이 일을 놀이처럼 할 수 없을까. 그때 내 졸업 시나리오를 본 영화사에서 데뷔를 제안하면서 나는 일단 도전해 보기로 했다.

나는 영화사의 한 프로듀서와 함께 시나리오를 만들기 시작했다. 졸업 작품의 컨셉과 틀은 그대로 가져가되 대중성을 위해 충분히 다듬어야 했다. 그해 봄, 여름에는 시나리오 작업에 집중했다. 그리고 남은 시간에는 그 아이와의 일을 담은 동화, 고양이달을 썼다. 영화 시나리오의 주인공도 '그 아이'였고, 동화의 주인공도 '그 아이'였다. 그 아이의 강한 모습은 시나리오의 주인공에게, 여린 모습은 동화의 주인공에게 주었다. 그렇게 낮에는 시나리오를 쓰고, 밤에는 동화를 쓰며 그 아이와 계속 만났다. 그 아이의 상반되는 모습을 작품으로 그려 내는 일은 어렵지만 무척 재밌었다. 그 시절, 그것보다 더 재미나는 일은 없었고, 나는 돈을 벌어야 하는 현실을 완전히 잊을 만큼 작품에 빠져들어갔다. 거기에는 친한 친구의 응원도 한몫했다.

나에겐 중학교 때부터 한 동네에 살면서 가까이 지냈던 친구가 있었다. 그 친구는 나와 그 아이의 만남부터 이별까지 가장 가까이에서 지켜보았다. 그리고 내가 방송국을 나와 시나리오 작업을 하고, 그 외 시간을 모조리 동화 쓰는 데 바치는 것도 알고 있었다. 일기처럼 혼자 쓴 글이 완성되어 갈 무렵, 그 친구에게 보여 주었다. 대학 시절에도 내가 쓴 시나리오를 보고 느낌을 말해 주었던 친구는 동화 역시 즐겁게 읽고 소감을 말해 주었다. 심지어 그 다음 이야기가 궁금하다며 더 써 달라고 보채기까지 했다. 친구에게 쓴 글을 보여 주면 친구는 "다음은 어떻게 되는 거야?"라고 물었고, 그럼 나는 "궁금해? 며칠만 기다려."라며 또 써서 주길 반복했다. 친구는 고양이달을 읽으며 이야기 전개에 도움이 될 만한 조언을 많이 해 주었다.

항상 집 앞 카페에서 내가 쓴 동화를 읽으며 즐거워하던 친구는 어느새 내 방에 들어와 있었다. 그해 여름 나와 친구는 좁은 방에 틀어박혀 선풍기 바람을 맞으며 함께 고양이달 세계를 만들어 갔다. 몸은 푹푹 찌는 방 안에 갇혀 있었지만, 정신은 고양이달 속에 들어가서 별별 캐릭터들과 별별 장소에서 뒹굴었다. 좁은 방이 답답해지면 밖으로 나가 작업했다. 보기만 해도 가슴이 뻥 뚫리는 통유리로 둘러싸인 카페였다. 낮에는 화사한 햇살이 유리벽을 통해 고스란히 들어왔고, 밤이면 도로에 일렬로 쭉 늘어선 가로등이 한눈에 들어와서 좋았다. 그 카페를 작업실로 삼은 우리는 설날에도 시골에 내려가지 않고 그곳에서 만나 고양이달을 다듬었다. 날짜도 기억한다. 2010년 1월 1일, 정초 아침부터 떡국을 먹자마자 카페로 달려갔다. 카페에는 아무도 없었다. 우리는 고양이달 원고를 펼친 뒤 아주 신나게 떠들어 댔다. 그러고는 지쳐 집에 돌아와 내 방 침대에 함께 뻗어 잤다. 늦은 저녁쯤에야 눈을 뜨고 어떻게 작품을 고쳐 나갈지 다시 이야기했다.

처음에는 나 혼자 쓰고 나 혼자 읽었는데, 이제 그 세계를 함께 그려 나갈 동료가 생기니 그렇게 설레고 기쁠 수가 없었다. 그때 그렇게 같이 붙어서 했던 친구가 지금의 아띠봄 에디터 슬아이다. 자기가 뭘 좋아하는지 모르겠다며 진로를 걱정했던 슬아는 그렇게 재미로 시작한 일이 자신의 직업이 될 줄은 상상도 못했을 것이다. 슬아와 나는 원고 작업에 점점 몰두했고, 고양이달 세계에 보다 더 진지해졌다.

고양이달 세계의 윤곽이 잡히면서 나는 동화 속 무지개 빛깔의 세계를 눈에 보이는 그림으로 구현하고 싶었다. 그림을 전공한 다른 친구 선옥이에게 작품을 보여 주자 그녀는 고양이달을 마음에 들어 하며 선뜻 삽화 작업을 하겠다고 나섰다. 우리는 화창한 날, 그늘진 노천카페에서 하얀 스케치북 위에 색연필과 크레파스로 그림을 그렸다. 아이들처럼 신나서 소꿉놀이하듯 스케치북에 마구 색칠하다 보면 손가락이 온갖 색으로 얼룩덜룩해졌다. 하교 길의 초등학생들이 하나둘 다가와 무엇을 그리느냐고 물었다. 우리는 고양이달의 세계를 설명하며 아이들에게 감상을 물었고, 아이들은 나무를 더 크게 그려 보라느니, 심술궂은 캐릭터의 수염을 더 길게 늘어뜨려 보라느니 참신하고도 귀여운 조언을 건넸다. 그렇게 내가 만든 이야기가 선옥이의 도움으로 조금씩 선명한 색깔을 갖기 시작했다.

꼭 일 년이었다. 그 시간 동안 우리 셋은 우리만의 공간에 머물렀고, 그곳을 아주 많이 애정했다. 고작 서너 평의 자그마한 방 또는 동네 카페였지만 동시에 고양이달이라는, 우주에서 가장 아름다운 빨주노초파남보 무지개별을 품은 세계이기도 했다. 우리는 그 세계에서 상상하고 그리고 쓰고 다듬었다. 그리고 해가 저물 무렵, 그곳을 빠져나와 현실 세계로 복귀했다. 어떤 날은 그 세계에 심취해 밤이 늦도록, 날이 밝을 때까지 복귀하지 않기도 했다. 잠자리에 누우면 빨리 아침이 되어 고양이달 세계에 놀러 가고 싶었다. 내일은 어떤 요정과 만날지, 어떤 괴물과 싸워서 이길지, 어떤 마을을 여행할지 상상만으로 기대되고 떨렸다. 마치 크리스마스이브, 엄마 아빠가 어떤 선물을 주실지 기대에 부풀어 잠들었던 아홉 살 시절로 돌아간 기분이었다. 매일 밤이 크리스마스이브와 같았던 시절, 매일 아침 크리스마스 선물을 풀 수 있었던 시절, 나의 이십 대 중반은 그토록 천진난만했고, 함께했던 친구들은 순수하게 열정적이었으며, 우리는 끝을 상상할 수 없을 만큼 순간에 빠져들었다.

지나고 나니 그런 시절은 그때뿐이었다. 그런 순수, 그런 사랑, 그런 열정은 모두 한 번뿐이었다. 그 한 번이 나를 지나치지 않고 내게 온전히 주어졌다는 것, 그것이야말로 기적이 아니었을까. 크리스마스에 산타와 루돌프가 하늘을 나는 광경을 목격하는 꿈같은 일이 기적이 아니라, 그렇게 사 년 동안 누군가를 한결같이 좋아할 수 있었고, 그 마음을 일 년 동안 좋아하는 친구들과 함께 몰입해서 담아낼 수 있었던 시간이 기적이었다는 생각이 든다. 훗날 고양이달이 출간되고 교육 사업으로 방향을 잡아 가면서, 내가 하고 싶은 일을 지속적으로 해 나갈 수 있는 환경이 마련됐지만, 그때만큼 푹 빠져 즐길 수는 없었다. '그냥 좋아서'가 아니라 '뚜렷한 목적'에서 시작하다 보니 어쩔 수 없는 한계가 있었다. 가끔 내가 왜 이런 고생을 하고 있나 회의가 들 때에는 어김없이 그 시절을 떠올린다. 나의 크리스마스, 나의 기적, 나의 소꿉놀이 그리고 함께 놀았던 친구들. 그렇게 그 시절을 회상하는 것만으로도 나는 또 한동안 달려갈 힘이 생긴다.

나의 이야기를 묵묵히 듣던 아모가 입을 뗐다.
"부럽네, 그런 친구들이 곁에 있다니. 난 없는데……. 아니, 기억하지 못하는데……."
아모에 말에 나도 모르게 마음이 짠했다. 내가 만일 그때 친구와 함께한 기억을 다 잃게 된다면 어떨까. 도저히 상상할 수 없었다. 나는 아모를 물끄러미 바라보았다. 귀에 칭칭 감아 놓은 붕대가 눈에 들어왔다. 잘려 나간 귀만큼 잃은 기억, 아모는 지금 얼마나 괴롭고 답답할까. 나는 아모와 함께하기로 결심했다.
"아모, 너도 기억을 찾게 될 거야. 내가 세상의 끝까지 함께 가 줄게."
내 말에 아모가 해먹에서 벌떡 일어나 얼굴을 들이밀었다. 밤하늘을 가린 아모의 얼굴에서 눈이 별처럼 반짝 빛났다. 아모가 눈을 크게 뜨고 물었다.
"정말이야? 정말 나와 함께 가 줄 거야?"
나는 미소를 띠며 고개를 끄덕였다.
"함께 가자. 지금 내게 가장 중요한 일은 세상의 끝으로 가는 거야. 이십 대 중반에는 가장 좋아하는 일을 하면서 행복을 찾았다면, 이제는 가장 괴로운 기억을 버려서 행복을 찾을래. 그 아이와의 시간처럼 따뜻했던 기억만 남기고 다 버릴 거야. 그러니까 너도 마음의 나라에 가서 그의 기억을 찾아 행복해질 생각만 해."
아모가 아무 말 못한 채 눈물이 그렁그렁한 눈으로 나를 바라보았다. 아모의 얼굴에 뜬 별이 점점 더 반짝거리더니 내 두 뺨에 별똥별처럼 툭 떨어졌다.
"고마워, 영주야."
아모가 내 위에 깡충 뛰어올라 나를 끌어안았다. 나는 손바닥만 한 아모의 등을 쓰다듬으며 밤하늘을 올려다보았다. 숙소의 불빛이 사라진 대신 별들이 모습

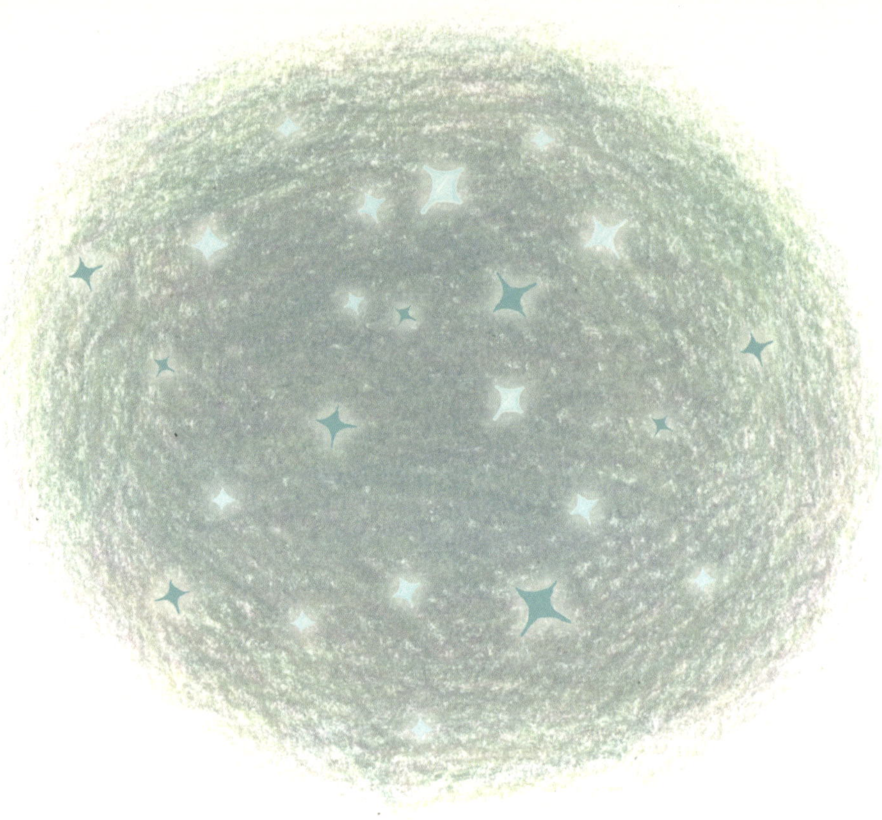

을 드러내며 조용한 사막 마을을 비추었다. 별이 빛나는 밤에, 나는 아모를 꼬옥 안고 별들에게 소원을 빌었다. 세상의 끝, 마음의 나라에 우리를 꼭 데려다 달라고……. 별들이 이에 답하듯 더욱 빛나며 밤하늘을 수놓았다.

나스카 라인
세상의 끝, 우수아이아

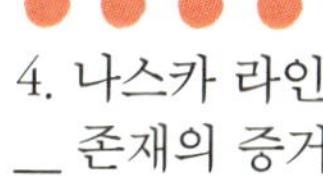

4. 나스카 라인
__ 존재의 증거

나스카 라인, 존재의 증거

크리스마스의 아침이 밝았다. 이른 아침을 먹고 짐을 싸는데 어제 그 가이드가 방문을 두드렸다. 문을 열자 가이드가 큰 소리로 외쳤다.

"메리 크리스마스!"

"메리 크리스마스! 어제 파티는 즐거우셨나요?"

내 질문에 가이드는 양 엄지를 치켜세우며 환한 미소를 지었다. 덕분에 아침부터 기분이 좋아졌다. 이제 크리스마스 선물을 풀러 갈 시간, 세계 불가사의 중 하나인 나스카 라인(Nazca Lines)이 우리를 기다리고 있었다. 늘 텔레비전에서만 보던 지상 벽화를 실제로 볼 수 있다니, 웃음이 절로 났다. 장시간 버스를 바꿔 타며 이동해야 했지만 그런 수고쯤이야 얼마든지 괜찮았다. 아모는 경비행기를 탄다는 사실에 설렘을 감추지 못했다.

정오가 되자 나스카 비행장에 도착했다. 활주로에 세워 놓은 비행기가 보였다. 하얀색 몸통에 산뜻한 민트 색 줄무늬를 두른 작고 귀여운 녀석이었다. 아모와 나는 대기실 문이 열리자마자 달려가 비행기에 올라탔다. 앞좌석에 조종사 두 명이 나란히 앉고, 나와 아모가 그 뒤에 앉았다. 멀미약까지 먹어 두었으니 비행기가 흔들거려도 문제없었다. 흥분한 마음을 가라앉히며 안내에 따라 헤드셋을 꼈다. 이제 지상에 그려진 가장 큰 그림, 사막 전시회를 즐길 시간이었다.

비행기가 활주로를 쌩쌩 달리더니 붕하고 하늘로 날아올랐다. 기체가 덜컹거리는 바람에 초반에는 중심을 잡지 못했다. 헤드셋의 소음도 심했다. 조종사는 더 높은 상공을 향해 계속 올라갔다. 300미터 정도 올라가자 비행기가 너른 대지 위를 질주했다. 헤드셋에서 조종사의 목소리가 들렸다. 세계 7대 불가사의 중 하나인 나스카 라인의 소개였다.

거대한 대지 위에 거미, 고래, 원숭이, 개, 나무, 우주인으로 보이는 존재, 벌새, 펠리컨 등의 그림이 30개 이상 그려져 있었다. 소용돌이, 직선, 삼각형, 사다리꼴과 같은 곡선이나 기하학 무늬들도 200개 이상 보였다. 그림 하나가 100미터에서 300미터에 달할 만큼 거대했다. 가장 인상 깊었던 원숭이의 그림만 하더라도 길이가 약 80미터나 됐다. 지상에서 높이 떨어진 하늘이 아니라면 그림을 온전히 볼 수 없었다. 조종사가 그림 위를 돌며 그림을 찾아 볼 시간을 주었다. 나와 아모는 숨은 그림 찾기 하듯 어디쯤에 벌새가 새겨져 있을지 눈을 크게 뜨고 살폈다.

“저기 있다! 저기 벌새!”

“아, 나도 찾았어!”

“거미도 있어!”

우리는 아이처럼 비행기 창문에 대고 지상에 나타난 그림을 손가락으로 따라 그려 보았다. 그 사이 조종사가 더 앞으로 날아가 다른 그림 위를 맴돌았다. 개, 콘도르, 외계인까지 하나씩 발견할 때마

다 아모와 나는 손을 붙잡고 소리쳤다. 세모나 네모, 나선 등 기하학적 무늬를 발견하는 재미도 쏠쏠했다.

누가 저렇게 큰 그림을 그린 걸까? 나스카는 기원전 700년경에 페루 남부 해안 지방에 존재했던 문화였다. 그들은 하나의 토기에 무려 11종류나 되는 색을 사용해서 물고기, 새, 곤충 등 일상생활에서 흔히 볼 수 있는 것들을 정교하게 그려 넣었다. 아울러 해안에서는 많은 양을 구할 수 없었던 알파카 털을 사용해서 다양한 형태의 직조 기술을 보여 주는 등 그들만의 독창적인 예술 세계를 구축했다. 재밌는 사실은 나스카 지상화가 발견된 후 수많은 학자들이 첨단 과학을 이용해 생성 연대와 의미 등을 연구했지만 아직까지 분명히 밝혀진 것이 없다는 것이었다. 대략 기원전 900년경부터 서기 800년 사이에 만들어졌을 것으로 추정되고만 있을 뿐이었다. 나스카 라인이 천문학적 역법을 상징한 거라느니, 제례와 연관된 그림이라느니, 고대 페루인들의 삶과 죽음에 관한 암호문이라느니 해석에 대한 의견역시 분분했다. 가족 집단들 사이에 자기 지위를 과시하기 위해 만든 상징이라는 의견이 있는 반면, 이곳에 착륙해서 한동안 머물렀던 외계인들을 숭배하는 표상이라는 의견도 있어 나스카 라인을 더욱 신비롭게 만들었다.

천 년 전의 그림을 볼 수 있다는 사실만으로 흥분되는데, 누가 언제, 왜 그렸는

지 어느 것 하나 확실하지 않다니 호기심이 더해졌다. 가장 궁금했던 것은 그림을 그렸을 사람들의 마음이었다. 규모로 보아 꽤 많은 사람들이 오랜 시간에 걸쳐 만들었을 터, 자갈돌을 하나하나 옮기며 그림을 완성했을 사람들의 마음이 궁금했다. 그 마음을 떠올리며 시간을 보내기를 반나절, 이번에는 나스카 라인을 만들었을지도 모르는 사람들을 만나러 사막으로 향했다.

작은 차에 올라타 한 시간 가량 사막 한복판을 질주했다. 지상에서 눈높이를 맞추고 보니 사막의 풍경이 새로웠다. 끝없이 펼쳐진 모래땅 위로 파란 도화지가 광활하게 펼쳐졌고, 그 위로 하얀 구름들이 촘촘히 그림을 그렸다. 하늘 아래 흙으로 덮인 낮은 산들이 사막을 겹겹이 둘러쌌다. 사방을 둘러보아도 나무와 풀은 찾아보기 힘들었다. 가끔 거센 바람이 일어 모래만 허공에서 현란한 춤사위를 보이다 사그라질 뿐이었다. 창문을 활짝 열자 바람이 들어와 두 뺨을 스쳤다. 습기 없이 담백하고 선선한 바람이 기분 좋았다. 그러나 잠시 후 차에서 내리자 바람이

생각보다 차갑고 세찼다. 머리칼이 사정없이 휘날리며 시야를 가리는 통에 정신 없이 사막을 걸었다.

저 멀리 와랑고 나무 기둥에 판자로 지붕을 덮어 놓은 무덤이 나타났다. 가까이 가 보니 1미터 가량 파인 공간에 나스카 라인을 그린 주역들이 보였다. 천 년 동안 보존된 미라였다. 사막 모래 아래 묻혀 있다가 1920년대 나스카 라인이 발견된 다음에야 발굴되어 와랑고 기둥을 세워 전시해 놓았다고 한다. 아직도 곳곳에 미라들이 발굴되지 않은 채 묻혀 있다고 하니, 사막 온 천지가 죽은 예술가들의 무덤인 셈이었다. 살아서는 모래에 그림을 그리고, 이제는 그 모래를 덮고 천 년을 누워 있으니 이 땅의 주인은 정녕 그들이었다. 주인의 허락도 없이 사막 이곳저곳 휘젓고 다니다가 코앞까지 와서 그들을 살피고 있으니 왠지 실례라는 생각이 들었다.

"잠깐만 보고 갈게요. 기분 나빠하지 마세요."

내 말에 아모가 웃으며 말했다.

"뭐야, 죽은 사람에게 말을 걸고 있어."

"쉿! 작게 말해."

아모가 어처구니없다는 표정을 지으며 고개를 저었다. 나는 미라를 가리키며 말했다.

"저 머리카락 좀 봐봐. 어떻게 그대로일 수 있지?"

"옷이랑 두건도……. 정말 신기하다."

우리가 신기한 듯 미라를 뚫어지게 바라보자 가이드의 설명이 뒤따랐다. 미라가 부패하지 않고 형태가 보존될 수 있었던 이유는 나스카 라인과 마찬가지로 건조한 사막 기후 덕분이라고 한다. 아무리 그래도 사람의 몸이었다. 기후든 토양이든 인간의 몸을 천 년 동안 유지시킨다는 게 가능하단 말인가. 나는 생각할수록 믿기지 않아 다소 얼빠진 얼굴로 그들을 바라보았다. 그들이 살아 움직이며 그림을 그리는 모습을 떠올려 보았다. 기분이 묘했다. 눈앞의 미라가 내게 묻는 것 같았다.

'내가 그린 그림 봤니? 멋지지 않아?'

'멋져요, 아주 멋져요.'

　나는 나보다 먼저 살았던 존재와 마주 보고 있었다. 그들과 나 사이에는 천 년이란 세월이 다리처럼 놓여 있었다. 그 다리는 내가 건널 수 있는 다리가 아니었다. 가늠할 수 있는 시간의 범주가 아니었다. 나는 마음속으로 계속 물었다. 대체 무엇을 남기고 싶었던 거냐고, 후세에 전하고 싶었던 게 뭐냐고, 내가 어떤 마음을 가지고 마주했을 때 세월의 다리를 건널 수 있는 거냐고. 그러나 영혼이 떠난 육체는 대답이 없었고, 영혼이 담긴 그림은 거미, 고래, 원숭이, 개, 나무처럼 단순한 선으로 그려져 그들의 생각을 가늠할 수 없었다. 그림도, 미라도 그저 보기만 했을 뿐 조금도 그들의 마음에 닿지 못했는데, 어느덧 돌아가야 할 시간이었다.

　차에 오르기 직전, 몸을 돌려 사막 전경을 눈에 담았다. 허허벌판 위에 와랑고 나무 기둥 무덤이 띄엄띄엄 흩어져 있었다. 그 아래 사막 모래를 덮고 잠들어 있을 수많은 미라들이 머릿속에 그려졌다. 천 년을 이어 온 존재들, 당신들은 아마

나보다 더 오래 존재하겠지. 만약 내가 미라가 되어 천 년 뒤에 후손들에게 보인다면 어떨까. 이토록 외롭고 쓸쓸한 분위기를 풍길까. 한때 얼마나 위대한 문명을 이루고 살았든, 한 사회와 개인의 삶이 얼마나 화려하게 도드라졌든, 세월 지나면 그만인 것을……. 그들이 천 년 전에 남긴 존재의 증거는 먼지만 일 뿐 아무 일도 일어나지 않는 이 고요한 곳에서 공허해 보였다. 누군가 발견해 주든 발견해 주지 않든, 누가 찾아오든 찾아오지 않든, 누군가 말을 걸어오든 걸어오지 않든 그저 침묵한 채로 거기에 있었다. 그리고 그들의 영혼이 담긴 그림이 그곳에서 멀리 떨어지지 않은 곳에 그대로 남겨져 있었다. 의미를 찾기에 앞서 존재의 증거를 응시하는 것만으로도 고개가 숙여지는 순간이었다.

그건 사랑이었지

차를 타고 사막을 빠져나오는 길, 머릿속에 미라와 나스카 그림이 계속 아른거렸다. 나스카인들은(나스카인들이 아닐 수도 있지만) 천 년을 견딜 수 있는 그림을 그렸고, 육신 또한 그렇게 만들었다. 그들은 그렇게까지 했는데, 그 모든 존재의 증거와 맞닥뜨린 나는 무엇을 했나. 쓸쓸하고 허무한 분위기에 젖어 그들의 행위를 온전히 이해하지 못한 것은 아닌가. 아무것도 알 수 없다는 가이드의 설명에 미리 선 긋고, 그들 존재의 증거를 헤아리기 위해 아무 노력도 하지 않은 것은 아닌가. 온갖 질문과 함께 머릿속에 나스카 라인과 미라의 모습이 뒤죽박죽 섞였다. 옆에 앉아 있던 아모가 물었다.

"무슨 생각을 그렇게 골똘히 해?"

"대체 무슨 말을 전하고 싶었던 걸까. 저 사람들 말이야."

"알 수 없다고 하잖아. 학자들이 여럿 달라붙어 조사하고 연구해도 밝혀내지 못했다고 하잖아."

"죽은 사람은 말이 없으니까."

내 말에 아모가 고개를 끄덕였다. 그리고 다시 입을 뗐다.

"그런데 내가 고고학자라도 그럴 거 같아. 거미, 원숭이, 나무. 그림들이 단순해서 말이야."

"그러니까. 그러니까 그림 자체에 초점을 맞추면 안 될 거 같아. 다른 시선, 다른 접근이 필요해."

"다른 시선?"

"그림이 중요한 게 아니라, 다른 무언가. 행위 그 자체."

"응?"

"맞아, 행위 그 자체!"

내가 소리치자 아모가 영문을 모르겠다는 표정을 지었다.

"그래, 행위 그 자체에서 의도를 읽어야 해. 그럼 이해할 수 있을 거 같아. 나도 그랬으니까. 그래, 천 년 전 사람들 말고, 내 이야기 먼저!"

"내 이야기 먼저? 그게 무슨 소리야?"

단서를 얻은 기쁨에 웃기만 할 뿐 계속 뜸을 들이자, 아모가 내 옆구리를 푹푹 찌르며 보챘다. 나는 아모의 손을 피하며 미라가 아닌 나에게 시선을 돌렸다. 나는 어떤 기록을 남겼나. 언제, 어떤 이유로 남겼나. 천 년의 세월을 이해하는 것은 불가능해도, 나를 이해하고 나와 같았을 그들을 이해하는 것은 가능할 것 같았다.

"영주야, 말해 봐. 너만 혼자 생각할 거야?"

"아니야, 그런 거."

"그럼 나도 들려 줘."

아모의 성화에 이번에도 나는 아모와 함께 내 지난 기억으로 여행을 떠났다.

이십 대를 반년 앞두고 안양에서 수원으로 이사를 했다. 한창 짐 정리를 하는데, 내 덩치만한 상자가 몇 개나 나왔다. 대부분 일기장이나 습작 노트였다. 유년의 일기장에는 일상을 살면서 세계에 품는 의문들이 구구절절하게 담겨 있었고,

청소년기에는 아이에서 어른이 되어 가는 변화에 당황하고 방황하는 모습이 담겨 있었다. 내 삶을 내가 어쩌지 못하고 정해진 것들을 해야 하는 상황에 좌절과 분노의 소용돌이가 치고 있었다. 대학 시절에는 일기를 자주 쓰지는 않았지만, 한 번 쓸 때마다 세상과 부딪치며 겪는 성장통을 마구 쏟아 내곤 했다.

그 모든 시간들이 몇 개의 상자에 고스란히 담겨 있었다. 기분이 이상했다. 세월이라는 보이지도 잡히지도 않는 무형의 개념을 붙잡아 하얀 종이에 고스란히 박제해 놓은 한 아이가, 소녀가, 여자가 보였다. 종이에 빼곡하게 눌러 쓴 연필 자국을 보니, 흘러가는 세월 속에서 어느 한 순간이라도 온전히 붙잡아 두고 싶어 했던 그녀들의 열망이 느껴졌다.

갑자기 가슴이 답답했다. 그때 나는 고양이달 작업을 끝내고 급격하게 변해 버린 세상과 맞닥뜨려 정체성이 통째로 흔들리는 상황이었다. 나는 누군지, 왜 오랫동안 고양이달을 쓰는 일에 온 힘을 쏟았는지, 그게 다 무슨 의미였는지, 모든 것들이 다 이해할 수 없는 지경이었다. 그런 시점에서 맞닥뜨린 내 삶의 증거들은 당황스러웠다. 내가 누군지 몰라 헤매고 있는데, 상자 속에 담긴 수북이 쌓인 노트들이 바로 나란다. 제대로 질문을 던지기도 전에 이미 나 자신에 의해 내려진 수백, 수천 가지의 답을 손에 받아든 기분이었다. 매 시기마다 나를 나로 규정하는 모든 내용들이 여기 있으니 언제든 펼치기만 하라는 듯 일기장은 당당히 그곳에 있었다.

그건 마치 사막 한가운데서 천 년 전에 살았던 나스카인들의 미라와 마주한 느낌이었다. 나와 그들 사이에 천 년의 세월이 놓여 있듯, 나와 일기장 사이에는 이십 년의 시간이 놓여 있었다. 우리는 건널 수 없는 다리를 하나 놓고 서로를 보았다. 나는 계속 변하는데, 일기장은 변하지 않는 요지부동의 나였다. 내 뒤엉키고 희미해진 기억과는 다르게 일목요연하게 정리된 기록과 감상을 모두 품고 있었다. 나는 한때 나를 품었던 일기장을, 그 안에 박제된 나를, 세월을 보았다. 그 안에는 아주 많은 마음들이 있었다. 그 마음들은 내가 어른이 되는 사이 다 어디로 흩어졌는지, 그저 지금 여기에 없는 건지, 아예 영영 사라져 버린 건지 알 수 없었다. 그저 일기장만 남아 분명히 '있었다'는 걸 증명해 줄 뿐이었다.

그런데 그것 말고 무엇이 더 중요하단 말인가. 나는 계속해서 변하고, 한때 내가 그랬다는 사실이야 지금의 내게 어떠한 영향력도 행사할 수 없는데, 그 안에 담긴 내용이 원숭이든 우주인이든 네모든 마음이든 무슨 상관이란 말인가. 무심한 세월의 흐름 앞에서, 모든 것이 변하고 결국엔 사라지리라는 순리 앞에서, 한때 '어떤' 마음을 품었느냐가 아니라, '품었던 마음'이 있었다는 사실 자체가 중요한 게 아닐까. 어떠한 마음이든 온전히 지니고, 행위를 한다는 게 의미가 되는 듯했다. 언젠가 세월이 아주 많이 흘러 어떠한 마음이든 존재한 적이 있긴 했나 의심스러워지는 순간이 오면, 분명히 존재했다고 펼쳐 보여 줄 증거가 있다는 게 조금이나마 든든하지 싶었다. 나스카인들도 같은 마음이지 않았을까. 죽으면 한 줌 모래도 안 되어 사라질 텐데 그렇게라도 삶의 증거를 남기고 싶었던 것은 아닐까.

유년 시절의 일기장이 원숭이나 우주인이나 도형처럼 분절된 마음의 조각들에 가깝다면, 고양이달은 그 기록의 내용을 동화 속 이야기로 엮은 작품이라고 할 수 있다. 더 세련되게 정돈된 일기장. 고양이달의 시작은 한 아이에 대한 사랑이었다. 나는 그 아이와 함께 나눈 순간을 종이에 박제시켜 영원히 간직하고 싶은 소망이 있었다. 그 아이와 헤어지고 나니 한 세계가 끝났고, 마치 그 세계가 존재하기는 했던 걸까 의문이 들 정도로 세상은 변함없이 돌아갔다. 그 세계의 주인공이었던 나조차 세월의 흐름 앞에서 점점 그 세계를 잊어 갈 거라는 것을 직감했다. 그래서 그런 아름다운 세계가 있었음을, 내가 그 세계 속에 살았음을 박아 두고 싶었다. 내가 가장 순수하고 아름다웠던 시절, 아름다운 마음과 만나고 있었던 모든 순간을 남기고 싶었다.

그러나 고양이달을 쓰는 기간이 길어지면서 고양이달은 그 아이와 함께한 세계뿐만 아니라 그 이후의 세계도 품기 시작했다. 그렇게 내 이십 대를 고스란히 담아낸 청춘의 일기장이 되어 갔다. 사무실에서 늦게까지 원고를 쓰고 돌아가는 길,

나는 훗날 나의 딸을 떠올렸다. 내 기록이 적어도 한 존재에게는 나침반이 되어 줄 수도 있다는 가능성에, 전하고자 하는 내용에 더 욕심을 부리기 시작했다. 단순히 존재 자체의 증명을 넘어서 내용에 의미를 담기 시작한 것이다. 나는 미래에 만나게 될 딸이 나와 같은 실수를 반복하지 않기를 바라는 마음에서 이십 대의 의미 있는 경험들을 추려서 동화 속 이야기로 꾸몄다. 미래의 딸이 읽게 된다면 나의 실패를 발판 삼아 더 나은 삶을 살 수도, 힘들 때 위로를 받을 수도 있을 것이라고 믿었다. 그 믿음은 고양이달 작업에 큰 원동력이 되어 주었다.

그럼에도 나 아닌 타인을 위해, 그게 사랑하는 가족이든 또는 연인이든 그 한 사람을 위해, 그 긴 세월 동안 존재의 증거와 의미를 만드는 이는 없을 것이다. 누군가에게 보여 주기 위해서 그런 수고를 감당하는 건 불가능하다고 본다. 나 역시 마찬가지이다. 유한한 삶을 사는 내가, 언젠가 사라지고 말 존재가 서글퍼 본능적으로 만든 삶의 증거이든, 소중한 순간을 박제해서 계속 움켜쥐기 위한 방법이든, 나를 닮은 딸에게 나의 생각과 감성을 물려주고 삶의 방향을 제시하기 위한 나침반이든, 전부 행위 본연의 이유가 될 수 없다.

그렇다면 대체 이유가 무엇일까. 나의 일기장과 나스카 라인을 떠올리며 생각하건대 본연의 이유는 아마 사랑이 아니었을까. 어린 존재가 한 번뿐인 소중한 삶을 더 알알이 느끼고 사랑하기 위해, 끊임없이 지금의 나 자신을 살피고 세계를 살피며 성실하게 기록했던 게 아닐까. 그러니까 나스카 라인의 그 미스터리한 원숭이 그림도, 우주인 그림도, 네모 그림도 내용 자체의 의미를 떠나, 그들이 삶과 자기 자신을 사랑했던 하나의 방식으로 이해하면 어떨까. 그렇게 생각의 방향을 정하고 보니, 조각조각 흩어져 있던 나스카 라인이 내 그림일기처럼 친근하게 느껴졌다. 고양이달처럼 이십 대 그 아이와 내가 나눈 사랑으로 다가왔다.

한참 내 말에 귀를 기울이던 아모가 말했다.

"나도 너처럼 일기를 쓸걸 그랬어. 그럼 흑곰이 아무리 기억을 다 먹어 치워도 그걸 보면 알 수 있을 텐데……. 나한텐 아무런 증거도 없어. 내가 왜 이곳에 있는지, 사랑했던 그는 왜 이곳에 없는지, 그는 어떤 사람이었는지, 나는 어땠는지 알 방법이 없어.”

나는 아모의 손을 꼭 잡았다.

“아모, 그 순간을 기록했다고 해서 다 기억하는 건 아냐. 그 일기장은 지금 내 손에 없는 걸. 그 많은 순간들을 매일 등에 지고 다닐 수는 없어.”

“그래도 언제든 펼쳐 볼 수 있잖아. 나보다 더 많은 기억을 가질 수 있잖아.”

“많으면 뭐해? 원숭이, 거미, 나무, 개보다는 그와 나눈 따뜻한 말 한마디가 중요하지. 가장 중요한 기록은 여기, 네 마음에 있어.”

나는 아모의 가슴에 가만히 손을 가져다 댔다. 작은 심장이 콩콩 뛰는 게 느껴졌다.

“네 마음에 담긴 기록은 마음의 나라에 가서 찾자.”

“그 아이에 대한 기억, 고양이달 같은 거 말이지?”

“응, 아홉 살 때 국어 시간에 졸다가 선생님한테 들켜서 혼난 일기 같은 기록 말고.”

아모가 고개를 끄덕이며 나를 꼬옥 끌어안았다. 나는 그런 아모를 토닥이며 차창 밖으로 시선을 돌렸다. 파란 하늘과 하얀 구름, 그리고 그 아래 펼쳐진 낮은 산들과 사막 모래의 풍경이 눈에 들어왔다. 두 볼에 와 닿는 시원한 바람과 따뜻한 햇살의 감촉. 아, 기분 좋아! 어느새 친구가 된 자그마한 토끼 친구, 아모는 금세 내 무릎 위에 쓰러져 잠들었다. 빈틈없이 알알이 느껴지는 소중한 순간, 오늘 밤에는 꼭 이 순간을 일기로 남겨야지. 나스카인들처럼 글 대신 그림으로……. 나중에 시간이 아주 많이 흘러 손녀가 내 일기장을 본다면 하얀 종이에 그려진 구름, 산, 자동차, 토끼, 미라를 보고 무슨 생각을 할까나.

마추픽추
세상의 끝, 우수아이아

5. 마추픽추
__ 한 세계를 짓는다는 것, 그 열정의 실체

마추픽추, 잉카 문명의 흔적

아모와 내가 다음으로 향한 곳은 마추픽추(Machu Picchu)였다. 발견될 때까지 수풀에 갇힌 채 아무도 그 존재를 몰랐고, 공중에서만 볼 수 있다 하여 우주적 차원의 문명 작품이라 불리는 곳. 그러나 분명 잉카의 땅이며, 제국의 마지막 성전이 벌어지고 그 숨통이 끊어지는 순간을 함께한 잉카 최후의 요새가 바로 마추픽추였다. 기차를 타고 마추픽추가 있는 마을에 도착하자 깜깜한 하늘 아래 비가 주룩주룩 내리고 있었다. 부랴부랴 우비를 찾아 쓰고 마을로 뛰어 들어갔다. 일단 숙소부터 잡고 짐을 푼 뒤 따뜻한 물로 씻었다. 빗줄기가 점점 더 굵어지더니 우르르 쾅쾅 천둥 번개가 쳤다. 으스스한 분위기에 눌려 머리를 말리자마자 일찌감치 잠자리에 들었다.

다음 날 아침, 우리는 눈뜨자마자 숙소를 나섰다. 빗줄기는 약해졌지만 여전히 부슬비가 내렸다. 기찻길 너머 마추픽추 입구까지 관광객을 데려다 주는 버스 정류장이 보였다. 기다리는 사람이 많았지만 버스가 자주 와서 그런지 이십 분 정도 기다리자 바로 탈 수 있었다. 버스는 잘 포장된 신작로를 따라 해발 2,280미터 정상에 자리한 마추픽추까지 쉼 없이 달렸다. 빗줄기가 다시 굵어졌고, 주변은 온통 안개로 뒤덮였다. 아모와 나의 표정도 덩달아 어두워졌다. 나는 불안한 마음에 입을 열었다.

"이러다 마추픽추를 보지 못하면 어쩌지? 기차 시간이 오후 4시인데……."

나도 모르게 한숨을 쉬자 아모도 따라서 한숨을 쉬었다. 나 때문에 괜히 아모까지 축 처지는 것 같아 마음을 다잡았다.

"볼 수 없으면 없는 대로 즐기고 오자. 알았지?"

애써 태연하게 말하자 아모가 고개를 끄덕였다. 그러나 얼마 가지 않아 걱정이 다시 슬그머니 올라왔다. 구불구불한 길만큼이나 마음이 왔다 갔다 하는 사이 어느새 버스는 마추픽추 입구에 도착했다.

버스에서 내리자 우비를 입은 관광객들로 북적였다. 전 세계인들의 꿈의 방문지, 잉카의 얼굴이자 남미의 얼굴이라는 그 명성이 느껴졌다. 나와 아모는 설레는 마음으로 입구를 지나 천천히 마추픽추에 다가갔다. 아, 이럴 수가! 우려한 대로 안개에 가려 마추픽추의 얼굴이 보이지 않았다. 나는 안타까운 마음에 안개 낀 마추픽추를 멍하니 바라보았다. 내가 너를 만날 수 있는 시간은 일생에 한 번뿐인데, 그런 나를 외면하지 말아 줘……. 다행히 안개가 계속 움직이면서 마추픽추의 뺨을, 이마를 슬쩍슬쩍 보여 주었다. 나는 얼마든지 기다리겠다는 각오로 바위에 걸터앉아, 안개 낀 마추픽추를 하염없이 바라보았다.

마추픽추는 '나이 든 봉우리'라는 뜻으로, 우루밤바(Urubamba) 계곡 지대의 해발 2,280미터 정상에 자리하고 있다. 주위를 빙 둘러 높이 솟아 있는 기암절벽들과 천 길 낭떠러지, 우루밤바 강의 힘찬 물줄기, 그리고 무성한 정글이 마추픽추의 외로움과 신비함을 동시에 대변했다. 페루의 도시들은 수도 리마(Lima)를 제외하고 대부분 안데스 산맥 고원 지대에 자리 잡고 있었는데, 특히 산꼭대기에 지어진 마추픽추는 산과 절벽, 밀림에 가려져, 밑에서는 전혀 보이지 않았다. 오직 공중에서만 존재를 확인할 수 있다 하여 불리게 된 이름이 '공중 도시'였다.

이 깊은 산속에 왜 이런 공중 도시를 만든 걸까. 혹자는 잉카인들이 스페인의 공격을 피해 산속 깊숙이 세운 것이라고 하고, 다른 혹자는 군사를 훈련해서 후일 스페인에 복수하기 위해 건설한 비밀 도시라고 한다. 자연재해, 특히 홍수를 피해 고지대에 만든 피난용 도시라는 이야기도 있다. 그러나 뚜렷한 기록이 없어 진짜 목적은 알 수 없었다. 목적이 무엇이든 간에 마추픽추에는 만 명이나 되는 잉카인들이 살았고, 스페인이 침략한 후에 잉카인들은 처녀들과 노인들을 마추픽추의 한쪽 묘지에 묻어 버리고 제2의 잉카 제국을 찾아 어디론가 사라져 버렸다. 그 후 사백 년이라는 긴 시간 동안 세월의 풀에 묻혀 있던 폐허 도시는 1911년 미국인 하이럼 빙엄에 의해 발견되었다. 그때부터 이 공중 도시가 잃어버린 시간에 전 세계가 의문을 품기 시작했다. 사라진 문명과 그 문명을 만든 인디언들은 말이 없으니, 마추픽추는 세계인들의 뇌리에 영원한 수수께끼로 남아 있으리라. 안개 속 마추픽추를 응시하던 아모가 조용히 입을 뗐다.

"꼭 안개에 가려진 내 기억 같아. 저 뿌연 안개는 언제쯤 걷히려나."

"조금만 기다려. 안개도 걷힐 거고, 마음의 나라에 가면 네 기억도 선명히 올라올 거야."

"시간이 아무리 지나도 걷히지 않으면 어떡해?"

아모가 불안한 눈빛으로 내 대답을 기다렸다.

"계속 기다려야지! 때가 오면 찾을 수 있을 거야. 마추픽추도 사백 년이나 여기 묻혀 있었잖아. 네가 찾지 못하면, 하이럼 빙엄처럼 그가 널 찾아낼 거야."

"내가 어디 있는지 어떻게 알고 와?"

"왜 못 와? 빙엄은 공중 도시도 찾아왔는데……. 여기 해발 2,280미터라고."

내 말에 아모가 황당한 표정을 지으며 고개를 저었다. 우리가 이야기를 나누는 사이 거짓말처럼 안개가 서서히 걷히고 마추픽추가 얼굴을 드러내기 시작했다.

"마추픽추다!"

나는 벌떡 일어나 시야에 선명하게 들어선 마추픽추를 바라보았다. 도시의 뒤쪽으로 인디언의 옆얼굴을 눕혀 놓은 듯한 산봉우리가 가장 먼저 눈에 들어왔다.

턱, 입, 코, 이마를 차례로 훑으며 시선을 앞으로 이동했다. 지붕은 모두 없어지고 돌로 쌓은 성벽만이 미로처럼 남아 있었다. 경사면으로 이루어진 잉카인들의 옛 농경지와 제단, 생활 터전도 볼 수 있었다. 산이라 평야는 없었지만 잉카인들은 산비탈을 계단처럼 깎아 옥수수를 경작하며 넉넉히 먹고 살았다고 한다. 서쪽의 시가지에는 신전과 궁전, 주민들이 거주했던 곳이 있었고, 그 주위는 성벽으로 둘러싸여 있었다. 수십 킬로미터 떨어진 바위산에서 20톤이나 나가는 돌을 잘라내어 이곳까지 날랐다니……. 면도날도 드나들 틈 없이 정교하게 돌을 쌓은 모습 또한 경이로움 그 자체였다.

"드디어 봤다."

나는 읊조리듯 말했다. 함께 마추픽추를 지켜보던 아모도 작은 소리로 말했다.

"봤네, 정말로……. 이걸 다 어떻게 지었을까?"

거대한 공중 도시를 정면에서 마주한 우리는 좀처럼 시선을 떼지 못했다. 아주 오랫동안 바라보았기 때문일까. 전체를 이루는 돌 하나하나가 눈에 들어오기 시작했다. 남미의 얼굴, 인디오 문명의 꽃, 다양한 상징과 수식어를 가져다 붙여도 결국엔 다 사람이 하는 일. 돌 하나를 이 높은 곳까지 가져오기 위해 얼마나 많은 사람들의 땀과 눈물이 필요했을까. 그들은 매일 반복되는 노동에 얼마나 지쳐 갔을까, 얼마나 외로웠을까. 마침 비까지 내려 잉카인의 눈물처럼 느껴졌다. 안개에 몸을 숨겼다가 한참 만에 모습을 드러내고 금세 사라

지는 마추픽추 역시, 정복자에게 들킬까 봐 불안에 떠는 것처럼 보였다. 이 깊은 산속에서 고독과 인내를 감내하며 돌을 쌓았을 그들도, 정복자에 의해 백 년도 채 가지 못해 멸망한 그들의 문명도, 아주 오랜 시간 동안 찾는 이 없이 홀로 버려졌을 마추픽추도 다 애잔하게 느껴졌다.

그런 한편, 괜찮다는 생각이 들었다. 그들이 이 도시를 과시하고 싶었다면 이 깊은 산속에 짓지 않았을 것이다. 정복된 이후 발견되길 기다리는 게 이 도시의 존재의 이유는 아니었을 것이다. 이 세계의 주인들은 정복자에 의해 무참히 학살되었고 제국은 파괴되었지만, 그 가엾은 역사가 이 공중 도시의 의미까지 훼손할 수는 없었다. 누가 무엇을 어떻게 빼앗았든 간에, 그들이 쌓은 돌을 원래 있던 자리로 돌릴 수는 없었다. 그들은 제국을 지키는 데 실패했지만, 그 실패가 그들이 쌓은 돌 하나의 의미를 없앨 수는 없었다. 그것만으로도 그 오랜 고독과 인내와 고통은 충분히 의미가 있었다. 나 역시 누군가 보든 보지 않든, 인정을 받든 받지 않든 간에 내 삶의 현재를 알알이 쥐기 위해 부지런히 쓰던 시절이 있었다. 이십 대, 나의 청춘을 온전히 바쳤던 나의 세계, 고양이달. 이제 표정만 보고도 다 안다는 듯 아모가 웃으며 물었다.

"또 예전 생각하지?"

"어떻게 알았어?"

내가 놀란 표정을 짓자 아모가 어깨를 으쓱했다. 나는 조용히 말했다.

"고양이달을 빼놓고 내 이십 대를 이야기할 수 없거든. 그래서 어디에 가든, 무엇을 보든 결국 고양이달로 생각이 이어지는 거 같아. 잉카인들에게 마추픽추가 있다면, 내게는 고양이달이 있어. 나는 아주 오랫동안 잉카인들처럼 나만의 성을 쌓았어. 이십 대 청춘을 온전히 다 바쳤지."

"나에게 들려줄래? 난 네게 보여 줄 마추픽추가 없지만, 네 이야기를 듣고 싶어."

아모의 진심 어린 눈빛에 나는 크게 심호흡했다. 주변에서 무슨 일을 하느냐고 물어도, 고양이달의 시작부터 끝까지 이야기해 본 적은 없었다. 나 자신에게조차 제대로 들려준 적 없는 이야기를 이곳, 마추픽추에서 하려니 가슴이 턱 막혔다. 그 세계를 채운 시간들을 더하지도 덜하지도 않고 있는 그대로 이야기할 수 있을까. 내가 자신 없어하는 걸 알아챘는지 아모가 내 손을 잡았다. 그리고 나지막한 목소리로 물었다.

"고양이달에 대한 기억은 버리고 싶은 기억이야, 지키고 싶은 기억이야?"

내가 머뭇거리자 다시 한 번 물었다.

"그 세계를 버리면, 너는 더 행복해질 수 있는 거야?"

나는 고개를 저었다.

"지켜야 할 기억이구나. 그럼 용기 내 봐. 다 이야기할 필요는 없어. 내가 궁금한 건, 네가 그때 어떤 마음이었는지, 그뿐이야."

나도 모르게 울컥했다. 마음. 그래, 마음. 고양이달에는 아주 많은 마음들이 담겼지. 나는 아모의 손을 꼭 쥐고 첫 마디를 뗐다.

"나의 청춘, 나의 세계, 고양이달은 노트 한 장에 끄적거린 이야기에서 시작되었어."

나의 마추픽추, 고양이달

2008년 여름, 종로의 한 카페였다. 그 시절 나는 활자 중독증이 의심될 만큼 닥치는 대로 읽었고, 그만큼 무수히 많은 이야기들을 써 내려갔다. 은빛 털을 가진, 머리가 셋 달린 고양이 이야기는 직관적으로 떠올린 아이디어로, 그때 쓴 수많은 이야기들 중 하나였다. 그러나 다른 이야기들과는 달리 강렬하고 신비로운 느낌이 있었다. 얼떨결에 맞닥뜨린 그 이야기의 정체를 당시에는 모른 채, 언젠가 기회가 되면 제대로 한번 써 보리라는 바람만 품고 해를 넘겼다.

고양이달이 다시 내 앞에 등장한 건 2009년 여름이었다. 그때 나는 사 년간 나의 세계가 되어 준 그 아이와 헤어졌다. 나는 우리의 인연이 완전히 소진되었고, 우리의 행복했던 한 시절이 끝났음을 느꼈다. 사랑은 다시 찾아오겠지만 우리의 아름다운 시절들은 단 한 번뿐이라는 것을 알았고, 그래서 시간이 지나 기억이 가물가물해지기 전에 박제해 놓고 싶었다. 나는 머리 셋 달린 고양이 이야기를 다시금 꺼내들었다. 나는 그 이야기에 나와 그 아이와의 시간들을 담아 보기로 마음먹었다.

당시 나는 방송국을 나와 영화사 프로듀서의 제안으로 상업용 시나리오를 쓰고 있었다. 시나리오의 경우 이미 잘 짜 놓은 구조 속에서 이야기를 군더더기 없이 빼내야 했지만, 고양이달은 정해진 틀이나 범위가 없었다. 그 아이와 내가 보고 듣고 경험한 것들을 내 멋대로 쓸 수 있었고, 원하는 만큼 상상해서 덧붙일 수 있었다. 한계가 없는 상상은 걷잡을 수 없이 뻗어 나갔다. 얼마 안 가 내 머릿속은 온통 고양이달로 가득 찼다. 시나리오 작업을 하다가도 나도 모르게 고양이달 작업 시간을 기다렸고, 밤에 누우면 그 생각에 잠을 잘 수 없었다. 주말이면 친구들도 만나지 않고 카페 한구석에 앉아 부지런히 써 내려갔다.

슬아와 선옥이가 나의 원고를 본 건 이때쯤이었다. 우리는 2009년 여름부터 고양이달을 함께 이야기하고 쓰고 그리기 시작했다. 즐기려고 시작했기 때문에 노력에는 한계가 없었다. 우리는 우리가 좋아하는 요소들을 다 집어넣었다. 다양한 생각들이 모이면서 인물이 많아지고, 이야기의 덩치가 커지기 시작했다. 그러자 더는 마구잡이식으로 집어넣을 수가 없었다. 그때부터는 모든 인물과 사건, 배경, 아이디어들을 탄탄히 잡아 줄 뼈대, 플롯을 짜기 시작했다. 그리고 챕터를 나누어 다시 차례대로 집필했다.

주말 아침이면 나는 사람이 없는 조용한 카페에서 고양이달을 꺼내들고 생각에 잠겼다. 내가 발견하지 못한 이야기는 무엇일까. 어떤 장치를 만들어 줘야 그 다음을 그려 나갈 수 있을까. 고민을 하다 보니 이상하게 모든 고민들이 나에게 모이는 느낌이었다. 그 아이와 나의 사랑, 그 이면을 파고들어 가 보자. 우리는 마냥 아름답고 행복하기만 했나. 서로를 이해하는 게 고통스럽고 아프지는 않았나. 고통을 감당할 수 없어 이별의 위기가 닥친 적은 없었나. 그때 어떻게 극복했나. 그 과정에서 발견한 나의 내면은 어떠했나. 고양이달은 내 이야기였다. 다음이 궁금하다면 나를 더 파고들어 가면 되는 일, 나는 틈틈이 나 자신을 탐험했다. 그렇게 고양이달 세계는 조금씩 확장되어 갔다.

시나리오 작업도 점차 완성을 향해 달려가고 있었다. 나는 프로듀서와 주기적으로 만나 시나리오 작업을 했지만, 뒤로 갈수록 그의 집중력이 흐려졌다. 급기야 나는 그가 적합한 파트너가 아니라는 판단을 내렸고, 결별을 고했다. 그리고 한국콘텐츠진흥원에서 작품을 개발할 수 있도록 교육과 소규모 펀딩을 지원한다는 정보를 듣고, 일 년 동안 그곳에서 시나리오를 다듬기로 마음먹었다. 아카데미의 수업은 유익했고, 나는 바쁘게 수업을 받으며 작품을 보완해 나갔다.

그해 가을이 되자 한국콘텐츠진흥원이 지속적으로 투자할 작품을 뽑기 위해 최종 투자 피티를 열었다. 나는 「놈놈놈」과 「변호인」을 제작한 프로듀서와 함께 시나리오를 개발하고 투자용 계획서를 만들었지만 간발의 점수 차로 선정되지 못했다. 이 년을 매달린 작업은 안타깝게도 실패로 돌아갔다. 불행 중 다행인 것은 시나리오가 심사위원들에게 큰 인상을 남기고 호평을 받았다는 것. 이에 담당자는 또 다른 지원 프로젝트에 도전할 것을 제안했다. 그러나 나는 고민에 빠졌다.

시나리오 작업과 고양이달 작업이 점점 덩치가 커져 둘 다 진행할 수 없는 상황이었다. 나는 선택을 해야 했다. 시나리오는 이미 개발이 많이 되어 있어 조금만 더 보완하면 되었지만, 고양이달은 혼자 좋아 멋대로 쓴 작품이기에 갈 길이 먼 상태였다. 무엇보다 그것으로 어찌해 보겠다는 목표도 없었고, 뭘 어떻게 할 수 있을지도 몰랐다. 고민할 것도 없이 시나리오를 선택하는 게 맞았다. 그러나 고양이달에 대한 애정이 너무 커져 마음을 걷잡을 수 없었다.

나는 결국 고양이달을 택했다. 이것저것 따지기보다는 마음이 가는 대로 하고 싶었다. 그때 나의 마음은, 2008년에 우연히 만나 지금까지 끌고 온 이 이야기의 끝을 제대로 한번 파고들어 가 보자는 것이었다. 이야기를 만들어 낸다기보다 내 안에서 발견하고 끌어내는 탐험의 방식으로 써 왔는데, 그게 꽤나 마음에 들었다. 수많은 작품을 썼지만 이렇게까지 강력하게 끌린 적은 없었다. 유독 이 이야기에만 엄청난 호기심과 매력을 느끼고 계속해서 파고들어 가는 내가 신기했고, 이 이야기가 신기했다. 어느 시점이 되자 관심과 애정이 무게를 가지고 폭발했다. 그것은 흡사 사랑에 빠진 것과 같았다. 다른 일들은 뒷전으로 밀렸고, 나는 전보다 더욱 고양이달에 빠져들었다.

나는 고양이달을 가지고 서울시 2030청년창업프로젝트에 지원해 선정되었고, 덕분에 작업실을 얻었다. 그해 겨울, 나는 모든 짐을 송파의 청년창업센터 내 작업실로 옮겼다. 엄마가 준 산세베리아와 친구가 선물한 가습기 그리고 크리스마스 분위기를 내기 위해 집에서 가져온 조그만 크리스마스 트리로 사무실을 꾸몄다. 소박하지만 처음 갖게 된 나만의 작업실이었다.

이제 일러스트레이터만 찾으면 되었다. 선옥이가 다른 작업을 하고 있던 터라 함께할 파트너를 물색하는 중이었는데, 딱 이 사람이다 하는 느낌이 없어 지지부진한 상황이었다. 일러스트레이터 커뮤니티부터 웬만한 미대 졸업 작품집까지 다 뒤졌지만 계속 난항을 겪어, 마지막으로 한국 예술 종합학교 애니메이션학과 사무실을 찾았다. 조교가 이런저런 작품 모음집을 챙겨 주어 보는데, 「우주 개」라는 단편을 보는 순간 이거다 싶었다. 엉뚱하고 귀여운 캐릭터, 서정적인 스토리, 부드럽고 자연스러운 색감. 모든 것이 과하지도, 억지스럽지도 않으면서 담백하고 따뜻했다. 작품은 작가를 닮기 마련, '찾았다!' 나는 속으로 쾌재를 불렀다. 그리고 곧바로 학과 사무실에 전화하여 연락처를 알아냈다. 떨리는 마음으로 전화를 하자 수화기 너머로 "여보세요."하는 나지막한 음성이 들렸고, 나는 간략한 소개와 전화를 건 목적을 말했다. 상대는 딱 잘라 거절했다.

"제가 요즘 바빠서요. 죄송해요."

사정을 들어 보니 한 애니메이션 캐릭터 개발팀장을 맡아 전혀 시간을 낼 수 없다고 했다. 나는 안타까운 마음에 한숨을 푹 내쉬었다. 어떻게 찾아낸 작가인데 이렇게 포기할 수는 없었다.

"그래도 한번 만나요, 우리."

상대가 분명히 거절을 하는데도, 듣기에도 함께 작업이 불가능한 상황인데도 만남을 청한 이유는 단순했다. 목소리에서 느껴지는 힘이 있었다. 그런데 뜻밖에 상대가 응했다. 작업은 못하지만 내 뜻이 그렇다면 일단 만나 보자고. 그렇게 우리는 평일 저녁, 강남의 한 카페에서 만나기로 약속을 정했다.

약속 당일, 김다혜 일러스트레이터와 마주한 첫 느낌은 깔끔하고 담백했다. 우리는 수줍게 인사를 나누고 본격적인 이야기에 돌입했다. 나는 마치 오랫동안 꿈꿔 온 상대를 만난 것처럼 설레는 마음으로 내가 꿈꾸는 작품을 이야기했다. 이거 꼭 하고 싶은데 같이 하자고, 이런 거 할 필요 있는 거 아니냐고, 아직 아무것도 없지만 제대로 만들어서 많은 사람들과 나누자고, 아주 신나게 떠들어 댔다. 그런데 이게 웬걸. 묵묵히 듣고 있던 그녀가 같이 해 보자고 했다. 나는 잘못 들은 줄 알았다. 그녀가 다시 분명하게 이야기했다. 지금 작업을 마무리하는 대로 정리하고 오겠다고, 자기도 나와 같은 생각을 했지만 회사에서는 원하는 작품을 할 수 없어서 포기했다고, 다만 제대로 하지 못하면 안 되니 원고를 주면 자신의 느낌대로 시안 작업을 해서 주겠다고 했다. 나는 그녀의 작품을 보았기 때문에 고양이달 분위기에 맞게 잘 해낼 거란 믿음이 있었다. 그럼에도 그녀가 원하는 대로 했다.

일주일 뒤 우리는 송파의 사무실에서 다시 만났다. 다혜 씨가 그려 온 그림들은 딱 내가 원했던 느낌이었고, 나는 고민할 것도 없이 함께하자고 했다. 그리고 곧바로 우리의 작업실을 보여 주었다. 제대로 터를 잡은 지 얼마 되지 않아 정돈이 덜 되었고, 창문도 없는 열악한 환경이었지만 다혜 씨는 그 공간을 마음에 들어 했다. 정말이지 천군만마를 얻은 듯했다. 이 작품의 끝이 어디일지, 얼마나 걸릴지, 그때 우리의 작품은 어떤 모습을 하고 있을지, 얼마나 많은 사람들이 볼지 아무것도 알 수 없었지만, 다혜 씨의 겸손하고 조심스러운 태도는 나에게 신뢰를 주었다. 그녀의 그림과 함께라면 고양이달 세계가 멋지게 완성될 수 있을 것 같은 확신이 들었다. 그렇게 2010년의 끝 무렵 우리는 송파에 있는 가든파이브의 네 평짜리 사무실에서 하나의 세계를 꿈꾸기 시작했다.

우리의 일상은 조용했다. 거대한 가든파이브 건물 주변은 세상과 격리된 듯 인적이 드물었고, 입주가 이루어지지 않은 건물 안은 불이 꺼진 채 텅 비어 있었다. 창문이 없어 햇빛이 들지 않던 사무실은 어둡고 고요했지만, 다혜 씨의 타블렛을 긁는 펜 소리와 나의 타자 두드리는 소리가 엇박자로 들리면서 서로의 고군분투를 느낄 수 있었다. 아직 서로에게 파트너라는 자리가 조심스러워 마냥 들끓을 수만은 없었지만, 파란색 파티션 너머로 서로에게서 느껴졌던 소망, 우리가 원하는 작품을 우리 방식대로 만들어 보자. 그 소망 하나 가슴에 품은 채 그걸 완성해서 어쩌자, 출판을 언제 하자 하는 구체적인 계획도 없이, 무조건 그리고 쓰고 다듬으며 시간을 보냈다. 어쩌면 그때 우리의 시간은 세상의 속도와는 조금 달랐는지도 모르겠다. 우리는 아주 느리지만 꽉 채워진 시간을 살았다. 삶을 유지하기 위해 소비되거나 오염되는 시간 없이 온 하루를 사무실 안에서, 더 정확히는 고양이달 안에서…….

각자 작업해야 하는 창작의 특성상 우리는 함께했지만 고독했다. 그러나 점심시간만큼은 각자의 세계에서 나와 이야기를 나누었다. 고양이달의 어느 부분을 작

업하고 있는지, 어떤 부분이 흥미롭고, 어떤 부분이 어려운지 감상을 나누고 해법을 찾았다. 서로 작업하는 데 도움이 될 만한 음악과 그림과 이야기들을 공유했고, 그때까지 접해 왔던 작품들을 서로에게 소개해 주었다. 각자 구축해 온 김다혜와 박영주라는 두 세계가 만나 교류하며 고양이달이라는 새로운 세계가 점차 틀을 갖춰 갔다. 우리는 기대와 설렘에 가득 차서, 우리의 동화가 어떤 모습으로 만들어졌으면 좋겠다는 바람을 이야기하는 것만으로 극도의 행복을 느꼈다. 행복한 대화가 끝나면 항상 블루베리 주스를 손에 들고 사무실로 복귀하곤 했다. 가끔 대형마트에 들러 과일과 군것질거리를 한가득 사 오기도 했고, 햇빛 좋은 날엔 꽃집에 들러 예쁜 화분을 사 오기도 했다.

봄이 지나 여름이 왔고, 우리는 용산으로 이사했다. 용산의 사무실도 비슷한 크기에 비슷한 환경이었는데, 송파 사무실과 달리 창문이 있었다. 낮에 해를 볼 수 있다니 그게 얼마나 좋던지……. 이사할 때 제일 먼저 창가에 초록 산세베리아를 가져다 놓고 물을 주었다. 그동안 시들시들하더니 용산에서는 햇빛을 받아 무럭무럭 자랐다. 나와 다혜 씨도 무리 없이 적응했다. 사무실 주변에는 도로도 있고, 카페도 있고, 사람들도 많이 다녀서 송파보다 훨씬 따뜻한 분위기였다. 환경은 변했지만 다혜 씨와 나의 일상은 송파 사무실의 일상과 다를 게 없었다. 우리는 눈 뜨자마자 출근해 각자의 자리에서 부지런히 쓰고 그렸고, 저녁이면 집에 돌아가 일찍 잠자리에 들었다. 나와 다혜 씨가 낮에 작업을 하면, 슬아는 밤에 작업을 했다. 퇴근하기 전에 슬아에게 원고를 보내면 슬아가 새벽에 살펴보고 편집과 교정을 해서 내게 보냈다. 새벽에 작업을 했던 슬아만 낮과 밤이 바뀐 채로 고양이달 작업의 한 부분을 책임지고 있었다.

그렇게 한 해가 지나고 다음 해 여름이 왔을 때 우리는 세 권 가운데 한 권을 출간했다. 창작부터 제작, 인쇄, 유통까지 다 직접 하다 보니 배울 게 많았고 실수가 많았다. 최선을 다했지만 결과물은 미흡했고, 우리는 적잖이 실망했다. 그러나 끝날 때까지는 끝난 게 아니었다. 우리는 우리가 시작한 일의 끝을 보기 위해 3권 작업까지 부지런히 달렸다. 2008년 처음 습작 노트에 고양이달을 끄적거린 지 햇수로 오 년에 접어들었고, 그 시간은 이십 대의 절반이었다. 시작은 그 아이와의 사랑에 종지부를 찍은 뒤 우리의 아름다웠던 시간들을 남기고자 한 것이었지만, 오랜 시간 정성을 쏟아 만들어 가는 동안 고양이달은 그 자체로 나 그리고 우리 청춘의 기록이 되어 가고 있었다.

너를 작품 속에서 다시 만났을 때에는

고양이달은 캐릭터와 사건, 배경, 세계관, 담론 등 많은 요소들이 결합된 한 편의 대서사시이다. 모든 요소들이 나름대로 제 역할을 하지만 사실 가장 중요한 것은 캐릭터였다. 사 년을 만난 그 아이는 작품 속에서 '노아'라는 소년으로 다시 태어났다.

노아가 사는 배경은 우주 어딘가에 떠 있는 소행성, 바라별. 바라별은 원하는 것을 벽에 그리기만 하면 손에 쥘 수 있는 곳이다. 사랑에 서툰 소년, 노아는 사람들의 눈에서 소망을 읽고 이를 바이올린으로 연주해 화가에게 전달하는 소망통역사이다. 남들의 소망을 이루어 주지만 정작 자신의 소망은 이루지 못해 괴로워하는 노아가 기댈 곳이라고는 밤하늘에 뜬 고양이달뿐이었다. 그리고 고양이달 아래 언덕에서 만난 소녀. 함께 울고 웃는 동안 어느덧 소녀는 노아의 하나뿐인 친구이자 연인, 가족이 된다. 그렇게 행복한 나날도 잠시, 어느 날 갑자기 소녀가 사라지고, 고양이달도 함께 자취를 감춰 버린다. 순식간에 빛을 잃고 암흑 속에 잠긴 노아의 우주. 노아는 고양이달을 찾으면 소녀를 만날 수 있으리라 믿고 온 우주를 헤맨다. 그러다 뜻하지 않게 불시착한 아리별에서 머리 셋 달린 고양이, 아리를 만나게 된다.

아리는 고양이의 모습뿐만 아니라 세 소녀의 모습으로도 나타난다. 태양의 찬란함을 품은 소녀, 루나. 바다의 격정을 품은 소녀, 마레. 땅의 고독을 품은 소녀, 모

나. 노아는 저마다 개성이 다른 소녀들과 아리별을 여행하며 우정을 쌓는다. 서투른 마음들이 서로를 상처 입히기도 하고 위로하기도 하면서, 깊어지는 우정 가운데 단 하나의 사랑이 꽃핀다. 노아는 아리별을 모험하는 동안 사라진 '소녀'와 '아리' 사이에서 갈등하고, 다시 세 소녀 사이에서 갈등과 화해를 겪으며 사랑을 배우고 성장한다.

노아라는 캐릭터가 바로 사 년 동안 나와 함께했던 그 아이였다. 그러나 처음부터 그 아이가 고양이달에 등장한 것은 아니었다. '어린왕자'가 어른이 되어 사랑을 한다면 어떨까? 이 질문이 먼저였고, 고양이달의 주인공 노아라는 캐릭터의 시작이었다. 유년의 어린왕자가 한창 이성에 관심 많은 청소년이 되어 소녀들과 사랑을 한다고 생각하니 나도 모르게 웃음이 났다. 장미를 사랑하고 여우와 우정을 나누는 소년은 어떤 여자를 만나 어떤 사랑을 할지 궁금했다. 나는 이미 수백 번도 더 읽은 어린왕자를 계속 읽으며 상상해 보았다. 그러나 책 속의 어린왕자는 캐릭터의 면면을 알 수 있을 만큼 사건이 충분하지 않아서 구체적으로 떠올리기 어려웠다. 나는 보다 현실적인 인물을 성장한 어린왕자, 노아에게 대입했다. 내가 아는 사람 중에 어린왕자와 꼭 닮은 내면과 감성을 지닌 이가 있었으니, 바로 그 아이였다. 나는 그 아이가 스무 살 첫사랑을 만나 어떻게 사랑을 했는지 가장 잘 아는 사람이었다. 그 아이와 어린왕자가 결합하자 노아라는 캐릭터가 머릿속에 자연스럽게 그려졌다.

노아는 순수하고 모나지 않은 성품의 소유자로 강하거나 뚜렷한 색이 없었다. 색으로 치자면, 연한 회색 같은 소년. 아리를 만나기 전까지는 사랑을 경험해 보지 않았기 때문에, 자신이 누구인지, 어떤 사람인지 잘 몰랐다. 모두 힘들고 외로울 때면 이 소년을 찾지만 정작 자신의 속은 잘 드러내지 않는 외로운 소년. 착하고 친절한 성격 때문에 거절하지 못하고 늘 손해만 보는데도 그걸 손해라고 생각하지 못하는 사람. 우유부단한 데다 의사 표현도 서툴러 상대에게 본의 아니게 상처를 주는 사람. 실제로 처음 그 아이를 만났을 때 본 모습을 그대로 담았다. 그 아이가 그랬듯 노아는 자신의 그런 성격이 사랑을 할 때 상대를 아프게 한다는 것을 깨닫고, 점점 변하기 위해 노력한다. 우물쭈물하는 대신 원하는 바를 분명히 밝히고, 그것을 얻기 위해 용기를 낸다.

고양이달의 여주인공, 머리 셋 달린 고양이 아리 역시 '나'의 성격을 그대로 빼닮은 캐릭터였다. 처음에는 은빛 털을 가졌다고 상상해서 그냥 '은빛 고양이'라고 불렀다. 한 몸에 세 인격이 공존하는 이 고양이는 노랑눈, 파랑눈, 검정눈으로 눈의 색이 다 달랐는데, 캐릭터 역시 색에서 떠오르는 사물과 풍경에서 대충 따다가 바나나, 파도, 까만콩이라고 불렀다. 중요한 것은 성격이었는데, 처음에는 어떻게 세 개의 다른 성격을 만들지 막막했다. 한참 생각한 끝에 그 아이를 사랑하면서 알게 된 나의 성격을 표면부터 중심까지 세 개로 나누어 아리에게 투영했다. 주관적이되 보편성을 지닌, 공감 가는 캐릭터를 만드는 게 목표였기에, '나'에게서 뽑아낸 요소들을 어떻게 보편적인 여성의 성격으로 정의하고 이를 입체적으로 구성해 나갈지도 문제였다. 나는 가볍고 밝은 성향, 복잡하고 까칠한 성향, 무겁고 어두운 성향, 이 세 개의 성향에 태양, 바다, 땅의 성질을 덧씌워 세 개의 인격으로 만들었다. 그리하여 태양의 찬란함을 품은 루나, 바다의 격정을 품은 마레, 땅의 고독을 품은 모나와 같은 상징적인 캐릭터가 탄생했다.

관건은 스토리였다. 노랑, 파랑, 검정의 색을 지닌 만큼 개성이 뚜렷한 루나, 마레, 모나가 무채색을 지닌 노아와 만나면 어떤 그림이 그려질까. 아무래도 노아의 캐릭터가 세 소녀에 비해 흐릿하기 때문에 세 소녀에게 동화될 것이다. 태양처럼 찬란하고 명랑한 성격의 루나와 만나면 함께 밝아지고, 바다처럼 격정적이고 도도한 마레를 만나면 함께 날을 세우고, 땅속처럼 고독하고 순수한 모나와 만나면 함께 차분해지는 그런 장면을 상상할 수 있었다. 그래서 루나와는 즐겁고 편안한 친구 관계로, 마레와는 이성 관계로, 모나와는 오누이 관계로 이끌었다.

그러나 세 소녀의 본원적인 성격만 가지고 노아와의 관계를 결정한 것은 아니었다. 사랑을 초기, 중기, 장기 세 단계로 나누어 단계마다 나타나는 특징을 세 소

red belt town
belt town
treebird
giant forest
blue belt town
treebird forest
orange belt town
pupple belt town
blue belt town
navy belt town
low belt town
Ari town
navy bel
yellow belt town
orange belt town
yellow belt town
giant forest
orange belt town

녀와의 관계와 연결했다. 사랑의 초기 단계에는 서로에게 어느 정도 거리를 두고, 가장 표면적인 성격만 내보인다. 좋은 모습들이 대부분 표면에 있기 때문에 상대에 대한 환상이 커지고, 민감한 부분을 침범하지 않으니 크게 문제가 일어나지 않는다. 행복을 꿈꾸며 밝고 활기찰 수밖에 없는 시기. 상대와 일정한 거리를 지키며 관계를 쌓는 루나가 이 시기의 모습에 가장 근접했다. 그래서 작품의 초반에는 노아와 루나의 관계를 주로 다루었다.

극이 본격적으로 전개되면서 초점은 노아와 마레에게 옮겨졌다. 둘은 중기 단계에서 자신의 환상과는 다른 상대의 모습을 보게 되고, 환상이 깨지는 충격을 경험한다. 상대의 복잡한 모습을 인정하고 받아들이는 과정에서 갈등과 오해가 반복된다. 상대를 받아들인다는 것은 그만큼 자신을 깎고 비워야 하는 것을 의미하기에, 고통이 수반될 수밖에 없다. 이 과정은 하루아침의 결심으로 되는 것도 아니고, 수 년 간 쌓아 온 깨달음으로 되는 것도 아니다. 상대와 끊임없이 부딪히며 나를 도려낸 뒤 상대를 담고, 거기에 맞추어 또 나를 도려내는 길고 지난한 실전인 것이다.

이 지난한 과정을 지나면 비로소 상대를 있는 그대로 받아들이는 장기의 과정에 이르게 된다. 여기서는 상대를 위해 헌신하기를 주저하지 않는다. 이미 상대를 내 안에 들이는 동안 나를 다 내놓았기 때문일지도 모르리라. 상대가 나의 내면을 끝까지 뚫고 들어왔을 때, 내가 상대의 마음을 끝까지 뚫고 들어갔을 때만, 보고 보여 줄 수 있는 마음. 그 마음을 모나의 마음으로 정했다. 만일 노아가 어둡고 집요한 데다 다소 공격적이기까지 한 모나마저 포용할 수 있다면, 사랑의 정의는 심연의 바닥까지도 포용할 수 있는 것으로 정리될 것이다. 나와 그 아이도 서로의 밑바닥을 보았다. 그 아이의 끝을 본 순간 나는 그 아이에게 더 기대하는 바가 없어졌고, 내 끝을 보인 이상 더 보여 줄 것이 없어졌다. 그래서 우리는 헤어졌다. 그러나 결론과 상관없이 그 아이와 나는 서로의 내면을 온전히 파고들어 가 그 밑바닥에서 다시 만났을 때, 그것을 완전한 사랑이라고 느꼈다. 그러한 경험을 노아와 모나의 사랑으로 재해석하여 그려 나갔다.

그런 의미에서 "상대를 있는 그대로 이해하고 포용할 때 진정한 사랑이 가능하다."라는 고양이달의 테마는 참 어려운 명제라는 생각이 든다. 상대를 있는 그대로 이해하고 포용하려면, 사랑 안에서 자신을 지킬 수 있어야 하고, 동시에 상대를 받아들이기 위해 자신의 내면이 깎이는 고통을 참아 낼 수 있어야 한다. 자신을 지키는 것과 상대를 받아들이는 것은 상충하는데, 이 상충하는 두 가지가 사랑에 절대적으로 필요하다는 것. 심지어 두 가지를 적정선에서 조율하기까지 해야 하는데, 사랑이라는 격정적인 소용돌이 안에서 이 둘의 균형을 잡는 것은 참으로 어려운 일이다. 자신을 지나치게 지키면 상대에게 상처를 주고, 상대를 지나치게 이해하고 포용하려고 하면 자신이 다친다. 따라서 위의 테마는 겉으로는 수긍해도, 내면으로 받아들이고 실천하기에는 결코 쉽지 않은 명제이다.

고양이달은 위 명제가 옳다는 것을 증명하기 위한 작품이 아니다. 저 명제 자체가 얼마나 실천하기 어려운 개념인지 보여 주기 위한 작품이다. 다만 뚜렷한 색이 없던 한 소년이 노랑, 파랑, 검정색의 소녀들과 만나며 어떤 색을 띠게 되었는지, 노아의 사랑이 어떤 그림으로 완성되었는지 보여 주고 싶었다. 그 그림은 매끄러운 선과 명료한 원색으로 채워 진, 완벽한 그림은 아니겠지만, 적어도 누군가의 마음을 울릴 수 있는 그림이라는 것을 보여 주고 싶었다. 그걸 본 단 한 명의 독자라도 붓을 들고 자신만의 그림을 그리기 시작했다면, 그걸로 이 이야기의 존재 가치는 충분할 것이다.

나 역시 그랬다. 사랑을 통해 나만의 그림, 고양이달을 마음껏 그렸다. 그러는 동안 누구도 신경 쓰지 않고, 누구도 부러워하지 않고, 누구도 닮고 싶지 않고 오롯이 나 자신으로서 존재했다. 다른 누구도 아닌 나 자신이어서 행복했다. 내가 곧 세상일 수 있었던 순간. 내 세상 안에서 마음껏 상상할 수 있었던 시간. 상상에는 한계가 없어, 원하는 만큼 세계를 만들 수 있었다. 그 세계 안에서 때로는 그 아이와 함께였고, 또 어떤 때에는 완벽히 혼자였다. 둘이여도 좋았고, 혼자여도 좋았다. 나는 궁극의 행복을 느꼈다. 누가 알아봐 주지 않아도 묵묵히 나의 세계를 짓는 일의 가치와 의미를 깨달았다. 그렇게 만들어 간 고양이달은 나만의 그림, 나만의 마추픽추였다. 나는 고양이달 덕분에 상대뿐만 아니라 내 존재를 더욱 인정하고 사랑하게 되었다. 그것은 지금까지 나 자신과 나눈 가장 농밀한 사랑이었다.

사랑을 온전히 그려 내기 위한 노력

고양이달과 함께하는 시간이 길어지면서 고양이달에 대한 애정도 점점 커져 갔다. 그럴수록 내가 부족해서 이 작품을 제대로 써내지 못할까 봐 두려웠다. 시간이 갈수록 잘하고 싶은 마음은 커지는데, 능력은 턱없이 부족하니 몇 배로 더 노력해야 했다. 그러나 노력에는 한계가 있었다. 하루아침의 노력으로는 완성할 수 없는 '시간의 한계'가 있었고, 스토리를 제대로 구현해 내기에는 턱없이 부족한 '능력의 한계'가 있었다. 불완전한 내가 경험한, 불완전한 사랑을 불완전하게 이해할 수밖에 없는 '사유의 한계'도 있었다.

시간의 한계에 부딪칠 때마다 나는 가슴이 답답해졌다. 정부 지원 사업을 통해 고양이달을 개발했기에 사업 수행 기간이 정해져 있었다. 2011년 4월부터 2012년 4월까지 정확히 일 년이었다. 지원 사업이 시작될 때 고양이달의 캐릭터와 스토리는 이미 60퍼센트 가량 완성된 상태였다. 그러나 워낙 방대한 서사 구조를 가지고 있다 보니 나머지 40퍼센트를 채우는 데 일 년의 시간으로는 턱없이 부족했다. 스토리도 날줄과 씨줄을 엮듯 촘촘히 짜 놓았기에 한 부분을 수정하면 전체를 다시 손봐야 했다. 그러나 하루하루 시간은 갔고, 계절은 잘도 바뀌었다. 정해진 시간 안에 이걸 다 지을 수 있을지 막막하고 두려웠다. 그럴 땐 계획을 치밀하게 세우는 것밖에는 방법이 없었다. 글도, 그림도 방대한 세계를 하루에 할 수 있는 분량으로 잘게 쪼개어, 매일 그 부분만을 채워 나갔다. 그 다음은 생각하지 않았다. 정해진 하루의 작업량만도 버거워 그 다음은 생각할 겨를도 없었다. 그렇게 일주일이 쌓이고 한 달이 쌓이자 거짓말처럼 마추픽추의 동쪽이 완성되어 있었다. 시간이 흘러 멀찌감치 떨어져서 보면 서쪽이, 그 다음에는 남쪽과 북쪽이 완성되어 있었다.

갈수록 방대해지는 에피소드를 어떻게 유기적으로 구성할 것인가. 능력의 한계도 찾아왔다. 세 권짜리 시리즈이다 보니 그 안을 채우는 캐릭터, 사건, 배경, 세계관 등이 워낙 복잡하고 많았다. 모든 요소들을 쪼개어 작업한 뒤 합쳐 놓고 다듬으려 하면 한 손에 잡히지 않아 매번 길을 잃을 수밖에 없었다. 그래서 캐릭터, 사건, 배경, 세계관 등 모든 요소들을 문서화하여 가이드로 만들었다. 힘들 때 가이드를 보면 어느 부분에서 길을 잃었는지 알 수 있었고, 나침반같이 현재 위치를 잡고 앞으로 나아갈 수 있었다. 나중에는 종이가 하도 너덜거려서 서류철에 끼워 놓고 봤다. 남들이 보면 허름한 종이쪼가리에 불과할 테지만, 나에겐 영화 「캐스트 어웨이」의 배구공, 「라이프 오브 파이」의 호랑이와 같은 존재였다. 가이드가 해결해 주지 못하는 문제도 있었다. 방대한 이야기를 세 권짜리로 시리즈로, 그것도 동화라는 장르로 풀다 보니 스토리텔링적으로 많은 기술이 필요했다. 스토리텔링 수업은 대학과 관련 기관에서 차고 넘칠 정도로 받았지만, 실전에 들어가니 그것만으로는 부족했다. 나는 이미 마르고 닳도록 읽었던 스토리텔링 작법 책을 끼고 살며 고양이달 스토리를 분석하고, 부수고, 다시 짓기를 반복했다. 그리고 스토리가 잘 풀리지 않을 때마다 명상하듯 작법 책을 읽었다. 원론으로 돌아가 천천히 되짚으면 문제점을 발견할 수 있었다.

그렇게 구성을 다 끝내니 이번엔 집필에서 막혔다. 사건과 인물의 감정 묘사뿐만 아니라 배경 묘사에도 서툰 게 큰 문제였다. 이런 문장론은 작법 책으로도 해결되지 않았다. 그냥 많이 써 보는 수밖에 없었다. 어릴 때부터 쓰는 것을 좋아해서 소설도 썼고, 동화도 많이 썼다. 무엇보다 평생 써 온 일기가 나의 든든한 베이스였다. 문제는 영화학과를 다니는 동안 시나리오만 쓰면서 영상 언어에 익숙해진 것이었다. 간결한 상황 묘사와 대사로만 전개하던 시나리오와 달리 소설은 인물의 감정 묘사, 사건 묘사, 배경 묘사 모두 구체적이어야 했다. 시나리오 작업과 고양이달 작업을 동시에 하는 동안 쓰인 고양이달은 묘사가 굉장히 부족했고, 대사 역시 구어체에 가까웠다. 나는 이를 장르를 오가는 과정에서 발생하는 자연스러운 문제로 보고, 문어체에 익숙해질 때까지 시간을 두고 계속 보완해 나갔다.

그러나 배경 묘사는 시간의 문제가 아니었다. 고양이달은 소설도 아닌 동화라는 판타지 장르였기에 '배경' 묘사가 소설보다 더 비중이 컸다. 동화 속 거대한 배경을 만들어 내어 일일이 묘사하려니 익숙하지 않은 데다, 고양이달의 배경이 목가적 풍경인지라 도시에서 나고 자란 내가 그 정서를 온전히 묘사하기 어려웠다. 무식하게 접근하는 수밖에 없었다. 나는 몇 날 며칠 자연 배경 묘사가 잘된 작품을 선별해 모조리 필사하는 방식으로 부족한 부분을 메꿨다. 또한 모든 공간을 상상해서 그린 후에 글로 옮기는 방식으로 배경 묘사의 한계를 극복했다.

가장 큰 문제는 사유의 한계였다. 스물다섯의 내가 과연 사랑을 정의할 수 있을까. 나는 내가 보고 듣고 경험한 모든 사랑의 여정을 제대로 이해하고 있는가. 여기서 출발한 질문은 수십 개의 질문들로 이어져 꼬리에 꼬리를 물었다. 작품을 만든 몇 년의 시간동안 나는 계속해서 질문을 던졌고, 답을 하기 위해 짧게는 몇 시간, 길게는 몇 달을 골몰해야 했다. 그동안 질문들은 다시 몇 가닥으로 나뉘어서 작업 막판에는 200여 개 질문들로 정리가 되었고, 질문의 내용과 상관없이 내려진 답은 모두 '나는 누구인가?'라는 질문으로 귀결되었다.

사람은 사회적 동물로, 관계 속에서 성격이 규정된다. 상대라는 거울, 사건이라는 벽에 부딪쳐 나온 나의 성격을 다방면에서 관찰하며, 나라는 사람이 어떤 사람인지 알게 된다. 나를 제대로 이해하려면 나뿐만 아니라 상대와 사건의 본질도 제대로 이해해야 했기에 사유의 범위가 넓었고, 모든 이의 입장을 헤아리는 게 때로는 버거웠다. 나는 신이 아니었고, 모든 것을 알 수 없었다. 내 부족한 인성과 사유로, 주어진 단서만 가지고 개인과 삶의 본질을 깨우친다는 것은 애초에 무모한 도전이었는지 모른다. 무엇보다 치열하게 꿈과 사랑을 좇던 과정을 다시 살며 나의 내면을 끝까지 파고들어 가 마주하는 일은, 정신적으로 많은 에너지를 요했다. 나는 때때로 좌절했고 두통도 심하게 앓았다. 그런 때는 잠시 멈추고 밖에 나가 차가운 음료를 마시며 바람을 쐬었다. 인생을 통틀어 내가 누구인지, 어떤 사람인지 그렇게 오랫동안 깊이 사유한 적은 그때가 처음이었고, 아마 앞으로도 없을 것이다.

몇 년이 흘러 우여곡절 끝에 나는 모든 질문에 대한 답을 손에 쥐었다. 사유의 한계를 극복했는지는 잘 모르겠다. 시간과 노력을 많이 들였지만 대답은 여전히 불완전했다. 그러나 내가 직접 겪은 일들을 나의 생각과 언어로 표현한 작품이기에 불완전하다한들 괜찮았다. 내가 할 수 있는 것은 내가 내린 답을 믿어 주고, 그 자체로 인정해 주는 것뿐이었다. 어쩌면 사랑에 대한 완벽한 대답은 애초에 없는지도 몰랐다. 각자 겪은 방식으로 각자의 정의를 내리는 게 아닐까. 그렇다면 그 시절의 불완전한 내가, 최선을 다해 겪은 사랑의 의미를 최선의 노력으로 이해하여 온전히 동화 속에 담아냈으니 그걸로 족했다.

하나를 위해 포기한 다른 하나

일상의 에너지는 모두 고양이달 작업에 쏟다 보니 자연스레 고양이달을 제외한 모든 것들에 신경 쓸 겨를이 없었다. 머릿속은 자나 깨나 온통 고양이달로 가득 차 있었고, 나는 보고 듣고 경험하는 모든 것을 고양이달과 연관시켰다. 내 생활의 중심은 고양이달이었다. 늘 일정한 시간에 잠들어 일정한 시간에 일어났고, 에너지를 요하는 다른 행위를 모두 자제하면서 엄격한 자기 관리를 했다. 몇 년을 그렇게 생활하다 보니 소소한 즐거움이 사라졌다. 그러나 하나에 몰입함으로써 느끼는 즐거움이 컸기에 포기한 것들이 아쉽지 않았다. 딱 한 가지만 제외하고 말이다.

나는 초등학교 때부터 중학교, 고등학교, 대학교를 거치는 내내 문학소녀라는 별명을 달고 다녔다. 책을 읽는 건 밥을 먹고, 잠을 자는 것처럼 내 삶의 일부였다. 과제가 쌓여서 밤을 새야 하는 상황이거나 중요한 워크샵을 앞둔 상황에서도, 밥을 굶지는 않는 것처럼 잠을 자지 않는 건 아닌 것처럼 책을 읽었다. 잠시 읽지 않을 때도 가방이나 책상, 레포트 사이 어디에라도 책이 가까이 있지 않으면 불안했고, 읽어야 안정이 되었다. 마음이 어지러울 때, 누군가의 조언과 충고가 필요할 때, 그냥 시답지 않은 농담을 듣고 싶을 때, 읽었다. 읽지 않고는 단 하루도 살지 못했다.

생텍쥐페리의 『어린왕자』, 에밀 아자르의 『자기 앞의 생』, 무라카미 하루키의 『해변의 카프카』. 이 세 책은 고양이달에, 아니, 내 인생에 크나큰 영향을 주었다. 생텍쥐페리는 『어린왕자』를 통해 누군가를 사랑하기 위해서는 깊이 이해해야 한다고 말해 주었고, 에밀 아자르는 『자기 앞의 생』을 통해 삶은 영원하지 않고, 사랑할 시간은 충분하지 않으니 지금 최선을 다해 사랑하고, 표현해야 한다고 말해 주었다. 무라카미 하루키는 『해변의 카프카』를 통해 사랑에 미숙한 우리들은 사랑하는 존재를 잃을까 봐 두려운 마음에 버리면 안 될 존재를 버리기도 한다고, 그럼에도 살아가는 동안 그라면 어떻게 말하고 행동할까 매순간 떠올릴 수 있다면, 헤어졌지만 마음으로 함께 살아가게 되는 거라며, 그 아이와의 사랑이 끝난 뒤 느낀 허무함과 슬픔을 위로해 주었다.

세 작가는 사랑의 시작부터 사랑하는 동안 갖춰야 할 태도, 이별 후의 마음가짐까지 사랑에 대한 인생 수업을 내게 해 주었고, 나는 그들을 인생의 멘토로 삼았다. 그리고 인간관계에 어려움을 겪을 때마다 혹은 사랑에 아파할 때마다 그들의 작품을 읽고 또 읽으면서, 밑줄 긋고 소리 내어 말해 보기도 하고, 글로 따라 쓰기도 하면서 가르침을 마음에 새겼다. 그들은 너만 그런 게 아니라고, 나도 그렇고 우리가 그렇다고, 이야기를 통해 내게 말을 걸었고, 나는 원하는 만큼 위로를 받을 수 있었다. 그러자 어느 순간부터 나의 이야기를 진솔하게 풀어내고 싶어졌다. 그게 누군가에게 위로가 되면 더없이 좋을 것 같았다.

내 바람대로 고양이달을 쓰기 시작하면서 행복했지만, 문제는 더는 책을 읽지 못하게 되었다는 것이다. 하루 종일 활자를 두드리고 그것만 들여다보니, 쉬는 시간에도 읽는 것이 힘들었다. 구성이 어떻게 짜였는지, 복선을 어떻게 깔고 있는지 그것만 보여서 온전히 몰입하기 힘들었다. 무엇보다 한 곳에 너무 많은 집중력과 인내심을 쏟다 보니 그것을 제외한 나머지에 집중하기 어려웠다. 좋아하는 작가들의 출간 소식에 기쁜 마음으로 달려가 산 책을, 절반도 읽지 못하고 덮기 일쑤였다. 한껏 부푼 마음은 이내 깊은 한숨으로 바뀌었고, 몇 번을 시도해도 같은 결과에 허탈했다. 어릴 때부터 꼭 껴안고 잤던 인형을 어느 날 갑자기 잃어버린 기분, 정말이지 아쉽고 속상했다. 야속하게도 고양이달 작업이 길어질수록 증세는 더 깊어져만 갔다. 나는 다시 전처럼 내가 좋아하는 작가들의 책을 실컷 읽을 수 있기를 간절히 소망했다.

그러던 어느 날, 친구가 도움이 되길 바란다며 책 한 권을 건넸다. 박완서 작가의 『못 가 본 길이 더 아름답다』. 스무 살 때 읽은 박완서 작가의 『그 남자네 집』은 내가 가장 좋아하는 책 중 하나였기 때문에 뜻밖의 선물이 반가웠다. 과연 읽을 수 있을까 반신반의하긴 했지만, 진한 핑크색의 표지가 너무 예뻐서 가지고라도 다니고 싶었다. 그래서 한동안 가방에 늘 넣어 놓고 다녔다. 그러다보니 책이 마치 지갑이나 화장품 같은 가방 속 소지품처럼 여겨져, 읽어야 하는 물건인 줄도 잊고 지냈다.

굳게 닫혔던 인연의 문이 열린 건 어느 겨울 아침이었다. 출근길 지하철에 자리가 나서 앉았는데 문 열린 가방 안 그 책이 눈에 띄었다. 나는 무심결에 책을 꺼내 펼쳤다. 그게 시작이었다. 매일 아침 지하철에 자리가 나면 앉자마자 박완서 작가의 에세이집을 펼쳤다. 소설을 주로 읽었던 나는 에세이의 느낌이 새로웠다. 몰입해서 쭈욱 읽어 내려갔던 소설과는 다른 에세이만의 속도와 분위기, 나는 그게 꽤 마음에 들었다. "나이 들면서 숨 가쁘게 정상으로 끌고 가는 책보다는 도중에 아기자기한 오솔길을 거느리고 있어 쉬엄쉬엄 쉬어갈 수 있는 책에 더 정이 갑니다."라는 작가의 말이 나오는데, 나는 그때 처음으로 책 속의 오솔길을 만났다. 늘 정상을 향해 가느라 숨이 가빴는데, 오솔길의 여유와 아늑함이 숨을 돌릴 수 있게 해 주었다. 읽히지 않으면 멈추면 그만이고, 딴 길로 새면 잠시 헤매다 돌아오면 그만이었다.

한참을 헤매고 돌아와도 문제가 없는 책. 그 시절 내게 꼭 필요했던 책이었다. 지하철 반대편 창가에서 들어오는 아침 햇살을 받으며 그 책을 읽는 동안, 지하철은 노량진을 지나 한강을 건넜다. 한강의 풍경이, 한강의 물결 위로 쏟아진 햇살 조각들이 에세이의 내용만큼이나 부드럽고 평안했다. 1,500페이지에 달하는 고양이달을 써 내려가느라 심신이 쇠약해질 대로 쇠약해진 상태였고, 지하철을 타서 내릴 때까지 사십여 분 동안 앉아서도 졸고, 서서도 졸 만큼 흐물흐물해진 정신으로 하루하루를 살아 내던 시절이었다. 그때 평생 글을 쓰며 산 인생의 대선배가 건네는, 소박하지만 연륜이 녹아 있는 이야기들은, 이제 갓 그 길에 들어선 풋내기 작가의 지친 심신을 어루만져 주기에 충분했다. 온몸 구석구석에 스민 피로감을 할머니가 조곤조곤한 목소리로 타일러 밖으로 내보내는 기분. 노량진에서 용산역까지 삼 분도 채 안 되는 그 시간에 담긴 한강의 풍경과 햇살과 할머니의 이야기는 그 시절 내게 가장 큰 위로이자 행복이었다.

그런 위로와 행복은 오직 그 하나뿐이었다. 혹시나 하는 마음에 다른 책을 펼쳐 보았지만 여전히 나는 읽을 수 없었다. 그러나 그것만으로도 충분했다. 나는 책을 읽고 싶을 때마다 고양이달 작업이 끝난 뒤 읽을 목록을 손보면서 참고 또 참았다. 그렇게 아낀 에너지는 고스란히 고양이달을 쓰는 데 집중했다. 그렇게 작가들도, 친구들도 만나지 않은 채 세상과 단절되어 나 자신의 내면으로만 파고들어 갔다.

고독과 책임, 사랑이 날 일으켜

나의 내면을 파고들어 가 조금씩 세상을 완성해 나가는 일은 단언컨대 그 어떤 일보다 행복했다. 그 안에서는 모든 것이 내 마음대로였고, 나는 내가 겪은 바를 토대로 가장 이상적인 사회를 구축했다. 다른 사람은 모르는 나만 아는 행복. 내 머릿속에만 존재하는 세계. 나는 아침 9시면 어김없이 고양이달 세계로 떠나는 차편에 올랐다. 커피 한 잔 마실 시간이면 어느덧 고양이달의 배경인 아리별에 도착해 있었다. 아리별 주민들도 잠에서 깨어나 아침을 시작하고 있었다. 나는 그들과 만나 인사를 나누고 또 새로운 하루의 모험을 떠났다.

처음에는 내가 고양이달 세계의 조물주로, 캐릭터를 만들고 성격과 특징을 만들어 나갔는데, 작업이 중반을 넘어가면서 캐릭터들이 저절로 살아 숨 쉬는 듯했다. 나는 캐릭터들이 싸우고 화해하기도 하고, 서로 미워하고 사랑하기도 하면서 그렇게 엎치락뒤치락하는 일상을 묵묵히 지켜보았다. 처음에는 내가 이 세계를 짓고, 캐릭터들을 만들어 이곳에 살게 했는데, 그렇게 내가 그들을 이끌었는데, 어느 순간부터 내가 그들을 따라가고 있었다. '주인공 노아는 이런 상황에서 이렇게 말하게 해야지.'가 아니라, '어, 노아가 이렇게 말하고 있네?'라며 노아의 말을 받아쓰고 있었다. 그렇게 캐릭터의 행동과 생각, 감정을 부지런히 옮기는 게 고양이달 세계에서 나의 일이었다.

아리별 식구들이 집으로 돌아가 잠들면 나의 일과도 끝이었다. 나는 고양이달 세계에서 빠져나와 집으로 향했다. 나도 모르는 사이에 시계가 밤 10시를 가리키고 있었고, 다혜 씨는 이미 퇴근한 지 오래였다. 퇴근 시간대가 훨씬 지난 터라 남영역에는 사람이 없었다. 나는 텅 빈 지하철역 벤치에 앉아서 지하철을 기다렸다. 오래지 않아 안내 방송과 함께 지하철이 들어왔다. 나는 구석 자리에 앉자마자 그에게 전화를 걸었다. 따르릉, 따르릉, 따르릉.

"응, 끝났어?"

그의 목소리를 듣는 순간 나는 안도했다. 다시 나의 세계로 돌아왔구나. 남영역

근처 네 평짜리 자그마한 사무실에 들어가 문을 닫으면 나는 완벽히 세상과 격리됐다. 매일 아침 내가 사라져도 아무 일 없다는 듯이 빠르게 돌아가는 세상. 밤이 되어 다시 세상에 돌아올 때 나는 어김없이 그에게 전화를 걸었다. 그는 내게 있어 동화 세계와 현실 세계를 이어 주는 끈과 같았다. 그가 있기에 현실과의 끈이 끊어질까, 다시 돌아올 수 있을까 걱정하지 않고 매일 원하는 만큼 상상의 세계를 뚫고 들어갈 수 있었다.

그는 언제나 그랬듯 오늘 하루 고양이달 세계에서 무슨 일을 했는지 관심과 애정을 가지고 물었다. 그러면 나는 고양이달 세계 안에 무슨 일이 일어났는지 상세히 들려주었다. 그는 마치 내 친구, 내 가족의 이야기처럼 재미있게 들어주었고, 나는 그게 좋아 매일 그에게 미주알고주알 고양이달의 사건, 사고를 들려주었다. 그는 일러스트레이터와 에디터를 제외하고 나의 세계를 아는 유일한 사람이었다.

그러나 시간이 점점 흐를수록, 이야기가 점점 절정으로 치달을수록 나는 정신적, 육체적으로 지쳐갔다. 고양이달 세계에서 얽히고설킨 감정의 실타래를 풀려고 기를 쓰면 쓸수록 더 꼬여 가닥을 잡기가 어려웠다. 모든 캐릭터의 입장을 다 알고 헤아리는 것도, 그들의 아픔을 다 껴안고 함께 아파해야 하는 것도 버거웠다. 고독도 갈수록 깊어만 갔다. 나만 아는 세계, 정말 아무도 모르는 나만의 세계. 빠르게 돌아가는 세상, 죽어라 쫓아가도 모자를 판에 나만 홀로 동떨어져 다른 세계를 파고들어 가는 것처럼 느껴졌다. 고양이달 세계가 예상보다 더 커지면서 너무 멀리 온 건 아닌지, 언제쯤 완성하고 그가 속한 세상에 돌아갈 수 있을지 걱정스러웠다. 끝없이 반복되는 노동도 나를 지치게 만들었다.

　그러면서 나는 유일하게 세상과 연결된 끈이었던 그에게 점점 더 의지하게 되었다. 가끔 그가 전화를 받지 않으면, 나는 현실 세계에 복귀하지 못할까 봐 불안했다. 그러다가 늦게라도 수화기 너머 그의 목소리가 들리면 안도했다. 전화가 끊기면 마치 세상과의 연결 고리가 끊어지는 것처럼 느껴져, 지쳐 말을 할 수 없는 상황인데도 전화기를 붙잡고 있던 적도 많았다. 고독이 버거워 마음을 털어놓고 싶은데 말할 힘이 없었고, 목소리가 나오지 않았다. 내 마음을 아는지 모르는지 그는 묻지 않고 묵묵히 수화기를 붙들고 있어 주었다. 그렇게 아무 말 없이 지하철에서 서로의 숨소리만 들으며 사십 분을 보내면 어느덧 집에 도착했다.

　그는 나를 사랑했고 나의 고독을 지켜보았고 안타까워했다. 그러나 나의 고독을 온전히 이해하지 못했다. 고양이달 세계는 설명할 수 있었지만 나의 고독은 설명이 불가능했다. 말로 전하지 못한 속내를 그가 이해할 리 없었고, 나는 점점 더 고독 그 자체에 고립되어 갔다. 그가 아무리 나를 사랑해도 그는 내가 아니었고, 그는 나처럼 자기만의 세계에 들어가 고양이달 같은 세계를 지어 본 적이 없었다. 그가 나를 이해하지 못하는 것은 너무나 당연했다. 그는 대체 왜 그런 고독을 자처하면서까지 그런 세계를 짓는지 물었고, 나는 적절한 대답을 찾는 게 어려웠다. 뚜렷한 목표를 정하고 작업을 해 온 게 아닌지라 그런 질문에 속절없이 무너질 수밖에 없었다. 그럼에도 마음이 추운 날, 그와 마주 앉아 같이 밥을 먹고, 차를 마시는 것만으로도 큰 위로를 받았다. 위로해 주고 싶어 노력하는 그의 모습이 더없는 위로가 되었다. 나는 처음 맞닥뜨린 고독 속에서 그의 마음 하나 의지하면서 그 시절을 견뎠다.

고독과 함께 나를 힘들게 한 또 한 가지는 책임감이었다. 고양이달을 만든 사람은 나였고, 한 세계를 좌지우지할 수 있는 자유가 주어진 만큼 책임져야 할 역할이 컸다. 고양이달 세계 안에서는 주인공들이 역량을 최대한 발휘할 수 있을 때까지 몰아붙여, 그들이 한계를 딛고 성장할 수 있게 이끌어야 했다. 고양이달 세계 밖에서는 일러스트레이터와 에디터가 내가 상상한 바를 제대로 그려 내고 글로 다듬을 수 있도록 이끌어야 했다. 고양이달 세계 안팎의 리더 역할은 조금씩 달랐지만 본질은 같았다. 나는 그들의 역량을 최대한 끌어내어 우리가 꿈꾸는 가장 이상적인 동화 세계를 구축해야 했다. 그뿐만이 아니었다. 고양이달 작품을 OST로, 단편 애니메이션으로, 전자책으로 작업하면서 작업자들의 역량을 최대한 끌어내어 고양이달 작품에서 폭발시켜야만 했다.

고양이달 세계가 커지고, 작업 기간이 길어지고, 작업에 참여하는 사람들의 숫자가 늘어나면서 책임감의 무게는 점점 커졌다. 모든 작업을 동시에 끌어가기에는 나는 경험과 역량이 부족했다. 부족한 것은 어떻게든 채워서 꾸역꾸역 끌고 갔지만 그 과정이 너무 버거웠다. 그러나 내가 리더였기에 아띠봄 식구들에게 도망치고 싶다고 털어놓을 수도 없었다. 나는 그 무게가 전혀 느껴지지 않는 것처럼 굴었고, 그럴수록 속에 꼭꼭 싸매어 놓은 마음이 그대로 곪아 어느 순간에는 다 집어던지고 싶었다. 그러나 그 생각조차 오래가지 못했다. 내가 포기하면 그냥 그대로 다 끝인 것을 알았기에 그런 생각을 할 수도, 해서도 안 되는 거였다. 다만 나의 결정으로 한 세계를 열 수도, 빛 한 줄기 보지 못하게 닫아 버릴 수도 있다는 사실은 늘 나를 두렵게 했다.

많이 부족한 리더였다. 종종 마음이 약해지기도 하고, 일 처리가 미숙할 때도 있었다. 그러나 누구 하나 나를 부족하다 탓하는 이 없었다. 처음이니 그럴 수 있다고 이해해 주었고, 다음에는 더 잘할 수 있다고 격려해 주었다. 고양이달 세계 속 식구들이 그랬고, 아띠봄 식구들이 그랬다. 그런 믿음과 격려를 받는 상황에서 아무리 책임의 무게가 버거울지언정 도망은 상상도 할 수 없었다. 더욱이 작업이 중반을 넘어갔을 즈음에는 고양이달은 나만의 꿈, 나만의 세계가 아니었다. 오랜 시간 동안 나와 다혜 씨, 슬아가 정성을 쏟아 완성한 작품이었다. 시작은 나였지만 끝은 나 혼자가 아니었고, 그 말은 우리의 작품이지 나의 작품이 아니라는 의미였다. 나는 세계를 창조한 창작자로서, 이 작업을 시작한 기획자로서 역할과 책임이 있었고, 능력에 상관없이 나의 역할과 책임을 다할 의무가 있었다. 내가 느낀 궁극의 행복, 나와 농밀한 사랑을 즐긴 대가는 바로 그것이었다.

고양이달 작업에 대한 책임감은 사는 동안 경험한 가장 큰 책임감이었다. 처음 맞닥뜨린 그 책임감을 어떻게 견뎠을까. 나는 그 답을 고양이달의 주인공이 되어 준 그 아이에게서 찾았다. 그 아이는 원래 강한 사람인 건지, 아니면 나를 만나 강해진 건지 늘 나에 대한 믿음이 굳건했고 흔들리지 않았다. 나는 그 아이와 함께 하는 동안 서서히 그 아이를 닮아 갔고, 그 아이의 사랑 방식을 배워 갔다. 시간이 흐르면서 나는 그 아이가 언제든 꿈꿀 수 있고, 지치면 달려와 쉴 수 있는 그 아이의 세계로 존재했다. 한 사람의 완벽한 세계가 된다는 것이 얼마나 묵직한 책임감을 느끼게 하는지 나는 그 아이와의 관계를 통해 배웠다. 그때 그 아이에게 느낀 책임감은 고양이달에 느낀 책임감과 흡사했다.

한 사람을 만나 사랑하고 이별한 뒤에도 한결같은 마음을 가질 수 있다면, 나는 그에 대해 쓸 수 있다. 그 사랑이 내게 있어 절대적이었다는 사실을 조금도 의심치 않을 수 있기에 가능한 일이었다. 그러한 절대적인 믿음이 고양이달 작품에 대한 절대적인 신뢰로 이어져 무거운 책임감을 견뎌 낼 힘을 주었다.

어떤 것은 나의 의지로 선택할 수 있지만, 어떤 것은 선택에 앞서는 더 큰 무엇이 있는 것 같다. 내가 어쩌지 못하는 무언가, 인간의 능력과 의지를 초월하는 전 우주적인 힘의 논리. 그걸 종교적으로 풀면 신의 뜻이 될 테고, 우리가 흔히 쓰는 말로는 운명이 될 것이다. 그 아이와의 우연한 만남, 첫눈에 반한 마음, 그 아이에 대한 한결같은 믿음과 사랑, 이것이야말로 '운명'이 아니었을까. 사람의 마음은 변하고, 믿음과 확신도 마음이 변할 때마다 흔들리기 마련인데, 나는 그 아이에 대해서만큼은 절대적인 믿음과 확신, 애정을 품고 있었으니 말이다. 지금으로선 도무지 운명이라는 말 말고는 설명할 방법을 모르겠다.

고양이달도 마찬가지였다. 나는 슬픔을 표출하는 수많은 방법 가운데 왜 동화를 쓰는 방식을 택했을까. 왜 단 한 번도 써 보지 않은 동화라는 장르를, 일 년 전에 끄적거린 수많은 습작 가운데 하필 머리 셋 달린 고양이 이야기에 꽂혔을까. 이것이야말로 운명이라는 생각, 이것 외에 다른 길을 떠올릴 수 없을 만큼 절대적이었기에 운명이라고밖에 설명할 수 없었다. 그래서 고양이달 자체도 사랑 이야기인 듯하지만 마지막에 이르면 운명에 대한 담론으로 이어진다. 내가 너를 만나 사랑하는 것은 운명이었을까. 우리의 이별은 운명이었을까. 나는 왜 그렇게 절대적으로 너를 사랑했고, 고양이달을 사랑한 걸까.

그러나 현실과는 다르게 고양이달 안에서는 이러한 운명론을 따르지 않는다. 운명은 절대적인 힘에 의해 정해져 있는 게 아니라 스스로의 선택으로 만들어 가는 것으로 본다. 과거의 수많은 선택이 현재를 만들었기에, 그 현재가 곧 미래가 되고 운명이 된다는 논리이다. 그렇다면 그 아이와의 사랑과 고양이달을 선택한 것은 운명이 아니라 나의 선택이었단 말인가. 운명에 의해 정해진 사랑을 한 게 아니라, 아주 우연스럽게 마주치고 좋아하게 된 것을 가꿔 나가기로 결정해서 큰 사랑으로 발전할 수 있었던 걸까. 그렇다. 그와도 수많은 이별의 순간이 있었다. 그럼에도 우리는 모든 고비를 넘겼다. 그것은 우연도, 정해진 시나리오도 아닌 우리의 노력이었다. 고양이달 작업도 그랬다. 순수한 애정으로 이십 대의 청춘을 바쳤고, 미련스러울 만큼 정직하게 작업했다. 쉽게, 빨리 갈 수 있는 길을 버리고 정석을 택했다. 그 선택을 통해 그만큼 시간과 노력, 정성을 들였고 그 집합체가 지금의 고양이달이므로, 작품 자체만 놓고 보아도 이것은 고양이달이 제시하는 운명론과 일치했다. 신이 정한 운명이 있다고 보든, 자신이 한 선택이 운명을 만든다고 보든 어느 쪽의 운명론을 갖다 대도 그 아이와의 인연과 고양이달은 내게 운명이었고, 당연히 후회 따위 있을 리 없었다.

그래서 참 다행이라고 생각했다. 후회가 없었기에 순간에 최선을 다할 수 있었다. 그리고 온전히 감사할 수 있었다. 고양이달이라는 작품을 쓸 수 있었던 것도, 그 과정을 함께할 수 있는 사람들을 만난 것도, 최적의 환경은 아니지만 그래도 최소한의 작업 환경을 갖출 수 있었던 것 모두 행운이었다고 생각했다. 결과적으로 미숙한 부분이 있을 수 있지만, 그래도 그때 상황에서 할 수 있는 최선을 다 쏟았기 때문에 후회도 아쉬움도 없었다. 그러니까 고양이달 작업에 대한 책임의 무게가 아무리 버거워도 도망치지 않을 수 있었다. 여러 이유 다 차치하고 운명이라는데 어떡하단 말인가. 신께서 이미 정하셨다는데, 신이 아니라도 내가 수차례 택했다는데, 빠져나갈 구멍이라고는 이리저리 찾아봐도 없는데 책임 안 질 수가 있나.

고양이달의 위로

이십 대에 가장 애정을 품고 작업한 고양이달은 행복한 만큼 고독과 책임을 안겨 주었다. 고독은 극복할 수 없었지만 연인의 걱정과 위로로 견딜 수 있었고, 책임감의 무게는 고양이달의 출발이었던 그 아이와 함께 나눈 시간에 대한 믿음, 확신으로 감당할 수 있었다.

그러던 어느 날이었다. 2012년 12월 어느 겨울날 오후, 사무실 창밖으로 눈이 내리고 있었다. 내 자리는 창가 옆이라서 나무에 눈 쌓이는 모습이 다 보였다. 잠시 화면에서 눈을 떼고, 따뜻한 차를 한잔 마시며 풍경을 보고 있노라니 참 좋았다. 마음이 차분해지는 기분이랄까. 마지막 교정 작업으로 바쁜 하루하루를 보내고 있었는데, 오랜만에 느낀 평온이었다. 오랜 시간 매달린 작품이 드디어 세 권의 책으로 만들어진다고 생각하니 설레기도 했다. 1,500페이지가 넘는 글들이, 이미 수백 수천 번 읽어서 외울 지경인 문장들이, 아무리 보고 또 봐도 질리지 않았다. 부족한 문장은 부족한 대로, 잘 쓰인 문장은 잘 쓰인 대로 좋았다. 캐릭터들도 부족한 모습은 부족한 대로, 기특한 모습은 기특한 대로 다 좋았다.

작품 속 캐릭터들은 단순한 작품 캐릭터를 넘어 오랜 시간 나와 함께해 온 친구들이었다. 현실에서 친구들과 자주 보지 못해도 그 빈자리를 느끼지 못할 만큼 나는 고양이달 세계의 친구들과 매일매일 친밀감을 나누었다. 나는 그들의 시작과 끝을 아는 유일한 사람이었고, 그들의 성장기를 오롯이 간직한 사람이기도 했다. 처음엔 미숙했던 친구들이 아픔을 딛고 일어서는 모습을 보며 얼마나 손뼉 치며 기뻐했는지! 용기가 없어서 자기 마음을 제대로 고백도 못 하던 노아가, 차갑게 구는 마레에게 좋아한다고 곁에 있어 달라고 진심 어린 고백을 할 때 얼마나 벅찬 감동을 느꼈는지! 곰곰이 더 이상 성공에 급급해하지 않고 자기만의 작품을 쓰겠다고 루나에게 외칠 때 얼마나 대견스러웠는지! 늘 링고에게 기대기만 했던 린이 안락한 링고 품을 떠나 스스로를 책임지겠다고 선언할 때 얼마나 뿌듯했는지! 링고가 진심을 다해 보살핀 노아와 핀이 자신을 배신했는데도 포용하는 모습을 보며 얼마나 큰 관용과 자비를 느꼈는지! 이들과 함께하며 정말이지 얼마나 많은 감정을 느꼈는지 모른다.

캐릭터들은 늘 실수투성이에 상처 받고 아파하면서도 절대로 누군가를 그냥 혼자 내버려 두지 않았다. 싫다고 도망쳐도 끝까지 따라가서 그 사람의 이야기를 들어주고, 마음을 열 때까지 문을 두드렸다. 그리고 충분히 기다려 주었다. 마음을 열고 친해진 뒤에는 오해도 하고 싸우기도 하지만, 비겁하게 도망치지 않았다. 설사 진흙탕에서 같이 구르더라도, 싫으면 싫다고 고래고래 소리 지를지언정 마음속으로 몰래 지우고 돌아서지 않았다. 속마음을 솔직히 털어놓고 진심과 마주했다. 자신의 마음을 솔직히 털어놓는 것. 상대가 온전히 헤아리진 못해도 알아준다는 것, 그게 정말 위로가 아닐까. 그걸 고양이달 캐릭터들은 했다. 현실의 나는 미숙해서 혹은 용기가 없어서 하지 못했는데, 고양이달 주인공을 통해 할 수 있었다.

고양이달로 인한 고독과 책임을 온전히 짊어지기 위해 오랜 시간 버텨 왔는데, 그래서 내게 위로가 절실했는데, 아이러니하게도 어느새 고양이달이 나의 버팀목이자 위로가 되어 주고 있었다. 고양이달이야말로 나를 가장 닮아 있어 누구보다 나의 고독을 잘 헤아려 주었다. 고양이달 속 주인공인 아리는 나와 똑같이 고양이달 세계를 책임지며 버거워했기에 나는 그녀들의 목소리를 빌어 울 수 있었다. 우리는 많은 말이 필요 없었고, 그저 우리만의 작은 방에서 함께 우는 걸로 충분했다. 아리만이 나의 고독과 책임을 온전히 헤아려 주었고, 나 역시 아리를 가장 깊이 이해했다. 아리가 나고, 내가 아리였다. 더불어 고양이달을 쓰는 오 년의 시간 동안 아리는 나를, 나는 아리를 성장시켰다. 결과적으로 내게 가장 큰 위로가 된 존재는 고양이달 그 자체였다.

고양이달 작업은 2013년 5월 1일 출간과 함께 완전히 끝났다. 2008년 8월, 카페에서 습작 노트에 끄적거린 한 장짜리 이야기는 1,500페이지의 세 권 시리즈로 완성되었다. 첫 이야기의 발견부터 세상에 나오기까지 햇수로 총 육 년이었다. 사년을 만났고, 육 년을 썼다. 이십 대를 온전히 바친 나의 사랑, 나의 꿈. 너무 많은 일들이 있었고, 너무 많은 사람들이 있었고, 너무 많은 감정들이 있었다. 나는 그 모든 것들을 고양이달 안에 녹였다. 내 청춘의 일기장, 나의 마추픽추, 고양이달. 살면서 이런 사랑이 어찌 또 있으리, 이런 꿈이 어찌 또 있으리.

고양이달 작업이 끝나고 나는 극도의 허탈감을 느꼈다. 작품을 완성하면 꿈을 이루었으니 행복할 줄 알았는데 그렇지 않았다. 작품이 완성됐다고 해서 밤하늘에 화려한 축포가 터지는 것도 아니었고, 텔레비전 속 연말 대상 수상자들처럼 감동에 북받쳐 눈물이 펑펑 쏟아지는 것도 아니었다. 그것은 그저 사실에 불과했다. 완성되었고, 끝이 났다는 사실. 어제가 가고 오늘이 왔듯, 내일이 올 거라는 아주 당연하고 평범한 사실.

그러나 고양이달을 통해 내 존재를 스스로 증명한 나는 더 이상 나에 대해 많은 설명을 하지 않게 되었다. 나에 대해 충분히 말하지 않으면 타인에게 이해되지 못할 거라는 불안과 걱정에 끊임없이 나를 설명했던 과거와 달리, 이제는 나의 일부를 내보이는 것만으로도 괜찮았다. 일부를 엮어 전체를 완성해 보니 나의 일부는 곧 전체이기도 했다. 조금 더 나은 모습을 보여 주려 애쓸 필요도, 부족한 모습을 감추려 숨길 필요도 없이, 상대에게 있는 그대로의 나를 내보일 용기가 생겼다. 나는 나로서 존재하는 법을 배웠다. 그렇게 나 자신의 온전한 주인이 됨으로써 나를 모두 내려놓을 수 있었다.

고양이달 작업을 하는 동안 사무실을 세 번 옮겼다. 송파, 월계, 용산, 마포. 네 군데 둥지를 트고 이사했다. 퇴근길, 때론 해 질 녘 하늘을 바라보며, 때론 밤하늘의 별을 보며 늘 감사한 마음을 느꼈다. 의례적인 감사 말고 정말 알알이 느끼는 감사였다. 세상에는 수많은 창작자가 있는데, 고양이달과 같은 이야기를 내가 발견했고 그것을 쓸 기회가 나한테 주어졌다는 게, 내 이야기를 써낼 수 있는 환경을 가졌다는 게, 이 세계를 함께 만들어 나갈 사람들이 곁에 있다는 게, 무엇보다 매일매일 하루 종일 이 일에 온 에너지를 쏟을 수 있다는 게 눈물 나게 감사했다. 하늘의 풍경이 정말이지 선물처럼 느껴지는 그런 밤들이 많았다. 2010년, 2011년, 2012년, 2013년 송파, 월계, 용산, 마포의 어느 날 밤 풍경들이, 그 풍경에 담긴 감사의 마음이 나에게는 선물처럼 남았다. 살면서 이런 큰 선물을 언제 어디서 또 받아 볼 수 있을까. 이십 대 최고의 선물이었다.

"나의 마추픽추는 여기까지야. 고양이달은 내 손을 떠났고, 독자의 손에 쥐어졌으니까."

내 말에 아모가 고개를 끄덕였다. 아모의 시선은 눈 앞에 펼쳐진 마추픽추로 향하고 있었다. 잉카인들이 만든 세계와 나의 세계. 그 둘과 맞닥뜨린 아모는 무슨 생각을 하고 있을까. 아모가 내게 고개를 돌리며 천천히 입을 뗐다.

"결과는 어땠어? 네가 원하는 결과를 손에 쥐었어?"

나는 고개를 저었다.

"아니. 그 다음이라는 게 있더라고. 세계를 짓는 것까지만 생각했지, 알리는 건 생각하지 못했어. 아무리 멋들어진 세계를 만들었어도 이렇게 높은 산중에 도시를 만들어 놓으면 어떻게 알고 찾아오겠어. 사람들이 사는 아랫마을에서는 구름에 가려 보이지도 않는데."

"그래서 고양이달도 마추픽추처럼 사백 년 동안 묻혀 있을 예정인 거야?"

아모의 말에 나도 모르게 웃었다.

"그건 모르지. 사백 년이 될지, 사 년이 될지. 고양이달을 세상에 내놓은 지 얼마 지나지 않아서, 아직은 결과가 어떻다고 말할 수가 없어. 다만 내가 할 수 있는 건 다 했고, 완벽한 자유와 자유가 주는 책임감을 뼈저리게 느꼈으니까 그걸로 됐어. 평가가 어떻든 성과가 어떻든 다 받아들일 수 있어."

"그래도 많은 사람들이 보고, 좋은 평가를 내려 주면 좋잖아."

"더할 나위 없겠지. 그렇지만 정말이지 괜찮아. 누가 발견해 주지 않아도 되고, 누군가 힐끔거리며 지나가도 되고……. 물론 어떤 날엔 누군가가 내가 만든 세계에 찾아와 줬으면 하고 바랄 때도 있어. 또 어떤 날엔 타인에게 보여 주기 위해 이 세계를 만든 것은 아니니, 내 존재의 증거를 남긴 걸로 충분하다 여길 때도 있고……."

아모가 잠시 내 눈을 물끄러미 바라보았다. 그러더니 내 손을 잡으며 나지막한 목소리로 말했다.

"수고했어, 영주야."

나도 모르게 울컥 감정이 솟구쳤다. 수고했다는 그 한마디 말, 참 오랜만이었다. 그러고 보니, 그 긴 작업 기간 동안 한 번도 나 자신에게 그 말을 해 본 적 없었다. 칠 년이 지난 뒤에야, 지구 반대편 공중 도시에 올라와서야 이 말을 건네는구나. 수고했다, 영주야.

시작부터 끝까지 근 십여 년을 함께한 나의 마추픽추, 고양이달. 너로 인해 이십 대를 알알이 살았다. 내게로 와 주어 고마웠어. 우리의 뜨거웠던 날들을 평생 간직할게.

도시 뒤쪽으로 높이 솟은 산맥 봉우리가 햇빛을 받아 선명한 초록으로 빛났다. 멀찌감치 떨어져 마추픽추를 바라보던 나는 엉덩이를 털고 일어나 도시 안으로 걸어 들어갔다. 잉카인들이 이곳까지 직접 나르고 하나둘 쌓은 벽돌을 찬찬히 어루만지며 도시 곳곳을 걸었다. 아모가 묵묵히 나의 뒤를 따라 걸었다.

생애
단 한 번,
우리의
시간들

티티카카 호수
세상의 끝, 우수아이아

6. 티티카카 호수
__ 아물지 못한 상처, 벌어진 시차

너와 나의 시차

마추픽추(Machu Picchu)를 떠나 우리는 세상의 끝을 향해 더 내려갔다. 페루의 국경을 넘어 볼리비아로 입국한 뒤 우리가 향한 곳은 잉카 문명의 발상지, 티티카카 호수(Lake Titicaca)였다. 안데스의 빙하가 녹아 흘러 만들어진 이 호수는 해발고도가 3,810미터로 전 세계의 뱃길이 있는 호수 중에서 가장 높은 곳에 위치해 있었다. 우리나라로 치면 한라산 높이의 두 배가 넘고, 제주도 면적의 4.5배나 되는 엄청난 크기로 페루와 볼리비아에 양 나라에 걸쳐져 있었다. 스무 살 우연히 티티카카 호수의 풍경을 사진으로 보고 언젠가 꼭 가 보리란 소망을 품었던 그 시절이 생각났다. 의도치 않게 십 년 만에 그 꿈을 이루게 되었으니 어찌나 기분이 묘하던지……. 바다처럼 드넓은 티티카카 호수의 남쪽 끝에 위치한 작은 섬, 태양의 섬에 잠시 머물다 가기 위해 나는 아모와 함께 배에 올랐다.

얼마나 달렸을까. 배 위에서 한 여행객이 티티카카 호수에 담긴 잉카 제국의 시조 신화를 들려주었다. 티티카카 호수에 암흑의 나날이 계속되던 때, 태양의 신 인티(Inti)가 태양에게 빛을 가져오라 명하자 섬의 작은 틈 사이로 태양이 떠올랐고, 만코 카팍(Manqu Qhapaq)과 마마 오클로(Mama Ocllo)라는 두 남녀를 창조

해서 그들을 부부로 만들고 천명을 내려 잉카제국을 건설하게 했다는 내용이었다. 어느 나라든 간에 신화는 사실 여부를 떠나 민족의 자긍심을 대변하기에 잉카인들이 티티카카 호수의 풍경을 얼마나 귀이 여기고 신성시했는지 알 것 같았다. 눈부시게 작열하는 태양과 그 옆으로 뭉게뭉게 피어난 구름의 풍경, 그걸 비추는 푸른 물빛의 신비함까지 신화의 배경이 되고도 남아 보였다.

풍경에 넋을 놓고 달리다 보니 어느덧 한 시간이 훌쩍 지나 태양의 섬에 도착했다. 세상에서 가장 높은 호수, 그 호수에 자리한 태양의 섬 꼭대기가 우리 숙소였다. 그곳까지 잉카인들이 만든 계단이 놓여 있었다. 태양의 섬, 그 이름에 걸맞게 태양이 너무 뜨거워 작은 계단을 오르는 데도 땀이 뻘뻘 나고 숨이 턱턱 막혔다. 생각해 보니 우리는 해발 4,000미터에 있었고, 배낭은 어깨를 무겁게 짓누르고 있었다. 힘겹게 계단을 오르는 동안 의지할 거라곤 두 다리와 생수 한 통뿐이었다.

뜻뜻미지근한 물을 한 모금 입에 물면 생명수라도 마신 듯 또 한 걸음을 내딛을 힘이 생겨났다. 아모는 안데스 산맥을 오를 때처럼 이미 뒤쳐진 지 오래였다. 아모를 기다리느라 잠시 계단 한쪽에 엉덩이를 붙이고 앉았다. 계단 한쪽에 천을 깔고 늘어놓은 수공예품들이 눈에 들어왔다. 전통 방식의 삶을 고집하는 할머니들이 관광객을 대상으로 판매하는 상품이었다. 여유만 있다면 찬찬히 살펴 볼 텐데, 땀범벅 된 얼굴로 헉헉대느라 정신이 하나도 없었다. 그 사이 아모가 계단을 다 올라와서 투덜거렸다.

"대체 어디까지 올라가야 하는 거야? 여기서는 느긋하게 쉬어 갈 거라며!"

"다 왔어. 금방이야."

나는 아모의 어깨를 툭툭 두드리며 알록달록 아기자기한 수공예품들을 뒤로하고 계단을 올랐다.

삼십 분쯤 올랐을까. 마침내 우리가 목표로 삼은 숙소가 눈에 들어왔다. 숙소에 짐을 내리고 눈 앞에 드넓게 펼쳐진 티티카카 호수와 마주했다. 아, 티티카카! 드디어 왔구나! 한낮의 티티카카 호수는 하늘빛과 흰 구름을 그대로 비춰 내며 자신의 푸른 물과 하늘의 푸른색을 서로 섞고 있었다. 탁 트인 하늘에 구름이 뭉게뭉게 피어 펼쳐진 모습이 장관이었다. 나는 뭉게구름이 제각기 뭉쳐 만든 다양한 모습에 넋이 나가 고개를 사방으로 돌리며 구경했다. 태양이 구름에 모습을 드러냈다 잠시 숨었다 하는 내내, 햇살이 물결 위에 부서져 반짝반짝 빛났다. 그 기막힌 광경에 절로 탄성이 터져 나왔다. 푸른 물과 하얀 구름, 고산의 새파란 하늘이 어우러져 환상적인 풍경을 만들어 내는 이곳에서는, 호수를 바라보는 것 외에는 아무것도 할 필요가 없었다. 매 순간 압도될 수밖에 없는 아름다운 풍경에, 한적한 여유까지 모든 게 완벽했다. 나는 양손을 들어 올리며 소리쳤다.

"티티카카, 내가 왔다!"

이제 막 도착한 아모가 내 옆으로 와서 함께 소리쳤다.

"아모도 왔다! 티티카카! 반가워!"

나와 아모의 인사에 응답하듯 티티카카의 태양이 더욱 눈부시게 빛났다. 언제 땀을 뻘뻘 흘리며 헉헉댔냐는 듯 우리는 마주 보고 크게 웃었다. 그리고 한껏 들뜬 마음으로 늦은 점심을 먹으러 갔다. 이런저런 수다를 떨며 와인을 한 잔씩 들이켜다 보니 금세 취기가 돌았다. 그래서 별 이야기도 아닌데 박장대소하며 즐거워했다. 술과 음식과 풍경 그리고 사랑스런 대화와 여유 넘치는 시간, 정말 오랜만이야! 지금 행복하구나 하고 느끼는 순간 마음이 그렇게 충만할 수가 없었다. 한창 열을 올리며 맞장구치던 아모는 잠시 후 취기와 피곤을 못 이기고 서서히 눈이 풀리더니, 입가에 미소를 머금은 채 잠들었다. 나는 아모를 업고 숙소 침대까지 옮겼다. 그리고 조용히 방 밖으로 나와 숙소 앞 테라스에 앉았다. 하늘과 호수에 불그스레한 물감이 번지고 있었다. 아, 티티카카여! 내가 지금 이곳에 있는 게 꿈인지 생신지 믿을 수 없었다.

스물한 살, 캠퍼스 커플이었던 나는 첫 연애에 실패하고, 슬퍼할 겨를도 없이 헤어진 상대와 함께 생애 첫 영화 작업에 돌입했다. 전 남자친구와 매일 얼굴을 보며 작업하는 것도 버거운데, 작업까지 크게 벌여놔 우왕좌왕 헤맸다. 처음으로 도전한 사랑과 일 모두 난항을 겪으며 괴로워할 무렵, 우연히 티티카카 호수 사진을 보고 얼마나 큰 위안을 얻었는지…… 세상에서 가장 높은 호수라는 신비감에 매혹되어, 나 홀로 호수 한가운데 배를 띄우고 앉아 풍경을 감상하는 장면을 상상하곤 했다. 매 순간 치열하던 그때는 그 짧은 상상만으로 모든 아픔과 근심이 사라지는 듯했다. 나는 정말이지 간절히 티티카카 호수에 가고 싶었다.

그렇게 구 년의 시간이 흘렀고, 거짓말처럼 눈 앞에 티티카카 호수가 펼쳐져 있다. 나에게는 꿈으로만 간직되었던 장소, 나는 그곳에 실재했다. 호수라고 하기엔 믿어지지 않을 만큼 바다 같이 넓은 호수가 눈 앞에 펼쳐져 있고, 붉게 물든 물 위로 저 멀리 아득한 섬들이 어둠 속에 하나둘 자취를 감추고 있었다. 주변은 고요했고 나는 혼자였다. 광활한 사방에 깔리기 시작한 저녁 어스름 아래 침묵했던 티티카카가 조용히 물었다. 구 년 전의 너와 지금의 너는 다르냐고, 이제는 일과 사랑 모두 노련해졌냐고. 나는 고개를 저으며 대답했다. 이십 대의 끝에서 나를 돌아보니 최선의 노력이 반드시 최선의 결과로 이어지는 것은 아니더라고, 당시에는 최선이라고 여겼는데 시간이 지나고 나니 과연 최선이었을까 의심이 들더라고, 그래서 일도 사랑도 모두 실패하고 도망치듯 이곳에 온 거라고, 세상의 끝으로 가서 모든 아픔과 상처를 버릴 거라고…….

티티카카 호수가 다시 물었다. 스물한 살 이곳에 오면 모든 짊을 벗어던질 수 있을 거라 믿지 않았냐고. 나는 조용히 한숨을 내쉬었다. 그땐 그럴 줄 알았다. 그러나 마음의 근심은 세상에서 가장 높은 호수에서도 사라지지 않았다. 세상에서 가장 높은 호수에 있든, 가장 낮은 밑바닥에 있든, 지구 반대편에 있든, 이곳에 있는 나는 전과 다름없는 나였다. 어디에 있든 모든 것이 내 마음의 문제구나, 나와의 싸움이구나. 그래서 호수의 풍경은 눈물 나도록 아름답지만 그만큼 서글프고 허무했다.

지구 반대편, 세상에서 가장 높은 호수에서 2015년을 하루 남겨 두고 나 홀로 노을을 보고 있노라니 너무 외롭고 쓸쓸했다. 한국과 이곳의 시차는 열다섯 시간, 가족과 친구들은 나보다 하루 먼저 12월 31일에 다다라 있을 것이다. 같은 공간에 존재하지만 다른 시간대에 속한 우리. 사람의 관계에도 시차가 있다면, 헤어진 그와 나의 관계에는 몇 시간의 시차가 있었을까.

지난 날 우리의 시차는 한 발자국이었다. 그가 한 발 앞서 나가거나 내가 한 발 앞서 나가 늘 엇갈렸고, 그럼 그가 기다리거나 내가 기다렸다가 발을 맞추었다. 그러나 이내 또 누군가 한 발 앞서 나갔고, 다시 발을 맞추어 걷는다 싶으면 어김없이 또 어긋났다. 그렇게 앞서거니 뒷서거니를 반복하던 우리는 계속되는 기다림에 지쳤고, 어느새 벌어진 거리를 허둥지둥 따라잡는 데 지쳤다. 그러다 결국 기다릴 생각도 따라잡을 생각도 없이 누군가는 계속 앞서 갔고, 누군가는 계속 뒤처졌다. 한 발자국이 하루로 벌어지고, 하루가 일주일이 되고, 일 년이 되고 삼 년째에 접어들었다. 삼 년의 시차. 26,280시간을 멀어진 우리. 잠시 지쳤을 뿐이라고, 어긋났지만 언제든 따라잡을 수 있다고 믿어 왔던 시차는 도저히 따라잡을 수 없는 지점에 이르렀고, 지금 이 순간도 제곱의 시간으로 멀어지고 있었다.

그렇게 멀어지도록 우리는 서로의 존재 하나 제대로 잊지 못하고 무얼 했단 말인가. 그 시간이 흐르도록 잊을 수 없는 존재였다면, 그토록 좋아했다면 그 좋아하는 힘으로 왜 다시 발을 맞추지 못했는가. 그러나 서른이 되고야 얻은 깨달음은 좋아하는 마음만으로는 안 된다는 것이었다. 발을 맞추어 걸을 때는 서로의 이기심에 가려 도저히 알 수 없었던 마음이 몇 년의 시차가 벌어진 뒤에야 뒤늦게 서로에게 가 닿기도 한다. 이미 너무 멀리 와 버려서 아무것도 되돌릴 수 없고 후회와 한숨밖에 남은 게 없는데, 그제야 그의 마음이 조금씩 와 닿는다. 슬픔에 젖어드는 내 마음처럼 티티카카 호수가 검붉게 물들다 못해 완전히 까맣게 변했다. 구름 사이에 숨은 달이 언뜻 얼굴을 내비치는 듯하더니 다시 숨었다. 티티카카의 밤, 칠흑 같은 어둠 속에서 나는 삼 년을 울었다. 십 년을 울었다.

애정과 애증 그 사이 어디쯤 우린

잠결에 목이 말라 계속 마른침을 삼키다가 눈을 떴다. 시곗바늘이 밤 12시를 지나가고 있었다. 아모는 쌔근쌔근 숨소리를 내뱉으며 곤히 자고 있었다. 나는 벽 하나를 가득 채운 유리창에 가까이 다가갔다. 창문 너머로 깜깜하고 고요한 티티카카 호수가 보였다. 나는 멍하니 그 풍경을 바라보았다. 아침부터 오후를 지나, 해가 지고 밤을 넘어 새벽으로 이르는 모습까지 티티카카의 하루를 온전히 겪어서 그런 걸까. 불 꺼진 방에서 본 깜깜한 호수가 낯설지 않았다. 내 방 창문으로 깊은 새벽 설산을 바라보던 그때와 같은 기분. 나는 먼 타국에서 홀로 밤을 지새우는 외로움을 과거의 익숙함으로 달랬다.

시간이 얼마나 지난 걸까. 칠흑 같은 어둠 속에서 별들이 서서히 고개를 내밀었다. 빛이 점점 강해지더니 더 많은 별들이 따라서 모습을 드러냈다. 나는 그 빛에 이끌려 방문을 열었다. 그 순간 하늘에서 가장 선명한 별 하나가 크게 원을 그리며 떨어졌다. 나도 모르게 "와아!"하고 소리쳤다. 시야를 막는 산이 없어서 그런 걸까. 탁 트인 하늘이 마치 우주처럼 광활하게 느껴졌고, 별들은 우주에 흩뿌려진 은하수 같았다. 바로 코앞에서부터 저 멀리 산맥의 구름 뒤까지 별빛이 촘촘히 이어졌다. 시야에 들어오는 별뿐만 아니라 바다만큼 넓은 티티카카 호수가 온전히 품고 있을 모든 별들을 상상하는 것만으로도 가슴이 벅찼다. 모두 잠든 시간, 별빛은 찬란했고 주변은 고요했다. 나는 천천히 선물을 풀듯 테라스에 걸터앉아 아주 오랫동안 홀로 별을 보았다.

「코스모스」 다큐멘터리에서 그랬다. 별빛이 지구에 닿기까지는 너무 오랜 시간이 걸려서 우리가 보는 별은 이미 오래 전에 사라지고 없을 수도 있다고. 저 빛은 이곳에 다다르기 위해 얼마의 시간을 달려온 걸까. 머리 위 별들은 몇 개나 실존하고 있는 걸까. 같은 공간에 있지만 다른 시간 속에 있는 우리들. 도저히 가늠할 수도 없는 단위의 시차가 저 반짝이는 별과 나 사이에 있다. 넋 놓고 하늘을 보는데 아모가 눈을 비비며 나왔다. 테라스에 걸터앉더니 잠시 말없이 별을 바라보았다. 안타깝게도 구름이 별을 서서히 가리기 시작했다. 얼마 지나지 않아 별들이 자취를 감추자 아모의 시선이 내게 향했다. 아모가 조용히 물었다.

"무슨 생각하고 있었어?"

"음, 그냥 흘러간 옛사랑 생각?"

내가 우스갯소리로 말하자 아모가 사뭇 진지하게 받아들이며 잘린 귀를 어루만졌다. 나의 시선이 아모의 귀로 향했다. 안데스 산맥에서 곰에게 손가락 길이만큼 귀를 뜯겼는데 어느덧 조금 자란 듯했다.

"귀가 좀 자랐네? 혹시 기억나는 거 없어?"

아모가 고개를 저으며 대답했다.

"없어. 그러고 보니 이상하네. 원래 이렇게 자라려면 몇 년은 걸리거든."

아모가 의아한 표정에 나는 놀라 물었다.

"그렇게나 오래 걸려? 그래서 마음의 나라에 가려고 했던 거구나."

"응. 마냥 기다릴 수 없으니까. 근데 어떻게 이렇게 빨리 자랐지? 돌아온 기억은 하나도 없는데……."

"잘 생각해 봐. 새로 떠오르는 기억이 있을지도 모르잖아."

"없어. '모모한 토요일'도 전혀 기억나질 않아. 아무리 기를 써도 안 돼."

'모모한 토요일'은 아모가 어느 토요일 '모' 공원에서 '모모'한 일로 그와 크게 싸운 날로, 그에 관한 마지막 기억이었다. 나를 만나기 전 아모는 그랜드 캐년에서 곰에게 귀를 뜯겨 기억을 잃는 바람에 기억 속 그날을 '모모한 토요일'로 이름을 붙이고, '모모'한 일로 싸운 건지 기억해 내려 애쓰는 중이었다. 그러다가 안데스 산맥에서 또다시 곰에게 습격을 당해, 그가 '모' 공원에 아모를 데리러 온 다음 무슨 일이 있었는지 기억을 전부 잃었다. 아무것도 기억하지 못하니 그가 어디에 있는지, 어떻게 찾을 수 있는지 알 방법이 없었다.

"마음의 나라에 갈 때까진 답답해도 참아야지, 뭐."

아모는 어깨를 축 늘어뜨리고 한숨을 푹 내쉬었다. 그러더니 다시 입을 열었다.

“다 기억하면 이런 풍경 봤을 때 어떤 생각이 들어?”

“복수해야겠다! 부셔 버릴 거야!”

내가 이를 악물고 과장되게 화난 표정을 짓자 아모가 웃음을 터뜨렸다. 그리고 나지막한 목소리로 물었다.

“그와 너의 ‘모모한 토요일’은 뭐였니? 그에 관한 마지막 기억.”

아모의 말에 나는 잠시 멈칫했다. 그와 나의 마지막 기억, ‘겨울의 끝날’. 눈보라가 사정없이 휘몰아치던 어느 겨울날의 우리. 그해 겨울, 우리는 그토록 뜨거웠는데, 마지막은 시리도록 차가웠다. 그는 마지막까지 내게 화가 나 있었고, 눈보라보다 더 매섭게 나를 몰아붙였다. 나는 추운 날씨와 그보다 더 혹독했던 그의 독설을 꾹 참고 집으로 향하는 버스에 올라탔다. 창밖으로 물끄러미 나를 바라보던 그의 표정, 그게 우리의 마지막이었다. 잠시 떠올린 것만으로도 가슴이 울컥했다. 나는 조용히 말했다.

“많이 사랑했는데, 잘 되지 않았어.”

울먹이는 목소리에 아모가 놀라 내 눈을 바라보았다. 나는 아모의 눈을 피하지 않고 말했다.

“모든 게 엉망이 됐어. 아모, 나는 실패했어.”

아모가 가만히 내 손 위에 자신의 손을 포갰다. 나는 계속 말했다.

“하나도 빠짐없이 생생히 기억해. 아무리 시간이 흘러도 기억이 사라지질 않아.”

“그 기억 나와 나눠 가질래? 너는 버리고 싶은데 못 버리고, 나는 지키고 싶은데 잃었으니까 잠시나마 나눠 가지자.”

나는 한동안 아모의 눈을 응시했다. 상처를 안고 있는 깊은 눈. 너도 나만큼 아파하고 있구나. 잃어버린 그 시간 속에서 너는 얼마나 큰 상처를 입은 거니. 우린 왜 이 높은 호수까지 와서 상처를 부둥켜안고 이토록 아파하고 있는 거니. 오랜 눈 마주침만으로도 우리는 서로의 마음을 울렸다. 나는 나처럼 슬픈 작은 토끼 친구에게 나의 이야기를 꺼내 놓기 시작했다.

고양이달은 나 자신에 대한 사랑이었고, 내가 몇 년 동안 고양이달에 들인 정성은 내 사랑의 끝을 보여 준 행동이었다. 나는 고양이달을 사랑한 만큼 행복했지만, 그 사랑이 너무 깊어 결국 나 자신을 해했다. 고양이달 작업이 중반을 넘어가면서 내 역할은 점점 더 커졌고, 과로로 온몸의 면역 체계가 붕괴되었다. 먹는 족족 체하기 일쑤였고, 한 번 체하면 열이 오르고 속이 미식거리는 등 몸살을 앓듯 일주일씩 아팠다. 책상에 앉아 오랫동안 작업하다 보니 목과 어깨가 다 굳고 혈액순환이 안 되어 몸이 퉁퉁 부었다. 밤마다 온몸이 땀에 흠뻑 젖도록 악몽을 꾸었고, 신경쇠약으로 불면과 두통에 시달렸다. 입원만 하지 않았을 뿐 병원을 내 집처럼 들락날락하며 약을 달고 살던 시기였다.

당연히 그 시기에 그와의 데이트는 꿈도 꾸지 못했다. 몇 달 전만 하더라도 주말에 그와 만나 바람도 쐬고 맛있는 것도 먹으면서 기분전환을 했는데, 더는 그럴 힘이 없었다. 집 앞에서 그와 저녁만 먹고 집에 들어가 쉬는 게 일상이 되었고, 어떤 날에는 일 끝나고 자정이 넘은 시간에 만나 늦은 저녁을 먹다가 졸았던 적도 있었다. 어렵게 시간을 내어 만나도 몸 상태가 너무 좋지 않아 바로 헤어지기 일쑤였다. 주말까지 일해야 하는 상황이다 보니, 그는 아침 일찍 아픈 나를 사무실에 데려다 주고, 날이 저물 때까지 기다렸다가 다시 나를 집에 데려다 주곤 했다. 나는 그런 그가 고마우면서도 마음을 표현할 여유 없이 그 상황을 견뎌 내기에 바빴다.

그렇게 한 달이 지나갈 무렵이었다. 고양이달은 지원 사업을 통해 개발을 진행해 왔는데, 지원 기간이 곧 끝나 지원금을 한 번에 지출해야 했다. 하루에 몇 천만원 단위의 비용을 지출하기 위해, 일주일 사이에 수 명의 파트너와 동시다발적으로 계약을 진행했다. 계약의 개수만큼 업무량이 늘었고, 정부 지원 사업이다 보니 계약금을 지불할 때마다 처리해야 할 서류 업무가 많았다. 전화를 돌리고, 서류를 보내고, 미팅을 끝내고 어떻게든 일을 마무리 짓고는 완전히 탈진했다. 그도 야근을 했지만 내가 걱정되었는지 늦은 밤 집 앞으로 찾아와 나의 상태를 물었다. 나는 하루 종일 업무에 지친 마음을 그에게 토로했다. 그러자 늘 묵묵히 들어주고 힘을 주던 그가 처음으로 화를 냈다.

"좋아서 하는 일 아니었어? 그렇게 힘들면 하지 마. 내가 먹여 살릴게. 넌 너 좋아하는 것만 해, 전처럼."

나는 아무 말도 못한 채 입을 꼭 다물었다. 그도 속상해서 한 말이었겠지만, 그 말이 못내 서운했다. 내가 고양이달 작업을 어떻게 시작했고, 어떤 마음으로 임하고 있는지 가장 가까이에서 봐 왔으면서 그렇게 말하다니……. 나는 괜히 서러운 마음에 아무 말도 하지 못한 채 집으로 돌아왔다. 그 모습이 마음에 걸렸는지, 잠들기 직전 그가 문자를 보냈다.

'네게 힘이 되고 싶어.'

그 순간 나도 모르게 울컥했다. 그거면 충분했다. 내 역할과 책임은 등에 딱 달라붙어 떨어질 생각을 안했지만, 그 한마디로 나는 다 견뎌 낼 수 있을 것 같았다. 할 일은 많은데, 몸도 정신도 따라 주질 않아 앞이 깜깜했던 그때, 그의 존재와 그의 말 한마디는 내게 유일한 위로였다.

그렇게 비슷비슷한 하루가 흘러갔다. 정신적, 육체적 고통이 갈수록 커지자 신경쇠약이 더 심해졌다. 하루에 몇 시간 찾아오던 두통은 눈을 뜨자마자 시작되어 일하는 시간뿐만 아니라 잠들기 전까지 나를 괴롭혔고, 어렵사리 잠이 들면 이번엔 악몽이 나를 괴롭혔다. 밤낮없이 이어지는 두통으로 나는 신경이 극도로 예민해졌고, 그게 하루 이틀 쌓여 가면서 성격까지 나쁘게 변해 갔다. 온 신경을 곤두세우고 업무상 조율을 하다 보니 꾹 눌렀던 짜증과 화가 엉뚱하게도 그와의 관계에서 표출됐다. 사소한 싸움이나 작은 갈등이 생겼을 때, 전 같으면 대화로 풀고 넘어갈 일들이 점점 더 넘기기 힘들어졌다. 동시에 그조차 일이 바빠지면서 마음의 여유를 잃어 가기 시작했다. 불과 얼마 전까지만 해도 그는 말했다.

"네 마음이 느껴져. 아무리 바쁘고 힘들어도, 나를 미루지 않는다는 게 느껴져."

나는 그의 그런 고백이 기뻤다. 아무리 일이 고돼도 그를 절대 뒤로 미루지 않으려 노력하는 걸 알아주어서, 그게 너무 고마워서 그의 말을 항상 마음에 간직하고 있었다. 그러나 나도 어쩔 수 없는 사람이었다. 일과 사랑 그 어느 하나도 소홀히 하지 않고 내 몫을 해내기에는 여러모로 부족한 사람이었다. 점점 그를 챙기기 힘들어지면서 그에게 미안한 마음이 커졌지만, 나의 상황은 노력으로 메울 수 있는 단계가 아니었다. 나는 내 능력 밖의 일을 처리하느라 죽을힘을 다해야 했고, 매일 무리를 한 탓에 마음과 육체가 다 무너지고 있었다. 그래도 그는 나를 사랑하는 사람이니까, 그가 나의 상황을 이해해 주었으면 했다. 지금은 내게 마음의 여유가 없는 시기이니 나를 좀 봐주었으면 했다. 그러나 그도 사람인지라 사랑하는 만큼 기대하는 바가 컸고, 그것이 채워지지 않으면서 내게 서운함이 쌓여 갔다. 우리는 그렇게 언제 터질지 모르는 폭탄을 하나씩 품고 만났다.

살얼음 같은 긴장 관계가 깨진 것은 그해 3월이었다. 데이트 한번 제대로 할 수 없는 상황이 미안해 토요일에 그와 보러 가려 몰래 공연 티켓을 준비했다. 하지만 금요일 밤, 그와 사소한 일로 다투었고, 다음 날 나는 일하다 말고 혼자 공연을 보러 왕십리에 갔다. 그걸 몰랐던 그는 나의 마음을 풀어 주러 회사에 왔다가, 다시 왕십리에 있는 공연장까지 먼 길을 달려왔다. 토요일이라 차가 많이 막혔고, 그는 오후 내내 도로에서 시간을 버려야 했다. 나 역시 공연은 진즉에 끝났지만 그가 올 때까지 기다리다가 지친 상태였다.

늦은 오후, 우리는 인도 한복판에서 마주했다. 겨울의 차가운 공기만큼 우리 사이에는 냉기가 흘렀고, 나는 그냥 그가 나를 한 번 가만히 안아 주었으면 했다. 별일 아닌데 상황이 꼬여 하지 않아도 될 감정과 체력 소모를 한 것은 안타까웠지만, 그럼에도 우리는 만났고 그걸로 된 거였다. 그러나 수원에서 용산으로, 용산에서 왕십리로, 토요일 교통 체증을 참아 내며 온 그는 꾹 눌러 온 짜증과 화를 터뜨렸다. 그 모습을 보자 나도 화가 나 입을 꼭 다물었다. 돌아오는 차 안에서 그는 그동안 쌓인 감정을 모두 꺼내 놓았다. 토요일 오후, 서울의 교통은 여전히 꽉 막혔고, 왕십리에서 안양까지 오는 내내 내 가슴은 더욱 꽉 막혀 터질 것 같았다.

집 앞에 도착하자 침묵한 내게 그가 처음으로 결혼 이야기를 꺼냈다. 결혼이라는 말에 나도 모르게 움츠러들었다. 벌인 일을 수습하느라 죽을 맛인데, 결혼이라니. 무엇보다 어제 오늘 우리의 일을 어떻게 풀어 가야 할지도 막막한데……. 결혼이고 뭐고 집에 들어가 쉬고 싶은 마음뿐이었다. 나는 묵묵히 그의 이야기를 듣기만 하다가 집으로 들어갔다.

그날 밤 욕조에 따뜻한 물을 받아 몸을 담갔다. 하루 종일 경직된 몸과 마음이 서서히 녹았다. 나는 그제야 마음 놓고 스스로를 위로했다. 괜찮아, 괜찮아. 다 지나갈 거야. 마음이 힘들 땐 늘 그에게 기댔는데, 지금은 그조차 내 편이 아니었다. 나는 양손으로 두 어깨를 감싸고 오후 내내 그로부터 받은 상처를 어루만졌다. 몸과 마음이 너덜너덜해진 상태에서 그가 입힌 상처의 아픔이 배로 다가왔다. 이제 더 이상 그의 존재가 위로가 되지 않는구나. 덜컥 두려움이 몰려왔다. 나는 이 상처를 온전히 견딜 자신이 없었다.

하루가 지나고 이틀이 지났건만 나는 그날의 상처로 여전히 아파했다. 고작 한 발, 한 발이었다. 서로가 서로를 이해하고 용서하는 데에는 한 발자국만 물러서면 되는 일이었다. 마음이 편할 때에는 그 한 발 물러서는 게 죽을 만큼 힘든 일은 아니었다. 상대의 입장에서 세 번 아니 한 번만 생각해 봐도 충분히 물러설 수 있었다. 그런데 그때는 그 한 발이 온 지구를 떠받치고 걷는 일보다 힘들었다. 아무래도 상처가 아무는 데 시간과 노력이 필요한 듯했다. 일 문제가 겹쳐서 그런 거니 일단 내 선에서 추슬러 보자 싶어 나는 그에게 일주일의 시간을 달라고 했다.

폭풍처럼 불어닥친 업무 스트레스로 몸도 마음도 너덜너덜해진 한 주였다. 매일 밤 침대에 누우면 그와의 문제가 생각났다. 하루 동안 쌓인 피로의 무게에 그가 더해지자 마음이 부쳤다. 그의 감정을 이해하고, 나의 상처를 보듬고자 매일

밤 노력했지만, 어느 순간 나 혼자 기를 쓰는 모습이 안쓰럽게 느껴졌다. 나는 이렇게 힘든데, 일주일 동안 아무것도 하지 않고 내가 알아서 상처를 끌어안길 기다리는 그가 야속했다. 무엇보다 나와 그 사이에 벌어진 일인데 나 혼자만 노력하는 것 같아 나도 모르게 의지를 상실했다. 나는 문득 그와의 관계를 끝내고 싶다고 생각했다. 일주일 뒤 나는 그에게 이별을 통보했다.

급작스러운 이별 통보를 그가 받아들일 리 없었다. 그는 그제야 그날 일을 사과하며 나를 붙잡았다. 급기야 사람이 많은 곳에서 무릎을 꿇고 빌기까지 했다. 그러나 나는 그 모습을 지켜보는 것조차 버겁고 마음이 편치 않았다. 그러자 그는 나를 닦달하기 시작했다. 그 모습에 나는 그동안 몰랐던 변화를 알아차렸다. 그도 이 관계가 힘들구나. 우리 둘 다 무리하고 있구나. 안타깝게도 그는 나와 똑같았다. 똑같이 사랑했고, 똑같이 양보했고, 똑같이 부족했고, 똑같이 서로를 괴롭혔다. 그렇게 똑같았기에 열정적일 수 있었고 균형을 이룰 수 있었는데, 내가 무너지자 그도 속절없이 무너졌다. 결국 고양이달에 대한 나의 사랑은 나 자신을 해하고, 이제는 그마저 해하고 있었다.

그는 나를 잃을까 점점 더 초조해했고, 매일 찾아와 마음을 풀어 주려 애썼다. 그러나 나는 생각이 정리되지 않은 상태에서 쫓기듯 화해하고 얼떨결에 만남을 이어 가야 하는 상황에 숨이 막혔다. 나에겐 정말이지 시간이 필요했다. 그와 나의 관계를 다시 차분히 생각해 볼 시간. 그의 마음이 어떨지 입장을 바꿔 헤아려 볼 시간. 그날 아침도 그랬다. 출근하는 길, 나는 지하철에서 그의 전화를 받았다. 그는 여전히 나를 보챘고, 아침부터 두통에 시달린 나는 다소 격앙된 목소리로 시간이 더 필요하다고, 당분간 떨어져 있는 시간을 갖자고 청했다. 일주일, 아니 이주일, 아니 한 달. 그의 음성은 그 어느 때보다 불안했고, 내 말 한마디 한마디에 전전긍긍하는 게 느껴졌다. 나는 아침부터 그렇게 전개되는 상황이 못내 답답했다.

"한 달 뒤에 마음 추스르고 전화할게. 제발 연락하지 말아 줘."

그 한마디에 그의 서러움이 폭발했다.

"그럴 거면 차라리 보지 말자."

그의 말에 가슴이 덜컥 내려앉았다. 나는 허탈한 마음에 한숨을 크게 내쉬었다.

"그래, 그러자. 나도 더 이상은 못 하겠다."

그렇게 우리는 전화를 끊었다. 그리고 나는 이별의 종지부를 찍으러 '겨울의 첫날' 그가 있는 용인으로 향했다. 마지막 순간까지도 그는 내게 화를 냈다.

"너는 이기적이야."

나는 말이 없었다.

"너는 못됐어."

나는 여전히 말이 없었다.

"너는 용서할 줄 모르는 애야."

"그래. 나는 그런 애야. 그것밖에 안 돼, 내가."

나는 더 이상 듣지 못하고 자리에서 일어났다. 그날 우리는 완전히 헤어졌다. 돌아오는 버스 안에서 나는 이별의 이유를 그에게 돌렸다. 그가 헤어지자고 했고, 나는 그의 뜻대로 해 준 거라고. 마지막에 '헤어지자.'는 말을 꺼낸 사람은 그니까 내가 차인 거고, 나는 미안해할 필요 없다고 그렇게 스스로를 위안했다. 이제 일에만 집중하자고 마음을 다잡았다. 그렇게 주말이 지나고 월요일이 돌아오자, 그와의 이별을 슬퍼할 겨를도 없이 고양이달 작업에 매진했다. 그가 떠오를 때면 이를 악물고 생각을 돌렸다. 우리의 이야기가 완전한 끝이 아니라는 것, 끝이어서도 안 된다는 것, 그러기엔 우리가 서로에게 품은 마음이 너무 크다는 것을 알았다. 그러나 그 마음들을 외면하고 그냥 앞만 보고 달렸다. 출간이 코앞으로 다가왔고, 발등에 불이 떨어진 상황이었다.

티티카카 호수 위로 자취를 감췄던 별들이 다시 하나둘 고개를 내밀기 시작했다. 나는 잠시 말을 멈추고 밤하늘의 별을 바라보았다. 이야기하는 내내 묵묵히 듣기만 했던 아모가 내게 고개를 돌렸다. 그리고 안타까운 표정으로 물었다.

"후회하지 않았어?"

"후회를 왜 하니? 그렇게 내 앞에서 나를 헐뜯었는데…. 무엇보다 나 힘든 거 뻔히 알면서 돌아선 사람이야."

"너도 돌아섰잖아. 네가 먼저 버린 건 아니고?"

아모의 말에 나도 모르게 발끈했다.

"누가 버렸느냐가 중요한 게 아냐! 상황이야 어찌됐든 당시에 힘든 사람은 나였고, 배려가 필요한 사람도 나였어. 사랑한다면 그때 보듬어 줬어야지. 내가 아무리 도망치고, 가라고 악을 써도 가지 말았어야지. 곁에 있어 줬어야지. 내 유일한 버팀목이란 거 알면서……."

나도 모르게 말끝을 흐렸다. 아모가 한숨을 쉬며 말했다.

"그렇게 힘들 때 버팀목이 사라져서 얼마나 힘들었니."

"힘들지 않았어. 하나도 힘들지 않았어. 고양이달이 있으니까, 힘든 만큼 더 열심히 할 수 있었으니까……."

내 목소리가 떨리자 아모가 나의 손을 움켜쥐었다. 나는 오기 부리듯 더 큰 소리로 말했다.

"나 혼자도 버틸 수 있었어. 그 사람 없으면 무너질 줄 알았는데, 책도 잘 만들어서 출간하고, 아띠봄도 잘 끌어가고, 나도, 나도……."

나는 말을 잇지 못했다. 나도 잘 살았다고, 괜찮았다고 차마 말 할 수 없었다. 나는 괜찮지 않았다. 하나도 괜찮지 않았다. 날개 부러진 새 마냥 비틀대며 반년을 살았다. 살아만 있을 뿐 웃음을 잃었고 행복을 잃었다. 아무리 일이 혹독해도 그의 품에서 쉬는 동안에는 아늑함을 느꼈는데, 그때 내가 쉴 곳은 그 어디에도 없었다. 봄이 왔지만 나는 여전히 추웠고, 여름의 무더위 속에서도 나는 여전히 마음이 시렸다. 나의 마음을 읽은 아모가 입을 뗐다.

"왜 돌아가지 않았니?"

“돌아갈 수가 없었어.”

“왜?”

“그는 내가 가장 힘들 때 내게서 돌아선 사람이니까. 한 번 돌아선 사람은 언제든 다시 돌아설 수 있으니까.”

“믿음이 깨졌구나.”

“더는 그의 품이 안식처가 아니라는 걸 깨달은 거야.”

그랬다. 그는 더 이상 나의 안식처가 아니었다. 나는 그에게 크나큰 배신감을 느꼈다. 일이 혹독하면 혹독할수록 나는 그를 더욱 원망했고, 배신감은 더욱 커져 갔다. 내가 삶의 위로를 오로지 그에게서만 얻었다는 걸 알면서, 그 위로를 앗아간 그가 밉고 싫었다. 그가 계속해서 연락할 수록 미움은 더 커져 갔다. 미련과 원망을 억누르고 나는 젖 먹던 힘까지 짜내어 1권을 출간했다. 제작부터 출간까지 처음 진행해 보는 거라 모르는 것투성이였고, 실수가 많았기에 보람을 느꼈다기보다는 아쉬움이 컸다. 고양이달 작업을 일단락하고 잠시 숨을 돌릴 즈음 그에게 전화가 왔다. ‘겨울의 끝날’ 이후 두 달 만이었다.

“너에게 힘이 되어 줬어야 하는데…….”

나는 그저 묵묵히 그의 이야기를 들었다. 그는 더 이상 나의 속내를 털어놓을 안식처도, 세상과 연결된 끈도, 삶의 유일한 위로도, 그 어떤 것도 아니었다. 그러나 그는 그해 여름 내게 자주 전화를 걸었다.

“목소리 들으니까 이제 좀 숨통이 트이네.”

그는 크게 숨을 들이켰다 내쉬며 말했다. 나는 그런 그가 미웠다. 그리고 나도 미웠다. 바보처럼 그의 목소리를 들으니까 나도 숨통이 트이는 게 살 것 같았다. 나는 그런 내가 못마땅했다.

그러던 와중에 그가 집 앞에 찾아왔고, 우리는 헤어진 지 삼 개월 만에 재회했다. 토요일 밤 마주 앉아 맥주 한잔 하며 그간의 일을 이야기했다. 얼마 전까지만 해도 죽고 못 살던 연인으로 서로에 대해 일거수일투족 모르는 게 없었는데, 이제는 남남이 되어 안부를 묻는 상황이 어색했다. 나는 그제야 우리가 헤어졌다는 사실을, 우리의 벌어진 시차를 절감했다. 나는 물었다. 나는 너에게 어떤 연인이었니. 그의 대답에 따르면 나는 일밖에 모르는 워커홀릭에, 가족조차 챙기지 않는 냉혈한이었다. 결혼 상대자로는 최악인 여자. 내가 가장 힘들었던 시절, 가장 의지하고 교감했던 그의 평가는 냉정하고 아팠다. 당황한 나는 그의 말에 어떤 대답도 하지 못한 채 집에 돌아와 가만히 침대에 누웠다. 그리고 새벽 내내 상처 입은 가슴을 부여잡고 끙끙 앓았다.

며칠이 지나자 화가 났다. 나라고 왜 가족과 시간을 보내고 싶지 않겠는가. 나라고 왜 일 말고 다른 즐거움을 모르겠는가. 다만 내가 벌인 일에 집중해야 하는 시기였고, 거기서 나의 책임과 역할을 다하는 게 우선 순위였기에 잠시 다른 것들을 미뤄 놓을 수밖에 없었다. 내 일만으로도 버거워 시름시름 앓는 걸 보고도 어떻게 그리 말할 수 있단 말인가. 나는 서럽고 화가 나 그에게 전화를 걸었다. 그리고 울면서 억울한 마음을 하소연했다. 다 봤으면서, 다 알면서 어떻게 그렇게 말할 수 있느냐고. 내 마음을 어떻게 그렇게 하나도 보지 못했냐고. 나는 너에게 진심이 아닌 적이 한 번도 없었는데, 너는 어떻게 내 진심을 그렇게 보지 못했느냐고. 그는 묵묵히 듣더니 새벽에 장문의 사과 문자를 보내왔다. 그러나 문자 하나로 이미 상처 받은 마음이 치유될 리 없었고, 그날 일로 그와 나의 시차는 더욱 벌어지고 말았다.

그래도 상관없다는 듯이 그는 그해 여름 끈질기게 연락했다. 나는 칼 같이 잘랐지만 그는 서두르지 않았다. 사소한 안부를 묻고 걱정 어린 말을 건넸다. 그렇게 한 달의 시간을 두고 연락하더니, 내 물건을 가지고 있다며 가져다주겠다고 했다. 내가 고등학교 때 엄마에게 선물한 책이었다. 책 첫 장에는 엄마에게 쓴 편지가 적혀 있었고, 엄마는 그 책을 오랫동안 곁에 두었다. 나는 택배로 부쳐달라고 했지만 그는 완강했다. 나는 그와 이런 실랑이를 벌여야 하는 상황이 싫었다. 이 여름을 얼마나 힘겹게 보냈는데, 이 악물고 버텨서 여름의 중턱까지 왔는데, 왜 내 노력을 다 수포로 만들려고 하는 건가. 나는 엄마의 양해를 구한 뒤 그 물건을 그냥 버리라고 했다. 제발 부탁이니 다시는 연락하지 말자고, 다시는 얼굴 보지 말자고 이를 악물고 그에게 끝을 고했다. 잠시 또 아프겠지만, 그럼 아프면 그만이니까. 그건 이젠 내게 너무나 익숙한 일이었다.

나는 마음을 다잡고 새로운 사람과 만났다. 나와 같은 전공에, 같은 계통에서 일하는 사람이라 나의 일도 잘 이해해 주고, 나와 감성이 잘 맞았다. 나는 그에게 처음부터 호감을 느꼈고, 그 역시 머뭇거리지 않고 내게 마음을 표현했다. 우리는 단번에 서로를 알아봤고, 연인이 되었다. 문득문득 그가 생각났지만 나는 철저히 그 마음을 외면하고자 애썼다.

어느 일요일 저녁, 나는 새로운 그와 안양예술공원을 산책했다. 그리고 내가 좋아하는 막걸리와 파전을 먹으러 단골인 전통 주막집에 갔다. 우리는 술잔을 기울이며 이런저런 이야기를 나누었다. 그는 견식이 넓었고, 내가 잘 모르는 분야지만 일에 도움 될 만한 정보나 지식을 많이 들려주어 나는 재밌게 들었다. 테이블 위에는 갖가지 전과 찌개와 술로 한상이었고, 테이블마다 저마다의 이야깃거리로 가게는 왁자지껄했다. 열어 놓은 창문으로 선선한 밤바람이 불어왔다. 여름밤의 낭만과 맛있는 음식과 술 그리고 새로운 인연, 어느 하나 부족한 것 없이 나는 그 순간을 즐겼다.

그때였다. 맞은편에서 한 연인이 들어오고 있었다. 그리고 남자와 나는 눈이 마주쳤다. 그였다. 다름 아닌 내가 아는 그였다. 그도 나도 당황했지만, 이내 괜찮은 척 마주 앉은 상대에게 시선을 돌렸다. 그는 옆쪽의 맞은편 테이블에 앉았다. 함께 온 상대를 각각 사이에 두고 우리는 조금 떨어져서 서로의 얼굴을 마주했다. 갑자기 머릿속이 하얘지며 눈앞의 상대가 하는 얘기가 들리지 않았다. 동시에 온 신경이 대각선에 앉아 있는 그에게 향했다. 그러나 그에게는 눈길 한번 주지 않았다. 그쪽을 보는 순간, 죽어라 달려온 나의 시간들이 모두 수포로 돌아갈 것 같았다. 나는 어떻게든 그에게 받은 상처에서 멀어지고 싶었다. 아무리 기를 써도 끝나지 않는 인연을 매듭짓고 싶었다.

삼십 분 정도 흘렀을까. 나는 그의 테이블을 지나쳐 그곳을 빠져나왔다. 밖에 세워 놓은 그의 차가 보였다. 처음 그가 차를 샀을 때 제일 먼저 나를 태우고 이곳에 왔었다. 그때 함께 이곳저곳 놀러 가자며 많은 계획을 세웠는데……. 차 안에 내가 선물해 준 토토로 인형 두 개만이 내가 떠난 자리를 그대로 지키고 있었다. 혹독한 계절의 연속이었다.

시간이 지날수록 새로운 상대는 나와 미래를 그렸지만, 나는 자꾸 과거를 뒤돌아봤다. 그러면 언제나 헤어진 그가 같은 자리에 서 있었다. 그제야 나는 지난 시간 동안 내 마음에 충실하지 못했다는 걸 깨달았다. 무엇보다 그에 대한 내 마음이 얼마나 컸는지 몰랐다. 그런 마음을 품고 그렇게 돌아서면 안 되었다. 그와 최선을 다해 싸웠어야 했고, 그에게 품었던 마음은 어떻게든 그에게 오롯이 쏟아 냈어야 했다. 그러지 못해 곪아 터진 상처를 새로운 인연으로 덮으려 해선 안 되었다. 나는 상처를 마주하는 과정이 두려운 나머지 피하려고만 했다. 새로운 사람이 오면 괜찮아질 거라고 핑계를 댔다. 그러나 그에게 품었던 마음을 새로운 그에게 쏟아 낼 순 없었고, 그가 떠난 자리는 새로운 그가 어떤 노력을 해도, 어떤 마음을 주어도 채워지지 않았다. 상처를 덮으려고 하면 할수록 오히려 덧나 더 오래 아파야 했다.

나는 이제라도 내 상처를 제대로 보듬고 싶었다. 상처가 아물고 새살이 돋을 시간을 나에게 주고 싶었다. 그동안 연인에게 기대어 아픔을 견뎌 왔다면, 이제는 곁에 누가 없어도 나 스스로 온전히 서서 내가 벌인 모든 일들을 책임감 있게 해내고 싶었다. 혹독한 계절을 돌아 내가 깨달은 것은 단 한 가지, 중요한 것은 '누군가와 함께하느냐'가 아닌 '나 스스로 중심을 잡고 설 수 있느냐'였다. 고양이달도, 헤어진 그도, 새로운 인연도 아닌, 나 스스로 중심을 잡고 서는 것. 몇 달을 제대로 먹지 못하고 매일 밤 악몽을 꾸는가하면, 이른 새벽 불안한 마음을 견디지 못하고 집을 뛰쳐나와 회사로 향했기에, 그렇게 그 시절을 보냈기에 내가 온전히 바로 서는 게 절실했다. 결국 새로운 사람과 만난 지 두 달 만에 나는 그와 헤어졌다.

내가 중심을 잡으면 의지할 누군가가, 위로해 줄 누군가가 간절해지지 않는다. 나는 그 해 여름, 방황의 시간 동안 새로운 인연을 만났고, 그 만남에서 홀로 설 수 있는 답을 찾았다. 그 덕분에 헤어진 그와도 마주할 용기를 얻을 수 있었다. 그는 나와 같은 이유로 새 연인과 헤어지고, 다시 나를 붙잡기 위해 끈질기게 연락을 해 오고 있었다. 어느 날엔가는 자신이 늘 나 있는 곳으로 가지 않았냐며, 한 번쯤은 자기를 보러 와 달라고 간절히 청했다. 나는 마지막으로 그의 바람을 들어 주기로 마음먹었다.

10월의 끝날, 올림픽대로를 한 시간 달린 끝에 마침내 그와 만났다. 봄과 여름, 가을, 세 개의 계절을 돌아 그와 마주 앉았고, 그때의 마음은 이전과는 달랐다. 그를 놓지 못하면서도 그의 미련을 끝내 받아 주지 않고 버텼던 나 자신이, 아무리 너는 아니라고 말해도 자기라고 끝까지 우겨대는 그가, 아무리 벗어나려고 기를 쓰고 달려도 다시 원점으로 돌아가 버리고 마는 우리의 관계가, 몸서리쳐질 정도로 질긴 인연의 끈이, 그 계절 내내 나를 숨 막히게 했는데 그제야 그 모든 걸 정면으로 마주하고도 숨을 쉴 수 있었다. 제 아무리 발버둥 쳐 봤자 세월이 모든 걸 묻어 준다는 게 이런 거구나. 우리는 그동안 아무 일 없었다는 듯 늦은 저녁을 함께 먹었고, 이런저런 일상을 나누었다. 그리고 나는 하려던 말을 했다. 나는 이제 네게 미련이 없고 다 정리가 되었다고, 미안하고 고마웠다고. 지난봄에는 급하게 헤어지느라, 여름에는 못난 미련에 서로의 가슴에 생채기 내느라 전하지 못한 그 말을 그제야 전했다. 그리고 나의 물건을, 헤어진 그가 그토록 돌려주고자 애썼던 엄마의 책을 마침내 돌려받았다.

끝내 미련을 떨치지 못한 채 나를 붙잡는 그의 마지막 손길을 뿌리치고 돌아오는 길, 온몸에 힘이 빠지면서 탈진할 것 같았다. 그러나 마음만은 그 어느 때보다 차분하고 평온했다. 그런 나의 마음이 전해졌는지, 돌아오는 길에 장문의 문자가 왔다. 한 번도 듣지 못했던 그의 진심이었다. 연인으로서의 인연은 모두 끝났지만, 후일에 다른 식으로 인연이 된다면 그날을 기약하자, 그렇게 마지막으로 그에게 답하고 편안히 잠자리에 들었다.

'됐다, 이제 됐다. 다 지나갔다.'

나도 모르게 안도의 숨을 내쉬며 쓸쓸하게 웃었다. 모두를 떠나보내고 나는 혼자가 되었지만, 괜찮았다.

혼자가 된 나를 고요한 새벽의 티티카카 호수가 물끄러미 바라보았다. 그리고 또 한 명의 친구, 아모 역시 묵묵히 내 말에 귀 기울이며 나를 응시했다. 그 눈빛이 내 마음을 빤히 들여다보는 것 같아 부끄러운 한편 위로가 되었다. 나는 조용히 말했다.

"그때로부터 근 삼 년이 흘렀어. 삼 년이면 이제 정말 괜찮아야 하는 거 아니니?"

아모는 말없이 묵묵히 나의 눈을 바라보았다. 나도 모르게 서러움이 북받쳐 나 자신에게 소리쳤다.

"그와 다시 이별할 때 괜찮았다고, 정말 괜찮았다고! 그럼 잘 살았어야지, 왜 이제와 괴로워하는 거야! 몇 개의 계절이 지났는데… 헤어진 지 몇 년이 지났는데!"

나의 절규가 잠든 티티카카 호수에 쩌렁쩌렁 울려 퍼졌다. 정말이지 억울했다. 도대체 이 마음의 끝은 어디인지……. 그해 봄부터 시작된 이별의 고통이 나를 이토록 오랫동안 짓누를 줄은 상상도 못했다. 이를 악물고 버티면 세월이 모든 걸 해결해 줄줄 알았다. 그러나 세월도 해결해 주지 못하는 마음이라는 게 있었다. 괴로워하는 나의 손을 붙잡으며 아모가 말했다.

"많이 좋아했으니까 그만큼 아픈 거야."

"무슨 대단한 사랑을 했다고, 몇 년을 못 잊어! 그렇게 죽을 만큼 좋아했다면 왜 헤어졌겠어! 왜 다시 만나지 않았겠어! 그만큼 좋아하지 않았으니까 멀어진 거야. 다시 찾지 않은 거야.”

“그렇게 마음을 부정하면 편하니?”

아모의 말에 나는 말문이 막혔다. 나는 흥분한 마음을 가라앉히고 입을 뗐다.

“기대가 커서 그랬어. 많이 좋아한 만큼 기대가 컸어. 상대도 나도, 바보처럼…….”

“바보 같긴……. 사랑한 만큼 기대할 수밖에 없어. 너만 그런 게 아냐, 누구라도 그래.”

“아니, 덜 사랑하고 덜 사랑받으면 크게 기대하지도 않고, 상처를 주고받을 일도 없어.”

“그게 가능하니? 사람 마음이 네 뜻대로 돼?”

“내 뜻대로 되게 해야지. 사랑의 정도를 조절하는 일이야 말로 사랑하는 사람을 지킬 수 있는 유일한 방법인 걸.”

“그게 네가 내린 결론이야?”

나는 고개를 끄덕였다. 그게 당시에 내가 내릴 수 있는 최선의 답변이었다. 아모는 그런 나의 생각을 조용히 들어주었다. 티티카카도 그랬다. 새벽 별빛의 반짝거림과 호수의 물결과 어둠에 숨은 구름의 움직임을 일제히 멈추고 내 목소리에 귀를 기울였다. 이렇게 들어주는 것만으로도 위로가 되는구나. 아무것도 해결된 건 없지만, 이 위로만으로 잠들 수 있을 것 같았다. 오늘만큼은 악몽에 시달리지 않을 것 같았다. 나는 가만히 자리에서 일어나 방으로 들어와 침대에 누웠다. 아모도 나와 같은 침대에 누워 눈을 감았다.

상처의 그늘

티티카카의 아침이 밝았다. 하늘의 별들이 사라진 자리는 그보다 몇 배 눈부신 태양이 차지했다. 태양을 둘러싼 새하얀 뭉게구름이 아침부터 파란 도화지를 배경으로 뭉게뭉게 피어올랐다. 호수만큼 파랗고 시원한 바람이 불어왔다. 나는 바람을 맞으며 기지개를 펴고 티티카카의 아침과 인사했다. 그리고 나도 모르게 소리쳤다. 아, 빨래하기 좋은 날이다! 배낭여행을 오랫동안 하면 가장 신경 쓰이는 것은 다름 아닌 빨래였다. 집에서는 세탁기가 척척 빨아 주지만, 여행 중에는 일일이 손빨래를 해서 말려야 하니 여간 불편한 게 아니었다. 계속 이동할 때는 빨래를 하는 것보다 말리는 게 더 어려운데, 티티카카의 태양과 바람은 빨래를 말리기에 안성맞춤이었다.

나는 아모와 함께 욕실로 들어가 대야에 물을 받고 빨랫감을 다 쏟아 냈다. 그리고 세제를 푼 뒤 발로 우걱우걱 밟았다. 구정물과 옷 색소가 섞여 맑은 물을 흐렸다. 큰 옷은 큰 옷대로, 작은 옷은 작은 옷대로 비비적거리고 하나하나 헹구었다. 나는 아모와 빨랫감 양끝을 붙잡고 비틀었다. 물이 우두두둑 바닥에 떨어졌다. 그러나 이걸로 됐다 하고 물러서면 안 된다. 한 오 분 지나서 비틀면 또 떨어진다. 옷뿐만 아니라 내 몸까지 죽어라 비틀어 완전히 물을 빼냈더니 옷도, 나도 축 늘어졌다. 일일이 손빨래를 해 온 모든 어머니들이 존경스러워지는 순간이었다.

빨래를 들고 태양의 기를 받으러 밖으로 나갔다. 눈 앞에 티티카카 호수의 풍경이 펼쳐지자 가슴이 다 후련했다. 숙소 앞에 가느다란 나무를 눕혀 만든 빨랫줄이 있었다. 옷감을 쫙쫙 털면서 펼친 뒤 빨랫줄에 가지런히 널어놓았다. 티셔츠부터 잠옷, 바지까지 다 널고 나니 아롱이다롱이 보기 귀여웠다. 빨랫줄 너머 티티카카 호수의 바람과 태양의 열기가 이내 빨래 주변으로 모여들었다. 펄럭이는 빨래들을 보며 아모와 나는 눈을 마주치고 활짝 웃었다.

“아, 뿌듯해!”

아모가 기지개를 켜며 그 자리에 풀썩 주저앉았다. 어느덧 반나절이 지나 있었다. 빨래할 때는 힘들었는데 빨래 때와 함께 피곤이 빠져나갔는지 나른한 게 기분이 좋았다. 우리는 마당에 앉아 호수를 바라봤다. 하늘의 구름들이 꼼짝도 하지 않고 그 자리에 그대로 박혀 호수에 비쳤다. 좋구나, 좋다. 어제 하루 종일 봤는데

또 봐도 질리지 않았다. 아마 일 년 내내 봐도 좋을 테지.

자연이 그래서 좋았다. 질리지 않고 그냥 그대로 계속 좋을 수 있어

좋았다. 변심을 걱정하지 않아도 되는 게 좋았다.

　사람이 자연과 같으면 얼마나 좋을까. 아무리 좋아했어도 시간이 지나면 상대
도 변하고, 나도 변하고, 마음도 변했다. 변하는 것은 당연하지만 가끔은 그 변화
가 슬프다. 그에 대한 마음으로 며칠 밤낮을 설치며 가슴앓이한 적도 있는데, 지
금은 남남이 되어 소식도 모르고 살아간다니……. 그는 왜 내게 티티카카가 되어
주지 못했나. 그는 왜 그토록 부산스럽게 많은 말들을, 그것도 아픈 말들을 내게
쏟아 냈는가. 나는 그가 좀 더 묵직하고 고요하길 바랐다. 그러면 일이든 관계든

책임감이 얼마나 무거웠든 나는 그를 떠나지 않고 나의 진심을 더 많이 들려줬을 텐데, 그랬다면 그 또한 나를 이기적이라고 몰아붙이기보다는 이해해 줬을 텐데…….

그럼 나는 티티카카 같은 사람인가. 아이러니하게도 나는 그보다 더 부산스러운 사람이었다. 그래서 더더욱 그가 티티카카와 같은 사람이기를 열망했는지 모르겠다. 예전에는 나에 대해 끊임없이 설명하지 않으면 나를 조금도 이해시킬 수 없을 것 같은 두려움이 있었다. 그러나 그에게 아무리 많은 말을 해도 정작 내 마음을 온전히 설명하는 데 필요한 말들은 터무니없이 부족했다. 그와의 이별을 통해 아무리 설명해도 우리는 서로를 완벽히 이해할 수 없다는 것을 깨달았다. 아픈 말로 공격을 받았을 때, 똑같이 아픈 말로 방어해도 아픈 마음은 사라지지 않는다는 것도 깨달았다. 그래서 결국 나는 그를 잃고 입을 다물었다.

연인간의 이별은 세 번에 걸쳐 이루어지는 것 같다. 한 번은 헤어지는 그 순간, 두 번은 심정적으로 그 사람을 완전히 보내면서, 세 번은 다음 사람의 얼굴에서 헤어진 그 사람을 보면서……. 그러니까 다음 사랑의 시작은, 지난 사랑의 이별과 동시에 진행된다. 예전 누군가에게서 보았던 그 표정을 새로운 누군가에게서 똑같이 보면서, 예전의 그는 마주하는 즉시 지우느라, 새로운 그는 마주하는 즉시 새기느라 정신이 없다. 사랑의 시작이 마냥 설렐 수만은 없는 이유가 여기에 있다.

그와 완전히 헤어진 뒤 나는 또 다른 사랑을 했다. 그리고 새로운 상대를 만날 때마다 헤어진 그와 반복적으로 다시 만났다. 그와의 관계에서 받은 상처에서 자유로울 수 없었기에 새로운 그를 알아 가는 것보다 헤어진 그를 지우는 데 더 몰입했다. 사랑이 깊어지면서 필연적으로 갖게 되는 분노와 공격성이 끝내 이해받지 못했다는 억울함과 더해지면서 나는 사랑에 관해 점점 냉소적으로 변했다. 사랑마저 내가 처한 상황 속 무거운 책임감을 덜어 주지 못한다는 사실에 좌절했다. 나는 이해받지 못한 자아와 좌절감, 패배 의식, 어찌 다스려야 할지 모르는 책임감까지 그 모든 것을 내 안에 꽁꽁 묶어 봉인했다. 책임감과 이별의 상처를 어떻게 껴안아야 하는지, 그 무게를 어떻게 하면 온전히 감당할 수 있는지, 어느 누구와 어떻게 나눠야 할지 몰라 그냥 그 모든 것을 짊어지고 살았고, 자는 동안에도 쉬는 동안에도 내려놓지 못했다.

그 짐이 버거워지면서 나는 그를 넘어 나 자신을 원망했다. 일을 제대로 하지도 못하면서 힘들어만 한다고 나 자신을 탓했다. 사랑도 엉망이었다. 새로운 상대에게 집중하지 못할수록 자책감이 커졌고, 그런 나를 상대가 알아차릴까 봐 입을 꼭 다물었다. 나는 늘 당당하고 나 자신에게 떳떳했는데, 거침없이 도전하는 내가 좋았고 주저하지 않고 감정 표현을 하는 내가 좋았는데, 시간이 흐를수록 나 자신을 부끄러워하고 급기야 부정하기에 이르렀다. 그러나 누구에게도 이런 속내를 입도 뻥긋할 수 없었다. 이런 나의 상황과 감정은 새로운 상대와 나눌 수 있는 이야기가 아니었다. 헤어진 그처럼 편안한 길을 두고 어리석게 고생을 자처한다는 식으로 곡해할까 봐, 나를 이해하지 못할까 봐 끝내 마음을 열지 못했다.

그래서 가끔 오해를 사기도 했지만 그것도 상관없었다. 상대는 어차피 그 자신의 바람대로 나를 이해할 테니, 침묵은 오히려 상대가 나에게 원하는 게 뭔지, 상대의 결핍이 뭔지 내게 더 잘 알려 주는 단서가 되었다. 침묵으로 얻은 모든 것들, 나는 그것으로 상대를 이해했다. 그래서 헤어질 때가 되면 나는 상대에 대해 잘 알지만 상대는 나에 대해 아무것도 모르는 경우가 많았고, 상대는 그런 자신을 책망했다. 그러나 그건 상대의 잘못이 아니었다. 침묵한 건 다름 아닌 나였다.

사랑의 기본은 서로에 대한 이해이며, 보고 느끼는 것 말고도 말을 통해 표현을 하고 나를 알리는 것은 아주 중요하다. 그럼에도 나는 나에 대해 많은 것들을 숨겼다. 나는 더 이상 상처 받고 싶지 않았다. 그와의 이별 후 만난 상대는 그처럼 다치게 하기 싫었다. 너무 좋아하면 기대와 욕심이 커지기 마련이고, 상대가 나를 좋아하는 만큼 커진 기대와 욕심을 채워 줄 자신이 없었기에 거리를 두려고 했다. 적당히 좋아하고 적당히 기대하면 크게 상처 받을 일도, 그래서 헤어질 일도 없으니 뭐든 적당히 하자. 그게 나뿐만 아니라 상대도 지키는 방법이라고 생각했다. 그러나 그 '적당히'라는 것도 상처를 줄 수밖에 없다는 것을 깨닫고 나는 또다시 괴로워졌다. 내가 마음을 열지 않았다고 해서 상대도 내게 마음을 열지 않는 것은 아니었고, 내가 적당히 거리를 유지한다고 해서 상대도 그런 것은 아니었다. 상대의 마음은 내가 마음대로 정하고 원하는 방향으로 끌어갈 수 있는 게 아니었다. 혼자 저만치 앞서 마음을 키워 가는 상대를 지켜보며 나는 가슴을 졸였다.

끝은 늘 같았다. 너의 마음과 나의 마음이 같지 않아 미안해. 마음을 열지 못한 것은 나의 잘못인데, 상대가 상처 받는 모습을 보며 나는 내 자신에게 핑계를 댔다. 누군가를 좋아하는 게 노력으로 되는 것은 아니잖아. 억지로 좋아할 순 없는 거야. 그런 식으로 나에게 다가와 준 사람에게 본의 아니게 상처를 주면서 깨달았다. 누군가를 좋아하는 것은 노력이구나. 노력 없이는 그 누구도 좋아할 수 없다. 누군가에게 반하는 것, 그건 금세 사라지고 만다. 그 불안하고 일시적인 감정을 굳건히 하려면 노력이 필요했다.

그러나 나는 관계가 깊어지고 노력이 필요한 순간이 오면 슬그머니 도망쳤다. 가족, 친구, 일에서는 그럴 수 없으니, 새로 사귀는 관계에서나마 깊이 들어가지 않고 적당히 좋은 관계를 유지하며 관계의 책임에서 자유롭고자 했다. 상대의 마음이 깊어지면 예외 없이 이별을 택했다. 나는 그렇게 무책임하게 관계를 유지해 왔고, 어느 순간 문제가 있음을 인식했다. 상대의 진심에 대한 기만, 관계에 대한 무책임, 책임을 온전히 감당하지 못하는 나약한 자아에 대한 실망, 그 모든 것들이 한꺼번에 몰려와 다시 한 번 나를 무너뜨렸다. 나는 밀려온 죄책감에 엉엉 울었다. 악순환의 반복, 본질적인 해결책은 짐을 내려놓는 것이었다. 일에 대한 책임감, 그에게서 받은 상처, 그와의 관계를 끝까지 책임지지 못했다는 자책감, 이 모든 걸 내려놓는 게 중요했다. 마음에 여유 공간이 있어야 나 스스로 도망치지 않고 관계의 무게를 기꺼이 짊어질 수 있을 테니 말이다. 바로 지금, 여기 티티카카에서처럼…….

　숙소 앞 잔디에 앉아 생각에 빠져 있는 동안 어느새 아모는 코를 골며 낮잠을 자고 있었다. 빨래가 바람에 펄럭였고, 양말과 손수건들이 잔디 곳곳에 떨어져 있었다. 눈 앞에 펼쳐진 티티카카 호수의 물결은 변함없이 햇살에 반짝였다. 나는 일어나서 떨어진 빨래를 주섬주섬 주웠다. '태양의 섬'이라는 이름에 걸맞게 뜨거운 태양이 한 시간도 채 안 되어 빨래의 물기를 걷어 냈다. 나는 남은 빨래도 마저 걷어 와 잠든 아모 옆에 앉았다. 옷가지를 하나씩 차곡차곡 개면서 한 번씩 크게 숨을 들이마셨다가 내뱉었다. 부디 이 시원한 바람이 내 안에 들어와 오랫동안 짓무른 내 상처도 말려 주기를 바라며…….

최선의 사랑 방정식

　어느덧 시간이 흘러 2014년의 마지막 해가 저무는 날이 되었다. 나와 아모는 숙소를 벗어나 시야가 탁 트인 벌판으로 향했다. 사방이 고요한 가운데 한 해 동안 세상을 밝혔던 태양이 호수 너머로 지고 있었다. 뭉게뭉게 핀 거대한 구름들이 하늘과 함께 붉게 물들더니 서서히 어두워졌다. 나는 호수에 빨려 들어가듯 호수 가까이에 다가갔다. 아무도 없는 허허벌판 위에 서서 광활한 저녁 하늘과 마주하자 고독한 황홀감이 느껴졌다. 태양의 그림자가 티티카카 호수에 비쳐 비현실적인 분위기를 자아냈다. 비현실. 딱 그 단어가 맞았다. 지금 이 해가 2014년 마지막으로 보는 해라는 사실도 믿기지 않았고, 그 해를 나 살던 곳의 지구 반대편에서 보고 있다는 사실도 믿기지 않았다. 하늘과 구름과 해와 호수가 빚어내는 숨 막히는 풍경도 믿기지 않았다. 순간을 온전히 받아들이기엔 순간을 만들어 내는 요소가 하나같이 다 믿기지 않는 것들이었다. 나는 현실과 비현실의 그 어느 경계에 서서 하늘과 호수, 태양을 물끄러미 바라보았다.

특별한 의미를 부여하지 않아도 스스로 빛을 내는 존재들은 그 자체로 짠하다. 나는 스스로 빛을 내고 있는가. 나의 빛은 어디까지 비추고 있는가. 앞으로 얼마나 더 환한 빛을 내뿜어야 하고, 어디까지 내 빛이 닿게 만들어야 하는가. 낮에 빛나는 해와 밤에 빛나는 달. 나는 해가 되고 싶은 게 아니었다. 달이 되고 싶었다. 눈부시기보다는 은은하게 빛나고 싶었다. 태양이 작열하는 대낮에 열정적으로 움직이는 이들보다, 밤에 잠 못 이루고 뒤척이는 이들의 마음을 어루만져 주는 이야기를 쓰고 싶었다. 그런데 막상 일을 해 보니 해처럼 빛나야 하더라. 해처럼 내 몸을 불태우지 않으면 그 어떤 것도 해낼 수 없더라. 달의 감성과 해의 열정, 둘의 조화와 균형이 필요하더라.

　사랑도 그러하더라. 결국 내가 무너졌던 이유, 원점으로 돌아온다. 일도 사랑도 삶도 그 정도를 찾는 것. 해와 달의 조화, 일과 휴식의 균형, 나를 지키는 만큼 상대를 수용하는 자세. 어느 것 하나 쉽지 않지만, 해든 달이든 그 빛을 한 줄기라도 받은 자, 스스로 빛을 내어 세상에 돌려줄 의무와 책임이 있다. 나 역시 티티카카 대자연의 풍경 속에서 해와 달의 빛과 기운을 한껏 받았으니, 그 기운을 어떻게든 다시 세상에 돌려줘야 한다. 그러기 위해 누군가를 다시 사랑해야 하고, 세상을 이롭게 할, 의미 있는 일을 다시 시작해야 한다. 나는 노을 지는 호수의 풍경을 보며 생각을 정리했다. 그러는 사이 날은 금세 어두워졌고, 어느덧 아모가 내 옆에 다가와 있었다. 나는 아모를 보며 말했다.

"마지막 만찬을 즐기러 갈까?"

아모가 웃으며 고개를 끄덕였다. 우리는 깜깜해진 티티카카 호수를 뒤로하고 레스토랑을 향해 걸어갔다. 레스토랑은 테이블 네 개만 놓인 작고 아기자기한 곳이었다. 전기가 들어오지 않아 테이블 위에 있는 촛불을 켰다. 레스토랑에서 가장 유명하다고 하는 피자와 스파게티를 주문했다. 주방장 한 명이서 음식을 만들기 때문에 밀린 주문까지 더해 한 시간은 걸릴 거라고 했다. 우리는 와인 한 병을 먼저 시켜 목을 축였다. 아모가 말했다.

"새벽 별에 이어 웅장한 일몰까지 보니 더 감성에 젖는 거 같아."

"응. 12월 31일이기도 하고, 생각이 많은 하루야."

나는 천천히 와인 한 모금을 마셨다. 아모가 그런 나를 지켜보더니 촛불을 보며 조용히 말했다.

"너무 아픈 기억만 떠올리지 않았으면 좋겠어. 그럼 자꾸 움츠러들잖아."

나도 촛불을 내려다보며 속마음을 고백했다.

"두려워. 다시 사랑할 수 있을까. 마음의 나라에 가서 그에 관한 기억만 버리면 정말 누군가를 다시 사랑할 수 있게 될까."

내 말에 아모가 와인을 한 모금 머금더니 잠시 생각에 잠겼다. 그러고는 천천히 입을 뗐다.

"네가 사랑했던 사람들을 떠올려 봐. 무엇이 너의 마음을 잡아끌었니?"

"글쎄, 나를 압도하는 무언가?"

"무엇이 너를 압도하는데?"

"음, 나는 머릿속에 나만의 법칙을 가지고 세계를 구축하길 좋아하거든. 그래서 타인의 세계에 우연히 발을 들였을 때, 내가 전혀 생각지 못했던 방식으로 꾸며 놓은 것을 보면 완전히 압도당하곤 했어."

"더 멋지고 웅장한 세계에 마음을 뺏기는 거야?"

나는 고개를 저으며 말했다.

"아니, 그들의 세계가 나의 세계보다 더 우월한가를 보는 게 아냐. 그들의 세계를 완성하는 질서가 얼마나 촘촘하고 아름다운지에 집중하는 거지. 그렇게 집중하기 시작하면 그 세계를 완성하기 위해 그가 쏟은 정성이 보이고, 그것을 보면 애정하지 않을 수 없는 거 같아."

나는 고양이달의 시작이었던 그 아이와 끝이었던 헤어진 그를 떠올렸다. 그렇다. 그들은 모두 그런 식으로 첫 만남부터 나를 사로잡았다. 또한 이십 대 내 삶의 가치관과 작품에 많은 영향을 끼쳤다. 그들은 그때의 나를 지금의 나로 성장시켰다. 사랑했던 사람들은 이미 오래전 이별했지만 기억들은 남아, 지금 이곳에서 잠시 떠올리는 것만으로 애틋해졌다. 아모가 물었다.

"그럼 너를 압도하지 못하면, 너는 사랑할 수 없다는 얘기야?"

"응."

나는 손에 들고 있던 와인 잔을 테이블에 내려놓았다. 아모는 무심코 던진 질문일 테지만 나는 정곡을 찔린 듯 멈칫했다. 그렇다. 나는 압도되지 않으면 사랑하지 못한다. 내가 좋아한 것들은 항상 나의 삶을 송두리째 흔들어 놓았고, 내가 나름의 규칙과 질서를 가지고 구축한 세계를 허물고 처음부터 다시 짓게 만들었다. 예외가 없었다. 그것이 반복되다 보니, 나는 '좋아한다는 것은 서로의 삶을 송두리째 흔든다는 것'으로 받아들이게 되었다. 그렇게 이십 대를 살고 삼십 대로 넘어와 숨을 고르고 있노라니, 꼭 모든 걸 다 퍼붓듯이 좋아할 수도, 좋아할 필요도 없다는 것을 알겠다. 삶을 장거리 마라톤으로 인식하면서 삶의 균형을 생각하다 보니, 적당히 좋아하는 것의 필요성도 절감하게 되었다. 나는 잠시 침묵한 채 창밖의 어둠을 응시했다. 그리고 아모를 향해 속삭이듯 말했다.

"아모, 난 말이야, 아직도 사랑이 어렵기만 해."

아모가 걱정스러운 눈빛으로 입을 떼려는 순간이었다. 오랫동안 기다린 피자와 스파게티가 나왔다. 나는 분위기를 바꾸려고 목소리를 높였다.

"일단 먹자! 배고파!"

나는 피자를 한 조각 떼어 아모의 접시 위에 올려놓았다. 우리는 언제 진지한 사랑 이야기를 했냐는 듯 당장의 민생고를 해결하는 데 집중했다.

배불리 먹고 나오자 이게 웬걸, 천둥이 치더니 비가 주룩주룩 내리기 시작했다. 나와 아모는 겉옷을 벗어 우산처럼 쓰고 달리기 시작했다. 가로등이 없다 보니 앞이 잘 보이지 않아 돌멩이에 걸려 휘청거리기 일쑤였다. 바람이 거세지고 빗줄기가 점점 굵어졌다. 숙소에 가는 사이 우리는 비 맞은 생쥐처럼 홀딱 젖고 말았다.

숙소에 들어오자 내부가 캄캄했다. 주인아주머니가 기다리고 있다가 태양의 섬 전체가 정전이라며 촛불을 건네주었다. 그때 밖에서 두두둑 두두둑 무언가 떨어지는 소리가 들렸다. 창문을 열자 비가 우박으로 바뀌어 태양의 섬 전체를 때리고 있었다. 나와 아모는 주인아주머니에게 여분의 초를 더 받아들고 방으로 향했다. 2015년을 한 시간 앞둔 시점이었다. 우리는 침대 한가운데 촛불을 세워 놓고 마주 앉았다. 창문으로 번개가 번쩍 빛나고 천둥이 우르릉 쾅쾅 치자 아모가 양쪽 귀를 막고 내 품에 안겼다. 그리고 자그마한 목소리로 말했다.

"무서워 죽겠어."

나는 아모를 꼭 안아 주며 말했다.

"괜찮아. 금방 그칠 거야."

"계속 저러면 어쩌지?"

"여기 태양의 섬이야. 지금 제아무리 사납게 으르렁거려도, 내일은 내일의 태양이 뜬다고."

나의 말에 아모가 잠시 생각하다가 입을 뗐다.

"제아무리 사납게 으르렁거려도 내일의 태양이 뜬다. 그럼 그동안 어떤 상처를 겪었든 간에 너도 다시 사랑할 수 있지 않을까."

"네 말대로 됐으면 좋겠다. 더 이상 이별은 경험하고 싶지 않아."

"아픈 만큼 너도 성숙해졌잖아. 다음 사람은 더 잘 사랑할 수 있을 거야."

나는 고개를 끄덕였다. 아모의 말이 맞았다. 어떤 방식의 사랑이었던 간에, 과거의 경험은 미래의 디딤돌이 되어 주는 듯하다. 과거에 누군가를 좋아했던 경험은 그 다음 누군가를 더 '잘' 좋아할 수 있게 도와준다. 안타까운 것은 '제대로', '잘' 좋아하는 방법은 반드시 좋아하는 대상을 '제대로', '잘' 좋아하지 못해 잃음으로써 배우게 된다는 것. 덕분에 다음에 좋아하는 대상을 만났을 때는 전보단 '잘' 좋아하게는 되지만, 배움이라는 것은 끝이 없어서 또 잃음으로써 더 '잘'을 배우고, 또 잃고 배우는 것의 연속을 겪는다. 지구상에서 이루어지는 모든 배움 가운데, 가장 어마어마한 대가를 지불해야 하는 배움이 아닐까. 아마 죽을 때까지 사랑에 대한 배움은 계속되지 않을까 싶다.

 사랑의 방식은 라이프스타일이고, 가치관이다. 그것이 다르면 아무리 사랑해도 빈틈없는 행복을 느끼는 게 불가능하다. 그러나 서로 다른 환경에서 다른 경험을 통해 터득한 사랑의 방식이 일치할 리 없고, 맞춰 가는 과정에서 우리는 끊임없이 충돌한다. 그럴 땐 접점을 찾기 위해 서로의 방식에 어떤 문제가 있고 무엇이 최선인지를 함께 이야기하고, 나름의 규칙을 만들어 가는 게 중요하다. 그러나 그 과정이 참으로 지난하다. 누가 옳고, 누가 그르고, 누가 이기적이고, 누가 이타적이란 말인가. 이 모든 것이 상대적이지 않던가. 사랑한다는 이유로 서로가 서로에게 변화를 요구할 수 있는가. 변화는 어디까지 수용할 수 있는 건가. 우리는 어느 선까지 자신을 바꾸면서 상대와 맞춰 나가야 하는 걸까.

 나는 내 방식을 고수하는 만큼 상대에게 강요하고 싶지 않았다. 그건 상대가 지금까지 구축해 온 삶의 방식을 송두리째 뒤집는 일이고, 상대의 가치관을 뒤흔드는 일이다. 어릴 땐 경험이 없고 무지해서 그것들을 아무렇지 않게 했다. 그래서 사랑하는 상대가 나의 욕망에 다치는 모습을, 사랑한다는 이유로 그 아픔을 그대로 참고 수용하는 것을 보았다. 결과적으로 그 방식은 나에게도, 상대에게도 좋지 않았다. 그러니 상대도 스스로 판단해야 한다. 당장 손에 쥔 사랑을 잃을까 봐 지금까지 고수해 온 삶의 방식을 함부로 바꾸어선 안 된다. 나는 나에 대한 사랑을 빌미로 상대를 파괴하고 싶지 않다. 상대가 온전하게 자기 자신을 지키면서 나와 만나기를 바란다.

 그러니까 상대 스스로, 자기 자신을 위해 선택해야 한다. 나의 방식과 자신의 방식 두 가지를 모두 보고, 자신을 지키면서 동시에 관계를 지킬 수 있는 방식을 현명하게 선택해야 한다. 그리고 때때로 적정 범위 내에서 내게 변화를 요구해야 한다. 그리고 스스로 변화해야 한다. 사랑은 언제나 불안하고, 언제든 무너질 수 있다. 사랑이 아닌 본인 스스로를 위해 변화하고자 용기 내야 한다. 나 또한 그래야 한다. 그런 온전한 두 자아가 만났을 때 자신을 지키면서도 상대를 파괴하지 않고 관계 속에서 함께 성장할 수 있다.

그 정도를 맞춰 가는 과정에서 필연적으로 상처를 주고받을 수밖에 없음을 받아들이는 것도 중요하다. 그와 헤어지고 받은 상처가 너무 커서 나는 계속해서 상처 받지 않는 관계를 갈구했다. 그렇게 나를 방어하느라 상대에게 상처를 주고 있는 나를 발견했고, 어느 순간 다시 적극적으로 나를 표현하고 이해시키기 위해 노력해야 함을 깨달았다. 상처 받지 않고는 누구도 사랑할 수 없다는 그 당연한 진리를 다시금 마음에 새기고 있었다. 이제 그만 방관하고 입을 열어야 할 때. 너무 많은 말들을 쏟아 내지 않고, 너무 침묵하지도 않는 것. 상대가 받아들일 수 있을 만큼 들려주고 때론 침묵으로 상대가 나에게 원하는 것을 듣는 것. 그 정도를 지키는 것은 쉽지 않으나, 그것만이 서로가 무리하지 않고 서로를 받아들일 수 있는 방법이란 것을 이제야 비로소 알겠다.

관계에 대한 책임감, 관계에 대한 의지, 상대와 나의 마음을 믿는 용기까지 나는 무수히 많은 실패를 통해 그것의 중요성을 깨달았다. 내가 그런 시간을 보내고 나니 내 앞에 선 상대가 겪었을 아픔이 보였고, 노력하는 모습이 보였다. 관계가 깊어지고 책임감이 고개를 들 무렵 도망치고 싶은 충동이 들 때마다, 나는 지난 시간을 떠올리며 나를 다스렸다. 쉽지 않은 과정의 연속이었다. 그러나 더 이상 물러서고 싶지 않았고, 내가 비겁한 사랑을 반복하는 것을 더 이상 방치할 수 없었다. 내 감정에 책임을 진다. 관계에 책임을 진다. 그리고 너무 버거운 순간에는 무조건 참지 말고, 잠시 내려놓는다. 잠시 내려놓는다고 그 사이에 세상이 무너지지 않고, 관계가 무너지지 않는다. 여기까지가 내가 지금까지 찾은 최선의 사랑 방정식이었다. 내 말을 들은 아모가 말했다.

"이제 그 방정식이 참인지 거짓인지 증명해 줄 사람 곁을 찾아가야겠는 걸?"

나는 아모의 말에 고개를 끄덕였다. 시계를 보자 어느덧 12시 되기 오 분 전이었다.

"와, 오 분 뒤면 새해야. 카운트다운 하러 나갈까?"

아모가 먼저 침대에서 일어나 방문을 열고 나갔다. 나도 촛불을 들고 아모의 뒤를 따랐다. 우리는 복도에 난 커다란 창문 앞에 나란히 섰다. 창밖 어둠 사이로 비에 젖은 태양의 섬이 보였다. 2015년 1월 1일을 일 분 남겨 둔 시점이었다. 두두둑, 우박 떨어지는 소리에 맞추어 숫자를 셌다.

"10, 9, 8, 7, 6, 5, 4, 3, 2, 1!"

그때였다. 캄캄했던 태양의 섬 공중으로 폭죽 씨앗이 수직으로 빛나며 올라가더니, 펑! 펑! 펑! 소리를 내며 화려하게 터졌다. 까만 밤하늘이 이내 빨강, 파랑, 노랑, 분홍으로 물들었다. 새해의 시작을 알리는 화려한 불꽃놀이가 분위기를 한껏 고조시키자 가슴이 쿵쾅쿵쾅 뛰기 시작했다. 아무리 우박이 거세고 천둥이 쳐도 태양의 섬은 축제 그 자체였다. 펑, 펑, 펑 쉴 새 없이 터지는 불꽃 세례에 나와 아모는 손을 맞붙잡고 방방 뛰었다. 얼굴에는 불꽃보다 더 환한 웃음꽃이 피었다. 나는 아모를 향해 귀청이 떨어질 만큼 큰 소리로 외쳤다.

"아모, 해피 뉴이어!"

"해피 뉴이어!"

아모도 힘찬 목소리로 씩씩하게 외쳤다. 새해구나! 우리의 상처가 어떠하든, 마음이 어떠하든 다시 시작이었다. 그 순간 깜깜했던 숙소에 짠하고 불이 들어왔다. 우박 소리도 점점 잦아들었다. 그래, 아직 폭풍우 속에 있지만 축하의 폭죽은 터졌고, 새로운 한 해가 다시 한 번 나를 찾아왔다. 모든 것이 일순간에, 완벽하게 바뀌지는 않겠지만 천천히 나아지겠지. 마음의 나라에 도착할 때까지 아직 한 달이란 시간이 남아 있다. 그때까지 조금만 더 버텨 보자. 내일의 태양이 마음의 나라까지 인도해 줄 테니, 그 길이 무사하리라 믿고 나아가 보는 거야. 나는 창문 밖마을 너머 티티카카 호수에게도 새해 인사를 전했다. 해피 뉴 이어, 티티카카!

우유니 사막
세상의 끝, 우수아이아

7. 우유니 사막
__ 마음의 국경을 넘어

태초의 순수와 만나다

티티카카 호수(Lake Titicaca)를 벗어나 향한 곳은 우유니 사막(Salar de Uyuni)이었다. 우유니까지는 버스로 열두 시간가량 가야 했지만, 이제 장거리 버스를 타는 것에 제법 익숙했다. 한 달 넘게 여행하는 동안 운이 좋았다. 큰 부상도 없었고, 체력적으로 버틸 만했기에 다니는 데 큰 불편이 없었다. 그런데 이게 웬걸, 드디어 올 것이 왔다. 우유니 사막으로 가기 위해 볼리비아의 수도, 라파스(La Paz)에 도착한 뒤에는 두통이 나고 속이 메스껍더니 온몸에 열이 났다. 그날 하루는 꼼짝없이 숙소에 머물러야 했다. 방 안에 덩그러니 놓인 침대에 몸을 누이자, 나란히 누운 아모가 걱정스럽게 쳐다보았다. 나는 아모의 머리를 쓰다듬으며 말했다.

"한숨 자고 나면 괜찮아질 거야."

아모가 고개를 끄덕이며 눈을 감았다. 깜깜한 어둠을 타고 침묵이 흘렀다. 머리를 콕콕 찔는 두통이 점점 더 심해졌다. 나는 억지로 잠을 청했다. 그리고 잠이 든 지 얼마 지나지 않아 꿈속에 헤어진 그가 나타났다. 그는 언제나 그랬듯 내게 소리쳤다.

"이기적인 인간! 너는 최악이야."

"아니야! 아니라고!"

내가 마구 소리치며 허공에서 손을 휘젓자 아모가 나를 흔들어 깨웠다. 나는 숨을 헐떡이며 식은땀을 닦았다. 아모가 걱정스럽게 물었다.

"괜찮아? 또 악몽 꾼 거야?"

나는 고개를 저으며 희미하게 웃어 보였다. 머리가 무겁고 깨질듯이 아팠다. 나는 다시 베개에 머리를 누이고 억지로 잠을 청했다.

다음 날, 우리는 일어나자마자 우유니 사막으로 향하는 버스를 타러 터미널로 향했다. 두통은 여전히 계속됐지만, 약을 먹어도 크게 나아지지 않아 참는 수밖에 없었다. 아모가 계속 걱정스런 표정을 지었고, 나는 괜찮은 척 애써 웃어 보였다. 터미널에 도착해서 버스 좌석을 예매한 영수증과 버스표를 교환하기 위해 매표소 앞에 줄을 섰다. 우리 차례가 되어 영수증을 건네자 직원이 고개를 저으며 말했다. 이 영수증에 쓰여 있는 좌석은 우리 좌석이 아니라고, 예약이 되어 있지 않다고. 그 순간 머리가 멍했다. 이게 무슨 소리야? 우리 자리가 없다니, 그럴 리가! 아모와 내가 어리둥절해하자 직원이 상황을 정리했다.

"당신들은 사기당했다. 안타깝지만 우리가 해 줄 수 있는 건 아무것도 없다."

그 말을 듣는 순간 나도 모르게 헛웃음이 나왔다. 매표소 창구 너머로 버스에 손님들이 차례대로 오르는 모습이 보였다. 분명히 저 앞좌석을 예약했는데, 돈도 다 냈는데……. 이미 예약이 다 차서 이제와 새로 버스표를 살 수도 없었다. 이도저도 할 수 없는 상황에 발만 동동 구르며 영수증을 만지작거렸다. 두통이 아까보다 심해지고 있었다. 상황이 어떻게 된 건지 알아보기 위해 버스표를 산 곳에 전화했다. 그러자 우리에게 돈을 받은 사람은 다른 에이전트를 연결해 주었고, 그 에이전트는 또 다른 에이전트를 연결해 주었다. 도대체 버스표 하나 사는 데 몇 명의 에이전트를 거친 건지 말문이 막혔다. 그렇게 꼬리에 꼬리를 물고 통화를 하며, 예약 명단에서 우리 이름이 누락된 게 아닌지 확인해 봤지만 소용없었다. 마지막으로 매표소에 가서 최종적으로 읍소를 했다. 직원은 안타까움 반, 짜증 반 섞인 표정을 지으며 말했다.

"버스가 곧 출발할 거다. 이래봤자 소용없다."

매표소 옆 정차한 버스에 손님이 모두 올라타자 운전기사가 차에 올라가 시동을 걸었다. 나는 허무한 나머지 그 자리에 주저앉고 말았다. 그때였다. 저 멀리 터미널 입구에서 사람들이 소리를 지르며 아우성을 쳤다. 고개를 돌리자 사람들이 우르르 터미널 안으로 몰려들고 있었다. 아모가 불안에 떨며 말했다.

"무슨 일이지?"

"여기 있어. 알아보고 올게."

나는 아모에게 짐을 맡기고 터미널 입구로 다가갔다. 사람들이 혼비백산하며 달려오고 있었다. 순간 두려움이 덜컥 몰려왔다. 다시 터미널 안으로 돌아가려는데 눈앞에 거대한 짐승이 나타났다. 흑곰이었다. 아모의 뒤를 쫓아와 아모의 귀를 잘라먹었던 그 잔혹한 흑곰이었다. 흑곰은 포효하며 일렬로 늘어서 있는 매표소들의 간판을 사정없이 부수었다. 그리고 고개를 이리저리 돌리며 무언가를 찾았다. 나는 그게 무엇인 줄 알았다. 아모, 아모였다. 나는 아모에게 급히 달려갔다. 아모가 겁먹은 얼굴로 나를 바라보았다. 나는 다급한 목소리로 말했다.

"흑곰이 나타났어. 널 찾는 거 같아."

"뭐? 내가 여기 있는 줄 어떻게 알고?"

아모의 얼굴이 이내 하얗게 질렸다.

"여기 있으면 위험해. 일단 피하고 보자."

매표소 옆에 정차한 우유니 행 버스가 막 출발하려던 참이었다. 나는 아모를 안고 버스 앞을 가로막았다. 운전기사가 놀라 급정거했다. 나는 재빨리 문 앞에 가서 거세게 문을 두드렸다. 운전기사가 얼떨결에 문을 열자 나는 아모를 안고 버스 안으로 들어갔다. 그리고 빈 좌석에 아모를 앉혔다. 운전기사가 당황한 얼굴로 우리를 쳐다보았다. 나는 영수증을 꺼내 보이며 다급히 말했다.

“표 샀어요! 돈도 다 냈어요! 사기 당해서 자리가 없는 것뿐이에요. 이 친구만 좀 태워 주세요. 제발 살려 주세요!”

운전기사가 어찌할 바를 모르고 우물쭈물했다. 나는 아모를 두고 버스에서 내렸다. 아모가 문까지 쫓아 나와 소리쳤다.

“영주야, 너는 안 가?”

“내일 버스표 끊어서 뒤따라갈게. 먼저 가 있어.”

“같이 가!”

그 순간 매표소까지 흑곰이 쳐들어왔다. 포효하는 소리에 놀라 뒤돌아보자 흑곰이 나를 알아보고 돌진했다.

“빨리 가요!”

운전기사를 향해 소리치는 순간 버스 문이 닫혔다. 흑곰을 본 운전기사가 혼비백산하여 엑셀을 밟자 버스가 출발했다. 흑곰이 버스를 따라 달리며 거세게 문을 두드렸다.

“아악! 저리 가!”

버스 안에서 아모가 소리치는 소리가 들렸다. 나는 두 손을 마주 잡고 기도하듯 중얼거렸다.

“제발 무사하길…….”

흑곰이 끈질기게 버스를 쫓아가는 모습을 보며 안절부절못하는데, 매표소 직원이 다가와 말했다.

“방금 한 에이전트로부터 연락을 받았다. 당신들 좌석을 이름 대신 ‘Two small girls’라고 예약했다고 했다. 나는 Two small girls가 당신들일 거라곤 전혀 생각하지 못했다. 지금 지름길로 안내할 테니 나를 따라와라. 버스가 그 지점을 지날 것이다.”

그 말을 듣는 순간 만감이 교차했다. 안 그래도 아모만 태워 보내서 불안했는데, 정말 기막힌 타이밍이었다. 직원이 먼저 앞장서서 달렸다. 나는 배낭을 메고 그 뒤를 쫓았다. 몸 상태가 좋지 않은 데다 고산증까지 겹쳐 가방 무게가 천근만근처럼 느껴졌다. 앞서 달리던 직원이 뒤돌아보며 소리쳤다.

"서둘러! 어서!"

나는 거친 숨을 몰아쉬며 죽어라 달렸다. 다음 정류장에 버스보다 더 빨리 도착해야 했다. 저 멀리 10차선 도로에 빼곡한 차들 가운데 아모가 탄 버스가 보였다. 다행히 도로에 차가 밀리는 바람에 움직임이 더뎠다. 흑곰이 도로를 빼곡하게 채운 차들을 뚫고 버스를 바짝 뒤쫓았다. 정류장에 도착한 나는 가쁜 숨을 몰아쉬며 주먹을 꼭 쥐었다. 그리고 크게 심호흡했다. 곧이어 버스가 정류장에 멈췄다. 줄 서 있던 사람들이 서둘러 버스에 올랐다. 줄 마지막에 서 있던 나는 초조했다.

'제발, 빨리, 빨리.'

내 차례가 되자 재빨리 버스에 올라탔다. 운전기사가 나를 알아보고 서둘러 문을 닫았다. 그때였다. 뒤에서 흑곰이 손을 뻗어 내 가방을 움켜쥐었다.

"아악!"

내 비명에 아모가 놀라 뛰쳐나왔다. 아모와 눈이 마주친 흑곰이 흥분해서 날뛰자 몸이 뒤로 쏠렸다.

"배낭을 벗어!"

아모의 말에 나는 재빨리 배낭을 벗고 소리쳤다.

"출발해요! 어서!"

운전기사는 에라 모르겠다 하며, 일단 엑셀을 밟았다. 흑곰은 문틈에 팔이 낀 채 달리며 그 사이로 몸을 더 쑤셔 넣었다. 그 모습을 지켜보던 아모가 바들바들 떨자 나는 아모를 품에 안고 눈을 가렸다. 운전기사가 흑곰을 따돌리려 엑셀을 더 세게 밟았다. 그러나 하필 그때 신호에 걸리고 말았다. 나는 입술을 깨물고 고개를 폭 숙였다. 이제 끝이었다.

그때였다. 운전기사가 10차선 도로에서 신호를 무시하고 질주했다. 교차로 오른

편에서 나오던 차가 버스를 피해 핸들을 꺾는 바람에 순식간에 도로가 난장판이
됐다. 운전기사는 이에 아랑곳없이 무조건 앞만 보고 달렸다. 흑곰은 결국 속도
를 이기지 못하고 도로 한복판에 나뒹굴었다. 그 순간 버스에 탄 사람들이 박수를
치며 환호했다. 나와 아모는 서로를 부둥켜안은 채 안도의 한숨을 내쉬었다. 나도
모르게 중얼거렸다.

"살았다."

아모가 고개를 끄덕였다. 귀가 축 늘어져 힘이 하나도 없어 보였다. 나는 아모
를 일으켜 세운 뒤 빈 좌석에 데리고 가 앉혔다. 그리고 아모 옆에 나란히 앉아
좌석에 등을 기댔다. 온몸에 긴장이 풀리면서 이내 탈진했다. 아모는 금세 잠이
들었다. 버스의 불이 꺼지자 승객들도 하나둘 잠이 들었다. 나는 희미한 정신으
로 멀미와 두통과 싸우느라 한숨도 잘 수 없었다. 홀로 뜬눈으로 밤새 덜컹거리
는 버스에 몸을 맡긴 채, 길고 지루한 밤을 견뎌야 했다. 어제에 이은 현실의 악
몽이었다.

뜬 눈으로 괴로워한 지 열두 시간 만에 우유니의 땅을 밟았다. 우유니의 아침은
나른하고 평온했다. 길가에 지나다니는 행인들은 여유가 느껴졌다. 나는 그 모습
을 물끄러미 바라보았다. 밤새 한숨도 못 자는 바람에 상태가 최악이었다. 뼈는
마디마디 쑤시고 다리는 퉁퉁 부어 있었다. 누군가 툭 치면 온몸이 와르르 부서질
것만 같았다. 아모도 마찬가지였다. 흑곰이 언제 들이닥칠까 불안에 떠느라 잠을
설친 상태였다. 우리는 숙소를 잡자마자 씻지도 않고 그대로 침대에 다이빙했다.
그렇게 곧장 깊은 잠의 바다 속으로 깊이, 더 깊이 침잠했다.

시계가 부지런히 한 바퀴 돌아 아침 6시를 알렸다. 자명종 소리에 깬 나는 몸을
일으켜 주위를 둘러보았다. 대충 벗어 던진 신발이 바닥에 널브러져 있었다. 옷도
벗지 않고 잤구나. 나는 아직도 한밤중인 아모를 흔들어 깨웠다.

"아모! 아모, 일어나! 출발해야지."

아모가 눈을 비비며 침대에서 일어났다.

"오자마자 바로 출발하는 거야?"

아모의 말에 피식 웃음이 나왔다.

"바로라니, 우리 도착한 지 스무 시간이나 지났는걸."

아모가 시계를 보더니 헛웃음을 지었다. 나는 아모에게 말했다.

"그렇게 자도 피곤하지? 어제 그 난리를 겪었으니……."

"곰이 계속 따라오면 어쩌지?"

아모의 걱정 어린 표정에 나는 단호히 대답했다.

"그러니까 어서 여길 떠나야지! 우유니 사막을 건너 칠레로, 칠레에서 아르헨티나로, 세상의 끝, 우수아이아로!"

"마음의 나라가 점점 가까워지고 있네."

나는 아모의 짧은 귀를 쓰다듬었다. 이유는 잘 모르겠지만 아모의 귀가 자라고 있었다. 어쩌면 마음의 나라까지 가는 동안 기억의 단서를 찾아낼 수 있을지도 몰랐다.

"마음의 나라에 가서 기억을 찾고, 네가 그토록 그리워하는 그에게 돌아가자. 그의 품이라면 안전할 거야."

"그가 날 지켜 줄 테니까."

아모의 말에 나는 고개를 끄덕였다. 다행히 아모의 얼굴에서 불안이 가셨다. 우리는 대충 세수만 하고 부랴부랴 짐을 챙겨 숙소에서 나왔다. 이제 3박 4일 동안 우유니 사막을 가로질러 볼리비아 국경을 넘어 칠레로 갈 것이다.

숙소 앞 여행사를 통해 우유니 사막 투어를 함께할 가이드를 소개받았다. 가이드는 어림잡아 열여섯 살밖에 안 되어 보였다. 어린 친구가 험한 사막을 사흘 동안 제대로 달릴 수 있을지 걱정스러웠다. 아니나 다를까, 출발한 지 일 분 만에 차의 시동이 꺼지더니 차가 완전히 퍼졌다. 잠시 후 가이드가 전화를 하자 한 아저씨와 젊은 총각이 달려와 보닛을 열더니 이리저리 손봤다. 어떤 아주머니도 아기를 업고 와서 걱정스레 지켜보았다. 여행사 직원이라고 보기엔 너무 잘 챙기는 것 같아 혹시 가족이냐고 물었더니 그렇다고 했다. 먼 길 떠나는 아들이 걱정되어 마중 나왔다 돌아가는 길에, 차에 문제가 생겼다는 전화를 받고 온 가족이 출동한 상황이었다.

가족을 봐서 그런가. 한창 공부할 나이에 가족의 생계를 위해 일을 시작한 어린 가이드가 안쓰럽기도 하고 기특하기도 했다. 그래서 가이드가 길을 몰라 허둥지둥하고, 차가 덜컹거려 운전에 애를 먹을 때마다 마음이 쓰였다. 힘이 되는 말을 해 주고 싶었지만, 가이드가 짧은 영어밖에 알아듣지 못해 그저 엄지손가락만 연신 치켜세우며 힘을 북돋아 주었다. 가이드와 나 사이에 앉은 아모는 가이드에게 부지런히 간식을 챙겨 주었다. 우리의 정성을 느꼈는지 가이드는 식은땀을 뻘뻘 흘리면서도 부지런히 길을 살피며 달렸다. 사십 분가량 달렸을까. 흙으로 덮인 사막에 하얀 소금이 섞이더니, 조금 더 가자 완전히 하얀 소금으로 뒤덮인 사막이 모습을 드러냈다.

남미 중앙부 볼리비아의 포토시 주에 위치한 소금 사막. 세계에서 규모가 가장 큰 데다 경관이 뛰어나 관광지로도 유명했다. 차에서 내려 발을 딛자 주변은 온통 하얀 소금 바닥이었다. 파란 하늘에는 흰 구름이 웅장하게 펼쳐져 있었고, 하늘과 맞닿은 거대한 소금밭은 '대자연의 신비란 바로 이런 거야.'라고 말해 주는 듯했다. 이곳 소금밭은 우기인 12월에서 3월 사이에는 녹아서 얕은 염호를 형성하고, 긴 건기에는 표면뿐만 아니라 그 아래까지 수분이 증발된다고 한다. 소금 층이 햇볕에 마르면서 벌집 모양의 육각형으로 결정이 만들어지고, 내리쬐는 태양에 갈수록 더 단단해지고 있었다. 소금 층의 두께는 30센티미터부터 가장 두꺼운 곳은 120미터에 이르렀다. 수직으로 뻗은 소금 층의 깊이뿐만 아니라 수평으로 펼쳐진 소금밭의 규모 또한 우리나라 경상남도보다 더 넓은 규모로 어마어마했다. 동서 남북 어디를 둘러봐도 소금뿐이었다.

이 지역의 원주민인 치파야족(Chipaya)은 오랜 세월 동안 소금을 캐내어 생활을 유지해 왔다. 특별한 기술 없이도 아무데서나 소금 덩어리를 캐낼 수 있었다. 소금 벽돌로 집도 지었다. 건조한 기후와 척박한 땅이어서 곡식을 경작할 수는 없지만 신은 이곳에 소금이라는, 조금은 특별한 선물을 주신 듯했다. 나는 그 축복을 조금이라도 나누어 갖고자 소금 결정의 감촉을 손끝으로 느껴 보았다. 소금 층 아래에는 아직도 바닷물이 있어, 매년 2, 3센티미터씩 소금 층이 깎이고 다시 아래에서 올라오길 반복했다. 바다와 사막, 상반된 성질이 공존하는 이곳에 발을 딛고 서 있는 게 신비스러웠다. 이 신비한 장면을 담아 보려 소금 사막을 배경으로 이런저런 재미난 사진을 찍었다. 아모와 달려도 보고, 누워도 보고, 특이한 자세도 취하면서 원 없이 사진으로 남겼다.

  잠시 후 나는 지쳐 바닥에 대자로 누웠다. 마치 눈처럼 온 세상을 덮은 새하얀 소금을 보니 마음이 정화되는 것 같았다. 고산증도 이제 익숙해져서 큰 두통이 없었고 푹 자서 그런지 몸 상태도 괜찮았다. 며칠간 앓았던 몸과, 여행하는 동안 악몽으로 혹사시킨 정신을 깨끗하게 되돌리는 느낌. 바람 소리마저 투명해지는 새

하얀 세상에 동화되어 백지 상태로 돌아온 기분. 태초의 순수를 간직한 세상에 발을 들이니 나 또한 가장 순수한 시절로 돌아가는 듯했다. 나는 바닥에 누운 채 하얗게 굳은 소금 결정을 어루만지며 생각에 잠겼다. 내 인생에서 가장 하얗고 순수했던 시절은 언제였을까. 내 생애 가장 순수했던 인연은 누구였을까. 머릿속에 한 소년이 스쳤다. 내게 소금처럼 새하얀 감정을 느끼게 해 주었던 친구. 이야기의 시작은 2004년, 나의 스무 살 겨울로 거슬러 올라간다.

스무 살은 기대했던 것보다 싱거웠다. 교복을 벗고 성인이 되었다는 기쁨도 잠시 갑자기 주어진 젊음을 어떻게 소비해야 할지 몰라 우왕좌왕 보냈다. 생애 한 번뿐인 스무 살을 너무 재미없게 보낸 게 아닌가하고 아쉬워하던 11월의 어느 날, 한 친구의 대학 선배가 대대적으로 기획했다는 대학생 캠프에 초대를 받았다. 캠프 전날 과제로 밤을 새는 바람에 피곤했지만, 친구가 난처할까 봐 지친 몸을 이끌고 겨우 참석한 캠프였다. 고등학교 친구 두 명이 비슷한 이유로 올림픽 공원에 모였는데, 정작 우리를 초대한 친구는 오지 않아 황당한 마음으로 관광버스에 올랐다. 그렇게 우리는 서른 명 정도의 대학생 무리에 섞여 강원도 홍천으로 떠났다.

버스 안에서 타 학교 사람과 짝을 지어 줘서 친구들과는 떨어져 앉게 되었고, 나는 피곤한 나머지 창밖을 보며 꾸벅꾸벅 졸았다. 내 짝이 잠시 자리를 비운 사이 캠프 스텝 중 한 명이 캠코더를 들고 내 옆으로 왔다. 나는 졸린 눈을 비비며 스텝을 응시했다. 스텝이 밝은 목소리로 물었다.

"놀러 가는데 기분이 어때요?"

기분, 아직 잠이 덜 깨서, 기분……. 나는 잠시 창밖으로 시선을 돌렸다. 해질 무렵 늦가을 하늘이 황혼에 물들고 있었다. 나도 모르게 나른한 미소가 입가에 번졌다. 다시 스텝에게 고개를 돌리자 노을빛을 받은 스텝이 소년처럼 환하게 웃으며 내 대답을 기다리고 있었다. 피곤함을 날려 버릴 만큼 찬란했던 붉은 햇살, 그보다 더 아름다웠던 소년의 웃음.

"좋아요. 좋아요."

나는 같은 말을 반복하며 웃었고, 스텝은 미소로 응답하며 내 대답을 카메라에 담았다. 그게 우리의 첫 만남이었다. 스텝은 다른 사람을 인터뷰하러 자리를 떴고, 나는 기분 좋게 창밖을 바라보다 다시 잠이 들었다.

두 시간 뒤에 우리는 홍천에 도착했다. 숙소의 각 방마다 조가 짜여 있었고, 나는 친구들과 떨어져 배정된 방에 들어가려고 문을 열었다. 그때 그 스텝이 가장 먼저 눈에 들어왔다. 아, 같은 조구나. 내가 놀라는 표정을 짓자 스텝은 예의 소년 같은 투명한 미소로 나를 반겼다. 반가움을 나눌 새도 없이 밖에서 다른 스텝이 들어오더니 저녁 당번을 정해야 한다고 했다. 나는 아무 생각 없이 손을 들었고 스텝이 따라서 손을 들었다. 그렇게 우리 둘은 나란히 저녁 당번이 되어 밖으로 나왔다. 깜깜해진 주위를 두리번거리며 식당으로 걸어 내려가는 동안 밤하늘에 별이 하나둘 모습을 드러냈다. 우리는 함께 별을 보며 이런저런 이야기를 나눴다. 스텝이 물었다.

"전공이 뭐야?"

"영화학과."

내 말에 스텝은 무척이나 반가워하며 어떤 영화감독을 좋아하냐고 물었다. 나는 대답했다.

"이와이 슈운지 감독 좋아해. 러브레터처럼 감성적인 영화 만들고 싶어."

나는 한창 영화 연출의 꿈을 키워 갈 때라 내 꿈에 관심을 보인 스텝에게 마음을 열고 신나게 말했다. 그 친구도 영화를 좋아한다며 이런저런 영화 이야기를 늘어놓았다. 우리는 처음 만난 사이라는 것도 잊고 자연스럽게 우리의 꿈을 이야기했다. 식당까지 오 분 남짓한 그 거리를 아주 천천히 늘려 걸으며 나눈 그 대화로 우리는 친구가 되었다.

식당에 들어온 다음부터는 정신없었다. 각 조에서 온 사람들이 당근과 감자 등

채소를 다듬고 끓이며 저녁 준비를 했다. 저녁을 먹고 나서는 곧바로 조별로 게임을 하고 정해진 프로그램을 소화하느라 시간을 다 썼고, 밤이 깊어지자 마당에 맥주와 안주를 깔고 스탠딩 파티를 열었다. 유명 맥주 회사의 지원으로 기획된 캠프이다 보니 맥주는 차고 넘쳤다. 대학생들은 서로 맥주병을 부딪치며 중간고사의 스트레스를 날려 버렸다. 여기저기에서 아자, 아자! 청춘의 파이팅이 울려 퍼졌고, 가까워진 이들끼리 삼삼오오 무리 지어 방에 들어가 밤새 마피아 게임을 했다. 마피아 게임의 최후 승자는 다름 아닌 나였다.

그러는 사이 아침이 밝았다. 다들 방에 지그재그로 뻗어 곯아떨어졌다. 나는 뒤늦게 잠들기도 어정쩡해서 졸음을 쫓으려 밖으로 나갔다. 눈 앞에 펼쳐진 시골의 아침 풍경은 더없이 맑고 고즈넉했다. 아, 공기 좋다! 나는 천천히 숨을 들이마시고 내뱉으며 논두렁 위를 산책했다. 그러다가 맞은편에서 걸어오는 친구와 마주쳤다. 친구가 먼저 말을 걸어왔다.

"일찍 일어났네? 나는 선배 고민 들어 주느라 밤 샜어. 넌 재밌게 놀았어?"

"응. 나도 밤 샜어, 마피아 게임하느라."

내 말에 친구는 자기도 같이 했으면 재밌었을 텐데 하고 아쉬워했다. 우리는 전날 함께하지 못한 아쉬움에 두 번째 날은 내내 붙어 다녔다. 돌아가기 전 캠프를 지원해 준 맥주 공장을 견학하는 게 마지막 일정이었고, 우리는 천연암반수를 끌어올려 만든 신선한 맥주로 전날 못 한 건배를 했다. 그리고 홍천에서 서울로 돌아오는 길, 차가 막혀 도로에 꼼짝없이 갇힌 네 시간 동안에도 함께 앉아 쉼 없이 수다를 떨었다. 우리는 인도 여행의 로망과 사막 여우와 별, 영화와 우리의 꿈을 들떠서 이야기했고, 서로 귀 기울여 들었다. 친구가 말하는데도 내가 말하는 느낌, 모든 마음이 통하고 모든 말들이 가슴에 스미는 느낌. 스무 해를 살도록 그토록 따뜻하고 사랑스러운 대화는 처음이었다. 나는 마치 또 다른 나를 만난 것처럼 그 친구가 편안하고 따뜻했다.

우리는 영화뿐만 아니라 좋아하는 음악도 같았다. 재주소년. 친구를 알게 된 그 무렵, 처음 이들의 노래를 들었다. 첫 만남부터 자연스럽게 내 삶에 들어온 친구처럼 재주소년의 음악도 그랬다. 친근하고 따뜻했고, 스무 살에 내가 보고 듣고 느끼는 것들에 대한 감상을 누구보다 훌륭하게 표현해 주었다. 그래서 가수라기보다는 또래 친구처럼 느껴졌다. 서로의 일기장을 훔쳐보는 그런 가까운 친구. 친구가 입대하는 추운 겨울에는 「눈 오는 날」을 들으며 친구를 생각했고, 「명륜동」을 들으며 친구에게 긴 위문편지를 썼고, 긴 답장을 받고 기뻐했다. 떨어져 있는 동안에는 재주소년의 음악을 들으며 혼자 걸었고, 꼭 그 순간 먼 곳에서 같은 음악을 듣고 있던 친구가 전화를 걸어왔다. 나도 그들의 음악을 듣고 있었는데! 반가운 인사로 시작했던 대화. 우리 인연의 BGM은 언제나 재주소년이었다.

친구가 입대한 지 반년이 지날 무렵, 나는 홀로 어른이 되었다. 스무 살을 넘어 스물한 살 되던 그해 여름은 내 이십 대를 통틀어 가장 뜨거운 계절이었다. 대학에서 여름 내내 가치관을 뒤흔드는 사건들이 하루걸러 터졌고, 자의가 아닌 타의로 가치관의 혼란과 삶의 붕괴를 경험했다. 내가 벌인 일이 아닌데도 책임은 나에게 주어졌고, 나의 일이 비단 나에 국한되지 않고 전체와 연관되는 상황을 보며, 원치도 않은 드라마 속 주인공이 된 상황에 기막혀 입을 꼭 다물었다. "세상에, 어떻게 그런 일이……."라고 듣는 것이 일상으로 자리 잡았고, 어느 철없는 이는 내게 "힘들겠지만, 살면서 그런 일을 또 언제 겪어 보겠어. 난 오히려 부럽다."라며 기막힌 반응을 보였다. 당사자가 아닌 이상 누구도 나를 이해할 수도, 위로할 수도 없다는 것을 처음 알게 되었고, 결국은 혼자와의 싸움이라는 것을 깨닫기까지 오랜 시간이 걸리지 않았다.

나는 홀로 책임을 떠안으며 그 계절을 힘겹게 버텼다. 그땐 너무 어렸기에 우는 법을 몰랐고, 화내는 법을 몰랐고, 위로받는 법을 몰랐다. 그래서 아무렇지 않은 척 어깨에 잔뜩 힘을 주고 다녔고, 꾹 참았다가 아무도 없는 곳에 숨어 혼자 울었다. 한창 바빴고, 일을 수습해야 했기에 마냥 숨어 울 수도 없었다. 티슈 반통을 그 자리에서 적시고 일어나 다시 마음을 추스르고 달렸다. 나는 그 어느 때보다도 이루고 싶은 바가 뚜렷한, 꿈 많은 청춘이었다. 이미 많은 것이 훼손된 상태에서 꿈마저 엉망이 되게 만들 수 없었기에 더 오기를 부렸다. 부족한 능력을 채우기 위해 밤낮없이 공부했고, 친한 동기들의 도움과 헌신으로 모자란 부분을 채웠고, 교수님의 전폭적인 지지를 받아 무리 없이 워크샵을 끌고 갔다.

그 시절을 홀로 보내는 동안 나는 군대에 있는 친구를 참 많이 떠올렸다. 친구가 곁에 있었다면 얼마나 좋았을까. 그런 마음이 들 때면 홍천에서 돌아오는 버스에서 우리가 나누었던 대화를 떠올렸다. 인도, 사막, 여우, 별 등 사랑스럽고 따뜻했던 대화를 떠올리는 것만으로 아픈 가슴을 잠시 어루만질 수 있었다. 그걸로 버티기 힘든 날에는 친구에게 편지를 썼다. 편지에는 내가 겪는 감정의 변화들, 꿈을 이루겠다며 과감히 도전했지만 계속 헤매는 상황에 대한 좌절감, 과연 꿈을 이룰 수 있을까 하는 미래에 대한 불안, 사람들에게 받은 상처 등 청춘이 겪는 감정의 소용돌이가 담겨 있었다. 친구는 내 편지를 묵묵히 읽어 주었고, 내 마음을 헤아리는 답장을 보내왔다. 그렇게 나는 부재했던 친구의 존재에 기대어 그 시절을 견뎠다.

내가 영화학과라는 사회 속에서 상처 입었듯이 친구는 군대 안에서 온갖 사건, 사고를 겪으며 조직의 부조리함과 가치관의 혼란을 경험했고, 거기서 받은 상처들을 내게 털어놓았다. 우리는 감정적으로 날이 서 있는 데다 그것을 조절하는 데 익숙하지 않아 가끔 과격한 표현을 여과 없이 내보였다. 서로를 믿었기에 가능한 일이었다. 세상이 우리가 생각한 것처럼 딱딱 떨어지지 않고, 늘 바르고 건강하지만도 않다는 것을 경험하면서 가치관이 흔들릴 때면 어김없이 서로를 찾았다. 아무리 혼란스러워도 다 털어놓고 나면 다시 중심을 잡을 수 있었다. 그렇게 뜨거웠던 여름을 지나 가을을 거쳐 겨울이 되었을 때, 주고받은 편지의 두께만큼 나는 성숙해져 있었다. 그리고 거짓말처럼 내가 그토록 꿈꾸던 첫 장편 영화 「오렌지 딸기를 만나다」는 완성되어 있었다. 거울처럼 서로를 비추던 우리는 아픈 계절을 지나 한 발 한 발 어른이 되어 갔고, 계속해서 청춘의 봄을 함께 보냈다. 그렇

게 보내 온 시간들이, 우리가 쌓은 감정들이 무엇인지 그때는 몰랐다. 무수히 주
고받은 편지와, 내가 만든 영화와, 함께 들었던 재주소년의 음악이 우리가 공유하
는 일기장임을 몰랐다. 서로가 서로에게 청춘의 일기장이 되어 가고 있음을 모른
채 서로에 대한 감정을 우정이라고만 생각했다. 그리고 친구의 마음이 나와는 조
금 다르게 흘러가고 있음을 알기까지는 오랜 시간이 걸리지 않았다.

사랑과 우정 사이, 마음의 국경

가이드가 다음으로 향한 곳은 소금 호수였다. 차에 오르기 전에 장화를 주며
갈아 신으라고 했는데, 내리자마자 발등까지 발이 풍덩 빠져 그 이유를 알 것 같
았다. 나는 발을 땅에 내딛을 때마다 물결이 찰랑거리는 소리가 좋아 무작정 앞
으로 뛰어갔다. 그리고 눈 앞에 펼쳐진 풍경과 마주한 순간 발걸음이 저절로 멈
췄다.

늘 사진으로만 보았던 풍경. 정말 이런 세상이 있을까 믿기지 않았던 세상. 태
양이 구름과 어우러져 휘황찬란한 색을 내뿜는 모습이 바닥에 비쳤다. 이곳이구
나. 드디어 왔구나! 해발 3,500미터를 훌쩍 넘기는, 하늘과 가장 가까이 위치한
소금 호수. 하늘빛이 그대로 호수에 투영되어 완벽한 데칼코마니를 만들어 내고
있었다. 나는 눈 앞의 풍경이 믿기지 않아 연신 고개를 저었다. 호수 위에 서 있
는 내 모습이 물 찬 바닥에 그대로 비쳤다. 하늘이 호수가 되고, 호수가 하늘이
되는 공간. 내가 너이고, 네가 나일 수 있는 공간. 사막 어디를 봐도 하늘과 호수
가 대칭하며 서로가 서로를 품고 있었다. 그 모습이 마치 현실 세계와는 완벽히
차단된 또 하나의 행성처럼 신비하게 느껴졌다. 아모는 두 귀를 쫑긋 세우고 깡
충깡충 뛰어다니며 호수에 비친 또 다른 자신과 놀았다. 시간이 지날수록 아모
를 닮은 친구는 점점 검은 그림자로 변해 갔다. 우유니의 해가 천천히 저물고 있
었다.

해 지는 모습은 늘 감동을 주지만, 우유니에서 보는 일몰은 더욱 가슴을 짠하게 했다. 회색 구름과 노란 태양과 붉은 어스름이 뒤엉켜 휘황찬란한 하늘이, 이곳까지 이르는 동안 복잡했던 내 심경을 그대로 비추는 듯했다. 가이드에게 물었다. 어제 일몰은 어땠냐고. 원래 어제 오려고 했는데, 몸이 안 좋아서 오늘 왔다고. 가이드가 대답했다. 어제는 오늘보다 더 맑고 선명했지만, 우유니는 매일이 다르고 그 자체로 아름답다고. 나는 그 자체로 아름다운 우유니를 마주 보고 서 있었다. 바라보는 것만으로도 마음이 정화되는 기분이었다.

나는 생각했다. 인간도 자연의 일부이니 자연의 법칙을 따른다고. 하늘이 호수에 비치듯 상대 역시 나를 그대로 비춘다고. 나는 무조건 나와 만난다. 그때 너는 나에 대해 순수한 열정을 품었기에 나는 너를 그토록 좋아할 수 있었다. 그랬기에 너는 그토록 나를 좋아할 수 있었다. 우정이 사랑으로 바뀌는 혼란 속에서도 서로를 잃지 않을 수 있었다. 이십 대 내 순수의 자화상은 나를 그대로 비추었던 친구였다.

드라마에 흔히 등장하는 삼각관계. 여주인공에게 새로운 연인이 등장할 무렵, 오래 알고 지내 온 친구가 그녀를 좋아해 왔다는 사실을 알고 혼란에 빠지는 장면은 텔레비전에서 수없이 봐 온 터였다. 나는 그게 나의 이야기가 될 줄은 상상도 못했다.

어설프지만 혹독했던 첫사랑이 내 연애 경험의 전부였고, 그 혹독했던 시간마저 의지가 되어 준 게 그 친구였다. 늘 내 편인 사람, 늘 나를 응원해 주는 나 같은 사람. 친구의 마음이 나와 조금은 다르다는 걸 알게 되었을 때, 나는 당황했고 충격에 휩싸였다. 그러나 그도 잠시 당시 나에겐 연인이 있었기에, 친구와 나, 연인 셋 모두 상처 받지 않는 길이 무엇인지 찾아야 했다. 그러나 그런 상황은 처음이라 그 문제를 어떻게 풀어 가야 할지 몰랐다. 내겐 연인도 소중하고 친구도 소중한데, 그 둘에 대한 마음의 차이가 무엇인지 구분하기 어려웠다. 다들 그저 순수하게 눈앞의 상대를 좋아했을 뿐인데 그렇게 꼬여 버린 상황이 답답할 뿐이었다. 생각할 시간이 필요했지만 그조차 허락되지 않았다. 일 년 동안 휴학하고 준비했던 인도 배낭여행이 얼마 남지 않은 상황이었다.

상황은 더 복잡하게 꼬여 갔다. 고양이달의 주인공이 되어 준 아이는 떠나지 말라며 나를 붙잡았고, 내 일정에 맞추어 태국으로 오겠다며 아르바이트에 매진했다. 친구는 여행지 정보와 여행 경로, 준비할 물건 등 여행 관련 자료를 보내 주며 내 여행을 챙겼다. 떠날 날은 하루하루 다가오는데, 그 아이도, 오랜 내 친구도 자꾸 내 마음 깊숙한 곳까지 동시에 치고 들어오니 정신이 혼미해질 지경이었다. 급기야 나는 돌멩이 하나를 집어 들어 친구가 선 자리 앞에 하얀 선을 그었다. 이 이상 넘어오지 마. 더는 안 돼. 상처 주지 않기 위해 또 내가 상처 받지 않기 위해 그은 마음의 경계선. 친구의 마음이 아플 걸 알았지만, 그게 우리 모두를 위하는 길이라고 생각했다.

그러던 어느 날이었다. 떠나기 이틀 전 아침, 아르바이트하는 가게에서 오픈 준비를 하고 있었다. 그런데 문을 열고 친구가 들어오는 게 아닌가!

"네가 어떻게 여길……."

나는 더 이상 말을 잇지 못한 채 친구를 뚫어지게 바라보았다. 이른 아침 이곳에 있는 친구가 믿기지 않았다. 나는 매니저에게 잠시 양해를 구하고 친구와 카페에 갔다. 이른 아침이라 따뜻한 우유만 주문할 수 있었다. 하고 싶은 말이 많았고, 듣고 싶은 말이 많았지만 어디서부터 어떻게 이야기해야 할지 몰라 우유만 한 모금 두 모금 마시며 목을 축였다. 그런 내게 친구가 편지를 건넸다. 나는 편지를 받아 들고 일하러 돌아갔다. 편지를 열었을 때, 나와 다른 마음을 담담히 털어놓은 심경과 마주했다. 여전히 너는 내게 소중한 친구라는 말, 나의 꿈을 변함없이 응원한다는 말도 담겨 있었다. 나는 여행 가서 연락하겠다는 말로 긴 편지에 대한 답장을 대신하고 인도로 떠났다.

인도로 떠난 지 보름 정도 흘렀을 때, 내 연락을 손꼽아 기다리고 있을 친구에게 전화를 했다. 급히 떠나오느라 전하지 못한 말을 전하며, 너도 어디든 떠나라고 말했다. 내가 떠난 뒤 한국에서 혼자 마음고생하지 않을까 걱정이 돼서 꺼낸 말이었다. 그 순간 친구가 말했다. 인도로 올 거라고. 나는 멈칫했다. 그리고 당황한 목소리로 입을 뗐다.

"나는 이번 주말에 네팔로 떠나."

원래는 인도만 여행할 계획이었으나 여행 중 일정을 바꾸어 네팔로 가게 된 상황이었다. 그러자 나보다 더 당황한 목소리로 친구가 물었다.

"네팔? 네팔로 간다고? 인도에 있는 게 아니라?"

"응. 그렇게 됐어."

우리는 수화기를 들고 잠시 아무 말도 하지 못했다. 무슨 말을 해야 할지 몰랐다. 전화기에 동전이 다 떨어져 삑삑 소리가 났다. 동전이 더 없어 급히 전화를 끊었다. 그리고 이틀 뒤 친구로부터 메일이 왔다. 네팔로 가겠다고. 그 순간 정신이 멍해졌다. 여기가 전주도 아니고, 부산도 아니고, 제주도도 아니고, 무려 네팔인데, 어떻게 이틀 만에 그런 결정을 할 수 있는지……. 네가 오면 나는 대체 어떻게 해야 하는지, 나는 너를 잃거나 품거나 둘 중에 하나를 선택해야 하는데, 내가 너를 선택할 수 없는 상황인 걸 알면서도 오는 건 너는 나를 잃어도 된다는 건지……. 머리가 뒤죽박죽 엉켜서 터질 것 같았고, 친구가 한없이 야속하고 원망스러웠다. 엎친 데 덮친 격으로 여행에서 만난 친구마저 사고를 치는 바람에 수습하느라 정신없었다. 나는 몸도 정신도 엉망진창인 상태로 그 날 밤 홀로 인도 바라나시의 한 호스텔에서 밤새 앓았다. 어디 하소연할 곳 없이 몸을 뒤척이며 속으로 얼마나 빌었던가.

'제발 오지 마. 선을 넘지 마. 네가 오면 나는 더 물러설 곳이 없어. 나는 너를 절대로 잃고 싶지 않아.'

그러다 지쳐 나중에는 시간이 멈추길 바랐다. 그러면 친구는 결국 오지 못하고, 우리는 더 나아가지 않았으니 아무 일도 일어나지 않은 거고, 예전처럼 서로를 아

끼면서 함께 어른이 되어 갈 거라고, 아직 일어나지도 않은 미래를 고쳐 쓰고 싶었다. 그러나 나는 다가오는 미래를 막을 수 없었고, 친구는 내가 그은 마음의 경계선을 넘어 그 먼 길을 날아 내게로 왔다. 우리는 네팔의 이웃한 마을 포카라와 카투만두에 각각 머물렀다.

당시 나는 무엇이 용기이고, 무엇이고 사랑이고, 무엇이 우정이고, 무엇이 책임인지를 구분하지 못했다. 모든 것이 다 처음 느껴 보는 감정인 데다가 복잡하게 얽혀 있어 구분하기 쉽지 않았다. 나는 그렇게 엉켜 있는 한 덩어리의 감정을 받아들고 어떻게 해야 옳은지, 어떻게 해야 누구도 상처 받지 않을 수 있는지 생각했다. 얽혀 버린 관계에 대한 책임을 어떻게든 온전히 지고 싶었다. 그러나 그 당시 소용돌이 속에서는 답을 찾을 수 없었다. 아무리 고민해도 답이 나오지 않을 때 내가 할 수 있는 최선은 솔직해지는 것뿐이었다. 나는 나의 감정을 더할 것도, 뺄 것도 없이 있는 그대로 메일로 써서 보냈다.

어른이 되면 마음에 국경이 생기는 거 같아.
상처 받지 않기 위해, 상처 주지 않기 위해 만들어 낸 경계선 같은 거 말이야.
그 경계선을 넘지 않고 적당한 거리를 두는 게 관계에서 가장 중요하다고 생각해.
이 사람과 나는 다섯 발자국을 두고 서야 가장 좋은 관계를 유지할 수 있고,
저 사람과 나는 열 발자국을 두고 서야 가장 좋은 관계가 가능한데,
무리하게 선을 넘어 다가오면 상대는 뒷걸음질 칠 수밖에 없을 거야.
네가 이번에 선을 넘은 건 엄연히 반칙이야.
나는 너 말고도 배려해 줘야 할 상대가 있어.
너는 나를 배려해 줄 순 없었던 거니?

숨을 곳 없이 친구의 온 마음을 모두 비추어 버리는 바람에 친구는 내 말을 그대로 인정할 수밖에 없었다. 친구는 바로 이웃한 마을에 있었지만, 나는 끝내 친

구를 만나 주지 않았다. 내 마음의 경계선 때문이었다. 나는 친구의 발 앞에만 선을 그은 게 아니었다. 내 발 앞에도 분명한 선을 그었다. 그동안 친구가 그리우면 언제든 스스럼없이 마음을 열고 다가갔지만, 이제 더는 안 된다는 걸 알았다. 마음의 선을 넘어선 안 되었다. 그렇게 며칠을 버틴 끝에 친구는 홀로 네팔을 떠났다. 그리고 얼마 뒤 메일 한 통이 왔다. 오랫동안 기다리고 준비했을 여행에 짐을 지워서 미안하다는 내용이었다. 나는 답장을 하지 않았다. 더 할 수 있는 이야기가 없었다. 나는 그렇게 친구를 가슴에 묻고 여행을 계속했다.

여행에서 돌아온 뒤에는 친구에게 답장을 해야 한다는 걸 알았다. 내 소식을 많이 궁금해하고 있다는 걸, 내 연락을 애타게 기다리고 있다는 걸 알았다. 그러나 겨울이 가고, 봄이 가고 그렇게 두 개의 계절이 바뀌는 동안 나는 연락하지 못했다. 그렇게 네팔을 떠난 뒤 나머지 여행은 어땠냐고, 돌아와서는 어떻게 지냈냐고 차마 물을 엄두가 나지 않았다. 내가 마음을 받아 주든, 받아 주지 않든 네팔까지 날아온 친구였다. 상처 받을까 두려워하지 않고 용기 내어 마음의 국경을 넘어 온 사람이었다. 내내 마음이 무거웠을 친구를 생각하면 숨이 턱 막혔지만, 어떻게 마주해야 할지 몰라 시간이 우리의 엇갈린 마음을 덮어 주기만 바랄 뿐이었다. 나를 닮았던 친구, 친구도 같은 마음이었을까. 네팔을 떠나며 내게 보낸 메일 한 통이 마지막이었다. 그렇게 똑같았던 우리는, 똑같이 어찌해야 할지 모른 채 시간에 우리를 맡겼다.

최고의 고백

소금 호수를 떠난 우리는 어느덧 사막 한복판을 가로지르고 있었다. 우리나라 경상남도보다 큰 사막이니만큼 아침부터 질주해도 끝이 보이지 않았다. 그럼에도 시시각각 변하는 풍경에 지루할 틈이 없었다. 우유니 사막은 정말이지 다채로운 풍경을 품고 있었다. 잠시 쉬어 간 곳 중에서 가장 인상적인 풍경은 단연 물고 기섬이었다. 생명체가 많지 않은 소금 사막에 옛날 잉카인이 선인장을 심어 가꾼 물고기 모양의 섬이었다. 선인장의 크기가 곧 선인장의 나이라는데, 가장 큰 것은 사람 키의 다섯 배나 되었다. 수명이 천 년을 훌쩍 넘길 만큼 생명력이 아주 길다고 하니 잉카인들이 수호신으로 믿을 만했다. 아모가 내 팔을 톡톡 치며 속삭였다.

"저기 좀 봐봐! 저 선인장 사이에 야마가 풀 뜯어 먹고 있어."

나는 아모가 손가락으로 가리키는 곳을 따라 시선을 돌렸다. 나도 모르게 탄성이 터져 나왔다.

"귀여워! 어쩜 좋아."

아모도 귀여워 어쩔 줄 모르는 표정을 지었다. 우리는 야마가 도망칠까 봐 가까이 다가가지도 못하고 멀리서 바라만 봤다. 차에 돌아가자 어린 가이드가 휴식을 끝내고 우리를 맞아 주었다. 자리에 앉자 가이드가 시동을 걸었다.

"출발!"

아모가 크게 소리치자 가이드가 엑셀을 밟았다. 창밖으로 우유니가 곳곳에 숨겨 놓은 아름다움을 꺼내 놓으며 시선을 잡아끌었다. 가장 눈에 많이 띈 것은 커다란 바위와 자잘한 모래가 한꺼번에 뒤섞인 자그마한 구릉이었다. 멀리서 보면 암적색, 고동색, 회색, 청록색 등 물감을 풀어놓은 듯 색색의 산으로 보였다. 가이드가 말하길 빙하의 퇴적물이라고 한다. 덩치가 큰 빙하가 경사면을 따라 이동하면서 주변의 산지를 깎기도 하고, 깎은 물질들을 산 아래 낮은 곳에 쌓아 놓기도 한다고. 따뜻한 시기가 왔을 때 빙하는 녹아서 사라졌지만, 빙하가 가져다 놓은 물질들은 세월의 무게를 이기고 여전히 자리를 지켰다. 저 구릉들은 모두 빙하의 작품이구나. 작품을 만든 작가는 사라졌는데, 작품은 그대로 남아 많은 여행자의 눈을 사로잡고 있었다.

빙하가 녹고 난 뒤 쌓인 퇴적물이 저 구릉이라면, 그 시절 사랑으로 변한 친구의 마음이 지나간 자리에는 무엇이 남았을까. 나는 우리 관계의 흔적을 떠올렸다. 그

리고 그 흔적을 거슬러 올라갔을 무렵, 우유니 사막보다 더 뜨거웠던 스물셋의 여름에 다다랐다.

그해 여름의 태양은 유난히 작열했고, 비가 많이 내렸다. 습한 공기가 어깨를 짓눌렀고, 축 늘어지는 몸을 억지로 이끌고 다녔다. 복학하고 3학년이 되자 스물셋의 나이는 날씨보다 더 무겁게 나를 짓눌렀고, 일 년이 더해진 무게만큼 어른이 된 책임감을 느꼈다. 1, 2학년 때와는 사뭇 다른 분위기로 곳곳에 긴장감이 감돌았다. 모두 영화감독의 꿈을 안고 입학했지만 재능의 한계와 실현 가능성을 생각하면서 하나둘 이탈하기 시작했다. 어떤 친구는 아예 학교를 다시 가기도 하고, 어떤 친구는 공무원 시험 준비에 뛰어들기도 했다. 나 역시 현실적인 고민을 시작했고, 언제 기회를 얻게 될지 모르는 영화감독보다는 회사에 소속되어 안정적으로 일할 수 있는 방송 프로듀서로 방향을 정했다.

나는 사막을 질주하는 사륜차처럼 앞만 보고 달렸다. 공부에 치여 일상이 점점 팍팍하게 변했고, 가끔 멈춰 숨을 고를 때면 어김없이 친구가 생각났다. 스물넷이 된 나의 친구는 어떨까. 늘 전해 듣던 친구의 일기, 늘 전해 주었던 나의 일기는 작년 겨울, 인도 네팔 여행에서 멈춰 있었다. 내 안에 그대로 꽉 막힌 감정들이 답답함과 서러움을 못 참고 비가 되어 마음을 적셨다. 시간이 지나면 나아질 줄 알았는데, 오히려 꾹꾹 눌러 참았던 감정이 쏟아져 주체할 수 없었다. 나는 보기 힘들어 묻어 두었던 친구의 메일을 다시 읽어 보았다. 그 순간, 네팔 그 머나먼 이국 땅으로 무작정 날아와 혼자 시간을 보내고 있는 외로움이 느껴져 울컥했다. 소중한 친구에게 외면당한 마음이 어떨지 나는 감히 상상할 수 없었다. 내가 이렇게 아픈데, 내 친구는 얼마나 아팠을까. 미루고 미루던 답장을 써야겠다고 용기를 낸 것도 그런 이유에서였다. 언제나 그랬듯 어디서부터 어떻게 시작해야 될지 모를 때에는 솔직해지는 방법밖에 없었다. 나는 감정을 꾸미거나 숨기지 않고 그대로 전했고, 하루 지나 친구의 답장이 돌아왔다. 친구의 답장에는 소년의 소박한 꿈, 처음 만났을 때 우리가 함께 나누었던 로망에 대한 바람이 담겨 있었다.

뒤늦은 고백을 하자면 그곳에서 너와 하고 싶었던 것,
사막 어딘가에 앉아서 별을 보는 것. 그저 그것뿐이었어.
그것 때문에 그곳까지 갔다고 하면 별 소리를 다 듣겠지.
하지만 그때 내가 갈 수 있는 최선의 길은 솔직해지는 것이었어.
온 힘을 다했기 때문에 후회하지 않아.

사막 어딘가에 앉아서 별을 보는 것, 그것만 바라보고 네팔에 왔다는 친구. 엉뚱하고 무모하지만 내가 아는 친구라면 그러고도 남았다. 내 친구, 여전하구나. 친구의 메일이 반가운 한편 가슴이 아렸다. 네가 나에게 바란 것은 함께 별을 보는 게 전부였는데, 나는 왜 그 하나를 해 줄 수 없었을까. 그러나 별 하나의 문제가 아니라는 것을 알았다. 선 하나를 넘으면 그게 시작이 되어 모든 마음의 경계가 무너져 내릴 거라는 것을 알았다. 친구가 내 마음의 끝까지 들어오면 속수무책일 것을 알았다. 그러니 시간을 돌린다 해도 나는 같은 선택을 할 게 분명했다. 마음 아프지만 내가 처한 관계라는 게 그랬다.

친구의 심경을 담담히 읽어 내려가는데 뜻밖의 소식과 마주했다. 곧 핀란드로 유학을 간다는 소식. 친구가 떠난다. 나는 친구에게 너무 미안한데, 친구가 이대로 떠나면 내 마음을 전할 기회가 영영 오지 않을 것 같았다. 훗날 친구가 돌아와 다시 만나게 된다 해도 그때의 우리는 지금의 우리와 다를 거라는 것을 알았다. 그때의 이야기는 지금의 이야기와 이어지지 않을 거라고, 그때쯤 우리의 감정은 이미 빛이 바래 있을지 모른다는 생각에 가슴이 덜컥 내려앉았다. 나는 그제야 세월에게만 맡겨 두었던 나의 감정을, 친구의 감정을 챙기기로 마음먹었다. 우리는 몇 번의 메일을 더 주고받은 뒤 안양의 한 카페에 마주 앉았다. 친구가 떠나기 바로 전날 늦은 오후였다.

여느 때와 다름없이 그날도 무더위가 기승을 부리고 있었고, 우리의 마음도 어지럽게 흐트러져 있었다. 무슨 말을 어떻게 해야 할지 고민이 많았는데, 막상 친구의 얼굴을 보니 모든 말들이 사라지고 나도 모르게 미소가 지어졌다. 친구도 나를 보고 웃었다. 환한 소년의 미소. 그래, 그 미소를 내가 좋아했지. 처음부터 좋았다. 그리고 여전히 좋았다. 내내 마음이 무거웠는데, 막상 친구와 마주하자 미안했던 마음이 반가운 마음에 밀려 뒤척이고 있었다. 어디까지 미안하고 어디까지 반가운 건지, 어디까지 그리웠고 어디까지 원망스러운지, 구분이 되지 않았다. 온갖 감정이 한꺼번에 쏟아져 어느 하나 온전히 붙잡을 수 없었고, 그렇게 어느 여름날 오후가 흘러가고 있었다.

그 혼란 속에서도 분명했던 소망 하나, 나는 오랫동안 친구와 얼굴을 마주 보고 대화하고 싶었다. 대화, 우리가 처음 만난 그때처럼 설레고 들떠서 계속해서 말하고, 계속해서 듣고 싶었다. 맛있는 밥도 먹고 달달한 케이크도 먹고 시원한 맥주도 마시면서, 여름밤을 꼬박 새도록 이야기하고 싶었다. 그러나 우리에게 주어진 시간은 고작 한 시간이었다. 친구의 집에서는 먼 길 떠나는 장남을 위해 온 가족이 모여서 기다리고 있었고, 출발 전 가장 분주했을 그 날 친구는 왕복 다섯 시간이 넘게 걸리는 우리 동네까지 잠시 나를 보기 위해 온 것이었다. 그 소중한 시간을 내게 준 것에 대한 고마움, 그럼에도 한 시간 밖에 허락되지 않은 상황에 대한 아쉬움이 더해 입을 떼기가 어려웠다.

"밥 먹고 가야 하는데, 밥, 밥……."

나는 친구의 눈을 똑바로 보지 못한 채 그 말만 계속 반복했다. 흘러가는 시간이 너무 아쉬워 커피 잔만 계속 쓰다듬기만 수차례, 친구가 먼저 입을 뗐다.

"인도 여행은 어땠어?"

순간 가슴이 덜컥 내려앉았다. 나는 친구의 눈을 마주 보았다. 깊고 투명한 눈동자. 나는 말없이 그 눈을 바라보다 어렵사리 입을 뗐다.

"그냥, 그냥 그랬어."

친구가 의외라는 듯 물었다.

"왜 그냥 그래? 많이 기대했잖아."

"별로였어. 너무 기대했나 봐."

나는 말을 돌리려고 별로였다는 말만 반복했다. 친구를 그렇게 돌려보낸 뒤 내 여행이 어땠다고 짧은 몇 마디로 설명하기엔 내 표현력이 턱없이 부족했고, 우리에게 주어진 시간은 그보다 더 부족했다. 시간이 충분했다면 말할 수 있었을까. 사실은 네가 나 있는 곳까지 올 줄 몰랐는데 많이 놀랐다고. 나는 내 연인과 너 둘 중 누구도 다치게 하고 싶지 않았고, 그러려면 어쩔 수 없이 선택을 해야 했다고. 그게 곧 너를 버린 것을 의미하는 게 아니라고. 나한테 너는 여전히 소중한 존재라고. 네가 나를 좋아하는 만큼 나도 너를 좋아한다고. 내 이십 대에서 너를 빼놓고 이야기하면 나는 아무것도 아닌 게 된다고. 그런 너를 네팔에 홀로 두고 모른

척 했어야 하는 상황이, 내 결정이 나에게도 쉬운 건 아니었다고. 나도 너만큼 아팠다고. 그렇게 모든 걸 말하고 싶었다. 시간을 멈추어, 아주 천천히 오랫동안 친구의 눈을 보며 말하고 싶었다. 그러나 찻잔만 만지작거릴 뿐 단 한마디도 꺼내 놓지 못했다. 늦은 오후, 커다란 카페 창으로 들어온 햇살이 서로의 얼굴은 은은하게 비추었다. 피아노 음악은 잔잔하지만 경쾌했고, 시곗바늘은 어느덧 친구에게 돌아갈 시간을 고하고 있었다. 그렇게 정작 하고 싶은 말은 하나도 하지 못한 채 나는 엉뚱한 밥 타령만 했다.

"밥 먹고 가야 하는데… 밥……."

내가 인도로 떠나기 전 친구와 카페에서 만났을 때, 잠깐 얼굴만 보고 헤어져야 하는 상황이 아쉬운 친구가 계속해서 내게 했던 말이었다. 두 개의 계절을 사이에 두고 나는 친구를 떠나보내고, 친구는 나를 남겨 두고 가야 하는 상황으로 뒤바뀌어 있었다. 나는 친구의 응원으로 만든 내 첫 영화에 우리가 좋아하는 재주소년의 「마음의 지도」를 입혀 선물했다.

평화로운 밤하늘 빗방울이 떨어져오고
길을 잃은 난 온몸이 젖은 채 마음에 지도를 그렸지
하루하루 너에게 닿았을 때 지쳐 버린 걸음은 멈춰 버릴 것만 같았어
잃어버린 시간 속 들려오는 너의 목소리
한여름 밤에 꿈처럼 다가온 믿을 수 없었던 이야기
이름 모를 섬에서 헤매던 마음들은 이제야 너의 곁으로
어디에 있더라도 찾을 수 있어
긴 여행이 끝나면 우리 함께 쉴 수 있겠지

한여름 밤 꿈처럼 우리에게 다가온 이야기들, 머나먼 땅 네팔에서 갈 곳을 잃고 헤매던 내 마음이 이제야 친구를 향해 가고 있었다. 나는 편집하는 동안 이 노래

를 반복해서 들으며 차마 얼굴 보고 할 수 없었던 나의 고백, 친구에 대한 나의 마음과 나를 보러 네팔까지 와 준 것에 대한 고마움을 편지로 썼다. 그리고 영화의 엔딩에 크레딧으로 올렸다. 친구는 가방에 CD를 넣으며 핀란드에 가서 보겠노라 말했다. 버스에 오르기 전 자신은 선물을 준비하지 못했다며, 손에 낀 팔찌를 빼어 내게 건넸다. 친구가 인도 여행을 하는 내내 차고 다녔을 그 팔찌를 내 팔에 차고, 나는 떠나는 친구를 향해 손을 흔들었다. 다음 날 친구는 한국을 떠났다.

며칠이 지났다. 나는 편지 한 통을 손에 들고 멍하니 바라보았다. 봉투를 열자 장문의 편지가 들어 있었다. 떠나기 몇 시간 전 친구가 마지막으로 내게 쓰고 부친 편지였다. 돌아오면 너무 빛바랠 말들이 있어 편지를 쓰게 되었다는 말로 시작되는 편지. 네 장의 긴 편지를 읽어 내려가는 동안 나도 모르게 울컥했다. 재주소년의 노래가 주문을 건 걸까. 이름 모를 섬에서 헤매던 친구의 마음들이 이제야 나의 곁으로 왔다. 그 마음은 내 영화에 담은 편지의 내용이기도 했다. 너의 마음도 나와 같았구나.

영주야, 네가 있어서 내 스물셋은 행복했어.
무턱대고 날아간 그 먼 나라에서조차 너의 존재는 소중했어.
이게 나의 진심이야. 더 감출 것 없이 고맙게 이야기하고픈 마음.

나도 모르게 고개를 저었다. 말도 안 돼. 내가 너를 외면했는데, 나를 미워해도 나는 이해할 수 있는데, 소중하다니, 고맙다니……. 그리고 시선이 멈춰 버린 친구의 한마디, 스물셋과 스물넷, 우리의 이야기가 아주 아름답지는 못하더라도, 앞으로 더 따뜻한 마음을 갖는 데 도움이 되겠지? 난 믿어, 네가 가진 마음이 너를 더 빛나게 할 거야. 나는 숨을 멈추고, 그 말을 곱씹었다. 난 믿어, 네가 가진 마음이 너를 더 빛나게 할 거야.

그 말은 스물세 해를 사는 동안 들어 본 말 중 가장 가슴 따뜻한 말이었고, 가장 진심이 느껴지는 말이었다. 네팔에서 우리가 만났다면 푸른 하늘을 그대로 비추는 포카라 호수를 배경으로 친구의 고백을 들었을까. 인도의 어느 사막에서 별을 보며 낭만적인 사랑 고백을 들었을까. 어떤 장면을 상상해 봐도 편지에 담긴 그 고백 이상일 수 없었다. 그 어떤 고백도 그렇게까지 내 마음을 울리지는 못했을 것이다.

손에 쥔 편지를 먹먹한 가슴에 가져다 대고 조용히 눈을 감았다. 이 편지를 쓰고 있을 친구의 마지막 모습을 떠올렸다. 지금 눈앞에 없지만, 떠올리는 것만으로 가슴이 따뜻해졌다. 그 따뜻한 마음은 상대가 그 친구였기에 가능했다. 내게 그런 마음을 갖게 해 주어서, 그렇게 진심 어린 말을 선물해 주어서 내 청춘이 얼마나 따뜻해졌는지 모른다. 아무리 아파도 그 시절이 영원히 멈추어 버렸으면 좋을 만큼 우리의 순간들은, 복잡하게 얽힌 진심들은 더없이 소중했다. 떠나기 전 바쁜 시간을 쪼개어 나를 보러 와 준 그 마음 씀씀이가, 마지막 밤 내게 남긴 진심 어린 편지가 더없이 소중했다. 그때가 아니면 그만큼 느끼지 못했을 그 순간의 감정을 그냥 흘려보내지 않고, 마지막까지 용기 내어 내게 보내 준 친구가 고마웠다.

빙하는 사라졌지만 빙하가 쌓아 놓은 그 퇴적물은 시간이 지난 뒤에도 층층이 다채로운 색을 내뿜으며 그 자체로 작품이 된다고 했던가. 우정이 사랑으로 바뀌던 순간부터 몇 개의 계절이 지나는 동안, 우리들의 열병 같은 마음은 녹아 사라졌지만, 우리가 서로에게 남긴 흔적들, 마음을 담은 서로의 편지는 가장 빛나는 색의 층으로 남았다. 우리 청춘의 가장 아름다운 증거가 되었다. '네가 가진 마음이 너를 빛나게 할 거야.' 그 한마디 선물이 네가 없는 청춘을 사는 동안에도 크나큰 힘이 되었다는 걸 너는 알까.

서로의 테두리를 벗어나

우유니 안에서도 보호 지역으로 지정된 라구나 콜로라다 국립공원에 들어가자마자 우리는 숙소로 향했다. 문을 열고 들어가자 대충 바른 시멘트 벽 내부에 낡은 나무 테이블이 놓여 있었다. 일단 방으로 들어가 짐을 풀었다. 방에는 다른 가구 없이 침대 열 개가 두 줄로 나란히 놓여 있었다. 나는 문에 가까운 침대에 짐을 풀고 침낭을 미리 깔았다. 창문이 없는 데다 전기가 들어오지 않아 방 안이 캄캄했다. 나와 아모는 다시 방 밖으로 나왔다. 낡은 테이블에 앉아 숨을 돌리는데 주인이 따뜻한 차와 빵을 가져왔다. 가이드는 세차하러 나간지라 나와 아모 단둘이서 허기를 채웠다. 밖에서 바람이 세차게 휘몰아치는 소리가 들렸다. 서서히 해가 지면서 숙소 안 온도도 떨어지고 있었다. 나는 방에서 옷가지를 챙겨 와 스웨터를 하나 걸치고 아모도 덮어 주었다. 아모가 내 어깨에 몸을 기댔다.

"아모, 많이 피곤해?"

아모가 고개를 끄덕이더니 스르르 눈을 감았다. 나는 한쪽 팔로 아모를 감싸 안고 어깨를 토닥여 주었다. 아모가 쌔근쌔근 소리를 내며 잠들었다.

해가 완전히 저물자 주인이 초를 가져다주었다. 불을 켜자 주변이 환해졌다. 바람이 점점 더 거세져 테이블 바로 앞에 난 창문이 흔들렸다. 숙소 밖은 캄캄했고, 세찬 바람과 함께 매서운 추위가 기승을 부렸다. 다행히 숙소 안에 있어 안전하게 보호받는 느낌이 들었다. 테이블 위에 놓인 찻잔에서는 모락모락 김이 피어올랐다. 나는 잔을 들어 따뜻한 차를 한 모금 마셨다. 목구멍을 타고 따뜻한 온기가 몸 속으로 전해졌다. 아모는 잠결에 희미하게 눈을 떴다가 다시 눈을 감았다.

나는 혼자 멍하니 테이블에 앉아 있었다. 1초. 2초. 3초. 4초. 5초…. 대충 칠한 시멘트 벽에 걸린 시계에서 초바늘이 움직이는 소리가 들렸다. 일 초가 지날 때마다 세상과의 시차가 더 벌어지는 듯한 기분. 나는 그 소리에 귀 기울이며 그대로 가만히 있었다. 잠시 후 아무것도 들리지 않았다. 누구도 이야기하는 사람이 없었고, 이야기 나눌 사람도 없었다. 침묵의 시간. 텅 빈 시공간에 나 혼자 덩그러니 놓인 듯했다. 이 공간 자체가 세상과는 멀리 떨어져 있는 또 다른 행성인 것 마냥 느껴졌다. 지구보다 느리게 시간이 흘러가는 곳. 지루하진 않았다. 오히려 익숙한 기분. 고양이달을 만들기 위해 작업실에 갇혀 있었던 그 시절의 분위기와 비슷했다.

서울의 송파에 있는 작업실과 우유니의 라구나 콜로라다 국립공원은 지구의 반대편에 있는데, 어떻게 이렇게 같은 맥락으로 이어질 수 있을까. 숙소의 문을 열고 나가면 우유니 사막이 아니라 송파의 작업실로 연결될 것 같았다. 그때도 꼭 이만큼 세상과 격리되었고, 이만큼 침묵했고, 이만큼 고독했다. 그 시간 친구는 어느 행성에 갇혔던 걸까. 왜 우리는 좁은 땅, 같은 하늘 아래 있으면서도 하나의 문으로 연결되지 못한 채 멀어진 걸까. 왜 누구도 그걸 깨닫지 못한 걸까. 나는 우리가 멀어진 시점을 찾기 위해 우리의 시간들을 헤집기 시작했다.

시간이 흘러 친구가 핀란드에서 돌아왔을 즈음 우리는 좀 더 어른이 되어 있었고, 더해진 나이의 숫자만큼 무거운 책임감에 헐떡이고 있었다. 나는 친구보다 일 년 먼저 원하는 바를 이루었고, 방송국에서 프로듀서 생활을 시작했다. 그러나 프로듀서 생활은 내가 생각한 것과는 많이 달랐다. 나는 내 재능과 열정을 온전히 쏟을 수 있는 나만의 작품을 만들기 위해 몇 달 만에 회사를 나왔다.

한창 고양이달을 만들고 있을 무렵, 어느 초겨울 밤이었다. 친구와 통화를 하다가 사소한 오해로 다투었고, 몇 년을 알고 지냈어도 한 번을 싸우지 않았기에 당황한 친구가 곧장 집 앞으로 달려왔다. 우리는 그날 술집에 마주 앉아 긴긴 이야기를 나누었다. 오해를 푸는 과정에서 우리는 서로에 대해 더 깊이 이야기를 나누었고, 나는 단 한 번도 보지 못했던 친구의 고독과 맞닥뜨렸다. 대학 시절 동안 핀란드로, 중국으로, 필리핀으로 계속 유학을 떠나다 보니 마음 둘 곳이 없어 외로웠다는 고백이었다. 그 고백을 듣고 있자니 나도 모르게 가슴이 먹먹했다. 그때 친구가 내 눈을 똑바로 보며 말했다.

"영주야, 나는 단 한 번도 네 테두리 안에 있어 본 적 없었어. 늘 네 곁을 맴돌기만 했지. 너는 내게 늘 우선이었는데, 너에게 나는 늘 우선인 적이 없었어."

그 순간 심장이 쿵 내려앉았다. 무슨 말이라도 해야 했지만 친구의 눈이 너무 고독해서 단 한마디도 입 밖에 낼 수가 없었다. 당장에라도 그게 아니라고, 너도 알지 않느냐고, 내가 너를 얼마나 아꼈는지 정말로 몰랐던 거냐고 묻고 싶었지만, 마음을 말로 설명하는 게 구차하게 여겨졌다. 나는 차차 설명할 기회가 있을 거라고 생각했다. 네가 내게 있어서 테두리 밖의 사람이 아닌 테두리 안의 소중한 사람이라는 것을, 테두리 안의 중심에 다른 누구도 아닌 네가 있었다는 것을 말이 아닌 행동으로 보여 줄 시간들이 앞으로 충분할 거라고 생각했다. 간절한 눈빛으로 대답을 기다리던 친구가 나의 침묵에 씨익 웃더니 화제를 돌렸다. 우리가 그토록 좋아했던 재주소년의 해체 소식이었다. 친구는 고별 공연에 함께 가자고 했다. 한꺼번에 쏟아진 친구의 속내와 재주소년의 해체. 내가 알고 있던 세계가 완전히 뒤틀리는 듯하여 혼란스러웠다. 늦은 새벽, 친구는 나를 데려다 주고 돌아갔다. 나는 무거운 마음으로 멀어지는 친구의 뒷모습을 지켜보았다.

다음 날, 나는 친구와 재주소년의 고별 공연에서 다시 만났다. 전날의 대화로 우리는 다소 서먹한 분위기에서 공연을 보았다. 내 나이 스물에 친구를 만났고, 그 시기에 재주소년의 음악을 알게 되었다. 이십 대 우리의 일상에, 함께했던 시간에 따뜻한 BGM이자 일기장이 되어 준 재주소년의 음악들. 어느덧 육 년이 지나 고별 공연에서 흘러나오는 모든 음악에 나의 추억과 친구의 추억, 그리고 우리의 추억이 고스란히 담겨 있었다. 청춘의 꿈과 감성을 교감했을 두 멤버는 무대에서 차근차근 준비한 것들을 보여 주었고, 우리는 그 모습을 애정 어린 시선으로 지켜보았다. 두 친구는 지금까지 함께했지만 서로 가고자 하는 방향이 달라 이제부터 각자의 길을 간다고 했다. 나는 무대를 향한 친구의 옆얼굴을 몰래 바라보았다. 재주소년처럼 우리도 함께 꿈을 찾아 달려왔고, 지금 여기 이곳에 함께 있었다. 앞으로도 계속 함께할 수 있을까. 우리의 방향은, 우리의 길은 과연 같을까. 만감이 교차하는 가운데 우리는 재주소년의 마지막 곡을 들었고, 재주소년은 그렇게 끝을 고했다.

그 후 나는 벤처기업의 길을 갔고, 친구는 대학원에서 저널리즘 공부를 하면서

기자 시험을 준비했다. 나는 작업실이 있는 서울로, 친구는 대학원이 있는 지방으로 각자의 공간에 들어갔고, 우리는 세상과 격리된 채 혼자만의 싸움을 시작했다. 함께 꿈을 찾아 청춘의 계절을 보낸 우리는 각자의 방에서 세상에 나갈 준비를 하느라 정신없었다. 친구와는 자연스레 연락이 뜸해지다가 어느 순간 끊겼다. 재주소년은 완전히 해체하고 더 이상 노래를 부르지 않았다. 더 이상 들을 노래도, 들을 이야기도 없이, 나는 남은 이십 대를 숨 가쁘게 살아 냈다.

우리는 몇 년이 지난 뒤 각자의 공간에서 문을 열고 나왔지만 그 문은 상대의 문과 연결되지 않았다. 서로의 테두리를 벗어난 지 오래였고, 각자의 삶 속에서 이제 더 이상 서로가 우선일 수 없었다. 친구는 수천 명의 페이스북 친구 가운데 하나가 되었다. 마음의 끈이 아닌 인터넷이라는 인류의 발명품을 통해 네트워크로 연결된 우리. 끊임없이 밀려오는 인파와 사건들을 헤치고 가느라, 나는 무엇을 잃었고 무엇이 변했는지 알아차리지 못했다. 얼마 전 겪은 줄 알았던 일은 누군가에겐 너무 오래되어 잊힌 일이 되어 있었고, 몇 달 전 만나서 수다를 떤 줄 알았던 친구는 몇 년 전에 얼굴 본 게 마지막이었다. 스무 살, 그 친구와 처음 만났던 홍천의 여행길, 돌아오는 버스 안에서 사막여우와 인도 여행, 별, 영화 이야기까지 쉴 새 없이 쏟아 냈던 우리의 이야기들은 이제 빛바랜 추억이 되어 있었다.

그러던 어느 날, 친구의 페이스북을 통해 약혼 소식을 알게 되었다. 재주소년 고별 공연 후 이 년 반 만이었다. 나는 친구가 나보다 먼저 어른이 되었다는 사실을 깨달았다. 인터넷 전산망을 통해 친구의 좌표와 나의 좌표가 정확히 찍힌 화면을 받아든 듯했다. 우리가 마지막으로 만난 게 언제였더라? 일 년 전 코엑스에서 고양이달 전시회를 열었는데, 그때 친구가 찾아와 만났던 게 마지막이었다. 너무 정신없어서 친구와 차 한잔도 못 하고 그냥 보낸 게 생각났다. 전화로 안부를 나눈 것도 벌써 육 개월 전이었다. 그러나 안타깝게도 나는 친구와 짧게 주고받은 안부의 내용을 정확히 기억하지 못했다. 제대로 묻지 못했고, 듣지 못한 탓이리라.

나는 친구의 결혼 소식을 알게 된 시점부터 친구의 전화를 애타게 기다렸다. 이제라도 다시 천천히 물어볼 요량이었다. 어떻게 어른이 되었는지, 그 속도는 어떠했는지, 그래서 지금 어떻게 변했고 기분은 어떠한지, 페이스북이 아닌 친구의 목소리로 직접 듣고 싶었다. 그러나 봄이 가고 여름이 지나가도록 친구는 전화 한 통 없었다. 그런 친구가 야속해, 내심 얼마나 서운했는지 모른다. 결혼은 인생에서 큰 일 중 하나인데 어떻게 나한테 한마디 말도 하지 않을 수 있냐고, 아무리 시간이 흘렀고 우리가 멀어졌다 한들 내 존재가 너한테 그것밖에 안 되냐고 따지고 싶었다. 그럴수록 우리는 다른 시공간에 속해 있어 더 이상 서로의 말을, 아니 마음을 주고받을 수 없음이 명백하게 드러났다. 나는 우리가 다른 세계에 속하게 되었음을 인정해야 했다.

결혼을 일주일 앞두고 드디어 친구에게 전화가 왔다. 오랫동안 기다린 전화인 만큼 하고 싶은 말이 많았다. 그러나 수화기 너머 친구의 목소리가 잘 들리지 않았다. 친구가 아주 높은 다리에서, 징검다리를 건너고 있는 나를 내려다보며 속삭이듯 말을 건네는 느낌. 나는 귀를 바짝 대며, "응? 뭐라고? 뭐라고 했어?"라는 질문을 내내 했다. 친구는 몇 번을 설명하다가, "지금 어디 가는 중이라……."라는 대답과 주위의 잡음을 섞어 내게 보냈다. 우리 집도 마찬가지였다. 현관에서 엄마가 배추를 다듬으며 아빠와 대화하는 소리, 창문 밖 단지 내 생활 소음이 친구의 목소리와 섞였다. 어떻게든 대화에 집중하려 애를 썼지만 잘 되지 않았다.

얼마 만에 듣는 목소리인데……. 나는 계속해서 아쉬움을 느꼈다. 그럼에도 딱히 할 수 있는 대화가 없었다. 친구와 내가 즐겁게 나눌 수 있는 대화는 한 시절 징검다리의 이야기뿐인데, 훨씬 크고 긴 다리의 출발선에 서서 평생을 걸고 그 다리를 건너려는 친구에게, 징검다리의 추억을 늘어놓는 것은 의미가 되지 않을 거 같아서, 그런데 내가 친구와 나눌 수 있는 게 징검다리의 추억밖에 없어서, 나는 아직 징검다리를 건너고 있는 중이라 크고 긴 다리를 건너려는 기분이 어떨지 상상이 안 되서, 아무 말도 할 수 없었다. 마음 놓고 들려줄 수도, 물을 수도 없었다. 친구도 그걸 아는 것 같았다. 그래서 내게 묻지도, 들려주지도 않는 것 같았다. 친구가 나지막이 말했다.

"영주야, 결혼을 하게 되면 생활이 가족 중심으로 바뀌어서, 예전처럼 친구들과 자주 연락을 하거나 만나서 시간을 보낼 수가 없어. 그렇게는 온전히 역할을 해낼 수가 없어."

"그렇구나."

그렇구나. 나는 그 말이 무슨 말인지 알았다. "그러니까 이제 너와 자주 연락을 하거나, 만날 수가 없어.", 그 말을 하고 있다는 것을 알았다. 그렇게 목소리를 들으려 전화하는 것도 그게 마지막이라는 걸 알았다. 그래서 무슨 말이든 해야 했는데, 정작 아무 말도 할 수 없었다. 마음은 급했지만, 하고 싶은 말은 너무도 많았지만, 이제와 그 말들을 하는 게 맞지 않는 것 같아서 엄두도 내지 못했다. 나는 입술을 깨물고 듣기만 하다가 말했다.

"결혼식 갈게. 거기서 봐."

"그래. 밥 먹고 가. 사진이나 찍자."

십삼 분의 짧은 통화 내내 우리는 그렇게 어색하게 몇 마디 말만 주고받고 전화를 끊었다. 십 년을 알아 왔는데, 그 친구의 성장기를 내가 가지고 있는데, 그 변화만 놓고 이야기해도 하룻밤이 모자랄 것 같은데, 십삼 분의 대화도 이어 가기 어려웠다. 우리가 함께 쌓은 십 년의 이야기, 그 중에서 어느 하나 마음 편히 꺼내어 이야기할 수 없었다. 이십 대의 끝에 선 내게 그 추억이 얼마나 소중한지, 삼십 대의 시작점에 선 친구에게 그 추억이 얼마나 힘이 되는지 스스럼없이 터놓을 수 없었다. 솔직해지고 싶었지만 솔직할 수 없었고, 솔직해지기 위해 용기를 내야 하는 건지도 확신할 수 없었다. 그게 마지막이라는 것만 확실히 알았다.

한정된 시간, 세월은 기다려 주지 않고 빠르게 지나가는데, 당장 내 눈앞에 있는 사람과 일들을 챙기며 살아가기에도 바쁜 때에 한가로운 우정 타령처럼 들리겠지마는, 언젠가 나도 결혼을 하면 그 순리를 이해하고 받아들이겠지마는, 당시에는 그 변화를 받아들이기 어려웠다. 우리가 나이를 먹고 어른이 된다는 것이, 왜 내 친구를 잃지 않으면 안 되는 것을 의미하는지, 친구가 남편으로서 아빠로서 한 가정의 가장으로 성장해 가는 모습을 진심으로 응원하는데, 왜 그 통화가 우리의 마지막이 아니면 안 되는지 정녕 이해할 수 없었다. 어린 아이 같은 생각이지만 내 친구가 어른이 되지 않았으면 좋겠다는 생각을 했다. 이런 게 어른이라면 나도 어른이 되기 싫었다. 세월에 억지를 부려서라도 소중한 친구가 더는 멀어지는 것을 막고 싶었다. 서른을 세 달 앞둔 시점이었다.

청춘의 라구나 콜로라다

간밤에 일찍 잠이 들어서일까. 새벽 4시부터 잠에서 깼다. 전기도 들어오지 않는 깜깜하고 외딴 숙소의 침묵에 익숙해진 탓인지, 왠지 모르게 차분한 기분이 들었다. 초저녁부터 잠든 아모가 먼저 눈을 뜨고 내가 깨기를 기다리고 있었다. 아모는 이불 밖으로 얼굴만 쏘옥 내민 채 물었다.

"어제 몇 시에 잤어?"

나는 아모를 향해 돌아누우며 말했다.

"주인아주머니가 간단하게 식사를 준비해 주셔서 그것만 먹고 바로 잤어. 너 깨울까 했는데 잠에 취해서 정신 못 차리더라. 배 많이 고프지?"

때마침 아모의 배에서 꼬르륵 소리가 났다. 나는 가방에서 간식거리를 꺼내어 아모에게 건넸다. 아모가 세상을 과자를 오물거리며 해맑게 웃었다. 그때 가이드가 방문을 두드리며 우리를 불렀다. 이제 떠나야 할 시간이었다.

밖으로 나오자 아직 해가 뜨지 않아 주변이 어스름했다. 우리는 날이 밝을 때까지 우유니 사막의 최종 종착지를 향해 달렸다. 만남이 있으면 헤어짐도 있는 법, 슬슬 우유니와 작별해야 할 시간이 가까워지고 있었다.

몇 시간 뒤 우유니는 마지막 작별 선물로 사막에서 가장 아름다운 풍경, 라구나 콜로라다(Laguna Colorada)를 내보였다.

"아, 우유니, 우유니⋯⋯."

나는 풍경에 압도되어 더는 말을 잇지 못한 채 그저 웃기만 했다. 눈 앞의 풍경을 도저히 믿을 수가 없었다. 새파란 하늘에 하얀 구름 물결이 일렁였고, 그 아래 고동색의 낮은 구릉이 겹겹이 쌓여 있었다. 그리고 그 앞으로 호수가 드넓게 펼쳐졌다. 붉은 호수라는 뜻의 '라구나 콜로라다', 이름에 걸맞게 호수는 붉은색 물감을 풀어놓은 듯 기묘한 색을 띠었다. 플랑크톤의 이상 증식인 적조 현상으로 붉은 색을 띠었다고 하는데, 육지 가까이에는 엽록소가 많은 조류가 많아지면서 녹조 현상이 나타났다. 붉은 물감과 초록 물감 사이로, 미네랄이 만든 하얀 물감까지 섞이며 총 천연색의 띠를 이루었다. 라구나 콜로라다 주변에는 플라밍고들이 모여들어 색색의 먹이로 한껏 배를 채우고 있었다. 그 아름답고 여유로운 모습을 보고 있자니 나도 모르게 마음이 평안해졌다. 이제 다 왔구나, 우유니의 끝에 다다랐구나.

처음 우유니 사막에 발을 들이기 전만 해도 가장 널리 알려진 풍경, 물이 찬 우유니 사막에 데칼코마니처럼 하늘이 비치는 그 풍경만 상상했다. 그러나 그 풍경은 우유니 사막이 가진 모습 가운데 극히 일부였다. 우유니 사막의 모든 풍경을 다 마주한 뒤에야, 그 모든 모습을 담고 있는 라구나 콜로라다가 제대로 보였다. 마치 너와 내가 맺은 인연의 끝에 다다랐을 때 비로소 우리가 쌓아 온 총천연색 감정을 오롯이 느끼고 환히 웃을 수 있었던 것처럼⋯⋯. 우리 인연의 끝은 친구의 결혼식이었다.

2013년 어느 가을, 서울의 한 예식장에서 친구는 결혼식을 올렸다. 어여쁜 신부 옆에서 턱시도를 입고 서 있는 친구를 보자 낯설면서도 왠지 모를 웃음이 나왔다.
'정말로 어른이 됐구나. 남편이 됐구나.'
그토록 궁금해했던 어른이 된 친구의 모습을, 나는 결혼식 당일에야 직접 두 눈으로 확인할 수 있었다. 신부 옆에서 해맑게 웃고 있는 친구의 얼굴을 보고 있자니, 그해 여름 인상 깊게 본 영화, 「그 시절 우리가 사랑했던 소녀」의 한 장면이 떠올랐다. 영화 속 주인공이 한때 좋아했던 소녀의 결혼식을 지켜보며 이런 말을 한다.

"한 여자를 진심으로 사랑했다면 그녀를 진심으로 사랑해 줄 사람이 생겼을 때, 그녀가 영원히 행복하길 진심으로 빌어 주게 된다."

나는 친구의 결혼식에서 신부와 나란히 서서 웃고 있는 친구의 모습을 봤을 때 그 마음이 무엇인지 이해했다. 친구가 많은 이들의 축하 속에서 배우자와 함께 인생 2막을 시작하는 모습을 보며, 친구를 아끼는 마음만큼 누구보다 진심으로 행복을 빌었다. 나와 함께했던 이십 대는 끝났고 친구의 삼십 대에는 더 이상 내가 설 자리는 없겠지만, 친구가 이십 대보다 더 행복했으면 좋겠다고 바랐다.

결혼식이 끝나갈 무렵, 친구가 관객들을 향해, 그 안에 서 있는 나를 향해 천천히 걸어왔다. 웅장하고 힘찬 결혼 행진곡을 배경음악 삼아 신부와 함께 발맞추어 걷는 친구를 보며 우리의 지난 십 년을 떠올렸다. 내 나이 스무 살에 친구를 만났다. 금세 친구가 된 우리의 인연은 처음엔 하얀 소금처럼 순백색의 감정을 느끼게 해 주었다. 그렇게 이십 대 초반을 보내며 우리의 관계는 우정과 사랑 사이를 줄타기했다. 친구의 마음이 내가 아는 마음과 다르다는 것을 알았을 때, 나는 당황했다. 세상에 수십 수백 수천 가지의 사랑이 있다면, 내가 알고 있는 사랑은 고작 서너 가지가 전부였다. 그래서 그 익숙한 서너 가지를 벗어나 모르고 있던 마음과 맞닥뜨렸을 때, 나는 그 자리에서 울어 버리거나, 당황해서 화를 내 버리거나, 입술을 깨물고 서 있는 게 전부였다. 그때는 어쩔 줄 몰라 괴로워했지만, 그로 인해 나는 그동안 겪지 못했던 주황, 연두, 흰색 등 서너 가지 감정의 색을 알게 되었다. 그 모든 폭풍우를 지나 취업을 앞두고 서로의 꿈을 응원하는 친구로 돌아왔을 때에는, 친구에게 안정적인 구릉처럼 짙은 고동색 감정을 느꼈다. 친구와 연락이 뜸했을 때에도 마음 한편으로 친구를 의지했다. 내가 인지하지 못하고 흘려보낸 그 시간에도 친구에 대한 나의 감정은 여물어 그동안 쌓아 온 색색의 감정에 은은한 빛이 깃들게 했다. 그리고 오늘 이 자리에서야 비로소 친구를 어른의 세계로 떠나보내며, 우리가 색색의 감정으로 물들인 이십 대 청춘의 라구나 콜로라다를 보았다.

우유니 사막의 여행이 라구나 콜로라다에서 끝나듯, 친구와의 관계도 여기에서 끝이었다. 그 끝에 이르러서야 우리가 쌓아 온 시간의 깊이를 느꼈고, 친구에 대한 내 마음을 깨달았다. 그것은 우정인 동시에 사랑이었다. 우린 점점 더 멀어지겠지만, 서로의 삼십 대에는 더 이상 서로가 설 자리가 없겠지만, 우리의 인생 여정은 앞으로도 계속될 터. 서로를 통해 갖게 된 색색의 물감으로 삼십 대에는 더 멋진 그림을 그릴 수 있을 것이다. 그러다가 어느 순간 인생의 고비에 맞닥뜨렸을 때 꽉 막힌 방을 나오면, 우리 이십 대의 추억들, 마음의 오아시스 라구나 콜로라다와 만나 힘을 얻고 다시 앞으로 나아갈 수 있을 것이다.

라구나 콜로라다를 뒤로하고 볼리비아와 칠레의 국경을 향해 차를 타고 가는 길, 문득 오랜만에 재주소년의 노래가 듣고 싶었다. 친구와 내가 공유했던 이십 대의 일기장. 귓가에서 재주소년의 「Farewell」이 흘러나온다.

널 위해 밤새워 노래를 불렀지
지금 넌 떠나고 곁에 없지만
우린 그 순간이 마지막인 걸 알았어
서로를 정말 좋아했었지만
그것 하나로 모두 충분하단 건 너무 철이 없는 생각이었지

노래가 끝날 무렵 가이드는 우리를 국경에 내려 주었다. 아모와 나는 그동안 고생한 가이드에게 고맙다는 말을 전하며 돌아서 발걸음을 내딛었다. 볼리비아와 칠레 사이의 국경. 눈 앞에 선명한 선으로 국경이 그어져 있다. 이제 나는 볼리비

아 국경을 넘어 칠레로 간다. 동시에 그 시절엔 절대 넘을 수 없었던 너와 나, 사랑과 우정 사이, 네팔의 카트만두와 포카라의 사이, 그 마음의 국경을 넘어 보기로 결심한다. 세상의 끝, 마음에 나라에 가서 누구도 신경 쓰지 않고, 옳고 그름을 따지지 않고, 오롯이 내 마음이 원하는 대로……. 그러면 그 시절 그렇게 지나쳐 버린 너와 나의 진심에 닿을 수 있을까. 너는 나를 반갑게 맞아 줄까. 놀라 숨지는 않을까. 마음의 나라로 가야 할 이유가 이렇게 하나 더 생겼다.

푸콘
세상의 끝, 우수아이아

8. 푸콘
__ 내 낡은 유년의 추억

여름의 축제

세상에서 제일 긴 나라 칠레의 북부에서 비행기를 타고 중심부 수도 산티아고 (Santiago)까지 내려왔다. 세상의 끝, 마음의 나라에 어제보다 더 가까워지고 있었다. 우리는 산티아고에서 야간 버스를 타고 남쪽으로 약 800킬로미터를 더 내려와 푸콘(Pucon)이라는 작고 아기자기한 마을에 당도했다. 원주민 마푸체 (Mapuche)족의 언어로 '산맥의 입구'를 뜻하는 푸콘은 투명한 호수와 눈 덮인 활화산, 안정적인 기후를 지녀 칠레 최고의 관광지로 꼽힌다. 거리를 걷다가 아무데 서든 고개를 들면 길게 연기를 날리는 활화산 비야리카(Villarrica)가 마을을 굽어 보고 있었다. 용암과 연기와 재를 끝없이 분출하는 이 활화산은 20세기에만 세 번 의 화산 분출을 일으켰다고 한다. 언제 터질지 모르는 위험한 화산이지만 마을의 분위기는 더없이 평화로웠다.

나와 아모는 평화로운 풍경에 매료되어 무작정 동네를 걸었다. 마을의 중심지에 서 북쪽으로 십 분쯤 걸어가니 화산과 같은 이름을 쓰는 비야리카 호수가 있었다. 사람들은 검은 모래사장 주변에서 일광욕을 즐기거나 한가롭게 책을 읽으며 저 마다 평온한 일상을 즐기고 있었다. 어디에서 하늘을 보든 파란 바탕에 하얀 구름이 둥둥 떠다니고, 길 양쪽으로 초록이 무성한 나무들이 줄지어 서 있었다. 곳곳에 늘어선 통나무로 지은 작은 집들과 집 마당에 곱게 핀 푸른 자주색 수국들이 한층 평화로운 분위기를 만들었다. 마을 사람들은 느긋하게 자전거를 타고 돌아다니는가 하면, 신선한 과일이 수북이 쌓인 가게에 들러 이것저것 장을 봐서 돌아갔다. 우리도 간단히 장을 본 뒤 미리 예약한 숙소로 발길을 옮겼다.

우리는 돈데 헤르만(Hostal Donde German)이라는 호스텔에 짐을 풀었다. 돈데 헤르만이라는 독일 아저씨가 이민 와서 자신의 이름을 딴 호스텔을 지었단다. 가족과 함께 살려고 만든 통나무집인지라 거실과 주방, 정원 곳곳에 손때 묻은 정성이 느껴졌다. 정원 한편에는 나무로 울타리를 쳐 놓은 텃밭이 눈에 띄었다. 울타리 안을 들여다보니 예닐곱 살 아이 둘과 아저씨가 키우는 채소들이 무럭무럭 자라고 있었다. 정원에는 텃밭뿐만 아니라 누워서 일광욕을 할 수 있는 긴 의자와 차 한잔의 여유를 즐길 수 있는 테이블도 놓여 있었다. 파스텔 블루와 보랏빛의 수국이 정원 테두리를 둘러싼 가운데, 저 멀리 눈 쌓인 활화산 비야리카가 보였다. 나는 신이 나서 외쳤다.

"우리 눈썰매 타러 갈까?"

내 말에 아모가 고개를 저으며 긴 의자에 벌러덩 누웠다.

"혼자 다녀와. 난 좀 쉬어야겠어."

그 순간 긴 의자 아래에서 낮잠을 자고 있던 검은 강아지가 튀어나왔다.

"깜짝이야!"

아모가 소스라치게 놀라 일어났다. 강아지가 아모에게 꼬리를 살랑살랑 흔들며 다가갔다. 아모는 자기 덩치만 한 강아지를 경계하다가 강아지가 아모의 손을 핥자 이내 마음을 열고 강아지의 머리를 쓰다듬었다. 강아지도 자기만한 친구가 반가운지 아모의 옷자락을 물고 집 밖으로 잡아끌었다.

"나 잠깐 얘랑 놀다올게."

"나는 안 껴 주고?"

"혼자 놀고 있어! 우리끼리 산책 좀 하게."

자그마한 둘이 뛰어가는 뒷모습을 보니 너무 귀여웠다. 나는 조용히 미소 지으며 아모가 누웠던 긴 의자에 누웠다. 꼭대기에 눈 쌓인 산과 하늘과 잔디의 풍경이 한눈에 들어왔다. 바람에 나뭇잎 흔들리는 소리를 멜로디 삼아 내 마음을 노래했다. 아, 행복하구나. 지금, 여기, 나, 그대로 온전히 행복하구나. 내가 이 순간을 가졌구나. 나는 시간이 가는 게 벌써부터 아쉬웠다. 지금 이 순간이 너무 소중해서 이대로 시간이 멈추어 버렸으면 하고 바랐다. 언제, 몇 번이나 그런 감정을 느꼈는지 잘 기억나진 않지만, 문득 떠오르는 한 순간이 있었다. 아주 오래 전 딱 이만한 공간을 마음에 품었던 시절이었다.

유년 시절, 나는 안양의 충훈부라는 작은 동네에 살았다. 그 동네에는 저층의 다세대 주택들이 촘촘히 모여 있었는데, 나는 그 중 한 빌라의 맨 꼭대기, 3층에 살았다. 3층에 살다 보니 자연스레 옥상은 우리 가족 차지가 되었고, 우리는 옥상에 작은 정원을 만들어 봉숭아부터 찔레꽃 등 온갖 꽃을 심어 가꾸었다. 한쪽에는 장독대가 크기별로 나란히 놓여 있었고, 또 한쪽에는 내가 너무나도 아끼고 보살폈던 바둑이와 복실이의 집이 있었다. 그 위로 빨랫줄이 길게 늘어져 있었다. 나는 옥상에서 엄마를 도와 빨랫줄에 빨래를 널고, 봉숭아 화분에 물을 주고, 바둑이와 복실이랑 뛰놀며 유년 시절을 보냈다.

에어컨이 없던 시절, 여름이 오면 옥상에 넓은 천막을 쳤다. 그리고 천막 아래 돗자리를 넓게 펴고, 집 안에 있는 살림살이 절반을 옥상으로 옮겼다. 저녁이 되면 엄마가 아래층에서 부지런히 요리를 하고, 아빠와 나, 언니는 부지런히 음식을 옥상으로 날랐다. 어느 날엔 집에 있는 반찬으로 밥을 먹었고, 또 어느 날엔 고기를 구워 쌈을 싸 먹었고, 무더운 날엔 콩물에 얼음을 동동 띄운 콩국수를 먹기도 했다. 식사를 마친 뒤에는 온 가족이 다리를 뻗고 누워 휴식을 취했다. 초저녁 선선한 바람이 불기 시작하면 어슴푸레한 밤하늘에 별과 달이 빼꼼 고개를 내밀었다. 우리는 손가락으로 이곳저곳 가리키며 늦게까지 충훈부의 밤을 이야기했다.

옥상에 천막을 치고 여름을 보내는 가족은 우리만이 아니었다. 옆 빌라, 그 옆 빌라, 그 옆옆 빌라 옥상까지 사방에 색색의 천막이 쳐졌고, 불 밝힌 천막 아래에는 각 빌라의 3층에 사는 식구들이 모두 올라와 저마다의 일상을 보냈다. 텔레비전은 기본이고, 선풍기에, 식탁에 온갖 살림살이들이 옥상 위에 펼쳐졌고, 깔깔거리는 소리, 텔레비전 속 드라마 주인공 대사, 화투치며 흥분한 소리, 아웅다웅 다투는 소리 등 생활의 소리가 온 동네에 울려 퍼졌다. 환한 불빛들은 늦은 시간까지 충훈부의 밤하늘을 밝혔다. 고개만 돌리면 옆 옥상에 있는 이웃들 표정이 훤히 보이고 말소리까지 다 들렸지만, 동네 사람들은 스스럼없었다. 충훈부의 여름밤은 그렇게 정겨웠고, 사람 사는 냄새가 물씬 풍겼다.

축제. 그것을 나는 축제로 기억한다. 나는 해마다 그 축제를 기다렸고, 축제가 열리는 동안 들떴고, 축제가 끝나면 아쉬움에 어쩔 줄 몰라 했다. 여름밤엔 온 동네 옥상에 불이 밝았고, 사람들이 바글거렸고, 동네 전체가 시끌시끌했는데, 가을이 오면 모든 것이 사라졌다. 옥상에는 불이 꺼졌고, 모두 집으로 들어가 현관문을 걸어 잠그고 창문을 닫았다. 밤이 되면 충훈부는 잠들었고, 서로의 얼굴을 볼 수도, 목소리를 들을 수도 없었다. 어린 나는 그 변화가 쉽게 받아들여지지 않았고, 축제가 끝난 허탈함에 가을이면 어김없이 가슴앓이를 해야 했다. 나는 사람들이 모두 사라진 옥상에 혼자 우두커니 서서 지난여름의 추억을 되짚곤 했다. 행복했던 만큼 끝은 아쉽고 아팠다. 여름이 끝나는 순간부터 나는 다음 여름을 기다렸다.

행복했던 한여름 밤의 축제. 동네 사람들과 옥상에 누워 충훈부 밤하늘을 덮고 잤던 기억. 내 나이 열일곱, 나는 그 기억을 뒤로하고 그곳을 떠났다. 새로 이사 간 아파트는 새로 지은 역사와 더불어 으리으리했고, 깨끗하고 편리했다. 우리는 25층 가운데 17층에 입주했다. 그리고 약 십여 년이 흐른 뒤 그보다 더 좋은 아파트로 이사했다. 이번에는 33층 가운데 29층이었다. 주거 환경 진화의 정점에 있는 아파트답게 단지 안에는 온갖 편의 시설이 다 갖춰져 있었고, 아파트 전체를 거대한 숲처럼 조경해 놓아 한 바퀴 돌면 입이 턱턱 벌어졌다. 나는 전에 살던 아파트보다 더 쾌적하고 편리한 환경에서 생활했다.

그러나 그런 변화는 유년 시절에 느꼈던 행복을 앗아 갔다. 충훈부의 밤하늘을 덮고 자던 어린 꼬마는 어른이 된 지금 하늘과 더 가까운 고층에 살지만, 하늘과 그때만큼 친하지 않다. 삼 층 건물의 지하 세대까지 총 8세대가 살던 빌라에서 총 4,000세대가 모인 단지에 살고 있지만 단 한 명의 주민도 알지 못한다. 아침 일찍 주차장을 통해 나가 밤늦게 주차장을 통해 들어오다 보니, 어쩌다 엘리베이터 안에서 마주친 한두 명의 주민들과 어색하게 눈인사하는 게 전부이다. 집 밖으로 나가면 수목원을 방불케 하는 다양한 컨셉의 정원들이 있지만, 내가 물을 주고 보살폈던 작은 봉숭아 화분만큼 애정이 가지 않는다. 여름은 그냥 여름일 뿐, 이곳에선 어떤 축제도 일어나지 않는다. 우리는 개인의 행복, 가정의 행복은 중시하지만, 마을의 행복, 사회의 행복은 전만큼 신경 쓰지 않는 시대에 살고 있다. 그것까지 신경 쓰기엔 세상은 너무 빠르게 돌아가고, 챙겨야 할 대상은 너무나 많고, 마음의 여유는 턱없이 부족하니 어찌 보면 당연한 일이기도 하다.

더 좋은 환경에서 살게 되었지만 그래서 우리가 더 행복해졌는지는 잘 모르겠다. 그 원인을 빌라에서 대형 아파트 단지의 변화로만 돌릴 수는 없을 것이다, 변한 것은 그것만이 아닐 테니. 그때보다 덜 행복하다고 말할 수도 없을 것이다, 변화 속에서 찾아낸 행복이 분명히 있고, 그것이 우리 가족의 삶을 윤택하게 해 주고 있으니. 물리적인 '생활의 질'이라는 게 올라가는 것은 물처럼 술술 넘어가도, 내려가는 것은 목에 가시가 턱 박힌 듯 넘어가지 않는 법이니, 그때로 돌아갈 수도 없지만, 돌아갈 수 있다 해도 돌아가지 않을 것이다. 이미 격상된 생활에 적응한 우리 가족이 다시 그때로 돌아간다면 행복은커녕 오히려 불행할지도 모른다. 그때의 우리였기에 그것이 행복일 수 있었고, 낭만일 수 있었고, 축제일 수 있었다. 그래서 더 애틋하고 그립다.

사랑. 사랑이 맞다. 지나고 나니 그것이 사랑이었다는 것을 알겠다. 나는 그 시절, 그때의 우리를, 우리 삶의 터전을 아주 많이 사랑했던 것 같다. 지금 사는 아파트에 그때만큼 정을 붙이긴 어렵겠지만, 그래도 사랑했던 유년의 기억이 내게 있어 참 다행이다. 각박한 세상, 때론 밤하늘마저 시릴 때도 있지만 그 기억 덕분에 괜찮을 수 있다고, 그때처럼 어른이 된 지금도 여름이 가고 가을이 올 때마다 계절성 우울증에 시달리지만, 한여름 밤 유년의 기억에 대한 대가라면 그까짓 우울증 얼마든지 괜찮다고 여길 수 있다.

그러나 여름의 끝, 이유도 모른 채 아파했던 아홉 살 꼬마의 마음을 떠올리면 여전히 안타깝다. 세상의 끝, 마음의 나라에 가야 할 또 하나의 이유. 그곳에 가서 아홉 살 꼬마인 나를 만나 말해 주고 싶다. 그렇게 여름의 끝이 아픈 건, 네가 그만큼 사랑했기 때문에 보내기 싫어서 그런 거라고, 사랑한다는 건 그렇게 아프기도 한 거라고, 그러니까 너무 슬퍼할 필요 없다고……. 충훈부 밤하늘의 별들을 함께 바라보며 아이 대 어른으로 별별 이야기들을 허심탄회하게 나누고 싶다.

다시 돌아간 충훈부의 밤

시곗바늘이 8시를 가리키자 아모가 강아지와 함께 집으로 돌아왔다. 남반구의 여름은 낮이 길어 8시인데도 대낮처럼 밝았다. 나와 아모는 주방에 들어가 장을 봐 온 재료로 저녁을 준비했다. 오늘의 메뉴는 해물 토마토 스파게티와 새우 버섯 리조또였다. 함께 재료를 다듬고 끓이고 볶고 정원 테이블에 부지런히 날랐다. 밤 10시가 다 되어야 해가 지기 때문에 아직도 밖은 훤했다. 우리는 비야리카 화산의 그림 같은 풍경을 느긋하게 감상하며 저녁을 먹었다. 와인 한 잔도 빼놓지 않았다. 배가 고파서 그런지 서툰 솜씨치고는 맛이 괜찮았다. 아모와 나는 접시 바닥까지 긁어 먹고, 후식으로 신선한 과일을 즐겼다. 나는 부른 배를 두드리며 말했다.

"캠핑 온 기분이네. 숲 속 정원에 테이블 놓고 요리해서 풍경 보며 먹는 게 똑같아."

"캠핑? 캠핑도 다녔어?"

아모의 물음에 나는 고개를 끄덕였다.

"지난 이 년 간 엄청 다녔어. 고양이달 출간한 그해 여름부터 여기 오기 전까지……."

"누구랑?"

"동네 친구들이랑 셋이서 다녔어. 지금은 이사했지만 이 년 전까지는 안양에 살았거든. 중학교 동창 둘이 한 동네에 살아서 같이 많이 다녔지."

"와, 어릴 적 친구들이랑 다녔으면 진짜 재밌었겠다."

아모가 부러운 눈으로 말했다. 나는 고개를 끄덕이며 말했다.

"응. 다 가족 같은 친구들이라서……. 출간하고 마음이 어수선할 때라 한 번 다녀오면 마음이 잡히고 좋았어."

나의 말에 아모가 고개를 끄덕였다. 그렇다. 그해 나는 스물아홉, 이십 대의 마지막을 보내며 유난히 많은 사람과 만나 무수히 많은 일을 겪었다. 동시에 유난히 많은 것들이 내게서 빠져나가 매일 이별을 해야 했다. 들어오는 것은 어느 것 하나 잡히는 게 없는데 빠져나가는 것들은 너무나 분명해서, 자의로 혹은 타의로 그것들을 보내며 얼마나 공허했는지 모른다. 잠깐 머물렀다가 나가는 것들은 그러려니 한다지만, 온전히 머물렀다 사라지는 것들은 나라는 존재를 휘청거리게 만들었다. 나는 그 허탈함을 어린 시절의 향수로 채우고 싶었는지 친구들에게 캠핑을 제안했고, 장비를 마련해 매 주말마다 캠핑을 다녔다. 그때 마주한 자연 풍경과 친구들과의 시간으로 텅 빈 나를 채웠고, 그 추억은 오롯이 선명해서 그 시간이 없었다면 과연 그 시절을 어떻게 버텨 냈을까 싶을 정도였다. 아모가 내 잔에 와인을 채우며 물었다.

"어떤 캠핑이 가장 인상적이었어?"

"음, 다 괜찮았는데……. 아, 제일 뭉클했던 곳이 있어."

"거기가 어디야? 여기 푸콘보다 좋아?"

나는 한 치의 망설임도 없이 고개를 끄덕였다. 아모가 눈을 동그랗게 뜨고 물었다.

"진짜? 아까는 여기 너무 좋다며……. 거긴 네가 사는 나라고, 여긴 무려 지구 반대편 남미의 칠레라고! 그래도 여기보다 더 좋다고?"

나는 여전히 고개를 끄덕였다.

"세상 그 어디를 가도 그곳보다 더 좋은 곳은 없을 것 같아."

"대체 어딘데?"

"충훈부. 내 유년 시절의 터전."

"충훈부?"

"응. 이 년 전 쯤, 친구들과 같이 충훈부 옥상으로 캠핑을 갔어."

나는 찬찬히 시곗바늘을 2013년 여름으로 돌렸다. 그때를 생각하니 나도 모르게 얼굴에 미소가 번졌다.

2013년 늦여름, 우리는 영종도로 캠핑을 떠났다. 햇살 좋은 토요일 오후 캠핑 가서 먹을 음식을 잔뜩 사서 인천대교를 건넜다. 내가 좋아하는 워크 투 리멤버의 OST를 들으며 뻥 뚫린 도로를 달리자, 가슴이 탁 트였다. 좋다! 좋아! 라는 말이 절로 나오는 순간이었다. 합정에서 파주로 이어지는 자유로가 드라이브 구간으로는 단연 최고였는데, 오늘부로 인천대교를 건너 용유 임시역까지 이어지는 구간을 자유로와 쌍벽을 이루는 드라이브 구간으로 명하노니, 앞으로 답답한 일 있을 때마다 찾겠구나 라는 생각을 하자마자, 실로 답답한 일이 생겼다. 맙소사! 텐트를 빠뜨리고 왔다! 캠핑 가는데 텐트가 없다니 경악을 금치 못할 일이었다.

차에 캠핑 짐을 바리바리 싸고, 장을 한가득 봐 오면 뭐한단 말인가. 정작 잠을 잘 텐트를 놓고 왔는데……. 낮에는 더워도 밤에는 춥기 때문에 그냥 돗자리를 깔고 잘 수도 없었고, 캠핑 짐과 먹거리를 잔뜩 사 가지고 와서 숙소를 잡기도 억울했다. 바다를 눈 앞에 둔 채 그 짐을 싣고 다시 인천대교를 건너려니 속이 터졌다. 우리는 끊임없이 대안을 이야기했다. 어느 것 하나 이거다 싶은 게 없을 때 친구인 정아가 전화 한 통을 걸더니 외쳤다.

"우리 건물 옥탑방으로 가자!"

얼마 전 정아네 건물 옥탑방에 살던 세입자가 나가서 방이 비어 있다고 했다. 그 건물은 내가 어릴 적 살던 충훈부에 있었고, 나는 금세 귀가 쫑긋했다. 몇 년 전 그 주변만 잠시 지나쳤을 뿐 안 가 본 지 십여 년도 더 된 곳이었다. 옥상에서 천막을 치고 여름을 보냈던 유년의 기억이 소중했던 터라 머릿속에 옥상 캠핑의 그림이 그려졌다. 내가 그동안 그토록 그리워했던 옥상 위의 시간들, 밤하늘 아래 불을 밝히고 저녁을 먹으며 담소를 나누는 모습을, 떠나온 지 십이 년 만에 재현할 수 있었다. 우리는 서둘러 충훈부 옥탑방으로 향했고, 엘리베이터도 없는 3층까지 맨몸으로 무거운 캠핑 짐을 다 들어 올렸다.

시간이 많이 흘렀건만 동네의 풍경은 여전했다. 옥상에 올라 아래를 내려다보니, 내가 왔다 갔다 지나다녔던 그 순간들이 마구 떠올랐다. 대부분의 가게들이 바뀌었지만 문방구는 그대로였다. 오래된 간판도 그대로였다. 학교 가는 길, 저 문방구에서 늘 준비물을 사 갔는데……. 주단한복이라는 한복점도 그대로였다. 시간이 흐르면 무엇이든 변하는 게 당연하기에 그대로인 것들은 그 자체만으로 가치를 지닌다. 나는 그것들이 오랜 세월 뒤에도 그 자리에 있어 준 게 더없이 고마웠다. 그리고 생각지도 못하게 그 옆에서 하룻밤 머물 수 있어 기뻤다.

친구들과 부산히 움직여 저녁을 준비하니 옛날 생각이 많이 났다. 어릴 때도 그랬다. 엄마가 콩국수를 준비하면 콩물을 갈아서 담은 그릇과 면을 담아 놓은 그릇, 반찬과 수저, 젓가락을 접시에 담아 부지런히 옮겼다. 불을 쓰는 일은 부모님만 했고, 언니와 나는 옆에서 구경했다. 이젠 나도 어른이 되어 불을 마음대로 쓸 수 있었다. 나는 당당하게 프라이팬에 주꾸미를 볶았고, 슬아는 고기와 소시지를 구웠고, 또 다른 친구 정아는 야채를 다듬었다. 하도 여행을 많이 다녔더니 이제는 손발이 척척 맞아, 금세 준비를 끝내고 테이블 앞에 마주 앉았다. 하루 내내 우여곡절이 많았지만 옥탑방의 낭만과 유년 시절의 향수가 뒤섞여 흥이 절로 났다. 우리는 시원한 병맥주를 들고 공중에서 힘껏 부딪쳤다. 내가 먼저 힘차게 외쳤다.

"우리의 파란만장한 청춘을 위하여!"

"위하여!"

"위하여!"

친구들이 함께 외치며 축배를 들었다. 친구들에게 나의 어린 시절의 추억을 들려주며 저녁을 먹다 보니 배보다 마음이 먼저 불러왔다. 다신 돌아갈 수 없을 거라고 생각했던 유년 시절을 이렇게라도 느낄 수 있다니 꿈만 같았다. 마치 내 유년의 추억 속으로 친구들을 초대한 것 같았다. 그 시절을 함께 살지 않은 이상 말

로는 백 번, 천 번 말해도 알 수 없는, 상상할 수도 없는 내 소중한 장면을 친구들에게 그대로 꺼내어 보여 준 듯했다. 그곳에서 하룻밤을 보내며 같이 유년 시절 곳곳을 여행할 수 있어서 즐거웠다. 그곳을 떠난 뒤로 그대로 멈춘 채 한 걸음도 나아가지 못했던 유년의 기억 위에 또 하루의 기억이 덧쌓이고 있었다.

화로에 숯이 다 타들어 갈 무렵, 충훈부의 불이 하나둘 꺼졌다. 시계를 보니 밤 12시가 다 되어 가고 있었다. 주변이 캄캄해지자 어둠 속에서 아파트 불빛이 도드라지게 빛났다. 이십 년 전에는 아파트라곤 오 층짜리 주공 아파트 하나뿐, 다세대 저층 주택으로 가득했던 이곳에도 고층 아파트가 들어서 있었다. 저층 빌라 너머로 아직 잠들지 않은 화려한 불빛의 고층 아파트가 훤히 보였고, 그 광경을 보고 있노라니 기분이 묘했다. 저층 빌라를 떠나 내가 간 곳이 저 고층 아파트처럼 높고 화려한 아파트였다. 삭막해서 마냥 싫다고 했던 아파트 단지도 멀리서 보니 그 나름의 화려한 멋이 있었다. 어쩌면 내가 유년의 기억을 아름답다고 느낄 수 있는 것도, 그곳을 벗어나 더 나은 곳으로 갔기에 돌아보며 느낄 수 있는 감정일지 몰랐다. 그리고 그런 변화가 부모님의 노력으로 이루어졌다는 데 대하여 새삼 감사를 느꼈다.

어릴 땐 부모님이 평범해 보였는데 나이를 먹으니 어느 유명한 위인이 대단한 게 아니라, 우리 부모님이 참 강하고 대단한 사람들이라는 생각이 든다. 아띠봄이라는 벤처기업을 사 년 동안 끌어오면서 내 식구들을 책임지는 게 참 어려운 일이라는 걸 몸소 경험한지라 더 그랬다. 나도 아무것도 없이 열정과 의욕 하나만으로 뛰어들었는데, 두 분도 맨몸으로 가정을 일구고 지금까지 끌어왔으니 그 길이 얼마나 고되고 힘들었을까. 나는 사 년을 하고도 가끔 지친다고 느끼는데, 삼십 년을 무슨 힘으로 견뎠을까. 그 지난한 과정을, 내가 고양이달을 써서 밖에 내놓은 것과는 비교도 할 수 없을 만큼의 희생과 헌신을 어떻게 다 감당하고 살아온 걸까. 아빠는 가장의 무게를 짊어지고 얼마나 외로웠을까. 엄마는 그런 아빠를 뒷바라지하고 가정을 함께 끌어오느라 얼마나 숨이 가빴을까. 책임지는 입장에 서 보니 조금이나마 그 무게와 외로움이 가늠 된다.

평생 말단 공무원으로 일하며 주어진 것에 만족하며 사는 아빠를 지켜봐 왔다. 아빠가 욕심을 내는 걸 단 한 번도 본 적이 없다. 있으면 있는 대로, 없으면 없는 대로, 그 안에서 잘 살려고 꾸준히 성실하게 일하는 분이었다. 왜 아빠는 더 가지려 욕심을 부리지 않을까 의아한 적도 있었다. 그런데 지나고 보니 매일 매일 꾀쓰지 않고, 비열한 방법 쓰지 않고, 정직하게 하루하루 땀 흘려 번 돈으로 가족을 돌보고, 자식들을 가르치고, 노후를 준비한 그 삶이 진정으로 위대하다는 생각이 든다. 그 정직한 돈으로 나를 키우고 가르쳤다. 내가 그토록 소중하게 간직한 충훈부 빌라의 추억 역시 아빠가 만들어 주었다. 그 사람 냄새 나는 환경 속에서 글을 쓸 수 있는 감성을 키웠다. 이십 대에 온 에너지를 쏟은 일의 예술적 자양분을 모두 그곳에서 얻었다. 정말이지 아빠에게 감사한 부분이다.

아빠는 한 번도 내게 옳고 그름에 대한 가르침을 한 적이 없지만, 아빠의 삶을 가장 가까이에서 보아 왔기에 그 자체가 내겐 가르침이 되었다. 이 길의 끝에 뭐가 있을지는 전혀 걱정되지도, 두렵지도 않다. 지금 아빠의 삶이 내 미래일 테니까. 아빠가 맨바닥에서부터 일군 것들 - 지금의 새 아파트와, 두 딸들, 노후 대비 그리고 살아온 모든 여정 - 그 모든 것이 대단히 멋지고 자랑스럽다. 모든 이들이 우러러보는 대단한 위인은 아닐지언정, 딸의 마음을 움직이는 진정성이 아빠의 삶에 담겨 있었다. 나도 언젠가 아빠가 나를 키운 것처럼 내 아이를 키우고 싶다. 그리고 그 아이에게 충훈부처럼 평생 잊지 못할 마음의 고향을 만들어 주고 싶다. 어른이 되어 앞만 보고 죽어라 달렸는데도 어디까지 왔는지, 어디까지 가야 할지 몰라 앞이 깜깜할 때, 잠시 돌아가 몸과 마음을 쉴 수 있는 그런 추억을 만들어 주고 싶다. 밤하늘을 덮고 자는 낭만과 기쁨을 꼭 함께 경험하고 싶다. 좋은 부모가 되고 싶다.

나는 어느새 미래의 나와 나를 닮은 아홉 살 아이를 상상하며 기분 좋은 미소를 지었다. 그땐 함께 손 꼬옥 붙잡고 여행을 다녀도 좋겠다. 아모처럼 서로 말동무도 되어 주고, 맛있는 것도 먹고, 동화 같은 풍경도 함께 보면서 긴 여정을 함께한다면 얼마나 행복할까. 충훈부에서 우리 부모님과 내가 그랬듯이 말이다.

"이야, 낭만적이다."

처음에는 시큰둥하더니 아모는 어느새 내 이야기에 푹 빠져 있었다. 아모가 말했다.

"다음에 부모님 이야기 더 해 줘. 어떤 분들인지 궁금하다."

"응. 기회가 되면 들려줄게. 겉으로는 투박하게 굴어도 속은 여리고 순박한 분들이야."

"그럴 거 같아. 가족과의 추억이 많아서 좋겠다. 그 추억을 이어 갈 친구들도 옆에 있고……."

아모에 말에 나는 고개를 끄덕였다. 가족과 친구. 늘 곁에 있어 당연하게 생각했지만, 이 먼 타국에 홀로 나와 있으니 가장 그립고 생각났다. 겨우 서른 해를 산 풋내기가 감히 인생을 논한다는 게 웃음 나긴 하지만, 누군가 삶에서 행복이 뭐냐고 묻는다면, 그리워할 추억이 있고, 때때로 그 추억을 꺼내어 음미하는 것이라고 대답하겠다. 누군가 삶에서 행복이 뭐냐고 또 묻는다면, 소중한 추억을 꺼내어 함께 나눌 가족과 친구들이 곁에 있는 것이라고 대답하겠다. 누군가 삶에서 행복이 뭐냐고 마지막으로 묻는다면, 내가 내 삶 위에 지어진 모든 것들의 가치를 알고, 그것들의 변화를 긍정적으로 바라보며, 설사 그것이 내가 원했던 바와 완벽히 일치하지는 않더라도 오히려 더 나은 결과로 이어진 거라 여길 수 있는 마음을 갖는 것이라 대답하겠다. 그 모든 행복을 나는 이 년 전 충훈부 옥탑방에서 손에 쥐었다. 삶이 뜻밖에 내게 건넨 선물이었다.

그리고 지금 여기, 칠레 푸콘의 한 정원에서의 시간 역시 선물임을 안다. 상처와 방황으로 문드러진 기억을 버리러 세상의 끝에 가는 길, 고된 몸과 마음을 쉬게 해 주었고, 내 삶에 불행했던 기억만 있었던 게 아니라 행복한 추억도 있었음을 일깨워 주었다. 밤 10시가 넘었는지 드디어 긴긴 낮이 저물고 눈 쌓인 비야리카 봉우리가 붉게 물들었다. 나는 이 멋진 풍경을 아홉 살 꼬마에게도 보여주고 싶어 기억 속에서 조용히 불러냈다. 아모는 옥탑방에서 내 두 친구가 그랬듯 어린 날의 나를 반갑게 맞이해 주었다. 우리는 다 같이 정원에 나란히 앉아 머나먼 이국 땅, 푸콘의 일몰을 바라보았다.

내 삶이 언제까지 이어질지는 모르겠지만, 꼬부랑 할머니가 될 즈음에는 어디가 됐든 수많은 나로 북적이지 않을까. 아홉 살의 나와 스물아홉의 나, 서른아홉의 나와, 예순아홉의 나. 백세 시대니까 어쩌면 아흔아홉 살의 나도 그곳에 있을 수 있겠다. 마을 반상회처럼 옹기종기 둘러앉아 나는 이런 때 행복했다, 어떤 순간을 가슴 아릴 정도로 사랑했다, 담소를 나누겠지. 그때쯤이면 예순의 내가 서른의 나를 어린 아이 취급하며 훈수를 둘지도 모를 일이다. 주변이 캄캄해지자 아모가 자리에서 일어나 내 옷을 잡아끌었다.

"영주야, 이만 들어가서 자자."

나는 기분 좋은 상상에 파묻혀 문을 열고 들어가 침대에 누웠다. 뒤늦게 와인의 취기가 올라와 눈이 스르르 감겼다. 오늘 밤은 악몽이 아닌 아주 행복한 꿈을 꿀 것만 같았다. 푸근했던 충훈부의 여름밤을 목 끝까지 꼬옥 덮고서…….

꿈을
좇아 간
청춘

바릴로체
세상의 끝, 우수아이아

9. 바릴로체
__ 이상과 현실 사이, 벤처기업의 고군분투기

꿈을 좇아 간 청춘

푸콘(Pucon)에서 몸과 마음의 안정을 찾은 우리는 칠레 국경을 넘어 아르헨티나의 휴양 도시 바릴로체(San Carlos de Bariloche)로 향했다. 비교적 이른 오후에 도착해 적당한 숙소에 짐을 풀었다. 주인아저씨에게 주변 안내를 듣고 거리로 나섰다. 거리에는 바릴로체에서 유명한 먹거리인 소고기 스테이크를 파는 레스토랑과 아기자기하고 예쁜 초콜릿 상점이 늘어서 있어, 전 세계에서 모여든 관광객들의 발길을 끌었다. 아모와 나는 가장 유명하다는 레스토랑에 들어가 식사를 한 뒤 마을을 거닐었다. 어디에서 발걸음을 멈춰도 건물 사이로 보이는 호수와 나무, 그 위로 광활하게 펼쳐진 파란 하늘 덕분에 기분이 좋았다. 우리는 그 기분을 고스란히 머금고 버스를 탔다. 버스는 가로수 길을 따라 마을의 명소, 깜빠나리오 언덕(Cerro Campanario)를 향해 달렸다.

깜빠나리오 언덕은 숲과 호수가 어우러진, 빼어난 전망으로 눈길을 끌었다. 리프트를 타고 언덕의 정상에 오르니, 반도와 높고 낮은 산들이 파란 호수 안에서 삼삼오오 모였다가 흩어지기를 반복하며, 전망대를 중심으로 온 사방에 펼쳐졌다. 어디를 보아도 자연이 수놓은 그림이 시야를 가득 채웠다. 엽서에서나 볼 법

한 파란 하늘과 호수, 울창한 숲이 동화 속에 들어와 있는 듯한 착각을 불러일으
켰다. 실제로 월트디즈니사의 고전 만화 「밤비」의 주인공 아기 사슴이 뛰어다닌
숲이 이곳을 배경으로 만들어졌다고 한다. 가히 그러고도 남을 풍경이다 싶어 고
개를 끄덕이며 너른 호수를 바라보았다. 얼마 지나지 않아 마음이 고요한 호수처
럼 편안해졌다. 아모와 나는 말없이 한참 더 그곳에 머물렀다가 해 질 무렵 다시
리프트를 타고 내려왔다.

　마을에 돌아와 저녁을 먹으러 가려는데 어디선가 음악 소리가 들렸다. 나와 아
모는 귀를 쫑긋 세우고 소리를 따라 발걸음을 옮겼다. 가까이 가 보니, 내 또래의
젊은 청년 세 명이 거리 공연을 하고 있었다. 세 멤버는 기타와 베이스, 까혼을 연
주하며 서로 눈빛을 주고받았다. 눈빛만으로도 서로를 너무나 잘 알고 있는 듯했

다. 그들은 합주에 더 힘을 싣기도 하고, 한 명의 독주가 빛나도록 둘은 잠시 뒤로 빠졌다가 다시 등장하기도 하며 공연을 이끌어 갔다. 셋의 호흡은 배경만큼이나 환상적이었고, 연주에 몰입할수록 그들이 함께 합을 맞춰 온 시간의 깊이가 느껴졌다.

우리도, 나도 그랬는데……. 저들이 기타와 베이스, 까혼으로 그들의 음악을 연주하듯, 아띠봄은 펜과 키보드와 타블렛으로 고양이달이라는 상상의 세계를 연주했다. 책이라는 결과물로 세상에 선보이기 전까지 각자 골방에서 고군분투하고, 서로 합을 맞춰 보면서 그렇게 우리의 감성을 하나의 작품에 녹여냈다. 우리는 패기 넘치는 이십 대였고, 사 년이라는 시간 동안 우리의 감성과 열정을 모두 바쳤다. 나는 조용히 음악을 듣고 있던 아모에게 말을 건넸다.

"고양이달 만들 때의 나와 에디터, 일러스트레이터의 모습 같아."

아모가 의아한 표정으로 물었다.

"저들은 음악 하는 사람들인데? 너는 동화책 만든 거 아냐?"

"맞아. 그래도 본질은 같아. 저들은 곡으로, 우리는 책으로 만든 차이만 있을 뿐 우리도 저렇게 신나게 활동을 했어. 우리끼리 좋아서 시작한 일이 청춘의 꿈이 될 줄은 몰랐지."

나의 말에 아모가 흥미로운 듯 엉덩이를 가까이 붙여 왔다. 마침 밴드의 음악이 잔잔하게 바뀌었다. 날이 어둑해지면서 주변 건물에 하나둘 불이 들어왔다. 나의 말을 기다리는 아모의 눈이 반짝 빛났다. 나는 어디서부터 이야기를 시작해야 할지 망설이다가 천천히 입을 뗐다.

"아주 많은 일이 있었어. 아띠봄이라는 회사를 차리기까지 했지."

그때 까혼이 잠시 연주를 멈추더니 기타와 베이스에게 무대를 내어 주었다. 두 사람은 서로 눈빛을 교환하더니 씩 웃으며 동시에 줄을 튕겼다. 그 모습을 보자 저절로 웃음이 나왔다. 나는 아모를 바라보며 본격적으로 이야기를 꺼냈다.

"아띠봄의 시작은……."

아띠봄은 두 친구가 꿈을 실현하기 위해 용기를 내면서 시작되었다. 아띠봄의 시작이자 끝이며, 친구에서 동료가 된 에디터 슬아. 우리가 처음 만난 건 열다섯 살 때 안양여자중학교 2학년 5반 교실에서였다. 슬아는 조용하고 평범한 아이였고, 자기만의 세계가 있는 아이였다. 반면 나는 자유분방하고 명랑하다 못해 반 전체를 헤집고 다니는 말괄량이였고, 다 같이 어울리는 걸 좋아했다. 친구들과 짓궂게 장난치며 놀다 보니 선생님과 맨날 지지고 볶고 싸우느라 하루도 바람 잘 날이 없었다. 조용한 아이와 시끄러운 아이. 모범생과 사고뭉치. 하나만 파고들어 가는 아이와 전체를 헤집고 다니는 아이. 한둘 짝지어 다니기를 좋아하는 아이와 우르르 몰려다니기를 좋아하는 아이. 그렇게 정반대였던 우리가 친구가 되었다.

주변에 똘기 넘치고 재미있는 친구들과 어울리다 보니 오히려 평범하고 차분한 슬아가 더 눈에 띄었는지도 모르겠다. 나는 조용히 이 친구의 세계에 뭐가 있는지 들여다보기 시작했고, 슬아가 만화책뿐만 아니라 로맨스 소설부터 무협지, 역사책까지 활자화된 책들을 닥치는 대로 읽는 독서광이라는 사실을 알게 되었다. 책을 좋아한다는 공통점으로 우리는 금세 가까워졌고, 같이 도서관에 가서 다양한 책들을 함께 읽었다. 나는 내가 좋아하는 가수의 음악도 하나둘 소개해 주었다. 음악에 전혀 관심 없던 슬아는 내가 추천한 음악을 듣기 위해 CD 플레이어까지 구입했다. 그렇게 우리는 같은 음악을 듣고, 같은 책을 읽으며 그 시절을 보냈다.

커 가는 동안 서로가 좋아하는 것을 오순도순 나누며 돈독하고 아름다운 우정을 쌓았다고 하면 그건 생거짓말이고, 정말 넌더리나게 싸웠다. 특히 이십 대 초반에는 목에 핏줄을 세워 가며 난리도 아니었다. 슬아는 현실적인 염세주의자였고, 나는 이상을 좇는 낙관주의자였다. 게다가 슬아는 이성적이고 논리적이며 현실적인 학문인 법학을, 나는 감성적이고 직관적이며 이상적인 학문인 영화학을 전공한지라, 근본적인 생각의 차이에 학문 본연의 사고 차이까지 더해져, 맥주라도 한잔하는 날에는 가게가 문을 닫기 직전까지 생각을 겨뤘다. 그래도 그때는 그게 좋았다. 나와 생각은 다르지만 삶을 살아가는 방식에 대하여, 이상과 현실에 대하여 나만큼 치열하게 고민하며 난장토론을 벌이는 친구가 있다는 게 좋았다. 우리는 겉으로는 그런 대화가 엄청 피곤한 척 했지만, 속으로는 꽤 즐겼던 것 같다.

　승자 없는 토론은 그렇게 이십 대 초반을 지나 중반으로 넘어갔고, 호주에 다녀온 슬아는 삶에 대한 생각과 태도가 많이 바뀌었다. 미래의 가능성을 두고 이야기할 때 항상 '보통'을 가정했던 아이가 '보통 이상'의 상황을 가정하기 시작했다. 덕분에 우리는 의견을 좁힐 수 있었고 대화는 유연해졌다. 미래의 가능성을 이야기할 때, '최선'을 가정하는 나와 늘 대립했던 슬아가 드디어 '최선'을 꿈꾸기 시작했고, 내심 불안해하면서도 '최선'이라는 희망을 지키고자 했다. 나는 슬아가 다시 예전으로 돌아갈까 봐 걱정되어, 옆에서 늘 내 이야기를 들려주었다. 고양이달도 그때 내가 슬아에게 했던 많은 이야기 가운데 하나였다.

　고양이달은 A4용지 몇 장 분량의 습작 원고에 불과한 데다 그걸 가지고 뭘 어쩌겠다는 목표도 계획도 없었지만, 나는 고양이달을 쓰는 게 즐거웠고 다른 어떤 일보다 더 열심히 했다. 친구들은 월급 타는 재미를 슬슬 알아 가고 있었지만, 회사를 박차고 나온 뒤 골몰한 고양이달 작업은 월급은커녕 십 원짜리 한 장도, 그 어떤 물질적 보상도 약속해 주지 않았다. 그럼에도 좋아하는 일을 실컷 하며 사는 즐거움이 있었기에 다른 것은 필요 없었다. 누구나 가슴에 품고 사는 미래에 대한 불안과 걱정 역시 내가 느끼는 즐거움에 비하면 아무것도 아니었다. 나는 고양이달을 써서 슬아에게 보여 주는 것으로, 오지 않은 미래를 걱정하느라 지금 누릴 수 있는 행복을 버리지 말자고, 꿈을 좇아도 삶에 아무 문제가 없음을 계속해서 말했다. 여기에 설득된 슬아는 어느덧 내 방에 들어와 나와 함께 고양이달을 상상하고 다듬어 나가기 시작했다. 2009년 여름, 우리는 고양이달에 푹 빠져 좁은 책상에 둘이 비집고 앉아 하루 종일 자판을 두드렸다.

　처음에는 그렇게 소꿉놀이하듯 아기자기하게 창작을 하는 게 좋았다. 그 일을 직업으로 삼아 돈을 벌 수 있다면 좋겠다는 바람만 있었을 뿐, 단 한 번도 직접 회사를 세워야겠다는 생각을 해 본 적 없었다. 벤처기업은 기술적으로 재능 있는 소수의 사람들만이 이윤을 목적으로 만들어 끌고 가는 건 줄 알았다. 그럼에도 벤처기업을 시작한 이유는 이윤은 차치하더라도, 작품을 만들어 낼 환경으로 그 형태가 가장 적합해 보였기 때문이었다. 때는 2010년, 스마트폰 붐이 일기 시작하면서 아이폰과 아이패드의 등장에 사람들이 열광했고, 정부는 스마트폰 앱 개발 지원에 많은 예산을 쓰고 있었다. 완성되지 않은 작품 원고로는 벤처기업의 씨드 머니를 만들기 어려웠기에 나는 고양이달에 IT를 씌워 종이책이 아닌 멀티북을 만드는 기획으로 정부 지원 사업에 공모했다. 그 결과 2010년 여름, 서울시 2030청년 창업프로젝트에 선정되었다.

서울산업통상진흥원에서는 창업 공간과 교육, 1,000만원 상당의 지원금을 제공해 주었다. 나는 작업실과 미팅 공간을 창업센터로 정하고, 지원금은 일러스트레이터를 찾는 과정에서 발생하는 시안 비용과 인건비로 활용하였다. 그리고 창작자 출신의 경영가라는 불리한 조건을 극복하기 위해 센터에서 제공하는 교육을 빠짐없이 들었다. 교육은 인사, 재무, 제작, 유통, 마케팅 등 회사 경영 전반을 개괄적으로 이해하는 데 도움을 주었고, 계약 시 협상법이나 창작물의 저작권법, 디자인 상표권 등 전문 분야의 지식을 얻는 데도 도움을 주었다.

의외로 애를 먹었던 건 회사 이름을 짓는 것이었다. 내 이름을 넣을까, 그럴듯한 영어 이름을 가지고 올까 이런저런 고민 끝에, 친구 둘이서 시작한 회사라는 의미를 담아 '아띠봄'으로 정했다. '아띠'는 순우리말로 '친구'라는 뜻으로 슬아와 내가 이십 대 중반 미래에 대한 불안과 고민으로 힘겨워할 때 고양이달을 통해 꿈을 꾸고 위로를 받았듯, 팍팍한 현실에 지친 친구들이 우리의 동화를 읽고 봄날의 햇살처럼 따뜻한 위로를 받았으면 하는 바람에서 지은 이름이었다. 우리는 둘 다 아띠봄이라는 이름에 만족했고, 2011년 1월 1일자로 아띠봄은 법인 등록을 마쳤다. 그때부터 김다혜 일러스트레이터가 본격적으로 합류하여 삼인 체제가 되면서 아띠봄은 제대로 된 회사의 형태를 갖추게 되었다.

회사를 만들기 전에는 기획자이자 창작자라는 역할만 주어졌는데, 회사를 만들고 나니 경영가라는 역할이 하나 더 더해졌다. 세 개의 영역을 혼자 맡아 작업을 진행하려니 무척이나 버거웠다. 무엇보다 경영은 내 전공이 아니었기에 기획과 창작에 비해 자신이 없었다. 센터에서 제공한 경영 관련 교육은 충분히 들었지만 실전은 또 달랐다. 그래서 고양이달 작업과 관련하여 전문가 컨설팅이 필요한 경우에는 센터에 요청했고, 센터에서 경영 컨설턴트뿐만 아니라 회계사, 변리사, 변호사까지 다 연결해 주어 충분한 도움을 받을 수 있었다. 그러나 전문가의 도움으로도 해결할 수 없었던 문제는 바로 자금이었다.

창작이 어느 정도 진전된 뒤 전자책 개발을 위해 음악과 애니메이션 영상, 전자책 프로그램을 개발하려니 자금이 턱없이 부족했다. 아니, 아예 땡전 한 푼 없다고 보는 게 맞았다. 2030청년창업프로젝트에 선정되어 받은 1,000만원은 일러스트레이터 인건비와 초기 회사 운영비로 거의 소진되어 가고 있었다. 안정적으로 개발 작업을 해 나가려면 적어도 일 년 동안 쓸 비용은 마련해 놓아야 했기에, 나는 2011년 봄 중소기업청 예비기술자창업 지원 사업에 공모했다. 대기업 취업 경쟁률만큼 아니, 그 이상으로 치열한 곳이 바로 이곳 스타트업 지원 공모 당선 경쟁률일 것이다. 나보다 경력도 많고 잘나가는 IT분야 인재들이 다 모일 텐데, 내가 거기에서 살아남을 수 있을까. 그러나 자신이 있다 없다 말할 때가 아니었다. 지원 사업을 따내지 않으면 고양이달을 만들 수 없었다.

반드시 살아남아야 한다. 나는 절박한 마음에 밤을 새는 건 물론이고 주말에도 사업 계획서를 작성하는 데 온 힘을 쏟았다. 그렇게 달리다 보니 거짓말처럼 지원 사업의 서류 전형을 무사히 통과할 수 있었다. 그 후에는 심사 위원 앞에서 발표하고 질의응답 하는 시간을 가졌다. 날카로운 질문에 쩔쩔매는 모습을 보이면 감점이었기에, 예상 질문을 뽑아 답변과 이를 뒷받침해 줄 자료를 준비했다. 그럼에도 미처 생각하지 못한 질문은 되레 심사 위원에게 정중히 답을 청하고 조언을 듣는 방식으로 사업 계획의 구멍을 메웠다. 그러면서 회사의 일 년 뒤, 삼 년 뒤, 오 년 뒤, 십 년 뒤 모습이 점점 그려졌고, 나는 이를 좀 더 구체화하기 위해 관련 자료를 분석하고, 예측하고, 검증하며 기반을 다졌다.

그 결과 중소기업청 예비기술자창업 지원 사업에 선정되어 5,000만원 상당의 지원을 받았고, 같은 시기에 olleh KT 글로벌 프론티어 아키텍트 지원 사업에 선정되어 2,000만원 상당의 회사 운영 자금을 마련했다. 이 자금으로 세부 예산을 짜고 필요한 인력을 뽑아 작업을 진행하며 본격적으로 회사 경영을 해 나갔다.

경영이라는 역할에 적응해 갈 무렵 이번에는 엉뚱한 곳에서 문제가 터졌다. 창작과 경영을 병행하면서 오는 몰입 부족이었다. 창작은 감성과 상상력이 필요한 영역이었고, 회사 경영은 이성과 논리가 중요했다. 이 두 가지를 동시에 하는 게 쉽지 않았다. 창작을 하다가 경영에 관련된 일을 하면 논리와 수치로 말해야 하는 사업 계획서가 어렵게 느껴졌고, 사업 계획서를 쓰다가 다시 고양이달 세계로 들어가면 감성이 발휘되지 않았다. 회사를 만들고 경영을 배운 것은 모두 창작을 잘하기 위해서였는데, 오히려 창작을 방해받는 상황에 처하니 난감하기 짝이 없었다. 둘의 작업을 어떻게 조화롭게 해낼 것인지 그 합의점을 찾기까지 시행착오가 많았고, 그만큼 창작 작업은 늦춰질 수밖에 없었다.

경영과 창작을 동시에 진행하지 않는다 해도 창작은 그 자체로 어려웠다. 나는 작가로서 크리에이티브의 한계를 느낄 때가 많았다. 고양이달은 상상력이 절대적으로 필요한 작품이었다. 채워야 할 게 많았지만 정작 내가 가진 것은 없어 스트레스를 받기도 했고, 너무 많은 캐릭터와 너무 많은 사건들을 유기적으로 얽는 게 버겁기도 했다. 공들여 지은 걸 부수고, 다시 짓고, 또 부수는 과정을 끝없이 반복하다 보니 서서히 지쳐 갔다. 그럴 때마다 일러스트레이터와 에디터도 덩달아 지칠 텐데 한번을 투정하지 않았다. 단호하게 완성도를 위해 기꺼이 그런 수고를 감당하라고 말해 주었고, 또 어느 때는 할 수 있다며 힘을 북돋아 주었다. 그런 이들과 함께했기에 서두르지 않고 우직하게 작업할 수 있었다.

기획자로서의 어려움도 있었다. 나는 이 작품의 작가일 뿐만 아니라 이 프로젝트를 기획하고 총괄하는 프로젝트 리더였기 때문에, 일러스트레이터와 에디터의 작업을 지켜보며 어려운 부분을 같이 고민하고 해결해 줘야 했다.

일러스트레이터인 다혜 씨는 삽화의 난이도가 높아 무척이나 힘들어했다. 웅장한 이야기인 만큼 삽화 한 컷에 배경과 인물, 사건 등 담아야 하는 내용이 많다 보니 각각의 요소를 조율하기가 쉽지 않았다. 나와 긴 논의 끝에 과하지 않게 전체 요소들을 한 컷 안에 구성하면, 세부적인 표현을 해야 했다. 다혜 씨는 표현에 워낙 강해서 이 단계는 수월하게 넘어갔지만, 문제는 방대한 작업량이었다. 총 400여 컷을 그림을 그려 내야 하니 절대적인 작업량에 부담스러워했다. 방법은 하나뿐이었다. 일주일 단위로 작업량을 쪼개 주는 것. 그 결과 다혜 씨는 일의 무게를 일주일의 작업량으로 인식하여 부담을 덜 수 있었다.

고양이달의 기획을 돕고, 글 전반을 함께 다듬었던 에디터 슬아는 내가 보지 못한 부분을 객관적인 눈으로 잡아내어 고쳐야 했다. 그러나 고양이달은 판타지 배경인 데다 세계관이 독특해서 설정이 꽤 까다로웠기에 많이 힘들어했다. 더불어 교정을 하는 게 처음이었기에, 작가의 색깔을 해치지 않는 범위 내에서 어떻게 손봐야 할지 그 접점을 찾는 것도 힘들어했다. 나와 끊임없이 대화하며 기준을 만들어 가는 방법밖에 없었다.

그 외에도 문제는 셀 수 없이 많았지만, 해결의 본질은 기획자로서 큰 그림을 보여주며 의욕을 북돋아 주는 데 있었다. 그렇게 그들의 작업 과정을 세심히 살피며 잘못된 부분을 짚어 주기도 하고, 반대로 그들이 내게 짚어 준 부분에 수긍하기도 하면서 큰 방향에서 벗어나지 않도록 균형을 잡았다.

그러나 작업 기간이 길어지면서 팀원들은 서서히 지쳐 갔고, 개인적인 사정으로 작업이 늘어지는 경우도 있었다. 언젠가 다혜 씨가 삽화 날짜를 맞추지 못할 것 같다고 하면서 나의 속도를 따라가기가 버겁다고 눈물을 보인 적이 있었다. 슬아도 내가 짠 일정을 소화해 내는 게 버겁다고 울먹였다. 나는 회사를 운영하다 보니 경영가의 마인드로, 팀원들에게 왜 그러한 문제가 생겼느냐보다, 이미 일어난 문제를 어떻게 해결하느냐에 더 초점을 맞추게 되었다. 나는 그들에게 어떻게 해 주면 되는지 물었다. 그런데 다혜 씨도, 슬아도 힘들지만 일단 해 보겠다고, 지금 이렇게 힘들다는 것을 알아주는 것으로 됐다고 하는 게 아닌가. 그 순간 정신이 바짝 들었다. 좀 더 따뜻하게 팀원들의 마음을 챙겨야 했는데 소통이 부족했구나. 스스로 반성이 되었다.

그 일을 계기로 나는 팀원들에 대한 배려와 프로젝트의 효율성 사이에서 접점을 어떻게 찾아야 할지 깊이 고민했다. 같은 창작자로서의 입장과 기획자, 경영자의 입장이 다 다른데 세 개의 역할이 동시에 주어지다 보니 어느 입장에 서냐에 따라 결론이 상이했다. 답을 찾기 쉽지 않은 부분임에 틀림없었다. 그럼에도 그 일이 있은 뒤에는 좀 더 팀원들의 입장에서 생각해 보게 되었다. 그렇게 내부 팀원들과의 경험을 통해 쌓은 노하우는 다른 외부 창작자들과 협업할 때 도움이 되었다.

끝까지 간다

아띠봄이 개발한 고양이달은, 아날로그 매체인 '책'과 디지털 매체인 '멀티북' 두 가지 상품으로 제작되었다. 한창 회사를 만들고 고양이달 작업에 본격적으로 돌입할 때가 스마트폰 열풍이 불고 있는 시기이다 보니, 나 역시 아날로그 매체인 책뿐만 아니라 디지털 방식인 멀티북에 관심이 많았다. 국내의 경우, 시장을 선점한 주요 출판사가 굳이 전자책 시장까지 진출할 필요성을 느끼지 못한지라 해외만큼 전자책 시장이 크지 않은 상황이었고, 그렇다보니 전자책 포맷도 제각각이었다.

나는 일단 아이폰에서 볼 수 있는 앱 형태의 멀티북을 만들기로 하고 '음악과 영상이 결합된 신개념 디지노벨, 고양이달'이라는 이름으로 중소기업청과 KT로부터 개발 지원을 받았다. 글과 그림으로만 채워진 종이책과 달리 음악과 영상까지 결합된 멀티북을 만들려고 하니 대학에서 공부한 영상 연출이 도움이 되었다. 대학 때부터 음악과 영상, 시나리오 등 여러 분야가 종합적으로 조화를 이루어 하나의 결과물을 만들어 내는 훈련을 해 왔기에 각 분야의 전문가와 협업하는 것 역시 익숙했다. 여기에 다혜 씨와 슬아와의 팀 작업으로 쌓인 내공까지 더해 나는 자신 있게 각 분야의 전문가들을 끌어들였다.

고양이달을 만들기 위해 표지 디자이너, 편집 디자이너, 프로그래머, 작곡가, 편곡가, 애니메이션 스튜디오 등 셀 수 없는 이들이 우리의 작업에 합류했다. 고양이달은 아띠봄의 데뷔작인 만큼 완성도를 올리고자 경력이 많은 전문가들을 모셔 왔다. 문제는 돈이었다. 한정된 비용 안에서 최고의 실력자들을 모시기 위해 어떻게 해야 할 것인가. 내가 택한 방법은 대화와 설득이었다. 우리가 어떤 도전을 했고, 이 작품을 왜 만들려고 하는지, 어떤 의미가 있는지 설명했고, 그동안 우리가 걸어온 길을 들려주며 정중히 도움을 청했다. 그들은 젊은 창작가들의 도전을 응원해 주었고, 아띠봄이 지불할 수 있는 비용을 받고도 기꺼이 합류해 주었다.

함께 작업하는 과정에서 어려웠던 것은 역시나 의견을 조율하는 일이었다. 내 머릿속의 그림이 그들과 달랐기에 끊임없이 대화하고 접점을 찾아야 했다. 또한 작업자들끼리 의견이 대립할 때에는 중재를 해야 했다. 그러나 다들 자기 색깔이 있는 창작자이다 보니 한 방향으로 의견을 모으기가 쉽지 않았다. 또 다른 어려움도 있었다. 나는 작업자들의 능력을 최대한 끌어내기 위해 적절한 질문을 던지고 도움이 될 만한 아이디어를 제시해야 했다. 그러나 모든 분야를 잘 알지 못하기에, 따로 공부를 많이 해야 했다. 멀리 가서 배울 필요는 없었다. 그 분야의 전문가인 작업자들에게 묻고, 찾아보고, 숙지하는 식으로 그들과 수준을 맞추려 애썼다. 그러면서 개별 작업들이 결국 하나의 큰 그림에서 조화를 이루도록, 부분과 전체를 오가며 균형 있게 작업을 끌어갔다. 따라가기도 바쁜 때에 선두에 나서서 전체를 이끌어 가려니 죽을 맛이었다.

회사를 경영하면서 내 작업을 하는 것도, 그러면서 슬아와 다혜 씨의 작업을 관리하는 것도 버거운데, 다른 작업까지 더해지자 시간 관리와 에너지 배분에 큰 애를 먹었다. 그럼에도 끝까지 해낼 수 있었던 것은 함께했던 파트너들의 응원 덕분이었다. 한번은 애니메이션 작업이 끝나고 팀장님과 다혜 씨와 한잔하며 회포를 푼 적이 있었다. 그때 팀장님이 내 눈을 보며 말했다.

"나는 박 대표가 꼭 이 일을 해냈으면 좋겠어. 현실적으로 창작자들이 원하는 작품 만들면서 먹고 살 수 있는 환경은 아니잖아. 박 대표가 이런 방식으로도 해낼 수 있다는 희망을 보여줬으면 좋겠어."

나는 고개를 끄덕이며 잘해 보겠다고 했다. 그리고 그 이후에 팀장님과 같은 이야기를 건넨 파트너들에게도 똑같이 잘해 보겠다고, 감히 약속했다. 그 약속이 그 시절 버거운 작업을 참고 해낼 수 있는 원동력이었다.

동반 성장의 기쁨도 큰 원동력이 되어 주었다. 2012년 어느 가을날이었다. Window8 개발 업체의 두 청년이 나를 찾아와 고양이달을 전자책으로 만들고 싶다고 했다. 그러나 그때는 너무 바빠서 다른 프로젝트를 겸할 여력이 되지 않았고, 그해 여름 i OS 제작 경험이 있었던 나는 국내 앱북 시장의 한계를 보았기에, 아직 시장이 열리지도 않은 Windows8 개발엔 큰 매력을 느끼지 못했다. 게다가 이들은 툴만 개발해 놓았지, 레퍼런스로 참고할 만한 어떤 포트폴리오도 가지고 있지 않았다. 나는 정중히 거절할 생각으로 미팅을 나갔다.

그런데 막상 그들과 마주하자 그 자리에서 덜컥 오케이를 하고 말았다. 그들의 눈빛과 분위기가 선했고, 한 길을 우직하게 파는 사람들이라는 게 느껴졌다. 그런데 그 우직함이 오히려 그들을 어려움에 처하게 했고, 고양이달 전자책이 그들에게 하나의 돌파구가 될지 모른다는 예감이 들었다. 동시에 나의 가을, 겨울은 조금 더 고달파지겠구나 하는 예감도 같이 들었다. 아니다 다를까 나는 그해 추석 내내 송편을 먹으며 전자책을 기획해야 했다. 아마 그들도 그랬으리라.

시행착오가 꽤 있었다. 기획자의 입장에서 개발자의 논리로 접근하는 그들을 설득해야 했고, 그들은 기획자의 논리로 이야기하는 내가 답답했을 것이다. 우리는 일주일에 한 번 혹은 보름에 한 번 만나 회의했고, 목표를 세워 하나씩 차근차근 해결해 나갔다. 그때만 해도 그들은 내가 제시한 기능들을 구현해 내지 못해 나는 기다려야 했다. 그리고 그들 역시 내가 고양이달을 완성할 때까지 기다려 주었다. 서로 기다리면서 자기가 맡은 부분의 질적 수준을 높였고, 십 개월 만에 마침내 우리가 기획했던 고양이달 전자책이 완성되었다.

2014년 여름, 최종 결과물을 검토하면서, 그들이 참 많이 고생했구나, 그리고 성장했구나 하고 느꼈다. 나를 처음 찾아왔을 때만 해도 그들 회사는 앞이 보이지 않는다고 했는데, 어느덧 그해 Microsoft사의 기대를 한 몸에 받는 회사로 성장해 있었다. 참으로 반가운 소식이 아닐 수 없었다. 무엇보다 고양이달 전자책의 수준을 인정받아 MS에서 출시를 기다리고 있다는 이야기에 기분이 좋았다.

그때까지는 나 혼자 서는 것조차 버거워 누군가에게 도움을 줄 만한 여유가 없었다. 오히려 계속해서 도움을 받기만 했다. 그런 와중에 내가 하는 일이 나뿐만 아니라 파트너에게 도움이 되었다니 보람을 느꼈다. 더불어 앞으로도 함께 일할 파트너들에게 긍정적인 에너지와 도움을 줄 수 있으면 좋겠다는 생각이 들었다. 그래야 내가 하는 일에 더 큰 의미를 두고 잘할 수 있을 것 같았다. 그때 막 태동하기 시작한 window8 전자책 시장에서 전자책 작업에 들인 시간과 비용, 노력에 상응하는 수익을 거두기란 사실 불가능한 이야기였지만, 이제까지 없는 새로운 형태의 결과물을 만들어 냈다는 기쁨과 성장했다는 보람이면 족했다.

많은 파트너들과 함께 제품을 제작하는 단계에서 내가 깨달은 바는 우리가 공동으로 정한 목표는 반드시 서로를 이롭게 해야 하며, 서로의 성장에 이바지해야 한다는 것이었다. 또한 아무리 대단한 일일지라도 결국 사람이 하는 일이며 사람을 움직이는 것은 돈이 아닌 마음이라는 것. 마음을 움직이려면 진정성 있게 다가가야 함을 나는 그렇게 배웠다.

2012년 5월 1일, 아띠봄이 그간 정성을 쏟았던 고양이달 1권이 종이책과 멀티북으로 동시에 출간되었다. 종이책의 경우 창작부터 제작, 인쇄, 배본까지 다 처음 해 보는 일이라 많이 헤맸고, 멀티북의 경우 콘텐츠와 IT기술을 융합하여 새로운 전자책 프레임을 제시하려다 보니 많은 공부가 필요했다. 그러나 아띠봄 혼자 하는 게 아니라 다른 회사들과 함께하였기에 시너지를 발휘할 수 있었고, 제품도 무사히 세상 밖으로 내보낼 수 있었다.

그러던 어느 날이었다. 서점에 책이 잘 진열되어 있는지 보기 위해 서점을 도는데, 이게 웬걸, 매대 한쪽에 놓인 고양이달은 서점에 있는 수십만 권의 책 중 그저 한 권일 뿐이었다. 사람들은 눈길 한번 주지 않고 지나쳤다. 서점에 포스터 광고도 해 봤지만, 수십 개의 광고가 붙어 있는 마당에 이 또한 눈에 띌 리 없었다. 나는 사람들을 붙잡고 말하고 싶었다. 겉에서 볼 땐 수많은 책 가운데 하나지만, 펼쳐 보면 이십 대 청춘들의 꿈과 사랑, 아픔과 위로, 낭만이 있으니 잠시 멈춰 서서 한 번만 봐 달라고……. 그러나 바쁘게 움직이는 사람들에게 내 마음 속의 외침이 들릴 리 없었다.

멀티북 또한 마찬가지였다. 종이책 1권을 다섯 개의 멀티북 시리즈로 나누어 동시에 출시했지만, 사람들은 게임과 생활에 유용한 유틸리티만 유료로 구매할 뿐 멀티북에는 돈을 지불하지 않았다. 아직까지 국내 전자책 시장이 제대로 형성되어 있지 않다 보니 경쟁자도, 시장도 없었다. 이벤트용으로 멀티북을 일주일간 무료로 전환했더니, 그제야 전자책 순위 1, 2, 3, 4, 5위를 도배했다. 홍보 효과는 있을지 모르나 애써 만든 제품을 공짜로 풀 수는 없는 노릇이라 다시 유료로 전환하고 멀티북 시장을 좀 더 살펴보기로 했다.

그러나 책은 달랐다. 책은 고양이달이라는 작품의 원천 콘텐츠이므로 성공해도 그만, 아니어도 그만일 수 없었다. 책이 시장에서 살아남지 못하면, 이번에 멀티북을 만든 것처럼 팬시상품이나 공연, 교육 프로그램 등 다양한 방식으로 만들 수 없었다. 그렇기에 마케팅을 통해 고양이달이라는 책을 적극적으로 알려야 했다. 문제는 무엇을 어떻게 해야 할지 막막하다는 데 있었다. 마케팅 수업도 받았지만 실전은 달랐다. 서점 광고만 하면 되는 줄 알았는데 참 어리석은 생각이었다.

서점에 포스터를 붙여도 알릴 수 없다면 거리에 붙이자. 우리와 같은 청춘들이 바글거리는 홍대 거리로 나가자. 우리는 포스터 천 장을 인쇄한 뒤 양팔에 포스터를 들고 무작정 홍대로 향했다. 이른 아침부터 홍대 거리 곳곳을 누비며 전봇대나 빈 벽에 포스터를 붙였다. 젊은 여성들이 아침부터 벽에 커다란 고양이 얼굴이 그려진 포스터를 붙이는 걸 신기하게 보고 말을 거는 이들도 있었다. 우리는 관심을 보이는 이들에게 고양이달 엽서나 스티커를 건네며 우리 작품을 소개했다. 정말이지 맨땅에 헤딩하는 심정으로, 발 벗고 나선 마케팅이었다. 하지만 매일 단속을 피해 가며 포스터를 붙일 수도 없는 노릇이었다. 그때부터 나는 마케팅에 대해 진지하게 생각하기 시작했다.

시간이 많지 않은 경우, 가장 빠르게 배울 수 있는 방법은 경험이 많은 상대를 찾아가 도움을 청하는 것이었다. 혼자 원론을 공부하고 사례를 분석해서 방안을 찾는 것도 좋지만, 당장 발등에 불이 떨어졌을 때에는 그 모든 것을 경험한 상대와 만나 바로 지식과 노하우를 전수받는 게 가장 효율적이었다. 나는 한국콘텐츠진흥원 기획창작아카데미에서 공부할 때 연을 맺었던 담당자들과 만나 대화를 나누고 도움을 청했다. 그러나 기대와 달리 돌아온 반응은 싸늘했다.

"어른을 위한 동화? 어른이 동화를 읽나?"

"독립 출판을 했다고? 계란으로 바위 치기 한 것이다."

"용기는 가상하지만, 마케팅은 결국 돈이다. 노하우가 하루아침에 얻어지는 건 줄 아나?"

출간 후 한 달 동안 가장 많이 들었던 말들이었다. 냉정하긴 하지만 기본적으로 나에 대한 애정과 걱정이 깔려 있기에 나온 말이라고 생각하고 아픈 말도 새겨들으려 했다. 그럼에도 좌절할 수밖에 없는 말들만 듣다 보니 서서히 자신감을 잃어 갔다. 한 멘토는 사업은 아무나 하는 게 아니라며, 괜찮은 출판사를 연결해 줄 테니 2, 3권 집필에만 몰두하라고 했다. 그러면 노하우와 자본을 가진 출판사에서 노련하게 마케팅을 해 줄 거라고 했다. 생각해 보겠다고 하고 돌아가려는 차에 멘토가 걱정스레 건넨 한마디를 잊을 수가 없다.

"사랑 잃고 사업 실패하고, 왜 그리 미련스럽게 해."

나는 멈칫했지만 아무 말 못하고 조용히 그곳을 나왔다. 그리고 지하철역까지 걸어오는 길 내내 헤어진 그를 떠올렸다. 내가 너를 잃은 게 고양이달 때문인 걸까. 그렇다면 너까지 잃어 놓고 나는 왜 실패한 걸까. 발끝만 보고 걸으며 눈물을 뚝뚝 떨어뜨렸다. 그러면서 문득 내 청춘을 생각했다. 나는 지금 어디쯤 온 걸까. 얼마나 더 가야 할까. 이 길은 맞는 길일까. 나는 이 길 끝까지 갈 힘이 있을까. 당장에 답을 구할 수 없는 질문들이 내게 화살처럼 쏟아졌고, 나는 피할 길 없이 다 맞았다. 가장 아픈 건 나 스스로 던지는 비난의 화살이었다.

'꼴좋다. 아무도 보지 않는 책을, 그것도 실수투성이의 책을 만든다고 빚쟁이가 되질 않나. 청춘을 걸고 도전하겠다고 설치더니 고작 이거였어? 앞으로 어쩔 거야? 성공은커녕 2, 3권이나 제대로 완성할 수 있겠어?'

내가 내게 던지는 말은 깨어 있을 때도, 밥을 먹을 때도, 일을 할 때도, 누군가를 만날 때도, 잠자리에 누웠을 때에도 계속해서 들렸다. 잠자는 동안에도 악몽이 되어 나를 깨우는 바람에 세 시간 이상 잠을 잘 수가 없었다. 나는 웃음을 잃었고, 자신감을 잃었다. 그렇다고 나만큼이나 실망한 팀원들에게 내 심정을 내보일 순 없었다. 내가 끝까지 끌고 갈 능력이 될까. 나 스스로의 자질에 대해 수없이 반문하느라 머리가 터질 지경이었다. 아무리 고민해도 확고하게 결정을 내릴 수 없어 발만 동동 굴렀다. 그런 위기 속에서도 나에 대한 믿음이 굳건한 동료들을 볼 때면 미안한 마음에 얼굴을 들 수가 없었다. 나는 감정을 꽁꽁 숨긴 채 괜찮은 척 고개를 빳빳이 들고 그 시기를 견뎠다.

"바보, 멍청이, 고집쟁이."

묵묵히 내 이야기를 듣던 아모가 한참 만에 내뱉은 말이었다. 깜짝 놀라 고개를 들자 아모가 나를 빤히 바라보며 고개를 저었다.

"왜 그렇게 어리석었니. 그렇게 힘들면 그만뒀어야지. 그 정도에서 너의 한계를 인정했어야지. 자신감 잃고, 사랑 잃고, 그렇게 고통스러우면서 왜 계속한 거야!"

아모의 반응에 나는 당황스러웠다. 나는 변명하듯 대답했다.

"격려해 주는 사람도 있었어. 아띠봄 시작할 때 경영 컨설팅 해 주었던 멘토는 좋게 말씀해 주셨고, 또……."

"웃기지 마! 그들이 네가 얼마나 힘든지 알고 한 말이겠니? 그 책임을 그들이 나눠 가지고 한 말이겠니? 왜 고작 그런 말에 넘어간 거야!"

아모가 다그치자 나도 모르게 감정이 울컥 올라왔다.

"네가 뭘 안다고……."

나는 더 내지르지 못하고 입술을 꼭 깨물었다. 시간이 많이 지나 이제는 괜찮아진 줄 알았는데, 막상 그때의 일을 꺼내 놓으니 그 순간 느꼈던 좌절감과 막막함이 되살아나 가슴을 쳤다. 온갖 감정이 스치는 가운데 숨을 고르며 마음을 진정시켰다. 그리고 나지막이 입을 열었다.

"그렇게 포기하면 앞으로 내가 뭘 더 할 수 있겠어. 무슨 도전을 더 할 수 있겠어……."

나도 모르게 목소리가 가늘게 떨렸다. 아모가 그런 나를 안타까운 눈빛으로 바라보았다.

"실패하는 한이 있더라도 끝까지 가 보고 싶었어. 끝을 보기 전까지는 놓고 싶지 않았어. 잘하지는 못해도, 성공하지는 못해도 끝까지 책임은 지고 싶었어. 그래서 계속 붙잡고 있었어. 이러지도 저러지도 못하는 상황이, 내게도 쉽지는 않았어."

나의 고백에 아모가 입술을 지그시 깨물었다. 그리고 가만히 내 손을 꼭 잡아 주었다. 그 순간 나도 모르게 눈물이 왈칵 쏟아졌다. 그때 누구에게도 털어놓지 못한 채 꽁꽁 숨겨 두었던 두려움과 아픔이 한꺼번에 터져 나왔다. 그게 다 언제 적이야기인데 몇 년이 지난 뒤 이 머나먼 땅, 바릴로체에 와서 정체불명의 토끼 친구에게 위로를 받을 줄이야. 그때 아모처럼 나를 위로해 줄 한 사람이, 나를 도와줄 한 사람이 있었다면 얼마나 좋았을까.

　당시에는 도움을 청하면 청할수록 어깨가 더 축 늘어지는 상황의 연속이었다. 나는 간신히 숨만 쉬고 버텼다. 창작도 경영도 다 버거웠던 그때, 그럼에도 최선을 다했는데 결과가 좋지 않고 앞으로 어떻게 발을 내딛어야 할지 막막한 그때, 나는 어쩔 수 없이 선택을 해야 했다. 멘토의 말대로 넘길 수 있는 기회가 있을 때, 우리 작품을 원하는 중견 출판사에 다 넘기고 창작에만 전념할까 하루에 열 번도 더 흔들렸다. 나를 위해서가 아니라 고양이달을 위해서라도, 나와 함께 청춘을 걸고 여기까지 온 동료들을 위해서라도 마땅히 그래야 하는 게 아닐까 싶었다. 내가 끝까지 끌고 가는 건 아무래도 불가능해 보였다. 이제 마케팅을 공부해서 어느 세월에 제대로 전략 짜고 실행한단 말인가. 몰라서 두려웠고, 두려워서 포기하고 싶었다.
　더 이상 선택을 미룰 수 없는 순간이 왔을 때 나를 잡아 주었던 건 아띠봄의 시작이자, 끝인 친구 슬아였다. 나는 팀의 리더이기도 했지만 슬아의 친구이기도 했다. 친구에게조차 리더로서 당당한 모습을 보이려 애썼던 나를 내려놓고, 슬아에게 친구로서 내 불안을 털어놓았다. 슬아는 묵묵히 들어 주었고, 두려움이 극에 달한 나는 절박하게 물었다.
　"과연 내가 할 수 있을까? 나, 괜찮을까?"
　슬아가 말했다.
　"괜찮아. 괜찮아질 거야. 너는 네 꿈이 그대로 주저앉도록 가만히 보고만 있지는 않을 거야. 너는 늘 최악의 상황에서도 방법을 찾아냈고, 이번에도 그럴 거야. 내가 아는 너라면 반드시 이 문제를 해결할 거야."
　살면서 처음으로 내가 가는 길이 맞는지 의심했고, 그래서 흔들렸고 방황했다.

마음이 워낙 불안하다 보니 옆에서 이런저런 말을 해도 제대로 들리지 않았다. 그런데 두려움과 불안의 벽 너머로 어렴풋하게나마 슬아의 목소리가 계속 메아리쳤다.

"괜찮아. 괜찮아질 거야. 너는 분명 방법을 찾아낼 거야."

그리고 그해 여름 내내 내가 다시 중심을 잡고 설 때까지 끊임없이 반복해서 들렸다. 내겐 실낱같은 희망의 한마디였고, 나는 그 한마디를 붙들고 죽어라 달렸다. 그 말이 내 마음에 온전히 자리 잡을 즈음, 마침내 나는 마음의 결정을 내렸다. 그리고 곧장 멘토의 제안에 답하는 메일을 썼다.

선생님, 지금 포기하면 안 될 거 같아요.
나중에 실패하더라도 할 수 있는 데까진 다 해 보고 싶어요.

멘토는 나의 뜻을 존중해 주었고, 내가 다음 해 출간할 2, 3권의 마케팅 계획을 미리 짤 수 있도록 몇 해 전 출판 시장에서 큰 성공을 거둔 도서 기획자를 소개해 주었다. 그녀는 고양이달 원고를 읽고, 내가 마케팅 방향을 잡을 수 있도록 필요한 질문을 던져 주었다. 나는 그 질문에 답을 하기 위해 보다 체계적인 마케팅 전략이 필요함을 느꼈다. 그러려면 마케팅을 제대로 공부해야 했다. 물불 가릴 때가 아니었다. 회사에 필요한 마케팅 컨설턴트이다 싶으면, 그 사람이 아무리 높은 지위에 있는 사람이라도 수단과 방법을 가리지 않고 찾아가 도움을 구했다. 죽기 살기로 달려들었기 때문에 필요한 것들을 취할 수 있었고, 취한 것은 다름 아니라 '사람'이었다.

나는 그해 여름이 시작될 무렵 연륜 있는 두 명의 마케팅 컨설턴트와 함께하게 되었다. 두 마케팅 컨설턴트는 모두 사십 대 초반으로 탄탄한 경력을 가지고 있었고, 자신감이 넘쳤다. 한 명은 고지식할 정도로 정석을 따르는 스타일이었고, 또 다른 한 명은 임기응변에 강한 응용형 스타일이었다. 마케팅 경험이 없던 나는 처음부터 고민이 많았다. 어떤 스타일이 아띠봄에 맞을지 알 수 없었다. 그러나 운 좋게 서울산업통상진흥원의 마케팅 지원 공모 사업에 선정되면서, 두 사람 다 들여 각각 논의를 진행해 나갈 수 있었다. 그해 6월부터 9월까지 약 사 개월 동안 나는 두 사람과 함께 고양이달 마케팅의 큰 그림을 그렸다.

처음에는 그들에게 많이 의지했고, 그들이 내려 주는 답을 무조건적으로 따랐다. 그러다 갈수록 그들의 답이 최선인가 의심하기 시작했고, 아니라는 판단이 들면서 그들에게 제대로 된 최선을 요구했다. 그들은 그것이 최선이라고 했고, 나는 그게 최선이 아님을 증명하는 데 온 시간을 들였다. 최선을 찾기 위해 전문가를 들였는데, 그들이 내놓은 최선이 정말 최선인지 검증할 능력이 없어, 검증할 또 다른 전문가를 찾아야 하는 상황이었다. 꼭 같은 분야가 아니더라도 검증에 도움이 될 만한 사람이면 서슴없이 도움을 청했고, 회사 설립 후 센터를 통해 일대일 코칭을 받았던 멘토와 예비기술자창업 지원 사업 심사관으로 연을 맺었던 대학 선배에게 계속해서 조언을 구하는 한편, 혼자 머리를 쥐어뜯으며 치열하게 고민했다. 그러는 과정에서 서서히 깨달았다. 결국 마케팅도 내가 직접 해야 하는 일이구나. 시장 조사부터 타킷 설정까지 처음부터 다시 시작이었다.

호랑이를 잡으려면 호랑이 굴에 들어가야 하듯 시장을 알고 싶다면 일단 시장에 나가야 했다. 그해 여름 아띠봄은 코엑스에서 열린 서울 국제 캐릭터라이선싱 페어에 나가 처음으로 사람들과 직접 만났다. 또한 전시회에 참가한 타 회사의 캐릭터, 애니메이션, 동화책 콘텐츠를 보며 그들의 전략을 공부했다. 그렇게 오 일 동안 직접 몸으로 겪으며 자연스럽게 고양이달을 사람들에게 어떻게 인식시켜야 할지 방향을 잡았다.

전시 과정은 순조로웠다. 사전에 네 평 남짓한 부스를 배정받아 공간 디자인 컨셉을 정한 뒤 필요한 물품을 준비했다. 미리 도면으로 어떻게 삽화들을 전시할 건지, 어떻게 모니터를 설치하고 테이블을 놓을 건지, 이벤트는 어떻게 할 건지 다 계획하고 전시장에 갔기에 첫날 부스를 꾸미는 것부터 마지막 날 철수하는 것까지 과정 자체는 수월했다. 나도, 동료들도 사무실에서 머리 쓰는 일만 하다 보니 오랜만에 몸 쓰는 일이 반가울 정도였다.

부스는 내 방을 꾸민다는 생각으로 아기자기하게 꾸몄다. 흰 벽에 따뜻한 원목 느낌의 벽지를 붙이고, 캔버스에 인쇄한 삽화를 레이아웃에 맞추어 걸고, 가구와 책을 비치했다. 벽 위에 작은 소품까지 매달아 마침내 따뜻한 파스텔 톤의 '고양이달 방'이 탄생했다. 방 꾸미다 지루하면 놀러 온 손님들과 수다도 떨고, 책 이야기도 하고, 캐릭터 스티커도 붙여 주며 소소한 재미를 느꼈다. 고양이달 팬이라며 다가와 책에 사인을 청하는 독자들도 있었다. 그런 상황이 익숙하지 않아 몹시 쑥스러워하며 사인을 하고 사진도 함께 찍었다.

전시를 하는 동안 알게 된 재밌는 사실 하나, 고양이달에 관심을 갖는 사람들은 나이, 성별, 직업에 상관없이 비슷한 분위기를 풍긴다는 것. 조용하고 수줍음 많고, 감성적인 분위기가 신기하게도 고양이달의 파스텔톤과 일치했다. 우리가 정성스레 꾸민 고양이달 사랑방과도 비슷했다. 결국 하나의 맥으로 통하는구나. 그것이 곧 주파수라는 게 아닐까. 고양이달이 계속 세상을 향해 소리를 내면, 그 주파수와 같은 음역대의 감성을 지닌 사람들이 그 소리를 듣고 찾아오겠구나. 시간이 얼마나 걸릴지는 모르겠으나, 결국은 구하는 자는 알아볼 것이며 우리는 그들이 우리를 찾아올 수 있도록 모든 채널을 동원하여 소리를 내야겠다고 생각했다. 그러나 캐릭터라이선싱페어는 뽀로로나 캐니몰, 라바를 좋아하는 유아들이 오는 곳이었다. 우리와 같은 주파수를 가진 이들은 이 축제에 오지 않는다. 나는 조금 더 친절해질 필요가 있다고 생각했다. 우리와 같은 감성을 지닌 이들이 우리에게 힘겹게 찾아오지 않도록, 우리가 그들이 있는 곳으로 가야 했다.

그렇다면 어떻게, 어떤 모습으로 다가가야 할까. 그 답은 고양이달 행사를 꾸민 우리의 모습에 있었다. 나의 이야기를 들어 주었던 슬아는 나와 함께 긴 시간 동안 온 힘과 정성을 다해 고양이달을 만들었고, 다혜 씨는 나와 함께 꿈을 이루기 위해 청춘을 걸었다. 우리는 동료이기 이전에 죽이 잘 맞는 친구이기에 소꿉놀이

ATTIBOM

하듯, 일을 놀이처럼 할 수 있었다. 으리으리한 행사장 한구석에 우리만의 아기자기한 부스를 만들고, 그 안에서 맛있는 간식도 먹고, 차도 마시고, 수다도 떨며 시시덕거렸다. 하루 종일 부스에 있어도 심심할 틈이 없었다. 그 놀이와 재미의 감성을, 다른 사람과 자연스럽게 나누면 되겠구나. 고양이달 사랑방에 같은 감성을 지닌 이들을 초대하여 소소하게 대화하면 되겠구나. 우리는 우리의 방식대로, 고양이달의 방식대로 다가가야 했다. 코엑스 전시가 그 방식에 확신을 주었다.

코엑스 전시 경험을 토대로 그해 여름 진행한 마케팅 이벤트들과 방식이 다른 두 컨설턴트의 전략을 통해 나는 밑그림에 세부 계획을 더했고, 그해 가을이 찾아올 무렵 고양이달의 마케팅 전략을 하나의 문서로 일목요연하게 정리했다. 그리고 두 명의 컨설턴트가 내놓은 일반적인 마케팅 전략이 고양이달과 맞지 않다고 반박했다. 두 컨설턴트가 물었다. 그럼 최선은 무엇이냐고. 나는 기다렸다는 듯이 내가 생각하는 최선의 마케팅, 감성 마케팅 전략을 그들에게 보여 주었다. 그러자 두 사람의 눈빛이 흔들렸고, 그들은 나를 똑바로 응시하며 말했다.

"날 찾아왔던 그때와는 비교할 수 없을 만큼 성장했군요."

그 말을 듣는 순간 나도 모르게 멈칫했다. 성장. 그런 단어는 생각할 겨를도 없이, 죽이 되든 밥이 되든 아띠봄을 이끌고 죽어라 달려왔는데, 뜻밖에 인정을 받으니 감회가 새로웠다. 내 노력이 헛되지 않았구나.

그 후 나는 함께할 컨설턴트를 선택해야 했다. 당시 내가 생각한 아띠봄에 맞는 컨설턴트는 정석을 밟는 컨설턴트였다. 일 처리 능력뿐만 아니라 일하는 방식, 인간성 등 모든 면에서 그랬다. 내가 고지식할 정도로 정석을 밟는 사람이기에, 아띠봄은 그런 내가 만들고 끌고 가는 회사이기에, 고양이달은 그런 내가 살아온 삶을 담은 작품이기에, 마케팅 역시 같은 맥락이어야 했다. 임기응변으로는 본질을 꿰뚫을 수 없었고, 한 발 앞서 나가기보다 한 발 뒤에서 행동할 수밖에 없었다. 나는 정석을 밟는 컨설턴트를 택했고, 그와 함께 고양이달을 끌고 가려고 했다. 그러나 얼마 지나지 않아 그조차 답이 아니라는 것을 깨달았다. 그는 나에게 더 이상 줄 것이 없었다. 어떤 방식이 옳은지, 어떤 방법이 최선인지 검증하는 과정에서 나 스스로 이미 답을 찾았고, 답을 손에 쥔 자는 더 이상 기댈 사람이 필요하지 않았다. 그걸 나도, 그도 알고 있었다. 나는 그를 '선생님'이라고 불렀다. 그해 여름 나를 가르친 선생님. 우리의 마지막 수업은 늦가을, 강남의 한 카페에서 진행되었다. 선생님은 마지막으로 허심탄회하게 말했다.

"나는 돕고 싶었어. 별 게 아니라, 다른 걸 기대한 게 아니라……. 이렇게 열심히 하는 청년은 반드시 성공해야 한다고 생각했고, 내가 그렇게 만들고 싶었어. 옆에서 같이 고민하면서 조력자가 되고 싶었어. 그래서 언젠가 네가 성공했을 때, 내 이름 한번 언급해 주면 그걸로 됐다 싶었어."

나는 선생님의 눈을 보며 말했다. 충분히 도움이 됐다고, 선생님 덕분에 내가 이렇게 짧은 시간 안에 배웠다고, 고맙다고……. 진심 어린 목소리로 감사의 마음을 전했다. 마지막으로 선생님이 말했다.

"내가 있는 곳까지 올라오는데, 너무 오래 걸리지 않았으면 좋겠어."

나는 노력해 보겠다고 했다. 노력해서 선생님이 있는 곳까지 스스로 딛고 올라가 보겠다고, 그때 같이 일하자고. 마지막까지 선생님은 나와 같이 해 보려고 했던 마케팅 전략들을 알려 주었다. 이젠 너 혼자 충분히 할 수 있을 거라 믿는다고, 할 수 있겠냐고 물었다. 나는 천천히 고개를 끄덕였다. 그리고 그해 여름 내내 나를 가르친 선생님과 작별했다. 서서히 찬바람이 불기 시작하던 무렵이었다.

돌아오는 길, 가슴이 먹먹해 어찌할 바를 몰랐다. 머릿속으로 고양이달 작업을 하는 동안 이별한 사람들을 하나둘 헤아려 보았다. 고양이달은 많은 이들의 협업이 필요한 작업이었고, 매 단계마다 나는 필요한 사람을 찾아 그들과 함께 일했다. 일러스트레이터, 에디터, 프로그래머, 애니메이터, 작곡가, 편곡자, 편집 디자이너, 표지 디자이너, CI 디자이너, 마케팅 컨설턴트 등등 헤아릴 수 없이 많았다. 여기에 회사 운영에 도움을 준 회계사, 변호사, 변리사 분들과 멘토들, 인턴들, 동년배의 청년 사업가들까지 더하면 끝도 없었다.

그들은 대부분 그들 몫 이상의 헌신과 애정을 보여 주었고, 나는 기꺼운 마음으로 그 노고를 받았다. 우리는 한참 작업을 하는 동안 피 튀기게 설전을 벌이기도 하고, 별 것도 아닌 데서 자존심을 내세우며 신경전을 벌이기도 했다. 또 어떤 때는 놀라울 정도의 집중력과 열정으로 상대를 압도하기도 하며, 하나의 목표를 가지고 함께 질주했다. 한 시절이 끝나면 각자의 길을 가야 했지만 함께하는 동안 최선을 다했기에, 서로 그것을 알기에 이별은 시원섭섭했다. 인연이 다 소진한 작별의 길목에서 내가 가졌던, 그 고맙고 서운한 마음을 어찌 잊으랴. 그때 선생님과 헤어지고 돌아오는 지하철 안에서도 나는 그런 마음을 가졌다.

멘토의 말을 빌리자면 2012년, 사랑을 포기하면서까지 좇은 꿈의 참패와 좌절의 드라마, 그 서막은 두려움과 불안함이었다. 실상은 더 암담했다. 열심히 했는데도 결과가 왜 이 모양일까 원망과 불행이 마음의 절반을 차지했고, 반드시 극복하고 말겠다는 의지가 절반이었다. 그렇게 그 계절을 다 살고 난 뒤 내가 가진 마음은 아이러니하게도 고마운 마음이었다. 나의 방황 속에 등장한 당신과 나의 이야기가 방에 걸린 그림처럼 마냥 예쁘고 정갈하지만은 않지만, 어지러운 난장판 속에서도 나를 돕고자 하는, 나와 뜻을 함께하는 당신의 진심만은 분명히 보였다는 것. 그 진심에 담긴 선한 힘으로 나는 혹독한 계절을 뚫고 지나왔다는 것. 그에 대한 고마움이 더할 것도, 덜할 것도 없이 있는 그대로 펼쳐 보이고픈 나의 진심이었다.

'나와 당신, 우리의 진심들이 담긴 작품을 제대로 만들어, 제대로 세상에 내놓을게요.'

나는 굳게 마음먹었고, 더 이상 흔들리지 않았다. 이제 어떤 사람과 함께해야 할지, 무엇을 해야 할지 분명히 알았고, 나는 자신이 있었다. 그해 가을 아띠봄은 대학생들을 대상으로 '아띠'라는 이름의 인턴을 모집하는 공고를 냈다. 주사위는 던져졌고, 이제 결과를 기다리는 일만 남았다. 우리가 하고자 하는 일을 함께할 아띠들이 우리를 알아보고 찾아와 주길 기다리는 수밖에 없었다.

잠시 이야기를 멈추고 주위를 둘러보자 어느덧 밴드 주변으로 더 많은 관객들이 모여들었다. 늦은 오후의 햇살이 밴드의 경쾌한 연주를 타고 우리의 시간들을 비추었다. 세 멤버 중 기타리스트의 솔로 연주가 이어졌다. 현란한 손놀림보다 더 주목을 끈 것은 기타리스트의 놀라운 집중력이었다. 마치 아무도 없는 빈방에서 홀로 예술혼을 불태우듯 기타 줄을 뜯는 모습이 가히 인상적이었다. 연주가 후반으로 치달으면서 허리를 숙이고 비틀며 멜로디를 온몸으로 만들어 내는 모습에, 관객들이 일제히 박수를 보냈다. 나와 아모 역시 입을 다물지 못한 채 손뼉을 쳤다. 기타리스트가 머리카락 끝에 송골송골 맺힌 땀방울을 털며 고개 숙여 인사했다. 곧바로 잔잔한 어쿠스틱 멜로디가 이어졌다. 아모가 잠시 귀를 기울이는 듯하더니 다시 물었다.

"그래서 아띠 모집은 어떻게 됐어? 많이들 찾아왔어?"

"응. 의외로 많이 지원해서 놀랐어. 고양이달을 읽고 반해서 찾아온 애독자도 있었고, 인터넷에 올린 고양이달 삽화를 보고 온 친구도 있었고, 콘텐츠를 만드는 벤처기업이 궁금해서 온 친구들도 있었어. 이력서에 한 줄 채워 넣을 경력이 필요한 친구들도 있었고."

"그중에 네가 함께 일해 보고 싶은 친구들도 있었어?"

"응. 이런 친구들이 아띠봄을 찾아왔으면 하고 기다렸는데, 정말로 왔어."

"자세히 얘기 좀 해 봐, 어떤 친구들인지."

아모의 말에 아띠봄을 찾은 아띠들의 얼굴이 하나하나 떠올랐다. 나는 미소를 띠며 말을 이었다.

감성의 주파수에 맞추어

한 달의 아띠 모집 기간 동안 오십여 명의 대학생들이 지원했다. 아띠봄에서 일을 하고 싶은 이유는 저마다 달랐지만, 우리의 존재에 대해 알고 함께할 뜻을 내

비친 건 모두 같았다. 우리는 우리와 같은 감성 주파수를 가지고 공동의 목표를 향해 달려갈 친구들이 필요했기에, 나름의 기준을 가지고 면접을 진행했다. 신기하게도 눈빛과 표정, 분위기만으로 우리와 함께할 친구인지 아닌지 구분이 되었다. 나뿐만 아니라 슬아와 다혜 씨도 그랬다. 우리는 반나절 동안 면접을 진행한 뒤 총 일곱 명의 아띠를 선발했다.

일주일 뒤 아띠봄이 속한 청년창업센터 세미나실에 일곱 명의 아띠들이 모두 모였다. 우리는 처음으로 새 식구들을 맞이하여 들떴다. 아띠들의 시선을 한 몸에 받으며 연단에 선 나는 아띠봄 3인과 우리들이 걸어온 길, 우리가 하는 일들을 소개했다. 아띠들은 우리에 대해 이미 어느 정도 알고 왔지만, 그 속사정까지는 몰랐기에 몹시 흥미로워했다. 아띠봄의 소개가 끝난 뒤에는 미리 준비한 퀴즈 미션을 주었다. 아띠들이 앞으로 아띠봄에서 하게 될 일들은 창작 과정에 대한 기본적인 이해가 있어야 하나 창작을 전공하지 않은 아띠들도 있기에 고심 끝에 준비한 미션이었다. 퀴즈를 풀어 가는 과정이 곧 창작의 과정이었고, 아띠들은 퀴즈를 풀면서 어렵지 않게 창작의 과정을 이해할 수 있었다.

오리엔테이션이 끝난 뒤 일곱 아띠들은 아띠봄 3인에게 배정되었다. 기존의 영화, 드라마, 애니메이션 등의 컨셉을 고양이달 콘텐츠와 엮어서, 칼럼과 같은 2차 콘텐츠를 만드는 기획 담당은 슬아가 맡았다. 다혜 씨는 당시 트렌드나 주요 사회 이슈를 고양이달 캐릭터와 엮어서 웹툰을 기획하는 아띠의 스토리보드를 감수하고, 직접 이를 웹툰으로 그려서 블로그와 페이스북에 연재했다. 나는 이벤트를 맡은 아띠와 영상과 이미지 제작을 맡은 아띠의 담당이 되어 우리가 진행할 이벤트를 기획하고 관련 포스터와 영상을 만들었다. 정규 모임은 이 주에 한 번이었지만, 아띠들은 끊임없이 회사에 찾아왔고, 담당 선배와 회의실에서 몇 날 며칠 머리를 맞대고 고민했다. 자신의 재능을 살린 개별적인 과제뿐만 아니라 팀 과제에도 마찬가지로 열을 올렸다. 팀 과제는 내년 봄에 개최할 청춘 콘서트 기획이었다. 몇 년 동안 셋이 사무실에 틀어박혀 창작만 하느라 사무실이 조용했는데, 아띠들 덕분에 회사가 북적이면서 활기가 돌았다.

이 시대의 청춘들이 꿈과 사랑을 좇는 과정에서 받은 상처를 '고양이달 이벤트'로 위로하고 소통하겠다는 목표 아래, 우리는 다양한 기획을 쏟아 냈다. 그 과정에서 아띠들을 어떻게 끌고 가겠다는 내 나름의 원칙이 있었다. 첫째, 아띠들의 열정을 단순히 소비시키지 않겠다. 그들에게 내가 그동안 배운 지식과 노하우를 모두 전달하여 그들이 쏟아 내는 게 아니라 채울 수 있게 만들겠다. 그래서 비공식 모임인 기획안 세미나를 열어 대학 시절부터 내가 참여한 프로젝트의 성공과 실패 사례를 모두 공유했다. 둘째, 성공할 기회든 실패할 기회든, '기회'를 주겠다. 내 경험상 젊은 시절에는 돈을 버는 것보다 빚을 내서라도 능력을 키우고 발휘할 기회를 얻는 게 무엇보다 중요했다. 비용이 따르는 기회를 인턴에게 선뜻 주는 게 쉬운 일은 아니었다. 그럼에도 아띠봄에 와 준 아띠들에게 도움이 되고자 했다. 그래서 회사가 감당할 수 있는 비용 선을 제시하고 그 안에서 아이디어를 내놓고 실현하게 만들어 주었다. 덕분에 참신하고 의미 있는 기획들이 많이 나왔다.

가장 인상 깊었던 기획은 '몰래 싼타', '너만 십분 콘서트', '고양이달 콘텐츠 공모전'이었다. 모두 마케팅이라는 단어를 배제하고 고양이달을 매개로 독자와의 소통을 목적으로 짠 기획이었다. 흔들려 본 사람만이, 외로워 본 사람만이 그 고통을 안다고, 지난봄 그와 헤어지고 고양이달 1권을 내고 흔들려 봤기에, 어디선가 그 방황과 두려움을 겪고 있을 누군가가 안타까웠다. 누군가 내게 기대고 위로를 받았으면 좋겠다는 생각을 조금씩 하게 된 것도 그때부터였다. 힘들다고 칭얼댔던 내가 그런 생각을 하다니 스스로 놀라우면서도, 그런 열망은 점점 커져만 갔다. 찾아내자. 내가 위기에 처했을 때 내게 필요하다 싶은 사람이면 물불 가리지 않고 찾아냈던 것처럼, 나를 필요로 할 사람들을 찾아내자. 나는 그 마음을 아띠들과 나누었고, 이에 맞는 기획을 해 달라고 요청했다. 그렇게 아띠봄 3인과 아띠 7인이 한마음 한뜻으로 진지하게 접근해서 탄생한 기획이 그 세 개의 기획이었다.

‘몰래 싼타’는 서대문구과 청소년재단에서 해마다 진행하는 프로그램을 변형하여 진행한 기획으로, 크리스마스이브에 아띠봄 3인과 아띠들, 아띠봄에서 직접 공고를 내고 뽑은 대학생들이 다 함께 저소득층 가정을 방문하여, 작은 크리스마스 파티를 즐기는 내용이었다. 고양이달 주인공인 아리 캐릭터 탈을 쓰고 아이들을 찾아가면 아이들은 자연스레 마음을 열었다. 우리는 아이들에게 캐럴을 불러 주고 고양이달 동화와 학용품을 선물로 주었다. 영하 16도의 날씨에 매서운 추위를 뚫고 아홉 가정을 일일이 방문하는 게 쉽지는 않았지만, 막상 아이들이 좋아하는 모습을 보니 뿌듯했다. 함께 좋은 일을 하는 기쁨을 느꼈고, 우리가 만든 동화가 이렇게 좋은 일에 쓰일 수 있다는 사실에 보람을 느꼈다.

‘너만 십분 콘서트’는 너만을 위해 준비한 십 분짜리 콘서트라는 기획으로 이대의 작고 아기자기한 카페에서 진행했다. 카페 구석에 세 평짜리 작은 방이 있었는데, 다 같이 불을 끄고 숨어 있다가 손님이 한 팀 들어오면 짠 촛불을 켜며 이벤트를 시작했다. ‘복태와 한군’이라는 부부 뮤지션의 잔잔한 노래가 울려 퍼지는 가운데, 나와 아리가 손 글씨가 적힌 스케치북을 한 장씩 넘기며 고된 일상의 위로를 건넸다. 그러자 당황했던 손님들의 얼굴에 점점 웃음이 번졌다. 지루하고 반복적인 일상에서 뜻밖의 이벤트를 만나, 오랜 친구에게 숨겨 온 사랑을 고백하기도 했고, 권태기를 겪는 연인은 서로에게 미안한 마음을 털어놓기도 했다. 어떤 손님은 회사에서 크게 상처 받고 마음고생이 컸는데, 뜻밖의 이벤트가 위로가 됐다며 눈물을 보이기도 했다. 내 두 손을 꼭 붙잡고 “고맙습니다.”라고 하는데 가슴이 뭉클했다. 이벤트를 진행한 우리도, 이벤트를 받은 그들도 가슴 따뜻해졌던 시간, 아띠들과 함께했기에 가능한 일이었다.

‘고양이달 콘텐츠 공모전’은 아띠봄처럼 묵묵히 자신의 창작 활동을 이어 가는 젊은이들을 응원하기 위해 진행한 기획이었다. ‘사랑과 꿈, 위로’라는 테마로 진행한 공모전에는 타 공모전에 비해 상대적으로 상금과 부상이 낮았지만 많은 창작자들이 응모했다. 수필, 동화, 이미지, 영상 등 작품들은 완성도를 떠나 만든 이의 진심을 담고 있었고, 나는 아띠봄처럼 골방에서 홀로 작업하는 창작자들이 이렇게나 많다는 사실에 감동과 위로를 받았다. 그 가운데 공모전을 위해 유난히 정성을 쏟은 작품들이 눈에 띄었고, 우리는 그들에게 수상 사실을 알렸다. 그리고 시상식에 초대하여 카페에서 진행했던 '너만 십분 콘서트'를 선물했다. 이번에는 5인조 밴드 이지에프엠이 풍부한 음악을 들려주어 분위기가 무르익었다. 아리와 나는 미리 준비한 스케치북을 한 장씩 넘기며, 그들의 창작 활동을 응원하는 메시지를 전했다. 케이크와 쿠키는 그들을 위해 준비한 우리들의 달콤한 선물이었다. 수상자들은 뜻밖의 이벤트에 감동했다며 감사의 표현을 했고, 여운이 깊었는지 시상식이 끝나고도 한참 동안 자리를 뜨지 못했다.

아띠들과 함께한 몰래 싼타, 너만 십분 콘서트, 콘텐츠 공모전 등은 단순히 고양이달을 알리는 마케팅이 아닌 아띠봄과 세상 사람들이 교감하고 소통할 수 있었던 소중한 시간이었다. 아띠들의 톡톡 튀는 아이디어와 감성이 아띠봄과 만났기에 꿈이 현실로 이루어질 수 있었고, 아띠들의 열정에 힘입어 나도 아띠봄도 힘을 낼 수 있었다. 그렇게 아띠들과 삼 개월 동안 치열하게 기획하고 직접 실행에 옮기면서 성공도 하고 실패도 하다 보니 지난 봄 여름 가을, 방황의 계절을 보내며 찾은 답이, 비단 나만의 답이 아니라는 확신이 들었다. 사랑과 꿈은 포기할 수 없는 인생의 중요한 가치이고, 이를 좇는 과정에서 상처 받는 것은 불가피하며, 그 아픈 상처는 서로 보듬고 갈 때에 위로받고 치유될 수 있다는 것. 아띠들을 통해, 또 아띠들과 함께한 기획을 통해 확인했다.

마음과 마음이 맞닿으며 생긴 에너지, 그 힘을 받아 나는 또 한 번의 위기를 넘겼고, 그런 뒤에야 내가 그토록 헤맸던 마케팅에 내 나름의 철학을 가지게 되었다. 마케팅은 나를 잘 알리는 방법이 아니라, 누군가를 잘 헤아려 주는 일이라는 것. 말하는 일이 아니라, 들어 주는 일이라는 것. 시간이 걸리는 일이지만 결국 마케팅에도 '진심'은 통한다는 것. 진심을 담아 행하는 일은 쉽사리 지치지 않는다는 것. 나는 오래전부터 그런 일을 하고 싶었고, 그런 일을 해 왔고, 앞으로도 그런 일이라면 그 길이 얼마나 험하든 기꺼이 갈 의향이 있었다. 운 좋게도 일곱 명의 아띠가 아띠봄에 찾아와 준 덕분에 삼 개월간 그 길을 함께 갈 수 있었다. 어느덧 시간은 해를 넘겨 아띠와의 이별을 앞두고 있었다.

2013년 새해를 맞이하고 며칠이 지난 토요일, 아띠봄과 아띠들이 마주했다. 처음 선배와 후배로 만났던 센터 세미나실에서 우리는 격식을 갖추어 작별 인사를 했다. 나는 아띠들의 지난 삼 개월의 성과를 정리하여 프레젠테이션을 진행했고, 뒤이어 아띠들의 자체적인 평가를 들었다. 아띠봄에서 활동하면서 힘든 부분도 많았지만 성장한 것 같아 기쁘다는 말을 들었을 땐 나도 덩달아 기뻤다. 연단에서 아띠 한 명 한 명의 얼굴을 찬찬히 바라보는데 마음 속에서 작은 바람이 움텄다. 부디 천천히 성장했으면……. 내가 혹독한 성장통으로 고생했기에 아띠들은 조바심 느끼지 말고, 들끓는 열정과 과한 욕심에 먹히지 않고, 조금씩 천천히 내실 있고 단단하게 성장했으면 했다. 나는 아띠들의 눈을 보며 그 마음을 털어놓았다. 그리고 한 명씩 호명하여 따뜻한 악수와 포옹으로 정든 마음을 표현한 뒤 수료증과 함께 꽃다발을 전달했다. 과제를 훌륭하게 수행한 아띠들에게는 소정의 상금과 상장도 수여했다. 상과 돈으로는 환산할 수 없는 열정과 노력이었지만, 그렇게라도 아띠봄에서 애써 준 노고를 보상하고 싶었다.

"아띠봄에 와 줘서 고마웠어요. 정말 수고 많았습니다. 행운을 빌어요."

2012년 가을, 아띠봄을 찾아온 고마운 후배이자 동료들, 어디에서 무엇을 하든 꼭 하고 싶은 일을 하며 행복을 느끼기를……. 나는 마음속으로 간절히 기원하며 아띠들과 작별했다.

그해 겨울부터 이듬해 5월, 고양이달이 출간될 때까지는 또다시 숨 돌릴 틈도 없이 바빴다. 그러나 더는 지난여름처럼 두렵지도 불안하지도 않았기에 밖에 도움을 청하지도, 위로를 구하지도 않았다. 이제부터는 철저히 나와의 싸움이라는 것을 알았다. 나는 싸울 준비가 되었고, 이길 자신이 있었다. 지나서 돌아보니 스물여덟, 그해 여름의 방황은 이십 대의 그 어느 때보다 혹독하고 치열했다. 그러나 분명한 것은 내가 더 나은 사람이 되기 위해서 반드시 거쳐야 할 과정이었다는 것. 내가 꿈을 이루기 위해 헤매어 보지 않고 어떻게 타인의 꿈을 응원하고 위로할 수 있으랴. 내가 사랑에 아파하지 않고 어떻게 타인의 이별에 울어 줄 수 있으랴. 꿈도, 사랑도 어느 것 하나 녹록하지 않지만 묵묵히 내 길을 가는 것이, 그 과정을 있는 그대로 보여 주는 것이 아띠봄과 고양이달 마케팅의 핵심이라는 것을 알았다. 헤어진 그에게 마지막 내 진심을 전하러 그 밤길을 달려간 것처럼, 나처럼 꿈과 사랑으로 아픈 계절을 보내는 이들에게 있는 그대로의 나를 보여 주고, 그들의 이야기를 들어 주는 게 내가 할 일이라는 것. '마케팅'이라는 말보다 '소통'이고, '교감'이라는 단어가 더 맞는 표현일 것이다.

고양이달 1권이 나온 뒤, 아띠봄 식구끼리 인터뷰를 진행한 적이 있었다. 그때 우리는 고양이달의 가치를 묻는 질문에 저마다 대답했다. 다혜 씨가 말했다.

"고양이달은 친구에게 들려주던 소소한 이야기에서 출발했어요. 돈을 벌려고, 사업하려고 만들어 낸 이야기가 아니라 순수하게 시작된 콘텐츠면서, 꺾이지 않고 장기적으로 정성 들여 만든 작품이에요. 오랜 시간 동안 덥혀 온 따듯한 스토리이기에, 길게 갈 거라고 믿습니다."

슬아의 대답이 이어졌다.

"고양이달이 세상에 나오기까지 삼 년이라는 시간을 함께했어요. 한 작품이 세상에 나오기까지 길다면 길고 짧다면 짧은 시간일 수 있는데, 그 세월은 제 인생과 가치관에 굉장히 큰 영향을 끼쳤습니다. 그래서 한 사람, 어쩌면 더 많은 인생을 바꿀 수 있는 힘이 고양이달에 있다고 생각해요. 고양이달이 누군가의 인생에 좋은 영향을 끼칠 수 있기를 바랍니다."

마지막으로 나의 대답은 이랬다.

"고양이달 캐릭터들은 하나같이 어설프고 우유부단한 데다 실수투성이에요. 진심을 말할 용기도 없어서 맨날 상대에게 상처만 줘요. 그래도 늘 애타게 사랑을 갈구하고 그런 자신을 내보인단 말이에요. 제가 그렇거든요. 우리가 그렇잖아요.

그래서 사랑이 나에게만 어려운 게 아니구나, 모두가 그렇구나, 고양이달을 통해 위로받을 수 있었으면 좋겠어요. 저 역시 이 작품을 쓰는 동안 많은 위로를 받았거든요."

우리는 고양이달과 아띠봄에 대해 서로 질문하며 대답하며, 다시금 우리들의 꿈이 일치함을 확인했다. 나는 조심스레 십 년 뒤 고양이달의 모습을 그려 보았다. 지금 당장은 내 친구들만 읽고 있지만 오 년 뒤에는 그 친구의 친구가 읽어 줬으면 좋겠고, 십 년 뒤에는 그 친구의 친구, 또 그 친구의 친구가 읽고 나눌 수 있었으면 좋겠다. 입시에 치여 사는 수험생이 고양이달을 읽고 잠시라도 상상할 수 있으면 좋겠고, 취업난에 허덕이는 청춘들이 토익 책이나 자기 계발서만 보다가 집어 든 고양이달로 잠시나마 위로받으면 좋겠고, 회사에서 스트레스 받는 직장인들은 고양이달을 매개로 동료와 고충을 나눌 수 있으면 좋겠다. 고양이달을 넘어 아띠봄의 꿈을 이야기한다면, 아띠봄과 같은 생각과 포부를 가진 재능 있는 친구들이 모여 한 방향을 가리키되, 저마다의 특색 있는 목소리를 낼 수 있었으면 좋겠다. 인간의 상상력을 극대화시키고, 삶을 더 풍요롭게 만들어 주는 크리에이티브한 문화 기업으로 성장했으면 좋겠다.

그 목표에 이를 때까지 고양이달도, 아띠봄도 이제 고작 몇 개의 방황을 지나왔을 뿐, 아직 혹독한 계절이 몇 개 더 남았는지 모르겠다. 그러나 그렇기 때문에 지금 그런 계절 속에 있는 이들과 함께 힘겨워할 수 있고, 위로도 나눌 수 있으리라. 앞으로도 많이 힘들겠지만, 기꺼이 그 혹독한 시간들을 뚫고 가리라. 또 흔들리고 방황하겠지만 그때는 나와 같은 외로운 청춘들과 손 맞붙잡고 서로 기대며 함께 나아가리라. 누구도 혼자 내버려지지 않게 끊임없이 동화를 통해 말을 건네고 멍든 마음을 보듬으며 그렇게 살아가리라.

"누구도 혼자 내버려지지 않게……."
나의 이야기를 묵묵히 듣고 있던 아모가 곱씹으며 말했다. 그리고 내 팔에 몸을 기대며 물었다.

"그래서 기억을 잃고 슬픔에 젖은 나를 모른 척할 수 없었던 거야?"

나는 고개를 저으며 대답했다.

"나를 모른 척할 수 없었던 거지. 나도 아픈 기억 때문에 위로가 필요했으니까."

"그게 나야? 내가 네게 위로가 됐니?"

나는 대답 대신 조용히 아모의 어깨를 감쌌다. 그리고 낮은 목소리로 말했다.

"세상의 끝, 마음의 나라까지 같이 가자. 서로 보듬으면서, 위로하고 위로받으면서……."

시간이 많이 흘렀는데도 공연은 여전히 계속되고 있었다. 지친 기색 없이 내내 연주를 이어 가는 밴드는 어떤 기억을 연주하고 있는 걸까. 거리를 무대로 음악을 하는 게 쉽지 않았을 텐데, 멜로디에 담긴 이들의 기억은 밝고 따뜻했다. 어쿠스틱 기타의 서정적인 선율과 경쾌한 퍼커션 리듬에 흥이 난 관객들은, 고개를 까딱거리거나 발꿈치를 들었다 놓거나 박수를 치며 거리 음악가들의 열정에 화답했다. 연주를 하는 사람도, 듣는 사람도 얼굴에 은은한 미소를 머금은 채 마음을 열고 하나가 되는 시간. 그 시간 뒤로 너른 하늘에 수놓인 구름들이 불그스레 물들고 있었다. 음악과 사람과 자연이 하나 되는 이곳, 바릴로체에서 나와 아모는 온전히 분위기에 젖어 들었다.

파타고니아
세상의 끝, 우수아이아

10. 파타고니아
__ 네 지친 마음을 마중 나갈게

가장 불행했던, 가장 행복했던

이번에 우리가 다다른 곳은 남부 파타고니아(Patagonia)에서 가장 아름다운 지역으로 꼽히는 빙하 국립공원이었다. 빙하 국립공원은 남과 북으로 나뉘는데 남쪽의 입구는 페리토 모레노 빙하(Perito Moreno Glacier)가 있는 엘 칼라파테(El Calafate)로, 다음 목적지였다. 북쪽의 입구는 엘 찰텐(El Chalten)이 맡고 있는데, 그곳에는 삼대가 덕을 쌓아야 볼 수 있다는 피츠로이(Mount Fitzroy) 삼봉이 있다. 동이 틀 때 피츠로이 봉우리가 햇빛을 받아 빨갛게 변한다고 해서 레드 피츠로이라고도 불리는데, 날씨 운이 좋고 아침에 일어나야 볼 수 있는 유명한 봉우리였다. 만일 내가 피츠로이 삼봉을 볼 수 있는 행운이 허락된 자라면, 마음의 나라에 무사히 당도하여 아픈 기억을 버리고 새롭게 시작할 기회도 허락될지 모른다고, 그렇게 나만의 믿음을 가지고 엘 찰텐이라는 아담한 마을로 입성했다.

숙소에 짐을 푼 뒤 마을을 슬슬 둘러보았다. 통나무로 만든 가게들이 쪼르륵 줄지어 있었고, 목판에 가게 이름과 그림을 새긴 간판이 달려 있었다. 길가의 안내판도 하나같이 사람의 손으로 만들어져서 아기자기한 느낌을 주었다. 아모와 나는 사진을 몇 장 찍고 숙소로 돌아와 일찍 잠자리에 들었다. 그런데 쉽사리 잠이 오지 않았다. 나는 옆에 누운 아모를 조용히 불러 보았다.

"아모, 자니?"

1초. 2초. 3초. 아모가 대답했다.

"아직."

"무슨 생각해?"

"아무 생각도 안 해."

나는 아모를 향해 몸을 돌렸다. 아모가 물었다.

"요즘도 악몽 꿔? 헤어진 그가 아직도 꿈에 나타나?"

"괜찮다가도 또 불쑥 나타나고 그래. 그런데 괜찮아. 이제 조금만 있으면 세상의 끝에 도착하니까……."

잠시 침묵이 흘렀다. 아모가 뜸을 들이더니 나지막이 입을 뗐다.

"보고 싶어."

"응?"

"무슨 일이 있었는지, 어떻게 우리가 헤어졌는지, 왜 나 혼자 여기 있는지 전혀 기억나진 않지만, 보고 싶어."

"아모……."

나는 아모의 짧은 귀를 바라보았다. 그리고 아모의 귀에 내 손을 가져다 댔다. 티티카카 호수에서 쟀을 때보다 손가락 한 마디만큼 더 자라 있었다.

"그새 또 자랐네? 혹시 기억나는 거 없니?"

아모는 고개를 저었다.

"꼭 그의 기억이 아니더라도 다른 기억 돌아온 거 없어?"

"모르겠어. 지금은 온통 그의 기억을 찾고 싶은 마음뿐이라, 다른 기억이 돌아왔다 한들 그건 의미 없어."

나는 더 이상 어떤 말도 할 수 없었다. 어떤 말도 위로가 될 것 같지 않았다. 무슨 일이 있었는지, 어떻게 우리가 헤어졌는지, 왜 나 혼자 여기 있는지 모든 걸 다 알고 있는 내가 어쭙잖게 위로해선 안 될 것 같았다. 아모는 계속해서 보고 싶다는 말만 되풀이했다.

나는 묵묵히 아모의 말을 들으며 생각에 잠겼다. 나는 헤어진 그가 보고 싶은가. 아니, 나는 여전히 그가 밉고 원망스럽기만 했다. 그와 헤어진 뒤 삼 년이란 시간이 흘렀고, 이곳은 지구 반대편에 있는 엘 찰텐이라는 낯선 마을이었다. 시간과 공간이 이렇게 멀어졌건만, 미움은 멀어질 생각을 안 했다. 나는 대체 왜 그렇게 그를 미워하는 걸까. 생각해 보면 그만큼 내가 하는 일을 가까이에서 지켜보며 응원해 주었던 사람도 없는데, 좋았던 기억들은 다 어디로 사라지고 온통 미움과 원망만 남은 걸까. 물음이 꼬리에 꼬리를 물고 이어졌다. 오늘도 긴긴 밤이 되겠구나. 이젠 익숙하니까 피하지 말고 지칠 때까지 기억을 되돌려 몇 번이고 다시 살아 보자. 아모는 잠들었는지 조용했다. 나는 칠흑 같은 어둠만 무겁게 깔린 방 안에서 조용히 과거를 헤맸다. 내일 아침 햇살이 이 어두운 방을 환히 비춰 주길 간절히 바라며…….

이 년 전 이맘때도 그랬다. 2013년 1월, 그때 나는 세 평짜리 캄캄하고 작은 방에 혼자 있었다. 1,500페이지의 방대한 원고를 최종적으로 다듬는 데는 엄청난 집중력이 필요했고, 그러는 동안에는 세상과 단절하고 오로지 고양이달만 보았다. 창문을 암막 커튼으로 전부 가려서 낮인지 밤인지, 눈이 오는지 비가 오는지 알 수 없었다. 모니터 작업 표시줄에 뜨는 시계로 밥 먹을 때구나, 잠 잘 때구나 알았다. 혼자 작업하다 지치면 잠들고, 다시 눈뜨면 작업하고, 또다시 잠들기를 반복했다. 말할 사람도 없었고, 힘들다고 투정하면 들어 줄 사람도 없었다. 나는 그곳에서 오롯이 혼자였다. 내 인생에서 가장 캄캄하고 무거웠던 시간, 그때만큼 자유와 바람이 간절했던 순간도 없었다.

시간을 더 거슬러 올라가 2012년 11월 찬바람이 점점 매서워질 무렵, 또 한 번의 겨울이 왔다. 그해 3월, 그토록 기다렸던 봄을 코앞에 두고 우리는 헤어졌고,

어느덧 계절은 봄과 여름, 가을을 지나 다시 겨울의 시작을 알리고 있었다. 계절을 한 바퀴 돌아 다시 찾아온 겨울, 나는 몇 개월 만에 그와 마주했다. 가지 말라는 그의 손을 뿌리치고 돌아오는 길, 나는 그에게 더는 미련 갖지 말라고 완전한 끝을 고했고, 희미했던 우리 인연의 끈도 완전히 끊어 버렸다. 비슷한 시기에 여름 내 나를 도왔던 두 명의 컨설턴트도 정리했다. 지원 사업도 모두 마무리 짓고 성과 보고서를 제출했다. 이제 정말 나 혼자였다. 더 이상 의지하거나 기댈 끈은 없었다. 선두에 선 나를 믿고 따르는 아띠봄 식구와 아띠 일곱 명이 전부였다.

　방황의 시절을 거친 나는 더 이상 두렵지 않았다. 이제부터는 철저히 나와의 싸움이라는 것을 알았다. 나는 싸울 준비가 되었고, 내게 남은 일은 홀로 버텨 내는 것뿐이었다. 그러나 안타깝게도 몸이 말을 듣지 않았다. 몇 년 간 몸을 혹사시킨 바람에 체력은 완전히 바닥을 찍었다. 급기야 12월 30일, 출근한 지 한 시간도 안 되었는데 두통과 현기증으로 책상에 그대로 머리를 박고 기절했다. 다음 해 출간 시기를 맞추려면 최대한 집중해서 일해야 하는데 이런 상태로는 불가능했다. 나는 정신을 차리자마자 그 길로 컴퓨터와 모든 짐을 차에 싣고 집으로 돌아왔다. 내 방을 사무실로 만든 뒤 곧장 한의원으로 향했다. 연세 지긋하신 한의사 선생님께서는 휴식이 필요한 상황이니 당분간 일을 하지 말라고 신신당부했다. 그 순간 나도 모르게 한의사 선생님의 손을 덥석 붙잡고 애원했다.

　"안 돼요. 이제 마지막 단계예요. 남은 삼 개월, 죽을힘을 다 쏟아야 해요. 제발 도와주세요."

　"아가씨, 마음은 알겠는데 몸이 엉망이야. 젊을 때 괜찮다고 그렇게 혹사하면 후회해."

　의사 선생님이 내 손등을 두드리며 말했다.

　"후회할게요. 지금 힘 다 쓰고 후회할게요. 그런데 쓸 힘이 없어요. 도와주세요."

　내가 눈물을 글썽이자 한의사 선생님은 말없이 내 눈을 빤히 보았다. 한의사 사십 년 생활에 젊은 친구가 이렇게 절박하게 애원하는 건 처음 봤다며 당황스러워했다. 나는 스스럼없이 내가 하고 있는 일과 내가 처한 상황을 설명했고, 묵묵히 듣던 선생님이 입을 뗐다.

"그럼 한번 해 봅시다. 나도 오기가 생기네."

나는 치료를 꾸준히 받겠다고 약속하고 집으로 돌아왔다. 늘 아침 일찍 나가 밤 늦은 시간에 들어오던 딸이 환자가 되어 집에 터를 잡자, 엄마는 지극정성으로 돌봐 주었다. 시간이 어떻게 가는지도 모르게 원고 작업에만 몰두하는 딸을 위해 때맞춰 약을 날라 주었고, 몸에 좋은 식단을 차려 주었다. 슬아와 다혜 씨와는 통화와 메신저로 작업 진행 상황을 공유했고, 인턴들의 사기가 떨어질 것을 우려해 사무실 내 나의 부재를 비밀로 한 채 아띠 정규 모임에만 참석했다. 그렇게 팀원들의 양해와 엄마의 도움으로 나는 사 개월 동안 방 안에서 나오지 않고 나와의 지난한 싸움을 했다.

눈뜨자마자 작업하고 작업을 마치면 기진맥진해서 또 쓰러져 잤다. 그러다 눈 뜨면 또 작업하고 지치면 또 쓰러져 잤다. 글 작업에 온 신경을 곤두세우는 것만으로도 정신적, 육체적 피로가 컸기에 글 작업과 잠자는 것 말고는 아무것도 하지 않았다. 내 방은 늘 컴컴했고, 나는 늘 혼자였다. 내가 시작한 일, 많은 사람들의 도움을 받아 여기까지 왔지만 막바지 작업은 나 홀로 오롯이 감당해야 했다. 오랜 시간 작업해 온 세계이니만큼 마무리 작업도 만만치가 않았다. 1,500페이지에 달하는 원고를 처음부터 다시 다듬기 시작했고, 빈틈을 채웠다. 그렇게 시간을 보내는 동안 때때로 숨이 막히고 갑갑해서 두통을 앓았다. 두통약을 먹어 가며 꾸역꾸역 참고 작업하다 보면 또 어느 순간 방 안의 짙은 어둠에 잠식되듯 정신을 잃었다.

몇 시쯤 됐을까. 정신을 차리고 커튼을 걷었다. 창밖으로 하얀 눈이 내리고 있었고, 관악산에 소복이 쌓인 눈이 달빛에 하얀빛을 내뿜고 있었다. 나는 무릎을 세우고 앉아 그 모습을 멍하니 바라보았다. 모두 잠든 고요한 새벽, 조용히 홀로 아름다운 모습에 나도 모르게 압도되었다. 하얗다 못해 푸른빛이 도는 눈을, 그 눈이 소복이 쌓인 산봉우리를 보았다. 그리고 꿈에 잡아 먹혀 갈기갈기 찢긴 내 영혼과 닳고 닳은 내 육신을 보았다. 무서웠다. 나는 나 자신을 잃어 가고 있었다. 그렇다고 이제와 멈출 순 없었다. 이야기는 반드시 끝나야 했다. 나는 나를 버리고 고양이달을 택했다.

다음 날에도 어김없이 반복되는 일상이 이어졌고, 어떤 날에는 모니터에 빼곡히 찬 글씨가 너무나 숨이 막혀 도저히 방 안에 있을 수 없었다. 나는 차 키를 가지고 방 밖으로 뛰쳐나갔다. 또다시 늦은 새벽, 모두 잠들어 있는 시간이었다. 어디로 가야 할까. 누가 나를 맞아 줄까. 시내를 배회하다 가까운 백운호수로 향했다. 호수에 도착하자 내 방보다 더 고요한 침묵이 내려앉아 있었다. 인적 없는 산책로에 가로등만 드문드문 도로를 비추고 있었다. 영하 16도의 한파였지만 머리와 가슴속에 들끓는 기운을 식히고자 차창을 모두 열었다. 새벽녘의 칼바람이 두 뺨을 할

퀴었다. 운전대를 잡은 양손이 꽁꽁 얼다 못해 온몸이 차갑게 굳었다. 그런 상태로 호수를 돌고 또 돌았다. 그러다 보니 이번에는 호수에 갇힌 것처럼 느껴져 도로를 정처 없이 달렸다. 이 겨울이, 추위가 제발 내 안에 구석구석 스며들어, 머리와 가슴 속에 고인 열을 모두 빼내어 주길 바랐다. 그렇게 몇 시간을 겨울에 파묻혀 헤매다 방으로 돌아오면, 일주일은 무사히 버틸 수 있었다. 그러다 머리에 열기가 가득 찰 즈음 또 밖으로 뛰쳐나가, 살려 달라고 겨울을 애타게 찾았다.

3월의 중턱, 예정대로라면 모든 작업을 마무리해야 할 시점이었다. 4월 1일 출간을 목표로 봄이 오기 전 3권 교정을 끝내기로 했지만, 아직 3권이 마무리되지 않은 상태였다. 어쩔 수 없이 출간 일을 한 달 미루고, 나는 그만큼 더 방 안에 갇혀 있기로 했다. 작년 겨울, 그와 함께 맞을 봄을 애타게 기다렸던 것만큼 아니 그 이상으로 나는 봄을 기다렸다. 깜깜한 방에서 빼곡한 글씨들과 이십사 시간 마주하는 게 너무 버거워, 혼자라는 게 사무치게 외로워 그 어느 때보다 봄을 애타게 기다렸다. 이 답답한 방을 나가 초록 벌판을 뛰놀고, 푸른 바닷가 백사장을 거니는 상상을 하면서…….

계절이 바뀌었지만 암막 커튼은 겨울이 갔는지 봄이 왔는지도 모르게 나를 가두었고, 나는 해가 바뀐 겨울의 끝날, 겨울을 보내러 오이도로 향했다. 작년 '겨울의 끝날'에는 눈보라 속에서 그와 이별했지. 올해 겨울의 끝날은 작년처럼 매서운 눈보라가 치지 않았다. 겨울이 순순히 물러날 것처럼 날이 포근했고, 그래서인지 평일인데도 가족이나 연인들이 꽤 보였다. 탁 트인 바다를 보고 싶었는데 해질 때라 갯벌만 보였다. 안개가 많이 껴서 붉게 타오른 태양은 볼 수 없었지만 우유처럼 뿌연 하늘도 괜찮았다. 오히려 내 심정을 그대로 비추는 것 같아 더 위로가 되었다. 나는 난간에 걸터앉아 하염없이 갯벌을 바라보았다. 일 년 전에는 그와 함께 이 바다를 보았는데, 새삼 혼자라는 사실이 느껴졌다.

오이도에 다녀온 뒤 며칠 동안 그를 생각했는데, 마침 그에게 연락이 왔다. 작년 겨울이 시작될 무렵 그에게 완전한 안녕을 고했지만 그는 간간히 내게 연락을 했다. 문자로 작업은 잘 되어 가는지 건강은 괜찮은지 간단한 안부를 묻는 게 전부였다. 나는 괜찮다는 짧은 답장만 보내고 다시 작업으로 돌아왔다. 어떻게 그럴 수 있을까 싶을 만큼 나는 조금도 흔들리지 않았다. 그렇게 힘들었으면서 왜 그에게 옆에 있어 달라고 하지 않았냐고, 네가 필요하다고 진심으로 도움을 청하지 않았냐고 묻는다면 나는 망설임 없이 답할 수 있다. 더 이상은 누군가에게 기대고 의지하고 싶지 않았다. 도움 받고 싶지 않았다. 내가 벌인 일을 책임질 수 있는 사람은 세상에 오로지 나 자신뿐이었다. 내가 만든 고양이달과 아띠봄, 그리고 내가 했던 모든 선택에 책임을 진다. 내 관심사는 온통 고양이달이었고, 나였다. 그 어떤 누구도, 무엇도 끼어들 자리는 없었다.

내 모든 것을 걸고 고양이달에 온전히 몰입했던 마지막 사 개월은, 아이러니하게도 내 인생에서 가장 불행했던 시절이자 가장 행복했던 순간이었다. 내가 만든 세계가 어떠한지 처음부터 끝까지 천천히 돌면서 나는 내가 이룬 것에 보람과 행복을 느꼈다. 고양이달을 만드는 동안 느꼈던 감정보다 한 차원 더 높은 보람이고, 행복이었다. 아무도 본 적 없는 세계를 완성하고, 사람들을 초대하기 전 홀로 바라보며 흐뭇해했던 순간. 내가 어떻게 이것을 다 만들었을까 신기해서 힘든 것도 잊고 밤낮으로 뛰놀던 순간. 내가 벌인 일, 내가 만든 세계를 내 힘으로 책임지고 완성했다는 기쁨. 나 자신과 내가 한 선택과 내가 영향을 미친 그 외부 세계의 일까지 오롯이 책임지고 있다는 자부심. 그것들은 때때로 너널너덜해진 정신과 육체를 압도했고, 나는 그 힘으로 4월 말까지 버텼다.

극도의 행복과 극도의 불행이 공존했던 순간, 나는 빨리 이 시간이 끝나 이곳을 탈출하고 싶은 한편, 영원히 머물고 싶었다. 고양이달이 영원히 끝나지 않았으면 바랐다. 나의 삶은 계속되는데 고양이달은 이대로 끝이라니, 이제 어쩌나 덜컥 겁이 났다. 너무 오랜 시간을 하루도 빠짐없이 찾아갔기에, 어느 순간 찾아가지 않으면 너무 심심하고 허전할 것 같았다. 이십 대를 통틀어 이것만큼 재밌는 일은 없었는데, 앞으로 무슨 재미로 인생을 살까. 고양이달은 어느새 나 자체가 되어 버렸다. 내 마음 속에서 고양이달을 내보내면 내가 그대로 무너질 것 같았다. 그러나 이야기는 끝나야 했다. 그리고 나의 이십 대도 끝이었다. 나만의 세계에 골몰한 사이 내 나이의 숫자는 스물아홉을 가리켰고, 세상은 바뀌어 있었다. 나는 고양이달을 시작으로 줄줄이 가슴 아픈 이별이 예고된 줄도 모르고, 세월을 향해 고양이달을 내 안에 더 머물게 해 달라고 떼를 썼다. 언제나 그랬듯 인정사정없이 모든 걸 휩쓸고 갈 그 '야속한' 세월을 향해.

함께 걷다

날이 밝았다. 언제 잠들었는지 기억나지 않았다. 잠들기 전 기억 속에선 좁은 방 안에 불어닥친 마음의 추위로 벌벌 떨었는데, 눈을 뜨니 방 안 창문으로 따뜻한 햇살이 비치고 있었다. 나는 자리에서 일어나 창문을 열고 바깥 공기를 한껏 들이마셨다. 자연의 위로. 소박하지만 밤새 고통스러웠던 내 마음을 그보다 더 잘 달래 줄 수는 없었다.

"영주야, 잘 잤어?"

아모의 목소리에 뒤돌아보니 아모가 눈을 비비며 몸을 일으켰다. 나는 기운차게 외쳤다.

"여기는 파타고니아, 대자연 구경 가자!"

아모가 웃으며 고개를 끄덕였다. 우리는 숙소에서 차려 준 소박한 아침을 먹고 길을 나섰다. 문을 열고 나오자 새파란 하늘과 차가운 바람이 우리를 반겼다. 파타고니아! 드디어 말로만 듣던 파타고니아를 오르는구나! 남미 대륙의 남부는 폭이 점점 좁아지면서 긴 삼각형 모양을 띠는데, 파타고니아는 바로 이 삼각형 지역을 가리켰다. 남위 40도 콜로라도 강(Colorado River) 이남의 칠레, 아르헨티나 지역을 아우르는 지명으로, 인간의 손이 함부로 망가뜨리지 않은 야생의 자연을 느낄 수 있는 곳이었다.

아모와 나는 설레는 마음으로 천천히 걸음을 뗐다. 오늘 우리의 목표는 또레 호수(Laguna Torre)까지 일곱 시간짜리 트레킹 코스를 완주하는 것이었다. 안데스의 푼타 유니온(Punta Union)에 오를 땐 열 시간이 넘게 걸리기도 했으니, 이 정도면 마음 편히 갔다 와도 되겠다 싶었다. 광활하게 펼쳐진 짙은 초록 산맥들과 그 아래로 수놓인 초원과 강물이 한 폭의 그림이 되어 내게 말을 걸었다. 이곳은 어떠냐고. 나는 언제나 그랬듯 고개를 끄덕이며 아름답다고 소리 내어 답했다. 페루의 안데스 산맥 북부부터 이곳 남부 파타고니아까지 세상에서 제일 긴 산맥을 따라 내려오면서 이제는 놀라움과 경외감이 아닌 친숙함을 느끼고 있었다. 시작부터 몸이 축 늘어지는 게 몸 상태가 별로 좋지 않았지만, 힘겨우면 안데스의 품에 안기리라 마음먹고 무거운 발걸음을 옮겼다.

경사가 크지 않은 오르막길을 삼십 분쯤 걸었을까. 저 멀리 피츠로이 삼봉이 모습을 드러냈다. 3,000미터가 넘는 고봉은 짙은 구름에 싸여 있었다. 정상에서 빙하가 녹은 물이 폭포가 되어 흐르다 그대로 얼어 있는 모습이 신기했다. 아모가 털썩 주저앉으며 말했다.

"아쉽다. 피츠로이 삼봉 못 보는 거야?"

나는 물을 한 모금 마신 뒤 피츠로이 삼봉을 바라보았다. 더디긴 하지만 구름이 바람에 떠밀려 조금씩 움직이고 있었다. 아직 희망이 있었다.

"더 가 보자. 우리가 도착할 즈음엔 구름이 걷힐 수도 있어."

"얼마나 더 가야 해?"

"응? 얼마나?"

나는 잠시 당황했다. 이제 시작인데 아모는 마치 몇 시간 등산을 한 뒤 고지를 앞에 두고 할 법한 말을 했다. 아모도 힘들었구나. 나는 조심스레 물었다.

"또레 호수까지 갈 수 있겠어?"

아모가 힘없이 고개를 저었다. 이런, 어쩌지. 오늘 하루 더 쉴 걸 그랬나. 사실 나도 계속된 일정으로 지쳐 있는 상태였다. 아모까지 힘들어하는 모습을 보니 더 기운이 빠졌다. 일단 챙겨 온 초콜릿을 꺼내어 아모와 반씩 나눠 먹었다. 이미 산에 들어와서 다시 돌아갈 수도 없는 상황이었다. 나는 마음을 다잡고 발걸음을 옮겼다. 그러나 이십 분도 못 가 바위에 걸터앉았다. 아모는 그새 뒤쳐져 보이지도 않았다. 나는 이어폰을 귀에 꽂고 밝은 노래를 들었다. 잠시 기다리니 아모가 지친 기색이 역력한 얼굴로 터벅터벅 걸어왔다. 나는 이어폰을 빼고 아모에게 다가갔다. 아모가 물었다.

"왜?"

"이야기하면서 같이 가려고."

"무슨 이야기?"

"음, 무슨 이야기 해 줄까."

내가 잠시 고민하는 사이 아모가 먼저 입을 뗐다.

"지금처럼 힘들었던 순간이 또 있었어?"

나는 기억을 되짚어 볼 것도 없이, 어젯밤 떠올렸던 골방 시절을 꼽았다. 이십 대에 많은 우여곡절이 있었지만, 방에 혼자 박혀 나 자신과 마지막 싸움을 했던 그때가 가장 힘들었다. 나는 그 시간을 아모에게 들려주었다. 아모는 묵묵히 나의 이야기를 들으며 산을 올랐다. 함께 대화를 나누며 가니 아까보다 힘이 덜 들었다. 그때도 그랬다. 지친 건 나뿐만이 아니었다. 아띠봄 전체가 녹초가 되었다. 각자 견디기 힘들었기에 다 같이 손을 잡고 정상을 향해 오르는 수밖에 없었다.

내가 골방에서 혼자 작업하는 동안, 다혜 씨는 400여 컷이 넘는 삽화 작업을 마무리하는 데 온 힘을 쏟아 붓고 있었다. 슬아도 1,500페이지 가량 되는 원고를 일일이 교정하느라 지쳐 가고 있었다. 사 년의 작업을 마무리하는 단계에서 마지막 힘이 필요했지만, 안타깝게도 우리는 모두 탈진해 있었다. 이 주에 한 번 있는 아띠 모임에 참석하기 위해 다혜 씨와 슬아를 만나면 다들 몰골이 말이 아니었다. 조금만 힘내자는 말밖에는 서로에게 해 줄 말이 없었다. 다음 모임을 기약하고 집에 돌아오는 길, 전날 한두 시간밖에 못 자고 하루 종일 모임을 진행하느라 졸음운전을 한 적이 한두 번이 아니었다. 보조석에 앉은 슬아도 꾸벅꾸벅 졸았다. 어느 날 이러다 정말 죽을지도 모르겠다는 생각이 들어 영하의 날씨에 창문을 다 열고 찬바람을 쐬며 운전했다. 그러나 집까지 십여 분 남겨 두고 도저히 운전할 수 없는 지경에 이르렀다. 때마침 도로변에 대형마트가 보여 그곳에 차를 대놓고 바로 기절했다. 두어 시간이 지나자 몸이 으슬으슬 추워 깼다. 슬아도 눈을 비비며 일어났다. 우리는 찌뿌둥한 몸을 일으켜 마트에서 대충 끼니를 때우고 집에 돌아왔다.

아띠 2기 오리엔테이션이 절정이었다. 아띠봄 식구들은 출간을 앞두고 반쯤 정신이 나간 채로 세미나실에 모였다. 아띠 2기들에게 본인을 소개하는 자리에서, 다혜 씨가 퀭한 눈으로 아띠 2기들을 바라보더니 입을 뗐다.

"아띠봄에 들어오는 건 마음대로 할 수 있지만, 나가는 건 마음대로 할 수 없습니다. 맡은 바를 책임지고 난 뒤에 나갈 수 있어요. 그러한 책임감이 여러분들을 성장시킬 거예요. 제가 그렇고 여기 있는 아띠봄 사람들이 그렇습니다. 부디 살아남으시길……."

재밌는 그림과 함께 장난을 섞어 한 말이었지만, 우리는 마냥 웃을 수만은 없었다. 다혜 씨의 말대로 우리의 성장은 참으로 혹독했다. 한계에 몰린 상황이라 그랬는지, 아띠봄 식구들 모두 자기소개라기보다는 '자기만의 생존법'을 말했던 것 같다. 서로의 생존법을 듣는 동안 아띠봄이 주고받은 눈빛은 그 어느 때보다 깊고 진했다. 나만 그런 게 아니었구나. 너도 힘들었구나. 우리가 이 시간을 함께 뚫고 가는구나. 서로의 눈 속에는 이제 막 아띠봄에 발을 들인 아띠 2기는 알 수 없는, 우리만의 끈끈한 유대감이 배어 있었다. 나는 그것이 나 자신에 대한 책임이자 함께하는 책임이고, 서로에 대한 믿음이라는 것을 알았다. 우리는 함께였기에 그 시간을 견딜 수 있었다. 그리고 얼마 지나지 않아 아띠 2기도 그 시간 속으로 들어왔다.

　우리의 시간들이 마냥 힘들기만 한 것은 아니었다. 보람 있는 순간들도 참 많았다. 아띠들과 함께 '고양이달 콘텐츠 공모전' 시상식을 준비할 때였다. 이른 아침부터 모여 다 같이 세미나실을 꾸몄다. 아띠들은 벽에 삽화를 붙이고, PPT를 체크하고, 수상자들에게 이벤트로 해 줄 문구들을 스케치북에 적었다. 나와 슬아는 이벤트에 필요한 물품을 사러 홍대로 나갔다. 수상자들에게 줄 선물과 꽃, 대형 케이크를 사면서 들뜨고 설레었다. 세미나실로 돌아오자 아띠들은 시상식 준비를 거의 끝내 놓은 상태였고, 시간이 임박하자 마지막 점검으로 다들 분주했다. 각자 맡은 바대로 수상자들을 안내하고, PPT를 띄우고, 깜짝 이벤트를 진행했다. 아리탈을 쓰고 연기한 아띠와 케이크를 들고 나온 아띠, 노래하는 밴드와 행복해하는 수상자들까지 분위기가 한껏 고조됐다. 시상식이 끝난 뒤에는 다 같이 둘러 앉아 케이크를 먹었다. 한껏 수다를 떨고 장난을 치는가하면, 우스꽝스러운 포즈로 사진도 실컷 찍고 그야말로 애들처럼 천진난만하게 놀았다. 마지막에는 이걸 또 언제 치우지 앞이 깜깜했지만 힘을 합쳐서 움직이면 금방이었다.

　홍대 뒷골목으로 뒤풀이 하러 가는 길, 아띠 둘과 함께 길을 걷다가 가로수 위에 누군가 은색 돗자리로 접어 올린 학을 보고 걸음을 멈췄다. 까만 밤하늘 배경에 노란 전구로 불 밝힌 나무와 은색 학. 어떻게 돗자리로 학을 접을 생각을 했을까. 우리는 입김을 후후 불며 한참 신기해하며 바라보았다. 거리에는 연인들이 팔짱을 끼고 걸었고, 삼삼오오 모인 사람들이 크게 웃으며 돌아다녔다. 그 소소한 겨울밤의 풍경이 그렇게 낭만적일 수 없었다. 함께 있는 그 순간이 참 좋았다. 힘들지만 함께여서 행복했다.

세상이 바뀌었다

봄바람이 슬슬 불어오고 벚나무가 꽃망울을 틔울 무렵, 우리의 작업도 끝을 앞두고 있었다. 그러던 어느 날이었다. 나는 골방 생활 청산과 고양이달 출간을 앞두고 페이스북을 통해 일주일에 하나씩 포스터를 공개하고 있었다. 그때 친구가 포스터를 공유해 주었다는 알림 메시지가 떴다. 나는 친구의 근황이 궁금해 친구의 페이지에 들어갔다. 그 순간 '약혼'이라는 상태 메시지가 친구의 약혼녀와 함께 나를 맞이했다. 나도 모르게 정신이 멍해졌다. 약혼? 결혼 앞두고 하는 그거? 내 친구는 아직 애인데, 어떻게 결혼을 하지? 그런데 한다잖아. 친구가 몇 살이지? 나보다 한 살 많으니까, 그러니까 서른, 서른……. 서른이면 결혼할 나이가 맞잖아. 어른 맞잖아. 내 친구가 언제 어른이 됐지? 마지막으로 본 게 언제였더라? 가만, 그럼 나는 몇 살이야? 스물아홉. 뭐? 스물아홉? 이십 대 마지막이잖아! 그 순간 가슴이 쿵 내려앉으며 온몸이 뻣뻣하게 굳었다. 말도 안 돼! 졸업하고 고양이달 작업만 했는데, 벌써 몇 년이 흘렀다는 거야!

그 아이와 헤어지고 고양이달을 쓰기 시작했던 때가 2009년 여름이었다. 그로부터 사 년의 시간이 흘렀는데, 나는 2009년 여름을 지난달처럼 느끼고 있었고, 그 사이 일어난 무수히 많은 일들을 한 계절의 일로 받아들이고 있었다. 고양이달 세계에 빠져 사느라 현실 세계 속 시간의 흐름을 제대로 감지하지 못했다. 친구 역시 내 기억 속에서는 그때의 모습으로 멈춰 있었다. 2010년 가을 우리는 재주소년의 고별 공연을 함께 보았고, 며칠 뒤 친구는 내가 있는 창업 센터로 찾아와 함께 늦은 저녁을 먹었다. 간간히 전화로 소식을 전하며 나는 고양이달 작업에, 친구는 대학원 진학에 매진했다. 내 기억 속 친구의 모습은 거기까지였다. 그 후에도 틈틈이 통화를 했고, 2012년 코엑스에서 고양이달 전시를 했을 때도 친구가 찾아왔지만, 차분히 앉아 '대화'할 시간이 없었기에 친구의 변화를 알아차리지 못했다.

변화, 변화라는 말이 맞았다. 그 변화를 알아차리기에 나는 시간이 없었고, 여유가 없었고, 이곳에 없었다. 그래, 나는 이곳에 없었다. 고양이달은 이곳과는 다른 세계였고, 나는 다른 세계에서 다른 시간대를 살았다. 그래서 몰랐다, 친구가 그 사이에 어른이 되었고, 사랑하는 사람을 만나 미래를 약속했고, 이제는 결혼이라는 인생의 큰 관문을 앞두고 있는 상황이라는 것을⋯⋯. 친구뿐만 아니라 모두가 그런 변화의 단계를 거쳐 가고 있다는 것을 몰랐다. 누군가는 그 사이 꿈을 이뤘고, 누군가는 좌절을 했고, 누군가는 회사를 나왔고, 누군가는 회사로 돌아갔고, 누군가는 떠났고, 누군가는 돌아왔고⋯⋯. 그래서 지금 내 곁에 누군가는 없고, 내 곁에 없던 누군가는 있고⋯⋯. 그렇게 개인이, 관계가, 세상이 다 변했다. 그리고 꼭 그만큼 세월이 흘러가 있었다. 쉽지 않았다, 한꺼번에 받아들이기가.

4월의 어느 새벽, 나는 급기야 펜을 들었다. 친구들과 주고받은 편지와 메일, 작업한 파일의 날짜를 노트에 연도별로 적어 내려가며, 시간의 증거를 만들기 시작했다. 그리고 그 증거를 보며 그 모든 사건들이 얼마 전 한꺼번에 일어난 일이 아니라 오랜 기간에 걸쳐 일어났고, 그 사이 시간이 많이 흘러 내 나이가 스물아홉이 되었다는 걸 받아들이는 연습을 했다. 그 새벽 내 손으로 꾹꾹 눌러쓴 세월의 기록을 보며 얼마나 서럽게 울었던가. 고양이달 작업에 한창이던 '겨울의 끝날', 그와 헤어지고 가슴 아파 울었던 게 벌써 일 년 전이었다. 그 일 년을 버티면 괜찮을 줄 알았는데, 고양이달과 친구, 이십 대와의 이별이 줄줄이 나를 기다리고 있었다. 나는 알아채지도 못한 채 그렇게 흘려보낸 청춘이 서글퍼, 날이 밝을 때까지, 더는 눈물이 나지 않을 때까지 계속 울었다.

엄마는 원고 작업을 하다 말고 숨죽여 우는 딸을 보았다. 그런 딸에게 지금까지 살아온 이야기를 들려주며, 세월이란 게 그렇게 하룻밤 꿈처럼 흘러갈 수도 있음을 이해시켜 주었다. 엄마와 아빠는 너무 가진 것 없이 시작해서, 한 푼 두 푼 아껴서 집 장만하는 게 일생일대의 소원이라고 했다. 그 소원만 보고 죽어라 일해서 집 장만하고, 자식들을 대학까지 졸업시켰더니 어느덧 육십이라고 했다. 돌아보면 한 순간인데, 왜 그렇게 순간순간은 길고 힘난했는지 모르겠다고, 이 집만 보고 달려오는 동안 내 시절들은 다 어디로 간 걸까 세월이 애석하다고 했다. 나는 엄마의 이야기를 듣는 동안 가슴을 부여잡고 또 울었다. 엄마는 내가 처음 봤을 때부터 나의 엄마였기 때문에, 엇갈린 사랑에 가슴앓이했던 청춘의 계절이 있었을 거라 생각하지 못했다. 낮엔 레이스 달린 원피스를 입고 나들이 가고, 밤엔 감성적인 팝송을 들으며 러브레터를 쓰던 젊은 시절이 있을 거라 생각 못 했다. 그러나 내가 태어나기 전 엄마는 딱 지금의 내 모습으로 살고 있었다. 그리고 내 나이만큼의 세월이 흘렀고, 엄마는 내가 아는 엄마의 모습으로 살고 있었다. 내가 이십대의 절반을 속절없이 보낸 것처럼, 엄마는 인생의 절반, 삼십 년을 속절없이 보냈다. 4월의 어느 날 밤, 다른 세월을 살아온 탓에 온전히 마주 본 적 없었던 엄마와 딸은, 스물아홉 살 친구로 처음 만나 서로의 삶에서 자신을 깊이 들여다보았다.

나는 마음을 추스르면서 연락이 뜸했던 친구들과 통화를 했다. 종종 안부를 주고받았던 친구들인데 그들의 이야기가 왜 그리 낯설었는지 모르겠다. 여유 없고 바빠서 그 변화를 세심하게 받아들이지 못했을 터, 나는 그들의 삶이 어떻게 흘러갔는지 다시 물었고, 그들은 찬찬히 들려주었다. 나는 듣다못해 물었다.

"그렇게 힘들었으면서 왜 진작 얘기해 주지 않았어?"

"너도 바쁜데 어떻게 말해."

친구의 말에 기가 막혔다. 서로 힘들었는데, 서로 바쁠까 봐 말도 못하고 혼자 버텼구나. 또 다른 친구는 이렇게 말했다.

"왜 말하지 않았냐고? 말했어. 그런데 지금 같은 반응이 아니었어."

그 친구의 말도 맞았다. 고양이달을 쓰는 동안, 나는 어떤 이야기도 제대로 들을 수 없었다. 고양이달에 등장하는 주인공들의 이야기를 매일매일 듣고 글로 뱉어내야 하는 것도 버거웠다. 그래서 친구들이 말을 해도 마음으로 들어 주지 못했다. 뒤늦게 마주한 친구의 이야기. 오랜 시간 준비해서 도전한 일이 실패로 돌아간 뒤, 대낮에 한강에 앉아 몇 시간을 멍하니 강만 보고 있었다고 한다. 사정을 알 리 없는 나는 잠시 가벼운 안부만 나누고 전화를 끊었다. 그때 그 친구가 혼자 외롭게 한강에 앉아 있는 줄도 모르고, 울다가 지쳐 전화한 줄도 모르고……. 그렇게 같은 시간대를 살아도 다른 세계에 있었구나. 서로가 서로에게 닿을 수 없는 시간을 다들 홀로 외롭게 버텨 냈구나. 그들이 겪었을 고독이 뒤늦게 와 닿아 가슴이 아렸다. 그 시간에 나도 그랬는데, 그때 우리가 서로의 손을 잡아 주었다면 얼마나 좋았을까. 나는 왜 먼저 터놓고 다가가지 못했을까. 왜 그렇게 여유가 없었을까. 생각하면 할수록 안타까웠다. 그런 상태로 잠 못 이루는 날들이 계속되었다.

가장 가슴이 아팠던 친구는 선옥이었다. 고양이달 작업 초창기, 나와 함께 소꿉장난하듯 고양이달 캐릭터와 삽화를 그리며 즐겁게 놀았던 친구였다. 마음이 따뜻한 친구여서 내 속내를 터놓고 위로받고자 함께 물왕리 호수를 찾았다. 자그마한 천막 카페에서 선옥이와 마주 앉아 차분히 몇 년을 돌아보았다. 그동안 내가 너무 바쁘다 보니 선옥이가 늘 내가 있는 곳으로 왔고, 점심시간에 함께 밥을 먹으며 선옥이의 안부를 듣곤 했다. 선옥이가 고민을 말하면 나름의 조언도 해 주었다. 그런데 그제야 알았다. 선옥이가 그렇게 많은 말들을 했어도 정작 '그럴 수밖에 없었던 진짜 이유'는 말하지 못했다는 걸, 그동안 차마 말할 수 없었다는 걸……. 충분히 들어 주었으니 다 안다고 생각했는데, 아니었다. 친구와 눈을 맞추고 더 물었어야 했고, 대답을 더 기다렸어야 했고, 더 들었어야 했다. 때론 중요한 것일수록 말하기 어려울 수 있다는 걸 몰랐다. 그래서 그제야 제대로 물었고, 그제야 온전히 들었고, 그래서 오랫동안 "잘못하고 있다."고 충고했던 선옥이의 행동이 왜 그럴 수밖에 없었는지 진짜 이유를 알게 되었다. 당황한 나는 잠시 아무 말도 하지 못한 채 선옥이의 얼굴만 뚫어지게 바라보았다. 가슴이 답답하고 목이 바짝바짝 말라왔다. 미안해, 미안해, 미안해……. 머릿속에 미안하다는 말만 계속 맴돌더니 눈물이 울컥 솟구쳤다. 당황한 선옥이가 왜 우냐며 핀잔을 주더니 따라 울었다. 서로 울고 있는 모습이 낯설어 웃다가 또 그렇게 울었다. 너무 늦게 알아 버린 내가 할 수 있는 건 같이 울어 주는 것 밖에 없었다.

그렇다고 지나간 시간을 붙잡고 마냥 울고 있을 수만도 없었다. 늦었지만 지금이라도 힘들었을 그 시간을 알아주는 것, 며칠 밤을 울며 괴로워한 끝에 다다른 결론이었다. 사람이 사람에게 할 수 있는 것은 결국 위로밖에 없었다. 그때 함께 있어 주지 못했지만, 이제라도 알아준다면 상처 입은 마음에 조금이나마 위로가 되지 않을까. 알고 보면 모두 다 버겁고, 힘겹고, 외로웠다. 신이 아닌 이상 완벽한 이해와 공감은 어렵지만 그럼에도 들어 주고, 들려줘야 한다고, 그렇게라도 무겁지 않게 짐을 나눠야 한다는 생각이 들었다. 그러려면 먼저 내 아픈 마음을 들고, 상대의 아픈 마음을 마중 나가야 할 터. 고양이달로 인해 뒷전으로 밀렸던 생각들이 마구 쏟아져 나오는 그때, 그래서 무수히 많은 생각의 변화가 일고 있는 시점에 나는 고양이달 작업의 피날레, 출간 콘서트의 방향을 정했다. 끝이라고 화려하게 축포를 터뜨릴 게 아니라 소박한 진심을 담아 내 진짜 이야기, 아픈 속내를 조용히 털어놓자고, 나부터 용기 내어 위로를 청해 보자고, 그리고 나처럼 아픈 청춘들의 이야기를 들어 주자고…….

서로가 서로에게 위로가 될 수 있다면

책을 출간하는 동시에 출간 이벤트를 열었고, 동시에 텀블벅 프로젝트를 진행하면서 다시 정신없는 나날들이 이어졌다. 텀블벅은 문화 예술 분야 '소셜 펀딩'의 일종으로 출간 전 작품을 먼저 소개하고, 사전 예약을 통해 인쇄 비용을 지원받는 방식이었다. 나는 후원받은 비용만큼 청소년 재단의 불우 아동 시설에 고양이달을 기부하기로 했다. 후원자들이 고양이달을 구입하면 우리는 재단에 고양이달을 기부하는 '원 플러스 원' 컨셉이었다. 우리의 책을 본 아이들 누구라도 고양이달을 보고 위로를 받는다면 그보다 더 기쁜 일은 없을 것이다. 그러한 희망을 품고 텀블벅 프로젝트를 진행했고, 많은 사람들이 우리의 뜻에 동참했다. 나는 그 고마운 사람들을 '고양이달 청춘 콘서트'에 초대했다.

출간 한 달 전, 온라인에서 텀블벅 프로젝트를 개시했을 때 제일 먼저 후원해 준 건 다름 아닌 그였다. 돌아보니 그는 내가 겨우내 골방에 박혀 작업하는 동안 계속해서 안부를 물어왔다. 작업은 잘 되어 가는지, 건강은 잘 챙기고 있는지 소소한 안부만 물을 뿐 그 이상의 선을 넘지 않았기에 힘든 시기를 함께 보냈던 연인으로서의 작은 책임감과 걱정이라고 생각했다. 그러던 어느 날이었다. 한창 편집 디자인 작업을 하던 시기에 한 통의 전화가 걸려 왔다. 그였다.

"오늘 내 생일이야. 축하해 줘. 나 이제 서른이다."

"축하해. 시간 참 빠르다."

"보고 싶다."

의외의 고백에 나는 당황했다. 그는 떨리는 목소리로 내게 물었다.

"너는 나 안 보고 싶냐."

"나는……."

"나 안 보고 싶냐고."

보고 싶냐고? 글쎄, 애초에 그런 생각을 해 본 적이 없었다. 헤어졌고 끝났는데 보고 싶은 게 이상한 거 아닌가. 그런데 그는 헤어진 지 일 년이 지났건만, 여전히 나에게 보고 싶다고, 그립다고 말하고 있었다. 그 한 통의 전화가, 뜻밖에 고백이 몹시 당혹스러우면서도 내내 잊고 있던 감정, 정확히 말하면 억눌려 있던 감정이 울컥 올라왔다. 나는 하던 일을 집어 던지고 당장이라도 그가 있는 용인으로 달려 가고 싶었다. 무슨 감정인지 잘 모르겠지만 그냥 그러고 싶은 충동이 들었다. 그러나 인쇄를 앞두고 주말 밤샘 작업까지 불사할 정도로 긴박한 시기였기에 그럴 수 없었다. 이번에도 그에게 달려가고 싶은 마음을 꾹 참았다. 나에겐 해야 일이 있었고, 그걸 책임지고 마무리하는 게 먼저였다. 나는 다시 한 번 축하의 말을 전하고 전화를 끊었다. 잠시 후 무슨 하고픈 말이 더 남았는지 그에게 계속 전화가 왔다. 나는 받지 않았다. 그는 포기하지 않고 계속 전화했다. 나는 끝까지 받지 않았다. 긴 계절을 돌고 돌아 혹독한 시간을 홀로 뚫고 왔는데, 이제와 마음 약해지고 싶지 않았다.

청춘 콘서트는 생각보다 준비할 게 많았다. 아띠 1기와 기획한 내용을 다듬어 2기와 함께 실행에 옮겼다. 장소는 고양이달 작업의 시작과 끝을 함께한 청년창업 센터 강당으로 정했다. 센터의 허락을 받은 뒤 음향을 담당할 업체를 찾았다. 밴드 섭외에 가장 공을 들였는데, 내가 작업하는 동안 힘들 때마다 찾았던 아티스트들에게 무대를 부탁했다. 이지에프엠, 달에닿아, 숨의숲, 닥터심슨, 전수연. 이들은 고양이달 동화를 한 세트 사면 불우 아동에게 한 세트 기부하는 '원 플러스 원' 취지에 공감했고, 재능 기부로 콘서트에 함께하기로 했다. 무대 디자인 현수막과 포스터, 엽서 등 디자인 작업은 서당 개 삼 년이면 풍월을 읊는다고 여러 디자이너들과 고양이달 작업을 하는 동안 보고 익힌 걸로 혼자 했다. 워낙 다양한 종류의 디자인을 한꺼번에 하다 보니 쉽지 않았지만, 직접 디자인한 초청장을 텀블벅 후원자들에게 전송하고 나니 뿌듯했다.

초청장을 받은 그가 콘서트 준비는 잘 되어 가냐고 물었다. 보름 만이었다. 얼마 전만 해도 보고 싶다고 고백하더니 돌연 차가운 말투였다. 왠지 모르게 화가 난 듯했지만 콘서트 준비로 분주할 때 연락을 받아서 더는 묻지 못했다. 나는 콘서트에 꼭 오라는 말만 하고 전화를 끊었다. 콘서트 무대에서 나의 이야기를, 그와 헤어진 뒤 일 년 동안 겪었던 일을 모두 말할 계획이었다. 그래서 당장 묻고 싶은 것도, 하고 싶은 말도 뒤로 미루고 콘서트 준비에만 총력을 기울였다.

콘서트 당일, 아띠봄 창립일 이래로 그렇게 분주했던 적은 그때가 처음이었다. 아침부터 아띠봄 3인과 아띠 2기가 모두 출동하여 콘서트 준비에 여념이 없었다. 공간 디자인을 전공한 아띠는 고양이달 책을 성처럼 예쁘게 쌓아 전시했다. 또 삽화를 인쇄한 캔버스를 콘서트장 벽에 걸어 전시회처럼 꾸몄다. 또 다른 아띠들은 역할을 나누어 관객들이 찾아올 수 있게 지하철역부터 공연장까지 포스터를 쭉 붙이는가 하면, 내가 볼 진행 큐시트를 만들고, 미처 준비하지 못한 물품을 사러 홍대로 나갔다. 아띠봄 식구들 전부 관객들이 앉을 의자를 배열하는 동안, 나는 리허설 무대를 지켜보며 진행에 필요한 사항을 마지막으로 점검했다.

가장 걱정스런 출연자는 아띠봄이었다. 고양이달 출간 콘서트이니만큼 아띠봄의 이야기를 하다가 뮤지컬처럼 노래하는 방식으로 꾸며 봤는데, 공연 당일이 되자

목 상태가 말이 아니었다. 봄철마다 찾아오는 꽃가루 알레르기가 문제였다. 한 달 동안 보컬 트레이닝까지 받아 가며 준비했는데, 노래는커녕 목소리도 제대로 나오지 않았다. 이런 상태로 공연은 무리라는 생각이 들어 공연이 시작하기 전에 급히 회의를 했다. 그러나 사람들은 고양이달을 만들었던 우리의 이야기가 궁금하지, 가수처럼 노래를 잘하는 모습을 기대하지는 않을 거라는 방향으로 의견이 모아졌다. 나는 이왕 준비한 거, 죽이 되든 밥이 되든 해 보자 마음먹고 무대에 올랐다.

그렇게 많은 사람들이 있는 무대에 서 본 건 태어나서 처음이었다. 이십 대 대학생부터 한창 깨가 쏟아지는 캠퍼스 커플과 결혼을 앞둔 예비 부부, 마흔 직장인 여성들까지 많은 사람들이 두 눈을 크게 뜨고 나의 첫 마디를 기다리고 있었다. 이 많은 사람들이 어떻게 알고 여기까지 찾아왔을까. 하필 그날 오후부터 폭풍우가 몰아쳐 날씨가 말이 아니었다. 궂은 날씨를 뚫고 우리의 공연을 보러 와 준 그들이 고마운 한편, 잘할 수 있을까 걱정이 앞섰다. 꾸미지 말자. 있는 그대로 나의 이야기를 진솔하게 들려주자. 나는 마음속으로 주문을 외우며 인사를 건넸다.

나 : 안녕하세요, 저는 이 콘서트를 기획하고, 진행을 맡은 아띠봄 대표 박영주입니다. 고양이달은 제가 졸업하고 사 년 동안 골방에 박혀 만든 어른을 위한 동화입니다. 이십 대 중반, 제가 좋아하는 작품을 만들겠다고 멋모르고 시작한 일이 커져서, 청춘을 다 바치고 오늘 이 콘서트까지 열게 되었네요. 그 과정에서 울고 웃었던 시간들이 저의 청춘을 위로했듯, 그리고 저와 함께 고양이달을 만든 일러스트레이터와 에디터의 청춘을 위로했듯, 오늘 여러분의 청춘을 위로하고자 콘서트를 준비했습니다. 그 첫 시작인 아띠봄의 청춘 스토리, 함께할 준비가 되셨나요?

관객들 : 네!

곧이어 나의 동료이자 파트너인 슬아가 무대 위로 올라왔고, 아띠봄의 무대를 함께할 기타 반주자도 올라와 이야기 내내 잔잔한 음악을 깔아 주었다. 거기에 마음이 편해진 나는 슬아와 눈을 맞추며 본격적으로 우리의 이야기를 시작했다. 아띠봄의 시작부터 창작자, 기획자, 경영자로서 아띠봄을 이끌어 가는 데 어려웠던 부분들을 털어놓았다. 그리고 헤어진 그의 이야기까지도……

나 : 고양이달을 쓰는 동안 굉장히 의지했던 연인이 있었는데, 헤어졌어요. 제가 가장 절실하게 의지할 곳이 필요할 때 헤어진 건, 저 때문이에요. 사랑이라는 건 기본적으로 상대에 대한 이해와 관심이 있어야 되는데, 제 자신을 추스르지도 못하는 상황에서 도저히 상대를 봐 줄 수 없더라고요. 사랑이 꼬이면서 모든 게 다 꼬이고, 그때 모든 걸 내려놨어요. 그냥 '내가 이거밖에 안 되는 걸 어떡해.'라고 생각했죠. 그 전에는 내가 대표니까, 내가 이 책임자니까, 속상해도 눈 하나 깜짝 안 하고 당당한 척 "이거 이렇게 해 줘요."라고 했다면, 그때 처음으로 "도와주세요. 저 좀 도와주세요. 어떻게 해야 될지 모르겠는데, 저 좀 도와주세요."라는 말이 나오더라고요. 슬아 씨와 다혜 씨한테도 그때 처음으로 "나 좀 도와줘."라는 말을 꺼냈죠. 무섭다고, 떨린다고 솔직히 털어놨어요.

슬아 : 그런 말을 처음 들었을 땐 놀랐던 거 같아요. 평소엔 영주 씨가 약한 소리를 하지 않거든요. 한번은 아침 일찍 전화 한 통이 걸려 온 적이 있어요. 뭔가 이상해서 무슨 일이 있냐고 물었더니 영주 씨가 벤처 심사를 받으러 왔다며 말했죠. 심사를 통과해야 회사 운영비를 대출받을 수 있다고. 이거를 받느냐 못 받느냐에 따라 아띠봄의 앞날이 갈리고, 또 나와 함께하는 사람들의 인생이 갈린다는 생각에 많이 떨린다고. 영주 씨에겐 자기 자신뿐만 아니라 다른 사람까지 책임져야 한다는 중압감이 있었던 것 같아요. 저는 사실 그 마음을 이해하지 못했어요. 저는 남을 책임지는 입장이 아니었기 때문에 얼마나 힘들지, 그렇게 심사를 받고 작품

감성치유 청춘콘서트
고양이
달

기술을 담보로 해서 큰돈을 대출받는 게 얼마나 부담스러울지 상상이 안 되더라고요. 생전 힘든 내색을 안 하는 애였는데, 친구로서 굉장히 안타까웠어요.

　나 : 생존 본능이었던 거죠.(웃음) 막상 못한다고 속내를 털어놓으면 "고작 그 정도로 그러냐? 그거밖에 안 돼?"하고 비난하고 조롱할 줄 알았는데, 아니었어요. 다들 달려와 주고, 안부 문자라도 주고……. 저는 힘들 때 고양이달 속에 들어가서 숨기 바빴는데, 오히려 현실에서 우니까 고양이달 속에서 우는 것보다 나은 거예요. 지나가면서 툭 던지는 말이라도 다 관심의 표현이니까, 그렇게 마음 써 주는 것만도 얼마나 고마운지 힘이 많이 되더라고요. 그때 알았어요. 내가 힘들다고 해도 내가 못하겠다고 해도, 사람들이 나를 손가락질 하지 않는구나. 내 부족한 부분을 비난하지 않는구나.

　결국 내가 가장 사랑하는 것이 나를 가장 아프게 하는 거 같아요. 헤어진 그도, 고양이달도 내가 아주 많이 사랑했기 때문에 그만큼 실패가 아픈 거고, 아프기 때문에 나를 걱정해 주는 사람이 있다는 것도 알았죠. 고양이달 작업을 그만둘까 말까 많이 고민했는데, 그래도 계속 가야겠다, 그래도 사랑해 줘야겠다, 아플 땐 아프다고 말해야겠다, 결심했죠.

Falling In Love

　눈 뜨면 기다리는 오늘
　어느새 사라지는 노을
　집으로 돌아가는 길목에서

　거리엔 수많은 연인들
　저마다 행복한 무리들

문득 혼자라고 느껴질 때
두 눈에 담은 걱정거리
숨기지 못한 작은 한숨 소리
모두에겐 사랑이 필요해

Love, Falling In Love

Falling In Love Again

함께 있을 때
두 눈을 바라볼 때
그리고 미소 지을 때
우리가 사랑을 얘기할 때

– 제이래빗 'Falling in love' 중에서

노래를 마친 뒤, 나는 심호흡을 하고 이야기를 이어 나갔다.

나 : 사랑은 참 양면적인 거 같아요. 사랑한 만큼 아팠던 대신, 그만큼 행복했어요. 정말 소중한 것이 무엇인지도 알게 되었고, 무엇보다 저만의 세계에서 벗어나 세상 밖으로 나올 수 있었어요. 사람들과 소통하기 시작했고, 아프다고 도움 청할 줄도 알게 되었고, 이렇게 여러분들 앞에서 제 이야기를 할 수 있는 용기도 생겼고요. 만약 넘어지지 않았으면 동화 속에 숨어서 울고 현실에선 안 아픈 척 그렇게 살았을 거예요. 멀쩡하게 사는 사람들 보면 진짜 멀쩡한 줄 알고 보이는 대로만 판단하고 대했겠죠. 그런데 아니라는 거 아니까, 어떤 사람이 도저히 괜찮을 수 없는 상황에서 멀쩡한 척 웃으면 오히려 마음이 아프더라고요. 저러는 게 더

힘들 텐데, 더 기진맥진할 텐데……

그러니까 여러분, 여러분의 꿈을 찾아 가는 긴긴 인생길, 넘어져서 아프면 아프다고 가끔은 털어놓으세요. 나만 그런 거 아니고 우리 다 그러니까, 서로 아닌 척 철갑을 두르고 센 척 하지 말고 가끔은 들려주고, 들어 주면서 같이 가요. 그 대상이 일이든 사람이든 아파도 계속 사랑할 수밖에 없다면, 그 아픈 길 보듬으면서 같이 가요. 한창 좌절했을 때는 고양이달 때문에 저의 청춘이 힘들어졌다고 원망한 적도 있지만, 지나고 보니 결과적으로 한 아이를 향한 마음과 그걸 담아내려 한 고양이달이 불안하고 힘겨웠던 제 청춘을 지켜 주었던 것 같아요. 그것 때문에 힘들었지만 또 그것 때문에 행복했다는 것. 아플까 봐, 실패할까 봐 주저하지 말고 계속 사랑하세요. 온 힘을 다해, 진심을 다해……

한 시간. 아띠봄의 공연은 한 시간이었다. 무대 위에 서 있는 내내 얼떨떨했다. 이런 날이 오는구나. 끝나지 않을 것 같던 시간들이 결국에는 끝나, 그 시절이 힘들었다고 털어놓는 날이 오기는 오는구나. 언제 올까, 오기는 올까 싶었는데 진짜로 오는구나. 말을 하다가도, 노래를 하다가도 북받치는 감정에 목이 메어 잠시 마이크를 떼고 감정을 추스르기도 했다. 관객들은 처음부터 끝까지 마음을 열고 있는 그대로의 나를 지켜봐 주었다. 마음과 마음이 통하는 느낌. 나의 마음이 그들의 마음에 가서 닿는 듯한 느낌. 그들의 눈빛이 나를 향하고 있었고, 그들의 귀는 내 목소리를 듣고 있었다. 나는 그들에게 그렇게 '이해'되었고, 그걸로 충분했다.

아띠봄의 공연이 끝난 뒤에는 이지에프엠과 달에닿아, 숨의숲, 닥터심슨, 전수연 씨의 공연이 이어졌다. 사전에 관객들로부터 받은 사연을 아티스트들이 직접 읽고 자신의 경험을 들려준 뒤, 그들의 음악으로 위로를 건넸다. 날씨는 갈수록 궂어졌고, 공연은 예상보다 길어졌다. 막차 시간이 되자 하나둘 자리를 떴지만 머무는 이들로 인해 공연장의 열기는 식을 줄 몰랐다. 나는 그들이 듣고 싶을 때까지, 아티스트들이 이야기하고 싶을 때까지 그대로 두었다. 그들이 더 이상 하고 싶은 말도, 듣고 싶은 말도 없을 때 공연을 마무리할 생각이었다. 분위기가 최고조에 이르렀을 때, 한 남자가 무대에서 진심을 고백할 시간을 달라고 요청했다. 남자는 무릎을 꿇고 한 여자에게 청혼을 하며 반지를 건넸다. 관객들은 뜨거운 박수와 환호를 보내며 축하했다. 사랑의 결실을 맺는 커플의 행복한 미소는 청춘 콘서트의 엔딩으로 손색이 없었다.

무대에 오른 나는 끝까지 함께해 준 관객들과 아티스트, 음향 업체 스텝들과 아띠봄 식구들에게 고개 숙여 감사의 인사를 전했다. 그리고 마지막으로 준비한 나의 이야기를 했다.

나 : 고양이달을 시작할 때부터 지금에 이르는 사 년 동안 저에게 위로와 격려를 보내 준 분들이 많았어요. 뭐 하나 이룬 게 없는데도 그분들은 저의 꿈을 무시하지 않았고, 제가 겪는 어려움을 모른 척하지 않았어요. 도와주고 가르쳐 주려고 했고, 믿어 주었지요. 저는 그렇게 그분들의 도움을 받아 오늘 이 자리, 청년창업센터에서 커 왔습니다. 그렇게 빚만 지고 살다 보니 자연스럽게 나누고 싶은 마음이 생겼어요. 고양이달에 모든 걸 퍼부었기 때문에 미련도 후회도 없고, 작업하는 과정에서 충분히 행복했기에 더 취하고 싶은 것도 없습니다. 인생 다 산 것처럼, 웃기죠?(웃음) 그런 생각들이 모여서 고양이달을 어떻게 하면 더 좋은 곳에 쓸 수 있을까, 진정 필요로 하는 사람들에게 다가갈 수 있을까 고민하게 되었고, 자연스럽게 오늘 이 기부 콘서트를 진행하게 되었습니다.

미래의 청춘들에게 우리의 경험을 나눠 줌으로써 그들이 지금의 청춘보다 더 나은 미래를 맞이할 수 있도록, 또 지금의 청춘들이 현재를 더 행복하게 살아가기 위해 서로 아픈 마음을 나눌 수 있도록, 아띠봄은 앞으로도 따뜻한 기획을 진행해 나가겠습니다. 밖에 나가서 현실과 부딪혀 지칠 때, 위로가 필요할 때 언제든 찾아오십시오. 저희의 아픈 마음을 들고 여러분의 지친 청춘을 마중 나가겠습니다.

지금까지 감성 치유 청춘 콘서트 고양이달이었습니다. 끝까지 함께해 주신 여러분, 감사합니다. 안녕히 돌아가십시오.

관객들의 뜨거운 박수와 함께 우리들의 시간은 마무리되었다. 아띠 2기와의 공식 일정도 여기까지였다. 아띠봄의 시작부터 지금까지의 일들이 주마등처럼 스쳤다. 가장 기억에 선명한 건 불과 얼마 전 골방 생활이었다. 방에 처박혀 혼자 울다 지쳐 잠들던 내가 처음으로 세상에 나와 사람들과 소통했던 시간. 혼자 가슴앓이하느라 멍이 든 가슴을 처음으로 내보이고 위로받았던 순간. 따뜻했고, 설레었고, 즐거웠다. 이제 됐다. 내가 그토록 이루고 싶었던 꿈의 마지막 장면을 완성했구나. 아쉽지만 홀가분했다. 버거웠지만 행복했다. 만감이 교차했던 순간, 내 인생 최고의 순간은 그렇게 기억 한편에 남겨졌다.

그러나 진정으로 나의 이야기를 들려주고, 내가 만든 걸 보여 주고 싶었던 한 사람은 그곳에 없었다. 혹시나 싶어 관객석을 여러 차례 훑었지만 그는 보이지 않았다. 고양이달 작업을 누구보다 가까이에서 지켜 본 그였다. 고양이달의 완성을 그만큼 애타게 기다린 사람도 없었다. 그걸 잘 알았다. 그래서 고양이달이 나오면 그에게 제일 먼저 보여 주고 싶었다. 너를 잃고 버텨 낸 시간들이, 이뤄 낸 꿈이 어떤 것인지 꼭 보여 주고 싶었다. 그러나 그는 없었고, 나는 그게 우리의 완전한 끝임을 알았다. 일 년 전 '겨울의 끝날' 이별했고, 그로부터 육 개월 뒤 또다시 용인을 찾은 내가 일말의 미련까지 단칼로 잘라냈건만, 봄과 함께 다시 싹튼 우리의 미련은 그렇게 다시 꽃을 피워 보기도 전에 끝이 나 버렸다. 공연을 끝내고 돌아오는 새벽, 나는 일 년 만에 다시 싹튼 그에 대한 감정을 조용히 마음 깊숙한 곳에 묻었다. 그리고 그 밤 조용히 앓았다.

내 이야기를 듣던 아모가 걸음을 멈췄다. 고개를 돌리자 아모의 눈에 눈물이 그렁그렁 맺혀 있었다. 잃어버린 기억 속 그가 무의식중에 떠올랐으리라. 나는 괜찮은 척 아모를 향해 웃으며 말했다.

"인생이 그런 거 아니겠어?"

아모가 말했다.

"그가 보고 싶다고 했다며……. 그럼 왜 못 왔는지 물어봤어야지. 기다리고 있었다고 말했어야지!"

"오라고 했어. 그런데 오지 않았어. 왜 오지 않았는지 한마디 말도 없었어. 그걸로 대답은 충분해."

"사정이 있었을 수도 있잖아."

"사정이 있었다면 말을 했겠지. 잘 끝났냐고, 물어봤겠지."

나의 단호한 대답에 아모는 입을 꼭 다물었다.

"그래도… 네가 기다린 건 몰랐을 거 아냐."

아모의 말에 괜스레 울컥했다. 아모가 아무 말 없이 빤히 바라보았다. 그런 아모의 눈빛을 마주하기 힘들어 뒤돌아섰다. 이미 지난 일 생각해 봤자 가슴만 아플 뿐이니, 그만 생각하자. 나는 발걸음을 재촉했다. 표지판이 우리의 목표점인 또레 호수까지 300미터도 채 남지 않았음을 알렸다. 아모랑 이야기하다 보니 어느새 목표점에 다다라 있었다. 내심 포기하고 내려갈까 망설였는데, 그러지 않길 잘했다 싶었다. 고지가 얼마 남지 않은 상황. 나는 마지막 표지판을 확인하고 발걸음을 재촉했다.

그러는 동안 생각이 다시 청춘 콘서트 무대로 돌아갔다. 그는 왜 오지 않은 걸까. 분명 내게 보고 싶다고 했다. 오랫동안 묵혀 온 진심을 어렵게 꺼내 놓았다는 걸 알았다. 그런데 어째서 나를 찾지 않았던 걸까. 나도 모르게 그에 대한 원망이 솟구쳤다. 서서히 발걸음이 빨라졌다. 나는 높은 언덕을 성큼성큼 걸어 올라갔다. 바람의 땅이라는 명성에 걸맞게 바람이 매서웠다. 왜 오지 않았을까. 분명 보고 싶다고 했는데. 나는 언덕을 향해 마지막 발걸음을 내딛었다. 내가 기다리고 있었는데, 왜 오지 않았냐고!

그 순간 거짓말처럼 눈 앞에 또레 호수가 펼쳐졌다. 푸른 빙하와 옥색의 호수 뒤로 그토록 보고자 했던 피츠로이 삼봉이 거대하게 솟아 있었다. 짙은 회갈색 봉우리 곳곳에 만년설이 서려 피츠로이의 위엄이 더 도드라졌다. 하늘은 그 어느 때보다 푸르렀다. 그럼에도 봉우리의 정상 부근은 구름에 가려 있었다. 사람들 말로는 늘 그렇다고 했다. 오죽하면 '연기를 뿜는 산' 혹은 '불의 봉우리'라고 불려 왔을까. 이 정도 풍경이면 나는 행운이 허락된 운명임에 틀림없었다. 하지만 이런 행운 따윈 필요 없는데……. 피츠로이 삼봉쯤이야 보지 않아도 상관없는데……. 그때 그가 와 주었다면 운명이 어떻게 뒤틀어졌던 간에 나는 상관없는데……. 나는 호수 앞에 쪼그리고 앉아 멍하니 호수를 바라보았다.

뒤늦게 도착한 아모가 내 옆에 앉았다. 우리는 말없이 물 한 모금을 물고 목을 축였다. 한참 기다렸지만 불의 봉우리는 여전히 연기를 내뿜었고, 구름은 여전히 그곳에 머물러 있었다. 여기는 파타고니아. 인간의 의지를 넘어서는 자연의 땅이니 담담히 받아들이는 수밖에……. 먼저 도착한 사람들도, 뒤늦게 도착한 사람들도 우리처럼 호수 앞에 엉덩이를 붙이고 앉아 피츠로이 삼봉을 한없이 바라보았다. 자연스럽고 안온한 침묵이 맴돌았다. 늦은 오후의 햇살이 호수 위 빙하에 반사되어 우리를 비추었다. 우리는 그 빛과 호수의 물결과 언젠가는 녹아 사라질 빙하와 구름 속에 뾰족한 봉우리를 숨긴 피츠로이 삼봉을 보며 각자 생각에 잠겼다.

잠시 후 나는 엉덩이를 털고 자리에서 일어났다. 나와 아모는 온 길을 되돌아 나갔다. 이곳까지 오는 동안 마주했던 크고 작은 호수와 맑은 물이 흐르는 계곡과 울창한 숲을 다시 지나게 될 터……. 내려갈 길을 생각하니 앞이 깜깜했다. 운명이고 나발이고, 이제 믿을 거라곤 내 의지대로 움직이지 않는 두 다리뿐이었다. 오늘 밤에도 끙끙 앓겠구나. 한국에 있든 여행을 떠나오든 몸 고생, 마음고생은 한결같았다. 그저 죽지 않고 살아 있음에 감사해야지. 아모와 나는 마음을 다잡고 묵묵히 산을 내려왔다. 등 뒤로 삼대가 덕을 쌓아야 볼 수 있다는 피츠로이 삼봉이 점점 멀어지고 있었다.

모레노 빙하
세상의 끝, 우수아이아

11. 모레노 빙하
__ 청춘 장례식

이십 대 유효기간 만료

남부 파타고니아(Patagonia)의 빙하 국립공원 북쪽, 피츠로이(Mount Fitzroy) 삼봉이 있는 엘 찰텐(El Chalten)을 떠나 남쪽 페리토 모레노 빙하(Perito Moreno Glacier)가 있는 엘 칼라파테(El Calafate)로 향했다. 우리는 이른 아침부터 졸린 눈을 비비며 빙하로 향하는 버스에 올라탔다. 태어나서 한 번도 빙하를 본 적이 없어 한껏 기대에 부풀었다. 삼십 분가량 달렸을까. 버스에서 내리자 살아 움직이는 빙하를 보기 위해 전 세계의 여행자들이 몰려와 있었다. 나는 그 무리에 섞여 멍하니 빙하를 바라보았다. 30킬로미터 너비에 60미터 높이의 거대한 얼음덩어리가 한없이 투명한 푸른빛을 띠며 시야를 채웠다. 이는 파타고니아 빙원에서 떨어져 나온 빙하로, 근처의 아르헨티노 호수(Argentino Lake)를 향해 날마다 2미터씩 나아간다고 했다. 이 거대한 얼음 세계가 움직이고 있다니, 나는 눈앞에서 보고도 믿기지 않았다.

우르르릉 쾅! 소리와 함께 빙하의 일부가 무너져 내렸다. 마치 폭포의 거대한 물줄기처럼 커다란 얼음덩어리와 깨알 같은 얼음 알갱이들이 산산이 부서지며 아래로 곤두박질 쳤다. 그리고 얼마 지나지 않아 조금 떨어진 곳에서 우르르룽 쾅

소리와 함께 얼음덩어리가 또 떨어져 나갔다. 이번에는 집 한 채가 무너질 정도로 어마어마한 규모였다. 산산이 부서진 얼음 조각이 하얀 가루를 날리며 물에 풍덩 잠겼다. 그 순간 세찬 물결이 파도치며 일었다. 공중에서 하얀 얼음 가루와 푸른 물결이 뒤섞여 다시 곤두박질치는 모습이 장관이었다. 대자연이 빚어낸 작품 앞에서 감히 어떤 말을 할 수 있을까. 그저 침몰하는 빙하의 마지막 신음을 들으며 침묵할 뿐이었다.

우리는 배를 타고 빙하 쪽으로 건너갔다. 가이드를 따라 다른 여행자들과 함께 빙하 위를 걸어 볼 예정이었다. 간략하게 빙하의 형성 과정과 트레킹 코스에 관한 설명을 듣고 비상시에 대비해 안전 장비도 착용했다. 신발에 뾰족한 쇠 발톱이 달린 크램폰을 착용하고 드디어 빙하 위로 첫발을 내딛었다. 발이 빙하에 닿는 순간 얼음 바닥에 크램폰의 날카로운 쇠가 박혔다. 발바닥이 빙하에 착 달라붙어 섞이는 느낌, 빙하의 찬 기운이 발바닥을 타고 온몸을 휘감았다. 고개를 숙이자 바닥에 얼음 알갱이가 알알이 보였다. 알갱이가 덩어리를 이루며 내뿜는 하얗고 푸른빛이 햇살을 받아 보석처럼 반짝였다. 나는 그 보석 위를 걸으며 자연이 만들어 낸 아름다움을 감상했다. 주변을 둘러보자 사방에 빙하가 각양각색으로 펼쳐져 있었다. 커다란 얼음 바위 안이 바람에 깎여 나가 안에서 짙푸른 빛을 내는가 하면, 빙하 곳곳에 구멍이 뚫려 저들끼리 문양을 만들어 내기도 했다. 언덕처럼 겹겹이 쌓여 동화 속 풍경을 선사하기도 했다. 그 뒤로는 거대한 안데스 산맥이 버티고 서 있었다.

구름 위를 걷는 기분이 이럴까. 꿈인지 생시인지 얼떨떨했다. 두둑두둑 얼음을 밟는 묵직한 소리와 촉감에 생시를 느끼면서도, 눈 앞의 몽환적인 풍경에 꿈이 아닌가 또 헷갈렸다. 그러다가 어느 순간에는 가슴이 벅차오르며 '지금'이 진정 소중하게 느껴졌다. 그때였다. 갑자기 바람이 매섭게 불어 닥쳤다. 어찌나 거세던지 몸이 바람에 떠밀려 움직였다. 나는 빙하 위에 두 발을 힘껏 꼽고 몸을 지탱했다. 목도리를 코까지 바짝 올리고, 모자도 귀까지 푹 눌러썼다. 그렇게 무장해도 칼

바람이 계속해서 공격했다. 그제야 깨달았다. 이곳은 남극과 가까운 빙하 지대였다. 아주 오랜 세월에 걸쳐 눈이 내려 쌓이고, 그 눈이 얼고, 그 위에 다시 눈이 내려 쌓이기를 반복하여 만들어진 단단한 얼음 성벽이었다. 지금의 추위와 칼바람이 오랜 세월에 걸쳐 이 빙하를 만들었으니, 나처럼 작고 보잘 것 없는 존재를 얼리는 것쯤이야 일도 아닐 터였다. 빙하를 걷는다는 신기함에 잠시 추위를 잊고 있었다. 정신을 차려 보니 내 두 손은 장갑을 끼고 있음에도 얼음처럼 꽁꽁 얼어 있었다.

문득 얼음처럼 내 마음이 얼어 있던 그 시절이 생각났다. 고양이달을 만들었던 그 시간 동안 나는 이 빙하처럼 나를 차갑게 얼려 갔다. 따뜻하고 섬세한 감성 덕분에 고양이달을 쓸 수 있었지만, 모순적이게도 아띠봄이라는 기업을 이끌어 가려면 차가운 이성이 필요했다. 나는 내 안의 가장 뜨거운 심장 하나만을 남기고 그 주변을 모두 얼렸다. 가족과 친구들은 내가 변해 간다며 걱정했지만, 마음이 여려 작은 것에도 상처 받는 내가 그 시절을 견디려면 나만의 생존법이 필요했다. 그렇게 한 해가 가고 두 해가 가고 새 해, 네 해가 가면서 나는 어느 순간 고양이달을 제외한 세상사에 관심의 끈을 놓았다. 문제는 고양이달이 끝나고 나서였다. 나는 얼음 인간이 되어 나 스스로 추위에 벌벌 떨고 있었다. 내 안의 뜨거운 심장은 고양이달 세계에서만 꺼내 쓰다 보니, 어느새 현실 세계에서 꺼내 쓰는 법을 잊어버리고 말았다. 나는 나를 단단하게 감싸고 있는 차가운 얼음벽을 부숴야 했다.

그 시작이 '고양이달 청춘 콘서트'였다. 나는 고양이달을 완성하고 사람들 앞에 서서, 강한 척했던 가면을 벗고 있는 그대로의 나를 보여 주었다. 나의 약한 모습과 상처 받은 내면, 눈물을 내보이며 내 빙하의 일부가 녹아내리는 걸 느꼈다. 이렇게 천천히 녹이면 되겠구나. 빙하가 너무 크고 꽝꽝 얼어 있으니 서서히 마음을 데우면서 녹이자 마음먹었다. 그러나 세월이 가차 없이 공격해 왔다. 너의 이십 대는 끝났고, 세계가 바뀌었다고. '겨울의 끝날' 그와의 헤어짐은 시작에 불과했

다고. 이십 대에 네가 쌓아 온, 너를 이루는 모든 것들은 유효기간이 만료되었으니 처절히 다 부셔 주겠다고. 아무리 거부해도 세월의 공격을 막을 수는 없었다. 혼자 이십 대를 붙잡고 늘어질 수도, 서른이 되는 것을 버티고 막을 수도 없었다.

제일 먼저 맞닥뜨린 이별은 나의 집, 삶의 터전이었다. 청춘 콘서트가 끝나자마자 나는 부모님을 따라 안양에서 수원으로 이사했다. 지금은 기억나지 않는 세 살, 안양으로 처음 이사 와서 스물아홉 살이 될 때까지 그곳에 살았다. 유치원, 초등학교, 중학교, 고등학교를 모두 그곳에서 나왔고, 청소년 시절에 영향을 끼친 이들을 모두 그곳에서 만났다. 스물둘, 휴학하고 안양에서 아르바이트를 하면서 대부분의 시간을 보냈고, 스물다섯, 회사를 나와서 작품을 구상하는 동안에도 안양에서 시간을 다 보냈다. 안양에서 태어나진 않았지만, 내 삶의 기억은 '안양'에서부터 출발했다. 충훈부, 안양천, 안양역, 안양 일번가, 안양 롯데백화점, 안양 문화예술회관, 안양 시립도서관, 안양 종합운동장, 안양 예술공원, 석수 초등학교, 안양여중, 평촌 고등학교, 평촌 도서관……. 내게 익숙한 장소들이 뒤죽박죽 엉켜 추억을 채웠다.

내가 어릴 때 안양은 발전된 도시가 아니었다. 엄마 손 잡고 초등학교에 입학하고, 처음 교복을 입고 중학교에 가고, 진로 문제로 고민 많던 고등학교를 거쳐 대학에서 꿈을 키워 가는 동안 안양은 점차 발전했다. 작고 보잘 것 없었던 안양역은 대형 유리벽으로 둘러싸인, 크고 화려한 역사로 바뀌었고, 그 옆에 백화점이 들어섰고, 허허벌판이었던 대지에 대규모 아파트 단지가 우후죽순 들어섰다. 사람이 모이자 다리가 놓이고, 학교가 생기고, 상권이 만들어졌다. 더 지나자 주민들이 산책할 수 있는 하천의 환경이 조성되고, 번화가에는 대형 프랜차이즈가 차례대로 들어왔다. 나는 그 모든 과정을 지켜보았고, 그러는 사이 아이에서 어른이 되었다.

이십 대의 대부분은 날이 밝으면 안양을 떠나 깜깜한 밤이 되면 안양으로 돌아왔다. 욕심 많고 치열했던 대학 시절, 뭐가 그리 바빴는지 하루 종일 분주히 뛰어다니다 늘 파김치가 되어 막차를 타고 귀가했다. 안양역을 빠져나오면 관리자가 불을 끄고 문을 잠갔다. 그 모습을 물끄러미 바라보며, '이렇게 하루가 갔구나. 그리고 무사히 돌아왔구나.' 하고 안도했다. 돌아올 곳이 있다는 게 그렇게 든든할 수 없었다. 동네 친구들도 모두 나와 같았다. 멀리 나가서 공연을 보거나, 놀다가 시간이 늦어지면 배고파도 참았다가 안양에 와서 밥을 먹었다. 그게 마음이 편했다. 단순히 안양이 멀어서, 집 근처라 마음이 놓여서가 아니었다. 우리는 익숙한 이곳을 좋아했다. 밤새 거닐며 우리의 꿈과 미래를 이야기했던 안양천을, 야식을 먹으며 밤늦게까지 수다를 떨었던 집 앞 정자를 좋아했다.

안양을 떠난다는 생각을 한 번도 해 본 적 없는 데다, 떠나기 전 급히 결정된지라, 정든 터전과 제대로 작별 인사도 못한 채 떠나야 할 상황이었다. 청춘 콘서트 때문에 내내 정신없어서 이사는 생각도 못하고 있다가, 이사 전날 새집에 갔더니 그제야 눈물이 울컥 올라왔다. 새로 들일 가구를 구입할 시간도 없이, 십오 년 가까이 쓴 책상을 버리고 가기로 결정했다. 그 책상에 앉아 교과서를 공부했고, 문제집을 풀었고, 레포트를 썼고, 영화를 봤고, 시나리오를 썼다. 한창 프로듀서 시험 준비로 열을 올릴 때에는 고시 공부하듯 열정을 불태웠다. 그리고 지난겨울과 봄, 그 책상에서 고양이달 작업을 마무리했다. 내 지식은 모두 그 책상에 앉아서 얻었는데, 내 이십 대 가장 간절했던 꿈을 그 책상 위에서 완성했는데, 이렇게 안녕 하는구나. 꼭 그때뿐이었다. 그때의 나만이, 그 시간에, 그곳에서, 그 책을, 그 감정으로 읽을 수 있었다. 그런데 앞으로는 함께할 시간이 허락되지 않아 서글펐다.

우리의 시간은 끝났다. 나를 키운 그 시간들, 나를 키운 사람들, 나를 키운 장소, 나를 키운 물건 모두 과거로 흘러가리라. 새로 맞이할 날들이 다가오는 만큼 아득히 멀어져 갈 추억들이 못내 아쉽기만 했다. 그것이 스쳐 지나가는 것이었든, 내게 깊은 상흔을 남기는 것이었든, 이제 내 머릿속에 그대로 박제되어 내가 다시 꺼내지 않는 한 더는 살아 움직이지 못하리라. 다가오는 삼십 대에도 밀려오는 일과 사람 사이를 뚫고 숨 가쁘게 달려갈 텐데, 내 이것들을 돌아보며 조용히 말을 건네줄 순간이 언제 다시 올까. 우리가 함께한 시간들을 차분히 되짚으며, 그것이 사랑이었노라 읊조릴 그 순간이 언제쯤에야 다시 올까. 정말 슬픈 것은 이별 자체가 아니라 이별의 슬픔도 잠시, 새로운 만남과 장소와 시간들에 가슴 뛰며 또 그렇게 익숙해질 거라는 사실. 과거로 향하는 것들은 점점 더 밀려나는 것 외에는 길이 없어서 애틋하고, 또 애틋하고, 또 애틋하다.

수원으로 이사하고 일주일 뒤 아띠봄도 이사를 했다. 2010년 7월, 송파에 있는 강남청년창업센터에 처음 발을 들였고, 그 후 일 년 뒤 2011년 7월, 용산에 있는 청년창업플러스센터로 이전했다. 다시 일 년이 지난 2012년 7월, 마포에 있는 강북청년창업센터에서 고양이달을 만들고 아띠봄을 끌어 나갔다. 2013년 6월, 아띠봄은 드디어 약 삼 년간의 창업센터 생활을 마치고 그곳을 떠났다. 창업센터에 처음 발 들일 때만 해도 삼 년 뒤의 아띠봄을 상상할 수 없었다. 우리는 고양이달을 만들기 위해 그곳에 들어갔고, 나갈 때는 고양이달이라는 어른을 위한 동화가 손에 쥐어져 있었다. 이삿짐을 모두 싣고 떠나기 직전, 잠시 멈춰 서서 창업센터를 돌아보았다.

창업센터에서 겪었던 일들이 머릿속에 주마등처럼 스쳤다. 이곳에서 고양이달을 꿈꾸었고, 수많은 교육을 이수했고, 많은 멘토들과 만났다. 2009년 봄, 대학을 졸업했을 때처럼 '회사'라는 삼 년짜리 전공을 하나 더 공부하고 졸업하는 기분이었다. 창업센터에서의 생활은 힘들었고, 어려웠고, 단 하루도 헤매지 않는 날이 없었다. 벽에 부딪칠 때마다 변리사, 회계사, 경영컨설턴트 등 전문가 코칭을 통해 많이 배웠고, 도움을 받았다. 창작밖에 할 줄 몰라 사소한 부분까지 일일이 질문할 때도 멘토님들은 인내를 가지고 가르쳐 주었고, 모른 척하지 않았다. 마음으로 의지할 수 있는 선배님과 창업 동기들도 그 안에서 만났다. 아띠 1기 일곱 명과 아띠 2기 일곱 명, 총 열네 명의 대학생 아띠들과도 바로 이 센터에서 함께 아이디어를 쏟아 내고, 실행 계획을 짜고, 결과를 분석하며 고군분투했다. 이곳에서 많은 사람들을 만났고, 많은 것들을 배웠고, 보호받으며 나갈 준비를 했다.

2013년 6월 1일, 아띠 2기 수료식을 끝으로 아띠봄은 창업센터를 나가 세상에 홀로서기를 했다. 새로운 업무 공간은 카페처럼 예쁜 작업실로 얻었다. 창업센터를 갓 나온지라 사업적으로 도움이 필요할 때 논의할 수 있는 선배들이 있으면 좋겠다는 생각에 공동 사무실로 들어갔다. 함께 사무실을 쓰게 된 사람들은 오랜 회사 생활로 경력을 쌓은 뒤 독립하여 개인 사업을 꾸려 가는 분들이었다. 사십 대 후반이었지만 열린 사고와 쾌활한 성격을 지녀서 함께 즐겁게 일할 수 있었다. 무상으로 임대할 수 있었던 창업센터와 달리 매달 45만원의 임대료와 관리비가 나가기에, 이제부터 회사를 유지하기 위한 돈을 벌어 재정을 꾸려 나가야 했다. 출간하고 나니 어느덧 삼 년차 벤처기업에 접어들었고, 더 이상은 창업 기업이니 봐 달라고 할 수 없는 상황이었다.

고양이달 출간과 청춘 콘서트를 끝으로 창작 업무는 중단되었다. 그동안 아띠봄은 고양이달을 잘 담아내는 그릇으로써 기능해 왔는데, 고양이달이 끝났으니 새로운 내용물을 담아야 했다. 고양이달을 함께 작업했던 다혜 씨는 창작에 더 깊이 몰두하기 위해 아띠봄을 떠나 한 애니메이션 스튜디오로 자리를 옮겼다. 삼 년간 고양이달을 함께 작업해 오면서 일적으로, 인간적으로 참 많은 교류를 했는데, 헤어진다니 아쉬웠다. 그녀의 예술적 재능과 집념, 책임감이 아니었다면 고양이달은 완성될 수 없었을 것이다. 고양이달의 반을 묵묵히 채워 준 노고와 열정에 힘입어 나도 내 역할을 해낼 수 있었다. 우리는 언젠가 다시 만나 고양이달 후속작을 만들기로 약속하고 각자의 길을 갔다.

아띠봄은 변화의 시기를 맞아, 새로운 일을 찾아야 했다. 설립부터 출간까지 몇 년 동안 창작만 해 오던 집단이 창작을 멈추고 다른 작업을 하려니 어디서부터 어떻게 해야 할지 막막했다. 나는 4절 도화지를 펼쳤다. 삼 년 동안 정성을 다해 쓰고 만든 고양이달을 드디어 손에 쥐었는데, 이제 이걸 누구에게, 어떤 방식으로 전할 것인가. 돈은 어떻게 벌 것이며, 그 돈으로는 무엇을 할 것이며, 그 무엇을 하려는 근본적인 이유는 무엇인가 깊이 생각해 볼 필요가 있었다. 무엇보다 내가 앞으로 보고 움직일 로드맵이 필요했다. 그러나 시작한 지 반나절 동안 4절 도화지 사 분의 일도 채우지 못하고 막막함에 한숨을 내쉬었다. 창작하느라 바빠 그 다음을 구체적으로 생각해 본 적이 없어 생각을 이어 나가기 어려웠다.

나는 잠시 펜을 내려놓고, 아띠봄의 다음을 설정하는 데 도움이 될 만한 기획/마케팅 책을 집어 들었다. 『마켓3.0』, 『선을 위한 힘』, 『티핑 포인트』 세 권의 책을 일주일 동안 쭈욱 읽었다. 덕분에 하얀 백지를 채워 나갈 수 있는 사고의 틀을 얻었다. 백지를 채웠던 한숨 대신, 책 속의 사례에서 영감을 받아 내 나름대로 아이디어를 쏟아 냈다. 며칠 뒤 4절 도화지는 거짓말처럼 가득 채워져 있었다. 도화지를 한 장 쓰고, 다시 정리해서 새로운 도화지에 옮기고, 막히면 다시 책으로 돌아가 고민한 뒤 도화지로 돌아오기를 총 네 번 반복했다. 그러자 다섯 번째 도화지는 머릿속 생각들만 가지고 빼곡히 채울 수 있었다. 도화지의 내용을 문서로 정리하고 세부 기획안을 만들고 다듬는 데 또 골머리를 썩겠지만, 적어도 일주일 전만큼 막연하지는 않아서 한시름 놓았다.

내가 대략적으로 정한 방향은 '교육'이었다. 고양이달을 만들어 낸 기획/창작 노하우는 아띠봄의 가장 큰 자산이었고, 아띠봄은 그런 인적 자산을 바탕으로 움직이는 회사였다. 그 자산을 활용하여 새로운 타겟에게 교육을 제공하는 게 아띠봄의 다음 할 일이었다. 그렇다면 누구에게 그 교육을 제공할 것인가. 원 플러스 원 기부 컨셉의 청춘 콘서트를 진행하는 동안 청소년 재단과 월드비전과 인연을 맺으면서, 나는 그들이 하는 일에 관심을 갖게 되었다. 그들은 사회의 소외 계층에게 도움이 될 만한 일을 많이 하고 있었고, 나는 그들과 소통하면서 아띠봄의 추후 프로젝트는 아띠봄뿐만 아니라 내게 기회를 제공해 준 사회에 이로웠으면 좋겠다는 생각을 하게 되었다. 아띠봄의 행복이 사회의 행복과 맞닿아 있다면 사명감을 가지고 좀 더 열심히 할 수 있을 것 같았다. 그래서 사회에서 우리의 교육을 가장 필요로 하는 곳을 찾아내는 것, 아띠봄이 가진 능력을 극대화하여 그 대상에게 우리의 '교육'을 제대로 제공하는 것이 새로운 목표가 되었다.

구체적인 기획을 잡아 나가는 과정에서 한국청소년재단 팀장님 소개로 서대문구 청소년수련관과 홍은 청소년 문화의 집을 돌며 국장님과 각 부서 팀장님들을 차례대로 만났다. 그분들은 다양한 청소년 교육 사례를 들려주며 현실적인 가능성과 한계를 짚어 주었다. 내가 가고자 하는 길을 십 년, 이십 년 이상 먼저 걸어갔기에 그분들의 한마디 한마디가 큰 도움이 되었고, 그 덕분에 시행착오를 줄일 수 있었다. 무엇보다 젊은 벤처기업의 목표와 추구하는 가치에 공감하며 응원의 박수를 보내 주어서 무척이나 든든했다. 당시 이십 대인 나보다 더 에너지가 넘쳐 내게 이런저런 제안을 해 주었는데, 좋은 자극이 되었다. 많은 변수가 있겠지만, 한 걸음씩 천천히 나아가면 이상적이기만 했던 꿈이 현실로 이루어질지 모르겠다는 생각이 들었다. 나는 그해 여름 그분들과 함께 청소년들을 위한 교육과 전시를 꾸준히 진행하며 아띠봄의 교육 사업 틀을 다듬었다.

교육 프로젝트의 첫 단추는 청소년재단 산하기관인 홍은 청소년 문화의 집에서 중학생 아이들에게 문화콘텐츠 기획자로서의 일을 소개해 주고, 동화를 활용한 글쓰기 수업을 진행한 것이었다. 강의를 앞두고 자연스럽게 강의안을 개발했고, 수업에서는 내가 쓴 고양이달을 매개로 아이들과 소통했다. 알록달록한 삽화가 담긴 고양이달 동화를 읽어 주며 다가가니, 나를 낯설어하던 아이들도 호기심을 가지고 나와 눈을 마주했다. 나는 고양이달을 '눈물과 땀으로 얼룩진 청춘의 일기장'으로 소개하며 고양이달을 세상에 내놓기까지의 긴 여정을 진솔하게 들려주었다. 그리고 아이들 앞에서 말했다.

"난 늘 최선을 다했는데, 한 번도 진심이 아닌 적이 없었는데, 돌아오는 결과가 한없이 원망스러웠어요. 내가 그토록 사랑했던 일도, 사람도 저를 그렇게 아프게 할 줄 몰랐어요."

"꾹 참고 있던 게 확 터져 나오고 말았어요. 힘들다고, 도와달라고, 위로가 필요하다고. 그때 알았죠. 우는 모습을 보여도, 내 못난 모습을 보여도 사람들이 나를 외면하지는 않는구나. 걱정하고 손 내밀어 주는구나."

"먼저 다가가 위로해 주고 싶어졌어요. 당신만 그런 게 아니라고, 나도 그러니까 괜찮다고, 괜찮아질 거라고. 결국 우리에게 필요한 건, 아파도 계속 꿈꾸고, 사랑하고, 나누는 일 아닐까요?"

스무 명의 아이들의 숨죽이고 나의 말을 경청했다. 이제 내가 물어볼 차례였다.

"꿈이 뭐예요? 가장 사랑하는 사람이 누구예요?"

"저는요……. 제 꿈은요……. 과학자……. 일러스트레이터……. 바리스타……."

아이들은 아직 남에게 꿈을 이야기하기 쑥스러운지 고개 숙여 작은 목소리로 말했다. 좋아한다는 말, 사랑한다는 말도 어색해했다. 그래서 더더욱 눈을 마주치고, 귀를 기울여야 한다고, 먼저 다가가 들려줘야 한다고, 어른이 된 내가 꿈꾸는 상상과 감성의 세계를, 꿈, 사랑, 열정에 관한 이야기를 들려줘야 한다고 생각했다. 그래야 아이들이 두려워하지 않고 마음껏 꿈꿀 수 있겠다는 생각이 들었다. 나는 인생의 선배로서 후배에게 그렇게라도 힘을 실어 주고 싶었다. 창작은 끝났지만 고양이달은 완성된 이야기 그 자체로 나와 아이들을 잇는 통로가 되어 주고 있었다. 나는 청소년들을 첫 번째 교육 대상으로 잡고 청소년 교육 프로그램과 교안을 개발하기 시작했다.

텅 빈 마음을 채운 시간들

바뀐 업무에 적응하는 동안 나의 이십 대는 더욱 빠르게 흘러가고 있었다. 새로운 일을 시작했지만 완전히 몰입하는 게 쉽지 않았다. 마음이 어지러운 탓이리라. 나는 얼마 전 이별하고 떠나보낸 것들이 아쉬워 어쩔 줄 몰랐다. 나의 청춘을 모두 바친 꿈, 고양이달과의 이별, 그 시절을 함께해 준 동료와의 이별, 내 곁을 지켜 주었던 그와의 완전한 이별, 이십 대의 꿈을 함께 노래했던 오랜 친구와의 이별, 오랫동안 머물렀던 삶의 터전과의 이별까지 애정이 컸던 만큼 마음 한구석에서는 보내기 싫어 놓아주지 않고 있었다. 나는 그런 마음들을 어떻게 수습해야 할지 몰라 끙끙대며 그 시간을 견뎠다.

본격적으로 무더위가 시작되었고, 나는 멍한 상태로 시간을 보냈다. 이사하고 한 달이 다되어 가건만 여전히 익숙하지 않은 집과 회사 그리고 업무들. 그러려니 참고 버텨 보았지만 하루하루 축축 처졌다. 장마가 잠시 멎고 해가 쨍쨍하더니, 느닷없이 비가 쏟아지는 날들의 연속이었고, 나는 날씨보다 더 종잡을 수 없는 내 마음을 그대로 두고 보았다. 그러다 갑자기 감정이 울컥 치밀어 올라, 일하다 말고 뛰쳐나가고 싶은 적이 한두 번이 아니었다. 실제로 참지 못하고 몇 번을 뛰쳐나가기도 했다. 어느 때는 사무실 앞 카페에서 팥빙수를 먹으며 마음의 열을 가라앉혔고, 어느 때는 밥으로 들뜬 마음을 꾹꾹 눌렀고, 또 어느 때는 반나절 이상 사무실 주변을 배회했다. 어느 날에는 슬아와 사무실을 박차고 나와 양평으로 떠났다.

해가 지기 직전 도착한 양평 두물머리. 그곳에 추억이 있는 슬아는 여기저기 혼자 돌아다녔고, 나는 커다란 나무 아래 앉아 하염없이 강을 바라보았다. 이유 없이 들끓던 마음이 차분해졌다. 날씨 탓인가? 계속 붕 떠 있는 기분, 아니, 폭탄을 움켜쥐고 있는 기분이었다. 그 폭탄이 언제 터질까 조마조마했다. 이런 게 바로 스물아홉의 사춘기인 걸까. 인생 선배들은 어떻게 이 사춘기를 넘겼을까. 생각에 잠겨 있는 동안 언제 왔는지 10미터 앞에 두 소녀가 앉아 있었다. 소녀들은 한마디도 하지 않고 한참 강만 바라보았다. 해가 지고 주변에 어둠이 내려앉자 강물 위에 비친 산 그림자가 점점 더 짙어졌다. 그림자가 완전히 어둠에 묻히자 소녀들은 자리를 떴고, 하얀 국화 다발만이 덩그러니 빈자리를 지켰다.

누구를 떠나보낸 걸까. 나는 누구를 떠나보내고 이렇게 가슴이 뻥 뚫린 듯 허전한 걸까. 생각이 저절로 헤어진 그에게 가닿았다. 그는 얼마 전 새로운 연인이 생겼다는 사실을 알려왔다. 나 역시 새롭게 연애를 시작했기에 그의 새로운 인연을, 더 정확히 우리의 새 출발을 함께 축하할 수 있었다. 그도 나도 이제 그만 행복해질 때가 됐다는 생각이 들었다. 그럼에도 풀리지 않는 작은 의문. 왜 더 다가오지 않았을까. 그의 생일날, 내게 전화를 걸어서 보고 싶다고 진심 어린 고백을 했던 그가, 왜 그렇게 쉽게 포기하고 새로운 인연을 찾아갔을까. 그도 나처럼 고민했던 걸까. 끝난 인연을 되돌리기에는 이미 너무 많이 와 버렸고, 순리대로 과거를 놓아주고 새로운 인연을 기다리는 게 더 자연스럽다고 생각했던 걸까. 그에게 굳이 묻지 않았던 것은 늘 그랬듯 그도 나와 같은 마음일 거라는 생각에서였다.

청춘 콘서트에 와 주길 기다렸지만, 그가 오지 않았을 때 나는 완전히 마음을 정리했다. 그가 선택했듯 나도 선택했다. 이십 대의 끝에 다다른 상황에서 모든 것들이 먼 과거로 흘러가고 있는데, 이미 세월의 물살에 떠밀려 간 그를 다시 붙잡아 눈앞에 데려다 놓는 일은 매우 부자연스럽게 느껴졌다. 고양이달 작업으로 가장 힘든 시기에 '그'라는 버팀목이 간절했음에도 혼자 꿋꿋이 살아 냈는데, 힘든 게 다 지나간 지금 굳이 그를 다시 내 인생에 끌어들일 이유가 없었다. 우리가 시간을 함께 쌓아 갈 상대는 서로가 아니었다. 우리는 담담히 지난날의 우리를 이야기하며 서로의 행복을 빌어 주었다. 정말이지 진심이었다.

그렇게 헤어진 그와 한 번 더 이별을 해서 그런 걸까. 아니면 몇 년 동안 몰입했던 고양이달 작업이 끝나서 허전한 걸까. 나는 앞의 소녀들이 떠난 뒤 한참 더 앉아 있다가 슬아와 두물머리를 배회했다. 그리고 사무실로 돌아와 또 새벽까지 걸었다. 걷고 걸으며 우리의 스물아홉을 이야기하고 또 이야기했다. 아무리 걸어도, 아무리 이야기해도 풀리지 않는, 도저히 알 수 없는 감정들과 마주한 채로…….

그런 상태의 나날이 계속되었다. 업무가 끝나고 퇴근 시간이 되면 사무실 사람들이 모두 퇴근했다. 따뜻하고 아담한 공간에 나 혼자 남았다. 나는 차 한잔을 마시며 창밖으로 해 지는 하늘을 바라보았다. 그리고 책상에 앉아 조용히 글을 써 내려갔다. 알 수 없는 마음을 그대로 글로 옮기며 내 이야기를 들었다. 어디 하소연할 데 없이 안에 꽁꽁 묶어 놓은 마음들이 그제야 물밀듯 터져 나왔고, 나는 하나도 놓치지 않고 그 마음을 모두 들었다. 지난겨울과 봄 그토록 탈출하고 싶었던 골방에서 나왔는데, 정신을 차리고 나니 나는 또다시 사무실 한구석에서 홀로 글을 쓰고 있었다. 이번에는 반드시 해야 하는 일도 아니었고, 무거운 책임감도 아니었다. 나와의 싸움은 더더욱 아니었다. 그저 계속된 이별로 가슴 아파하는 나 자신을 위로하기 위해서 스스로 택한 고독이었다. 그렇게 한바탕 쏟아 내고 정신을 차리면 시곗바늘은 어김없이 새벽 4시를 가리켰다. 사무실을 나오면 경비 아저씨가 복도의 불을 다 꺼놓아 앞이 캄캄했다. 나는 간신히 벽을 더듬어 가며 엘리베이터에 몸을 실었다.

집으로 돌아가는 길, 8차선 도로가 뻥뻥 뚫렸다. 달리는 차는 고작 몇 대뿐, 나는 차들이 나를 앞질러 갈 때까지 속도를 낮추고 천천히, 아주 천천히 달렸다. 몸이 피곤해도 집에 빨리 가고 싶지 않았다. 불 꺼진 집, 빈방에 들어가는 게 싫었다. 낯설고 외로웠다. 그래서 차 안에서 신나는 노래를 크게 틀어 놓고 따라 부르기도 하고, 잔잔한 노래를 흥얼거리기도 하면서 주차장에서 버텼다. 어느 순간에는 주차장도 답답해서 아파트 단지 입구에 차를 세우고, 창문 밖으로 밤하늘을 보면서 시간을 보냈다. 그러면 기분이 한결 나았다. 그러나 다음 날, 날이 밝으면 지난 밤 간신히 가라앉힌 마음이 다시 걷잡을 수 없이 방방 뛰어다니기 시작했다. 어김없는 전쟁의 시간, 나는 그걸 억누르느라 하루 종일 곤혹스러웠다.

가장 어려웠던 것은 집중을 유지하는 것이었다. 바뀐 업무도, 새로 만나는 연인과의 관계도 몰입하는 게 쉽지 않아, 금방 멍한 상태가 되니 죽을 맛이었다. 내가 좋아하는 드라마도, 예능 프로그램도 오 분 이상 보기 힘들었다. 지난 몇 년간 고양이달에 너무 깊이, 오래 빠져 있던 게 물린 걸까. 깊이가 얕은 게, 애매모호한 게, 너무 가까이 다가오지 않는 게 그나마 버틸 만했다. 진지하게, 깊숙이, 분명한 모습으로 다가오는 것들을 보면 나도 모르게 뒷걸음질부터 쳤다. 나는 끊임없이 새로운 관심사를 찾았고, 금방 질린 뒤 또다시 새로운 것을 찾았다. 그러면서도 마음 깊숙한 곳에서는 쉽게 바뀌지 않는, 얕지 않은, 선명한 무언가를 애타게 갈구했다. 그 무언가가 대체 무엇인지 몰라 답답해하면서, 그 어느 때보다 더 간절히, 절박하게 원했다. 모순도 이런 모순이 없었다.

더 이상은 못 참겠다. 이별이고, 슬픔이고 아무 생각 안 나게 죽기 직전까지 놀아 보자. 이십 대도 얼마 남지 않았는데 슬퍼만 하다가 끝낼 수는 없었다. 스물아홉의 여름, 안 해 본 일들을 시도해서 재밌게 놀아 보자 마음먹었다. 문제는 '어떻게, 제대로, 잘 노느냐'는 것이었다. 놀 거리를 찾다가 한 가지에 꽂혔다. 바로 캠핑이었다. 더 망설일 것도 없이 나는 슬아와 오랜 동네 친구인 정아를 끌어들였다. 우리는 바로 필요한 장비들을 구입했고, 캠핑장을 예약했다. 그리고 떠나는 당일, 이마트에 가서 장을 보았다. 차에 음식을 가득 채우고 나니, 여행 간다는 게 실감이 났다. 설레는 마음으로 내가 좋아하는 페퍼톤스의 「세계정복」을 들으며 엑셀을 밟았다. 하지만 「세계정복」의 가사처럼 '그것은 이 저주받은 모든 것의 시작'이었다.

출발할 때까지만 해도 가벼웠던 마음은 정확히 세 시간 뒤 자동차와 함께 처참히 작살나고 말았다. 우리가 가는 캠핑장은 가평의 용추계곡으로 산속 깊이 있었는데, 구불구불한 도로에 가로등도, 안내 화살표도 없어 밤 운전이 쉽지 않았다. 그러다 급커브를 도는 순간 반대편에서 차가 갑자기 튀어나왔다. 재빨리 핸들을 꺾었으나 반대편 차 역시 같은 방향으로 핸들을 꺾었다. 쿵하는 소리와 함께 차가 충돌했다. 순간 머리가 멍해졌다. 일단 친구들이 멀쩡한지 확인하고, 차에서 내려 상대 차량에 다친 사람이 없는지부터 살폈다. 다행히 인명 피해는 없었다. 나는 그제야 가슴을 쓸어내렸다. 상대 차는 SUV라 파손이 심하지 않은 반면, 경차인 내 차는 앞면이 완전히 부서졌다. 차에서 흘러나온 각종 액들이 아스팔트를 적셨다. 무슨 정신으로 보험사와 통화를 했는지 모르겠다.

상황이 어쨌든 나의 과실로 일어난 사고였고, 나의 실수로 열 명이 크게 다칠 수도 있었다. 심하면 죽을 수도 있었다는 생각에 다리가 풀리고 입술이 파르르 떨렸다. 나는 상대 차량 탑승자들 한 분 한 분께 죄송하다고 고개 숙여 사죄했다. 그러자 사람들이 오히려 얼마나 놀랐냐며 사고 다발 지역이라 그럴 수도 있다고, 보험사가 와서 다 처리해 줄 테니 진정하라고 했다. 그러나 시간이 갈수록 점점 초조해졌다. 도대체 내가 무슨 짓을 한 건지 다시 생각해도 아찔했다. 점점 오가는 차들이 줄었다. 사고 장소에는 가로등도, 이정표도, 아무것도 없다 보니 완전히 암흑에 잠겼다. 숨이 막혔다.

잠시 후 보험사에서 직원이 나와 모든 상황을 말끔히 해결해 주었다. 차량은 바로 견인되었고, 공업사에서는 곧장 다른 차를 빌려 주었다. 사고가 난 지 두 시간 만에 다시 사고 지점을 지나가려니, 나도 모르게 어깨와 손에 힘이 들어가면서 식은땀이 났다. 차에 기름이 얼마 남지 않아 마음도 급했다.

"일단 주유소부터, 빨리."

나는 옆에 앉은 슬아를 보챘다. 차에 내비게이션이 없어 슬아가 핸드폰으로 일일이 주유소를 검색했다. 그러나 시간이 자정에 가깝다 보니 주유소들은 다 문을 닫았고 전화도 받지 않았다. 어쩔 수 없이 다시 보험사에 SOS를 쳐야 했다. 그러나 빌린 차라 어떤 보험사에 가입되었는지 알아야 했고, 공업사의 사장님과 통화를 해야 했다. 우여곡절 끝에 보험사에 기름 서비스를 요청하고, 우리 셋은 너나 할 것 없이 좌석 등받이에 몸을 기대며 안도의 한숨을 내쉬었다. 그러다 서로의 눈이 마주치는 순간 웃음이 터졌다. 하루 사이 폭삭 늙은 모습이 기가 막히고 웃겼다. 우리는 오징어를 꺼내 오물거리며 기름 서비스를 기다렸고, 사십 분쯤 지나자 보험사 직원이 기름을 가지고 왔다.

"기본으로 제공하는 양이 3리터입니다. 괜찮으시겠어요?"

아뇨, 당연히 안 괜찮지요. 그걸로 어떻게 캠핑장까지 가나요. 사전에 차의 상황과 가야 할 거리를 설명했음에도 3리터만 가지고 온 게 이해되지 않았다. 보험사 직원은 다른 주유소에 가서 기름을 받아 와야 했으나 횡설수설하며 안 가고 버텼다. 한참 입씨름한 끝에 직원이 기름을 받으러 떠났다. 그리고 우리는 또 긴 시간을 기다려야 했다. 새벽 1시가 넘어가고 있었고, 캠핑장에서는 왜 여태 오지 않느냐며 전화가 왔다. 사고의 충격으로 배가 고픈 것도 잊고 있었는데, 배에서 꼬르륵 소리가 났다. 우리는 근처 편의점에 들어가 컵라면을 하나씩 먹었다. 그 와중에 라면은 왜 그렇게 맛있는지……. 서로 허겁지겁 라면을 먹는 모습을 보고 우리는 또 한 번 크게 웃었다. 그 사이 직원이 도착했고, 이번에는 차에 기름을 두둑하게 채우고 출발했다.

삼십 분 정도 꼬불꼬불한 산길을 달린 끝에 마침내 캠핑장에 도착했다. 캠핑장은 불이 꺼진 채 잠들어 있었고, 우리는 재빨리 텐트를 펼쳤다. 그 안에 이불과 먹거리만 넣고 대충 씻었더니 새벽 3시였다. 텐트 천장에 랜턴을 걸어 놓고 그 아래 셋이 둘러앉았다. 그렇게 안락할 수 없었다. 교통사고에, 도로에서 세 시간 대기에, 그야말로 지옥 같은 시간을 보내고 오니, 살아 있는 것만도 감사했다. 반평생을 함께한 가족 같은 친구들이, 그날따라 어찌나 애틋하던지……. 그러나 그런 마음을 나눌 새도 없이 다들 기절하듯 잠들고 말았다.

　날이 밝자 텐트로 햇빛이 강하게 들었다. 다들 더워서 눈을 떴다. 사고 후유증으로 몸살이라도 날까 봐 걱정했는데 셋 다 멀쩡했다. 텐트에서 나왔더니 다른 사람들은 텐트 위에 타프를 설치해서 햇빛에도 끄떡없이 캠핑을 즐기고 있었다. ‘다음엔 저걸 구입해서 와야겠군.’하고 생각하며 아침부터 숯불을 피우고 그릴에 고기를 구웠다. 푹푹 찌는 태양 아래서 지글지글 고기를 굽고 있노라니, 내가 먼저 타들어 갈 것 같았다. 한 명은 채소를 씻어 오고, 다른 한 명은 필요한 용품을 사 와서 텐트 밖에 돗자리를 깔고 아침 식사를 했다. 고기와 소시지가 참 맛있긴 한데, 너무 덥고 힘들어서 음식이 코로 들어가는지, 입으로 들어가는지 몰랐다.

　어제 사고 후유증이 남긴 했지만 그래도 이왕 온 거 잘 놀다 가기로 의견을 모았다. 우리는 바로 옷을 갈아입고 계곡물로 풍덩 뛰어들었다. 앗, 차가워! 차가운 물에 처음에는 다들 호들갑을 떨더니 금세 적응하고 물장구를 쳤다. 물살이 급해서 상류에서부터 미끄럼틀 타듯 쭉 내려왔더니 금방 재미가 붙었다. 다들 하류로 내려오기 바쁘게 물살을 가르고 상류로 올라갔다. 슬아는 슬리퍼까지 벗어서 노를 젓듯이 상류로 올라갔다. 어제 사고를 겪은 사람들이라고 상상할 수 없을 만큼 우리는 신나게 물놀이를 즐겼다. 한참 놀고 나왔더니 또 사고가 터졌다. 우리가 깔아 놓은 돗자리 위에 둔 가방이 안 보였다. 가족 단위의 캠핑객이 대부분인지라 가져가는 사람이 있을 거라고는 생각도 하지 않았는데, 이게 웬일람. 옆에 있던 아주머니에게 단서를 얻어 한참 만에 가방을 찾았다. 뒤에 자리 잡았던 가족이 자리를 옮기면서 아저씨가 딸 가방인 줄 알고 가져간 것이었다. 슬아가 가방을 찾아오는데 정아가 그 모습을 보며 눈물을 글썽였다.

　“진짜 왜 이렇게 일이 터지는 거야······.”

　나와 슬아는 정아를 다독이며 웃었다. 그동안 아띠봄을 끌고 오면서 함께 별별 일을 다 겪은지라 이런 상황도 익숙한 편이었다. 그러려니 한바탕 웃고 넘긴 뒤 그늘 아래 가서 시원한 화채를 먹었다. 그리고 그 자리에 드러누워 솔솔 불어오는 바람을 느꼈다. 우리는 어느새 잠이 들었고, 꿀 같은 낮잠을 잔 뒤 일어나 떠날 채

비를 했다. 이제 가야 할 시간이었다.

모든 차량이 일시에 빠져나가다 보니, 계곡을 완전히 벗어나는 데만 세 시간 가까이 걸렸다. 드디어 가평 시내로 진입해서 엑셀을 밟는데 이상하게 속도가 40킬로미터 이상 올라가지 않았다. 브레이크도 제대로 작동하지 않았다. 말도 안 돼! 차가 또 말썽이라니! 이럴 수는 없었다. 다시 몇 번을 시도했지만 차는 말을 듣지 않았고, 결국 도로변에 차를 세워야 했다. 우리는 서로를 멍한 얼굴로 바라보았다. 나는 마음을 추스르고, 곤란한 상황마다 우리를 구원해 주는 상대에게 전화를 걸었다. 늘 곁에 함께하는, 부르면 언제든, 어디서든 달려와 주는 고맙고 소중한 존재, 자동차 보험사. 보험사가 사람이라면, 나는 그에게 충성을 맹세하리라. 그가 나에게 할증을 요구하면, 나는 스스럼없이 그에게 돈을 지불하리라. 그야말로 나의 목숨과 소중한 재산을 지켜 주고 보장해 주는 듬직하고 똑똑한 동반자였다. 이번에도 그는 우리의 기대를 저버리지 않고 관할 정비소로 친절히 안내해 주었다.

일요일이라 정비소에 정비사가 없는 탓에, 담당자가 부랴부랴 전화를 돌렸다. 잠시 후 정비사가 와서 차를 살폈지만 문제가 해결되지 않아 다시 공업사로 이동했고, 아예 다른 차로 바꾸어 주었다. 전날 받은 차에 간신히 익숙해졌건만 또 새로운 차라니! 나는 이 차에는 또 무슨 문제가 있을까 하는 불안감과 잠시 잊고 있던 교통사고의 충격, 새로운 차량의 낯설음에 스트레스를 받으며 도로를 달렸다. 시속 100킬로미터 이상으로 쌩쌩 달리는 차들 사이로, 우리의 차도 무사히 달려 주길 간절히 바라며 집으로 향했다. 그리고 캠핑장을 떠난 지 아홉 시간 만인 새벽 3시, 나는 집에 있는 침대에 무사히 몸을 뉘였다.

길고 긴 주말, 끊이지 않는 사건, 사고로 그 시간이 일주일처럼 길고 아득하게 느껴졌다. 첫 캠핑이 이리 험난할 줄 알았으면 과연 출발했을까. 나는 슬아에게 물었다. 우리가 첫 캠핑에서 겪은 사고와 엄청난 비용 손실, 정신적, 육체적 충격을 생각했을 때, 그래도 캠핑을 다녀온 게 잘한 일 같냐고, 이 모든 저주의 시작을 알았더라도 시작했을 거냐고. 슬아는 한 치의 망설임도 없이 시작했을 거라고 했다. 그리고 내게 물었다. 넌 시작했을 거냐고. 나 역시 시작했을 것이다. 죽기 직전까지 놀아 보자고 처음 시도한 캠핑으로 정말 죽을 뻔했지만, 사고 후 다다른 새벽 3시의 캠핑장은 고요했고, 텐트 아래 랜턴의 불빛은 아늑했으며, 그땐 무사히 살아 있는 것만으로도 눈물겨운 감사를 느꼈다. 우여곡절 끝에 몸을 담근 계곡물은 사고로 달뜬 마음을 차갑게 식혀 주었고, 사고의 충격이 컸던 만큼 친구들과의 물장난은 더없이 소중하고 행복했다.

우리들의 첫 캠핑. 힘들었지만 그래도 숨통이 트이는 것 같았다. 혼란스러웠던 감정들이 빠져나갈 구멍을 찾았으니 일단 살았구나. 삶이 뜨거운 에너지로 가득 채워지는 기분. 시작하기 전에는 절대 끝을 알 수 없지만, 끝을 최악으로 가정한다 해도 나는 시작하리라. 끝없는 이별로 텅 빈 마음에 사건, 사고의 기억과 감정들이 새롭게 들어서면서 나는 다시금 뜨거워지고 있었다.

캠핑으로 채운 기운은 부지런히 일에 쏟았다. 바뀐 업무와 환경은 그런대로 익숙해졌고, '교육' 프로젝트의 밑그림도 슬슬 윤곽이 잡히고 있었다. 그해 여름, 홍은 청소년 문화의 집에서 청소년 대상으로 수업을 진행한 결과, 나는 청소년을 위한 보다 체계화된 교육 프로그램의 필요성을 느꼈다. 하지만 한 학기 동안 운영할 정규 교육 프로그램을 짜는 일은 만만치 않았다. 그러다 보니 고양이달 도서 해외 수출이나 앱 제작에 관한 제안을 거절하거나 보류할 수밖에 없었다. 한정된 시간과 비용과 인력 안에서는 선택과 집중이 필요했다. 선택의 기준은 '무엇이 가장 중요한지', '가장 의미가 있는지', '보다 많은 이들에게 혜택을 주는지'였다. 고양이달을 다양한 매체로 개발하여 수익 모델을 만드는 일 역시 중요했지만, 지금 당장 나에게 교육보다 우선할 만한 가치로 다가오지 못했다. 아이들과 직접 눈을 마주 보고 아이들의 이름을 불러 가며 그들의 생각을 듣고 나의 이야기를 해 주는 과정이, 아무래도 내게 큰 인상을 남기고 지속적으로 마음을 끄는 것 같았다.

나는 '상상과 감성'을 자극하는 제대로 된 문화예술 교육을 꼭 해 보고 싶었다. 학교에서 예술 교육을 통해 꿈을 찾고 이루는 방법과 타인을 올바르게 사랑하는 방법, 오해와 갈등을 해결하고 진실한 인간관계를 쌓아 가는 방법을 가르쳐 준다면, 아이들이 어른이 되어 가는 과정에서 많은 도움이 되지 않을까? 직장인들에게 사회생활을 하는 데 가장 어려운 부분이 무엇이냐고 물으면 '인간관계'라고들 하는데, 왜 '인간관계'를 잘 쌓아 가기 위해 자신의 생각과 감정을 표현하고 상대방의 마음을 듣고 헤아리는 교육은 없는 걸까. 행복해지기 위해 반드시 필요한 교육인데 왜 이런 교육은 이루어지지 않는 걸까. 나는 예술 교육이야말로 아이들에게 제대로 된 인생 수업이 될 것이라고 생각했다.

이러한 교육이 진행되려면 어떤 준비가 필요할까. 답을 찾아가는 과정에서 많은 딜레마가 찾아왔다. 문화예술 교육이 유효하려면 정원을 최소한으로 줄여 개개인의 감성을 어루만져 줘야 했지만, 공교육은 낮은 비용으로 많은 아이들이 혜택을 받는 구조였다. 교육 단가를 낮추기 위해 어쩔 수 없이 인원수를 늘린다 해도 문제는 여전했다. 아이들이 느끼고 생각한 바를 글뿐만 아니라 미술이나 음악, 공예와 같은 분야로 표현할 수 있게 하려니 그 분야의 선생님들이 필요했고, 이는 고스란히 비용 문제로 이어졌다. 가장 큰 문제는 아이들 교육의 문제가 아닌 선생님들 교육 문제였다. 어떤 예술 장르든 간에 아이들의 이야기를 끌어내어 하나의 작품으로 만들도록 지도하려면 선생님들이 기본적인 스토리텔링 능력을 갖추어야 하는데, 선생님들에게 어떤 교안을 가지고 어떻게 교육을 시킬지도 고민스러웠다. 여러모로 아띠봄이 하려는 문화예술 교육은 그 당시 아띠봄의 역량으로는 어림없었다. 그러나 이 모든 문제는 다음 해 여름, 한국예술교육진흥원에서 전국 초중고 예술강사의 스토리텔링 교육을 기획하고 진행하면서 답을 찾게 되었다.

정부에서 시행하는 '예술강사 지원 사업'은 학교 문화예술 교육 활성화를 위해 전국 초·중·고등학교에 전문 예술강사를 파견하고 지원하는 사업으로 문화체육관광부와 교육과학기술부 공동 협력 하에, 문화체육관광부와 시도교육청, 지자체의 예산으로 진행되고 있었다. 선발된 예술강사는 국악, 연극, 영화, 만화/애니메이션, 공예, 사진, 디자인 총 8개 분야 전공자로, 배정된 학교에 나가 본인 전공의 문화예술 교육을 진행했다. 아띠봄은 예술강사의 교육을 총괄하는 한국예술교육진흥원의 의뢰를 받아 예술강사들이 기존의 동화를 활용한 스토리텔링 수업부터 새로운 동화를 기획, 창작하는 방법까지 익혀 본인 분야의 수업에 활용할 수 있게 교육을 진행했다. 여기에서 아띠봄이 고민했던 예술 교육의 문제, 즉 비용과 선생님의 스토리텔링 능력 문제가 모두 해결되었다.

그러나 한 해 전만 해도 어떻게 문제를 해결해야 할지 막막했다. 그래서 당시에는 교육 기획안과 교안 개발에만 온 힘을 기울였다. 홍은 청소년 문화의 집에서 수업한 사례를 통해 교안을 보완한 다음, 사무실 근처에 있는 청소년수련관에서 시범 수업을 진행했다. 완벽한 교안은 아니었지만, 한 학기 진행하다 보면 점점 발전된 형태로 청소년들과 만날 수 있을 거라고 믿었다. 그렇게 당장에 할 수 있는 것들을 꾸준히 해 나갔더니 여러 청소년 교육 기관에서 연락이 왔다.

가장 인상적인 기관은 서초구에서 운영하는 한 청소년 센터였다. 왕따 가해자, 피해자, 심리적 장애 등 다양한 이유로 학교에 가지 못하는 소수 청소년들을 대상으로 몇 년 동안 예술 교육을 하고 있었다. 저마다 상처를 가진 아이들은 처음 센터에 올 때만 해도 타인과 소통을 꺼렸는데, 예술 교육을 통해 꾸준히 자신을 표현하고 타인과 교류하면서 자존감을 키워 가고 있었다. 그 변화를 처음부터 끝까지 목격한 것은 아니지만 아이들과 직접 만나 수업하고 담당자로부터 많은 이야기를 들으면서 이 교육의 유효성을 확신했다.

청소년들을 위한 교육 프로그램을 진행하다 보니 자연스럽게 성인을 위한 교육 프로그램도 만들게 되었다. 아띠봄에서 일했던 대학생 인턴들과 출간 후 청춘 콘서트에서 만난 대학생 역시 사랑과 꿈을 좇느라 고군분투하고 있었다. 사회생활에 치이는 친구들에게도 위로는 필요했다. 나처럼 원하는 일을 하기 위해 길을 만들어 가는 벤처기업가에게도 위로는 필요했다. 그해 여름, 나는 업무 제휴를 요청해 온 많은 이들과 만나면서 그들과 마음을 터놓고 이야기할 기회를 얻었고, 단순히 위로를 넘어 다른 이들의 성장에 관심을 갖게 되었다. 내가 창작을 통해 나 자신의 세계를 구축해 보니, 이것만큼 사람을 성장시키는 일은 없을 것 같았다. 자신을 주인공으로 하여 자신의 삶을 한 편의 동화책으로 만드는 과정이야말로 자기가 어떤 사람인지, 어떤 가치를 추구하며 살아왔으며, 삶에서 일어난 크고 작은 사건들이 어떤 의미가 있는지 제대로 사유하고 성찰할 수 있는 기회였다.

바쁘게 앞만 보고 달리는 일상에서 벗어나, 자신만의 고양이달을 만들 수 있도록 성인들에게 동화 쓰기 프로그램을 제공하면 그들 삶에 도움이 되리라. 이제는 나 아닌 타인이 자신의 세계를 온전히 구축할 수 있도록 돕고 싶었다. 속절없이 흘러가는 세월 앞에서 무기력하게 등 떠밀려 살기보단 자신만의 존재의 증거를 남기는 것이, 현재를 더 알알이 살아가는 방법이자 자기 자신을 더 깊이 사랑하는 방법임을 알려 주고 싶었다. 나는 창작자뿐만 아니라 글을 한 번도 써 보지 않은 일반인들도 쉽게 따라 올 수 있게 동화 쓰기 프로그램을 만든 뒤, 사설 교육 기관인 마이크임팩트와 한겨레아카데미 교육 담당자와 만나 프로그램 개설을 논의했다. 그들은 우리 교육의 필요성에 공감했고, 그해 겨울 수업을 진행하기로 결정했다.

그렇게 죽어라 일하고, 죽어라 놀면서 치열한 계절을 보내는 동안 어느덧 여름의 끝에 다다랐다. 퇴근 후 나는 바로 집으로 들어가지 않고 아파트 단지를 슬슬 돌았다. 바람이 제법 차가운 것이 가을이 성큼 다가온 듯했다. 벌써, 어느새 그랬다. 누구 하나 치열하게 살지 않는 이 없는데, 마냥 속 편히 넋 놓고 있는 이 없는데, 시간은 속절없이 흐르고 계절은 무심히도 바뀌고 있었다. 삶은 그렇게 단 한 순간도 온전히 머무르는 법 없이, 내 곁을 담담히 지나쳐만 갔다. 이 여름의 끝, 나는 어디까지 와 있나, 내가 속해 있는 아띠봄은 어디를 향해 가고 있나, 제대로 가고 있나 하나씩 되짚어 보았다. 밑그림을 그리는 데만 한 계절이 걸려서 제대로 된 성과를 손에 쥐지는 못했지만, 그래도 치열하게 달려가고 있으니 나를 한 번만 더 믿어 보자고 나 스스로를 다독였다. 더불어 제멋대로 날뛰는 마음도 가라앉을 때까지 조금만 더 기다려 보자고, 조금만 더 시간을 주자고 그렇게 타일렀다.

사랑한 만큼 아플 걸 알기에

가을이 오고 사람들이 외투를 걸치기 시작했다. 여름 내내 활짝 열어 놓았던 창문을 닫고 모두 안으로 들어갔다. 화려했던 축제가 끝난 뒤 텅 빈 무대처럼, 뜨거웠던 여름을 불태운 자리에 조용히 공허함이 밀려왔다. 여름 내내 가만히 있었던 순간이 단 한 순간도 없었다. 일할 때는 일하는 대로, 휴일에는 캠핑 말고도 놀 거리를 찾아 온 기운을 쏟았다. 단 하루도 느긋하게 쉬는 날 없이 여기저기 쏘다니느라 바빴는데, 가을이 되니 비로소 그 이유를 알 것 같았다. 멈춰 서면 빠져나가는 것들이 선명히 보이니까, 그럼 공허하고 아플 테니까 계속 관심을 사로잡을 거리들을 찾았나 보다.

계절이 갔고, 축제도 끝이 났으니 더 이상 피할 방법이 없었다. 시끌벅적했던 청춘의 여름을 지나 이 가을, 텅 빈 마음을 채웠던 달뜬 기운마저 결국엔 다 빠져나갔다. 이제 더 이상 시선을 돌릴 곳도 없어 내 마음과 마주할 수밖에 없었다. 이십 대 전체와의 이별이 도저히 감당이 되지 않아 제대로 들여다볼 자신이 없었는데, 들여다보다 말고 뛰쳐나가기 일쑤였는데, 마침내 하나의 계절을 돌아 나는 지난 여름을, 고양이달을, 내 지난 이십 대를 추억할 수 있었다. 많이 사랑했다고, 그래서 놓고 싶지 않았다고 나 자신에게 솔직히 고백했다. 다른 곳에서 시간을 때워서라도 앓는 마음을 모른 척하고 싶었다고, 그렇게라도 이별을 유보하고 싶었다고. 그러나 세월을 거스를 수는 없는 법. 이미 떠나갔지만 아직 마음에서 보내지 않은 지난 시간들이 이제 그만 놓아달라고 말을 걸어왔다. 나는 그제야 무슨 짓을 해도 세월이 가고, 어른이 되는 것을 막을 수는 없다는 것, 내가 준비가 되었든 되지 않았든 간에 시기가 되면 거쳐야 하는 인생의 단계들이 있다는 것을 인정했다. 그리고 늦은 가을밤, 이십 대를 함께했던 모든 마음들을 데리고 홀로 장례식을 치렀다. 사랑했던 시절이여, 안녕.

청춘 장례식이 끝난 뒤 나는 혼자가 되었다. 늘 혼자였지만 그때야말로 온전히, 철저히 혼자였다. 몹시 외로웠다. 외로워서 걸었다. 외로워서 먹었다. 외로워서 읽었다. 외로워서 잤다. 외로워서 아무도 못 만났다. 외로움에 압도당하는 순간이었다. "지금껏 날 제쳐 놓고 잘도 지냈겠다."라고 복수라도 하듯이 고독이 철저히 나를 압도했다. 삶을 통째로 집어삼키는 느낌. 내 모든 의지와 열정과 감정을 모조리 짓누르는 느낌. 나라는 존재의 한계를 절감하는 순간이었다. 세상은 아무 일 없다는 듯 순조롭게 돌아가는데, 내 안의 세상은 태풍에 집이 송두리째 날아가고, 나무가 통째로 뽑히고, 온 사방이 황폐해지고 있었다. 나는 그 모습을 속수무책으로 바라보았다. 벗어나려고 기를 써 봤자 더 외로워지고 무력해질 게 뻔했다. 그저 태풍의 중심으로 들어가 이 시간이 지나가기를 조용히 기다리는 수밖에 없었다.

태풍이 지나가기까지 또 하나의 계절이 걸렸다. 오랫동안 웅크린 몸을 펴고 일어섰을 때 나는 완전히 텅 비어 있었다. 그리고 조용히 서른을 맞이했다. 그토록 두려웠던 삼십 대, 서른. 사정없이 휘몰아쳤던 이십 대의 끝에 비해 삼십 대의 시작은 평온했다. 내 생활은 그 어느 때보다 단순하고 조용했다. 일도 사람도 먹는 것도 '적당히'를 준수했다. 지금껏 좋아하는 것 과잉 상태로 살아왔기에, 그런 평온이 낯선 한편 반가웠다. 평온한 삶에 익숙해지자 어떻게 그렇지 않은 상태로 살아왔을까 싶었다. 마음을 울리는 음악이 없었다. 책은 가까이 하려고 해도 잘 읽히지 않았다. 특별히 만나고 싶은 사람도, 그리운 사람도 없었다. 떠나보낸 시간들은 더 이상 아쉽지도 가슴 아프지도 않았다. 무언가를 보고 싶지도, 듣고 싶지도, 이야기하고 싶지도 않았다. 그냥 그대로 좋았다. 겨울이 좋았다. 잠이 늘었다.

'적당한' 상태가 편안하다고 느끼면서도 한편으론 불편했다. 무엇을 아주 많이 좋아하지 않고 지내는 것에 익숙하지 않았다. 내가 좋아하는 작가의 문장 하나를 읽고, 좋아하는 가수의 노래 한 곡을 듣고, 좋아하는 화가의 그림 한 폭을 보는 것만으로도 충분히 채워졌던 감성들이 느슨해지는 게 조금은 허전했다. 계절 탓이리라. 인생의 분기가 바뀌었기에 그러리라. 새로 받아들이기 위해 다 비워 냈지라 어쩔 수 없으리라. 그런데 무엇이 두려워 시작하기를 머뭇거리고 있는가.

나는 많이 좋아하게 될 것을 알았다, 사람이든, 예술이든, 삼십 대의 삶이든. 그런데 이상하게 설레기보다는 두렵기만 했다. 이십 대를 보내기 싫어 세월의 끝자락을 물고 늘어졌듯이, 이번에는 시작하기 싫어 출발선에서 버티고 서 있었다. 이십 대에 애정한 만큼 그것들이 떠나가는 게 공허해, 아예 아무 관계도 맺지 말고 정을 주지 말자 그랬던 걸까. 마음을 주면 한계를 모르고 한없이 주는 게 갑자기 지긋지긋해진 걸까. 죽어라 하나만 파고 들어가는 천성을 어떻게든 피하고 싶었던 건 아닐까.

천성 따라 또 하나 파기 시작하면 깊이 들어갈 터, 어느새 주변은 깜깜해지고, 그 속에서 나 혼자 외롭게 고군분투해야 하는데, 나는 한 번 뚫고 들어간 길은 돌아 나오는 법이 없는데, 그 안으로 들어가는 게 정말 나를 위한 길일까. 이 질문에 나는 쉽사리 대답할 수 없었다. 뚫고 들어간 그 끝에 내가 원하는 것이 없을까 봐, 혹은 뚫고 들어가는 데 너무 많은 시간이 걸릴까 봐 두려운 게 아니라, 나는 또 얼마나 외로울까 그게 두려웠다. 이십 대엔 멋모르고 부딪쳤지만, 지금은 어떨지 너무나 잘 알기에 시작하는 게 망설여졌다. 내가 간절히 원하는 게 어딘가에 있다면, 나는 그것을 구하기 위해 온갖 일을 할 거고, 그럼 행복한 만큼 외로울 테고, 그럴수록 더 애정하게 되겠지. 그리고 세월이 '이제 인연이 다 되었다.'라고 하면 내 의지와는 상관없이 이별해야 할 테고……. 그게 순리라면, 나는 왜 그 외로운 길을 자청하나 하는 마음이 내 안에 있었다. 피할 수만 있다면 피해 가고 싶었다.

이십 대를 살아 보니, 아무리 최선을 다해 살았어도 결국에 후회는 남더라. 아무리 사랑해도 결국은 아무것도 사랑하지 않는 상태로 돌아올 것이다. 돌아온 다음은 시작하기 전과 완전히 다르겠지만, 성장한 만큼 쌓였을 후회가 벌써부터 두려웠다. 당시에는 모르고 지나쳤을 그 선택의 의미를, 뒤늦게 깨달으며 가슴을 쳐야 하는 상황이 서러웠다. 이미 지난 세월의 발목을 붙잡고 늘어져 나는 또 얼마나 울어야 한단 말인가. 인생에 추억이 남는 만큼 후회가 쌓일 텐데, 그 후회를 만들어 가야 하는 게 싫었다. 무서웠다. 그냥 아무 생각 없이 사는 게 편하겠다는 생각도 들었다. 글을 쓰는 게 두려워졌다. 삶의 증거가 남는 게 꺼려졌다.

내 천성은 이럴진대 삼십 대는 어떻게 살아야 하나, 어떤 가치를 최상위에 두고 살아야 하나, 한 번에 풀기 힘든 인생의 질문들, 원론적인 질문들이 내게 쏟아졌다. 모른 척 시치미를 떼고 버티던 나는 급기야 평온을 집어던지고 나를 몰아붙이기 시작했다. 어떻게 할지 결정하라고, 서른의 인생은 이미 시작됐다고……. 누가 천성 아니랄까 봐 또 끝도 없이 파고들어 가 헤집어 놓는 바람에 기어이 병이 나고 말았다. 폭주하던 열차가 벽에 꽝 부딪쳐 박살이 난 뒤에야 멈춰 서서 열을 식히는 모습, 그게 꼭 침대에 쓰러진 나 같았다. 밥을 먹을 때도, 일을 할 때도, 잠을 자기 전에도, 심지어 잠을 자면서도 꿈속에서 계속 그 질문만 물고 늘어졌는데, 몸살 덕분에 생각이 멈췄다.

나는 삼 일 내내 고열에 시달렸다. 정신을 잃었다가 눈을 뜨면 온몸이 흥건히 젖어 있었다. 오한이 찾아 와 꾸역꾸역 몸을 일으켜 옷을 갈아입고 나면 엄마가 방문을 열었다. 억지로 반쯤 눈을 뜬 채 식탁에 앉으면 하얀 쌀죽이 놓여 있었다. 죽이 입으로 넘어가는지 코로 넘어가는지도 모른 채 꾸역꾸역 삼키고, 얼마 지나지 않아 알약과 물 한 바가지를 삼켰다. 그렇게 몸에 필요한 것들을 마구잡이로 삼키고 나면 또 지쳐서 정신을 잃고 쓰러졌다. 눈을 뜨면 다시 반나절이 지나 있었고, 온몸은 흥건히 젖어 있었다. 입고 있던 옷뿐만 아니라 깔고 있던 이불까지 땀에 젖은 걸 확인하고 억지로 몸을 일으켜 장롱을 열었다. 옷을 싹 갈아입고 나면 엄마가 딸의 생사를 확인하고자 방문을 열었다.

작년 이맘때도 고양이달을 완성하기 위해 창업센터에서 짐을 꾸려 집에 돌아왔다. 대학을 졸업한 후 꿈을 좇아 밖으로 나돌던 나는 사 년을 홀로 고군분투한 뒤 지친 몸을 이끌고 엄마 곁으로 왔다. 쇠약해진 딸의 손을 잡고 엄마는 한의원에 가서 함께 약을 짓고, 시간마다 약을 챙기고, 밥을 지어 먹이며 고양이달 마지막 작업을 뒷바라지해 주었다. 큰 포부를 갖고 밖으로 나갔던 딸은 결국 엄마의 품으로 돌아와 꿈을 완성한 셈이다. 딸은 완성한 결과물을 가지고 다음 꿈을 찾으러 나갔다가 일 년 만에 서른이 되어 다시 엄마의 품으로 돌아왔다. 작년처럼 또 쇠약해진 몸과 마음을 추스르고자 한 달간 집에 머물렀다. 부모님은 그런 내가 쉴 수 있게 나를 온전히 품어 주었다.

집에 머무르는 시간이 길어지면서 부모님과 대화하는 시간이 늘었다. 거실에서 같이 과일이나 아이스크림을 먹으며 함께 텔레비전을 보고, 종종 요리를 해서 부모님과 같이 먹기도 했다. 설 연휴에는 나들이도 다녀왔다. 한 손에 따뜻한 커피를 들고 셋이 나란히 방파제를 걸었다. 가족끼리 나누는 소소한 이야기, 투닥거림 그리고 시시한 농담들이 이어졌다. 눈 앞에 펼쳐진 바다, 그 위로 너른 하늘이 석양에 물들고 있었다. 방파제 끝까지 삼십 분 정도 걸었더니 주황색이었던 해가 완전히 검붉어진 채로 빛을 거두고 있었다. 부모님과 함께 멈춰 서서 노을을 바라보았다. 그 순간이 더없이 소중하게 느껴졌다. 어디에서도 받지 못한 가슴의 위로를 부모님의 둥지 속에서 받는 듯했다. 삶에서 받은 상처가 부모님의 곁에서 치유되는 듯했다.

그러면서 느끼건대 부모 자식 간의 사랑이란 게 처음부터 정해진 게 아니라, 친구와의 우정이 깊어가듯, 연인과의 사랑이 깊어가듯, 세월을 타고 계속 깊어지는 성질인 듯했다. 부모님은 서른이 된 딸을, 십 대, 이십 대였던 딸보다 더 지극정성으로 보살피고, 서른 된 딸은 십 대, 이십 대 때보다 부모님을 훨씬 더 많이 사랑한다. 생을 여러 번 사는 게 아니다 보니 나는 누군가의 딸이었던 적이 처음이고, 부모님은 누군가의 부모였던 적이 처음이라, 내가 어렸을 때 부모님은 나를 사랑하는 방법이 지금보다 서툴렀고, 나 역시 부모님을 사랑하는 방법이 훨씬 서툴렀다. 삼십 년에 걸쳐 부모는 딸을 사랑하는 방법을 터득해 왔고, 딸 역시 부모를 사

랑하는 방법을 터득해 왔다.

사랑에는 한계가 없어서 깊어질수록 애틋하고 또 애틋해졌다. 다만 나는 부모였던 적이 없어서 부모님의 마음을 완전히는 모르겠다. 몸살로 앓아누운 딸을 보며 어찌할 바를 모르고 발을 동동 구르는 부모님의 마음을, 괜히 시장에 데리고 나가서 감기 걸리게 했다고 내내 자책하는 부모님의 마음을, 딸을 위해 죽을 쑤고, 콩나물국을 끓이고, 생강차를 부지런히 나르는 부모님의 마음을, 몇 년을 바깥에서 나돌다가 날개 부러진 새 마냥 절뚝이며 집으로 돌아온 딸을 보살피는 부모님의 마음을 나는 몰랐다. 훗날 아이를 갖게 되면 알 수 있을까. 지금 내가 알고 있는 부모님의 사랑만으로도 이토록 애틋한데, 그 범위를 몸소 겪게 되면 얼마나 더 가슴이 미어질까.

나는 너무 미약한 존재이고, 미약한 존재를 둘러싼 세계와 그 세계 속에 담긴 사랑은 거대한 그물망 같다. 그 세계를 이해하기에 나는 너무 철이 없고, 철이 들기에 인생은 너무 짧아서, 어렴풋하게나마 깨달을 즈음엔 이 세계가 그대로 끝나 버릴 것만 같은 불안과 두려움을 느낀다. 삼십 년을 살아 보니 세월이 얼마나 인정사정없는지 알겠어서 그렇다. 그 어느 한 순간도 그냥 스쳐서는 안 될, 찬찬히 음미해야 할 생의 선물인데, 그 선물을 풀기도 전에 휩쓸려 지나갈 게 아쉬워 그렇다. 아직 다 살지도 않았는데 앞으로 살아갈 생이 벌써부터 아쉽다. 그리고 꼭 그만큼 애틋하다.

점점 내게 삶에 대한 사랑이 부모에 대한 사랑으로, 삶을 이해하려는 노력이 부모 자식 간의 관계를 헤아리려는 노력으로 받아들여지기 시작했다. 삶은 총체적이고 어쩌면 부모의 사랑은 그 일부에 불과하지만, 그 일부를 이해하는 것만이 내가 인생을 다 살지 않고 전체를 가늠할 수 있는 유일한 길이 아닐까. 모두 다가왔다 떠나갔지만 부모님만은 늘 내 곁에 변함없이 있어 주었기에, 내가 어떤 상황에서 어떤 중요한 것을 놓쳐도, 어떤 잘못과 실수를 해도 변치 않고 늘 내 편이 되어 주었기에, 부모님의 사랑만큼은 세월도 앗아가지 못하는 것이기에, 그 사랑을 믿고 앞으로 나아가야 하지 않을까 싶었다.

　고양이달을 시작할 무렵, 나는 내 안의 가장 뜨거운 심장 하나만을 남기고 그 주변을 모두 얼렸다. 모레노 빙하처럼 내 안에 몇 년에 걸쳐 겹겹이 쌓였던 얼음벽, 그 얼음벽은 이십 대의 끝에서 처참하게 부서졌다. 연인과 친구, 집과 일터, 청춘의 꿈들이 빙하의 일부처럼 굉음을 내며 붕락했다. 그 굉음은 그 시절 나의 슬픈 비명 소리였다. 빙하가 일으킨 물보라와 성난 파도에 나는 얼마나 무서워 떨었는가. 시린 마음을 비비며 고독에 얼마나 처절하게 몸부림쳤나. 마침내 산산조각 난 빙하조차 물에 잠겨 순식간에 사라지는 모습을 보며 얼마나 가슴 아파했던가. 모든 것이 순식간이었다. 그 시간을 지나 내게 남은 단 하나, 빙하 중심부에 숨겨 놓은 내 안의 가장 뜨거운 심장을 손에 얻었다. 그것은 바로 나의 뿌리, 부모님의 사랑이었다. 그 사랑의 힘으로 나는 다시 일어섰다. 그리고 방문을 열고 세상 밖으로 뚜벅뚜벅 걸어 나갔다.

　세상의 반대편, 페리토 모레노 빙하. 나는 지구를 반 바퀴 돌아 지금 이곳 빙하 한복판에 서 있다. 차갑게 얼어붙은 빙하 위로 눈부신 태양이 쏟아져, 선글라스 없이는 감히 하얀 맨몸을 볼 수도 없었다. 상상할 수도 없는 억겁의 시간을 살아 버텨 낸 대자연 앞에서 고작 서른 해를 살아 낸 애송이가, 부서져 내린 이십 대 빙하를 회상하며 발로 얼음을 툭툭 쳐 본다. 내 마음 속에 홀로 살아 버틴 존재를 향한 경외감이 깃들었다. 더불어 한없는 슬픔을 느꼈다. 광활하고 단단하지만 언젠가는 사라질 슬픔을 머금은 존재, 페리토 모레노 빙하. 지금처럼 지구 온난화가 가속화되면 반세기가 지나기 전에 이 빙하는 완전히 사라질 터, 지금껏 견고하게 쌓아 온 세계의 아름다움이 시시각각 무너지고 있었다. 이토록 절대적인 아름다움도 결국은 시한부 인생이라니, 자연도 세월의 순리를 막을 순 없구나.

　슬픔을 누르고 천천히 빙하를 둘러보았다. 칼바람이 세월에 맞서고자 매섭게 휘몰아쳤다. 녹아내리는 빙하를 어떻게든 더 단단하게 붙잡아 두려, 칼바람은 그토록 눈물겨운 노력을 보였다. 바람의 마음을 아는지, 언젠가 완전히 없어져 버린대도 이 순간 페리토 모레노 빙하는 태양빛에 눈부신 아름다움을 내뿜었다. 그래, 그걸로 됐다. 그 한순간의 아름다움이면 충분한 거야. 나는 그 한순간을 온전히 기억하고자, 선글라스를 벗고 맨눈으로 하얗게 빛나는 모레노 빙하를 마주 보았다.

엘 칼라파테
세상의 끝, 우수아이아

12. 엘 칼라파테
__ 구원자를 내려 주소서

나는 너의 걱정 인형

페리토 모레노 빙하(Perito Moreno Glacier) 투어를 마친 뒤 나와 아모는 마을로 돌아왔다. 마을의 이름은 엘 칼라파테(El Calafate). 여행자들이 빙하를 만나기 위해 베이스캠프로 삼는 마을이었다. 엘 칼라파테는 파타고니아(Patagonia) 지역에서 나는 검푸른 야생 딸기의 이름으로, 이 열매를 먹은 이들은 파타고니아 땅으로 돌아오게 된다는 전설이 있었다. 몇몇 여행자들은 열매를 맛보며 이 얼음의 땅으로 다시 올 수 있기를 소망한다고. 나 역시 이곳에 다시 오기를 바라는 마음으로 열매를 구해 봤지만 아쉽게도 연이 닿지 못했다. 사는 동안 지구의 반대편에 다시 발 들일 날이, 빙하 위를 다시 걸을 날이 또 있을까. 엘 칼라파테의 시간은 오직 지금에만 허락되었기에, 나는 천천히 마을을 거닐며 풍경을 마음에 담았다.

높고 푸른 하늘에 붉은 노을이 지고 있었다. 여행자들이 머무는 숙소 바깥에서 풍경을 안주 삼아 시원한 맥주잔을 기울이는 이들의 함성이 메아리쳤다. 반복되는 일상을 떠나 파타고니아에 모인 여행자들이 돌아가기 전 자신의 삶에 행운을 불어넣는 우렁찬 기합 소리였다. 일생의 축제 같은 순간이 이곳에 펼쳐졌구나. 나도 모르게 입가에 웃음꽃이 피었다. 축제의 시간은 여행자들에게만 허락된 게 아니었다. 마을 사람들도 한껏 축제를 즐겼다. 그러나 축제도 한철일 뿐, 여름이 지나면 여행자들이 떠나고 겨울과 함께 마을 전체가 적막하게 가라앉을 것이라 했다. 마을 사람도 모두 가게 문을 닫고 파타고니아의 혹독한 겨울을 피해 따뜻한 곳으로 떠난다고. 그러면 눈이 내리고 얼음이 얼고 그 위에 다시 눈이 쌓이는 길고 긴 겨울 동안, 이 마을은 잠시 죽어 있다고. 지루한 겨울이 마침내 물러가고 바람과 햇살이 따뜻해질 무렵에야 마을 사람들과 함께 여행자들도 하나둘 찾아들 거라고 했다. 순간이 영원히 지속되는 공간은 세상 어디에도 없는 걸까.

마을의 번화가로 나오자 도로 양쪽으로 동화 속에 나올 법한 예쁜 상점들이 줄지어 있었다. 상점 안에 들어가자 손수 만든 색연필과 인형, 조각품들이 진열되어 있었다. 아기자기한 반지와 팔찌, 가죽으로 만든 가방과 나무를 깎아 만든 수공예 만년필이 눈길을 끌었다.

"영주야, 이것 좀 봐!"

아모가 손가락으로 진열대 위에 조그마한 인형을 가리켰다. 가까이 가 보니 알록달록한 천으로 만든, 손가락만 한 인형들이 쪼르륵 놓여 있었다. '걱정 인형'이었다. 옛 마야 문명의 발상지인 중부 아메리카의 과테말라에서 처음 만들어진 이 인형은, 아이가 걱정이나 공포로 잠들지 못할 때 부모들이 작은 천 가방에 인형을 넣어 선물해 준 것에서 비롯되었다. 아이가 인형을 하루에 하나씩 꺼내, 부모나 친구에게도 털어 놓을 수 없는 크고 작은 걱정들을 말하고 베개 밑에 넣어 두면, 부모가 베개 속의 걱정 인형을 치워 버리고 아이에게 "네 걱정은 인형이 가져 갔단다."라고 이야기했다. 그러면 아이들은 안심하고 잠들었다고.

과테말라의 역사는 수난의 연속이었다. 유럽인의 침략에 이어 끔찍한 내전이 있었다. 마야 원주민들은 집단 학살과 고문, 성폭행 등의 고통을 겪어야 했다. 언제 터질지 모르는 화산도 걱정거리였다. 1986년에야 문민정부가 들어서면서 상황이 나아지고 있지만 빈부격차는 여전히 심했다. 많은 아이들이 엄마, 아빠를 따라 시장에 나와 일손을 도와야 했다. 그렇게 고단한 나날 속에서도 서로를 아끼고 위로

하는 마음이 걱정 인형을 만들어 냈다. 조용히 눈을 감고 있는 무표정한 얼굴이 그리 예쁘진 않지만, 듣기만 해도 위로가 되는 그 듬직한 역할 덕분에 걱정 인형은 전 세계에서 사랑을 받고 있었다.

아모가 색색의 아기자기한 걱정 인형들을 유심히 살피더니 입을 뗐다.

"나한테 걱정 인형은 다름 아닌 그였어. 무슨 말을 했는지 자세히 기억나진 않지만, 잠들기 전 늘 내 고민을 들어 주곤 했어. 그에게 다 털어놓고 나면 마음이 편해져서 잠을 잘 수 있었어."

나의 시선이 저절로 아모의 귀에 가 닿았다. 어? 어느새 또 이렇게 자랐지? 내가 아모의 귀를 빤히 쳐다보자 아모가 눈치 챈 듯 고개를 저으며 말했다.

"그에 대한 기억은 여전히……."

"그래. 이제 마음의 나라에 다 와 가잖아. 조그만 더 참아."

아모가 고개를 끄덕였다. 그리고 선반에 놓인 걱정 인형을 만지작거리더니 내게 물었다.

"너의 걱정 인형은 뭐였어?"

나는 조용히 기억을 떠올렸다. 걱정 인형이 있었다면 그 시절이 그렇게 힘들지는 않았겠지. '겨울의 끝날' 전후로 나는 매일 밤 악몽을 꾸었다. 몸도 마음도 고된 상황에서 그와 계속된 갈등으로 나는 매일 밤 그의 손을 놓는 꿈을 꾸었다. 그럴수록 그는 현실에서 악착같이 내 손을 붙잡았고, 우리의 관계는 엉망으로 꼬여 갔다. 나는 정말이지 그로부터 도망치고 싶었다. 이십 대의 끝, 청춘 장례식에서 모든 미련을 떠나보냈음에도 그 시절의 상처는 악착같이 살아남아 삼십 대의 내게 왔다. 그리고 이전처럼 내 삶에 착 달라붙어 나를 괴롭혔다. 시간을 견디고, 장례식을 치르고, 세월의 강을 건너도 도무지 아물 줄 모르는 상처가 나는 짐스럽고 고통스러웠다. 그러나 내 상처와 걱정을 그 어느 곳에도 털어놓을 곳이 없어 가슴에 꽁꽁 묶어 둔 채 현실을 헤집고 다녔다.

여행을 떠나오기 전 일 년 동안 나는 어떤 현실에 몸담았나. 그 현실에서 나의 역할은 무엇이었나. 나도 모르게 피식 웃으며 말했다.

"남미에 오기 전, 내가 바로 걱정 인형이었어."

나의 말에 아모가 의아한 표정으로 나를 바라보았다.

"걱정 인형이 되려고 된 건 아니고, 내가 했던 일이 그랬어."

"무슨 일이었는데?"

"인생 수업."

"인생 수업?"

"응, 인생 수업."

그랬다. 2014년 새해가 밝은 뒤 내가 방문을 열고 세상에 나가 시작한 일은 '인생 수업'이었다. 내가 선생님이 되어 가르치는 수업인데, 사실은 내가 학생이 되어 인생을 배우고 오는 수업. 작년 고양이달 출간 후 여러 교육을 시범적으로 진행하며 교안을 완성한 뒤, 드디어 본격적인 교육 프로젝트에 뛰어들었다. 한겨레 아카데미와 마이크임팩트에서 '세상에 하나뿐인 나만의 동화 쓰기' 수업을 열고 수강생을 모집했다. 이미 창작에 몸담고 있는 사람뿐만 아니라 창작을 해 본 적 없는 사람들도 수업을 들으러 왔다. 수강생의 연령대는 십 대부터 육십 대까지 다양했다. 직업도 학생부터 교사, 의사, 프로그래머, 프로듀서, 화가, 성악가, 디자이너, 방송 작가, 연극배우, 학원장, 주부까지 폭이 넓었다. 나는 고양이달을 쓴 노하우를 체계화하여 이들이 자신의 삶 속에서 소재를 찾고, 자신을 주인공으로 하여 동화를 쓰도록 안내했다.

동화 쓰기의 첫 단계는 먼저 자신의 삶을 총체적으로 돌아보는 일이었다. 나는 수강생들에게 질문을 던지고, 대답을 들어 주었다. 다들 환한 표정에 씩씩한 말투로 수업에 임하다가도 자신의 이야기를 털어놓을 때 마음 약한 모습을 보였다. 과거에 가족이나 친구, 연인 관계에서 상처 받은 적이 있거나, 자신의 존재를 부정당한 경험이 있는 이들은 눈시울을 붉혔다. 꿈을 이루기 위해 최선을 다했지만 실패하고 좌절했던 경험 역시 시간이 지나도 사람들을 계속 아프게 했다. 당시 그 아픔을 어떻게 마주하고 다스려야 할지 몰라 그대로 넘긴 것이 고스란히 마음의 응어리가 되어 그들의 현재에도 영향을 미치고 있었다. 나는 그들이 더 이상 그 응어리를 피하지 않고 직면할 수 있도록 점진적으로 질문을 던졌고, 차분히 그들의 마음을 들었다.

두 번째 단계는 나를 주인공으로 하여, 내 인생에 가장 큰 영향을 끼친 사건을 이야기로 구성하는 일이었다. 아무래도 자신이 주인공이고 직접 겪었던 일이다 보니 수강생들의 몰입도가 컸고, 그렇기에 당시의 상황과 감정을 생생하게 글로 써 나갈 수 있었다.

세 번째 단계는 이야기의 결말을 선택하는 것이었다. 동화 속 '나'에겐 두 가지 선택이 주어졌다. 과거에 내가 가지 않았던 길을 가느냐, 과거에 내가 갔던 길을 다시 가느냐. 보통은 가지 않았던 길을 선택했다. 과거에 내가 했던 선택이 좋지 않은 결과를 가져왔기에 후회하며 살아왔고, 작품 속에서나마 다른 선택을 하면 지금보다는 더 나은 결과가 이어질 거라 믿기 때문이었다. 그러나 그 당시로 돌아가 다른 선택을 하더라도 내가 나인 이상 거기서 비롯되는 문제가 있을 수밖에 없다. 상황이 어떻게 변하든 나는 나의 성격대로 삶을 살아갈 것이고, 그 성격 때문에 타인과 부딪힐 것이며, 그 성격을 기준으로 선택을 해 나갈 것이다. 어떤 방향의 삶이든 고유의 성격을 가지고 선택을 하기 때문에, 다시 돌아가 가지 않은 길을 선택하더라도 지금과 완전히 다른 삶이 펼쳐지지 않는다. 수강생들은 작품 속에서 과거와 다른 선택을 했지만, 결과가 지금과 크게 다르지 않음을 깨닫고 후회와 미련을 없앨 수 있었다. 그리하여 현실에 보다 만족하고 집중할 수 있었다.

과거의 '내'가 갔던 길을 다시 가는 건 어떨까. 실수나 잘못한 일 등 후회하는 과거를 다시 겪으며 이도저도 할 수 없는 상황은, 어떻게 보면 암울하고 답답할 수 있다. 그러나 한 번 그 삶을 살아 본 나는, 같은 길을 가더라도 그 전과 똑같은 길을 가는 게 아니었다. 내 삶을 동화로 만들려면 인물의 감정과 인물이 처한 상황을 구체적으로 표현해야 할 뿐만 아니라, 이야기의 개연성을 위해 인물들의 행동을 납득시킬 만한 이유가 필요했다. '그때 나는, 그 사람은 왜 그렇게 행동했을까?' 이를 하나하나 깊이 생각하며 이야기를 완성하다 보면, 어느새 나와 상대방에 대한 이해가 보다 깊어졌다. 그제야 내가 과거에 겪은 일을 온전히 이해하고 제대로 된 의미를 부여할 수 있었다. 이 지점에서 마음의 응어리가 풀리고, 상처가 치유되는 게 보였다. 결국 어떤 결말을 선택해도 수강생에게 유익하다고 할 수 있었다.

동화 쓰기 수업이 매주 진행되는 동안 수강생들은 급격한 심리 변화를 겪었다. 나는 그 과정에서 사유가 엉뚱한 곳으로 새지 않게 방향을 잡아 주면서, 그들의 성격과 삶이 고스란히 담긴 작품을 쓸 수 있도록 이끌었다. 창작이 익숙한 전문가도 육 주 안에 한 편의 동화를 쓰는 건 쉽지 않았다. 그러나 수강생들은 일주일에 한 번, 세 시간씩 수업을 듣고, 육 주 안에 자신의 동화를 완성해야 했다. 당연히 가르치는 사람도, 배우는 사람도 버거울 수밖에 없었다. 그렇다 보니 수업은 늘 정해진 시간을 초과했고, 과제는 상상을 초월했다. 수업의 내용을 얼마나 흡수했을지, 과제는 무리 없이 해 올 수 있을지 걱정되어, 매 수업이 끝날 때마다 "질문 있으세요?"라는 말을 열 번은 더 했다. 이런 나의 걱정을 안 걸까. 신기하게도 다음 수업에 들어가면, 수강생들은 죽이 되든 밥이 되든 과제를 다 해 와서 발표했다.

학생들이 패를 갈라 싸우는 바람에 동화로 타이르고자 왔다는 한 초등학교 선생님은, 아이들에게 참된 우정을 가르치기 위해 '행복 마을'을 모험하는 이야기를 만들어 왔다. 그리고 동화를 설명하다가 따돌림 당하는 학생이 생각 나 눈물을 보였다. 한평생 가정에 헌신하며 살아온 한 어머니는, 자식과 남편이 그간의 노고를 인정해 주지 않아 삼십 년 결혼 생활을 동화에 녹여냈다. 그리고 동화를 발표하다가 눈시울을 붉혔다. 자신의 삶을 담은 이야기를 진심으로 토해내다 보니 마음이 동한 탓이리라. 나는 수강생들이 감정을 추스를 수 있도록 다독인 뒤, 스토리텔링의 관점에서 부족한 부분을 잡아 주고, 함께 채워 나가기 위해 다른 수강생들과 의견을 나누었다. 이 모든 과정이 자연스럽게 흘러가도록 계속 주의를 기울이고, 누구 하나 마음 다치지 않도록 신경 썼다. 그들의 삶을 토대로 만들어진 동화가 조금이라도 더 빛날 수 있도록, 그들이 조금이라도 더 만족할 수 있도록 최선을 다했다. 내가 이십 대를 바쳐 쌓아 온 지식과 능력이 그렇게 쓰일 수 있다는 사실에 더없는 만족과 보람을 느꼈다.

아이들과 한 수업은 한층 더 경쾌했다. 고양이달을 가지고 교안을 만들어 상상과 감성 훈련을 시킨 뒤, 마지막으로 자신의 이야기를 가지고 동화를 쓸 수 있게 만드는 프로그램이었다. 아이들은 고양이달에서 발췌한 본문을 소리 내어 읽고, 본문 내용과 관련된 질문에 답하기 위해 생각하고, 그 생각을 말로 풀어내거나 글로 썼다. 나는 아이들이 더 깊이, 넓게 생각할 수 있도록 연상 질문을 던지고 귀를 기울여 들었다. 그리고 자신 있게 말할 수 있도록 용기를 북돋아 주었다. 처음에는 쭈뼛쭈뼛하던 아이들이 시간이 지날수록 자신의 생각을 말하는 데 익숙해졌다. 아직 말로 생각을 정리하는 게 어려운 아이들은 그림을 그리게 했다. 말이나 글보다 그림으로 표현하는 게 더 쉬운 아이들은 그림 그리는 걸 몹시 좋아했다. 나는 아이들이 열심히 그리는 모습을 지켜보는 게 좋았다.

나와 점점 가까워지면서 아이들은 속내를 이야기하기도 하고, 좋아하는 이성 친구 이야기를 하기도 했다. 한번은 재밌어서 한 녀석에게 자꾸 캐물었더니 금세 얼굴이 빨개졌다. 하도 짓궂은 녀석이라 부끄러움 탈 줄은 몰랐는데 의외의 모습이 귀여웠다. 내 애제자의 이름은 김동규, 초등학교 2학년 아홉 살 꼬마였다. 수업 내내 말 안 듣고 농땡이를 부리더니, 어느 날 수업이 끝나자 내 뒤를 쫓아 계단을 내려왔다. 나는 멈춰 서서 물었다.

"동규야, 왜?"

동규가 말없이 뒤에 숨겨 둔 음료 하나를 건넸다.

"선생님, 드실래요?"

귀여운 녀석. 안 그래도 목말랐는데, 잘 됐다 싶어 벌컥벌컥 들이켰다.

"아, 시원하다! 고마워!"

내가 동규를 향해 엄지손가락을 치켜세우자 동규가 쑥스러운지 후다닥 뛰어갔다. 그러다가 뭔가를 까먹은 듯 뒤돌더니 고개 숙여 인사했다. 나는 양손을 흔들며 다음 시간을 기약했다. 그렇게 아이들의 세계에 동화된 걸까. 점점 아이들과의 수업이 기다려졌다. 처음엔 아이들의 생각이 너무 소소하게 느껴졌는데, 어느덧 아이들과 대화하는 게 즐거웠다. 결혼 적령기에 있는 또래 남녀의 이야기, 한창 연애를 즐기는 이십 대의 사랑 이야기보다, 아홉 살, 열 살 꼬마들이 말 못하고 끙끙 앓는 이야기, 수줍게 던지는 고백 이야기가 더 재밌었다. 아이들의 머릿속 상상을 꺼내어 듣는 것도 재밌었다. 내 이야기를 들려주면 아이들이 눈을 말똥말똥 뜨고 듣는 것도 좋았다. 아이들과 함께하는 시간이 쌓여 가면서 자연스럽게 미래에 내 아이를 어떻게 가르쳐야 할지 그림이 그려졌다. 내 아이든, 수업에서 만나게 될 아이든, 그들에게 좋은 선생님, 좋은 인생의 선배가 되고 싶었다.

그렇게 겨울을 지나 봄이 될 때까지 계속 수업을 진행하면서 아띠봄의 교육 프로젝트를 안착시켰다. 여러 수업들을 동시에 시작했다가 마무리 지으며, 봄의 문턱에서 잠시 멈춰 숨을 골랐다. 이제 첫발을 내딛은 새내기 강사인지라 수업 일곱 개를 동시에 진행하는 게 쉽지 않았지만, 미취학 아동부터 십 대, 이십 대, 삼십 대, 사십 대, 오십 대, 육십 대까지 개인의 일생을 한 자리에서 겪을 수 있어 뜻깊게 느껴졌다. 인생의 단계마다 겪는 삶의 변화를 지켜보며 때론 설레었고, 때론 먹먹했고, 때론 가슴이 벅찼다. 녹록치 않은 과정을 잘 따라와 준 수강생들에게도 더없이 고마웠다.

수업이 끝나자 한 수강생이 말했다. 그동안 말 못 하고 끙끙 앓던 문제를 수업에서 털어놓고 나니 가슴이 후련하다고. 또 어떤 수강생은 육 주 동안 동화 속에서 계속 그 문제를 생각했더니, 동화가 완성된 후에는 더 이상 문제가 아닌 것처럼 느껴졌다고 했다. 또 어떤 수강생은 오랫동안 그 문제에 골몰했지만, 미처 생각지 못한 방향의 질문에 답하다 보니 인식이 바뀌었다고, 자신만 피해자라고 생각했는데 관계에서 일방적인 가해자도, 피해자도 없는 것 같다고 했다. 인생에서 겪은 상처로 편히 잠 못 이루던 수강생들이 걱정 인형에게 걱정을 털어놓듯, 동화 수업에서 상처를 털어놓은 뒤 일어난 변화였다. 마지막 수업에서 수강생들은 자신의 동화를 발표했고, 나는 완성된 동화를 가리키며 말했다.

"여러분의 상처는 바로 여기, 이 동화 속에 담겨 있어요. 여러분의 마음에서 떨어져 나와 여기 이렇게 따로 존재해요."

사람들은 자기 삶의 상처가 하나의 대상으로 분리된 것을 보고 비로소 상처에서 자유로워졌다. 『가장 사소한 구원』에서 나온, "이야기된 고통은 더 이상 고통이 아니다. 당신이 그 고통을 글로 쓸 수 있을 때 당신은 비로소 낫게 될 것이다."라는 어느 노교수의 말대로, 수강생들은 수업에 들어올 때와 달리 한결 가벼워진 마음으로 수업을 나갔다. 그래서였을까. 수업을 하는 내내 나도 수강생의 자리에 앉아 마음을 털어놓고 싶었다. 고양이달 작업이 끝난 지 얼마 되지 않았지만, 수강생들처럼 내 상처를 담은 동화를 써서 나로부터 상처를 떼어 내고 싶었다. 그렇게 상처를 훌훌 털어 내고 자유로워져, 삼십 대의 인생을 훨훨 날아다니고 싶었다. 그러나 나는 아직 자신이 없었다.

구원자를 내려 주소서

나와 아모는 상점을 나와 근처 카페에 들어갔다. 딸기가 올라간 생크림 케이크를 주문해 커피와 함께 마셨다. 미리 사 둔 엽서를 꺼내어 한국에 있는 부모님과 친구들에게 엽서도 썼다. 그리고 오랜만에 느긋한 마음으로 아모와 대화를 나누었다. 아모가 뜨거운 커피를 한 모금 마시고 찻잔을 내려놓으며 말했다.

"인생 수업에서 사람들의 상처를 헤아려 주다 보면, 네 상처도 스스로 치유할 수 있니?"

"글쎄… 남의 상처와 내 상처는 다르니까……."

“너도 상처가 많았잖아.”

모르겠다. 나는 내 상처를 어떻게 해야 할지 몰랐다. 고양이달을 작업하는 동안 이미 상처투성이가 되었고, 고양이달을 완성하려면 당연히 감수해야 할 부분으로 여기고 몇 년을 살아서 상처에 무뎌진 것도 있었다. 그런데 사람들과 눈을 맞추고 그들의 상처가 얼마나 깊은지 들여다보면서 서서히 시선이 내 안으로 향했다. 나는 아주 오랫동안 외면했던 나의 내면을 들여다보았다. 괜찮냐고 내게 물었다. 나는 괜찮다고 답했다. 익숙한 대답이었다. 예전 같으면 조용히 돌아섰을 텐데, 이번에는 다시 물었다.

‘정말로 괜찮은 거니?’

같은 대답이 돌아왔다. 정말로 괜찮다고.

‘그런데 왜 고양이달은 거들떠보지도 않는 거야? 네가 그토록 사랑했던 고양이달이 완성되었는데, 출간 후 단 한 번도 펼쳐 보지 않았잖아.’

뜻밖의 질문에 당황하여 나는 황급히 둘러댔다. 고양이달은 이미 끝났잖아.

‘끝났는데 왜 기뻐하지 않는 거야? 네가 완성한 세계인데 왜 자랑스러워하지 않는 거야?’

나는 책꽂이에 꽂힌 고양이달을 물끄러미 바라보았다. 싫었다. 불쑥 화가 치밀었다. 저것 때문에 내 꼴이 이렇게 됐잖아! 저것 때문에 내 청춘이 너덜너덜한 조각이 되어 버렸잖아! 한참 만에 듣게 된 대답이 너무 의외라 당황스러웠다. 내가 그토록 사랑했던 나의 세계가, 내 모든 걸 바쳐도 아깝지 않았던 고양이달이, 어느 순간 내 젊음을 망친 주범이 되어 있었다. 나는 고양이달을 증오하고 있었다. 애정이 증오로 바뀌는 동안 나는 뭘 했단 말인가. 왜 그 마음의 변화를 알아차리지 못했단 말인가. 어디서부터 잘못된 것인가.

나는 방 안에 앉아 계속해서 내 자신에게 따졌다. 왜 하필 네가 그토록 이루고 싶었던 꿈이 고양이달을 쓰는 일이었냐고. 다른 꿈도 많은데 왜 그렇게 힘든 과정이 필요한 꿈을 원했냐고. 능력도 안 되면서 해 보겠다고 설쳐서 왜 나 자신을 몇 년 동안 혹사시켰냐고. 네가 그 일만 택하지 않았어도 소중한 청춘이 두려움과 불안에 떨지 않았을 것 아니냐고. 그랬다면 네가 그토록 의지했던 그를 잃지도 않았을 거고, 친구들과 더 많은 시간을 보냈을 것 아니냐고. 그깟 고양이달이 뭐라고 왜 나한테서 소중한 그와 친구들을 빼앗아 갔냐고. 왜 나를 그 허구의 세계에 가둬서 현실의 소중한 존재들을 다 잃게 한 거냐고! 오랫동안 억눌렸던 울분이 사정없이 터져 나왔다. 나는 충격에 휩싸여 그저 듣기만 할 뿐이었다. 지난해 5월, 고양이달을 출간한 후 십 개월 만이었다.

나는 그제야 내가 나한테 화가 나 있다는 사실을 깨달았다. 조금만 참자, 울지 말고 힘내자, 얼른 추스르고 일어나자, 내가 나를 달랠 때마다 늘 말을 잘 들어서 괜찮은 줄 알았다. 그런데 알고 보니 아니었다. 꿈을 이루기 위해 혹독하게 몰아붙인 나 자신을 원망하고, 미워하고 있었다. 상처 받아도 보듬어 주기는커녕 참으라고만 하는 나 자신한테 질려 버린 상태였다. 내가 보듬지 못하고 대충 덮어 놓은 상처가 곪아서 한꺼번에 터져 나왔다. 네가 나를 이 지경으로 만들어 놓지 않았냐고, 터진 상처를 내보이며 나에게 매일매일 따졌다.

"넌 괴물이야! 꿈을 좇는 괴물."

"아니야. 난 괴물이 아니야."

"꿈? 말이 좋아 꿈이지, 과욕이야. 너는 네 욕심에 스스로 잡아먹힌 거야."

"아니야. 그런 게 아니야."

그동안 침묵하기만 했던 내가, 말 잘 듣고 시키는 대로 잘했던 내가, 나를 사정없이 공격했다.

"네 상처는 외면한 주제에 남의 상처를 보듬겠다고? 여기 곪아 터진 네 상처는 안 보이니?"

"그건 일이잖아. 동화 쓰는 걸 가르치는 게 내 일이라고."

"일이니까 하는 거지, 남의 상처를 보듬을 만큼 너는 따뜻한 사람이 아니야. 그랬다면 너 스스로 이 지경이 될 때까지 내버려 두지 않았겠지. 너는 위선자야!"

"그만 해! 제발 그만 좀 해!"

나는 나한테서 도망치고 싶었다. 그러나 도망은커녕 과거의 기억까지 나를 옥죄었다. 이 년 전 '겨울의 끝날', 그가 내게 말했다.

"넌 못됐어. 이기적이야."

그 순간 가슴이 쾅 무너져 내렸다. 더는 그의 비난을 들을 수 없어 그에게서 도망쳤다. 그는 내 눈앞에서 사라졌고, 더 이상 나를 비난하지 못했다. 그러나 내가 가하는 비난은 피할 길이 없었다. 내가 하는 말에 의하면 나는 괴물이고, 위선자였다. 그런 내가 감히 사람들의 걱정 인형 노릇을 하고 있다니……. 나는 나인 게 싫어졌다. 어디서든 당당했던 나는 온데간데없이 사라지고, 나를 감추는 데 급급했다. 한 시절의 끝, 한 무리의 사람들이 떠났고 나 혼자 남아 그 시절을 견뎠는데, 이제는 나조차 내 편이 아니었다. 나는 나 자신에게 철저히 버려졌다. 내가 나를 버린 마당에 내 자신에게 무엇을 더 기대하리. 나는 그 어느 때보다 애타게 구원을 바랐다. 눈으로 볼 수 있고, 손으로 만질 수 있고, 귀로 들을 수 있는 현실 세계의 구원자를 찾기 시작했다. 삶의 벼랑 끝에 선 나를, 삶의 미로에 갇힌 나를 출구까지 안전하게 데려다 줄 나의 구원자를…….

구원자는 거짓말처럼 내게 다가왔다. 그의 이름은 환. 환은 수재들만 모인 대학교에 입학하여, 교수가 되기 위해 십여 년을 연구실에서만 보낸 사람이었다. 그러다 논문을 발표하러 가는 길에 사고를 당했다. 벼랑에서 떨어진 차량은 그대로 호수에 처박혀 산산이 부서졌고, 환의 몸도 다 부서졌다. 환은 몇 달 동안 생과 사의 갈림길에서 헤매다 퇴원한 뒤, 다시는 연구실로 돌아가지 않겠다고 다짐했다. 오로지 교수가 되겠다는 일념 하에 연구실 안에 스스로를 가두고 혹독하게 몰아붙인 기억밖에 없는데, 그대로 죽을 뻔한 상황이 너무 억울했다고 했다. 남들은 크리스마스라고 들떠 있을 때조차 자신은 홀로 연구실에 박혀 실험했다고, 그러다 크리스마스라는 걸 뒤늦게 알고 과자와 소주를 사 와서 혼자 자축했다고, 그 시간들이 너무 외로웠다고 했다. 꿈을 이루기 위해 청춘을 바친 대가가 처참히 부서진 육체와 정신이라는 사실이 자신을 더 고독하게 만들었다고, 이젠 세상 밖에 나와 사람들과 어울려 지내고 싶다는 말도 덧붙였다.

나는 그의 눈을 바라보았다. 내가 너의 마음을 안다고, 너의 그 외로웠던 시간을 내가 가슴 절절이 이해한다고 마음속으로 읊조리며 그의 눈을 하염없이 바라보았다. 그 눈 속에서 누구에게도 이해받지 못한 나를, 심지어 나 자신에게도 이해받지 못한 나를 어쩌면 그가 이해해 줄지도 모른다는 희망을 보았다. 나와 똑같은 삶을 살아 낸 그라면 나를 괴물이라고 욕하지 않겠지. 반복되는 악몽에서 나를 지켜 줄 수 있겠지. 그 시기에 내 앞에 등장한 그의 존재는 기적이라는 말밖에 표현할 길이 없었다.

그는 누구보다 자유분방하고 개성 넘치는 사람이었지만, 꿈을 이루기 위해 그 모든 것을 억누르고 학문에만 정진해 온 사람이었다. 그가 그 자신을 얼마나 희생시켰는지 알았기에, 내게 자신의 삶이 옳았느냐고 물었을 때 나는 침묵했다. 내 삶의 옳고 그름은 판단할지언정 감히 그의 삶을 판단할 수는 없었다. 나는 그를 그 자체로 인정했다. 결과가 그를 얼마나 불행하게 만들었든, 그가 내린 선택과 그 선택을 묵묵히 책임져 온 그를 마음 깊이 존중했다. 그것은 그런 삶을 살아 낸 그를 조금이나마 이해한다는 의미였고, 나는 되도록 그를 더 많이 이해해 주고 싶었다. 교통사고라는 돌연한 삶의 폭력이 그에게 얼마나 큰 슬픔을 주었는지 그의 편에 서서 이해하고 싶었다. 그 이해가 그의 고독을, 삶의 무게를 조금이나마 덜어 줄 수 있을 거라는 생각에 더욱 그랬다.

그러던 어느 순간, 그의 눈빛을 보았다. 불안하게 떨리는 눈빛, 그는 내가 떠날까 봐 두려워하고 있었다. 그의 인생을 스치는 것들을 단 한순간도 온전히 잡아 두지 못했기에, 자신의 꿈을 제외한 나머지를 모두 희생양으로 바쳐 왔기에 이번에도 그럴지 모른다는 불안에 떨고 있었다. 그 눈빛을 온전히 마주하는 게 나로서도 쉽지 않았다. 누군가의 버팀목이 되기에 나는 턱없이 부족한 사람이었다. 그를 돕고 싶었지만 어떻게 도와야 할지 몰랐다. 내게 의지하려는 그를 어떻게든 감싸 안고자 내 방식대로 노력했다. 그가 나를 애타게 찾던 어느 날엔가 그의 불안을 덜어 주고자 한달음에 그가 있는 곳으로 달려간 적도 있었다. 그는 안심했지만 나는 그때 깨달았다. 그의 불안은 사라지지 않을 것임을……. 마찬가지로 내 불안 또한 사라지지 않을 것임을……. 우리의 관계는 신기루와 같다는 것을…….

그럼에도 계속 노력했던 이유는 그만큼 나를 거울처럼 비춰 준 사람은 없었다. 얼굴을 비춰 주는 거울은 있어도 내면을 비춰 주는 거울은 없기에 나는 나를 마주 볼 수 없었다. 그러나 그는 거짓말처럼 나를 비추었다. 그는 나였고, 나는 그제야 내가 상처투성이에 병들었다는 걸 눈으로 확인했다. 대충 덮고 지나가려 했던 내 상처가 얼마나 곪아 터졌는지도 똑똑히 보았다. 그야말로 참담했다. 나처럼 그도 꿈을 위해 이십 대 청춘을 바쳤고, 그로 인해 행복한 만큼 불행했다. 모든 일에는 양면이 존재하는 법이니 거기까진 괜찮았다. 그런데 결국 불행이 행복한 기억마저 삼켜 버리고 말았다. 대체 어디서부터 잘못된 걸까. 우린 어디쯤에서 멈췄어야 했던 걸까.

그는 크리스마스에 홀로 연구실에 있으면 안 되었다. 사랑하는 사람들 곁에 머물러야 했다. 몸과 마음이 지칠 때 자신에게 숨을 돌릴 시간을 주어야 했다. 그 선에서 멈췄어야 했다. 그러나 그의 외골수 기질은 모든 것이 산산조각 부서진 다음에야 물러섰다. 그는 그럼에도 지치고 연약한 자신을 이끌고 꾸역꾸역 미래로 나아갔다. 그의 열정은 어느덧 독기로 변했다. 노력한 대가로 세상에 보상을 요구했지만 세상은 그의 요구에 충분히 응답하지 않았다. 그는 세상에 분노했고, 그 자신의 선택에 분노했고, 급기야 그 분노에 저 자신이 무너지고 있었다. 그는 그의 붕괴를 감당할 힘이 없었고, 누군가가 그를 일으켜 세워 주길, 구원자가 나타나 주길 애타게 기다렸다.

그게 그 시절엔 나였을 것이다. 거짓말처럼 등장한 나의 존재가 기적 같았을 것이다. 나 역시 그가 나와 같음을 알아보았다. 그러나 자신을 모두 소진하고 텅 비어 버린 우리가 대체 무엇을 나눌 수 있단 말인가. 자신의 열정에 잡아먹힌 사람들이, 스스로도 지키지 못한 우리가 어떻게 두 팔을 벌려 상대를 안을 수 있단 말인가. 가까스로 그를 향해 팔을 벌렸을 때 그는 마주 안아 줄 힘이 없었다. 그는 자신과 같은 나에게 구원받으려 할 뿐이었다. 그러나 나는 구원자가 아니었다. 그처럼 구원자가 필요한 불쌍한 영혼일 뿐이었다. 다 태우고 껍데기만 남은 우리는 스스로 서지 못한 채 쓰러졌고, 나를 일으켜 줄 구원자의 영혼을 갉아먹어서 제 영혼의 주린 배를 채우려고 했다. 나는 나도, 그도 사랑할 수가 없었다.

 꽃이 지던 어느 새벽, 그는 나를 불러냈다. 병환과 싸우는 아버지와 그런 아버지를 평생 보살펴 온 지고지순한 어머니, 사고만 치고 다니는 막무가내 형, 그 가족이 얽혀 문제가 생겼고, 그 문제를 수습하느라 하루 종일 이리저리 뛰어다니다가 지친 얼굴로 나를 맞았다. 덤덤하게 상황을 이야기하던 그는 결국 고개를 떨군 채 조용히 어깨를 들썩였다. 테이블 위로 내 손을 감싸 쥔 그의 두 손이 가늘게 떨리더니, 내 손등에 그의 눈물이 뚝뚝 떨어졌다. 그 순간 가슴이 확 무너져 내렸다. 그의 어깨에 놓인 삶의 무게가 느껴졌다. 그 무게에 짓눌려 내 앞에서 완전히 벌거벗은 채 떨고 있는 모습을, 분노를 넘어 좌절한 모습을 보았다. 대체 누가 그런 그를 일으켜 세울 수 있단 말인가. 그가 짊어진 삶의 무게를 감히 어떻게 나누어 질 수 있단 말인가. 삶의 벼랑 끝에 몰린 그가 신음처럼 토해 낸 눈물에 나도 모르게 엄숙해졌다. 나는 숨을 죽인 채 그의 눈물을 지켜보았다. 그제야 깨달았다. 설령 내가 당신을 아주 깊이 사랑하게 된다 해도 결코 당신을 구원하지는 못할 것임을.

 나는 절망했다. 구원자를 찾아내면 모든 게 해결될 줄 알았는데, 기적처럼 우리는 만났고, 한눈에 서로를 알아봤는데……. 그러나 그는 내가 아니었고, 나는 그가 아니었다. 그의 삶의 무게는 나의 무게와 같지 않았다. 나는 그를 온전히 이해하지 못했다. 감히 이해했다고 착각했다. 내가 힘드니까 그가 힘든 것도 이해한다고 오만하게 굴었다. 그러나 삶의 무게는 공유될 수 없었다. 우리는 서로를 발견했지만 서로를 도울 수 없었다. 그가 출구로 향해 가야 하는 길과 내가 출구로 향해 가야 하는 길은 일치하지 않았다. 그는 그의 길로, 나는 나의 길로 가야 했다.

나는 그의 길을 인도하기 위해 이 미로 속에 갇힌 게 아니었다. 그 역시 나의 길을
인도하기 위해 이 미로 속에 갇힌 게 아니었다. 우리는 오직 자기 자신을 위해 자
기 삶의 방향대로 이 미로를 빠져나가야 했다. 나는 그의 손을 꼭 붙잡고, 괜찮다
고, 괜찮다고 주문을 외우듯 말했다. 그 말은 나 자신에게 하는 말이기도 했다.

　카페에서 내 말을 묵묵히 듣던 아모의 표정이 어두워졌다. 나는 다 식은 커피를
한 모금 들이켰다. 아모가 나를 빤히 쳐다보더니 더 이상 못 참겠다는 듯이 말을
내뱉었다.
　"엉뚱한 사람에게 구원을 바랄 게 아니라, 너를 오랫동안 지켜보고 기다려 준
그에게 도움을 청했어야지!"
　"그라면 누구 말하는 거야? 헤어진 그 사람?"
　"그래, 그 사람."
　나도 모르게 피식 웃음이 나왔다. 언제 적 이야기를 하는 거야? 그와 헤어진 건
2012년 4월, 벌써 이 년이 지난 뒤라고……. 아모가 답답하다는 듯이 크게 한숨을
내쉬었다. 나는 아모를 향해 말했다.
　"그와는 다 끝났어. 일 년 전 청춘 콘서트 때 그는 오지 않았어. 나를 선택하지
않았어."
　"너도 그를 선택하지 않았어. 너는 아무것도 하지 않았어. 그저 기다리기만 했
지. 아니, 그가 오면 상처 주고 내쫓기만 했지."
　나는 갑자기 나를 몰아붙이는 아모의 태도가 당황스러웠다. 말없이 아모를 바라
보자 아모가 말을 덧붙였다.
　"맞잖아. 널 선택하지 못하게 그를 내쫓았잖아."
　"이미 새로운 사람 만나 잘 살고 있는데 어떡해, 그럼."
　억울하다는 듯이 하소연하자 아모가 고개를 저으며 말했다.
　"새로운 사람 핑계대지 마. 계속 연락이 왔고, 안부를 물어 왔잖아. 새로운 사람

을 만났어도 너를 잊지 못하고 혼란스러워한다는 거 알았잖아. 알면서도 내쳤잖아. 네가 힘든 상황이라는 거 알았다면, 그가 달려왔을 거라는 것도 알고 있었잖아. 그런데 말하지 않고, 그렇게 인연을 잘라냈잖아.”

“아니, 그럴 수 없었어. 환을 보내고 뜻밖에 그와 다시 만나게 된 일이 있었어. 일 년 반 만에 얼굴을 봤지.”

“그의 얼굴을 봤다고?”

나는 고개를 끄덕이며 말을 이었다.

“모임 사람들과 회식하고 용인에 사는 친구와 같이 택시를 탔어. 잠깐 졸았는데 택시 기사 아저씨가 다 왔다고 깨워서 보니, 그의 집 앞이었어.”

“그래서 어떻게 했어?”

“새벽 2시에 그에게 전화를 걸어 내려오라고 했지. 자다 말고 맨발에 슬리퍼 차림으로 뛰어나와 나를 반기더라. 술에 취해 횡설수설하는 나를 보며 피식피식 웃기도 하고.”

아모가 숨죽이고 다음 말을 기다렸다.

“반가웠고, 여전히 따뜻했어. 술 취한 나를 챙겨 주었고, 집까지 바래다주었으니까.”

“그때 네 상황을 솔직히 털어놓고 도와달라고 하지 그랬니?”

“아니, 그럴 수 없었어. 집에 차키를 가지러 가면서도 내가 그냥 갈까 봐 기다려 달라고 신신당부하고, 그래도 불안한지 가는 길 내내 뒤를 돌아보더라. 자기를 왜 버렸냐고 담담한 척 물으면서도, 다시 와 달라고, 꼭 와 달라고 엘리베이터 문이 닫히는 순간까지 말하는데…….”

“네가 많이 그리웠나 보네.”

“그게 말이 되니? 시간이 얼마나 흘렀는데, 서로 다른 사람을 만나고 있는데 어떻게 그럴 수 있어? 그러면 안 되는 거잖아.”

나의 말에 아모가 무거운 탄식을 내뱉었다.

"그냥 이런 사람을 사랑했고 그 대가로 이렇게 오래 아픈 거라면 괜찮다고, 그럴 만한 사람을 좋아했고 나만 그랬던 게 아니니 그럼 됐다고 그렇게 마음이 정리되더라."

"혼자 정리하지 말고 말을 했어야지! 너를 잃은 대가로 지금까지 아파하고 있다고."

"그걸 어떻게 말해? 그때 말하는 게 무슨 소용이 있어?"

"그럼 네 자존심 지키는 건 무슨 소용이 있어? 너는 그를 떠나 불행해진 모습을 들키기 싫었던 거 아냐!"

"그런 게 아냐. 우린 이미 서로에게 많은 상처를 줬어."

"그러니까 상처가 두려워 또 도망친 거 아니냐고!"

아모의 말에 나도 모르게 가슴 속 불구덩이가 치솟았다. 나는 소리쳤다.

"아모! 정말 너까지 왜 이러는 거야?"

"네가 못나게 굴었으니까 그러지!"

나도 모르게 아모의 팔을 확 잡아당기며 소리쳤다.

"네가 뭘 알아! 뭘 안다고 함부로 말해! 너 따위가 뭘 안다고……. 기억도 다 잃은 주제에!"

"기억을 다 잃은 주제에? 너 따위? 말 다했어?"

아모의 목소리가 가늘게 떨리더니 눈에 눈물이 그렁그렁 맺혔다. 나도 눈물이 울컥했다.

"'모모한 토요일'이라고 했지? '모모' 때문에 싸웠고, '모' 동네였는지, 왜 거기 혼자 있었던 건지 그게 기억이 나질 않아서 그를 찾지 못하고 있다고……. 넌 마음의 나라에 가서 기억만 찾으면 다 되돌릴 수 있잖아. 그와 화해하고 다시 예전으로 돌아갈 수 있잖아. 그럼 같은 사랑만 했던 시절로 돌아갈 수 있잖아. 난 아니라고! 왜 헤어졌고, 그가 어디에 있는지, 뭘 하며 사는지 다 아는데, 다 기억하는데 되돌릴 수가 없었다고! 사랑한 기억을 통째로 버리러 세상 끝까지 가는 내 마음을 네가 뭘 안다고, 네가 뭘 안다고……."

"버리지 않을 수 있었어! 너도 돌아갈 수 있었어! 네가 자존심만 버리고, 그에게 도움을 청했다면!"

"철없는 토끼 같으니……. 꼭 나와 같은 기억 찾아서 나만큼 괴로워해라."

나는 어느덧 이성을 잃고 아모에게 저주를 퍼붓고 있었다. 아모가 입술을 부르르 떨며 내 눈을 뚫어지게 바라보더니 차갑게 말했다.

"넌 괴물이야. 너를 사랑한 사람을 죽이고, 너 자신을 죽였어."

아모는 그 자리에서 일어나 그대로 문을 열고 카페를 나갔다. 나는 그 뒷모습을 멍하니 바라보았다. 괴물……. 아모의 목소리가 귓가에 맴돌았다. 세상의 끝에 와서 어렵사리 마음을 연 친구마저 나를 괴물 취급하고 떠났다. 나도 모르게 두 뺨 위에 눈물이 흘러내렸다. 주위 사람들이 나를 보며 웅성거렸다. 나는 그제야 그곳이 사람들이 북적거리는 카페라는 걸 깨닫고 황급히 나왔다. 도로에는 차가 쌩쌩 달리고, 인도에는 여느 때처럼 여행자들이 걸어 다니고 있었다. 여기는 지구의 반대편의 작은 빙하 마을, 엘 칼라파테. 이제 어디로 가야 할까. 사방을 둘러봐도 아모는 보이지 않았다. 나는 계속 주위를 두리번거리다가 나도 모르게 주저앉았다. 금세 울음이 터져 나왔다. 나는 길바닥에 주저앉아 꺼이꺼이 슬픔을 내뱉었다. 지구 반대편에서도 나는 혼자였다.

당신의 인생은 나의 인생을 넘어서는데

　서른의 봄, 나를 이해해 줄 유일한 사람이라고 믿었던 상대는 구원자가 아니었다. 실패한 사랑에 무슨 말을 더 할 수 있을까. 하지만 사랑의 결실이 결혼이라고 생각하던 시절은 지났다. 나는 서른이었다. 수많은 만남과 사랑, 이별을 뚫고 살아 버텨 내어 다다른 나이었다. 한때 나의 구원자였던 환은 함께 보낸 시간이 곧 사랑이라고 여겼던 내 생각을 송두리째 뒤집어 놓았다. 얼마나 오랫동안 사랑했는지가 중요한 게 아니라, 상대방의 내면을 얼마나 흔들고 변화시켰는지가 중요했다. 환은 내가 나 자신을 볼 수 있게 해 준 것만으로, 구원자에 대한 환상을 부술 수 있게 해 준 것만으로도 내게 큰 영향을 끼쳤다. 그걸로 환과 나, 그 인연의 의미는 충분했다.

　세상이 어지럽게 돌아가더라도, 나를 둘러싼 주변이 엉망이 되더라도 얼마든지 견뎌 낼 수 있다. 가장 큰 문제는 나 자신이 붕괴되는 일이다. 자아가 강한 사람일수록, 주관이 뚜렷한 사람일수록 자아의 붕괴는 더 걷잡을 수 없다. 견고했던 나의 세계를 의심하기 시작하면서 나는 얼마나 휘청거렸는가. 나는 내 삶의 미로에 갇혔다. 더 이상의 붕괴를 막고, 이곳에서 빠져나가기 위해서는 출구를 찾아야 한다. 누구도 나를 도울 수 없고, 나 스스로 나를 출구까지 인도해야 한다. 이 사실을 깨닫기까지 나는 얼마나 헛된 믿음으로 구원자를 기대했나. 나는 당분간 마음을 추스르며 일에만 전념하기로 마음먹었다.

　며칠 뒤 한 통의 전화가 걸려왔다. 한 대기업에서 임원들의 리더십 교육을 위해 자전적 에세이 쓰기 과정을 의뢰하는 전화였다. 나는 곧장 담당자를 만나 앞으로 어떻게 과정을 운영할지 논의했다. 이 과정의 목표는 임원들이 각자 성격의 장단점을 파악한 뒤, 장점은 더 극대화하고 단점은 보완하여 리더로서의 역량을 한층 더 강화시키는 것이었다. 담당자가 교육 과정 설계부터 관리까지 내게 일임하여, 나는 어떤 유형의 자서전을 쓸 것인지, 어떤 방식으로 코칭과 집필 과정을 이끌어 갈 것인지, 최종 결과물은 어느 수준의 책으로 만들 것인지 계획을 세웠다.

어떤 유형의 자서전을 쓸지 고민이 많았는데, 연대기별로 나열하는 회고록과 같은 자서전은 기록과 고증의 비중이 컸기에, 리더십 강화를 목표로 하는 이번 교육 과정과 맞지 않았다. 더욱이 회사 업무와 교육을 병행하는 게 상당한 부담이 될 것이라 판단해, 좀 더 재미를 느낄 수 있는 '일러스트 에세이'를 택했다. 에세이에는 많은 사건들을 나열하는 대신 인생에 가장 큰 영향을 준 사건 세 개만 뽑아 자세히 살펴보기로 했다. 임원들의 나이를 고려했을 때 큰 사건들은 오래 전에 일어난 경우가 많아서, 나는 그들의 기억을 끌어내기 위해 아띠봄 교육에서 쓰는 FGI(Focus Group Interview)설문을 활용했다.

"인생에서 경험한 가장 큰 성공과 실패는 무엇인가요? 그때의 상황과 감정은 어땠나요?"

"당신은 어떻게 성장해 왔고, 앞으로 어떤 목표를 가지고 어떻게 성장하길 바라나요?"

"언제 가장 고독과 불안을 느끼고, 그때 어떤 행동을 하나요?"

"살면서 당신에게 위로가 가장 필요했던 순간은 언제였나요? 그때의 상황과 감정은? 그리고 지금 시점에서 돌이켜 보며 드는 생각과 감정은?"

"가장 의지했던 대상을 잃은 적이 있나요? 그때의 상황과 감정은? 상실감은 무엇으로 채웠나요?"

질문에 하나하나 답하면서 임원들은 그들 인생에 중요한 사건들을 다시금 떠올릴 수 있었다. 그리고 그 사건들 가운데 세 가지를 정하여, 그 사건을 통해 알게 된 본연의 성격과 그 사건으로 인해 형성된 성격까지 '나'라는 사람의 캐릭터를 분석했다. 그러한 성격이 리더로서의 역할을 수행할 때 어떻게 장단점으로 작용했는지도 함께 고찰했다. 장점의 경우 어떻게 하면 더 극대화시킬 수 있는지, 단점의 경우 어떻게 수용하고 보완할 수 있는지 폭넓게 논의를 전개했다. 나는 이야기의 중요한 부분이 생략되거나 축소되지 않도록 적재적소에 질문을 던져 이야기를 온전히 끌어내야 했다.

　1부 구성이 '리더로서의 삶'에 초점을 맞추었다면, 2부 구성은 '개인의 삶'에 초점을 맞추어 좀 더 자유로운 주제로 삶을 풀어냈다. 사람, 취미, 풍경 등 자신이 좋아하는 것 세 가지를 뽑아, 그것들이 '내 인생'을 어떻게 풍요롭게 했는지 짚어 보는 시간을 가졌다. 1부 구성에 비해 상대적으로 덜 무겁고, 임원들이 좋아하는 활동이 소재가 되다 보니 코칭의 분위기가 훨씬 화기애애했다. 나와 유난히 잘 맞는 임원의 경우, 서로 교육이라는 걸 잊을 정도로 즐겁게 대화했다. 그렇게 한 명 당 세 차례씩 총 열 시간에 걸친 일대일 코칭을 통해 책 한 권에 담길 이야기를 뽑아내는 게 나의 역할이었다.

　과정을 진행하면서 어려운 점이 많았다. 제일 어려웠던 것은 '감성의 공유'였다. 일대일 코칭으로 진행되고, 삶을 진정성 있게 담아내는 과정이다 보니 임원과 나의 교감이 중요했다. 교감하지 못하면 그들의 삶이 피상적으로만 다뤄져 책에 깊이 있는 통찰을 담기 어려웠다. 교육이 효과를 거두려면 그들이 내게 마음을 열어야 했고, 우리는 친구가 되어야 했다. 오십 대, 육십 대의 친구를 사귀어 본 적이 없는 나는, 어떻게 그들과 친구가 되어야 할지 막막했다. 나보다 나이도 훨씬 많고, 기업의 임원이라는 자리에 있는지라 대하기도 어려웠다. 또 임원 자리에 오르기까지 많은 어려움을 헤쳐 온 분들이라 기운이 남달라, 나도 모르게 위축될 때도 많았다.

　처음 교육에 들어가기 전에는 혼자 주문을 걸었다. '쫄지 마. 그들도 사람이야.' 그리고 그들과 대면해서는 겁먹지 않은 척 대화했다. 사무실에는 나와 임원 단둘이었고, 우리는 마주 앉아 두세 시간 동안 눈을 똑바로 바라보고 대화했다. 나는 질문했고, 그들은 대답했고, 나는 다시 그 대답을 들었다. 눈을 계속 맞추었기 때문에 내 감정을 속일 수 없었다. 그들 역시 감정을 속일 수 없었다. 서로의 눈에 속마음이 투명하게 다 비쳤다. 처음엔 그게 낯설고 불편했다. 타인에게 여과 없이 나의 내면을 들키고, 타인의 내면을 고스란히 목격하는 기분이었다. 그러나 그 과정을 해내기 위해서는 서로에게 있는 그대로의 자신을 내보이는 것 말고는 다른 방법이 없었다. 쉽진 않았지만 결국 우리는 마음을 내려놓고 마주했고, 나는 보다 깊숙이 묻고 들을 수 있었다.

한 사람의 인생에 큰 영향을 준 사건을 끌어내다 보니, 말하는 임원도, 듣는 나도 힘겨울 때가 많았다. 한 사람의 인생에 소용돌이를 일으킨 사건은 오랜 세월이 지났는데도 아직도 영향을 주는 경우가 많았고, 잊고 지냈던 상처가 올라와 가슴을 치는 경우도 많았다. 긴 회사 생활을 되짚으며 세월이 이렇게 많이 흘렀구나 하고 새삼 깨닫는가 하면, 그때 그러지 말걸 하고 회한의 미소를 짓는 임원도 있었다. 마주 앉은 임원과 나 사이에 육십여 년이라는 시간이 때론 격한 파도를 일으켰고, 때론 잔잔하게 흘러갔다. 자신만의 배를 타고 노를 저어 세월의 바다를 건넌 스무 명의 임원들을 바라보며, 나는 '삶'에 대해 진지하게 생각했다. 그 생각을 임원들과 솔직하게 나누면서 우리는 서서히 친구가 되어 갔다.

'이성적 사유'를 주도하는 일도 어려웠다. 나는 그들 삶에 영향을 끼친 사건들을 함께 되짚어 보며, 그 선택이 옳았는지 판단할 수 있도록 계속해서 질문을 던져야 했다. 내가 어떤 질문을 던지느냐에 따라 사유의 방향이 정해졌고, 가치 판단이 뒤따랐으며, 의미가 만들어졌다. 그 과정을 이끌어 가는 동안 나는 끊임없이 내 질문을 의심했다. 제대로 된 방향으로 질문하고 있는가. 그들의 '현재', 현재를 넘어 '미래'에 도움이 될 만한 질문으로 사유를 끌어가고 있는가. 내 나이 고작 서른, 나이로만 따져도 내 인생의 두 배를 살았고, 겪은 것만 해도 내 인생 경험을 훨씬 넘어서는 임원들에게, 당신의 삶이 이랬어야 하지 않느냐고 질문을 던지고 이성적 사유의 흐름을 주도하는 일은 너무 버거웠다. 나는 그들만큼 연륜이 깊지도 않았고, 그들만큼 삶의 지혜가 있지도 않았다. 고작 서른의 삶도 버거워 허덕이는 내가, 스스로 설 힘도 없어 구원자를 기다렸던 내가, 그들 앞에 앉아 있어도 되는 건지, 그럴 자격과 능력이 있는지 매 순간 나 자신에게 반문했다.

'방대한 양'도 큰 부담이었다. 한 사람의 삶 전체를 되돌아보고 한 권의 책으로 이야기를 끌어내는 것도 쉽지 않은 과정인데, 스무 명의 자서전을 동시에 진행하려니 절대적인 작업량에 압도되었다. 한 명의 임원과 세 시간에 걸친 코칭이 끝나면 바로 다음 임원과의 코칭이 기다리고 있었다. 그렇게 하루가 가고, 일주일이 가고, 한 달이 가면서 힘에 부친다기보다 마음에 부쳤다. 한 명 한 명의 성격과 특징을 파악하여 그들의 삶을 온전히 이해하고 나누기를 스무 번 반복하는 동안, 정신적 부담이 컸다. 코칭이 끝나면 기진맥진하여 넋이 나가 있기 일쑤였다. 그러나 또 다음 코칭을 준비하기 위해 부지런히 움직여야 했다. 임원들의 직무가 다 다르다 보니 경영, 재무, 인사, 법무, 상품 기획, 연구개발, 디자인, 생산, 영업 등 전 분야의 특성을 파악해야 임원들과의 대화가 가능했다. 틈틈이 직무에 관련한 전문 서적을 읽고, 회사와 관련된 기사를 찾아 스크랩하는 등 따로 공부했다. 힘들었지만 좋았던 건 임원들로부터 그 자리에 오르기까지 어떤 과정을 거쳐, 어떤 역량을 쌓았는지 들을 수 있었던 것이다. 한 분야의 일인자가 되기까지 피나는 노력과 리더로서의 고뇌를 생생히 들을 수 있어 인생 수업과 함께 경영 수업을 받은 셈이었다.

 두 차례에 걸친 일대일 코칭을 마친 뒤, 나는 1부 '리더로서의 삶' 세 가지, 2부 '개인의 삶' 세 가지 총 여섯 가지 사건을 목차와 함께 내용 구성안으로 정리하여 임원들에게 보냈다. 그러면 임원들은 여섯 개의 사건으로 정리된 자신의 인생을 검토하였다. 전체적인 흐름을 체크하고, 내용이 빠졌거나 부족한 부분은 추가하고, 사실과 다른 부분 혹은 잘못된 부분을 바로잡고, 책 제목, 사건 하나당 글 제목, 소제목까지 만들었다. 그 다음에는 내용 구성안을 토대로 집필했다. 나는 여섯 개의 사건을 육 주로 나누어, 매주 한 개의 사건을 임원들에게 과제로 주었다. 그리고 개인 수준에 맞추어 3차 코칭의 일정을 잡아, 글쓰기 수업을 진행했다. 임원들이 일주일 동안 부지런히 원고를 쓰고 마감일에 이메일로 보내면 나는 이를 꼼꼼히 확인한 뒤 전화와 이메일로 피드백을 주었다. 그 후 임원들이 다시 글을 정리해서 보내면, 내가 유선 및 이메일로 다시 피드백을 주는 과정이 몇 달 동안 반복되었다. 스무 명을 한꺼번에 관리하다 보니 정신이 하나도 없었다. 해외 출장이 잦은 임원이나 회사 중대사로 비상인 임원 등 각각 사정이 다르다 보니, 개인별 맞춤 일정을 짜서 중간에 포기하는 사람이 없도록 신경을 썼다.

5월에 시작한 교육은 10월 초에야 마무리되었다. 이제 남은 한 달 동안 책 만드는 일만 남았다. 슬아는 완성된 원고를 다듬었고, 나는 삽화 스케치를 한 뒤 일러스트레이터에게 의뢰했다. 그리고 임원 분들의 개인적인 특성과 책의 내용이 잘 드러나도록 직접 책 표지 디자인을 했다. 원고와 삽화가 잘 어우러지게 편집 디자인까지 완성해서 인쇄소에 넘기자, 거짓말처럼 며칠 뒤 한 권의 책으로 완성되어 내 손에 쥐어졌다. 내 책만 만들다가 타인의 책을, 그것도 이렇게 한꺼번에 여러 권을 만드니 신기하기도 하고 말로 할 수 없는 성취감이 느껴졌다. 수고했다고 내 가슴을 툭툭 두드리며 책장을 넘겨보았다. 한 권, 한 권이 임원 한 사람, 한 사람의 인생이었다. 반년 동안 임원들과 함께 그들의 과거로 돌아가 스무 가지 인생을 살았다. 나는 책 한 권, 한 권을 어루만지며 조용히 미소 지었다.

출간 기념회는 10월의 마지막 날 진행되었다. 사회자가 나에게 긴 교육 과정을 마친 소감을 들려 달라고 했다. 마이크를 건네받고 입을 떼려는 순간, 그동안 함께해 왔던 임원 스무 명의 얼굴이 한눈에 들어왔다. 코칭 하는 동안 참 많은 일들이 있었고, 수십 가지 감정이 쌓였는데 어느덧 우리의 만남도 끝이었다.

"많이 배웠습니다. 여기 계신 임원 스무 분의 자서전 작업을 하다 보니, 스무 가지의 삶을 알게 되었습니다. 그 삶에 담긴 진정성에 감동했습니다. 오랫동안 기억하겠습니다. 고맙습니다."

나는 깊이 고개를 숙여 감사의 인사를 전했다. 임원들도 한 명 한 명 다가와 내게 감사의 말을 건넸다. 어느새 정이 들어 아쉬운 마음을 표현하는 이도 있었고, 책을 쓴 소감을 전해 주는 이도 있었다. 한 임원은 책을 쓰고 나니 유언장을 남긴 기분이 들어 며칠 잠 못 이루고 뒤척였단다. 그래도 이렇게 한 번 정리하니 속이 후련하다며, 남은 삶을 더 알차게 살아야겠다는 생각이 들었다고 했다. 나는 마지막으로 담당자와 마주 보고 그간의 소회를 나누었다. 좋은 기회를 주셔서 인생 수업을 실컷 받았다고, 고맙다고 전했다. 쉽지는 않았지만 어려운 만큼 보람 있는 교육이었다. 마지막으로 예쁘게 진열된 책을 죽 훑어보았다. 행사가 끝나면 자서전은 임원들에게 전달될 것이다. 그들 손에 쥐어진 자서전은 지난 삶에 대한 증거이자, 미래의 삶에 대한 나침반이 되어 줄 터. 내게도 삼십 대의 삶을 살아갈 나침반이 되어 주리라. 나보다 먼저 삶을 살아 낸 선배들을 통해, 나는 어떤 원칙을 가지고 삶을 살아야 할지 방향을 잡게 되었다.

내 삶의 과제를 피하지 말 것. 이 원칙이야말로 임원 교육을 통해 내가 가장 절실히 깨달은 것이었다. 나와 성격이 비슷한 임원 한 명이 업무적으로 마음고생을 크게 하고 있었다. 그래서 처음 만났을 때는 한가하게 자서전을 쓸 때가 아니라며 회의적인 반응을 보였다. 나 역시 당장 위태롭고 힘든 상황에서 과거를 되짚는 작업이 얼마나 유효할지 확신이 들지 않아 이렇게 말했다.

"그럼 속풀이라도 하세요. 동료나 가족 누구에게도 말씀 못 하시잖아요. 저는 회사 사람도 아니고, 생판 남이니 어디 누설할까 봐 걱정하지 않으셔도 되요. 대나무 숲처럼 마음 편히 털어놓으세요."

내 말에 그는 한결 부담을 던 듯 고개를 끄덕였다. 우리는 그렇게 목표를 낮추고 차분히 대화를 시작했다. 그랬더니 오히려 더 자연스럽게 과거의 중대한 사건 이야기가 나왔고, 인생에 크게 영향을 끼친 세 개의 사건을 추릴 수 있었다. 세 개의 사건은 A, B, C로 다 다른 사건이었고, C사건은 당시 그 임원이 처해 있는 어려운 회사 상황이었다. 그런데 교육을 진행하다 보니 과거에 일어난 B사건과 C사건이 닮아 있음을 알아차릴 수 있었다. C사건은 별개의 사건이 아닌, B사건의 연장선이었다.

누구나 자기 삶에 주어진 과제가 있는데, 그것을 해결하지 못하고 도망치면 시간이 지난 뒤 다른 모습으로 다시 나타나는 것 같았다. 나는 그 임원이 진솔하게 털어놓은 삶 속에서 삶의 진리를 발견했고, 이를 위장된 축복(blessing in disguise)이라 표현했다. 위장된 축복이란 처음에는 불운인 줄 알았는데 나중에 보니 행운으로 밝혀지는 경우를 뜻하는 말로, 임원에게 대입하면 지금 상황이 마치 불행 같지만, 이면을 보면 인생의 과제를 해결하고 지난 B사건에 대한 죄책감을 털어 낼 수 있는 행운의 기회였다. 그는 진지하게 귀 기울이더니 기막히다는 듯 웃었다. 나도 그랬다. 삶이 어떻게 이럴 수 있을까. 불행에 맞닥뜨릴 때마다 삶은 복불복이라며 원망했는데 이토록 자명한 이치로 돌아가고 있다니!

그 후 그 임원은 깊은 성찰이 담긴 에세이를 써냈고, 나는 그 원고를 찬찬히 읽으며 우리가 발견한 삶의 진리를 음미했다. 내게 주어진 인생의 과제는 내가 살아가는 동안 반드시 내 힘으로 해결해야 한다. 당장에 두려워 피한다 한들 다시 되돌아오게 되어 있다. 피하지 않고 맞선다 해도 당시에 과제를 해결할 능력이 되지 않으면 실패할 수 있다. 그러나 그 실패에 낙담할 필요는 없다. 그 실패를 딛고 나는 성장할 것이고, 언젠가 다시 기회가 주어질 테니 말이다. 내게 닥친 상황에서 반드시 해결해야 할 과제를 찾아 온 힘을 쏟는 것이, 삶을 현명하게 살아 내기 위한 최선임을 나는 임원 교육을 통해 배웠다. 그러니까 이십 대에 그랬듯, 삼십 대에 어떤 어려운 상황이 찾아와도 억울해하지 않고 내게 주어진 과제를 묵묵히 해내면 되는 것이다. 위장된 축복을 받은 임원을 포함한 스무 명의 임원들의 삶이 그래도 된다는 확신을 주었다. 나는 존경하는 인생 선배들의 뒤를 마음 놓고 따라가기로 결정했다.

한국문화예술교육진흥원에서 진행한 예술강사 대상 스토리텔링 교육과 일반인 대상 동화 쓰기 수업도 같은 맥락으로 확신을 주었다. 처음 그들과 맞닥뜨렸을 때 나는 무서웠다. 내가 맡은 일은 내가 가진 지혜 그 이상을 요하고 있었다. 아직 서른 해밖에 살지 못한 내가, 아직 내 자신도 제대로 받아들이지 못한 내가, 아직도 중심을 잡지 못하고 끝없이 흔들리는 내가 감히 뭐라고, 나보다 더 혹독한 계절을 보낸 사람들에게 자신을 받아들이라고, 중심을 잡으라고 말한단 말인가. 자신을 왕따 시킨 친구들을, 폭력을 행사한 아버지를, 살인자 누명을 쓰고 인생을 포기한 누나를, 배신자 동료를, 스토커 연인을 이제 그만 용서하고 상처에서 자유로워지라고 말한단 말인가. 내가 당사자였다면 평생 상처에 허덕이고 살았을 텐데, 타인에게는 상처를 딛고 상대를 용서하고 이해하라며 수업을 끌고 가야 하는 게 버거웠다. 그러나 내게 주어진 일, 할 수 있는 데까지 해 보자 나를 타이르고, 타인의 고통에 울고 웃으며 뜨거운 여름을 보냈다. 사람들이 고통에 몸부림치면서도 자신의 미로를 되짚는 걸 보았고, 한 주 한 걸음씩 자신의 출구로 스스로를 안내하는 모습을 보며 놀라움을 금치 못했다.

그러면서 나도 모를 위안을 받았다. 나만 외로운 게 아니었구나. 나만 미로 속에 갇혀 헤매고 있던 게 아니었구나. 우리 모두 어디에선가 자기 삶의 출구를 찾기 위해 이토록 눈물겹게 헤매고 있구나. 치열한 삶을 살고 있구나. 함께 아파하고 있다는 사실, 나보다 더 깊은 상처와 혹독한 환경을 딛고 자기 자신과 화해하기 위해 애쓰며 더 나은 내일을 위해 나아가고 있다는 사실, 그것이야말로 내게 구원 같았다. 삶의 무게가 양 어깨를 짓눌러 걸음은 더디지만, 그래도 나아가고 있다는 사실이 중요했다. 인간의 존엄성은 절망과 두려움 속에서도 도망치지 않고 한 발 한 발 내딛으며, 자기 자신을 온전히 책임지고 구원하고자 노력하는 모습에 있었다. 나는 교육을 통해 그들의 눈물겨운 노력과 삶에 대한 진지한 태도를 보았고 감동했다. 그리고 행복했다. 그들이 출구로 향하는 그 길에 미천한 도움이나마 줄 수 있어서 말로는 표현하지 못할 만큼 기쁨을 느꼈다. 내가 가진 능력이 당신이 삶을 보다 깊이 이해하고 더욱 사랑하는 데 계속해서 도움을 줄 수 있으면 좋겠다. 그리고 이젠 나 자신을 도울 수 있기를 바란다.

이제 이 미로는 내 힘으로 빠져나간다. 힘이 빠지거나 희망을 잃으면 누군가를 찾는 대신 그 자리에 멈춰 서서 다시 힘이 생길 때까지, 다시 희망이 생길 때까지 묵묵히 기다리기로 한다. 시간이 얼마나 걸릴지 모르겠으나 괜찮다. 모든 미로를 다 헤집은 다음에야 출구로 향하게 된다 해도 괜찮다. 그것은 내 힘으로 찾아낸 나의 출구일 테니. 중요한 것은 속도가 아니라 방향이다. 언젠가 내가 나를 구원할 수만 있다면야 시간쯤이야 얼마든지 지불할 의사가 있다. 고독과 좌절과 친구

가 된다면 그 또한 그럴듯한 하나의 여행기가 될 터, 그러니 괜찮다. 무엇이든 괜찮다.

우리는 모두 각자의 미로를 헤매겠지만 결국 출구는 단 하나, 모든 길을 거친 우리들은 각자 스스로를 구원하고 한 점에서 만나리라. 그것이 그토록 내가 원하는 지혜의 궁극점일 수도 있고, 행복의 문일 수도 있고, 종교적인 관점에서는 해탈의 경지일 수도 있을 것이다. 무엇으로 이름 붙이든 우리는 그곳에서 만나리라. 그리고 함께하리라. 그 지점에서는 서로가 서로에게 욕심 부리지 않고, 서로의 영혼을 갉아먹지 않고, 온전히 한 인격체로 동등하게 마주할 수 있으리라. 우리가 그 지점에서 서로를 발견한다면 서로를 도울 수 있을 것이다. 함께 행복할 수 있을 것이다. 나는 내 삶의 출구를 찾아 다시 삶의 미로를 달리기 시작했다.

마음의
끝

세상의 끝, 우수아이아

13. 우수아이아
__ 세상의 끝, 마음의 나라

내가 너에게 갈게

우수아이아(Ushuaia)로 떠나기 전, 나는 엘 칼라파테(El Calafate) 곳곳을 뛰어다니며 아모를 찾았다. 아모가 사라진 지 어느덧 반나절이 지났다. 나는 지나가는 사람들을 붙잡고 물었다.

"혹시 키가 이만한 하얀 토끼 못 보셨어요?"

사람들은 하나같이 고개를 저었다. 마음이 급해졌다. 내일 아침 비행기인데, 그때까지 나타나지 않으면 어떡하지? 혹시나 하는 마음에 숙소에 가 봤지만 아모의 모습은 보이지 않았다. 나는 침대 위에 털썩 주저앉았다. 아모가 했던 말이 귓가에 메아리쳤다.

'괴물……'

못된 토끼 같으니… 꼭 그렇게까지 말해야 했니? 나도 모르게 눈물이 울컥 올라왔다.

"뭘 안다고 함부로 말해! 너 따위 토끼가 대체 뭘 알아서. 기억도 다 잃은 주제에!"

"철없는 토끼 같으니……. 꼭 나와 같은 기억 찾아서 나만큼 괴로워해라."

나도 그렇게 말해선 안 됐는데……. 기억 잃고 괴로워하는 모습을 보고도 그렇게 말하다니, 내가 나빴다. 아모만큼 내 속내를 묵묵히 들어 준 친구도 없었는데, 어느새 고마움을 다 잊고 아모의 마음에 상처를 주고 말았다. 아모가 보고 싶었다. 조그마한 입을 오물거리며 귀엽게 당근을 먹는 모습도, 힘겹게 산을 오를 때면 지쳐 반쯤 입을 벌린 모습도, 깜깜한 밤 내 품에 파고들어 와 초롱초롱한 눈으로 내 이야기를 듣던 모습도 다 그리웠다. 아모, 어디 있니? 내가 잘못했어. 돌아와, 제발……. 날이 저물자 나는 마지막으로 한 번 더 마을을 돌았다. 엘 칼라파테의 모든 상점들이 문을 닫았고, 거리의 여행자들은 모두 숙소로 돌아갔다. 도로는 텅 비었고 도로를 따라 줄지어 선 가로수만 바람에 쓸쓸히 흔들렸다. 아모는 여전히 보이지 않았다. 나는 어쩔 수 없이 숙소에 돌아와 침대에 누웠다.

시계 초침은 부지런히 움직이는데 잠은 쉽사리 오지 않았다. 깜깜한 밤, 반쯤 열린 창문으로 은은한 달빛이 새어 들어와 방 안을 어슴푸레 비추었다. 창문 너머 무성한 수풀이 바람에 쏴아악 쏴아악 소리를 내며 흔들렸다. 나는 멍하니 그 모습을 바라보았다. 그때였다. 수풀 너머 어디선가 비명 소리가 들렸다. 나는 침대에서 벌떡 일어나 창문을 넘어 밖으로 달려갔다.

"살려줘! 살려줘!"

아모의 목소리였다. 나는 주위를 두리번거리며 정신없이 수풀을 헤집고 달렸다. 시야를 완전히 가렸던 모퉁이를 돌아서는 순간, 입이 턱 벌어지고 말았다. 아모가 흑곰에게 잡아먹히고 있었다. 흑곰은 인정사정없이 아모를 삼켰고, 아모는 흑곰의 날카로운 이빨 사이로 귀를 쫑긋 내밀어 살려 달라고 외쳤다. 나는 손을 뻗어 아모의 귀를 잡아당겼다. 그 순간 흑곰이 앞발로 나를 밀쳤다. 나는 그대로 뒤로 넘어졌다. 아모가 소리쳤다.

"살려줘! 영주야! 영주야!"

나는 재빨리 몸을 추스르고 일어나 흑곰의 이빨 사이로 손을 넣었다. 아모의 귀를 붙잡으려 애썼지만, 아모의 귀는 잡아당기기엔 턱없이 짧았다. 나는 기를 쓰고 흑곰의 목구멍에 머리를 넣어 아모의 귀 끝을 간신히 붙잡았다.

"짧아! 너무 짧아!"

그때였다. 흑곰이 나를 번쩍 들어 허공에 던져 버렸다. 나는 숲 한가운데 위치한 호수에 풍덩 빠졌다.

"안 돼!"

흑곰의 입 속에 갇힌 아모가 울부짖었다. 흑곰은 두 발을 딛고 서서 호수를 향해 포효했다. 나는 호수 아래로 점점 가라앉았다. 정신이 점점 몽롱해졌다. 그때 누군가 읊조리는 소리가 들렸다.

"나 좀 꺼내 줘."

나는 숨을 죽이고 귀를 기울였다.

"듣고 있니? 나 좀 꺼내 줘."

"아모니? 아모 맞니?"

"응, 나야."

"널 구해야 하는데……. 내가 어떻게 하면 되는지 알려 줘."

"마음의 나라로 와 줘."

"거기가 어딘데?"

"세상의 끝, 우수아이아로 와서 '마음의 나라로 향하는 문'에 날 데려다 줘."

"마음의 나라로 향하는 문은…….'

나는 정신이 혼미해져 더 이상 말을 잇지 못했다. 내 몸은 계속해서 호수 밑으로 가라앉고 있었다. 나는 젖 먹던 힘을 다해 마지막으로 물었다.

"마음의 나라로 향하는 문은… 어디에 있니?"

"마음의 나라로 향하는 문은… 원한다면 모두가 다다를 수 있는…….'"

아모의 목소리가 점점 희미해지더니 마침내 들리지 않았다. 나는 정신을 잃고 깊은 잠에 빠져들었다.

환한 빛이 내 얼굴을 비추며 잠을 깨웠다. 눈이 부셔 일어나 보니 아침이었다.

창문 밖으로 햇살을 받은 수풀이 푸르게 빛났다. 꿈이었구나. 나는 안도의 한숨을 내쉬었다. 벽에 걸린 시계를 보니 아침 7시였다. 곧 비행기를 타야 할 시간이었다.

간밤의 악몽이 떠올랐다. 이곳에 오기 전에도 아모는 내 꿈에 등장해 마음의 나라로 와 달라고 했다. 밤마다 계속되는 아모의 끈질긴 설득이 나를 이곳으로 이끌었는지 몰랐다. 세상의 끝에 있는 마음의 나라. 마음의 나라에는 경계가 없어서 마음이 원하는 만큼 커질 수도, 작아질 수도 있다고 했다. 한 번 생긴 마음은 절대로 사라지지 않는 대신 계속해서 변한다고도 했다. 나는 미움과 괴로움을 모두 버리러, 아모는 사랑을 되찾으러 그곳에 함께 가고 있었다. 그리고 어젯밤 아모는 또다시 꿈에 나타나, 우수아이아로 와서 마음의 나라로 향하는 문에 자신을 데려다 달라고 했다. 그래, 꿈을 믿고 우수아이아로 가자. 그곳에서 아모 너를 만날 수 있기를, 무사히 마음의 나라에 데려다 줄 수 있기를, 그리고 나도 그곳에 가서 '그'에 대한 기억을 통째로 버리고 삼십 대의 삶을 다시 시작할 수 있기를……. 나는 마음을 다잡고 공항으로 향했다.

엘 칼라파테에서 비행기를 타고 날아온 지 한 시간 만에 우수아이아에 내렸다. 공항 밖으로 나오자 사납게 부는 바람에 몸이 휘청거렸다. 눈 앞에 펼쳐진 푸른 바다, 비글 해협(Beagle Channel). 이 해협은 동쪽의 대서양과 서쪽의 태평양을 잇는 막중한 역할을 하고 있지만, 그 역할의 무게를 아는 듯 모르는 듯 바다 위를 지나는 배와 마을의 풍경은 동화 속 장면처럼 아기자기하고 평온하기만 했다. 그 모순되는 분위기가 우수아이아의 첫인상이었다. 남위 55도, 지구 최남단 도시 우수아이아. 엘 핀 델 문도(El Fin del Mundo), 세상의 끝이라고 불리는 곳. 우수아이아는 마젤란 해협(Strait of Magellan) 너머에 있는 티에라 델 푸에고 제도(Tierra del Fuego)에서 제일 큰 섬으로, 남미에서 가장 남쪽에 있는 마을이었다. 남으로는 비글 해협을 마주하고 북으로는 마르티알 산맥(Martial Mountains)가 자리한 인구 6만의 작은 도시. 이곳에는 삶의 벼랑에 내몰리고, 사랑에 좌절한 가엾은 영혼들이

USHUAIA
fin del mundo
Municipalidad
de Ushuaia

전 세계에서 모여들었다. 희망을 버린 이들은 이곳까지 내려와 슬픈 기억들을 묻고 차마 버리지 못하는 삶을 다시 시작했다. 드디어 왔구나. 지구 반대편에서 이곳을 향해 달려온 지 두 달 만이었다.

먼저 아모를 찾아야 했다. 흑곰이 언제 나타나 아모를 공격할지 모르니, 한시라도 빨리 아모를 찾아 마음의 나라에 데려다 주어야 했다. 나는 방을 잡자마자 숙소 직원에게 물었다.

"우수아이아에 유명한 호수가 있나요?"

"있어요. 여행자들이 즐겨 찾는 에스메랄다 호수(Lago Esmeralda)요. 여기예요."

직원이 보여 준 사진을 보는 순간 숨이 멎는 줄 알았다. 늘 꿈에서 보았던 호수 풍경이었다. 직원은 손목에 찬 시계를 보며 말했다.

"오후 3시네요. 우수아이아는 10시는 되어야 해가 지니까 지금 가도 괜찮아요."

직원은 데스크에 놓인 지도를 꺼내 에스메랄다로 가는 길을 표시해 주었다. 에스메랄다 호수는 산 정상에 있었다. 정상까지 두 시간. 직원이 설명을 덧붙이려는 순간, 나는 급한 마음에 지도만 들고 에스메랄다 호수를 향해 달렸다. 아모, 조금만 기다려. 금방 갈게.

너와 내가 마주한 그곳에서, 우린

티에라 델 푸에고 국립공원(Tierra del Fuego National Park)에 들어서자 푸른 초원이 나를 반겼다. 이름 모르는 하얀 야생화가 지천으로 피어 있었고, 하얀 기둥의 마른 나무들이 나뭇가지 없이 꼿꼿이 서 있었다. 초록 잔디 위에 수놓인 하얀 꽃과 나무가 햇빛을 받아 반짝였다. 나는 아모를 빨리 찾아야 한다는 조급함에 앞만 보고 걸었다. 얼마 지나지 않아 졸졸 흐르는 냇물이 길을 가로막았다. 마음을 급히 먹은 탓에 꽉 쥔 두 손이 땀으로 흥건했다. 나는 잠시 무릎을 굽히고 앉아 냇물에 손을 담갔다.

"아, 시원하다."

아모와 헤어진 뒤 내내 달뜬 마음을 차가운 물이 식혀 주는 듯했다. 나는 숨을 크게 들이마셨다가 내뱉었다. 그리고 고개를 들어 먼 풍경을 바라보았다. 대지 위로 설산들이 줄지어 서 있었고, 그 위로 펼쳐진 하늘은 더없이 높고 파랬다. 간절한 마음으로 오르다 보면 그 끝에서 아모와 만나게 되리라. 만나지 못한다 한들 그것 또한 운명일지니 신의 섭리로 받아들이자 싶었다. 나는 손의 물기를 툭툭 털고 일어났다. 그리고 잔뜩 힘이 들어간 어깨를 쭉 펴고 에스메랄다 호수를 향해 걸음을 옮겼다.

어느 정도 산을 오르자 풍경이 바뀌었다. 울창한 나뭇잎들이 하늘을 가리는 바

람에 숲이 다소 어두웠다. 키가 크고 덩치가 있는 나무들이 빼곡히 들어서 위엄이 넘쳤다. 아모 혼자 여길 지나갔으면 무서웠을 텐데 하고 뒤늦은 걱정이 몰려왔다. 그나마 길이 험하지 않아 다행이었다. 그때였다. 저 멀리 검은 형체가 빠르게 지나갔다. 그 순간 나도 모르게 가슴이 철렁 내려앉았다. 나는 서둘러 그곳으로 달려갔다. 그러나 아무것도 없었다. 에이, 설마……. 아닐 거야. 나는 놀란 마음을 진정시키고 다시 발걸음을 옮겼다.

울창한 숲을 벗어나자 다시 탁 트인 대지가 펼쳐졌다. 하얗고 노란 야생화가 사방에 피어 있는 한편 말라비틀어진 나무 기둥이 여기저기 쓰러져 있었다. 어느덧 산 입구에서 보았던 설산들과 파란 하늘이 가까워져 있었다. 여기저기 바위가 박힌 흙길을 따라 설산을 향해 더 가까이 갔다. 길 왼쪽으로 강물이 곳곳의 바위를 휘감아 굽이쳐 흐르며 걸음을 인도했다. 어느덧 에스메랄다 호수로 향하는 돌계단만 남겨 두고 있었다. 그때 나무 사이에서 뛰쳐나온 검은 형체가 순식간에 돌계단을 뛰어올라 갔다.

“안 돼, 안 돼!”

나도 모르게 발걸음이 빨라졌다. 내 무릎보다 높은 계단을 정신없이 올랐다. 계단 끝 언덕 위에 도착해 숨을 헐떡이며 주위를 둘러보았다. 설산이 빙 둘러싼 가운데 에메랄드 빛의 에스메랄다 호수가 눈 앞에 펼쳐졌다. 나도 모르게 헛웃음이 났다. 아까 사진으로 보았던 그 호수, 어젯밤 꿈에 나타났던, 매일 밤 악몽에서 보았던 그 호수가 맞았다. 흑곰은 어디로 사라졌는지 보이지 않았다. 그보다 먼저 아모를 찾아야 했다. 나는 언덕을 뛰어 내려가 에스메랄다 호수에 다다랐다.

“아모! 아모, 여기 있니? 아모! 아모!”

먼저 도착해 호수를 감상하던 여행자들이 나를 의아한 눈으로 바라보았다. 나는 주위의 시선에 아랑곳없이 아모의 이름을 외치며 호수 주변을 뒤졌다. 설산 아래 낮은 풀숲까지 헤쳐 가며 아모를 찾았지만 아모는 털끝도 보이지 않았다. 설마 흑곰에게 잡아먹힌 건 아니겠지? 생각이 자꾸 나쁜 쪽으로 향했다. 나는 풀숲 밖으로 터덜터덜 걸어 나왔다. 그리고 에스메랄다 호수 앞에 풀썩 주저앉았다.

"아모, 내가 잘못했어. 제발 나타나 줘. 아모……"

어느덧 여행자들은 내려가고 에스메랄다 호수에는 나 혼자였다. 여기 오면 아모를 만날 줄 알았는데, 꿈은 그저 꿈일 뿐이었다. 혹시라도 엘 칼라파테에 남아서 나를 기다리고 있는 거면 어쩌지? 다시 엘 칼라파테로 돌아가야 할까? 아모, 어디 있는 거니? 무사한 거니?

"아모! 아모! 아모! 아모!"

나는 에스메랄다 호수에 대고 대답 없는 이름을 부르고 또 불렀다. 눈물이 두 뺨을 타고 줄줄 흘러내렸다. 지구 반대편에서 떠나온 뒤, 세상의 끝까지 먼 길 오는 동안 의지할 곳 없이 외로웠던 나와 친구가 되어 주었는데, 못된 말로 너를 잃는구나. 내 상처만 보느라 아모의 상처를 헤아리지 못했다. 시간을 돌릴 수만 있다면 그날로 돌아가 아모에게 사과하고 싶었다. 나는 세상의 끝에 와서도 왜 이토록 어리석은 걸까. 왜 사랑했던 존재를 떠나보내고서야 소중함을 깨닫는 걸까. 여기는 세상의 끝, 더 내려갈 곳도 없는데 대체 어디 가서 아모를 찾는단 말인가! 서러운 마음이 복받쳐 나는 땅바닥에 엎드려 꺽꺽 울었다.

"아모… 아모… 아모……."

"응, 영주야."

숨이 그대로 멎는 듯했다. 나는 천천히 몸을 일으켜 세웠다. 뒤돌아보는 순간 눈앞에 작고 하얀 아모가 서 있었다. 나는 말문을 잃고 아모를 뚫어지게 바라보았다. 꿈인가? 손바닥으로 두 뺨을 툭툭 쳐 봤다. 아팠다.

"기다리고 있었어."

"아모……."

"네가 와 줄 줄 알았어."

아모의 말에 나도 모르게 눈물이 울컥하며 입술이 부르르 떨렸다.

아모가 눈물이 그렁그렁한 눈으로 희미하게 웃어 보였다. 그 순간 나는 아모를 왈칵 끌어안고 목 놓아 울었다. 한참 울고 나자 아모가 내 품에서 떨어져 눈물을 닦아 주었다.

"많이 걱정했니?"

나는 고개를 끄덕이며 아모의 눈을 바라보았다. 아모의 맑고 투명한 눈동자에 눈물범벅인 내 얼굴이 비쳤다. 상처투성이 내 속내도 비쳤다. 나라는 사람이 더할 것도, 덜할 것도 없이 있는 그대로 비치고 있었다. 더는 아모에게 숨길 게 없었다. 나는 천천히 입을 열었다.

"네 말이 맞아. 나는 괴물이야. 나를 사랑한 사람을 죽이고, 나 자신을 죽였어."

아모가 내 눈을 조용히 응시했다.

"나는 꿈을 이루는 과정에서 절대 잃지 말아야 할 것을 잃었어. 내 꿈을 응원해 주었던 연인을 잃었어. 나는 그를 포기했어. 꿈을 함께 키워 왔던 소중한 친구도 잃었어. 나는 친구와 소식을 끊었어. 급기야 나 자신까지 잃었지. 나는 나 자신을 파괴했어. 마침내 꿈을 이뤘지만 나는 혼자였어. 그래서 내가 지금 여기, 네 앞에 있는 거야."

"아……."

내 말에 아모가 탄식을 내뱉었다.

"연인과 친구가 꿈보다 더 소중했는데, 그땐 그걸 몰랐어. 그들을 잃고 나서야 깨달았지. 후회해도 소용없었어. 나는 불행했어. 그 불행이 창피해서 누구에게도 들키고 싶지 않았어. 시간이 갈수록 더 공허하고 외로워졌어. 사회에서 어떤 보상을 받아도 그 허한 마음을 채울 수 없었어. 그들이 내게 주었던 마음, 나는 오로지 그 마음 안에서만 행복을 느낄 수 있었어."

아모가 손을 뻗어 나의 뺨을 어루만졌다. 서로의 눈에 서로가 비쳤다. 나와 똑같이 아파하고 있구나.

"네 말이 맞아. 그에게 도움을 청해야 했어. 당신을 떠나 의지할 곳 없이 비틀거리고 있다고, 당신만이 이 방황을 잠재우고 내게 버팀목이 되어 줄 수 있다고, 솔직히 털어놔야 했어. 그는 꿈을 향해 달려가던 내 곁을 묵묵히 지켜 주었고, 그 시절 내 청춘의 일기장이 되어 주었어. 누구보다 관심과 애정을 가지고 날 응원해 주었어. 그런 사람은 단 한 사람, 그밖에 없었어. 나는 고양이달을 손에 쥔 뒤에야, 제일 먼저 보여 주고 축하받고 싶은 사람이 그였다는 걸 깨달았어.”

“왜 돌아가지 않았니? 그가 간간히 안부를 물어왔다고 했잖아.”

“우리의 시간이 끝나 버렸으니까. 이미 엇갈렸으니까. 고양이달이 끝났을 때 우리의 세계는 완전히 바뀌어 버렸으니까……. 나도 변했고, 그도 변했고, 그 바뀐 세계에 서로가 발 들일 곳은 없었어. 고양이달과 함께 우리의 인연도 끝나 버린 거야. 세월을 거슬러 내가 할 수 있는 일이란 없었어. 아무것도 없었어.”

나는 입술을 깨물고 그저 울기만 했다. 아모는 나를 따라 함께 울어 주었다. 텅 빈 에스메랄다 호수에 나와 아모의 울음소리만 조용히 울려 퍼졌다. 호수를 빙 둘러싼 설산이 우리를 굽어보고 있었다. 차가운 바람이 우리를 잠시 휘감았다가 다시 놓아 주었다. 나는 아모의 손을 붙잡고 말했다.

“마음의 나라에 데려다 줄게. 그의 기억을 찾고 다시 행복해져. 아직 늦지 않았잖아.”

아모가 고개를 끄덕였다. 우리는 마주 보고 울며 웃었다. 그때였다. 숲에서 돌연 검은 형체가 달려 나오더니 아모를 덮쳤다.

“으악!”

아모의 비명 소리와 함께 흑곰이 아모의 양쪽 귀를 사정없이 물어뜯었다. 눈 깜짝할 사이에 벌어진 일이었다. 나는 소스라치게 놀라 뒤로 벌러덩 넘어졌다. 정신을 차려 보니 흑곰이 아모를 통째로 삼키고 있었다. 나는 무작정 흑곰의 입으로 손을 뻗었다. 아모는 피를 철철 흘리며 점점 흑곰의 입속으로 빨려 들어갔다. 다급해진 나는 주위를 두리번거리다가 바닥에 떨어진 나무 기둥을 들고 흑곰의 가슴팍을 힘껏 후려쳤다. 그러자 흑곰이 상처를 두드리며 크게 포효했다. 이번엔 바닥에 있는 바위를 집어 들어들었다. 내 덩치만한 바위는 꼼짝하지 않았다.

"영주야! 영주야!"

애타게 울부짖는 아모의 목소리가 들렸다. 나는 이를 악물고 온 힘을 다해 바위를 들었다. 얼굴이 시뻘겋게 달아오르며 오만상이 지어졌다. 처음에는 꼼짝도 않던 바위가 살짝 들렸다. 나는 더욱 기를 썼다. 온몸의 근육이 꿈틀거렸다.

"으아악!"

마침내 바위가 들렸다. 팔다리가 심하게 후들거렸다. 숨이 탁 막히면서 그대로 바닥으로 꺼질 것 같았다.

"아모!"

나는 아모의 이름을 외치며 있는 힘껏 바위를 던졌다. 바위는 흑곰의 가슴 한가운데를 가격했다. 단말마의 비명 소리와 함께 흑곰이 그대로 뒤로 쓰러졌다. 그 순간 온몸에 힘이 쫙 빠지면서 그 자리에 주저앉고 말았다. 나는 가쁜 숨을 몰아쉬며 눈물을 울컥 쏟아 냈다. 이게 다 무슨 일인지 도무지 믿기지 않았다.

"영주야! 영주야! 영주야!"

흑곰의 목구멍에 갇힌 아모의 목소리가 들렸다. 나는 바닥에 손을 짚고 흑곰을 향해 기어갔다. 가까이 다가가자 흑곰과 눈이 딱 마주쳤다. 나도 모르게 멈칫했다. 흑곰의 눈을 본 건 처음이었다. 사악한 눈일 줄 알았는데 아모처럼 가없고 측은한 눈에 당황했다. 흑곰은 내 눈을 똑바로 바라보며 포효했다. 시선을 내리자 나무 기둥을 맞고 찢어진 상처에 바위까지 맞아 피가 철철 흐르고 있었다. 나도 모르게 안쓰러운 마음이 들었지만, 일단 아모부터 구해야 했다. 나는 양손으로 흑곰의 입을 움켜쥐고 힘껏 벌렸다. 손바닥이 날카로운 이빨에 찔려 피가 났다. 나는 이를 악물고 흑곰의 입을 더 크게 벌렸다. 입을 다물지 못하게 옆에 있는 나뭇가지를 집어 세로로 고정하자, 목구멍 깊이 박힌 아모가 보였다. 나는 손을 뻗어 살짝 삐져나온 아모의 귀를 붙잡았다. 있는 힘껏 잡아당겼지만 아모가 끌려 나오기엔 턱없이 짧았다. 나는 기를 쓰고 흑곰의 입속으로 얼굴을 들이밀었다. 다시 한 번 아모의 귀를 붙잡아 당겼다. 그 순간 흑곰이 침을 꿀꺽 삼켰다.

"안 돼!"

나는 쑤욱 내려가는 아모의 귀 끝을 간신히 붙잡고 소리쳤다.

"아모, 내 얘기 들리지? 기억해 봐! 귀가 자라게 아무 기억이나 어서!"

아모는 아무 대답이 없었다. 나는 아모의 귀를 붙잡고 다급하게 말했다.

"'모모한 토요일'! 그때 생각을 해 보자! 어느 토요일이랬지? '모' 공원에 그와 같이 있었다며! 공원 이름을 떠올려 봐!"

아모는 여전히 대답이 없었다.

"'모모' 때문에 크게 싸웠고, 그가 '모' 공원으로 널 데리러 왔다고 했어. 너와 화해하려고 아주 멀리서 몰래 왔다고! 넌 겉으론 화난 척했지만 속으론 정말 행복했어! 그치? 저 멀리 그가 보이고, 네가 달려가 그에게 뭔가를 말하려 했어. 뭐였니?"

아모는 대답이 없었다. 그 순간 흑곰이 기침을 했다. 나는 그 기회를 놓치지 않고 아모의 귀를 덥석 잡아 당겼다. 이마까지 잠겨 있던 아모의 얼굴이 턱까지 올라왔다. 나는 아모와 눈을 마주쳤다. 겁에 질린 눈빛. 나는 아모에게 말했다.

"무슨 말을 하려고 했던 거야?"

아모는 다급한 표정으로 기억을 떠올리려 애썼지만 소용없었다. 대답 대신 눈물을 왈칵 쏟아 냈다. 그 애처로운 모습에 나도 모르게 소리쳤다.

"행복했다며! 싸웠는데도 너를 데리러 와서 너는 화난 척했지만 속으로는 너무 행복했다며! 그 다음에 어땠는데! 어땠니!"

아모는 고개를 저으며 겁에 질린 눈으로 나를 바라보았다. 그 눈 속에 내가 비쳤다. 아모 눈 속의 나와 아모의 모습이 겹쳐졌다. 나 같은 너. 대체 왜 그런 눈을 하고 있는 거야? 넌 행복했다며! 나는 울먹이며 말했다.

"화해하러 온 줄 알았는데, 대뜸 화를 내서 당황했던 거 아니야? 그가 너를 감싸 안아 줄 줄 알았는데, 이기적이라고 몰아붙여서 상처 받았던 거 아니냐고! 전

날 만나기로 했는데 그가 약속을 못 지켜서 싸웠고, 다음 날 그와 함께 가려 했던 공연을 너 혼자 갔잖아. 그 사실을 뒤늦게 안 그가 너 있는 곳으로 달려왔고, 그래서 너는 기뻤잖아. 그가 널 데리러 와서……."

그 순간 아모의 귀가 점점 올라오기 시작했다. 나와 아모는 눈을 맞춘 채 울고 있었다.

"저 멀리 그가 보이고, 네가 달려가 그에게 하려던 말은… 와 줘서 고맙다고… 이렇게 네가 와 줘서 화가 다 풀렸다고… 사랑한다고… 그 말을 하고 싶었던 거잖아. 그런데 뜻밖에 그가 화내고 돌아서서 한마디도 못 했잖아. 한겨울 추위 속에서 바들바들 떨며 그를 기다리느라 온몸이 꽁꽁 얼었지만, 따뜻하게 손잡아 달라고, 안아 달라고 말하지 못했잖아. 일도 힘들고 날도 추운데 오늘 같이 마음까지 추운 날, 너까지 이렇게 차갑게 굴면 못 버틴다고, 나 좀 봐 달라고 그렇게 말하고 싶었잖아. 저만치 앞장서서 걷는 그의 뒤를 따라 걸으며 그 모든 말을 삼켰잖아. 왕십리에서 집까지 오는 차 안에서 그의 모진 말을 견디고, 그 밤 혼자 끙끙 앓았잖아. 뜨거운 욕조에 몸을 담그고 꽁꽁 언 몸과 마음을 어루만지며 울었잖아. 그래서 헤어졌던 거잖아. 사랑하는 사람이 너의 아픔을 이해해 주지 않아서, 그저 이기적이고 못된 애로만 몰아붙여서 괴로웠던 거잖아……."

그 순간 흑곰의 목구멍에 낀 아모의 귀가 쑥 올라왔다.

"이 바보! 그것도 모르고 그를 그리워한 거야!"

나는 아모의 귀를 힘껏 잡아당겼다. 흑곰의 사나운 포효와 함께 아모와 나는 동시에 뒤로 튕겨나갔다. 아모를 토해 낸 흑곰도 정신을 잃고 쓰러졌다.

"으으윽."

팔과 다리뿐만 아니라 가슴에도 통증이 느껴졌다. 고개를 들자 아모가 내 가슴 위에 널브러져 있었다. 내 양손에는 아모의 기다란 귀가 쥐어져 있었다. 나는 아모의 귀를 흔들며 물었다.

"아모, 아모, 괜찮니?"

아모가 천천히 눈을 떴다. 나는 몸을 일으켜 아모를 바닥에 앉혔다. 그리고 다친 곳이 없는지 이곳저곳 살폈다. 아모가 조용히 숨을 헐떡이며 고개를 들었다. 그리고 작은 소리로 말했다.

"그는 어디 있어?"

나는 대답 대신 마른 침을 삼켰다. 차마 입이 떨어지지 않아 아모의 눈을 물끄러미 바라보았다. 아모의 눈에 눈물이 그렁그렁 고였다. 나는 눈을 질끈 감고 말했다.

"그는 떠났어, 나도 그를 떠났고. 우린 서로를 잃었고, 다시는 찾을 수 없어."

"아……."

내 말에 아모가 고통스러운 신음을 내뱉었다. 양손으로 눈물을 닦고는 나를 원망 어린 눈으로 쳐다보았다. 그 눈빛에 나도 모르게 탄식했다. 무슨 말이든 해야 하는데, 할 말이 없었다. 나는 대답 대신 무릎을 꿇었다. 아모가 격앙된 목소리로 물었다.

"왜 내게서 그를 빼앗아 갔어? 왜 다시 찾지 않았어?"

"아까 다 말했잖아. 우리의 시간이 끝나 버렸다고."

"내가 힘들었다는 거 알았잖아! 그를 필요로 했다는 거 알았잖아! 왜 내 간절한 목소리를 듣지 않은 거야! 참기만 하라고, 왜 그리 혹독하게 나를 몰아붙였어!"

"미안해. 미안해……."

"미안하면 그와 헤어진 진짜 이유를 말해!"

"아까 말했잖아. 그게 다야."

"아니, 그게 아니잖아. 진짜 이유를 말해 줘."

아모의 말에 나는 말문이 턱 막혔다. 그와 헤어진 이유. 고양이달 작업으로 버거웠던 나는 그를 지킬 수 없었다고. 그를 포기하고 고양이달을 택했다고. 그렇게 우리의 시절은 끝나 버렸고 나는 시간을 되돌릴 수 없었다고 이미 모든 걸 털어놓았는데, 무슨 이유를 더 말하라는 건가. 그럼에도 아모는 끈질기게 나를 추궁했다. 나는 그 눈빛을 감당할 수 없어 시선을 피했다. 그러자 아모가 내 두 뺨을 감싸더니 내 눈을 똑바로 보고 말했다.

"여기까지 오는 동안 알아냈잖아. 다 알고 있잖아. '그와 헤어진 진짜 이유'를 말해 줘. 더는 내게 숨기지 마. 그래야 마음의 나라로 향하는 문이……."

"그만해, 부탁이야."

이제와 무슨 이유를 더 말하라는 건지, 진짜 이유에 집착하는 아모가 이해되지 않았다. 아무리 생각해도 도무지 이해되지 않았다. 그럼에도 어깨를 가늘게 떨고 있는 아모의 간절한 눈빛을 외면할 수 없었다. 나는 아모의 눈을 지그시 바라보았다. 그리고 말했다.

"다 알고 있잖아. '그와 헤어진 진짜 이유', 말하지 않아도 알잖아. 네가 나잖아!"

내 말에 아모가 할 말을 잃고 헛웃음을 지었다. 그러고는 바닥에 두 손을 짚고 고개를 푹 숙였다. 아모의 어깨가 들썩였다. 흙바닥이 조금씩 젖고 있었다. 나는 아모에게 바짝 다가가 이마를 맞대고 말했다.

"네게 그토록 소중한 그를 함부로 버려서 미안해. 내가 잘못했어. 용서해 줘."

나는 두 팔을 벌려 아모를 끌어안았다. 작고 약한 내가 내 품에 안겼다. 그 혹독한 시절을 보내는 동안 유일하게 의지했던 그마저 잃고, 외로움에 떨었던 내 가여운 영혼이 그렇게 내 품에 안겨 울었다. 그동안 제대로 보듬어 주지 못해 미안했고, 지금까지 잘 버텨 주어 고마웠다. 나는 아모의 귓가에 대고 말했다.

"고마워."

나는 아모를 더욱 꽉 끌어안았다. 그 순간 아모가 내 가슴을 파고들더니 내 안으로 들어왔다. 나는 가슴에 손을 얹고 계속해서 아모를 쓰다듬었다. 아무도 없는 눈 덮인 설산과 에스메랄다 호수가 이 모든 순간을 지켜보고 있었다. 풍경이 서서히 붉게 물들었다. 어느덧 해가 뉘엿뉘엿 지고 있었다. 그 모습을 보고 있노라니 입가에 희미한 미소가 번졌다. 에스메랄다, 잠시 네 품에 안겨 쉬어도 될까. 나도 모르게 스르르 눈이 감겼다.

시간이 얼마나 지난 걸까. 서서히 눈을 떴을 때 설산과 에스메랄다 호수가 태양 빛을 받아 환히 빛나고 있었다. 나는 한 팔로 땅을 짚고 몸을 일으켰다. 윽, 나도 모르게 신음이 터져 나왔다. 간신히 중심을 잡고 앉자 흑곰은 온데간데없고 웬 남자가 눈에 들어왔다. 나는 남자에게 조심스레 다가갔다. 그리고 남자의 얼굴의 보는 순간 소스라치게 놀랐다. 그였다! 삼 년 전 헤어졌던, 바로 그였다. 아모가 그토록 간절히 그리워했던 그가 흑곰 대신 쓰러져 있었다. 나는 너무 놀라 한동안 그를 뚫어지게 바라보았다. 또 꿈인가? 나는 볼을 꼬집었다. 아픈가? 판단이 서질 않았다. 나는 그의 팔을 가만히 흔들었다.

"준아…. 준아……."

그가 천천히 눈을 떴다. 햇빛에 눈살을 찌푸리더니 나를 향해 고개를 돌렸다. 그와 눈이 마주치는 순간, 가슴이 쿵하고 내려앉았다.

"준아, 너 맞니? 네가 어떻게 여기……."

그는 말없이 누운 채 나를 바라보았다. 내가 물었다.

"네가 흑곰이었어?"

그는 눈을 감았다 뜨는 걸로 대답을 대신했다. 나도 모르게 눈물이 울컥해서 따졌다.

"왜 아모를, 아니 나를, 아니 그때까진 아모를, 아니 나를 잡아먹었어? 왜 나를 여기까지 쫓아온 거야?"

그는 지그시 눈을 감더니 한참 만에 나지막한 목소리로 말했다.

"미워서……."

"뭐라고?"

나도 모르게 입이 턱 벌어졌다. 기가 막혔다. 나는 헛웃음을 흘리며 에스메랄다 호수를 멍하니 바라보았다. 여기는 무려 세상의 끝, 에스메랄다 호수라고. 너를 버리려고 여기까지 왔는데 따라오면 어떡해……. 나는 허탈한 나머지 그 자리에 주저앉았다. 원망스러운 마음에 입술을 질끈 깨물고 그를 빤히 쳐다보았다. 눈 감은 채 쓰러진 그의 얼굴이 고통스럽게 일그러졌다. 시선이 저절로 그의 가슴팍으로 향했다. 내가 던진 나무 기둥과 바위에 맞아 생긴 상처가 햇빛에 붉게 도드라졌다. 바보, 여기까지 따라와서 다치기나 하고……. 나는 외투를 벗어 그의 상처를 감싸 주었다. 그는 그런 나를 슬픈 눈으로 바라보았다. 내가 말했다.

"너도, 나도 이제 그만 아픈 기억 버리고 편안해지자. 마음의 나라에 같이 갈래?"

그는 이번에도 대답 대신 고개를 끄덕였다. 나는 그를 부축하여 일으켰다. 흑곰처럼 큰 덩치가 휘청거리며 내게 기댔다. 맞아, 그래서 별명이 곰이었지. 한때는 이 넓은 품에 안겨 울고 웃었는데……. 문득 잊고 있던 지난날이 떠올라 나도 모르게 피식 웃음이 나왔다. 그가 의아한 표정으로 나를 바라보았다. 나는 재빨리 웃음을 거두고 그와 함께 언덕을 올라갔다. 언덕 위에 서서 뒤를 돌아보았다. 그가 나를 따라서 뒤돌았다. 설산이 빙 둘러싼 한가운데 에스메랄다 호수가 태양빛을 받아 반짝반짝 빛나고 있었다. 에스메랄다, 살면서 언제 다시 너를 만날 수 있을까. 안녕, 잘 있어. 나는 더 큰 이별을 향해 아모를 품에 안은 곳, 에스메랄다 호수를 떠났다. 그의 한쪽 팔을 내 어깨에 두르고 돌계단에 발을 내딛었다.

몇 계단 내려가지 못해 신발 끈이 풀렸다.

"잠깐만."

나는 그를 세워 두고 몸을 숙여 신발 끈을 묶었다. 그가 유심히 살펴보더니 입을 뗐다.

"노란 등산화네."

나는 잠시 멈칫했다가 마저 끈을 매고 일어섰다.

"그 등산화, 처음 보는 순간 마음에 들었어."

"기억하네? 예전에 네가 선물해 주었잖아. 평생 신으라면서……."

그때가 기억났는지 그의 얼굴에 희미한 미소가 번졌다. 그가 말했다.

"단풍놀이 가기 전에 함께 가서 골랐어. 네 발목이 안 좋아서 튼튼한 걸로."

"근데 정작 산은 오르지도 못했잖아. 파전이랑 막걸리 먹고 취해서, 아래서 사진 찍고 놀았어. 그러다 차 놓칠 뻔해서 엄청 달렸고."

"난 네가 그렇게 잘 뛰는지 그때 처음 알았어."

"아, 술 취해서 뛰느라 진짜 힘들었는데……."

그도 나도 옛 생각이 나 함께 웃었다. 그러다 문득 지금 우리의 상황을 깨닫고 잠시 어색해졌다. 나는 수습하듯 말했다.

"봄이 오면 다시 산에 가자고 했는데, 봄이 오기 전에 우린 헤어졌어. 제대로 한 번 산을 올라 보지도 못하고. 네가 힘들게 번 돈으로 사 준 건데……."

그가 슬픈 눈으로 고개를 끄덕였다.

"예쁘네. 앞으로도 많이 신고 다녀."

나는 대답 대신 노란 등산화를 물끄러미 내려다보았다. 너를 떠나보내러 가는 길, 마지막으로 신고 버리려고 했는데……. 나는 씁쓸한 마음을 감추려 앞만 보고 걸었다. 계단을 내려오자, 올라갈 때 마주쳤던 풍경이 고스란히 다시 펼쳐졌다. 탁 트인 대지 위에 강물이 곳곳의 바위를 휘감아 굽이쳐 흐르고 있었다. 강물을 따라 내려가자 울창한 나무숲이 나타났다. 얼마 지나지 않아 하얀 야생화와 나뭇가지 없이 꼿꼿이 선 하얀 나무 기둥들이 어제와 변함없는 모습으로 나를 맞았다.

대지와 하늘과 바람이 태초의 모습 그대로 숨 쉬는 곳, 이곳은 우수아이아. 우수아이아가 속한 티에라 델 푸에고 지역의 지명은 '불의 땅'이라는 뜻이었다. 불처럼 들끓던 내 지난 시간들을 불의 땅에 모두 묻으리라. 불과 물과 흙 같은 가장 원초적인 것들만 남은 땅에 내 지난 사랑의 상처를 남기고 떠나리라. 산을 오르기 전 아모를 만나고자 했던 간절한 바람은 이뤄졌는데, 마음의 나라로 가고자 하는 바람도 통할까. 어차피 이곳은 인간의 의지보다 자연의 힘이 압도적인 곳이니, 내 바람대로 되지 않는다 해도 원망하지 않으리라. 나는 깊게 숨을 들이마신 뒤 그와 눈을 맞추었다. 그도 나와 같은 마음이었는지 고개를 끄덕였다. 우리는 긴 여행의 종착지, 마음의 나라로 향했다.

마음의 나라에 가려면 먼저 마음의 나라로 향하는 문을 찾아야 했다. 마음의 나라로 향하는 문은 어디에 있을까. 아모가 뭐라고 알려 주었지? 나는 아모가 꿈속에 나타나 했던 말을 곱씹어 보았다. 꿈속에서 나는 호수 밑으로 가라앉고 있었고, 점점 정신을 잃고 있었다. 그리고 마지막 힘을 다해 아모에게 물었다.

"마음의 나라로 향하는 문은… 어디에 있니?"

"마음의 나라로 향하는 문은… 원한다면 모두가 다다를 수 있는……."

아모의 목소리가 점점 희미해지더니 마침내 끊겼다. 분명히 말해 줬는데, 아무리 머리를 쥐어짜도 떠오르지 않았다. '원한다면 모두가 다다를 수 있는'이란 말이 유일한 단서였다. 이곳에서 원한다면 모두가 다다를 수 있는 곳은 과연 어디일까. 나는 곧장 숙소 주인을 찾아갔다.

"우수아이아에서 사람들이 제일 많이 가는 곳이 어딘가요?"

"제일 많이 가는 곳은 아무래도 비글 해협이겠죠?"

"비글 해협이요?"

"배 타고 비글 해협을 돌면서 설산도 보고, 펭귄이 사는 섬도 가고, 가마우지와 바다사자가 사는 섬에도 가요. 아, 그리고 그 유명한 세상의 끝 등대에도 가지요. 왕가위 감독의 「해피 투게더」라는 영화 봤나요?"

영화학과에 갓 입학한 뒤 보긴 봤는데 기억이 가물가물했다. 미처 대답하지 못하고 우물쭈물하자 그녀가 신난 듯 덧붙였다.

"「해피 투게더」는 내가 가장 좋아하는 영화예요. 아휘와 보영의 달콤하면서 애틋한 사랑이 인상적이었지요. 거기서 아휘와 함께 식당 일을 하는 장이 아휘에게 말하잖아요. 세상의 끝 등대에 갈 거라고. 실연당한 사람들이 그곳에 많이 간다고. 슬픈 일이 있으면 자신이 가서 대신 털어 버리고 오겠다고. 그 친구, 너무 멋지지 않아요?"

"네, 그러네요."

밖에서 그가 기다리고 있는지라 마음이 급했다. 그러나 그녀의 말은 계속 이어졌다.

"결국 장은 세상의 끝 등대에 도착해서, 실연한 아휘가 녹음한 목소리를 틀어 줘요. 그런데 아무 말 없이 울음소리만 들리죠. 그 장면에서 얼마나 울었는지 몰라요."

"네, 슬프네요. 그러면 그 세상의 끝 등대에는 어떻게 가죠?"

그녀는 잠시 멈칫하더니 고개를 저었다. 그리고 다시 말을 덧붙였다.

"질문이 틀렸어요. 어떻게 가느냐가 중요한 게 아니라 왜 가느냐죠. 장은 왜 굳이 사람의 발길이 드문 이곳, 세상의 끝 등대에 가 보고 싶었을까요?"

그녀의 마지막 질문에 나도 모르게 멈칫했다. 그래, 장이라는 인물은 왜 하필 세상의 끝 등대에 가려고 했을까? 나는 마른 침을 꿀꺽 삼킨 뒤 그녀의 다음 말을 기다렸다. 그녀는 잠시 뜸을 들이더니 씨익 웃어 보였다.

"직접 가서 알아 봐요. 배는 9시에 출발해요. 지금 가면 딱 맞겠네요. 이 앞 선착장에 나가면 사람들이 길게 늘어선 줄이 보일 거예요."

그녀는 표 두 장을 끊어 주더니 다른 직원에게 데스크를 맡기고 휙 사라졌다. 나는 얼떨떨한 표정으로 그녀의 뒷모습을 바라보았다.

"원한다면 모두가 다다를 수 있는……."

"왜 굳이 사람의 발길이 드문 이곳, 세상의 끝 등대에 가 보고 싶어 했을까요?"

그와 함께 선착장으로 향하는 길, 나는 아모와 주인의 말을 계속해서 곱씹었다. 아모가 말한 그곳은 어디일까. 숙소 주인이 말대로 영화 속 장이라는 인물은 왜 세상의 끝 등대에 가고자 했을까. 우수아이아를 찾은 사람들은 모두 왜 그곳에 가는 걸까. 어쩌면 그들도 나처럼 꿈과 사랑을 좇는 과정에서 받은 상처의 기억을 모두 버리고 싶었던 게 아닐까. El Fin Del Mundo, 세상의 끝. 이곳에서 모든 기억을 버려야만 마침내 텅 빈 내 안의 고독과 절망과 마주할 테니까, 더는 내려갈 곳이 없기에 살고자 비로소 올라갈 테고, 마침내 새로운 희망을 발견할 수 있을 테니까. 원한다면 모두가 다다를 수 있는 곳, 세상의 끝 등대. 바로 그곳에 마음의 나라로 향하는 문이 있다. 나는 확신에 가득 찬 눈으로 그의 눈을 바라보았다. 어느 덧 다다른 선착장에서 한 직원이 승객들을 불러 모았다. 나는 그를 부축하여 배에 올라탔다.

하얀 유람선은 백여 명의 손님을 태우고 출발했다. 나와 그는 잠시 선실 안에 있 다가 1층 갑판으로 나가 바람을 쐬었다. 유람선이 물길을 가르며 비글 해협을 가 로질렀다. 비글 해협은 1832년 찰스 다윈이 비글호를 타고 이 해협을 지나간 데 서 붙은 이름이었다. 해협의 동쪽으로는 대서양, 서쪽으로는 태평양이 펼쳐졌다. 인간의 발길이 닿지 않는 무소유의 땅 남극까지는 고작 1,000킬로미터를 남겨 두 고 있었다. 나는 짙은 파랑의 망망대해를 하염없이 바라보았다. 산봉우리부터 산 등성이를 타고 뒤덮인 만년설이 하늘과 바다의 경계를 짓고 있었다. 설산을 중심 으로 위로는 하얀 구름들이 시시때때로 자리를 옮기며 하늘 풍경을 채웠다. 설산 아래로는 배가 지나가며 만든 물길과 바람이 일으킨 파도가 하얗게 부서지며 바

다 풍경을 채웠다. 그리고 설산이 끊기는 지점에서는 하늘과 바다가 하나의 풍경으로 섞이며 한 폭의 그림을 만들어 냈다. 하늘과 바다, 설산이 시시각각 만들어 내는 다양한 변주를 보는 것만으로도 간밤에 달뜬 마음이 가라앉는 듯했다.

비글 해협을 돌던 배는 잠시 후 지구 최남단 등대로 향했다. 장이 아휘 대신 슬픔을 묻고 온 바로 그 등대였다. 그동안 비글 해협의 아름다운 풍경에 눈길을 빼앗겨 추운지도 몰랐는데, 두 뺨과 귓전을 때리는 차가운 바람에 얼굴이 어느새 얼얼해졌다. 잠시 잊고 있던 아모의 목소리가 귓가에 맴돌았다.

"마음의 나라로 향하는 문은… 원한다면 모두가 다다를 수 있는……."

나는 먼 바다에 시선을 고정한 그의 얼굴을 바라보았다. 잠시 식혔던 마음이 다시 달뜨기 시작했다. 그때 그가 뭔가를 발견한 듯 놀란 표정으로 나를 바라보았다. 그리고 다시 바다로 시선을 돌렸고, 나는 그의 시선을 따라갔다. 겹겹이 바다를 에워싼 설산을 배경으로 회색 돌섬 위에 빨간 등대가 작고 희미하게 모습을 드러냈다. 배는 거센 바람과 물결을 세차게 가로지르며 세상의 끝 등대로 거침없이 다가갔다. 빨간 등대가 점점 가까워지더니 바로 눈앞에 다가왔다. 빨간 등대는 눈 덮인 산과 대조되어 더욱 눈길을 끌었다. 나는 그를 향해 몸을 돌렸다. 그가 나와 마주 보고 섰다.

"다 왔다, 내리자."

내 말에 그가 고개를 끄덕였다. 나는 그를 부축하여 배에서 내렸다. 그리고 세상의 끝 등대섬에 함께 발을 내딛었다. 우리를 데려다 준 배는 곧 등대섬을 떠났다. 우리는 배가 아득히 먼 바다로 멀어지는 모습을 물끄러미 바라보았다. 이제 그와 나 단둘이었다.

나는 등대에 가까이 다가가 등을 기대고 앉았다. 철썩철썩 물보라를 일으키는 파도 소리와 쏴아쏴아 바람이 지나가는 소리만 들릴 뿐 그도, 나도 침묵했다. 그와 헤어진 지 근 삼 년 만에 함께 다다른 곳, 세상의 끝 등대. 이곳에서 우리가 무슨 말을 더 할 수 있을까. 무슨 마음을 더 나눌 수 있을까. 우리 사이에 놓인 삼 년

456

의 시간은 제곱의 속도로 서로를 멀어지게 만들었는데… 지금의 나는 삼 년 전의 내가 아니고, 그 역시 헤어지던 그 시절의 그가 아닌데… 지난 감정들은 이미 퇴색하여 말로 꺼내 봤자 아무 의미도 갖지 못하는데……. 유일하게 함께 있는 '지금' 역시 지난 기억들을 완전히 버리기 위한 시간이었다. 그와 나는 입을 꼭 다문 채 먼 바다만 보았다. 그가 더는 침묵을 견디기 힘들었는지 돌을 주워 바다에 던졌다. 돌이 공중에 포물선을 그리며 바다에 풍덩 떨어졌다. 잔잔한 수면에 파동이 일었다. 나는 그 모습을 물끄러미 지켜보았다. 한참 돌을 던지던 그가 문득 뒤를 돌아보았다. 그리고 나와 눈이 마주치자 멋쩍게 웃었다. 나도 어렴풋한 미소를 지어 보였다. 바다가 점점 아득해지더니 파도 소리가 잦아들었다. 이내 시야가 캄캄해졌고, 더는 아무 소리도 들리지 않았다.

나는 주위를 두리번거렸다. 마음의 나라로 향하는 문이 나타나려는 건가? 나는 캄캄한 어둠 속에서 문을 찾아 달렸다. 한참 달리다 보니 저 멀리 한 줄기 빛이 새어 나왔다. 빛을 따라 달려 나가자 도로가 하얀 눈으로 뒤덮여 있었다. 나는 눈을 맞으며 주위를 둘러보았다. 이곳은 그의 동네, 용인이었다. 잠시 후 그가 뒤에서 내 팔을 붙잡았다. 나는 팔을 뿌리치며 도망쳤다. 그가 나를 붙잡아 그의 차로 데리고 갔다. 나는 거세게 저항하며 소리쳤다.

"이거 놔! 놓으라고!"

"일단 타! 타라고!"

그는 억지로 나를 차에 태웠다. 그리고 나를 사정없이 몰아치기 시작했다. 나는 한참을 듣다가 더는 못 견디고 차에서 내렸고, 그가 따라 내렸다. 눈보라가 사정없이 몰아쳐 시야를 가렸다. 나는 무작정 걷다가 근처 카페로 들어갔다. 그가 따라 들어왔고, 우리는 다시 마주 앉았다. 그가 내 눈을 똑바로 보고 말했다.

"너는 이기적이야."

나는 말이 없었다.

"너는 성격이 못됐어."

나는 여전히 말이 없었다.

"너는 용서할 줄 모르는 애야."

"그래. 나는 그런 애야. 그것밖에 안 돼, 내가."

무슨 말이든 하고 싶었지만 그의 원망 섞인 표정에 어떤 말도 할 수 없었다. 더는 못 견디고 자리에서 일어나자 그가 따라 일어섰다. 우리는 조금 떨어져 걸었다. 곧 다가올 봄을 앞두고 겨울이 그대로 물러서긴 억울한 듯 온갖 눈과 바람을 동원했다. 살을 에는 듯한 바람과 차가운 눈이 맨살을 때렸다. 그가 퍼부은 독설만큼이나 매서웠다. 나는 몸을 벌벌 떨며 간신히 한 발 한 발 내딛었다. 마침내 다다른 버스정류장에서 그와 마주 보았다.

"잘 지내. 건강하고."

나와 눈조차 마주치지 않으려는 그를 나는 애써 포옹했다.

"하지 마, 이런 거."

그가 짜증 섞인 목소리로 매몰차게 나를 밀쳤다. 나는 꾹 참고 그대로 버스에 올라탔다. 창밖으로 잔뜩 인상을 찌푸린 그가 보였다. 나도 모르게 입을 뗐다.

"준아… 준아……. 나는… 그러니까, 준아……."

버스가 출발하고 나를 망연자실하게 바라보던 그의 얼굴이 점점 멀어졌다.

'그가 멀어진다. 멀어져 간다.'

가슴이 무너지는 거 같았다. 세상이 그대로 푹 꺼지는 것 같았다. 나는 가슴 속으로 울음을 터뜨렸다.

"준아, 준아, 준아……."

그때 누군가 내 팔을 흔들어 깨웠다. 나는 무심결에 그 팔을 붙잡고 말했다.

"제발 이렇게 나를 보내지 마. 이렇게 보내지 마."

"영주야, 영주야."

내 한쪽 어깨를 흔드는 손길에 나는 번뜩 눈을 떴다. 시야에 그의 얼굴이 들어왔다. 나는 주위를 두리번거렸다. 꿈이었구나. 그가 한쪽 무릎을 굽히고 앉아 나를 걱정스런 눈으로 바라보았다. 나도 모르게 감정이 울컥 올라왔다. 몇 년 동안 꿈에서 계속 하려고 했던 그 말, 제발 이렇게 나를 보내지 마. 입술이 바르르 떨렸다.

"준아, 제발 이렇게 나를 보내지 마. 그렇게 말하고 싶었어. 용인에서 우리 헤어지던 그 날, '겨울의 끝날'."

나의 말에 그는 바닥에 풀썩 주저앉았다. 나는 용기를 내어 말했다.

"그해 겨울, 내게 주어진 책임과 역할이 너무 버거워서 너와의 관계를 끌어가는 게 어려웠어. 일도 점점 어려워지는데 너와의 관계도 점점 더 깊어져서 감당하기 힘들었어. 좋아하는 만큼 기대가 커지니까 실망만 늘고, 네 기대는 무겁기만 했어. 나는 그 무게를 조금이라도 줄이고 싶었어. 너와 싸우고 상처 받을 때마다 너에게서 도망치고 싶은 충동이 일었어. 하지만 진짜 내 속마음은 그게 아니었어. 나는 두려웠어. 나한텐 너밖에 없는데 네가 나를 떠날까 봐, 몸도 마음도 다 망가져 버린 나한테 실망하고 가 버릴까 봐 무서웠어. 너를 잃을까 봐 나는 매일 두려움에 떨었어."

그는 고개를 숙인 채 묵묵히 내 이야기를 들었다. 나는 말을 이었다.

"나는 너와 헤어지러 용인에 간 게 아니었어. 너의 마음을 붙잡으러 갔어. 그렇게 힘들고 불안한 상황은 처음이라 어떻게 견뎌야 하는지 몰랐고, 너한테 자꾸 짜증내고 무조건적인 이해를 바라는 내가 나도 싫었어. 이게 아닌 것 같은데 어떻게 도움을 청하고 어떻게 기대야 할지 몰라서, 너에게 속마음을 다 털어놓고 싶었어. 나 좀 봐 달라고, 나 좀 도와 달라고, 방법을 찾을 때까지 조금만 기다려 달라고……. 내 이야기 듣고 있니?"

그가 고개를 들어 내 눈을 바라보았다. 그의 눈이 촉촉이 젖어들었다. 그는 입을 떼려다가 몇 번을 주저한 채 마른 침만 삼켰다. 그의 뒤로 펼쳐진 비글 해협이 붉게 물들고 있었다. 하늘과 산과 바다가 온통 노을빛이었다. 그의 얼굴도 발갛게 상기되었다. 나는 그런 그의 얼굴을 유심히 바라보았다. 한때 세상에서 내가 가장 사랑했던 얼굴. 내게 있어 가장 아름다운 풍경은 너였는데, 푸른 산과 바다보다,

드높은 하늘과 찬란한 태양보다, 붉게 물든 석양보다 내 마음을 흔들었던 풍경은 너였는데, 어쩌다 우리 이렇게 됐니……. 내 눈에 고인 눈물이 바닥에 툭 떨어졌다. 그 모습을 본 그가 마침내 입을 뗐다.

"용인에서 너를 보내려고 함부로 말한 게 아니었어. 헤어지기 일주일 전, 왕십리에서 내 잘못 때문에 네가 상처 받고 괴로워하는 모습을 지켜보는 게 힘들었어. 그 일로 네가 날 떠날까 봐 하루하루 불안하고 초조했어. 그래서 매일 너의 집 앞에 찾아갔고, 눈을 뜨자마자 너에게 전화했어. 나는 어떻게든 네 마음을 풀어 주고 용서받고 싶었는데, 내 마음을 몰라주는 네가 너무 미웠어. 잠시 시간을 갖자는 너의 말에 서러움이 폭발해서 말이 엇나갔는데, 너는 기다렸다는 듯이 그러자고 했어. 내가 널 얼마나 좋아하는지 알면서, 그 말을 그대로 받아들이고 끝을 내려고 용인까지 온 네가 미웠어. 내가 아무리 못된 말로 너를 자극해도 너는 태연했어. 우리 이별에 너는 어떻게 그리 태연할 수 있는지, 아무리 생각해도 도저히……."

"태연하지 않았어! 사랑하는 사람이 상처 주는 말을 하는데 어떻게 태연할 수가 있겠어?"

나도 모르게 울부짖듯 외쳤다. 그도 따라서 울먹이며 말했다.

"맞아. 네 말이 맞아. 그런데 그땐 나를 버리고 서둘러 떠나려는 네가 원망스러웠어. 나는 너랑 헤어지면 못 살 거 같은데, 담담히 잘 지내라며 안아 주는 네가 믿기지 않았어. 붙잡을 새도 없이 얼떨결에 너를 보냈어. 속으로는 몇 번이나 가지 말라고, 제발 가지 말라고, 떠나는 너를 붙잡고 싶었다고……. 정류장으로 걸어가는 길, 버스가 오지 않았으면 간절히 바랐다고……."

"나도 그렇게 속으로 빌었어, 준아. 제발 이렇게 나를 보내지 말라고……."

우리 둘은 서로의 얼굴을 보며 하염없는 눈물을 흘렸다. 지나간 그 순간이, 지금까지 묵혀 왔던 마음들이 기막혀, 우는 것 말고는 달리 할 수 있는 게 없었다. 그가 눈물을 닦으며 말했다.

“왕십리에서 네게 상처 주지 않았다면, 헤어지는 일은 없었을 텐데……. 헤어진 날만큼 그 날을 곱씹으며 후회하고 또 후회했어.”

“나도 그랬어. 공연에 혼자 가지 말걸. 전날 다퉈서 마음이 안 좋았지만, 그래도 너와 가려고 준비한 표니, 같이 가자고 말할걸.”

“아니야. 다 내 잘못인 걸……. 내가 못되게 굴었잖아.”

“그때 왕십리까지 날 데리러 와 놓고선 왜 그렇게 매몰차게 굴었어?”

“나를 보자마자 화가 나 굳은 네 얼굴을 봤어. 그 순간 기분이 상했어. 네 마음 풀어 주려고 일하다 말고 뛰쳐나갔는데, 네가 공연에 간 줄 모르고 하루 종일 널 찾아다니다가 왕십리까지 갔는데, 그런 나를 외면해서 미웠어.”

“그런 게 아니었는데……. 화난 척했지만 네가 와 주어서 정말 기뻤어. 네가 어디에서 올지 몰라 밖에서 계속 떨면서 기다렸지만, 추운 건 아무렴 상관없었어. 토요일 교통 체증을 견디고 수원에서 용인, 용인에서 왕십리까지 먼 거리를 마다하지 않고 와 준 너의 수고를 알았어. 일이 바쁘다고 나를 제쳐두지 않는구나, 한달음에 내게 달려와 주는구나, 나를 향한 네 마음이 보였어. 저 멀리 서 있는 네가 보였고, 내가 달려가 하려던 말은… 와 줘서 고맙다고… 이렇게 네가 와 줘서 화가 다 풀렸다고… 사랑한다고……. 그 말을 하려고 했어.”

“사실 내가 하려던 말도 그게 아니었어. 그때 넌 참 작고 가녀려 보였어. 그때 입은 갈색 코트도 잘 어울렸어. 화를 내며 돌아섰지만, 속으론 예쁘다고 말해 주고 싶었어.”

“그런데 왜 그렇게 못되게 굴었어?”

“미워서. 내 마음을 몰라주는 네가 너무 미워서 못되게 굴었어.”

“나도 내 마음 몰라주는 네가 너무 미웠어. 너무너무 미웠어.”

내 말에 우리 둘은 웃음을 터뜨렸다. 눈에 눈물이 그렁그렁 맺힌 채 그렇게 서로를 보며 웃었다. 이토록 시간이 지난 후에야 터놓고 얘기할 수 있다니……. 속절없는 세월이 야속하기만 했는데 약이 되는 때도 있구나. 그가 다시 입을 열었다.

"미웠지만 싫지 않았어. 아무리 미워해도 싫어지지 않았어."

"알아. 그래서 헤어지고 난 뒤에도 메일 보내고, 문자하고, 전화하고, 찾아왔던 거잖아."

"헤어지고 삼 개월 만인가. 너 만나러 갔던 기억이 나. 오랜만에 맥주 한잔 하면서 이런저런 얘기했잖아."

나는 그때 기억이 떠올라 가슴이 아렸다. 그날 그와 돌아간 뒤 가슴을 움켜쥐고 밤새 끙끙 앓았다. 순간 그때 감정이 올라와 그에게 따지듯 말했다.

"그때도 넌 독설을 퍼부었어. 일밖에 모르는 워커홀릭에 부모님도 챙기지 않고 자매와도 친하게 지내지 않는 냉혈한, 신붓감으로는 최악인 여자라고 했지. 나 그날 밤 한숨도 못 잤어."

"미워서 그랬어. 나를 잊고 다른 사람 만나 잘해 보려는 네가 미웠어. 내가 그저 스쳐가는 한 남자, 하나의 과정으로 여겨지는 게 화가 났어. 그래서 못되게 말했어. 나는 너를 그렇게 생각하지 않아. 너는 좋은 여자고, 좋은 사람이야. 그러니까 너와의 미래를 간절히 꿈꿨던 거 아니겠니. 너처럼 내게 따뜻했던 사람은 없었어."

"준아, 나는……. 너 없이 그 시간을 혼자 버티는 게 너무 힘들어서, 정말 누구라도 붙잡고 의지하고 싶었어. 내 삶에 너 하나 빠졌을 뿐인데, 모든 게 빠져나간 것처럼 완전히 무너져 내렸어. 물에 빠져 지푸라기라도 잡는 심정으로 새로운 사람을 만났어. 하지만 그게 다 무슨 의미가 있었겠니. 그 시절 어느 누가 너의 빈자리를 대신할 수 있었겠니."

내 말에 그가 깊은 한숨을 내쉬었다. 나도 그를 따라 깊이 숨을 들이마셨다가 내뱉었다. 그에게서 잠시 시선을 떼어 먼 바다를 바라보았다. 태양이 떠난 자리에 하얀 달이 떠올라 어둠에 잠긴 바다를 비추고 있었다. 그의 얼굴에도 은은한 달빛이 깃들었다. 그가 목소리를 가다듬고 말했다.

"나라고 뭐 달랐겠니. 너 아닌 누가 너의 빈자리를 대신할 수 있었겠어, 영주야. 그래서 네 작업이 막바지에 다다를 때 간간히 소식을 물었잖아. 그러다가 내 생일

즈음 용기 내서 연락했어. 네 목소리 너무 듣고 싶어서… 다른 누구도 아닌 네 축하 받고 싶어서……."

"그날 보고 싶다고 고백도 했어."

"맞아. 엄청 떨면서 말했지. 넌 모르겠지만 나 진짜 큰 용기 낸 거야."

"알아. 그걸 왜 몰라……."

"근데 넌 전화를 끊으면서 옆 사람에게 내 흉을 봤어. 내 고백을 비웃고."

"뭐? 내가 흉을 봤다고? 비웃었다고?"

"그래. 나는 진심인데 너는 그런 내 마음을 함부로 여겼어. 그럴 리가, 네가 그럴 리가 없는데, 도저히 믿기지 않아서 계속 전화했지만 너는 받지 않았어. 내 전화, 문자 다 모른 척하고 무심하게 네 할 일만 했지. 나는 더 이상 네게 다가갈 수 없었어."

이게 다 무슨 소리인가. 나는 작년 그의 생일을 떠올렸다. 홍대의 한 카페에서 회의를 하던 중에 그의 전화를 받으러 거리에 나왔다. 금요일 밤 거리에는 사람들이 북적였고, 저마다 술에 취해, 흥에 취해 몸을 휘청거리며 지나갔다. 저들끼리 시시덕거리기도 하고, 싸웠는지 흥분해서 막말도 서슴없이 주고받기도 했다. 나는 한쪽 귀를 막고 수화기에 바짝 귀를 기울였다. 그가 말했다.

"오늘 내 생일이야. 축하해 줘. 나 이제 서른이다."

"축하해. 시간 참 빠르다."

그는 잠시 침묵하더니 나직한 목소리로 말했다.

"보고 싶다."

그 말에 억눌려있던 감정이 울컥 올라왔다. 나도 그가 보고 싶었다. 하던 일을 집어던지고 당장이라도 그가 있는 용인으로 달려가고 싶었다. 그러나 새벽에 급하게 처리해야 할 일이 있었기에 꾹 참았다. 내게 와 달라는 말을 하고 싶었지만, 그 또한 꾹 참고 전화를 끊었다. 그런 내가 어떻게 네 흉을 보니? 뭐라고 흉을 보니? 누구한테 흉을 보니? 나도 너만큼이나 네가 보고 싶었는데…… 당황한 내 얼굴을 보고 그가 웃으며 말했다.

"괜찮아. 그렇게 말했어도 네가 싫지 않았으니까……."

"그러지 않았어. 너에 대해 그렇게 말하지 않았다고. 나는 그때… 그때……."

나는 그제야 알았다. 헤어지고 일 년이 지나고도 끈질기게 안부를 물어 왔으면서, 고양이달 출간 직전 보고 싶다고 고백해 놓고 돌연 소식을 끊은 이유를… 청춘 콘서트에 나를 보러 오지 않은 이유를……. '겨울의 끝날', 계절이 한 바퀴 돌아 다음 해 겨울의 끝날이 찾아왔을 때 나를 다시 찾으려 그토록 애써 놓고, 또다시 봄이 오기 전 나를 떠나보낸 이유를 그제야 알았다. 그때 그가 전화를 끊은 뒤 왜 계속 전화를 했는지, 왜 이유 없이 화내는 문자를 보냈는지, 왜 고백한 지 보름 뒤에 연락해서 콘서트 준비는 잘 되어 가냐고 차갑게 물었는지도 전부 다 이해되었다. 허무했다. 그토록 말도 안 되는 오해가 있을 줄은 상상도 못했다. 당시 상처받았을 그의 마음을 생각하니 가슴이 아팠다. 나는 다시 한 번 나의 지난 진심을 꺼내 놓았다.

"나는 네가 내 콘서트에 와 줬으면 했어. 너를 잃으면서까지 완성한 세계를 너에게 꼭 보여 주고 싶었어. 정말이지 네가 봐 주길 바랐어. 무대에 오르자마자 너부터 찾았어. 무대의 막이 내릴 때까지 혹시나 하는 마음에 너를 기다렸어."

"그랬구나. 나를 기다렸구나. 네가 원하던 바를 다 이루었으니, 더더욱 내가 필요 없을 줄 알았는데……."

"그런데 왜 계속 연락했어? 나를 그렇게 오해하고 미워했으면서 어떻게 그랬니."

그가 허탈한 미소를 지으며 말했다.

"그러니까 말이다. 그렇게 미웠는데도 끝끝내 싫어지지가 않더라. 우리는 이미 어긋났고 되돌릴 수 없다는 걸 알았지만, 너에 대한 마음이 사라지지 않았어."

"나도 그랬어. 너에 대한 마음이 사라지질 않았어. 한 번 생긴 마음은 절대로 사라지지 않더라. 그래서 여기까지 버리려고 온 거야."

그가 다 이해한다는 듯이 고개를 끄덕이며 내 눈을 지그시 바라보았다. 그 눈과 마주치는 순간 그 시절에 대한 그리움과 회한이 밀려와 입술을 꼬옥 감쳐물었다. 나도 모르게 꾹 참고 있던 신음이 터져 나왔다. 나는 떨리는 목소리로 말했다.

"우리 대체 왜 헤어진 거니……. 그렇게 좋아했는데, 그렇게 간절했는데……."

나는 그의 앞에서 어린 아이처럼 소리 내어 울었다. 당시에는 자존심 때문에 그 앞에서 절대 보이지 않았던 눈물을, 시간이 지난 뒤에야 세상의 끝 등대에 기대어 펑펑 쏟아 냈다. 바람 소리마저 멎은 하늘과 파도 소리까지 삼킨 밤바다가 밤새 내 울음을 들었다. 눈물이 바다가 되어 나 자신이 잠길 지경이었다. 그 순간 그가 두 팔을 벌려 나를 안았다. 세상의 끝, 남극의 추위와 맞닿은 이곳에서 그의 품은 더없이 따뜻했다. 이깟 추위가 뭐라고! 더 혹독한 청춘의 계절에 넌 대체 어디 있었어? 내가 얼마나 떨었는데, 네 따뜻한 품이 얼마나 그리웠는데, 얼마나 절실했는데! 싫지 않았다면서, 좋아하는 마음이 사라지지 않았다면서 왜 진작 찾아와 안아 주지 않은 거야? 왜 날 미워하는 데 네 마음을 다 허비한 거야! 왜 그렇게 어리석었던 거야! 준아! 준아! 준아! 나는 그의 가슴팍을 치며 그에 대한 원망의 마음을 다 쏟아 냈다.

목이 다 쉴 때까지 운 뒤에야 그의 품에서 떨어져 그와 얼굴을 마주 보았다. 그의 눈동자에 내가 비쳤다. 그의 슬픈 표정과 똑같은 표정이었다. 알아, 네 잘못도, 누구의 잘못도 아니라는 거. 열병 같던 마음을 어떻게 다뤄야 할지 몰라 서로를 서툴게 대했던 거잖아. 멋대로 기대했다가 실망하고, 화내고 미워하며 상처 주고, 그러고도 서로가 다가와 주길 기다리면서 시간을 허비했어. 내가 먼저 다가갔어야 했는데, 상처 받을까 봐 두려워 용기 내지 못했어. 있는 그대로의 나를 내보일 용기가 없어 강한 척하며 숨기 바빴어. 그래서 있는 그대로의 너를, 너의 부족함을 받아들일 용기도 사실 없었던 거야. 그랬으면서 고양이달 작업으로 버거워서 너를 지키지 못했다고, 너를 포기하고 고양이달을 택했다고 나 자신에게 거짓말했어. 너와 헤어질 수밖에 없었던 진짜 이유는, 내가 너무 나약한 겁쟁이였기 때문이었어. 너를 지킬 용기도, 나 자신을 지킬 용기도 없는 비겁한 사람.

내 나약함을 털어놓고도 나 스스로를 사랑할 수 있고, 네게 사랑받을 수 있다는 믿음이 내 안에 없었어. 그래서 끝까지 사랑을 지키겠다는 의지도 없었던 거야. 그래서 너에게, 나 자신에게 상처만 줬어. 내가 어리석었어, 내가…….

　나는 두 팔을 벌려 그를 꼭 안았다. 곰처럼 넓고 푸근한 가슴으로 지친 나를 안아 주었던 그를, 처음으로 온전히 내 안에 품었다. 늘 커 보이기만 했던 그가 거짓말처럼 내 작은 두 팔에 들어왔다. 그가 내 품에 고개를 묻더니 어깨를 들썩였다. 이번에는 그가 아이처럼 울었다. 등대는 밤바다를 밝히지 못했고, 구름에 달도 가려져 온 세상이 캄캄했다. 몸을 가눌 수 없을 때까지 눈물을 쏟은 뒤에야 우리는 다시 서로의 눈을 마주했다. 서로의 눈에 서로가 비쳤다. 나는 더는 숨길 것도, 더할 것도 뺄 것도 없이 있는 그대로의 나로서 그와 마주했다. 그에 대해 뒤죽박죽 엉킨 모든 마음을 이 바다에 흘려보내고 남은 단 한마디의 말. 내 마음의 끝, 가장 밑바닥에 숨겨져 있던 단 한마디의 말이 입 안에서 맴돌았다. 나는 비로소 용기 내어 말했다.

　"고마워. 네가 있어 그 시절이 빛날 수 있었어. 힘들었던 그 시절을 따뜻하게 해 주어서 고마워. 그런 너를, 사랑만 줘도 부족한 너를 오랫동안 너무 많이 미워했어. 미안해, 잘해 주지 못해서 정말 미안해."

　그도 마지막 용기를 냈다.

　"그때 네가 얼마나 힘든지 나는 이해하지 못했어. 내 마음을 어떻게 표현해야 할지 몰라 너를 서툴게 대하는 바람에 상처만 줬어. 미안해. 널 만나 나는 더 나은 내가 되었어. 고마워."

　그 순간 다시 모습을 드러낸 달빛과 뒤늦게 켜진 등대 불빛이 바다를 수직으로 가로지르며 바다 속으로 길을 열었다. 나는 그를 부축해 일으켰다. 그리고 그를 지그시 바라보며 마지막으로 말했다.

　"잘 가, 행복해."

　"너도 행복하길 바라."

　그는 뒤돌아서서 바닷길을 따라 천천히 걸어갔다. 나는 그가 점점 멀어져 가는 모습을 하염없이 바라보았다. 안녕, 내 사랑, 아픈 내 청춘아. 눈에 고인 눈물이 시야를 뿌옇게 가렸다. 손등으로 눈물을 훔치자 바닷길이 온데간데없이 사라졌다. 저 멀리 망망대해에서 불어온 바람이 내 몸을 흔들고 파도를 깨우기 시작했다. 수평선 너머 새로운 태양이 떠오르고 있었다.

세상의 끝, 마음의 나라

"마음의 나라로 향하는 문은… 원한다면 모두가 다다를 수 있는……."

내 마음의 끝이었다. 내 마음의 끝에 다다랐을 때야 비로소 마음의 나라로 향하는 문이 열렸다. 그는 '문 밖'으로 천천히 걸어 나갔다. 내가 발을 디디고 서 있는 세상의 끝 등대섬은 '문의 안쪽', 마음의 나라였다. 내가 그토록 간절히 가고 싶어 했던 곳, 마음의 나라. 마음의 나라에는 경계가 없어서, 원하는 만큼 마음이 커질 수도 작아질 수도 있다고 했다. 이곳에 오기 전 나는 애증으로 변해 버린 그에 대한 마음을 송두리째 버리려 했다. 그러나 그가 문을 열고 나간 뒤 혼자 남은 내가 맞닥뜨린 풍경은 청춘의 알몸, 내 이십 대였다.

내 이십 대는 다양한 얼굴을 하고 있었다. 이십 대 첫사랑이었던 영화학과 동기의 얼굴, 고양이달의 주인공이 되어 준 그 아이의 얼굴, 함께 꿈을 이야기했던 내 친구의 얼굴, 내 아픈 청춘의 자화상이 된 그의 얼굴. 내 첫 영화 「오렌지, 딸기를 만나다」의 남자 주인공이자 내 첫사랑 현겸이를 바라보던 행복한 얼굴도 있었고, 랩 뮤지컬 영화 「비트 패밀리」의 주인공 준환이를 안쓰럽게 바라보는 연민의 얼굴도 있었고, 『고양이달』의 남자 주인공 노아를 깊이 이해하고자 노력하는 고양이 소녀들 루나, 마레, 모나의 얼굴도 있었다. 섬세하게 내 안의 세계를 만들어 가는 작가의 얼굴도 있었고, 강인하게 그 세계를 떠받치는 아띠봄 리더의 얼굴도 있었다. 다양한 모습과 표정, 희로애락의 감정이 나의 얼굴에 모두 하나로 뒤엉켜 있었다.

나는 비로소 깨달았다. 버리고 싶었던 게 아니라, 지키고 싶었던 거였다. 그에 대한 수십 가지의 마음과 그 이전의 소중한 인연에게 향했던 모든 마음들은 복잡하게 엉켜 있어, 아프다고 어느 하나의 마음을 버리면 내 소중한 청춘의 기억을 통째로 버려야 한다는 걸 몰랐다. 그 기억을 버리면 나는 아무것도 남지 않았다. 그 모든 얼굴, 그 모든 마음이 내 청춘의 자화상이었다. 내 과거의 기억이 곧 나였다. 그걸 깨닫는 순간 버리고자 했던 기억들이 더없이 소중하고 애틋하게 느껴졌다. 버리지 않고도 지킬 수 있어. 나는 그에 대한 기억 그 어느 하나도 버리지 않고 온전히 지키기로 했다. 이 바다에 쏟아 낸 기억을 고스란히 다시 주워 담기로 했다. 한 번 입은 마음의 상처는 사라지지 않겠지만, 기억을 꺼낼 때마다 또 아프겠지만 상관없었다. 소중한 걸 지키기 위해서라면 아픔쯤이야 얼마든지 감수할 수 있었다.

　나는 세상의 끝, 등대 앞에 서서 담담히 먼 바다를 바라보았다. 수평선에 자리 잡은 설산이 자리를 감추는 지점에서 파란 하늘과 바다가 한 몸인 양 몸을 섞으며 내 시선을 끌었다. 마치 내 뒤엉킨 청춘의 기억들처럼 아름답지만 슬펐다. 이곳을 떠나면 언제 다시 이곳을 찾을까. 지나간 과거 속 인연은 모두 끝났지만, 한 번 생긴 마음은 절대로 사라지지 않는다 했다. 대신 계속해서 변해 간다고 했다. 그래, 살아가는 동안 다시 볼 수 없다 해도 세월에 변해 갈 그 마음마저 사랑하리라. 마음이 어떻게 변하든 마음의 나라에서는 모두 허용된다고 했으니, 계절마다 변하는 마음을 끌어안고 내 죽을 때까지 사랑하리라. 그렇게 뜨거웠던 청춘을, 세상의 끝 바다를, 사랑했던 너를 가슴에 품고 살아가리라. 이곳은 세상의 끝, 마음의 나라. 내 이 마음을 소중히 묻고 이제 이곳을 떠난다. 세상 위로, 내 마음의 수면 위로. 안녕, 우수아이아. 안녕, 내 청춘.

이과수 폭포
세상의 끝, 우수아이아

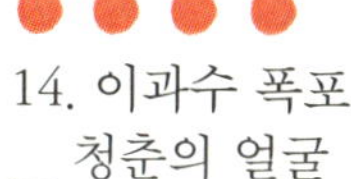

14. 이과수 폭포
__ 청춘의 얼굴

　2014년 12월, 비행기를 타고 지구의 반대편으로 날아온 지 어언 두 달이 되었다. 그 사이에 해가 바뀌었고, 나는 서른한 살이 되었다. 긴 여행이었다. 두 달이란 시간 동안 나는 이십 대를 처음부터 끝까지 다시 살았다. 남미의 대자연을 배경으로 펼쳐지는 청춘의 자화상에 울고 웃으며 안데스 산맥(Andes Mountains)을 올랐고, 티티카카 호수(Lake Titicaca)를 건넜다. 그리고 마침내 세상의 끝에 다다랐을 때 내 마음의 끝에 무엇이 있는지 보았다. 그것은 오직 사랑, 사랑이었다. 많이 사랑했지만 서툴러 제대로 전하지 못했던 마음들이 웅크려 있다가 뒤늦게 터져 나와 통곡했다. 나는 처음으로 그 마음을 온전히 끌어안았고, 마음의 나라에 고이 묻어 주었다. 긴 여정을 마치고, 이제 한국으로 돌아가기 전 마지막 한 장소만 남겨 두고 있었다.

　세상에서 가장 큰 폭포, 이과수 폭포(Iguazu Falls). 초등학교 5학년 때 백과사전에서 이과수 폭포의 사진을 보고 감동받아 동시를 썼던 기억이 있다. 시험을 망쳐서 실망하고, 친구랑 싸워서 속상하고, 엄마에게 잔소리 듣고 짜증이 나는 등 삶에 지치는 순간 폭포 앞에 서면, 거대한 물줄기가 내 고민과 아픔을 쓸어 가 준다는 내용이었다. 그때 나를 힘들게 했던 감정들을 상상 속 이과수 폭포에 다 흘려

보냈던 것처럼, 실제 이과수 폭포에 가서 내 청춘의 아픔을 다 날리고 돌아가리라. 나는 두 달 동안 무겁게 짊어지고 다녔던 가방을 마지막으로 어깨에 메고 이과수로 향했다.

이과수는 원주민 과라니족(Guarani)이 만든 이름으로 '큰 물'이라는 뜻을 가지고 있었다. 너비 4.5킬로미터에 평균 낙차 70미터. 크고 작은 275개의 폭포들이 모여 거대한 폭포를 이루고, 브라질과 아르헨티나, 파라과이 국경에 걸쳐 있었다. 브라질 파라나 주의 쿠리치바(Curitiba) 근처에서 시작된 이과수 강(Iguazu River)이 수 백 킬로미터 이어져, 아마존 남부에서 흘러온 파라나 강(Parana River)과 합류하면서 폭포가 되어 쏟아져 내렸다. 아르헨티나가 전체 면적의 80%를, 브라질이 20%를 차지하고 있어 이과수 폭포를 제대로 보려면, 아르헨티나 쪽에서 가까이 본 후 브라질 쪽으로 건너가 전체 경관을 조망해야 했다. 275개의 폭포 중 백미로 꼽히는 '악마의 목구멍(Garganta do Diablo)'을 코앞에서 볼 수 있을 뿐만 아니라 멀리 떨어져 한눈에 볼 수 있다니, 남미 여행의 마무리로 손색이 없었다. 나는 먼저 아르헨티나 푸에르토 이과수(Puerto Iguazu)로 발걸음을 옮겼다.

그 얼굴 하나

푸에르토 이과수는 아르헨티나 정부에 의해 폭포와 그 주변의 원시림 전체가 국립공원으로 지정되어 있다. 국립공원에 첫발을 내딛자 입구에 국립공원 안내 지도가 커다랗게 붙어 있었다. 거대한 폭포인 만큼 폭포를 둘러싼 원시림도 워낙 커서 '악마의 목구멍'까지 가는 루트도 여러 가지였다. 폭포 속으로 들어가 보자. 나는 곧장 선착장으로 가서 구명조끼를 입고 배에 올랐다. 겁도 없이 이과수 물줄기에 뛰어드는 게 아닌가 싶어 걱정했지만, 막상 보트가 맹렬한 속도로 달리자 가슴이 쿵쾅쿵쾅 뛰었다. 그래, 인생 뭐 있나, 제대로 이과수의 기운이나 받아 보자! 폭포 앞 다다르자 보트가 잠시 숨고르기를 하더니, 느닷없이 폭포 안으로 돌진했다.

"으아악!"

굵고 차가운 물줄기가 얼굴과 온몸을 사정없이 때리는 통에 숨을 쉴 수 없었다. 나는 연신 비명만 질러댔다. 보트 안의 다른 여행자들도 넋이 나가 꺄악 꺄악 비명을 질러 댔다. 그러나 이과수의 거대한 폭포 소리에 우리의 비명은 온데간데없이 묻혀 버렸다. 그 순간 물에 맞아 죽을 수도 있겠다는 공포와 함께 이렇게 죽는 것도 멋지겠다는 희열이 올라왔다. 그래서 배가 뒤로 빠지자 다른 사람들과 함께 "한 번 더!"하고 외쳤다. 그러자 기다렸다는 듯 보트가 다시 폭포로 돌진했다. 익숙한 비명과 함께 이번에는 웃음이 터져 나왔다. 물줄기에 중심을 잃고 비틀거리다 넘어질 뻔했는데도 그저 실실 웃었다. 폭포를 몇 번 들락거리자 이과수의 기운을 제대로 받았는지 몸에 힘이 불끈 솟았다. 시야는 온통 물줄기와 안개로 가득차 한 치 앞도 보이지 않았지만 전혀 두렵지 않았다. 이 기운으로 어떤 뿌연 미래도 다 뚫고 나갈 수 있을 것 같았다.

이번에는 보트에서 내려서 원시림을 걸었다. 나무 계단을 오르면서 여러 폭포들의 옆모습을 보았다. 홍수가 난 것처럼 어마어마한 양의 강물이 물보라를 일으키며 낙하하고 있었다. 가까이서 보니 전체를 한눈에 담는 게 불가능했다. 차라리 위에서 보자. 나는 국립공원 내 열차를 타고 울창한 밀림을 지나 폭포 꼭대기에서 내렸다. 여기서부터 악마의 목구멍 전망대까지 이어진 나무다리를 건너야 했다. 나무다리 아래로 흐르는 투명한 강물과 파란 하늘을 감상하며 걷는데 전망대가 가까워질수록 으르렁으르렁 소리가 크게 들렸다. 나도 모르게 발걸음이 점점 빨라지더니, 어느 순간 달리고 있었다. 그리고 마침내 전망대에 다다라 입을 활짝 벌린 악마의 앞에 섰다.

말발굽 모양으로 150미터 폭에 700미터의 길이, 82미터 높이의 폭포로 초당 6만 톤의 물이 쏟아지는 곳, 악마의 목구멍. 나는 그 앞에서 할 말을 잃었다. 무엇이든 가까이 가면 다 빨아들일 것 같은, 남미 대륙을 통째로 아니 지구 전체를 빨아

들여 삼킬 것 같은 실로 장대하고 무시무시한 모습이었다. 악마의 목구멍이 위엄을 자랑하듯 물거품을 끝없이 내뿜으며 물보라를 일으켜 내 얼굴과 온몸을 적셨다. 세상을 좌지우지할 수 있는 절대자가 폭포의 형상을 하고 있다면 이런 모습이 아닐까. 그 절대자의 깊고 어두운 목구멍 속으로 내 나약한 육신을 위탁하고 싶은 충동이 일었다. 끝없이 뿜어내는 물보라에 온몸을 축이며 한없이 고개 숙이고 싶은 복종의 충동이었다. 폭포 앞에 "Do not try to describe it in your voice(당신의 언어로 묘사하려 애쓰지 마시오)."라는 말을 보고도 내 작문 능력을 최대한 발휘하여 이 절대자의 힘을 예찬하는 데 쓰고 싶었다. 영혼마저 삼키는 폭포라더니 가히 그런 듯했다.

당장에라도 나를 삼켜 버릴 듯 위압적으로 거친 호흡을 내뱉는 악마여, 내 고개를 조아리고 그대를 찬양하노니 여기 이 폭포에 내 나약함을 통곡할 수 있게 허락해 주오. 아프다고 어느 하나의 마음을 버리면 내 소중한 청춘의 기억을 통째로 버려야 하기에, 어느 한 가지도 버리지 못한 채 온전히 마음에 담아 이곳에 왔소.

버리지 않고 지키기 위해 나는 또 얼마나 아파야 한단 말이오.

나는 마음의 나라에서 그를 떠나보낸 뒤 생각했다. 왕십리에 나를 데리러 와 준 그에게 화난 척하지 말고 환히 웃으며 고맙다고 말할걸. 겨울의 끝날, 버스에서 내려 그에게 달려가 안길걸. 그가 전화로 보고 싶다고 고백했을 때 일 따윈 집어 던지고 그가 있는 곳으로 갈걸. 오해한 채로 전화를 끊은 그가 나와 대화하려 전화를 걸어 왔을 때 피하지 말고 받을걸. 며칠 뒤 차갑게 안부를 물어 왔을 때 나중으로 미루지 말고 당장 무슨 일이 있냐고 물을걸. 후회는 끝이 없었다. 모든 순간이 후회스러웠다. 그를 잃은 슬픔에 집중하다 보니 선택의 순간을 더 거슬러 올라가, 고양이달을 포기하고 그를 택할걸. 고양이달이 아니었다면 그를 잃지도, 소중한 친구를 잃지도 않았을 텐데. 후회가 꼬리에 꼬리를 물었다. 그에게 먼저 다가가 진심을 말하지 못한 걸, 상처 받은 그의 마음을 보듬어 주지 못한 걸 나는 뼈아프게 후회하고 있었다. 그런 선택을 했단 한들 그가 아직도 내 옆에 있을지는 의문이지만, 결과와 상관없이 그와 내게 허락된 시절은 그때뿐이었는데, 그때 그렇게 모질게 굴었던 게 사무치게 후회되었다.

나는 악마의 목구멍에 내 안의 슬픔을 모두 뱉어 냈다. 폭포의 물줄기를 거꾸로 돌려놓을 수 없듯, 결코 되돌릴 수 없는 선택들을 후회하며 대자연 앞에서 통곡했다. 다른 여행자들이 알아차릴 새도 없이, 목구멍에 떨어진 슬픔은 거대한 폭포 아래로 사라졌다. 서른 해의 삶을 모두 눈물로 채워 흘려보내도, 아니 세상의 모든 눈물과 울음을 흘려보내도, 그 눈물을 묻는 데 물줄기 단 하나면 족할 듯했다. 슬픔을 삼킨 악마의 목구멍으로 끝없이 뿜어져 나오는 물거품과 바람에 흩날리는 물보라가 내 온몸을 적시고 있었다.

삶의 물줄기를 따라

다음 날, 나는 국경을 넘어 브라질의 포즈 두 이과수(Foz do Iguazu)로 향했다.

가까이에서 구석구석 볼 수 있는 아르헨티나의 푸에르토 이과수와 달리, 브라질의 포즈 두 이과수에서는 멀리서 전체적인 경관을 조망할 수 있었다. 파란 하늘에 수놓인 구름 아래로 녹색 원시림이 광활하게 펼쳐져 있고, 그 중앙을 악마의 목구멍을 포함한 275개의 폭포가 2단으로 시원하게 쏟아져 내렸다. 그야말로 자연이 만들어 내는 한 편의 대서사시였다. 여기에 비하면 내 존재는 단어 하나, 아니 획 하나도 안 될 만큼 미약했다. 나는 또 한 번 거대한 자연에 압도되어 입을 다물지 못했다.

강 위에 놓인 나무 길을 거닐며 폭포를 구경했다. 퐈퐈퐈팍 퐈퐈퐈팍 사정없이 쏟아져 내리는 물줄기 소리와 뿌연 안개처럼 폭포 주위에 일어나는 물보라가 가히 장관이었다. 물보라가 굵은 빗줄기처럼 머리 위에서 사정없이 쏟아지더니 어느새 바람을 타고 휘몰아쳤다. 시야를 가린 물줄기가 온몸을 덮치자 중심을 잃고 휘청거렸다. 세계에서 제일 거대한 폭포라는 수식어가 실감 나는 순간이었다. 나는 난간을 붙잡고 서서 고개를 들어 이과수 폭포의 다양한 물줄기를 감상했다. 분명 어제와 같은 폭포인데 보는 시점에 따라 이토록 다를 수 있다니……. 푸에르토 이과수에서 봤을 때는 악마의 목구멍으로 온 세상이 빨려 들어갈 것 같았는데, 포즈 두 이과수에서 보니 그저 수많은 물줄기 중에 하나였다. 악마의 목구멍도 이과수 폭포의 일부로 존재하여 이과수 폭포라는 전체적인 그림을 완성하고 있었다.

어쩌면 내 삶도 그런 게 아닐까. 당시의 선택이 잘못되었고, 지금 후회하고 있다 해도 그것은 삶이라는 폭포에서 하나의 물줄기에 불과하다. 하나의 선택을 바꾼다고 해서 그 전체를 뒤집을 수는 없었다. 하나하나의 선택들이 모여 지금에 다다른 것. 그러니 물줄기 하나하나의 흐름에 집착할 필요가 없다. 순간은 미완성일지 몰라도, 인생은 무수히 많은 미완성의 순간이 모여 전체의 삶으로 완성된다. 고양이달을 위해 내가 나 자신을 희생한 것은 맞지만, 내 안에는 수많은 내가 있어 모든 나를 희생한 것은 아니었다. 그를 잃은 것은 가슴 아픈 일이지만, 사랑 전체를 잃은 것은 아니었다. 그가 내 청춘을 대변할 만한 인연인 것은 맞지만 전체로 보면 그마저 내 청춘의 일부이지 전체가 아니었다.

　내가 한 선택이 오늘의 나를 만들었다. 그 결과에 만족하든 만족하지 않든 나는 내 삶의 주체로서 모든 책임을 겸허히 받아들여야 한다. 못난 나를, 어리석었던 나를 있는 그대로 받아들이고, 그런 내가 만든 이십 대 청춘을, 그래서 다다른 지금의 서른을 받아들여야 한다. 전날만 해도 과거의 선택을 후회했지만, 오늘은 이과수 폭포의 전경이 나를 다독이며 말했다. 멀리서 내 청춘의 거대한 물줄기를 보라고. 내 삶의 맥락을 이해하라고.

　지금보다 더 나은 선택과 더 나은 삶이 있었을까, 나는 내 자신에게 질문을 던졌다. 이십 대를 살아 보니 시간이 지나면서 나도 변했고, 생각도 변했고, 소중하게 생각하는 가치도, 인생의 목표도 다 변했다. 심지어 옳고 그름의 기준도 변했다. 세상에 영원한 것은 없으니 매 순간을 진실로 대하고, 순간순간의 변화를 있는 그대로 받아들이고, 변화한 대상마저 다시 사랑할 수 있는 마음가짐이 중요한 듯했다. 그렇게 쌓인 무수히 많은 현재가 삼십 대를 채울 것이고, 또 하나의 거대한 물줄기를 이룰 터. 저렇게 다 쏟아져 내리는데도 끝없이 물이 흘러들어 오는 이과수 폭포처럼, 인생이라는 폭포 역시 계속해서 흘러갈 것이다. 물줄기의 흐름을 어느 누가 막을 수 있겠는가. 감히 거스를 수 있겠는가. 언젠가 그 물줄기들이 자연스럽게 조화를 이루며 삶의 폭포, 나만의 이과수를 완성하리라. 나는 거대한 이과수 폭포의 물줄기를 보며 크게 숨을 들이마셨다가 내쉬었다. 그리고 다짐했다. 이곳까지 나를 이끌고 가르쳐 온 대자연의 섭리를 믿고 나아가 보자고.

청춘, 한마디로 정의할 수 없는

청춘. 만물(萬物)이 푸른 봄철이라는 뜻으로, 십 대 후반에서 이십 대에 걸치는, 인생의 젊은 나이 또는 그 시절. 청춘이 어떻게 정의되던 간에 사전적 의미에 따르면 나의 청춘은 끝났고, 나는 삼십 대가 되어 이십 대를 돌아보았다. 어디서 보느냐에 따라 완전히 달라지는 뜨거웠던 내 이십 대. 그래서 딱 한 단어, 일면으로 정리될 수 없는 나의 청춘. 이제 무엇이 옳고 틀렸는지, 무엇이 최선이고 최악이었는지, 무엇을 후회하고 확신하는지 판단하기 어려웠다. 아마 나이를 먹어 가면서 나는 계속 변할 것이고, 변할 때마다 내 이십 대 청춘은 다르게 해석되고 다른 의미가 부여될 것이다.

어떤 선택의 결과가 되었든 이십 대의 끝, 한 무리의 사람들이 내 곁을 떠났다. 그리고 여전히 내 곁에 남은 사람들은 지구 반대편에서 내가 돌아올 날을 손꼽아 기다리고 있다. 앞으로 내 삼십 대를 채울 사람들이 흘러 들어올 것이다. 얼마나 찬란한 물보라를 일으키며 내 마음을 적셨던 간에 과거는 흘러갔고, 이제 새로운 물줄기를 받아들일 차례였다.

나는 이제 소중한 사람들에게 당당히 고백할 수 있다. 나는 패배자라고, 최선을 다했지만 실패했다고. 그렇지만 내가 내 힘으로 싸워서 얻어 낸, 온전한 나의 실패이기에 당당할 수 있다고. 그때로 돌아가도 이보다 더 잘하지는 못할 것 같다고. 그렇다. 이제는 모두에게 말할 수 있다. 청춘, 그 시절에 한 번쯤은 내 전부를 걸고 해 봤다고, 결국 실패했지만 괜찮다고.

나는 이제 세상에서 가장 거대하고 아름다운 이과수 폭포가 보여 준 순리와 에너지를 내 안에 담아 나만의 삼십 대 폭포를 만들러 떠난다. 삼십 대의 꿈과 사랑은 이십 대의 그것처럼 불같은 열정은 아닐지언정, 나도 상대도 누구도 데지 않는 따뜻하고 부드러운 온기로 내 삶에 깃들리라. 앞으로 삼 일 동안 부지런히 하늘을 날아 지구 반대편, 내 삶의 터전으로 다시 돌아간다. 내 지난 청춘의 터전이여, 새롭게 시작될 일과 사랑이여, 기다려라. 내가 간다.

끝으로 내 청춘의 한 시절에 등장하여 웃음을 주고, 눈물을 준 모든 인연에게 마음의 나라에 묻고 온 마음을 전해 본다. 많이 사랑했고, 그리워했다. 고맙고, 미안했다. 책의 마지막 지면을 통해 조심스레 당신의 안부를 물어본다.

그대, 안녕한가요?

청춘, 화해와 치유의 여정

청춘, 참 아름답고 싱그러운 단어이다. 새싹이 푸릇하게 솟아나는 봄, 집 밖으로 나와 운동화 끈을 단단히 매고 힘차게 걸음을 옮기는 이의 모습. 나에게 떠오르는 청춘의 모습은 그렇다. 하지만 그는 알까? 힘찬 발걸음은 곧 흐트러질 것이고, 어디로 가야 할지 몰라 우왕좌왕 헤맬 것이며, 맞는 길을 찾았다는 기쁨도 잠시 호되게 넘어져 차마 다시 일어설 엄두를 못 낼 수도 있다는 것을 말이다. 그럼에도 일어서서 나아가는 것 외에는 방법이 없다는 것을, 절뚝거리면서라도 조금씩 나아가야 한다는 것을 상상도 못 할 것이다. 그 지난하고 힘든 길에, 잠시 나무 그늘 아래 앉아 쉴 수도 있고, 우연히 마주친 이와 도란도란 이야기를 나누며 함께 걸을 수도 있고, 가끔 나타나는 아름다운 풍경에 입 벌리고 감탄할 수 있는 소소한 행복 또한 있다는 것도 모를 테지. 처음이기에 선명한 순간들, 그 순간들이 하나하나 모여 청춘을 이뤄 나간다.

생각건대 청춘은 어떤 면에서는 사랑과 비슷한 양상을 보이는 것 같다. 사랑이 상대방에 대한 환상과 함께 시작된다면, 청춘은 자아에 막연한 이상을 씌운 채 시작된다. 비슷한 생활을 하고, 비슷한 목표를 향해 달려가는 십 대에는 나 자신에 대해 알 수 있는 기회가 그리 많지 않다. 그러나 교복을 벗고 이십 대에 들어서는 순간, 다양한 사람들과 다양한 사건들을 마주하게 되고, 그 과정에서 내가 하는 선택들이 하나하나 모여 미처 몰랐던 나의 모습을 보여주기 시작한다. 그 모습은 내가 생각했던 것만큼 아름답지 않다. 나는 내가 생각했던 것보다 나약하고, 용기가 없다. 그럼에도 선택의 순간은 계속 몰려오고, 그 파도 속에서 나는 중심을 못 잡고 허우적거리기 급급하다. 사랑도 마찬가지이다. 상대와 지속적으로 관계를 이어 나가면서 수많은 경험을 하고, 그 과정에서 미처 몰랐던 나의 모습을, 상대의 모습을 알게 된다. 그리고 상대에 대한 허상이 깨지는 순간, 나는 선택을 한다. 이 관계를 계속 이어 나갈 것인가, 여기서 멈출 것인가? 이는 나에 대한 허상이 깨지는 순간 던지는 질문과도 맞닿아 있다. 나는 나의 못난 모습을 버리기 위해 노력할 것인가, 부족한 모습을 받아들이고 보듬을 것인가?

『세상의 끝, 마음의 나라』는 그 질문에 대한 저자의 답을 보여준다. 저자는 아픈 청춘의 기억을 버리러 세상의 끝, 우수아이아로 향하고, 그 여정에서 악몽 속에 자꾸 등장하는 토끼, 아모를 만난다. 흑곰에게 귀를 물어 뜯겨 기억을 잃은 아모는 마음의 나라에 가서 잃어버린 마음을 찾겠다며, 저자에게도 괴로운 기억을 버리러 마음의 나라에 함께 가지 않겠느냐고 제안하고, 이에 솔깃한 저자는 아모와의 동행을 시작한다. 그리고 아모와 함께 광활한 남미 대륙을 여행하며 지난 청춘을 회상한다. 이십 대의 꿈을 이루기 위해 열심히 달렸고, 그 과정에서 많은 것들을 잃었다. 꿈을 향해 달리는 동안 얼마나 많은 마음들을 단단하게 억눌렀는가. '고달픈 청춘을 살아 내며 움켜쥔 것들에 기뻐해야 하는 걸까, 깎여 나간 것들에 슬퍼해야 하는 걸까.'라는 혼잣말은 이십 대를 치열하게 살아 낸 저자의 양면적인 마음을 보여 준다. 그렇게 두 달간의 긴 여행과 회상 끝에 알아 낸 아모의 정체는 놀랍게도 저자의 또 다른 자아였다. 세상의 끝에서 마침내 마주한 또 다른 자아, 아모는 저자에게 원망의 말을 토해 낸다. 왜 자신이 사랑했던 소소한 행복을 모두 버리고 꿈만 좇았냐고, 왜 자신에게 참으라는 말만 하고 보듬어 주지 않았냐고, 왜 그렇게 앞만 보고 달렸냐고. 저자는 그런 아모를 마주하여, 마음에 맺힌 응어리를 들어 주고, 마지막으로 가슴 속에 품는다. 그렇게 또 다른 자아를 보듬고, 그와 화해한다.

우수아이아의 그림 같은 호수를 배경으로 펼쳐지는 '나와의 화해'는 읽을 때마다 묘한 감동과 여운을 남긴다. 저자의 친구로서 나는 그녀의 청춘을 아주 가까이서 지켜보았고, 그녀와 청춘의 한 페이지를 함께 장식하며 웃기도 하고, 울기도 했다. 결코 녹록치 않았던 그녀의 이십 대를 지켜보며 들었던 짠한 마음과 그럼에도 그 시절을 살아 내어 여기까지 온 것에 대한 대견한 마음이 그 장면을 볼 때마다 복합적으로 뒤섞인다. 이와 더불어 그 지난한 과정이 한 권의 책으로 담길 수 있게 동료로서, 편집자로서 내 역할을 해낸 것에 대한 보람을 느낀다. 처음 책임 편집을 맡아 그 역할이 버겁게 느껴졌다. 친구인 나는 모든 사건의 맥락을 이해하지만, 그에 대한 이해가 없는 독자들에게 어떻게 보여 주는 게 최선일지 고민하고 또 고민했다. 지금 원고의 두 배가량 되는 글에서 어떤 부분을 좀 더 강조해야 하고, 어떤 부분을 들어내야 할지 갈피를 잡기 어려웠고, 사유가 논리적으로 이어지는지, 동화적인 설정이 어긋나는 부분이 있는지 많은 부분을 조율해야 해서 작업을 하는 내내 어려움을 겪었다. 하지만 마지막 장면에서 모든 이야기가 한 점으로 모이는 것을 보았고, 그 순간 '이제 됐다.' 하며 안도의 한숨을 크게 내쉬었다.

이 책을 세상에 내보내는 지금, 친구나 동료가 아닌 한 명의 독자로서, 나만의 '아모'를 떠올려 본다. 내게도 버리고 싶은 못난 모습, 아직 보듬지 못한 나만의 '아모'가 있다. 청춘에게 주어진 큰 과제 중 하나는 수많은 '나'와 마주하고, 부족한 모습들마저 인정하고 받아들이는 것이다. 그 과정이 마냥 쉽지는 않겠지만, 나의 부족한 모습을 받아들일 줄 알아야 다른 이의 부족한 모습 또한 받아들일 수 있기에, 더불어 사는 세상에서 그것만큼 중요한 것은 없기에, 그러한 노력을 멈출 수가 없다. 한 번뿐인 삶, 내게 주어진 삶 속의 주인공인 나를 좀 더 잘 사랑하기 위해, 또 남을 좀 더 잘 이해하기 위해 나는 나만의 '아모'를 보듬으러 내 마음의 끝, 마음의 나라로 떠나려 한다. 당신에게도 미처 보듬지 못한 당신만의 '아모'가 있는가? 버리고 싶은 기억으로 괴로워하고 있는가? 그럼 용기 내어 세상의 끝, 마음의 나라로 떠나라. 그곳에서 당신의 '아모'가 당신을 애타게 기다리고 있다.

2016년 봄
강슬아

세상의 끝, 마음의 나라

초판 1쇄 발행 2016년 4월 18일

지은이 박영주
펴낸이 박영주
펴낸곳 (주)아띠봄

책임편집 강슬아
일러스트 낭소
표지디자인&일러스트 이유미
편집디자인 박영주
사진 박영주

주소 140-846 서울시 용산구 원효로1가 25-1
전화 070-7842-2356　　**팩스** 02-6442-2884
홈페이지 http://www.attibom.co.kr
페이스북 http://www.facebook.co.kr/attibom
블로그 http://blog.naver.com/attibom
전자우편 youngjoo@attibom.co.kr
출판등록 2012년 4월 10일 제2012-000035호

ISBN 978-89-968822-5-1 03810